दण्ड प्रहार

दण्ड प्रहार

भगवानदास मोरवाल

वाणी प्रकाशन

प्रकाशन के उत्कृष्टतम 62 वर्ष

सजिल्द पहला संस्करण : 2025

vaniprakashan.com

वाणी प्रकाशन

4695, 21-ए, दरियागंज, नयी दिल्ली-110 002

फ़ोन : + 91 11 23273167, 23275710

शाखाएँ

अशोक राजपथ, पटना-800 004, बिहार

कॉफ़ी हाउस कैम्पस, महात्मा गांधी मार्ग, प्रयागराज-211 001, उत्तर प्रदेश

महात्मा गांधी अन्तरराष्ट्रीय हिन्दी विश्वविद्यालय, वर्धा-442 001, महाराष्ट्र

sales@vaniprakashan.in

vaniprakashan@gmail.com

Dand Prahaar

by Bhagwāndāss Morwāl

ISBN : 978-93-7348-113-5

Novel

मूल्य : ₹ 795

जी.एस. ऑफ़सेट, दिल्ली-110 095 में मुद्रित

वाणी प्रकाशन का लोगो मक़बूल फ़िदा हुसैन की कूची से

भविष्य के युद्ध किसी वैचारिक या आर्थिक कारण से नहीं, बल्कि सांस्कृतिक तथा सभ्यताओं के संघर्ष के चलते होंगे। पूरी दुनिया सांस्कृतिक दुर्बलताओं में बँट जायेगी और सभ्यताएँ धर्म, जातीयता व ऐतिहासिक विरासत के आधार पर परिभाषित की जायेंगी जिनके कारण उनमें आपसी संघर्ष होगा।

—सैमुअल फिलिप्स हंटिंगटन

अमेरिकी राजनीतिक विज्ञानी, 1993

हिन्दवः सोदराः सर्वे, न हिन्दूः पतितो भवेत्।
मम दीक्षा हिन्दूः रक्षा, मम मन्त्रः समानता।।

*(सभी हिन्दू सहोदर भाई हैं कोई भी हिन्दू पतित नहीं हो सकता।
मेरी दीक्षा ही हिन्दू रक्षा है, और मेरा मन्त्र समानता का मन्त्र है।)*

शकुनि आर्य।

इस नाम को सुनकर आपके मन में सबसे पहला सवाल यह पैदा होगा कि, कहीं शकुनि के पुरखों का सम्बन्ध उन आर्यों से तो नहीं है, जिनके पास वेद थे, रथ थे, ख़ुद की भाषा और उस भाषा की अपनी लिपि थी? या फिर ख़ुद को आर्य कहनेवाले अर्थात् जो कभी घुड़सवारी करनेवाले और पशुपालन करनेवाले योद्धाओं के साथ-साथ चरवाहों की एक ख़ानाबदोश, घुमन्तू या क़बीलाई जनजाति थी? वही आर्य जिन्हें कोई मध्य एशियाई बताता है, तो कोई साइबेरियाई बताता है? कुछ उन्हें मंगोलिया तो कुछ ट्रांस कोकेशिया से आया बताते हैं? कुछ तो इन्हें स्कैंडेनेविया से आया बताते हैं। यानी किसी के पास इसका कोई पुख़्ता सुबूत नहीं है कि आख़िर *आर्य* थे कौन? बस, अधिकतर इन्हें मध्य एशिया से आया हुआ मानते हैं। एक तरह से आर्य उसी तरह इस देश में आये जैसे मुग़लों के बारे में कहा जाता है।

अब इस सवाल का तो इस देश के हज़ारों की संख्या में रहनेवाले वही लोग दे सकते हैं, जो अपने आप को आर्य कहते हैं लेकिन बात यहाँ हो रही है शकुनि आर्य के शजरे की, तो आइए उसी के बारे में बात करते हैं।

यह बीसवीं सदी के आठवें दशक का एकदम शुरुआती दौर था। वही दौर जब इस देश के नागरिकों ने अपने ही देश में अनगिनत सिखों का क़त्लेआम देखा था। यही वह दौर था जब इस देश के गाँव-देहातों से पलायन के नाम पर भगदड़ मची हुई थी। इस भगदड़ की अगुवाई पार्टीशन में आये हिन्दू शरणार्थियों और वणिक समुदाय के उन सवर्णों ने की जिनका मूल पेशा महाजनी था। महाजनी तो कहने-भर को था। सच्चाई यह है कि महाजनी की

आड़ में इनका असली काम किसानों को मोटे सूद पर क़र्ज़ देना था। अगर यक़ीन नहीं है तो लाल कपड़े से मढ़ी उस दौर की लम्बी डोरी में लिपटी आठ सलवाली अर्थात् आठ सिलवटोंवाली बहियों के सफ़ेद और हल्के बादामी पन्नों को देखा जा सकता है। उन्हीं पन्नों को जिनकी देह काली-नीली स्याही से लिखी इबारतों के रूप में किसानों की कई पीढ़ियों के चीत्कार और कराहों से सनी हुई हैं।

उत्तर भारत का ऐसा ही एक छोटा-सा क़स्बाई गाँव रसूलपुर। हिन्दू और मुसलमानों की मिली-जुली आबादीवाला एक ऐसा गाँव जिसकी शिराओं में भारतीय ग्रामीण सभ्यता और गंगा-जमुनी तहज़ीब का आदिम रक्त आज भी बहता हुआ देखा जा सकता है। इसी ग्रामीण सभ्यता का पालन करनेवाले और इसी रसूलपुर के बड़े रुसूख़दार लाला अमरचन्द आर्य को न जाने क्या सूझा, कि अच्छे-ख़ासे देहाती मिज़ाज का आदमी आज़ादी मिलते ही, वैदिक परम्परा में विश्वास करने लगा और बन गया आर्य समाजी। उसके इस नये अवतरण में पूरा साथ दिया, उसके पड़ोसी शादीलाल खन्ना ने। उस शादीलाल खन्ना ने, जिसके परिवार ने पार्टीशन के दौरान बहुत से हिन्दू शरणार्थियों की तरह पाकिस्तान से आकर रसूलपुर जैसे अनगिनत गाँव-क़स्बों में पनाह ली थी। आर्य समाजी बनते ही लाला अमरचन्द आर्य ने अपने हिन्दुओं को मूर्ति-पूजा और अवतारवाद को पाखण्ड बताना शुरू कर दिया। वह अक्सर कहता था कि आर्य समाज में राम को भगवान मानना और उसका मन्दिर बनाना पाखण्ड है। यानी वह हिन्दुओं में प्रचलित मूर्ति-पूजा, अवतारवाद, बलि-प्रथा, झूठे कर्मकाण्डों और अन्धविश्वासों का भी विरोध करने लगा। स्वामी दयानन्द सरस्वती द्वारा स्थापित आर्य समाज और एकेश्वरवादी भारतीय हिन्दू सुधार के लिए चलाए जानेवाले आन्दोलन का यह अनुयायी बन गया। इसका परिणाम यह हुआ कि वह छुआछूत और जातिगत भेदभाव का मुखर आलोचक बन गया, तथा दलितों और कई पिछड़ी जातियों सहित बहुत से लोगों को यज्ञोपवीत धारण करवाकर उन्हें वेद पढ़ने के लिए प्रेरित कर, आर्य समाज के उद्देश्य अर्थात् *कृण्वन्तो विश्वमार्यम्* यानी विश्व को आर्य बनाते चलो की राह पर चलने लगा।

लाला अमरचन्द आर्य अर्थात् अमरचन्द सिंगला ने आर्य समाजी होते ही रसूलपुर में एक नज़ीर पेश करते हुए सबसे पहला क़दम यह उठाया, कि हिन्दू समाज में व्याप्त छुआछूत और जातिगत भेदभाव को दूर करने के लिए, अपना नाम अमरचन्द सिंगला से बदल कर अमरचन्द आर्य कर दिया। इतना ही नहीं उसने अन्य जातियों के जिन लोगों को यज्ञोपवीत धारण करवा आर्य समाजी बनाया, उनके नाम के पीछे भी *आर्य* लगवा दिया। इसका असर यह हुआ कि रसूलपुर के वाशिन्दे भले ही इन आर्य-पुत्रों की जातियाँ जानते थे किन्तु बाहरी लोगों के लिए, जो इनकी जातियाँ नहीं जानते थे, उनकी नज़र में सभी *आर्यपुत्र* कहे जाने लगे। आर्य नाम के इस छोटे-से शब्द ने, न केवल इनकी जाति छिपा ली बल्कि श्रेष्ठता-बोध भी इनमें कूट-कूट कर भर दिया। अब यह बात अलग है कि भले ही ये आर्यपुत्र बन गये, परन्तु पूरे गाँव में इनकी असली और पहली पहचान जाति ही थी, जो आज तक बनी हुई है।

बहरहाल, लाला अमरचन्द आर्य के नेतृत्व में रसूलपुर आर्य समाज मन्दिर में एक स्थायी *चतुष्कोणास्त्र* हवन कुण्ड बनाया गया। बनाने को *योनि कुण्ड, अर्द्धचन्द्राकार कुण्ड, त्रिकोण कुण्ड, वृत्त कुण्ड, समाष्टास्त्र कुण्ड, समषडास्त्र कुण्ड* या फिर *पद्म कुण्ड* भी बनाया जा सकता था लेकिन शास्त्रों में वर्णित जिस कुण्ड का विधान है, वह चतुष्कोणास्त्र हवन कुण्ड है। क्योंकि इस कुण्ड में यज्ञ करने से व्यक्ति की भौतिक अथवा आध्यात्मिक दोनों ही प्रकार की इच्छाओं की पूर्ति होती है, और लाला अमरचन्द आर्य की इच्छाओं में से एक भौतिक इच्छा अर्थात् *कृण्वन्तो विश्वमार्यम्* यानी पूरे विश्व को आर्य बनाना था।

इस तरह अमरचन्द आर्य की अगुवाई में प्रतिदिन यज्ञ होने लगा। जब-जब हवन कुण्ड में अक्षत, घी, शहद, तिल, जौ, पंचमेवा और ऋतुफलों को काटकर बनायी गयी समिधा डलती, तब-तब कुण्ड से उठती लौ भभक-भभक उठती। कुण्ड के चारों तरफ़ बैठे आर्यपुत्रों का चेहरा हवन कुण्ड से उठती लौ की लालिमा में दमक उठता। जैसे-जैसे हवन कुण्ड से पावक की ऊँची-ऊँची लौ उठती, अमरचन्द आर्य के श्रीमुख से वैदिक मन्त्रों के स्वर और तेज़ होने लगते।

वैदिक मन्त्रों के बाद अन्त में गायत्री-मन्त्र तो देर तक वायुमण्डल में गूँजता रहता। जबकि प्रतिदिन होनेवाला यज्ञ आर्य समाज की इस मूल प्रार्थना के बिना सम्पूर्ण नहीं होता–

हे प्रभो! आनन्द दाता, ज्ञान हमको दीजिए
शीघ्र सारे दुर्गुणों को दूर हमसे कीजिए
लीजिए हमको शरण में हम सदाचारी बनें
ब्रह्मचारी देशरक्षक वीर व्रतधारी बनें।

रसूलपुर आर्य समाज मन्दिर में प्रतिदिन होनेवाले इस यज्ञ में शकुनि भी बचपन में अपने पिताश्री और गाँव के रुसूख़दार महाजन लाला अमरचन्द आर्य के साथ बराबर जाता था। रसूलपुर ही नहीं बल्कि आसपास के दर्ज़न-भर गाँवों में लाला अमरचन्द आर्य की बात का कभी इतना वज़न था कि मजाल है कोई उसे पलटना तो दूर रहा, काट तो दे। लाला अमरचन्द आर्य के नोहरे के राजस्थान और मुग़ल शैली के विशाल दरवाज़े और उस दरवाज़े में बनी छोटी-सी किवड़िया, जिसमें से एक बार में सिर्फ़ एक ही व्यक्ति आ-जा सकता था, की चहल-पहल कभी देखते ही बनती थी। अधखुले विशाल दरवाज़े से एक तरफ़ जहाँ अनाज से भरी बोरियों को पीठ पर लादे पल्लेदारों की आवाजाही लगी रहती, तो दूसरी तरफ़ नोहरे के बाहरी हिस्से में बनी दुकान में छोटे-बड़े किसानों की आमदो-रफ़्त बनी रहती। इन्हीं दुकानों में से एक पर लाला अमरचन्द आर्य पूरे दिन गाव से पीठ टिकाये अधलेटी मुद्रा में बैठा रहता और इन्तज़ार करता अपने असामियों का। कहने को यह दुकान थी लेकिन दुकान जैसी इसमें कोई बात नहीं थी। दुकान की दीवार में बने लकड़ी के ख़ानों में रखे छींटदार और लट्ठे के थानों के अलावा इसमें और कोई सामान नहीं होता। एक तरह से इसे छोटी-सी बजाजे की दुकान ही कहा जा सकता है। थान तो महज़ दिखाने के लिए रखे गये थे, असल काम दुकान में सूद का होता था। इसलिए लाला अमरचन्द आर्य को अक्सर अकेले में, तो कई बार सामने बैठे किसान की उपस्थिति में लाल कपड़े से मढ़ी कई सिलवटोंवाली बही के पन्नों पर क़लम चलाते हुए देखा जाता था। सूद की दर का आलम यह था कि सत्तर के दशक में उसकी दर तीन से चार प्रतिशत सैकड़ा प्रति माह थी। इतने भारी सूद के चलते किसान से मूल लौटाना तो दूर

रहता, उसका सूद भी नहीं भरा जाता था। इतने मोटे सूद पर यह क़र्ज़ किसान और मज़दूरों द्वारा गिरवी रखे गये खेत और ज़ेवरात के बदले में दिया जाता था। उन गिरवी रखे गये खेतों की जब फ़सल उठती, तो महाजन बाट-तराज़ू लेकर सीधा खलिहान में पहुँच जाता और चढ़े सूद के बदले उन्हें खलिहान में पड़े अनाज को बोरियों में भरकर ले आता। इसलिए लाला अमरचन्द आर्य के नोहरे का गोदाम इतना ख़रीदे गये अनाज की बोरियों से नहीं, जितना सूद के रूप में आये अनाज से भरा होता था। इस मोटे सूद के चलते गिरवी रखे गये खेत और ज़ेवरात, किसान से कभी नहीं छुड़ाये जाते और अन्ततः एक दिन ये महाजन के होकर रह जाते।

लाला अमरचन्द आर्य की गिनती इलाक़े के बड़े महाजनों या कहिए बोहरों में होती थी। बारहों महीने और हर मौसम में उसके गोदाम अनाज से भरे रहते थे। धीरे-धीरे समय ने करवट बदलना शुरू कर दिया। तेज़ी से ग्रामीण बैंकों के विस्तार के चलते महाजनी का काम सुस्ताने लगा। किसान-मज़दूर की बढ़ती क्रय-शक्ति और बैंकों से सालाना दर पर मिलनेवाले छोटे ब्याज़ ने लाला अमरचन्द आर्य की तरह दूसरे महाजनों का धन्धा भी मन्दा कर दिया। और एक दिन ऐसा आया कि लाला अमरचन्द आर्य को अपना कारोबार रसूलपुर से समेटना पड़ गया। बतानेवाले बताते हैं कि लाला अमरचन्द आर्य और शादीलाल खन्ना ने लगभग एकसाथ रसूलपुर से पलायन किया था।

बीसवीं सदी के आठवें दशक में शुरू हुए इस पलायन का परिणाम यह हुआ, कि जिन नोहरे-हवेलियों के ड्योढ़ी-आँगन आते-जाते पदचापों से झंकृत रहते, उनकी खनक धीरे-धीरे विलुप्त हो गयी। जिन झरोखों-रोशनदानों में बैठे परिन्दों के मंगलगान गूँजते रहते, उनकी आवाज़ भी धीमी होती गयी। जिन खिड़की-दरीचों से हवा के झोंके उन्मुक्त भाव से आते-जाते, उन पर सन्नाटों का पहरा बैठ गया। अपने खुलने की प्रतीक्षा में इन नोहरे-हवेलियों की आँखें पथराने लगीं, और इन्तज़ार करतीं इन सूनी हवेलियों के मुख्य द्वारों पर लटके तालों में जंग लगना शुरू हो गया तथा दीवारें अपना पलस्तर छोड़ने लगीं। बड़े चाव से बनवाये गये नक़्क़ाशीदार दरवाज़ों की चूलों का सब्र भी आख़िर जवाब देने लगा। रोशनदानों में चहकनेवाले परिन्दों ने भी हारकर अब लौटनेवालों का इन्तज़ार करना लगभग छोड़ दिया।

रसूलपुर से निकलकर आये लाला अमरचन्द आर्य ने देश की राजधानी से महज़ पच्चीस-तीस मील दूर एक जाट बाहुल्य गाँव इस्माईलपुर में आकर पनाह ली। उसी रसूलपुर में जो आज दिल्ली-एनसीआर का हिस्सा है और जिसके वैभव व भव्यता का कोई सानी नहीं है। जबकि शादीलाल खन्ना दूसरे शरणार्थियों की तरह तेज़ी से विस्तारित होते संयुक्त पंजाब और बाद में पंजाब से अलग हुए हरियाणा के एक सीमावर्ती शहर की नयी-नयी आबाद होती कॉलोनी में आकर बस गया। इस्माईलपुर आते ही लाला अमरचन्द आर्य ने अपनी दूरदर्शिता और वणिक बुद्धि का परिचय देते हुए, पहला काम यह किया कि गाँव के किनारे बहुत सस्ते में लगभग आधा एकड़ ज़मीन का टुकड़ा ख़रीद लिया। इस टुकड़े पर दस दुकानें निकालकर एक परचून यानी किराना की ठीक-ठाक दुकान खोल ली, जिसका नाम रखा *शकुनि किराना स्टोर*। दुकान के माथे पर लगे शकुनि किराना स्टोर के साइन बोर्ड पर उसने *रसूलपुर वाले* जान-बूझकर लिखवाया ताकि अपनी जड़ों से जुड़े रहने का एहसास बना रहे। लेकिन समय के साथ जैसे-जैसे बहुराष्ट्रीय कम्पनियों ने 'शकुनि किराना स्टोर' के छज्जे पर अपने उत्पादों के प्रचार के लिए मुफ़्त में साइन बोर्ड टाँगने शुरू कर दिये, यह एहसास धीरे-धीरे धुँधला पड़ता चला गया और रह गया केवल 'शकुनि किराना स्टोर'। इसके साथ लिखी पहचान 'रसूलपुर वाले' कब समाप्त हो गयी, इसका पूरे इस्माईलपुर सहित स्वयं शकुनि आर्य को भी पता नहीं चला। जबकि सच्चाई यह है कि शकुनि भी इस अतीत-मोह से छुटकारा चाहता था। जब रसूलपुर में कुछ बचा ही नहीं है, तो भला उसको क्या याद रखना।

इस्माईलपुर में जमने के बाद लाला अमरचन्द आर्य ने यहाँ के शिवालय परिसर में गाँव के कुछ रुसूख़दारों के साथ मिलकर, एक आर्य समाज मन्दिर का निर्माण करवा दिया। अपने पैतृक गाँव रसूलपुर की तरह लाला अमरचन्द आर्य ने अपनी साख का इस्तेमाल कर, और कुछ पुराने जाट नेताओं का हवाला देकर कई स्थानीय जाटों को भी आर्य समाजी बना दिया। इन्हीं में से एक था चौधरी निहाल सिंह सोलंकी।

बीसवीं सदी के अन्तिम दशक तक तो इस्माईलपुर भी इस देश के दूसरे गाँवो-देहातों की तरह ऊँघता रहा, परन्तु जैसे ही शहरी विकास मन्त्रालय तथा स्थानीय विकास प्राधिकरण ने इस्माईलपुर और उसके आसपास की

भूमि का अधिग्रहण कर, यहाँ एक उपनगर विकसित करने की घोषणा की, हाउसिंग सोसाइटीज़ ने तेज़ी से अपने पैर पसारने शुरू कर दिये। फलस्वरूप इस्माईलपुर जैसे गाँव-देहातों के लोगों, ख़ासकर किसानों की मानो क़िस्मत बदल गयी। उस समय सबसे अधिक अधिग्रहण चौधरी निहाल सिंह सोलंकी की भूमि का हुआ। जिस पर देखते-देखते दर्ज़न-भर हाउसिंग सोसाइटीज़ सीना तानकर खड़ी हो गयीं। लाला अमरचन्द आर्य की मृत्यु के बाद उसके इकलौते सुपुत्र शकुनि आर्य ने समझदारी यह दिखाई कि अपने पिता का कारोबार तो इस्माईलपुर में ही रहने दिया, लेकिन बच्चों के बिगड़ने के डर से ख़ुद तीन बीएचके वाले अपार्टमेंट में आ गया। इतना ही नहीं पुराने 'शकुनि किराना स्टोर' को तुड़वाकर उसकी जगह कई मंज़िला आधुनिक बाज़ार खड़ा कर दिया, ज़िसका इसने नाम रखा *एल.ए.सी.ए. मार्ट*। क्योंकि किराना स्टोर से केवल यह सन्देश जाता था कि यह परचून की एक आम दुकान है। तब अलग बात थी जब लाला अमरचन्द आर्य यहाँ पलायन करके आया था। सच तो यह है कि तब इस्माईलपुर जैसे गाँव में ऐसी ही परचून की दुकान की ज़रूरत थी। वैसे मार्ट बनाने का निर्णय शकुनि ने तभी ले लिया था, जब तेज़ी से इस्माईलपुर गाँव और आसपास की ज़मीनें अधिग्रहीत कर उन पर तेज़ी से हाउसिंग सोसाइटीज़ का निर्माण शुरू हो गया। समय की नज़ाकत को देखते हुए और समाज में रुतबा बढ़ाने के लिए किराना या परचून जैसे दक़ियानूसी नामों से काम नहीं चलेगा। ज़रूरत का हर सामान उपलब्ध करानेवाले इस बहुमंज़िले आधुनिक बाज़ार, जिसके बारे में दावा किया गया है कि इसमें ज़रूरत का हर सामान आपको मिलेगा, उसके नये नामकरण के पीछे अपने स्वर्गीय पिता लाला अमरचन्द आर्य की स्मृति को हर समय ताज़ा बनाये रखना था। इसलिए इसका नाम एल.ए.सी.ए. मार्ट अर्थात् लाला अमरचन्द आर्य मार्ट रखा गया। अब आप सोचेंगे कि यह नाम रखने से लाला अमरचन्द आर्य की स्मृति कैसे बनी रहेगी? तो बता दें शकुनि आर्य से जब कोई एल.ए.सी.ए. की फुल फॉर्म पूछता है, तब वह इस रहस्य को बताता। दूरदर्शी शकुनि आर्य ने यह नाम रखकर एक तीर से कई शिकार साध लिये। एक पिता की स्मृति भी बनी रह गयी दूसरा, एक दक़ियानूसी नाम से पीछा छूट गया। कई बार तो इस नाम को सुन और पढ़कर ऐसा लगता, जैसे यह किसी बहुराष्ट्रीय कम्पनी की कोई शाखा है। थोक और खुदरा दोनों रूपों में ज़रूरत का हर सामान उपलब्ध

करानेवाले इस एल.ए.सी.ए. मार्ट अर्थात् लाला अमरचन्द आर्य मार्ट के बारे में यह भ्रम बना भी रहना चाहिए। हाउसिंग सोसाइटी संस्कृति के मद्देनज़र यह भ्रम ज़रूरी भी था। वैसे भी भ्रम और धन्धे का चोली-दामन का साथ है क्योंकि भ्रम के बिना न धन्धा चलता है, न जीवन।

श्रीराधा अपार्टमेंट, अक्षरधाम अपार्टमेंट, सुखसागर अपार्टमेंट, अहिंसा अपार्टमेंट, आशियाना अपार्टमेंट और श्रीराम अपार्टमेंट चौधरी निहाल सिंह सोलंकी की अधिग्रहीत की गयी भूमि पर बननेवाली शुरुआती हाउसिंग सोसाइटीज़ हैं। इन्हीं सोसाइटीज़ में से एक तीन बीएचके वाले श्रीराम अपार्टमेंट में आने के बाद शकुनि आर्य ने पहला काम यह किया कि उसने अपने बच्चों को सख़्त हिदायत दे दी कि, वे जब भी किसी को अपना नाम बतायें, उसके पीछे आर्य की जगह अपना गोत्र सिंगला बतायें। हालाँकि यह काम उसने तभी शुरू कर दिया था, जब बच्चों का उसने स्कूल में नाम लिखवाया था। किसी नाम के पीछे आर्य नहीं लगाया। अगर उसे पता होता कि गोत्र, कुल, जाति, नस्ल, वर्ण का जीवन और समाज में क्या महत्त्व होता है, तो अपने नाम के पीछे वह कदापि *आर्य* नहीं लगने देता। भला आर्य भी कोई गोत्र हुआ? आर्य से किसी का यह पता ही नहीं लगता है कि वह माली है या कुम्हार, लुहार है या नाई, धोबी है या तेली? जिसे देखो वही अपने नाम के पीछे आर्य लगा सीना तानकर घूम रहा है? अब बताओ, कहाँ महाराज अग्रसेन अर्थात् अग्रवाल कुल का शकुनि सिंगला, और कहाँ रामलाल साहू मेरा मतलब है कोल्हू चलानेवाला रामलाल तेली? कुछ तो बराबरी होनी चाहिए। अगर मनु महाराज ने वर्ण व्यवस्था और जातियाँ बनायी हैं, तो कुछ सोच-समझकर ही बनायी होंगी? यदि हर कोई हर किसी की बराबरी करने लग गया तो कैसे यह सनातन धर्म चलेगा? यही सोचकर शकुनि ने सारे बच्चों के नाम के पीछे *सिंगला* लगवा दिया।

2

इसी इस्माईलपुर के प्राचीन शिवालय के पीछे फैला छोटा-सा जंगल। जो एक समय इस्माईलपुर सहित आसपास तक के गाँवों के लिए *बनी* यानी

छोटा-सा वन कहलाती थी। जैसे-जैसे रात गहराने लगती वैसे-वैसे यहाँ से गुज़रनेवाले आसपास के गाँवों के ही नहीं, ख़ुद इस्माईलपुर के लोग तक रात-बिरात इसके पास से गुज़रते हुए डरते। क्योंकि इस बनी में बसे सियारों की गूँजती हुआँ-हुआँ, और इसके किनारे बने गाँव का श्मशान इस डर को और बढ़ा देता। कई बार तो इसके भीतर से किसी आदमी जैसी ज़ोर-ज़ोर से चीख़ने की आवाज़ सुनाई देती, जिसे सुनकर इस्माईलपुर के लोगों को यह पक्का यक़ीन हो जाता कि ज़रूर यह किसी प्रेत की आवाज़ है। यह रहस्य तो बहुत बाद में खुला जब एक दिन एक रहस्यमयी जानवर के साथ एक बाजीगर गाँव में खेल दिखाने आया। बाँसुरी और डुगडुगी बजाते हुए पहले उसने साँप-नेवले की लड़ाई दिखायी। इसके बाद जब उसने इस जानवर को दिखाया, तब कहीं जाकर लोगों को पता चला, कि वे रात-बिरात सियारों की आवाज़ के साथ आदमी जैसी कर्कश आवाज़ को किसी भूत या प्रेत की समझते थे, वह इस जानवर की है। बाजीगर लोमड़ी जैसे दिखनेवाले इस जीव के बारे में जब बता रहा था, तब दर्शकों की भयातुर आँखें रह-रहकर फैल और सिकुड़ रही थीं। लेकिन इसी बीच जैसे ही इस जानवर ने वैसे ही चीख़ना शुरू किया, जैसी चीख़ कई बार रात के सन्नाटे में उनके कानों में सुनाई देती है, मारे डर के दर्शकों की भी चीख़ निकल गयी। बाजीगर से ही इस रहस्यमयी जीव के बारे में पता चला कि यह कोई सियार या लोमड़ी नहीं है बल्कि बिज्जू है। बिज्जू भी कोई मामूली नहीं बल्कि क़ब्रा बिज्जू, जो क़ब्रिस्तानों के आसपास रहता है। जब किसी मुर्दे को क़ब्र में दफ़नाया जाता है, तब यह रात के अँधेरे में आकर क़ब्र को अपने नुकीले नाख़ूनोंवाले पंजों से खोदकर उसमें दफ़न मुर्दे को निकालकर खाता है। जैसे ही बाजीगर ने यह बताया कि यह क़ब्रा बिज्जू क़ब्र में दफ़न मुर्दे को खाता है, दर्शकों की भीड़ में बेचैनी व्याप गयी। छोटे-छोटे बच्चों को उनकी माँओं ने लपककर अपने अंक से सटा लिया।

इसी प्राचीन शिवालय की अस्थायी दीवार के बग़ल से जाता एक कच्चा रास्ता, जो शिवालय के पीछे से लगभग पचासेक क़दम दूर बनी मज़ार की ओर निकल जाता है। कँटीली कीकर व दूसरे जंगली झाड़ों से ढकी इसी मज़ार के चारों तरफ़ कुछ टहनियों पर झूलते, और चढ़ायी गयी चादर के नाम पर पड़े छोटे-छोटे हरे टुकड़े। महाशिवरात्रि के दिन शिवालय के शिवलिंग और

महादेव पर चढ़ाये जानेवाले धतूरे, बेलपत्र, और भाँग की टहनी-पत्तियों से यह मज़ार इस तरह छिप जाती है कि इसकी तुरबत दिखाई नहीं देती। इतना ही नहीं बल्कि हर सोमवार और अन्य दिन श्रद्धालुओं द्वारा महादेव पर लोटे-गड़वों से चढ़ाये गये जल में से जो जल बच जाता है, उससे भी इसे नहाया हुआ देखा जा सकता है। जो भी श्रद्धालु महादेव पर जल चढ़ाता, वह मज़ार पर चढ़ाये बिना नहीं लौटता। इसलिए पूरे इस्माईलपुर में यह मान्यता बनी हुई है, कि इस मज़ार का पीर कई तरह की होनी-अनहोनियों से इस्माईलपुर की रक्षा करता है। कुछ का तो यह तक कहना है कि उन्होंने अपनी आँखों से लम्बे सफ़ेद चोगे में एक ज़ईफ़ साये को, शिवालय के इर्द-गिर्द घूमते हुए देखा है। कहने का मतलब यह है कि जितने मुँह, उतनी बातें।

शिवालय के बग़ल में एक तरफ़ थोड़ी-सी ऊबड़-खाबड़ ज़मीन को समतल कर बनाया गया एक छोटा-सा हरे घास का मैदान। जिसका उपयोग लगभग प्रतिदिन यहाँ इस्माईलपुर नगर टोली के अन्तर्गत आनेवाले शिवालय मण्डल की लगनेवाली *शाखा* अर्थात् *दैनिक मिलन* के लिए किया जाता है।

संघ-स्थल पर शाखा के लिए एकत्रित हुए स्वयंसेवकों के बीच मुख्य शिक्षक भरत प्रसाद ने दो बार सीटी बजायी। सीटी बजते ही आपस में बात बन्द कर सारे स्वयंसेवक, ध्वज-स्थान की ओर मुँह कर दोनों एड़ियों को एक सीध में मिलाते हुए, घुटनों को तान एकदम सीधे खड़े हो गये। मुख्य शिक्षक ने ध्यान से देखा कि सारे गण अर्थात् स्वयंसेवकों के कन्धे एक सीध में, हाथ शरीर से सटे हुए, मुट्ठियाँ बँधी हुईं, अँगुलियों के पिछले भाग जंघा से सटे हुए, अँगूठा सामने की तरफ़ अँगुलियों से और निकर की सिलाई से लगा हुआ तथा गर्दन तनी हुई है अथवा नहीं?

इससे पहले कि शाखा की कार्यवाही आगे बढ़ती, शाखा कार्यवाह शकुनि आर्य ने पंक्तिबद्ध गणों में पहले जैसे किसी को ढूँढ़ा और फिर मुख्य शिक्षक से कहा, "भरत जी, राजू नहीं आया है आज?" शकुनि आर्य ने अपने कारिन्दे राजू यानी राजकुमार के बारे में पूछा।

"कुछ देर पहले तो यहीं था...पता नहीं अब कहाँ चला गया?" मुख्य शिक्षक ने अनभिज्ञता प्रकट करते हुए कहा।

'कहाँ गया होगा?' शकुनि आर्य ने ख़ुद से पूछा, और अगले पल वह थोड़ी दूर खड़े घने झाड़-झंखाड़ों की ओर बढ़ गया।

शकुनि आर्य का अनुमान एकदम सही निकला। इस अनुमान की पुष्टि झाड़ियों के बीच उड़ती धूल से भी हो गयी। वह तेज़ी से उसी तरफ़ गया और उड़ती धूल में लिपटे साये को देख दाँत पीसते हुए बोला, "राजू, तू यहाँ है!"

धूल में लिपटे साये अर्थात् मज़ार के चारों तरफ़ झाड़ू लगाते राजकुमार ने सकपकाते हुए नज़र उठायी, तो देखा सामने उसका मालिक खड़ा है। उससे कुछ भी जवाब देते नहीं बना।

"सब तुझे शाखा में खोज रहे हैं और तू यहाँ इन मुल्लों की कबर पर झाड़ू लगा रहा है। देख, तुझे अन्तिम बार चेतावनी दे रहा हूँ कि जब शाखा में आया करे, तो इस कबर पर मत आया कर!" शकुनि आर्य ने अपने नौकर राजकुमार यानी राजू को बुरी तरह डाँट दिया।

राजू ने झाड़ू को मज़ार के ऊपर फैले बाड़ करेले अर्थात् जंगली करेले की बेल की जड़ में रखा, और निकर से हाथ झाड़ते हुए अपने मालिक के पीछे-पीछे हो लिया।

इस प्रकार अन्य दिनों की तरह नित्य अनिवार्य कार्यकर्मों के तहत सबसे पहले मन्त्र सहित एक-एक कर *सूर्यनमस्कार* किया गया। सूर्यनमस्कार की विधियों को बड़े जतन से करने के इतने दिनों बाद भी राजू पूरी तरह इसे नहीं सीख पाया है। दूसरों की देखा-देखी बस मुड़ने-तुड़ने की कोशिश ज़रूर करता है। सूर्यनमस्कार के उपरान्त प्रतिदिन की तरह *फलश्रुति मन्त्र* पढ़ा गया, जिसका अर्थ है–*जो प्रतिदिन सूर्यनमस्कार* करते हैं, *वे आयु, अच्छी बुद्धि, बल, वीर्य और तेज को प्राप्त* करते हैं।

सूर्यनमस्कार के बाद तरुणों में साहस, संघर्ष और कटिबद्धता की भावना पैदा करने हेतु सारे स्वयंसेवकों को खेल खेलने के लिए तैयार हो जाने का निर्देश दिया गया। पता नहीं क्यों शाखा में राजू को सबसे अधिक आनन्द इन खेलों में ही आता है। अब तो उसे इन अधिकतर खेलों जैसे *मैं शिवाजी, नदी पार करना, अग्निकुण्ड, घोड़े पे सवारी, दिल्ली हमारी, मण्डल युद्ध, शेर बकरी, घोड़ा कबड्डी, सुरंग, घुड़सवार युद्ध, घोड़ा बाँधो, कबड्डी छू* के नाम भी याद हो गये हैं। अभी राजू यह सोच ही रहा था कि आज मुख्य शिक्षक कौन-सा खेल खिलायेगा, अचानक उसके कान में उसके नाम की आवाज़ गूँजी।

"राजकुमार जी, आज कौन-सा खेल खेलें?"

राजू को सबसे अच्छी बात शाखा की यह लगती है कि सिवाय उसके मालिक शकुनि आर्य के, सब उसे पूरे सम्मान के साथ बुलाते हैं।

राजू वर्तमान में लौटते हुए मुख्य शिक्षक की ओर देखने लगा।

"मैं पूछ रहा हूँ कि आज कौन-सा खेल खेलें?" मुख्य शिक्षक ने अपना प्रश्न दोहराते हुए पूछा।

राजू एक-एक कर उन खेलों को मन-ही-मन याद करने लगा, जो उसे सबसे अधिक पसन्द हैं।

"दिल्ली हमारी!" राजू के मुँह से अनायास निकल गया।

"ठीक है।" इतना कह मुख्य शिक्षक ने सारे स्वयंसेवकों को निर्देश देते हुए कहा, "सारे गण छोटा-सा मण्डल बना लें!"

मुख्य शिक्षक के इस निर्देश पर एक छोटा-सा मण्डल यानी घेरा बन गया।

"जैसाकि सबको पता है इस मण्डल को हम दिल्ली कहेंगे...और राजू इसके बीच में खड़ा होकर पूरे मण्डल से पूछेगा कि दिल्ली किसकी...तो इस पर बाकी गण क्या कहेंगे?"

"दिल्ली हमारीऽऽऽ...!" सभी गणों ने एकस्वर में कहा।

"शाब्बाश! और ऐसा कितनी बार होगा?"

"तीन बाऽऽऽर!"

"ठीक है...राजू चलो शुरू करो!" मुख्य शिक्षक ने राजकुमार को निर्देश दिया।

इसके बाद *दिल्ली हमारी* खेल शुरू हो गया और तीसरी बार राजू जैसे ही *दिल्ली किसकी* कहकर हटा, बाक़ी के गणों में उस जगह को हथियाने की मारा-मारी मच गयी। अचानक मुख्य शिक्षक की सीटी बजते ही जो गण राजू की जगह पर रुका, मुख्य शिक्षक ने उसे विजयी घोषित कर दिया।

जिस गण को विजयी घोषित किया गया, उसका चेहरा मारे ख़ुशी के चहक उठा। उसे देखकर ऐसा लगा, मानो सचमुच उसने दिल्ली फ़तह कर ली है।

“तो इस तरह हम दिल्ली हमारी की तरह दूसरे खेल जैसे लाहौर हमारा, काबुल हमारा, ईरान हमारा, इराक हमारा बल्कि सारा विश्व हमारा जैसे खेल सकते हैं...ठीक है?”

सारे गणों ने अपने-अपने सिर इस तरह हिला दिये जैसे अगली बार वे दिल्ली की तरह सचमुच लाहौर, काबुल, ईरान, इराक के साथ-साथ पूरे विश्व पर संघ के इस ढाई मीटर ऊँचे ध्वजदण्ड पर टँगे केसरिया ध्वज को फहरा देंगे। हालाँकि राजू ने भी मन-ही-मन लाहौर, काबुल और ईरान-इराक पर पताका फहराने का दृढ़ निश्चय कर लिया था, मगर उसके सामने सबसे बड़ी समस्या यह आकर खड़ी हो गयी, कि ये जगह जिन पर अगली बार दिल्ली की तरह क़ब्ज़ा करना है, वे कहाँ और किस तरफ़ होंगे? देर तक राजू इन जगहों को अपने अनुमान से खोजता रहा, लेकिन ये उसे कहीं नहीं मिले। हारकर उसने इस विषय पर यह सोचते हुए विराम लगा दिया कि जैसे आज दिल्ली पर विजय पायी है, इसी तरह किसी दिन लाहौर-काबुल या ईरान-इराक पर भी विजय पा लेंगे।

शाखा-गीत समाप्त होने के बाद शकुनि आर्य ने अपने साथ खड़े व्यक्ति, जिसे राजू पहली बार देख रहा है, उसकी ओर देखा। जिस व्यक्ति की तरफ़ शकुनि ने देखा, वह धीरे-से आगे आया और अपने साथ आये दूसरे व्यक्ति का परिचय कराते हुए बोला, “मेरा नाम रुद्रपाल है। मैं इस्माईलपुर नगर टोली का नगर कार्यवाह हूँ और ये इन्दरजीत जी हैं, जो जिला कार्यवाह का पदभार सँभाले हुए हैं। इस समय ये पार्ट टाइम एलआईसी एजेंट का कार्य भी करते हैं तथा द्वितीय वर्ष शिक्षित हैं। इससे पहले कि ये अपनी बात कहें, एक-एक कर आप सब इन्हें अपना परिचय दें!”

इसके बाद एक-एक कर सारे गण अपने पद के साथ अपना परिचय देने लगे। परिचय के दौरान जीवन बीमा निगम अर्थात् एलआईसी में कार्यरत इन्दरजीत ने आश्वस्ति-भरी गहरी साँस ली। उसे यह जानकर बेहद ख़ुशी हुई कि इस्माईलपुर नगर टोली में सह विभाग कार्यवाह, सह नगर कार्यवाह, मुख्य शिक्षक, गण शिक्षक, गट्नायक, नगर विद्यार्थी कार्यवाह जैसे पदों पर स्वयंसेवक तैनात हैं।

सबका परिचय लेने के बाद एलआईसी कर्मचारी और द्वितीय वर्ष शिक्षित ज़िला कार्यवाह इन्दरजीत ने अपने सामने बैठे स्वयंसेवकों पर एक उचटती-सी नज़र डाली। नज़र डालने के बाद एक लम्बी साँस ले, गम्भीर मुद्रा धारण करते हुए बोला, "यहाँ उपस्थित माँ भारती के सपूतों में से कोई यह बता सकता है, कि शाखा में आने का असली उद्‌देश्य क्या होता है?"

ज़िला कार्यवाह कुछ पल तक इन्तज़ार करता रहा कि बने अर्द्ध गोले से कोई उत्तर आये। मगर किसी ने कोई जवाब नहीं दिया। बल्कि एक बार जैसे ही पल-भर के लिए ज़िला कार्यवाह की दृष्टि राजू पर जाकर अटकी, राजू ने भी दूसरे माँ भारती के सपूतों की तरह निगाह नीची कर ली।

हारकर एलआईसी कर्मचारी इन्दरजीत ने ही सामने बैठे स्वयंसेवकों के ज्ञान में वृद्धि करने का निर्णय लिया। उसने पहले खँखारते हुए गला साफ़ किया, और फिर शब्दों को बेहद बारीकी से चुबलाते हुए बताने लगा, "शाखा में आने का असली उद्‌देश्य होता है व्यक्ति-निर्माण। यहाँ आपको एक बात बता दूँ कि व्यक्ति भी दो तरह के होते हैं- एक सज्जन और दूसरे दुर्जन। मोटा-मोटी शाखा के माध्यम से दुर्जनों को ही सज्जन बनाने काम होता है। मगर भौतिक दृष्टि से देखें तो शाखा हमें धन भी देती है, तन भी देती है और मन भी देती है। कहने का भाव यह है कि यहाँ आकर हमें ये तीनों चीजें प्राप्त होती हैं, क्योंकि किसी भी कार्य के लिए इन तीनों का होना बहुत आवश्यक है।"

जिस समय द्वितीय वर्ष शिक्षित ज़िला कार्यवाह शाखा में आने के *असली* उद्‌देश्य की व्याख्या कर रहा था, राजू एक अलग तरह की कल्पना में डुबकी लगाने लगा, कि वह गाँव से जिस सपने और लक्ष्य को लेकर शकुनि आर्य के *शकुनि किराना स्टोर* में काम करने आया है, वह उसे पूरा होता दिखाई दे रहा है। और वह सपना है धन अर्जित करना।

कल्पना में डूबा राजू अभी अपने सामने पड़ी अशर्फ़ियों को समेटने ही वाला था, कि उसके कानों में ज़िला कार्यवाह के ये शब्द पड़े, "शाखा में आने पर जब हम सज्जनों के साथ बैठते हैं, तब हमें बुद्धि मिलती है। अब बुद्धि भी दो तरह की होती है–सद्‌बुद्धि और कुबुद्धि। इसी तरह शक्ति भी दो तरह की होती है–सज्जन शक्ति और दुर्जन शक्ति। अब मान लीजिए, आप में अगर दुर्जन शक्ति है तो आप आइएसआइएस बन सकते हैं। मेरा कहने का

मतलब है जिहादी बन सकते हैं...आतंकवादी बन सकते हैं...चोर-डकैत कुछ भी बन सकते हैं। लेकिन शाखा में आने से हमें सज्जन शक्ति मिलती है। हमें संस्कार मिलते हैं, अनुशासन मिलता है।"

सद्बुद्धि-कुबुद्धि, सज्जन-दुर्जन, सज्जन शक्ति-दुर्जन शक्ति सब जैसे गड्डमड्ड हो गया। राजू की समझ में नहीं आ रहा है कि इन सबका धन से क्या लेना-देना। सिर घूमने लगा उसका।

और इससे पहले कि वह ग़श खाने को हुआ, ज़िला कार्यवाह के इन शब्दों को सुन उसकी मानो चेतना लौट आयी, "संस्कार और सद्बुद्धि आने से धन का उपार्जन होता है। हालाँकि धन इनके बिना भी आता है। लेकिन जब हम शाखा में एक-दूसरे से मिलते हैं, तो उनके काम-धन्धे से भी परिचय होता है। आपस में पूछते हैं कि आपका काम क्या है? इस तरह शाखा आपके धन्धे में भी मदद करती है। जैसे मैं एलआईसी का एजेंट हूँ और शाखा में आने से मैंने बहुत सारे लोगों का अलग-अलग स्कीमों में बीमा करवाया है। इसी तरह कोई स्वयंसेवक फाइनेंसर है तो लोग उससे अपने धन्धे के लिए लोन ले सकते हैं।" ज़िला कार्यवाह इन्दरजीत ने इस बार अपने अनुभव का उपयोग करते हुए, सामने बैठे स्वयंसेवकों के चेहरों को पढ़ा और बड़ी चालाकी से अपने मतलब पर आते हुए, बोला, "अगर आप में से किसी को किसी तरह का बीमा कराना है, तो शाखा विकिर के बाद मुझसे सम्पर्क कर लेना...तो हाँ, मैं बता रहा था कि इस तरह शाखा में आकर हमें तन और मन तो मिलता ही है, धन भी मिलता है।"

इस बार राजू ने जैसे राहत की साँस ली। ग़नीमत है यह एलआईसी एजेंट धन पर लौटा तो। वह एक बार फिर से पुरानी कल्पना में खो गया। उसकी समझ में यह रहस्य अब आया कि शाखा में आनेवाले आसपास के अधिकतर स्वयंसेवक *शकुनि किराना स्टोर* से ही क्यों सामान ख़रीदते हैं। भौतिक दृष्टि से शाखा द्वारा धन देने का अर्थ उसने आज जाना।

राजू को लगा कि एलआईसी एजेंट और द्वितीय वर्ष शिक्षित ज़िला कार्यवाह इन्दरजीत की बात ख़त्म हो गयी है। लेकिन उसका यह अनुमान तब ग़लत निकल गया, जब उसने देखा कि ज़िला कार्यवाह ने अपना प्रवचन पुनः शुरू कर दिया है।

"अब अगर हम अंग्रेजी संस्कृति की बात करें तो वहाँ हेल्थ हील से बना है। जबकि उर्दू की बात करें तो हेल्थ का मतलब तन्दुरुस्ती होता है। यानी तन दुरुस्त होना चाहिए। मन चाहे कैसा भी हो। अगर एक आइएसआइएस आतंकवादी के शरीर में घाव हो गया, तो वह यही सोचेगा कि मेरा घाव ठीक हो जाये ताकि मैं फिर से मरने जाऊँ। यानी उसके मन में यही रहेगा कि तन दुरुस्त रहे।"

राजू ही नहीं शाखा में उपस्थित माँ भारती के सारे सपूत अब जम्हाई लेने लगे। किसी के जैसे कुछ पल्ले नहीं पड़ रहा है। एलआईसी एजेंट अर्थात् ज़िला कार्यवाह की बातें अब उनके सिर के ऊपर से जाने लगीं। इधर राजू की समझ में अभी तक यह बात नहीं आ रही है कि बार-बार ज़िला कार्यवाह इस तन, मन और धन के बीच अंग्रेज़ी संस्कृति, आइएसआइएस, जिहादी, आतंकवादी, उर्दू को क्यों घुसेड़ रहा है? इनका तन, मन और धन से क्या लेना-देना? उसका बस चलता तो वह कब का यहाँ से उठकर जा चुका होता, परन्तु सामने खड़े अपने मालिक के डर से वह हिला तक नहीं। जबकि ज़िला कार्यवाह है कि वह रुकने का नाम नहीं ले रहा है।

"आप सबको अपने भगवान राम की तरह अपने समाज को एकजुट करना चाहिए। हमें वंचित और हमारे ही उन लोगों को भी इकट्ठा करना है, जो हमसे दूर भाग रहे हैं। कहते हैं न कि भय बिन होए न प्रीत। आप सबको पता होगा कि समुद्र मन्थन के दौरान जब समुद्र जैसे सज्जन ने भगवान श्रीराम की बात नहीं मानी, तब भय बनाया गया? इसलिए भय बनाना जरूरी है और यह भय तभी बनेगा जब हम हिन्दू संगठित होंगे। यह भय अकेले नहीं बनेगा। इसके लिए संगठन को मजबूत बनाना होगा और संगठन को मजबूत बनाने के लिए हमें बाहर निकलना होगा। कहने का मेरा भाव यह है कि जो गट्नायक या गणशिक्षक शाखा में आ रहे हैं, वे यह देखें कि मैं कितने स्वयंसेवकों को साथ लेकर आ रहा हूँ। तभी संगठन बनेगा और संगठन को मजबूत बनाने के लिए हमें प्रत्येक शक्ति को प्रेरित करके साथ लाना है।"

अब लगभग पूरी शाखा एलआईसी एजेंट के प्रवचनों को सुन-सुनकर सचमुच उकताने लगी। एक तो भादों की उमस-भरी गरमी और ऊपर से इन प्रवचनों को सुन सबका जैसे जी मितलाने लगा। लेकिन वे चाहकर भी यहाँ से नहीं जा सकते। उनकी हालत क़ैद में फँसी बुलबुल की तरह हो गयी।

"एक अन्तिम बात कहकर मैं अपनी वाणी को विराम देता हूँ कि हम जब ये सब करेंगे तभी दैविक, भौतिक और आध्यात्मिक यानी *चारों सकल पदारथ एहि जग माहीं* अर्थात् अर्थ, धर्म, काम, मोक्ष ये हमें तभी शान्ति से प्राप्त होंगे, जब हम सज्जन शक्ति को संगठित करने का प्रयास करेंगे। इसलिए हमें भारत माता के इस शाखा रूपी मन्दिर में रोज आना है, और अपने पवित्र भगवा ध्वज के सामने संकल्प करके जाना है। इसलिए आइए, हम सज्जन शक्ति को इकट्ठा करें। इससे हमें तन, मन, धन और भौतिकता प्राप्त होगी। अध्यात्म प्राप्त होगा और वैश्विक शान्ति *सर्वे भवन्ति सुखना* की प्राप्ति होगी। यही शाखा में आने का उद्द्देश्य है।"

पता नहीं शाखा में आने के इस धनोपार्जन दर्शन से कोई अभिभूत हुआ या नहीं, लेकिन राजू ने मन-ही-मन यह प्रण ले लिया कि यदि उसे धन अर्जित करना है, तो उसे भारत माता के इस मन्दिर में बिना नागा आना होगा। उसने मन-ही-मन तुलसी बाबा का यह उत्तर आधुनिक मन्त्र गाँठ बाँध लिया कि *सकल पदारथ एहि जग माही, कर्महीन नर पावत नाही।*

शाखा विकिर से पूर्व सारे भारत माँ के सपूत अपनी-अपनी जगह पर खड़े हो गये। पूर्व की तरह एक बार फिर से इस सुभाषित को दोहराया गया–

हिन्दव: सोदरा: सर्वे, न हिन्दू पतितो भवेत्।
मम दीक्षा हिन्दू: रक्षा, मम मन्त्र: समानता।।

हिन्दू-चीनी भाई-भाई की तर्ज़ पर गढ़ी गयी इस हिन्दू-हिन्दू भाई-भाई की भावना को प्रबल करनेवाले इस सुभाषित के बाद, अन्त में जैसे ही प्रार्थना का समय आया, राजू की कँपकँपी छूटने लगी। कँपकँपी इसलिए कि शुद्ध संस्कृत में रचित इस बीस पंक्तियोंवाली प्रार्थना को उसने बहुत रटने की कोशिश की। लेकिन पहली पंक्ति के बाद उसके पसीने छूटने लग जाते हैं। बावजूद इसके वह अन्य स्वयंसेवकों की तरह सावधान की मुद्रा में खड़े हो गया, और मुख्य शिक्षक के पीछे दूसरों की देखा-देख बीन की तरह अपना सुर मुख्य शिक्षक के सुर में मिलाने लगा–

नमस्ते सदा वत्सले मातृभूमे
त्वया हिन्दुभूमे सुखं वर्धितोऽहम्।

राजू जानता है कि मुख्य शिक्षक और टोली के कुछ पुराने स्वयंसेवकों के अलावा मुश्किल से एकाध स्वयंसेवक को यह प्रार्थना कण्ठस्थ होगी। इसलिए अधिकतर गण अथवा स्वयंसेवक उसकी तरह बीन की तरह बिनयाते रहते हैं। और जैसे ही प्रार्थना समाप्त होने के बाद सबसे अन्त में *भारत माता की जय* बोलने की बारी आयी, राजू ने चैन की साँस ली। हमेशा की तरह आज भी उसने इसे इतनी ज़ोर से *भारत माता की जय* बोला कि उसके शब्द सामने खड़े अपने मालिक शकुनि आर्य के कानों में पड़े बिना नहीं रहे होंगे। यह ज़रूरी भी था क्योंकि अपने स्वामी और राष्ट्र के प्रति निष्ठा प्रकट करने का इससे अच्छा अवसर दूसरा नहीं हो सकता।

शाखा से लौटते हुए राजू उर्फ़ राजकुमार के मन में रह-रहकर यही प्रश्न उठता रहा, कि चलिए हिन्दुओं की रक्षा की मैं दीक्षा ले लूँगा। समानता का मन्त्र भी धारण कर लूँगा। मगर सारे हिन्दू भाई-भाई हैं इस पर उसे सन्देह है। यदि सारे हिन्दू भाई-भाई होते तो क्यों अहिंसा अपार्टमेंट वाली मन्थरा आंटी उसे स्टील, पीतल या अन्य धातुओं के बर्तनों के बजाय शीशे के बर्तन में खाने-पीने की चीज़ें देती है? सबसे बड़ी बात यह है कि इसकी क्या गारंटी है कि कोई भी हिन्दू पतित नहीं होता?

रास्ते में अपने मालिक शकुनि आर्य से एक निश्चित दूरी बनाकर राजू इन्हीं सवालों से दो-चार होता हुआ आगे बढ़ा जा रहा था, कि साथ चल रहे एक गण का सवाल उसके कानों में पड़ा, "राजू, आज के प्रवचन को सुन क्या ज्ञान प्राप्त हुआ?"

राजू के आगे बढ़ते क़दम एकाएक ठिठक गये। उसने एक पल के लिए सोचा और बड़ी मासूमियत के साथ उत्तर दिया, "यही कि कैसे धन प्राप्त किया जाये!"

"तुझे पता है यह जो दीपक है न..."

"कौन दीपक?" राजू ने इधर-उधर देखते हुए पूछा।

"वह जो सबसे आगे जा रहा है।"

"अच्छा इनकी भी तो परचून की दुकान है?"

"हाँ-हाँ वही...अपने स्वार्थ के लिए शाखा में आता है। पहले कहता था कि यहाँ क्या रखा है, बेमतलब टाइम खराब होता है...और जब एक दिन

निगमवालों ने इसकी दुकान का दो हजार का चालान काट दिया, तब यह भागा-भागा हमारे पास आया। बहुत चालू है। अपने पिता की जगह अपने ताऊ की दुकान पर बैठता है।"

राजू को एलआईसी एजेंट और द्वितीय वर्ष शिक्षित ज़िला कार्यवाह इन्दरजीत के कहे की मानो पुष्टि हो गयी, कि शाखा में आने से हमें तन और मन तो मिलता ही है, धन भी मिलता है।

साथ चल रहा माँ भारती का सपूत मुस्करा कर रह गया। जब तक वह कुछ समझ पाता, उसने देखा राजू उससे बहुत आगे निकल चुका है।

3

इस्माईलपुर नगर टोली के शिवालय मण्डल की शाखा का शाखा कार्यवाह होने के साथ-साथ, प्राचीन शिवालय और इसके परिसर में बने आर्य समाज मन्दिर प्रबन्धक समिति का सचिव व ख़ज़ांची होने के नाते शकुनि आर्य की कुछ ज़िम्मेदारियाँ हैं, इसे वह अच्छी तरह जानता है। इसलिए वह जब भी शिवालय में आता है और इधर-उधर बनी छोटी-छोटी मढ़ियों में जलते उदास दीयों, और बरगद-पीपलों की जड़ों में रखी स्थानीय कुलदेवी-देवताओं की मटमैली मूर्तियों को देखता है, तो मन किसी नैराश्य के चलते उदास होता चला जाता। कई बार वह अपनी इस असफलता से इतना खिन्न हो जाता कि उसे अपने हिन्दू होने पर आशंका-सी होने लगती है। उसके मन में रह-रहकर यह विचार आता है कि क्यों न महादेव, पार्वती, हनुमान, राम, गणेश, सन्तोषी माँ, कृष्ण, शनि महाराज की तरह इन स्थानीय कुलदेवी-देवताओं के भी मन्दिर हों। छोटी-छोटी मढ़ियों की जगह, बड़े नहीं कम-से-कम छोटे-छोटे विग्रह तो होने ही चाहिए।

इसी चिन्ता में डूबा शकुनि आर्य छोटे-छोटे क़दमों से पूरे शिवालय परिसर का चक्कर काट गया। कभी वह हनुमान मन्दिर के बग़ल में पड़ी ख़ाली ज़मीन के पास आकर रुक जाता, तो कभी कुछ क़दम दूर सन्तोषी माँ के मन्दिर के पीछे पड़े छोटे-से ख़ाली टुकड़े पर आ खड़ा होता। कभी नये सिरे से बने राम मन्दिर और साईं मन्दिर के बीच पड़ी जगह को ध्यान से देखता, तो कभी

कृष्ण मन्दिर के पास छोटे-से टुकड़े पर उसकी नज़र ठहर जाती। कई बार तो ऐसा हुआ कि जैसे ही शनि मन्दिर के दायें तरफ़ ख़ाली जगह पर उसकी नज़र पड़ती, और सरसों के तेल में नहाये स्याह शनि महाराज की मोटी-मोटी आँखों से उसकी आँखें टकरातीं, मारे भय के वह इस जगह के बारे में सोचना छोड़ देता। इसलिए इस योजना को लेकर वह जब भी शिवालय में आता है, शनि मन्दिर के सामने से न होकर इसके पिछवाड़े से होकर जाता है। बाक़ी देवी-देवताओं से तो वह मान-मनुहार कर क्षमा माँग लेगा, किन्तु सरसों के तेल में तर शनि महाराज का कोई भरोसा नहीं, कब वह उस पर अपनी साढ़े साती छोड़ दे। इसी भय के चलते उसने शनि मन्दिर की ओर देखना छोड़ दिया।

देर तक शिवालय परिसर का जायज़ा लेने के बावजूद शकुनि आर्य को अपनी इस समस्या का कोई हल नज़र नहीं आया। बे-मन से वह शिवालय के पीछे उसी छोटे-से मैदान, जहाँ शिवालय मण्डल की आर्यावर्त शाखा अर्थात् दैनिक मिलन होता है, उस तरफ़ चला गया। वहाँ मज़ार के पास खड़ा होकर आसपास का जायज़ा लेते हुए सोचने लगा कि, यदि इस जंगल की हज़ार-बारह सौ गज़ ख़ाली जगह शिवालय में मिला ली जाये तो कैसा रहे? यदि ऐसा हो जाये तो उसकी समस्या का हल निकल आयेगा। देर तक शकुनि मन-ही-मन भावी मन्दिरों की योजना बनाता रहा कि कहाँ स्थानीय कुलदेवी-देवताओं के मन्दिर सही रहेंगे, और कहाँ छोटी-छोटी मढ़ियों की जगह लोक-देवताओं के मन्दिर ठीक रहेंगे। मगर जैसे ही अगले ही पल उसकी नज़र झाड़-झंखाड़ों से आच्छादित मज़ार पर पड़ी, उसकी पेशानी पर बल गहरे होते चले गये। अचानक वह दूसरी चिन्ता से घिरता चला गया कि अपने इन कुलदेवी-देवताओं के बीच आनेवाली इस मज़ार का क्या होगा?

वह देर तक भविष्य में आनेवाली इस परेशानी से छुटकारा पाने का रास्ता ढूँढ़ता रहा। जब इसका कोई हल उसे नहीं सूझा तो वह यह सोचकर वहाँ से लौट आया, कि इसके लिए उसे प्राचीन शिवालय और आर्य समाज मन्दिर प्रबन्धक समिति से बात करनी पड़ेगी कि इसका क्या किया जाये?

अगले दिन शकुनि सवेरे-सवेरे संघ-स्थल पहुँच गया। चूँकि अभी शाखा में समय है इसलिए वह मज़ार की ओर चला आया। एक बार पुनः नये सिरे से उसने आसपास का गहराई के साथ मुआयना किया और वापस संघ-स्थल लौट आया। वापस आया तो देखा सारे स्वयंसेवक आ चुके हैं।

उसने शाखा के नियमानुसार ध्वज अर्थात् *गुरुजी* को प्रणाम किया और एक तरफ़ स्वयंसेवकों द्वारा किये जा रहे *ताड़ासन योग* को देखने लगा। अचानक उसे जैसे कुछ याद आया। उसने पूरी टोली पर नज़र मारी तो उसे राजू, जो यहाँ नौकर नहीं एक स्वयंसेवक है, दिखाई दे गया। वह समझ गया कि उस दिन की डाँट काम कर गयी है। यानी वह अब मज़ार के आसपास झाड़ू लगाने नहीं जाता है।

सूर्यनमस्कार और योगासन के बाद सारे स्वयंसेवक मण्डल में आकर बैठ गये। मुख्य शिक्षक की योजना आज उन्हें *शेर बकरी* का खेल खिलाने की है। इसलिए इस खेल के नियमानुसार सारी बकरियाँ मण्डल के भीतर बैठ गयीं, और आपस में मिमियाते हुए वार्तालाप करने लगीं। जबकि शेर बना एक किशोर बाहर आकर खड़ा हो गया।

जैसे ही खेल शुरू हुआ बकरियों का गिगियाना बन्द हो गया। उनके बीच बदहवासी और घबराहट-सी फैल गयी। घबराहट इसलिए कि शेर को किसी-न-किसी तरह बकरियों को उनके झुण्ड से बाहर खींचकर लाना है। जबकि बकरियाँ मिमियाते हुए अपने आप को मण्डल यानी घेरे में ही रखने का प्रयास कर रही हैं। यह दृश्य तो और भी मज़ेदार है जब शेर किसी बकरी को पकड़ मण्डल से बाहर खींचने की कोशिश करता, तो सारी बकरियाँ उसे बचाने के लिए मिलकर उसकी पीठ पर मुक्के मारने लगती हैं। इस धक्का-मुक्की में होता यह कि शेर जिस बकरी को खींचकर घेरे से बाहर लाने का प्रयास करता, जबकि बकरी अपने आप को बाक़ी की बकरियों से बचाने की गुहार करती। खेल के नियमानुसार घेरे से बाहर आने के बाद शेर को बकरी पकड़ने की इजाज़त नहीं है। इस तरह इस खेल में कभी बकरियाँ जीततीं, तो कभी शेर। लेकिन जैसाकि प्रकृति का नियम है जीत हमेशा ताक़तवर होती है, तो शाखा में खेले गये इस खेल में भी जीत अन्ततः शेर की ही हुई।

खेल के उपरान्त बौद्धिक कार्यक्रम के अन्तर्गत पूर्व की तरह *सुभाषित* का पाठ हुआ। सुभाषित के बाद बारी आयी गीत की। शाखा टोली के एक पुराने स्वयंसेवक द्वारा सरल गीतों के संकलन *मातृ वन्दना* नामक गुटके से याद किया गया यह गीत गाया जाने लगा–

सँभलो हिन्दू वीरो! माँ रुदन मचाती है

अब जाग उठो शेरो, रणभूमि बुलाती है।

गीत के बाद अन्त में पहले प्रार्थना और फिर *भारत माता की जय* के उद्घोष के साथ शाखा विसर्जित हो गयी।

शाखा में गाये गये गीत की आरम्भिक पंक्तियाँ अभी तक शकुनि आर्य के अन्तर्मन में गूँज रही हैं। शकुनि को अपने मन के उद्गार और दिमाग़ में खदबदा रही योजना को प्रकट करने का इससे अच्छा अवसर नहीं लगा। हो सकता है उसकी तरह औरों के भीतर भी ये पंक्तियाँ पछाटें मार रही हों, कि *सँभलो हिन्दू वीरो! माँ रुदन मचाती है/अब जाग उठो शेरो, रणभूमि बुलाती है।*

एक-एक कर सारे स्वयंसेवक अपने-अपने घरों को लौट गये। शकुनि को जब लगा कि सह नगर कार्यवाह पारस जैन, मण्डल कार्यवाह विजयपाल सोलंकी और मुख्य शिक्षक भरत प्रसाद के अलावा सारे स्वयंसेवक जा चुके हैं, उसने पहले अपने आसपास एक बारीक निगाह डाली, और फिर बड़े ही सधे हुए अन्दाज़ में तीनों को सुनाते हुए बोला, "आप सबसे मुझे एक जरूरी बात करनी है!"

तीनों के पाँव जहाँ थे, वहीं रुक गये। हैरत-भरी निगाह से तीनों ने शकुनि की तरफ़ पलटकर देखा। कहा किसी ने कुछ नहीं।

"चलिए, उधर बैठते हैं। यहाँ थोड़ी धूप है।" इतना कह शकुनि तीनों को लेकर मज़ार की तरफ़ बढ़ गया।

वहाँ उसने सबके सामने अपने भीतर खदबदा रही योजना का खुलासा किया, तो शकुनि आर्य के प्रस्ताव और योजना को सुन सह नगर कार्यवाह पारस जैन, मण्डल कार्यवाह विजयपाल सोलंकी और मुख्य शिक्षक भरत प्रसाद ने बिना किसी हुज्जत के अपना समर्थन और सहमति प्रदान कर दी। मगर साथ में यह भी सुझाव दे डाला कि अच्छा होगा यदि शिवालय प्रबन्धक समिति के अन्य सदस्यों, और आर्य समाज मन्दिर से जुड़े लोगों की भी इस पर राय ले ली जाये?

जिस समय प्रबन्धक समिति का सचिव व ख़ज़ांची शकुनि आर्य जगह-जगह पेड़ों की जड़ों में रखी स्थानीय कुलदेवी-देवताओं की मूर्तियों को मज़ार के आसपास की ख़ाली ज़मीन पर बसाने अपनी भावी योजना के बारे में बता रहा था, उसे सुनते हुए विजयपाल सोलंकी मारे शर्मिन्दगी के जैसे धरती में गड़ा जा रहा था। वह इसलिए कि इस्माईलपुर का स्थानीय और मूल निवासी होने के बावजूद यह योजना उसके दिमाग़ में अब तक क्यों नहीं घुसी? क्यों नहीं अब से पहले उसके मन में यह विचार आया कि उनके कुलदेवी-देवता और दो ईंटों को जोड़कर बनाये गये अस्थायी विग्रहों अर्थात् मढ़ियों में रहनेवाले स्थानीय देवी-देवता भी महादेव, पार्वती, हनुमान, राम, ब्रह्मा, विष्णु, गणेश, सन्तोषी माँ, कृष्ण, शनि आदि की तरह भव्य और विशाल मन्दिरों में रहें?

आख़िर विजयपाल सोलंकी से जब नहीं रहा गया, तो उसने अपने उद्गार प्रकट कर ही दिये, "शकुनि जी, अगर हम हिन्दुओं पर इन मुसलमानों ने हजार साल तक राज नहीं किया होता, तो आज यह देश सोने की नहीं हीरे की चिड़िया होती!"

इस नये मुहावरे यानी हीरे की चिड़िया को सुन पारस जैन मन-ही-मन मुस्करा कर रह गया। आज उसकी समझ में आ गया कि क्यों इनके बारे में *जाट रे जाट, तेरे सिर पे खाट* वाली कहावत बनी हुई है। लेकिन विषय की गम्भीरता के चलते उसने कुछ नहीं कहा।

"लेकिन प्रबन्धक समिति के सामने मजार के बारे में कोई बात नहीं करनी होगी।"

"क्यों नहीं करनी होगी? यही तो असली जड़ है!" शकुनि के सुझाव पर विजयपाल मुट्ठियाँ भींचते हुए बोला।

"विजयपाल जी, थोड़ा समझने की कोशिश करो! मजार का नाम लेते ही तुम्हारे गाँववाले सोचेंगे कि हमारी योजना इसे हटाने की है।"

"यही तो हम हिन्दुओं में कमी है कि *घर के पूत कुँआरे डोलें और पड़ोसी के नौ-नौ फेरे* । अरे, हमसे अपने देवी-देवता तो सँभलते नहीं हैं और दूसरों के पीर-फकीरों को सिर पर उठाये घूमते हैं।" विजयपाल का चेहरा इस बार तमतमा उठा।

शकुनि आर्य का तीर एकदम निशाने पर लगा। वह यही तो चाहता था कि कैसे इस विजयपाल के दिमाग़ में यह बात बैठायी जाये। सच तो यह है कि उसने बड़ी सोची-समझी नीति के तहत *तुम्हारे गाँववाले* पद का इस्तेमाल किया था।

"शकुनि जी एकदम सही कह रहे हैं विजयपाल जी। वैसे भी तुम्हारा इस्माईलपुर जितना महादेव को मानता है, उतना ही इस मजार को भी मानता है। देखते तो हो कि सोमवार और महाशिवरात्रि के दिन किस तरह मजार पर फल-फूल चढ़े होते हैं!" नगर कार्यवाह रुद्रपाल शकुनि के सुझाव पर सहमति जताते हुए बोला।

"ऐसा है पहले समिति को शिवालय के विस्तार पर तो राजी होने दो। यह बाद की बात है...वरना ऐसा ना हो कि तुम्हारे देवी-देवता बड़ और पीपल के ही नीचे पड़े रह जायें।"

शकुनि के इस तर्क को सुन विजयपाल चुप्पी साध गया।

"हर चीज का एक तरीका होता है। पहले मजार के इर्द-गिर्द मन्दिर बनने दो, फिर देखते हैं इसका क्या करना है!" रुद्रपाल ने विजयपाल की शंका के समाधान का छोटा-सा सूत्र छोड़ते हुए।

"इन बाबर की औलादों को सीधे करने के बहुत तरीके हैं। एक समय ये सरदार भी बहुत उछलते थे। पर चौरासी में हम हिन्दुओं ने इनको ऐसा सबक सिखाया कि ये उसे आज तक नहीं भूले हैं। पारस जी, चौरासी से पहले इन सरदारों का इतना आतंक था कि छाँट-छाँटकर हम हिन्दुओं को बस से उतार, लाइन में खड़ा कर गोलियों से भून देते थे। अकेला सरदार चाहता तो पूरी बस को पीटकर चला जाता था, और हम कायर हिन्दू अपने आप को चुपचाप पिटता हुआ देखते थे। आखिर एक दिन ऐसा आया कि हमने अपने हिन्दुओं का इनसे बदला ले ही लिया।" इस बार शकुनि आर्य के नथुने फड़फड़ा उठे।

"लेकिन इन सरदारों को तो सुना है कांग्रेसियों ने सबक सिखाया है!" विजयपाल अपने ज्ञान को दुरुस्त करते हुए बोला।

"सबक सिखानेवाले कांग्रेसी भी तो उस समय हम ही थे?"

"पर तुम तो आर्य समाजी हो?" विजयपाल सिंह ने हैरान होते हुए पूछा।

"आर्य समाजी क्या कांग्रेसी नहीं हो सकते? जब आर्य समाजी संघी हो सकते हैं, तो कांग्रेसी क्यों नहीं हो सकते? मेरे दादा और पिताजी तो कट्टर कांग्रेसी थे। मैं भी स्कूल में बड़ा चाचा नेहरू-चाचा नेहरू गाता फिरता था। लेकिन जैसे ही मुझे शाखा में पता चला कि नेहरू तो मुसलमान था, मैंने अपने घर में लगी उसकी तस्वीर उठाकर फेंक दी।"

शकुनि आर्य ने जिस तरह कांग्रेसी, आर्य समाजी और संघी का घालमेल कर दिया, उसे सुन विजयपाल का दिमाग़ घूम गया। उससे इसके सिवाय कुछ कहते नहीं बना, "सही कह रहे हो शकुनि जी, मेरे पिता भी आपके पिता की तरह आर्य समाजी होते हुए पक्के कांग्रेसी थे। बल्कि हमारा तो पूरा कुनबा ही कांग्रेसी था। सारी वोट कांग्रेस के डिब्बे में गिरती थी, पर आज हम भी आपकी तरह कट्टर हिन्दू हो गये हैं।"

"इसीलिए विजयपाल जी, गुरुजी...मेरा मतलब है गोलवलकर जी ने सही कहा है कि *हिन्दुओ, ब्रिटिशों से लड़ने में अपनी शक्ति बरबाद मत करो। अपनी शक्ति हमारे भीतरी दुश्मनों यानी मुसलमानों, ईसाइयों और कम्युनिस्टों से लड़ने के लिए बचाकर रखो!"* शकुनि आर्य की बात को मुख्य शिक्षक भरत प्रसाद आगे बढ़ाते हुए बोला।

"शकुनि जी, गुरुजी के इस कथन में कांग्रेस को भी जोड़ दो! इसे अब ऐसे कहना चाहिए कि हिन्दुओ अपनी शक्ति मुसलमानों, ईसाइयों, कम्युनिस्टों और कांग्रेस से लड़ने के लिए बचाकर रखो!" भरत प्रसाद ने एक कुटिल मुस्कान बिखेरते हुए कहा।

"एकदम सही कहा भरत जी। देखा जाये तो आज हिन्दुओं और सनातन के सबसे बड़े दुश्मन यही चार हैं।" शकुनि आर्य भरत प्रसाद से सहमत होते हुए बोला।

"कुछ समझे विजयपाल जी?" इस बार पारस जैन के होंठ वक्र होते चले गये।

"समझ गया पारस जी।" विजयपाल सोलंकी ने सिर हिलाते हुए उत्तर दिया।

"वैसे कुछ बातें आपके बाद में पल्ले पड़ती हैं!" शकुनि ने मुस्कराते हुए छेड़ा।

"क्या करूँ शकुनि जी, जाट हूँ न। इसलिए हमारे जाटाँ में कहावत है *कि आग्गम बुद्धि बाणिया, पाच्छम बुद्धि जाट!*"

"पर एक और कहावत भी तो है...?" रुद्रपाल बोला।

"कौन-सी?" इस बार भरत प्रसाद ने उचकते हुए पूछा।

"यही कि *बावन बुद्धि बणिया, छप्पन बुद्धि जाट*। विजयपाल जी, कभी सुनी है यह कहावत?"

"तभी मेरा दादा कहता था कि अकल के मामले में अपने आप को इन बाणियों से कम मत समझा करो।" विजयपाल ने हँसते हुए बताया।

"तो फिर ठीक है। मैं किसी दिन समिति वालों से बात करता हूँ और जो भी फैसला होगा, आपको बताता हूँ!" प्रबन्धक समिति का सचिव शकुनि आर्य बात समाप्त करते हुए बोला।

इसके बाद चारों अपनी-अपनी दिशाओं में बढ़ गये।

4

आज गोपाष्टमी है। यह जानकारी मुख्य शिक्षक भरत प्रसाद ने शारीरिक अभ्यास के दौरान *नमस्तेजी* और *आकाश धरती पाताल* खेल खिलाने के बाद दी। साथ में यह भी बताया कि गऊशालाओं में जाकर, या फिर अपने गली-मोहल्लों में घूमती गायों को चारा खिलाना और कुछ-न-कुछ दान करना चाहिए। क्योंकि गोपाष्टमी के दिन गायों को चारा खिलाने के साथ कुछ दान भी करना होता है।

राजू मुख्य शिक्षक की बातों को बड़ी तल्लीनता से सुनने लगा।

मुख्य शिक्षक इसके बाद बड़ी दार्शनिक मुद्रा में गाय की महिमा का बखान करने लगा, "बन्धुओ, गाय का मूत्र इतना लाभदायक है कि अमेरिका में इसका पेटेंट तक हो चुका है। इतना ही नहीं जर्मनी ने तो गोमूत्र से बहुत-सी दवाइयाँ भी बना ली हैं।"

राजू के लिए यह एकदम मौलिक जानकारी है।

इससे पहले कि मुख्य शिक्षक से कोई गण जर्मनी में बनी इनमें से एकाध दवाई का नाम पूछता, बीच में एक स्वयंसेवक ने एक बड़ी समस्या की ओर

ध्यान आकर्षित करते हुए पूछ लिया, "लेकिन हमारे आसपास न तो कोई गऊशाला है, और न ही गाएँ घूमती दिखाई देती हैं।"

एक नादान स्वयंसेवक द्वारा यह चिन्ता प्रकट करने पर मुख्य शिक्षक को ग़ुस्सा कम हैरानी ज़्यादा हुई। हैरानी इसलिए हुई कि ऐसा कैसे सम्भव है कि इस्माईलपुर और हाउसिंग सोसाइटीज़ के आसपास गाएँ न घूमती हों?

"जी, हमारी सोसाइटियों के आसपास एक भी गाय नहीं है। निगम ने जितनी भी डेयरियाँ थीं, सब बन्द करा दीं।"

इस पर मुख्य शिक्षक को और भी आश्चर्य हुआ। ऐसे कैसे हो सकता है कि निगम द्वारा डेयरियों को बन्द कराने के बावजूद आवारा पशु दिखाई न दें। लेकिन जब यह कह रहा है तो ठीक ही कह रहा होगा। यही सोचकर मुख्य शिक्षक ने इस पर अधिक तर्क-वितर्क नहीं किया।

तभी बीच में एक अन्य माँ भारती के सपूत, जिसे राजू कभी-कभार शाखा में देखता है, उसने बताया, "मैं बताता हूँ कि हमें कहाँ-कहाँ सड़कों पर गाएँ घूमती हुई मिल जायेंगी।"

"मैं भी यही सोच रहा हूँ दलपत जी कि ऐसे कैसे हो सकता है कि सड़कों से हमारी गऊमाता बिल्कुल ही लुप्त हो जाये।"

मुख्य शिक्षक को अपने मत से सहमत हुआ देख, शाखा में कभी-कभार नज़र आनेवाले और हिन्दुत्व की इस प्रयोगशाला में हिन्दू बनने की ग़रज से दिखाई देनेवाले, दलपत मीणा नाम के इस उपासक ने दूसरे उपासकों पर एक विजयी दृष्टि डालते हुए देखा।

इसी बीच एल.ए.सी.ए. मार्ट अर्थात् लाला अमरचन्द आर्य मार्ट का मालिक और शाखा कार्यवाह शकुनि आर्य धीरे-से आगे आया, और बड़ी गम्भीरता के साथ अपना मत प्रकट करते हुए बोला, "मेरा विचार है कि गोपाष्टमी के इस अवसर पर हमें गऊ ग्रास सेवा शुरू करनी चाहिए। इससे क्या होगा कि गऊशालाओं में हमारी गऊमाताओं को भोजन मिल जायेगा, साथ में उनकी सेवा हो जायेगी। सबसे बड़ी बात यह कि उसे लुप्त होने से बचाया जा सकता है।"

"लेकिन शकुनि जी इस सेवा के लिए तैयार होगा कौन?" सह नगर कार्यवाह पारस जैन ने एक वाजिब सवाल उठाते हुए पूछा।

"ऐसा है इन्दिरा कालोनी और इस्माईलपुर एक्सटेंशन की हरिजन बस्ती... मेरा मतलब है झुग्गी-झोपड़ियों की अम्बेडकर शाखा के गटों से बात करते हैं। हो सकता है उनमें से कुछ गट इसके लिए तैयार हो जायें! वैसे हमारे पास अपने राजकुमार जी भी हैं। इसलिए क्यों न इसी से शुरुआत कर दें...क्यों राजू?" शकुनि आर्य ने मुस्कराते हुए अपने नौकर राजू की ओर देखा।

अपने मालिक के मुँह से इस तरह सम्मान के साथ अपना पूरा नाम सुन राजू की देह लरज़ती चली गयी। बहुत दिनों बाद उसने आज अपना पूरा नाम सुना है। उसने मन-ही-मन फ़ैसला कर लिया कि इस पुण्य कार्य का बीड़ा वह अवश्य उठायेगा।

राजू अर्थात् राजकुमार ने आव देखा न ताव, सहर्ष इस दायित्व को उठाने की स्वीकृति दे दी। शाखा में मौजूद स्वयंसेवकों को इस पर कोई आश्चर्य नहीं हुआ, क्योंकि सब जानते हैं कि इस कार्य को सिवाय राजू के और कोई कर ही नहीं सकता।

"तो फिर ठीक है इस बीच मैं एक गऊ ग्रास रिक्शे का आर्डर कर देता हूँ। दस-पन्द्रह दिन में जैसे ही वह तैयार हो जायेगा, राजू अपने काम पर लग जायेगा।"

इस नये वाहन का नाम सुन राजू का मन बल्लियों उछलने लगा। मगर वाहन का क्या इन्तज़ार करना, यही सोच राजू बोला, "वह जब आयेगा, तब आयेगा। मैं अपना काम कल से ही शुरू कर देता हूँ।"

"जैसी तेरी मरजी।" शकुनि आर्य ने कोई ना-नुकर नहीं की।

"पर इस ग्रास को रखना कहाँ है?" लगे हाथ राजू ने पूछ लिया।

"ऐसा करना अभी मजार के पीछे रख देना।" उसके मालिक अर्थात् शाखा कार्यवाह शकुनि आर्य ने जगह बता दी।

शारीरिक अभ्यास के बाद सारे स्वयंसेवकों को मुख्य शिक्षक ने मण्डल में आने का निर्देश दिया। अभी सब मण्डल में आते कि सामने से एलआईसी एजेंट का काम करनेवाला और ज़िला कार्यवाह इन्दरजीत नाम का व्यक्ति, जो पहले ही शाखा में आने के उद्‌देश्य के बारे में विस्तार से जानकारी दे चुका है, शाखा में नमूदार हुआ और अपनी चिन्ता व्यक्त करते हुए बोला, "मुझे लगता है कि संघ का जो मुख्य कर्तव्य है उससे कहीं हम पीछे छूटते जा रहे हैं! मैं

देख रहा हूँ कि शाखा में कम-से-कम सप्ताह में एक बार जो बौद्धिक शिक्षण का कार्य होना चाहिए, वह नहीं हो रहा है। इतना ही नहीं हर शाखा का अपना एक गीत होना चाहिए, वह कार्य भी नहीं हो रहा है। मुझे बस इतना ही कहना था।" इतना कह इन्दरजीत नाम का व्यक्ति शाखा से चला गया।

यह इस्माईलपुर नगर टोली के शाखा कार्यवाह, मुख्य शिक्षक, नगर कार्यवाह, सह नगर कार्यवाह और मण्डल कार्यवाह की कर्मण्यता और कर्तव्य परायणता पर सीधा-सीधा प्रश्न चिह्न था।

एलआईसी एजेंट इन्दरजीत के जाने के बाद बारहवीं फेल नगर कार्यवाह रुद्रपाल, छोटे-छोटे क़दमों से आगे आया और चेहरे पर बेहद गम्भीर मुद्रा ओढ़ते हुए बोला, "जैसे शरीर की ताकत मेरुदण्ड और आत्मा की ताकत विचार होता है, वैसे ही संघ की ताकत कंगारू होता है। जैसे मन्दिर का कंगारू उसकी पहचान होती है, वैसे ही एक स्वयंसेवक की निष्ठा ही उसकी पहचान होती है। संघ की असली ताकत उसके हम स्वयंसेवक ही होते हैं...और स्वयंसेवक की पहचान उसके संघ सरचालक यानी उसके कंगारू से होती है। इसलिए संघ में हर कोई कंगारू नहीं हो सकता। कंगारू तो केवल एक ही हैं और वे हैं अपने संघ सरचालक माननीय..."

पता नहीं बारहवीं फेल नगर कार्यवाह रुद्रपाल का यह प्रवचन ज़िला कार्यवाह द्वारा पूरी नगर टोली के पदाधिकारियों की कर्मण्यता और कर्तव्य परायणता पर की गयी चोट का परिणाम था, या फिर सचमुच उसके अपने उद्गार थे। ऐसे उद्गार कि शाखा के छोटे-बड़े स्वयंसेवक तो दूर रहे, नगर टोली के पदाधिकरियों के ही कुछ पल्ले नहीं पड़ा कि आख़िर रुद्रपाल कहना क्या चाहता है?

रुद्रपाल के उद्बोधन के बाद पहले प्रार्थना हुई। इसके बाद *वन्दे मातरम्* का उद्घोष हुआ। सबसे अन्त में जैसे ही *भारत माता की जय* बोलने का नम्बर आया तथा जैसे ही इसका उद्घोष हुआ, शकुनि आर्य बीच में अपनी नाराज़गी प्रकट करते हुए बोला, "ऐसा लगता है माँ भारती के सपूतों का जोश पूरी तरह ठण्डा पड़ चुका है। आपने सुना नहीं कि कुछ देर पहले हमारे जिला कार्यवाह किस तरह सबके सामने कहकर गये थे, कि लगता है संघ का जो मुख्य कर्तव्य है उससे हम पीछे छूटते जा रहे हैं। कम-से-कम अपनी भारत माता की जय तो इतना ज़ोर से बोलना चाहिए कि हमारे गले की नसें फूल जायें।"

इतना कह शकुनि आर्य ने अपने नौकर राजू अर्थात् राजकुमार की ओर देखा। राजू के लिए इतना ही इशारा काफ़ी था। वह समझ गया कि आज उसे अपने मालिक की लाज रखनी है। इसके बाद मुख्य शिक्षक ने जैसे ही दूसरी और तीसरी बार भारत माता की जय बोला, उसके पीछे सचमुच सारे स्वयंसेवकों, इनमें भी राजू ने इतनी ज़ोर से गला फाड़कर भारत माता की जय बोला, कि सचमुच सबकी गले की नसें फूल कर मानो फटने को हो गयीं।

शाखा से लौटते हुए पारस जैन से जब नहीं रुका गया, तब उसने बारहवीं फेल रुद्रपाल से पूछ ही लिया।

"रुद्रपाल जी, आप बार-बार संघ के किस कंगारू की बात कर रहे थे? किस संघ सरचालक यानी किसके कंगारू होने की बात कर रहे थे?"

रुद्रपाल कुछ नहीं समझ पाया कि पारस जैन को अचानक यह सब पूछने की क्या ज़रूरत आ पड़ी?

पारस जैन को जब लगा कि रुद्रपाल उसके मन्तव्य को समझने में अपने आप को असमर्थ पा रहा है, उसने अपना प्रश्न फिर से दोहराया, "मैं यह पूछ रहा हूँ कि संघ से कंगारू का क्या सम्बन्ध है?"

"कंगारू! मेरा मतलब मन्दिर की गुमटी यानी गुम्बद से है।"

"अच्छाऽऽऽ तो आपका मतलब कँगूरे से था!" इसके बाद पारस जैन हँसते हुए बोला, "मैं भी तो कहूँ कि कंगारू कब से संघ की ताकत हो गया।"

"हाँ-हाँ, मेरा इसी कंगारू से मतलब था।"

"कंगारू नहीं, कँगूरा!" पारस जैन ने फिर से नगर कार्यवाह की ग़लती सुधारते हुए कहा।

लेकिन नगर कार्यवाह रुद्रपाल पर इस सुधार का कोई असर नहीं हुआ और आगे बढ़ गया।

अपने मालिक और पूरे शिवालय मण्डल की नज़रों में चढ़ने का इससे अच्छा अवसर और क्या हो सकता है। यही सोचकर शाखा विसर्जित होने के बाद जब सब अपने-अपने घरों की ओर लौट गये, राजू वहीं रुक गया। जब उसे लगा कि अब कोई नहीं है, वह सीधा शिवालय के महन्त के पास गया और बोला, "पंड्डजी, मन्दिर में दराँत-खुरपी तो होगी?"

महन्त चूँकि उसे शिवालय और आर्य समाज मन्दिर प्रबन्धक समिति के सचिव व ख़ज़ांची शकुनि आर्य के नौकर के रूप में जानता है, इसलिए उसने मन्दिर के कार्य के लिए रखी दराँत-खुरपी लाकर सौंप दी। राजू ने दोनों औज़ारों को लिया और पहुँच गया शिवालय के पीछे फैले छोटे-से उसी जंगल में जो एक समय बनी कहलाती थी, और जुट गया अपने काम में। केशौर्य की दहलीज़ को ताज़ा-ताज़ा लाँघनेवाले राजकुमार ने देखते-देखते मुलायम घास, लता और दूसरी पत्तियों का ढेर लगा दिया। जब उसे लगा कि आज इतना ही गऊ ग्रास बहुत है, उसने उसका गट्ठर बनाया और मज़ार के बग़ल में रख दिया।

दूर से नगर टोली के पदाधिकारियों को शाखा में आया देख राजू भाँप गया कि आज भी यहाँ कुछ ख़ास होनेवाला है। आते ही उसने पूर्व की तरह ध्वज को प्रणाम किया और पहले से आये गणों में शामिल हो गया। प्रतिदिन होनेवाले व्यायाम, प्राणायाम और खेल के बाद सह नगर कार्यवाह पारस जैन सारे गणों अर्थात् स्वयंसेवकों को लेकर मण्डल में बैठ गया। मण्डल में बैठते ही पारस जैन के आग्रह पर मुख्य शिक्षक भरत प्रसाद यह शाखा-गीत सुनाने लगा–

वह जीवन भी क्या जीवन है, जो काम देश के आ न सका।
वह चन्दन भी क्या चन्दन है, जो अपना वन महका न सका।

शाखा गीत की इन पंक्तियों को सुनते ही पूरी शाखा की मानो तरुणाई जाग उठी, और इस तरह जागी कि इस गीत के समाप्त होते ही मुख्य शिक्षक ने दूसरा गीत उठा लिया–

तरुणाई अब जाग उठी है, जागी तेजस्वी हुंकार
मंगलकारी गौरवशाली, नव रचना होगी साकार
गूँज उठेगी जय-जयकार।

गीत समाप्त होते-होते राजू की तरुणाई भी अब जैसे हिलोरें लेने लगी। इन हिलोरों को रोकना उसके लिए जैसे मुश्किल हो गया। वह इन्तज़ार करने लगा कि उसका मालिक कब उससे पूछे, और कब वह यह शुभ सूचना उसे दे,

कि कल गऊ ग्रास के लिए उसने जो बीड़ा उठाया था, उसका क्या हुआ? लेकिन शकुनि आर्य ने उस पर कोई ध्यान नहीं दिया।

इधर गीतों को सुनाने के बाद मुख्य शिक्षक किसी स्वयंसेवक के बजाय स्वयं ही आज की *बोध-कथा* सुनाने लगा। बोध-कथा किसी विशाल नगरी के सुनीति और कनकलता से प्रेरित राजा राम के पुत्र कुश की 34वीं पीढ़ी की सन्तान महाराजा अग्रसेन की थी। यह कथा इतनी लम्बी थी कि सिवाय बनियाओं के अग्रवालों के उच्चतम गोत्र सिंघलों में से एक सिंगला गोत्र के वंशज शकुनि आर्य के, सब जम्हाई लेने लगे। जम्हाई इसलिए लेने लगे कि इसे सुनते हुए किसी की समझ में नहीं आ रहा था, कि इस बोध-कथा का क्या तो राष्ट्रवाद से सम्बन्ध है, और क्या देशभक्ति से? राजू भी नहीं समझ पा रहा है क्योंकि आज तक उसने संघ-स्थल यानी शाखा में जितनी भी बोध-कथाएँ सुनी हैं, अधिकतर का सम्बन्ध बनिया-ब्राह्मणों से जुड़ा हुआ है। एक भी कथा उसने अपनी जाति या उसकी तरह दूसरी जातियों के ऋषि-मुनियों व राजा-महाराजाओं की नहीं सुनी।

मुख्य शिक्षक द्वारा सभी गणों को उपक्रमशील होने का आह्वान किया गया। देर तक जब किसी की समझ में नहीं आया और सब इधर-उधर देखने लगे, तब उसने समझाते हुए बताया, "यानी हमें गऊ ग्रास के लिए बस्तियों में निकलना चाहिए। शादी-पार्टियों में बच गये खाने और बस्तियों के लोगों से बची हुई बासी रोटियों को एकत्रित कर उन्हें गऊशाला भिजवाना चाहिए!" मुख्य शिक्षक ने और भी ऐसे कई उदाहरण दिये, जहाँ से गऊ माता के लिए मनुष्यों के बचे हुए भोजन को गऊ ग्रास के रूप में उपयोग किया जा सकता है।

मुख्य शिक्षक की बात सुन राजू के सारे जोश और उत्साह पर मानो पानी पड़ गया। उसकी समझ में अब आया कि गऊ ग्रास का मतलब वह नहीं है, जैसा वह समझ रहा था। इसलिए अपने मालिक से अब वह नज़रें चुराने लगा। अभी वह इस संकट से उबरने का कोई उपाय सोचता, तभी शकुनि की आवाज़ उसके कानों में पड़ी, "राजकुमार, तूने कल गऊ ग्रास लाने की बात कही थी, कुछ इकट्ठा करके लाया आज?"

राजू उर्फ़ राजकुमार चुप।

"क्या हुआ? इकट्ठा किया?"

शकुनि ने इस बार जैसे ही थोड़े सख़्त लहजे में पूछा, राजू के मुँह से निकल गया, "हाँ किया है और मजार के बगल में रख दिया है।"

"कितनी रोटियाँ इकट्ठी करके लाया है?"

रोटियों का नाम सुन राजू का दम ख़ुश्क हो गया। बमुश्किल बोला, "रोटियाँ नहीं मैं तो घास काटकर लाया हूँ।"

"क्याऽऽऽ घास काटकर लाया है!" इतना कह शकुनि कुछ पल ख़ामोश रहा। फिर शब्दों को बिलोते हुए बोला, "अच्छाऽऽऽ...तो तू उस ग्रास को लाया है...ओ, अंग्रेज की औलाद ग्रास का मतलब यहाँ अंग्रेजीवाली ग्रास से नहीं, उससे है जिसके बारे में अभी भरत प्रसाद जी ने बताया था। गऊ ग्रास का मतलब यहाँ घर-घर से रोटी माँगने से है...और तू काट लाया जंगल से घास!"

राजू को लगा जैसे उसे पूरी भीड़ के सामने निर्वस्त्र कर दिया हो। वह मन-ही-मन एक आत्मग्लानि और क्षोभ से भर गया, कि रसूलपुर में भी वह माँ के साथ रोटी माँग-माँग कर लाता था...और अब जब अपने मालिक के साथ इन बहुमंज़िला अपार्टमेंट में आया है, तो यहाँ भी उसे वही काम करना पड़ेगा! मगर अब कुछ नहीं किया जा सकता। अब तो वह पूरी शाखा और अपने मालिक को ज़बान दे चुका है। यह कार्य तो उसे अब हर हालत में करना ही होगा। लगता है वर्णीय और जातिगत मुक्ति अभी उसके नसीब में नहीं है। केवल जगह बदली है, स्थितियाँ अब भी वैसी की वैसी हैं।

बौद्धिक मण्डल के बाद सुभाषित और सुभाषित के बाद प्रार्थना समाप्त होने के बाद शाखा कब विसर्जित हो गयी, राजकुमार को पता ही नहीं चला। सभी के लौटने के बाद वह चुपचाप मज़ार के पास गया, और वहाँ रखे घास के गट्ठर को देर तक निहारता रहा। एक बार उसके मन में आया कि इस घास को उठाकर वह यहीं कहीं फेंक दे। मगर अगले पल उसने यह विचार त्याग दिया। उसने गट्ठर को उठाया और यह सोचकर शिवालय में ले आया कि फेंकने से अच्छा है इसे किसी पशु को ही खिला दिया जाये। इसके बाद वह एक पेड़ की छाया में बैठी गाय के पास आया तथा एक दिन बासी मुलायम घास के गट्ठर को उसके सामने लाकर पटक दिया।

5

एल.ए.सी.ए. मार्ट के मालिक, शिवालय तथा आर्य समाज मन्दिर प्रबन्धक समिति के सचिव व ख़ज़ांची शकुनि आर्य का धीरे-धीरे रुतबा तेज़ी से बढ़ने लगा। इतनी तेज़ी से कि इस्माईलपुर आरडब्ल्यूए अर्थात् रेजिडेंट वेलफेयर एसोसिएशन, राजभाषा में बोलें तो *निवासी कल्याण संघ* के साथ-साथ अपने श्रीराम अपार्टमेंट और आसपास की हाउसिंग सोसाइटीज़ के अन्य निवासी कल्याण संघों में उसकी माँग बढ़ने लगी। इतना ही नहीं हिन्दू अस्मिता और गौरव को बचाये रखने के लिए उससे तरह-तरह के मशविरे तक लिए जाने लगे। इस्माईलपुर आरडब्ल्यूए द्वारा उसके सुझाव पर पिछले कुछ सालों से शुरू हुई रामलीलाओं, और आसपास की हाउसिंग सोसाइटीज़ द्वारा होनेवाले हिन्दू धार्मिक अनुष्ठानों का वह सबसे सभ्य नागरिक बन गया। आज जब-जब शकुनि आर्य अपनी इन उपलब्धियों पर नज़र दौड़ाता है, तो मारे गर्व के उसका सीना फूलता चला जाता है। वह रह-रहकर सोचता है कि अच्छा हुआ जो उनके पिताश्री अपना सूद का धन्धा समेटकर इस इस्माईलपुर में आ बसे। यदि वह आज रसूलपुर में ही होता तो क्या होता, अपने पुश्तैनी धन्धे सूद के साथ ज़्यादा-से-ज़्यादा कच्ची घाणी का तेल निकालनेवाला एक स्पेलर और लगा लेता। और नहीं तो किसी गैस कम्पनी की एजेंसी ले लेता और गैस सिलेंडरों से गैस चोरी कर, उतने वज़न का उनमें पानी भरकर बेच लेता। यहाँ तो आज कारोबार के नाम पर उसके पास एल.ए.सी.ए. मार्ट जैसा अपना विशाल बाज़ार है। ऐसा बाज़ार जिसके माध्यम से सैकड़ों दुकानों और विक्रेताओं को थोक, और खुदरा मात्रा में ज़रूरत का हर सामान सप्लाई करता है। रही बात मुनाफ़े की, तो इसमें इतना मुनाफ़ा है कि उसके आगे स्वर्गीय पिताजी द्वारा किसानों से वसूला जानेवाला सूद भी पानी भरता है। आते-जाते कानों में जब शहद में डूबे शकुनि जी, आर्य साहब शब्द पड़ते हैं, तो उनकी मिठास अलग। रसूलपुर में अधिक-से-अधिक लालाजी ही सुनने को मिलता। बस, यह मिठास तब थोड़े से कसैलेपन में बदल जाती है जब शकुनि एकान्त में यह सोचता है, कि क्या बिगड़ जाता पिताश्री का यदि वे आर्य की जगह अपना असली गोत्र *सिंगला* रहने देते। स्वामी दयानन्द सरस्वती द्वारा स्थापित

आर्य समाज का अनुयायी और हिन्दू सुधार तो लाला अमरचन्द सिंगला के रहते हुए भी हो सकता था। इसके लिए *आर्य* लगाने की क्या ज़रूरत थी? दलितों और पिछड़ों को सिंगला रहते हुए भी आर्य समाजी बनाया जा सकता था। अगर आर्य लगाना इतना ही ज़रूरी था तो उन लोगों के नाम के पीछे लगवा देते, जिन्हें आज सचमुच वेद और पुराण पढ़ने की आवश्यकता है। *कृण्वन्तो विश्वमार्यम्* यानी विश्व को आर्य बनाते चलो की राह पर तो अमरचन्द सिंगला नाम के साथ भी चला जा सकता था।

काश, ऐसा होता तो आज उसे अपने ही समाज और समुदाय के लोगों को बार-बार यह नहीं बताना पड़ता, कि वह बनियाओं के अग्रवालों के उच्चतम गोत्र सिंघलों में से है। इसी द्वन्द्व के चलते शकुनि कभी-कभी बेचैन हो उठता है। इसलिए उसने अपने सारे बच्चों के नाम के पीछे अपना असली गोत्र सिंगला लिखवाया है। ताकि जो दंश अपने स्वर्गीय पिताश्री के चलते वह भोग रहा है, कम-से-कम उसके बच्चे और इन बच्चों के बच्चों को तो ना भुगतना पड़े। इसलिए इस दंश से उबरने के लिए शकुनि ने एक उपाय खोजा, और वह यह कि पिछले दो साल, विशेषकर तब से जब से इस्माईलपुर आरडब्ल्यूए, अपनी व आसपास की हाउसिंग सोसाइटीज़ में उसकी माँग में उछाल आया है, उसने अपने पिता की पुण्यतिथि पर एक विज्ञापन एजेंसी से इश्तहार तैयार करवाया। उसे हाउसिंग सोसाइटीज़ और इस्माईलपुर आरडब्ल्यूए में सबसे अधिक पढ़े जानेवाले एक समाचार-पत्र में देना शुरू कर दिया।

तीन कॉलम के आठ इंच लम्बे इस रंगीन विज्ञापन के अन्त में जहाँ मोटे-मोटे शब्दों में एल.ए.सी.ए. मार्ट छपवाया जाता, वहीं श्रद्धांजलि अर्पित करनेवालों में सबसे ऊपर *श्रीमती मंजू सिंगला (पुत्रवधू) एवं शकुनि आर्य (पुत्र)*। उसके नीचे जितने भी बच्चों के नाम दिये जाते उनके नाम के पीछे सिंगला लगवाया जाता। मजाल है किसी नाम के साथ आर्य तो लिखवाया हो। पत्नी का नाम इसलिए पहले दिया जाता ताकि विज्ञापन पढ़नेवाले यह जान जायें, कि शकुनि आर्य का गोत्र सिंगला है। विज्ञापन देनेवाली एजेंसी को यह स्पष्ट निर्देश दिया जाता कि यह विज्ञापन स्थानीय संस्करण के तीसरे अथवा पाँचवें पृष्ठ के एकदम दायें तरफ़ प्रकाशित होना चाहिए। ताकि उक्त पन्ने के खुलते ही सबसे पहले पाठक की इस पर नज़र जाये।

इस विज्ञापन में इस बात का भी विशेष रूप से ध्यान रखा गया, कि भले ही शकुनि आर्य के पिताश्री लाला अमरचन्द आर्य ने रसूलपुर में रहकर महाजनी करते हुए, किसानों का कितना ही ख़ून चूसा हो, पर उसके नाम के साथ *रसूलपुर वाले* अवश्य लिखा जाता। इस शब्द को बड़े सोच-विचार के बाद दिया गया, और वह इसलिए ताकि लोगों को लगे, कि लाला अमरचन्द आर्य का लायक सपूत शकुनि आज भी अपनी जड़ों और जन्मभूमि को नहीं भूला है। यह बात अलग है कि आज रसूलपुर में उसका कुछ नहीं बचा है। इस बात का भी विशेष रूप से ध्यान रखा गया कि पिताश्री के लिए ऐसे-ऐसे विशेषणों का इस्तेमाल होना चाहिए, जिसे देखकर गोलोक में विराजे लाला अमरचन्द आर्य निहाल हो उठें। इसलिए विज्ञापन में प्रकाशित स्वर्गीय पिताश्री की तस्वीर के नीचे लिखवाया जाता–*जीवन के प्रति आपका उत्साह, उदारता, कर्मठता, ज़िन्दादिली, समाज सेवा सदैव हमारा मार्गदर्शन करती रहेगी।* शुरू में सबसे अधिक मेहनत शकुनि आर्य को एक ऐसे पद को रचने में हुई, जिसे पढ़नेवाला अशअश कर उठे। वैसे यह उसके लिए कोई मुश्किल काम नहीं था, क्योंकि वह ऐसे न जाने कितने मौलिक पदों की रचना कर चुका है। अपने इसी अनुभव और कौशल का इस्तेमाल कर अन्ततः मातृ वन्दना की तर्ज़ पर शकुनि इस तुकबन्दी को रचने में सफल हो गया, जिसे विज्ञापन के शीर्ष पर पुण्यतिथि शब्द के ठीक नीचे छपवाया जाता–

आप वह चट्टान थे, जिसने हर तूफ़ान से हमें बचाया था।
अनुशासित रह, हमको स्वाभिमान का पाठ पढ़ाया था।

जिस दिन यह विज्ञापन छपता, उससे एक दिन पूर्व शकुनि आर्य उस समाचार-पत्र की पचास प्रतियों का ऑर्डर अपनी सोसाइटी में अख़बार बाँटनेवाले वितरक को दे देता है। उस समाचार-पत्र की कुछ प्रतियाँ वह अगले दिन शाखा में भी ले जाता, ताकि वहाँ आनेवाले माँ भारती के सपूतों को भी बताया जा सके कि उसके पिताश्री लाला अमरचन्द आर्य कितने बड़े व्यक्तित्व के धनी थे। हालाँकि इन प्रतियों को शाखा में ले जाने और उन्हें वहाँ वितरण करने के पीछे अपने स्वर्गीय पिताश्री के व्यक्तित्व से परिचय कराना कम, यह जतलाना अधिक होता कि वह *आर्य* नहीं है। बल्कि उसका सम्बन्ध अग्रवालों

के उच्चतम गोत्रों में से एक सिंगला गोत्र से है। इस विज्ञापन का दूसरा लाभ यह होता कि अपने श्रीराम अपार्टमेंट से ही नहीं, बल्कि आसपास के दूसरे अपार्टमेंट्स में रहनेवाले अपार्टमेंटवासियों, और उनके निवासी कल्याण संघों के व्हाट्सएप पर शोक सन्देश आने लगते। *हिन्दू राष्ट्र, हिन्दू बचाओ, कट्टर हिन्दू, जय श्रीराम : एक करोड़ हिन्दुओं का व्हाट्सएप ग्रुप, सनातन बचाओ* जैसे व्हाट्सएप ग्रुप्स में पूरे-पूरे दिन जिस तरह वीडियो, सन्देशों और कार्टून्स की आवाजाही लगी रहती है, पुण्यतिथि वाले दिन उनके भी शोक सन्देशों का ताँता लगा रहता। शकुनि आर्य की धर्मपत्नी मंजू सिंगला को तो पूरे दिन इन सन्देशों का जवाब देने से ही फ़ुरसत नहीं मिलती। मंजू सिंगला की ख़ास सहेली और पारस जैन की पत्नी, जिसका नाम तो कुछ और है लेकिन पता नहीं कैसे किसी ने उसका नाम रख दिया मन्थरा आंटी, और जिसे राजू अक्सर अपार्टमेंटवाली आंटी कहकर बुलाता है, अपनी सहेली मंजू सिंगला के ससुर लाला अमरचन्द आर्य की पुण्यतिथि के दिन पूरे दिन श्रीराम अपार्टमेंट में ही रहती है। शोक सन्तप्त परिवार को सान्त्वना देने के साथ-साथ, लगे हाथ अपने व्हाट्सएप ग्रुप के सदस्यों के बीच सन्देशों का भी आदान-प्रदान हो जाता है। इस तरह यह विज्ञापन सामाजिकता बढ़ाने और जन-सम्पर्क के रूप में अपनी बड़ी भूमिका निभाने लगा।

इस बार भी लाला अमरचन्द आर्य की पुण्यतिथि के उपलक्ष्य में विज्ञापन छपा। पहले की तरह शकुनि ने इस बार भी कुछ प्रतियों का पहले से अख़बार बाँटनेवाले वितरक को ऑर्डर कर दिया।

शकुनि ने अपने शाखावाले थैले में समाचार-पत्र की कुछ प्रतियों को रखते हुए, अपने नौकर राजू को यह कहते हुए थमा दिया, "राजू, इसमें आज के कुछ अखबार और मेरी कुछ पुरानी सामग्री है। तू इसे लेकर सीधे शाखा में पहुँच जाना! मैं शाखा शुरू होने से पहले संघ-स्थल पर पहुँच जाऊँगा। ध्यान रहे इसमें से कुछ भी सामान इधर-उधर नहीं होना चाहिए...बहुत जरूरी सामग्री है इसमें...जरा ध्यान से ले जाना!"

राजू ने अपने मालिक के आदेश को स्वीकार कर मुंडी हिलाते हुए झोला कन्धे से लटका लिया।

यह पहला अवसर नहीं है जब राजू, इस्माईलपुर नगर टोली के शिवालय मण्डल की तरुण शाखा के शाखा कार्यवाह, और अपने मालिक शकुनि आर्य के इस जादुई झोले को उठा रहा है। आज से पहले भी उसे कई बार इसे उठाने का सौभाग्य प्राप्त हो चुका है। अपार्टमेंट से शाखा जाते हुए रास्ते में कई बार उसके मन में आता कि कहीं अकेले में कभी चुपचाप इस झोले को खँगाला जाये, ताकि यह पता चल सके आख़िर इसमें ऐसा क्या रहता है, जिसे उसका मालिक इतने जतन से सँभाल कर रखता है? लेकिन ऐसा करने की उसकी हिम्मत नहीं होती। अचानक उसे याद आया कि एक ऐसा ही थैला उसने मुख्य शिक्षक भरत प्रसाद के पास भी देखा है। जब-जब राजू इन थैलों के बारे में सोचता है उसकी जिज्ञासा और बढ़ जाती, कि आख़िर इनमें ऐसा क्या है जिसे ये लोग हमेशा अपने साथ रखते हैं। यही सोचते हुए राजू शाखा की ओर चल पड़ा। इस बीच उसने पाया कि जब शकुनि आर्य उसे यह निर्देश दे रहा था, उस समय सुबह के पौने छह बजे थे। गर्मियों के चलते सुबह के पौने छह बजे दिन का उजाला अच्छा-ख़ासा फैल जाता है। आज अच्छा अवसर है। इसलिए उसने आज मन-ही-मन यह प्रण ले लिया, कि वह अपने मालिक के इस जादुई झोले की तलाशी ज़रूर लेकर रहेगा। यही सोचकर उसने अपनी गति बढ़ा दी और शिवालय के लिए सीधा रास्ता न लेकर श्मशान वाला रास्ता ले लिया। इस रास्ते का फ़ायदा यह है कि इस पर बहुत कम लोग मिलते हैं।

राजू ने अभी श्मशान पार किया ही था। पता नहीं किस बे-ख़याली के चलते उसे ऐसी ठोकर लगी कि वह तो गिरा ही, बल्कि कन्धे पर झूलता थैला भी औंधे मुँह ज़मीन पर आ गिरा। इधर थैला नीचे गिरा और उधर थैले से सारी सामग्री बग़ावत कर ज़मीन पर बिखर गयी। इसे कहते हैं बिल्ली के भाग का छींका टूटना। दूसरे शब्दों में कहें तो जैसी चाह, वैसी अपने आप राह बनती चली गयी।

ज़मीन पर बिखरी सामग्री जिनमें कुछ छोटी-छोटी पुस्तिकाएँ, पाँच-छह सौ-सवा सौ पृष्ठोंवाली पुस्तकें, कुछ निमन्त्रण पत्र और कुछ प्रतियाँ आज के एक समाचार-पत्र की थीं। इनमें से राजू ने लपककर सबसे पहले उन अख़बारों को उठाया, जिन्हें उसके मालिक ने थैलों में रखते हुए हिदायत

दी थी। इसके बाद उसने दूसरी पुस्तिकाओं को एक-एक कर उठाया और उनके शीर्षकों को ध्यान से पढ़ने की कोशिश कर, उन्हें पुनः थैले के हवाले करने लगा।

राष्ट्रीय स्वयंसेवक संघ का परिचय, हाँ हम हिन्दू है, हिन्दू जागरण क्यों और कैसे, संघ उत्सव, शाखा सुरभि शीर्षकवाली पुस्तकों सहित सरल गीतों के संग्रह *मातृ वन्दना* को झोले के हवाले करने के बाद, तीन छोटी-छोटी गुटकानुमा पुस्तिकाओं पर सरसरी निगाह मार उन्हें भी थैले में पटक दिया। उसके पास अगर समय और अवसर होता, तो वह इस सारी सामग्री को ज़रूर उलट-पुलट कर देखता।

इसी बीच ज़मीन से उठाकर बची हुई सामग्री को थैले के हवाले करने के दौरान राजू की नज़र ताज़ा-ताज़ा छपे लिफ़ाफ़ावाले एक निमन्त्रण पत्र पर पड़ी। राजू ने धीरे-से उस लिफ़ाफ़े को खोला और उसमें से निमन्त्रण पत्र को निकाल, उसे बुदबुदाते हुए पढ़ने लगा।

राजू को इस निमन्त्रण पत्र का मज़मून समझ में आया हो या नहीं, लेकिन निमन्त्रण पत्र के अन्त में मोटे-मोटे शब्दों में छपी इस पंक्ति को पढ़, उसके यह समझ में ज़रूर आ गया कि उस दिन जलपान की व्यवस्था भी है। इस तरह पूरी क्रिया को सम्पन्न करने अर्थात् ज़मीन पर गिरी सामग्री को उठाने से लेकर उस पर नज़र मारने में मुश्किल से छह-सात मिनट लगे होंगे। राजू ने एक बार फिर झोला अपने कन्धे पर टाँगा और तेज़ी से शिवालय के पीछे मज़ार के बग़ल में लगनेवाली शाखा अर्थात् संघ-स्थल की ओर बढ़ गया। आज वह अपने आप को बहुत हल्का महसूस कर रहा है। क्योंकि आज वह अपने मालिक और इस्माईलपुर नगर टोली के शाखा कार्यवाह के उस जादुई झोले की तलाशी लेने में कामयाब हो गया, जिसमें झाँकने की उसकी मुद्दत से इच्छा थी। मगर इस झोले में रखी एक पुस्तक *मनुस्मृति और डॉक्टर अम्बेडकर* को देख, वह शाखा पहुँचने तक रह-रहकर सोचता रहा कि इस पुस्तक का शाखा और उसके मालिक से क्या सम्बन्ध हो सकता है? अब यह बात अलग है कि भले ही उसकी शिक्षा मिडिल तक की है किन्तु उसे मोटा-मोटी अब इतना तो पता चल ही गया है, कि यह डॉक्टर अम्बेडकर आख़िर था कौन?

6

बौद्धिक मण्डल और शाखा विसर्जन के बाद आपसी बातचीत में राजू ने इस बात पर ध्यान दिया, कि माँ भारती के हिन्दू सपूतों का मुस्लिम, ईसाई, कम्युनिस्टों और नेहरू-कांग्रेस के प्रति पनपती घृणा व विरोध कब दलितों-शूद्रों-पिछड़ों पर आकर टिक जाता, किसी को इसका पता ही नहीं चलता।

आज भी ऐसा ही हुआ।

शारीरिक कार्यक्रम के बाद बौद्धिक कार्यक्रम के लिए जैसे ही सारे गण मण्डल में बैठे, रुद्रपाल ने भरत प्रसाद से पूछ लिया कि उसके भतीजे, जिसका एक दिन पहले परीक्षा परिणाम घोषित हुआ है, किस विषय में कितने अंक प्राप्त हुए हैं? इस पर भरत प्रसाद ने बड़े गर्व के साथ जैसे ही बताया कि हिन्दी विषय में उसके 95 प्रतिशत अंक आये हैं, रुद्रपाल की बाँछें खिल उठीं और लगभग हुमकते हुए बोला, "भरत जी, इधर जो भाषाओं पर शोध हो रहे हैं, उनके अनुसार आनेवाले पन्द्रह-बीस सालों के अन्दर जो अहमियत आज अंग्रेजी की है न, वही हिन्दी और संस्कृत की होनेवाली है।"

अपनी मातृ भाषा और देव भाषा के पक्ष में पारस जैन ने भी तर्क दिया, "मुझे लगता है कि हिन्दी की अहमियत पहले कहीं ज्यादा थी। पहले लोगों की भाषा पर पकड़ आज से अधिक थी। वह इसलिए कि पहले बच्चों को हिन्दी तख्तियों पर इमला और सुलेख के माध्यम से पढ़ाई व सिखाई जाती थी। अंग्रेजी तो हमें छठी में जाकर पढ़ाई जाती थी।" अपने भाषाई ज्ञान का परिचय देते हुए पारस जैन अपनी बात की पुष्टि के लिए आगे कहने लगा, "कुछ साल पहले तक बड़ी कक्षाओं में लगे प्रेमचन्द और रेणु के उपन्यासों को बड़े विस्तार के साथ पढ़ाया जाता था। आज ऐसा नहीं है। आज ऑब्जेक्टिव प्रश्नों को ध्यान में रखकर ज्ञान बढ़ाने के बजाय, इन्हें मात्र सूचना के लिए पढ़ाया जाता है।"

पारस जैन के इस तर्क को रुद्रपाल ने अपनी मौलिक समझ से वज़नी बनाने की कोशिश करते हुए कहा, "पारस जी, जब से शिक्षा का आर्थिकीकरण हुआ है न, तब से इससे मतलब नहीं रहा कि किताब में क्या लिखा है। बस, नम्बरों से मतलब है।"

"मुझे ऐसा लगता है कि हमने अपनी भाषाओं को कभी रोजगार की भाषा नहीं बनाया। हम अब भी रोजगार की भाषा अंग्रेजी को ही मानते हैं।" पारस जैन ने तर्क दिया।

"सही पकड़े हैं...अब देखिए, अपने शकुनि जी ने अपनी दुकान का नाम वो क्या है ए...बी...सी मार्ट हिन्दी में ही रखा है कि नहीं? यह बात अलग है कि अंग्रेजी, आरक्षण और धारा 370, ये तीनों ही विषय ऐसे हैं जो आजादी के बाद कुछ समय के लिए लागू किये गये थे, और सारा काम अंग्रेजी में होता है इसलिए अंग्रेजी को अभी चलने दो। हिन्दी में तो हमारा सिस्टम ही तैयार नहीं है। वैसे जो परजीवी मानसिकता है न कि दूसरे का परोसा हुआ खा लो, अपना बनाना नहीं है।"

रुद्रपाल के इस जंगल जलेबी जैसे तर्क को सुन इस बार पारस जैन भी अकबका गया। बावजूद इसके वह बोला, "लेकिन रुद्रपाल जी, आरक्षण भी तो शुरू में दस साल के लिए लागू किया गया था। वैसे आपका कहना सही है कि इस आरक्षण ने भी हमारे देश का बहुत नुकसान किया है।"

अपने मन की बात सुन नगर कार्यवाह रुद्रपाल की जैसे साँस में साँस लौट आयी, "दरअसल, हुआ यह कि जब इंडियन एजूकेशन एक्ट बना था, उसके अन्दर हमारा इतिहास बताया ही नहीं गया। हमें केवल हिस्ट्री पढ़ाई गयी, इतिहास नहीं पढ़ाया गया। हिस्ट्री का सिम्पल-सा फंडा होता है हिज इस्टोरी। इस हिज इस्टोरी के अन्दर कई लोगों ने अलग-अलग तरह से लिख दिया। जबकि इतिहास का मतलब है जो वास्तव में हुआ...और ऐसा ही हुआ। इतिहास तो सारा उड़ा दिया गया।"

"लेकिन यह हिज स्टोरी...मेरा मतलब है हिस्ट्री भी तो तभी समझ में आयेगी, जब हमारा भाषा पर नियन्त्रण होगा।"

"वो यही तो नहीं चाहते पारस जी।" अलोम-विलोम के साथ साँस को फेफड़ों में भरने के बाद उसे बाहर छोड़ने के बाद तमतमाते हुए रुद्रपाल आगे बोला, "पर इसका नुकसान तो अब हो रहा है न...और रिज़र्वेशन का तो और भी बुरा हाल है। क्या बताऊँ पारस जी, ऐसे-ऐसे बच्चे हैं कि जिन्हें आरक्षण मिला हुआ है, आप उनसे कुछ नहीं करवा सकते। मैं मानता हूँ कि रिज़र्वेशन होना चाहिए लेकिन यह जाति के आधार पर नहीं, आर्थिक आधार पर होना चाहिए।"

"पारस जी, रुद्रपाल जी सही कह रहे हैं। रिज़र्वेशन से जो डॉक्टर या टीचर बने हैं तो रिज़र्वेशन कास्टवाले उसी से ऑपरेशन करायें और पढ़ें न? मगर ये रिज़र्वेशन कास्टवाले न उनसे ऑपरेशन करायेंगे, न पढ़ेंगे। उन्हें पता है कि ये कहाँ से आये हैं। इनमें कितनी बुद्धि है। भइया, रिज़र्वेशनवाले से रिज़र्वेशनवाला ही पढ़ेगा। और ऑपरेशन कराना है तो रिज़र्वेशनवाले से कराये। बिहार में किसी आदिवासी को पढ़ना है तो इन्हीं से पढ़े। सारे पुल-वुल इन्हीं से बनवाओ! अधकचरे डॉक्टर-इंजीनियर से किसी को मरना थोड़े ही है।" एक साँस में मुख्य शिक्षक भरत प्रसाद ने आरक्षण के कई दुष्प्रभाव गिना दिये।

"रोना यह है भरत प्रसाद जी कि इस बीमारी को कोई ठीक करने की कोशिश करता है, तो कहा जाता है कि आप दलितों के विरोधी हैं। हम दलितों के विरोधी नहीं हैं...हम तो उसके विरोधी हैं, कि देखो कैसे ये हमारे हिस्से के माल को चाट रहे हैं।"

"इसीलिए संघ शिक्षा के भगवाकरण पर जोर दे रहा है। क्योंकि जिन लोगों ने इंडियन एजूकेशन एक्ट बनाया था उनमें निन्नानवे परसेंट कम्युनिस्ट विचारधारा के थे। जेएनयू के अन्दर अभी क्या हो रहा है, यही तो हो रहा है न! हम मनाते हैं दुर्गा अष्टमी और वो मानते हैं महिषासुर दिवस। हमारे दिमाग में ये जेएनयूवाले क्या घुसेड़ रहे हैं, हमें पता ही नहीं है? वहाँ जो पोस्टर लगाये जाते हैं उनमें लिखा होता है, कि महिषासुर दलित था और दुर्गा उसकी रखैल थी। अब बताइये, आप कौन-सा इतिहास पढ़ा रहे हैं? यह होती है शिक्षा? कोई विरोध करता है तो इसे अभिव्यक्ति की स्वतन्त्रता पर आक्रमण कह दिया जाता है!" पहली बार शकुनि आर्य ने अपने ज्ञान को उलीचते हुए बहस में हस्तक्षेप किया। उसी शकुनि आर्य ने जिसने ज़िन्दगी में कभी यह नहीं देखा होगा, कि जेएनयू कहाँ है और उसका मुख्य द्वार किस दिशा में है।

"इसलिए तो *गुरुजी* ने कहा था कि हम हिन्दुओं को अपनी ताकत इन मुसलमानों, ईसाइयों और कम्युनिस्टों से लड़ने के लिए बचाकर रखनी चाहिए। एक बात कहूँ, मुझे कहीं कोई कम्युनिस्ट दिखायी पड़ जाये न, तो मैं उसका पेट फाड़ दूँ। जो कहते हैं कि राजनीति बेकार की चीज है उन्हें नहीं पता कि राजनीति बेकार की चीज नहीं है। अगर राजनीति में राष्ट्रनीति

नहीं है तो वह बेकार की चीज है। दल से पहले देश और राजनीति से पहले राष्ट्रनीति है। जेएनयू में सारा यही कुछ है। अगर आप किसी बच्चे के मन में राष्ट्रनीति नहीं जगा पाये, तो ऐसी शिक्षा का क्या लाभ। इंटेलिजेंट और समझदार, विद्यावान और विद्वान इनमें बहुत अन्तर होता है...विद्यावान तो कम हैं पर विद्वान बहुत हैं।" मुख्य शिक्षक भरत प्रसाद इस्माईलपुर नगर टोली के शाखा कार्यवाह शकुनि आर्य के ज्ञान-कुण्ड में अपने विशद ज्ञान की समिधा डालते हुए बोला।

"आपका बेटा भी तो एक बार जेएनयू में एडमिशन लेने गया था शायद?" पारस जैन ने भरत प्रसाद से पूछा।

"हाँ गया था पर उसका नहीं हो पाया...लेकिन मेरे बेटे ने भी जिद पकड़ ली, कि उसे पढ़ना तो जेएनयू या उसके आसपास ही है। इसलिए उसने पास के संस्कृत विद्यापीठ में प्रवेश ले लिया। इसका लाभ यह है कि जब भी जेएनयू में ये कम्युनिस्ट हल्ला-गुल्ला करते हैं, सारा विद्यापीठ जेएनयू के मुख्य द्वार पर इनका विरोध करने पहुँच जाता है।"

"आपका बेटा भी जाता है?"

"हमारा बेटा क्यों नहीं जायेगा...वह भी तो राष्ट्रवादी है। मेरा तो मानना है कि हर असली राष्ट्रवादी को जेएनयू में जबरदस्ती घुसकर वन्दे मातरम् और भारत माता की जय के नारे लगाने चाहिए!" मुख्य शिक्षक भरत प्रसाद अपने राष्ट्रवाद का प्रमाण देते हुए बोला।

"सही कह रहे हैं आप भरत प्रसाद जी। जेएनयू की तो सचमुच बुरी हालत है।" शकुनि आर्य अपने मुख्य शिक्षक का हौसला बढ़ाते हुए बोला।

"बिल्कुल...पता है मेरे बेटे ने एक दिन मुझे बताया?"

"क्या बताया?" शकुनि ने जिज्ञासावश पूछा।

"यही कि जेएनयू तो सेक्स का अड्डा है।"

"जेएनयू की तरह शाहीन बाग में भी तो मुल्लों की एक यूनिवर्सिटी है न...क्याऽऽऽ नाम है उसका जामिया-सामिया टाइप का?" रुद्रपाल विषय का विस्तार करते हुए बोला।

"यह भी तो जेएनयू की तरह है। कुल मिलाकर जो इस राष्ट्र की संस्कृति है और अगर उसकी बात हम करते हैं, तो डंडे के जोर पर करते हैं।

खाली यही नहीं, अब जैसे जम्मू-कश्मीर में बुरहान वानी का भाई है, जो पहले एनकाउंटर में मारा गया था, मानवाधिकार के नाम पर उसे भी मुआवजा दिया गया। जबकि यह तो आतंकवाद पीड़ितों को दिया जाता है। अब इस पर कोई राष्ट्रवादी सवाल करता है तो उसे रोक दिया जाता है। बताइये, अब आतंकवादियों को भी मुआवजा दिया जा रहा है। मानवाधिकार मानवों के लिए होता है दानवों के लिए नहीं...पाकिस्तान का नारा लगानेवाले और आतंकवादियों को दूध पिलानेवाले इन जामिया-जेएनयू पर तो सरकार को तुरन्त ताला ठोंक देना चाहिए!" कहते-कहते भरत प्रसाद के नथुने फड़फड़ाने लगे।

जिस समय इस्माईलपुर नगर टोली के शिवालय मण्डल की इस शाखा में पाकिस्तान का नारा लगानेवाले और आतंकवादियों को दूध पिलानेवाले देश के दो ख्यात विश्वविद्यालयों पर ताला लगाने की माँग उठ रही थी, उस समय केवल एक आदमी था, जिसने पूरी तरह चुप्पी साधी हुई थी, और वह है सह नगर कार्यवाह पारस जैन। भीतर-ही-भीतर उबल तो वह भी बहुत रहा था और मारे ग़ुस्से के नसें तो उसकी भी फटने को हो रही थीं लेकिन कह कुछ नहीं पाया। दरअसल, इस चुप्पी में उसकी एक विवशता छिपी हुई है, और वह यह कि उसका एक बेटा इन विश्वविद्यालयों में से एक शाहीन बाग़वाली मुल्लों की यूनिवर्सिटी अर्थात् जामिया मिल्लिया इस्लामिया में पढ़ाई कर रहा है। जिस समय शिवालय मण्डल की इस शाखा में भरत प्रसाद उन पर ताला ठोंकने का प्रस्ताव पेश कर रहा था, पारस जैन का दिल बैठा जा रहा था। उसने मन-ही-मन अपने जैन धर्म के मूल मन्त्र *णमोकार मन्त्र* का जाप शुरू कर दिया, और भगवान महावीर से विनती करने लगा कि हे महावीर, जब तक मेरा बेटा अपनी पढ़ाई पूरी नहीं कर ले, तब तक तू उस ताले की चाबी खो देना जो इस पर लगनी है। पढ़ाई पूरी होने के बाद भले ही तू इस पर कुछ भी ठोंक देना!

इससे पहले कि यह हरिकथा हरिअनन्ता बनती, उससे पहले रुद्रपाल ने बीच में दख़ल देते हुए कहा, "चलिए, अब एक छोटा-सा गीत दोहरा लेते हैं!"

भगवाकरण, कम्युनिस्ट, जेएनयू, आतंकवाद, राष्ट्रनीति, मानवाधिकार की यात्रा करती हुई, शाखा की इस नित्य कथा ने जैसे ही छोटे-से गीत पर

आकर दम लिया, इस बीच कोई-न-कोई बहाना बनाकर कई माँ भारती के सपूत नगर टोली के शाखा कार्यवाह शकुनि आर्य से इजाज़त लेकर खिसक लिए। मन तो राजू का भी करने लगा लेकिन सामने अपने मालिक अर्थात् शाखा कार्यवाह से अनुमति लेने की हिम्मत नहीं हुई।

नगर कार्यवाह ने पहले खँखारते हुए गला साफ़ किया, और फिर गीत शुरू करने से पहले पूरी शाखा को निर्देश देते हुए कहा, "सारे गण इसे मेरे पीछे-पीछे दोहरायेंगे!

इतना कह वह गाने लगा–

शपथ लेना तो सरल है, पर निभाना ही कठिन है
साधना का पथ कठिन है, साधना का पथ कठिन
है अचेतन जो युगों से, लहर के अनुकूल बहते
साथ बहना है सरल, प्रतिकूल चलना ही कठिन है
साधना का पथ कठिन है।

गीत ख़त्म होने के बाद नगर कार्यवाह ने पहले सामने बैठे गणों पर एक नज़र मारी और इसके बाद उसकी व्याख्या करते हुए इसमें छिपे राष्ट्रवाद की भावना को उदाहरण दे-देकर समझाने का प्रयास करने लगा। लेकिन बहुत देर से एक ही मुद्रा में बैठे रहने के कारण, और नीचे से निकरों के पसीजने से रह-रहकर मचती खुजली ने बैठना दूभर कर दिया। सामने कसमसाते हिन्दू वीरों को देख रुद्रपाल ने बौद्धिक कार्यक्रम का समापन कर दिया। इसके बाद प्रार्थना हुई और अन्त में *भारत माता की जय* के उद्घोष के साथ शाखा विकिर यानी विसर्जित हो गयी। इस शास्त्रार्थ में केवल दो गण ऐसे थे जिनके कुछ पल्ले नहीं पड़ रहा था–एक है मण्डल कार्यवाह विजयपाल सोलंकी और दूसरा शकुनि आर्य का नौकर राजू अर्थात् राजकुमार। शाखा में मिलनेवाले इस ज्ञान को सुनते हुए राजकुमार का तो सर ही भन्ना गया।

शाखा विसर्जित होने के बाद भरत प्रसाद ने अपने झोले से *पाञ्चजन्य* के ताज़ा अंक की कुछ प्रतियाँ निकालीं और उन्हें स्वयंसेवकों में बाँट दिया। इसके बाद शकुनि आर्य ने राजू की ओर देखते हुए कहा, "राजू मेरा थैला लाना!"

राजू दौड़कर एक तरफ़ रखे उसी झोले को, जो आते समय उसके कन्धे से गिर गया, या उसे जान-बूझकर गिराया था, उठा लाया। शकुनि ने उसमें से आज के अख़बारों की प्रतियों को निकाला और एक-एक प्रति वहाँ उपस्थित सारे स्वयंसेवकों में बाँट दीं।

शायद मुख्य शिक्षक के घर अख़बार आता ही नहीं है, इसलिए वह पूछ बैठा, "आज संघ की इसमें कोई खबर है क्या?"

"नहीं। पिताजी की आज पुण्यतिथि है, सो इसमें उनकी श्रद्धांजलि का विज्ञापन छपा है। आते समय सोचा आप लोगों को भी देता चलूँ।" इतना कह शकुनि ने उस पृष्ठ को इस तरह खोल दिया कि उस विज्ञापन को खोजने में बाकियों को अधिक कष्ट नहीं उठाना पड़ा।

सबके शाखा से लौटने के साथ राजू भी लौट आया। लौटते हुए वह यह सोचकर परेशान होने लगा कि यह भगवाकरण, कम्युनिस्ट, जेएनयू, आतंकवाद, राष्ट्रनीति, मानवाधिकार अगड़-मगड़ आख़िर हैं क्या बलाएँ? और यह कौन-सा गुरु है जो यह कहता है कि हिन्दुओं को अपनी ताक़त मुसलमानों, ईसाइयों और कम्युनिस्टों से लड़ने के लिए बचाकर रखनी चाहिए? मुसलमान तो ठीक है, पर ये ईसाई और कम्युनिस्ट कौन हैं? क्या है इनकी जाति और ये कहाँ रहते होंगे? उसने इन्हें अपने रसूलपुर में तो कभी देखा नहीं। रसूलपुर ही क्यों उसने तो कोई ईसाई और कम्युनिस्ट इतने सालों में, जबसे वह अपने मालिक के साथ बतौर नौकर श्रीराम अपार्टमेंट में आया है, नहीं देखा है। श्रीराम अपार्टमेंट ही क्यों, उसे तो कोई आसपास के अपार्टमेंट्स में भी नहीं दिखाई दिया। वह रह-रहकर सोचता है कि देखने में ये ईसाई और कम्युनिस्ट कैसे दिखाई देते होंगे? रंग-रूप और क़द-काठी कैसी होती होगी इनकी?

राजू उर्फ़ राजकुमार ने पूरे इस्माईलपुर में ईसाई और कम्युनिस्टों को बहुत खोजा, किन्तु उसे एक भी दिखाई नहीं दिया, जिसे देखकर यह कहा जा सके कि यह कम्युनिस्ट अथवा ईसाई है। बड़ी कोशिशों के बावजूद जब राजू को इनमें से कोई नहीं मिला, तब उसने इन्हें खोजने के बजाय अपना ध्यान फिर से अपने हिन्दू बनने पर लगा दिया।

7

आशियाना।

शहरी विकास मन्त्रालय तथा विकास प्राधिकरण द्वारा अधिग्रहीत भूमि पर निर्मित हाउसिंग सोसाइटीज़ का अपार्टमेंट। इस नाम को सुनने के बाद हो सकता है एक पल के लिए आपको लगे, कि राष्ट्रवाद के इस घोर उत्तर-आधुनिक युग में जहाँ अपार्टमेंट्स के नाम श्रीराम, श्रीराधा, अक्षरधाम, सुखसागर, अहिंसा, चाणक्य, श्रीकृष्ण जैसे नाम हों, उनके बीच यह आशियाना नाम, वह भी मुसलमानों का कहाँ से घुस आया? अगर रखना ही था तो इसकी जगह बसेरा, वाटिका, सदन जैसा कुछ रख लेते। इस नाम को सुनकर लगता है मानो छोटे-छोटे ख़ुशहाल जम्बू द्वीपोंवाले उपमहाद्वीप में कोई अवांछित टापू उग आया है। इससे बड़ी विडम्बना यह कि यह है भी श्रीराम अपार्टमेंट और अहिंसा अपार्टमेंट के एकदम बीचो-बीच। लेकिन, इस आशियाना की अपनी एक कहानी है।

कहानी उन दिनों की है जब एक तरफ़ विकास प्राधिकरण द्वारा किसानों की उपजाऊ भूमि का तेज़ी से अधिग्रहण किया जा रहा था, तो दूसरी तरफ़ को-ऑपरेटिव ग्रुप सोसाइटीज़ के लिए को-ऑपरेटिव सोसाइटीज़ विभाग द्वारा सदस्यता हेतु प्रस्ताव आमन्त्रित किये जा रहे थे। यह उन्हीं दिनों की बात है जब मशहूर शायर रामप्रसाद सुमन और मख़दूम चिराग़ साहब को उनके पुराने मित्र और अफ़साना निगार मुंशीलाल रहबर ने इस योजना के बारे में बताया। मुंशीलाल रहबर ही नहीं, रामप्रसाद सुमन और मख़दूम चिराग़ साहब भी उन दिनों किराये के मकानों में रहते थे। कई अदीब जिन्हें मुंशीलाल रहबर की तरह सरकारी नौकरी के कारण सरकारी आवास मिला हुआ था, वे भी इसके लिए तैयार हो गये। क्योंकि रिटायरमेंट के बाद सारे सरकारी मुलाज़िमान को एक-न-एक दिन मकान ख़ाली करना होता है। क़ायदे से सभी को अपने-अपने लिए एक ऐसे ठीहे की ज़रूरत थी, जिसमें किसी का दख़ल ना हो और वे खुले में साँस ले सकें। सबसे बड़ी बात यह थी कि जब किराये के रूप में करारे-करारे नोट अँगुलियों के पोरों से सरसराते हुए मकान मालिक के हाथों में जाते थे, तब लगता जैसे जान निकल रही हो।

मुंशीलाल रहबर का यह प्रस्ताव रामप्रसाद सुमन और मख़दूम चिराग़ को पसन्द आ गया।

"ठीक है, मैं आप दोनों का भी नाम शामिल करवा देता हूँ। आपके शामिल होने से अपनी सोसाइटी में रौनक आ जायेगी।" दोनों की स्वीकृति मिलने पर मुंशीलाल रहबर ने कहा।

"वैसे, इसके सारे मेम्बरान अदब की दुनिया के हो जायें तो साब मज़ा आ जाये।" मख़दूम चिराग़ ने छोटा-सा सुझाव दिया।

"चिराग़ साहब, इसलिए मैं आपके पास आया हूँ। आप बेफ़िक्र रहिए। मैंने इसका पूरा ख़याल रखा है।" मुंशीलाल रहबर ने दोनों को आश्वासन देते हुए कहा।

"वैसे इस सोसाइटी का नाम क्या रखने का इरादा है रहबर जी?" रामप्रसाद सुमन ने ऐसे ही पूछ लिया।

"अभी तो नहीं सोचा है। आपके दिमाग़ में कोई आ रहा है तो बताइए!"

"देखिए, चूँकि इसके ज़्यादातर मेम्बरान अदब से जुड़े और हम-ख़याल होंगे, तो नाम भी इसका कुछ नाज़ुक-सा होना चाहिए?"

"सही कह रहे हैं सुमन साहब। एक ऐसी दुनिया हो जिसमें वक़्त-बेवक़्त हम एक-दूसरे को सुन और सुना सकें।" मख़दूम चिराग़ ने जैसे अपने मन की बात कह दी।

रामप्रसाद सुमन बिना वक़्त ज़ाया किये अपने काम में जुट गया और कुछ देर सोचने के बाद बोला, "अगर इस सोसाइटी का नाम आशियाना हो, तो कैसा रहेगा?"

"क्या बात कही है! समझ लीजिए अपनी सोसाइटी का नाम आशियाना अपार्टमेंट हो गया।" मुंशीलाल रहबर ने रामप्रसाद सुमन द्वारा सुझाये गये नाम पर तुरन्त सहमति प्रकट कर दी।

मुंशीलाल रहबर जब आशियाना के डिज़ाइन के साथ सोसाइटी बनानेवाले बिल्डर को रामप्रसाद सुमन और मख़दूम चिराग़ के पास लेकर आया, तो दोनों ने बिल्डर से साफ़ कह दिया कि अपार्टमेंट का डिज़ाइन कैसा होगा, यह तय करना आपका काम है। मगर इसका कम्युनिटी हाल ऐसा होना चाहिए

कि जब भी इसमें कोई अदबी बैठक हो, तो ऐसा लगना चाहिए मानो हम मिनी ऐवाने-ग़ालिब ऑडिटोरियम में बैठे हुए हों।

इस नाम को सुन बिल्डर थोड़ा पेसोपेश में पड़ गया कि हाउसिंग सोसाइटीज़ तो उसने कई बनायी हैं, लेकिन यह पहली बार है जब किसी सोसाइटी के सदस्यों की दिलचस्पी कम्युनिटी हाल में अधिक है। बिल्डर ने तीनों को आश्वासन दिया और यह कहकर चला गया कि आप चिन्ता न करें, ऐसा ही बनेगा। लौटते हुए बिल्डर सोचने लगा कि ऑडिटोरियम तो उसने बहुत सुने और कुछ देखे भी हैं, किन्तु यह ऐवाने-ग़ालिब ऑडिटोरियम कहाँ और कैसा है?

कुछ भी हो अपार्टमेंट बनानेवाले बिल्डर ने कम्युनिटी हाल वैसा ही बनाया, जैसी कल्पना इसके संस्थापक सदस्य मुंशीलाल रहबर, रामप्रसाद सुमन और मख़दूम चिराग़ ने की थी। कम्युनिटी हाल जब बनकर तैयार हो गया, तब बारी आयी इसके नामकरण की। कई नाम सोचे गये। रामप्रसाद सुमन ने ग़ालिब, दाग़, मीर, मोमिन, सौदा, फ़राज़ जैसे कई नाम सुझाये, लेकिन उनके दोस्त मख़दूम चिराग़ ने सारे नाम सिरे से ख़ारिज कर दिये। इनमें से कोई नाम उसे पसन्द नहीं आया। उधर मख़दूम चिराग़ ने जो नाम सुझाये, उन्हें रामप्रसाद सुमन ने ख़ारिज कर दिया। बहुत मग़जमारी के बाद चिराग़ साहब ने जो नाम सुझाया, उस पर तुरन्त सहमति बन गयी और यह नाम था *प्रेमचन्द सदन*।

एक दिन मख़दूम चिराग़ कहीं से प्रेमचन्द की महीन मुस्कानवाली, छोटी-छोटी झबरीली मूँछोंवाले दो रेखाचित्र ले आया। वैसी ही मूँछोंवाला रेखाचित्र जैसा हरिशंकर परसाई की मशहूर व्यंग्य-कथा *प्रेमचन्द के फटे जूते* में देखा जाता है। उनमें से एक रेखाचित्र प्रेमचन्द सदन में बने छोटे-से मंच के पीछे की दीवार पर ऊपर टाँग दिया। जबकि दूसरे को प्रवेश-द्वार के ठीक ऊपर लगा दिया ताकि मंचासीनों को वह दिखाई देता रहे। इसके अलावा सदन की दीवारों पर जगह-जगह प्रेमचन्द के कुछ प्रसिद्ध कथन लिखवा दिये।

मंच पर लगी तस्वीर के नीचे प्रेमचन्द के इस कथन को तो प्रमुखता से लिखवाया गया–

साहित्यकार का लक्ष्य केवल महफ़िल सजाना और मनोरंजन का सामान जुटाना नहीं है-उसका दरजा इतना न गिराइए। वह देशभक्ति और राजनीति के पीछे चलनेवाली सचाई ही नहीं, बल्कि उनके आगे मशाल दिखाती हुई चलनेवाली सचाई है।

वहीं दाहिनी दीवार पर उनका यह कथन लिखवा दिया गया–

साम्प्रदायिकता सदैव संस्कृति की दुहाई दिया करती है। उसे अपने असली रूप में निकलते शायद लज्जा आती है, इसलिए वह... संस्कृति का खोल ओढ़कर आती है। हिन्दू अपनी संस्कृति को क़यामत तक सुरक्षित रखना चाहता है, मुसलमान अपनी संस्कृति को। दोनों ही अभी तक अपनी-अपनी संस्कृति को अछूती समझ रहे हैं, वे यह भूल गये हैं कि अब न कहीं मुसलिम संस्कृति है, न कहीं हिन्दू संस्कृति और न कोई अन्य संस्कृति।

जबकि बायीं दीवार पर इस कथन को लगवाया गया–

मैं उस धर्म को कभी स्वीकार नहीं करना चाहता जो मुझे यह सिखाता हो कि इन्सानियत, हमदर्दी और भाईचारा सब कुछ अपने ही धर्मवालों के लिए है, उस दायरे के बाहर जितने लोग हैं सभी ग़ैर हैं, उन्हें ज़िन्दा रहने का कोई हक़ नहीं, तो मैं उस धर्म से अलग होकर विधर्मी होना ज़्यादा पसन्द करूँगा।

शायद यह इसी नेक-नीयती का परिणाम था कि जब आशियाना पूरी तरह आबाद हो गया, तो वह भारतीय ज़बानों के अदीबों यानी अलग-अलग भाषाओं के मसिजीवियों से चहचहाने लगा। कोई महीना ऐसा नहीं जाता जब प्रेमचन्द सदन किसी अदबी बैठक से गुलज़ार न होता हो। स्वतन्त्रता दिवस, गणतन्त्र दिवस ही नहीं, होली-दीवाली, ईद जैसे बड़े भारतीय पर्वों और त्योहारों पर होनेवाले स्थानीय मुशायरों और कवि सम्मेलनों में पढ़े जानेवाले शे'र और ग़ज़लों, तथा गीत व कविताओं से प्रेमचन्द सदन की दीवारें झंकृत होती रहतीं। आशियाना तो आशियाना बल्कि आसपास की सोसाइटीज़ और अपार्टमेंट्स के रहवासी भी इनका बेसब्री से इन्तज़ार करते।

मगर एक-एक कर रामप्रसाद सुमन, मख़दूम चिराग़ और मुंशीलाल रहबर जैसे पुराने दीये बुझते गये, प्रेमचन्द सदन की रोशनी भी मन्द पड़ने लगी। प्रेमचन्द की छोटी-छोटी झबरीली मूँछोंवाले रेखाचित्र कब ग़ायब हो गये या कर दिये गये, किसी का इस पर ध्यान नहीं गया। एक-एक कर उनके कथनों को सदन की दीवारों से कब मिटा दिया गया, यह भी किसी को याद नहीं। जिस मंच पर कभी जलती हुई शमअ के रेशमी उजाले में ग़ज़लों के अशआर और गीत-कविताओं की पंक्तियाँ थिरकती थीं, उस मंच से अब राष्ट्रवाद की चाशनी में लिपटे शील-अश्लील नारे सुनाई देने लगे हैं। मुंशीलाल रहबर, रामप्रसाद सुमन और मख़दूम चिराग़ ने मिलकर जो ख़ूबसूरत सपने सँजोए थे, देखते-देखते वे कब बुरे सपनों में तब्दील होते चले गये, किसी ने इस पर ध्यान नहीं दिया। आज प्रेमचन्द सदन नाम के इस कम्युनिटी हाल में आशियाना निवासी इकट्ठे तो होते हैं, परन्तु कुछ धार्मिक अनुष्ठानों और पारिवारिक आयोजनों में शामिल होने के लिए। ऐसा नहीं है कि ये धार्मिक अनुष्ठान और आयोजन पहले नहीं होते थे, बिल्कुल होते थे लेकिन इनके साथ छोटे-छोटे मुशायरे तथा कवि सम्मेलन भी होते थे।

सबसे रोचक तो यह है कि कब और किसने प्रेमचन्द सदन अर्थात् कम्युनिटी हाल का नाम बदल कर तुलसी सदन कर दिया, उसके बारे में किसी को पता नहीं चला। और तो और हाल की दीवारें किसने तुलसी की चौपाइयों से रंग दीं, उस पर भी किसी ने ध्यान नहीं दिया। कहने का आशय यह है कि जहाँ कभी प्रेमचन्द के रेखाचित्र और उसके कथन प्रेमचन्द सदन की दीवारों की शोभा हुआ करते थे, उनकी जगह तुलसी के दोहों और चौपाइयों ने ली। पूर्व के प्रेमचन्द सदन की आँखें आज साहित्यिक और वैचारिक गोष्ठियों के लिए जैसे तरस गयी हैं।

मरहूम मख़दूम चिराग़ के बेटे डॉ. मंसूर आलम ने एकाध बार इस पर आपत्ति जताने का ज़रूर मन बनाया, किन्तु एक अनजाने डर के चलते उसने अपने पाँव वापस खींच लिए। वैसे भी पूरे आशियाना में अकेला उसी का घर है। बावजूद इसके, उसके आसपास रहनेवालों की निगाहें उन्हीं के दरवाज़े पर चिपकी रहती हैं। कभी-कभार उसके नाते-रिश्तेदार आ जाते तो उनकी वेशभूषा देख आशियाना तो आशियाना, अहिंसा अपार्टमेंट और श्रीराम

अपार्टमेंट सहित दूसरे अपार्टमेंट्स तक में बेचैनी व्याप जाती है। अब तो पर्व-त्योहारों पर भी वह बात नहीं रही, जो कभी रामप्रसाद सुमन, मख़दूम चिराग़ और मुंशीलाल रहबर के समय थी। ईद-बक़रीद, होली-दीवाली जो कभी पूरे आशियाना के त्योहार हुआ करते थे, वे भी अब अपने-अपने हो गये।

प्रेमचन्द सदन में आयोजित एक कवि सम्मेलन में रामप्रसाद सुमन द्वारा पढ़ी गयी उनकी एक देसी ग़ज़ल की इन पंक्तियों को आज भी इसकी दीवारें जैसे रह-रहकर गुनगुनाती हैं कि–

वे शायरों की क़लम बेज़ुबान कर देंगे
जो मुँह से बोलेगा उसका निदान कर देंगे

वे आस्था के सवालों को यूँ उठाएँगे
ख़ुदा के नाम तुम्हारा मकान कर देंगे

तुम्हारी चुप को समर्थन का नाम दे देंगे
बयान अपना, तुम्हारा बयान कर देंगे।

8

राजू को शाखा आने में आज अच्छी-ख़ासी देर हो गयी।

शाखा का समय वैसे तो सुबह छह बजे है लेकिन आज पौने सात होने के बावजूद संघ-स्थल पर लम्बवत् पड़े ध्वज दण्ड, भगवा ध्वज और कुछ खेल रहे तरुण गणों के उसे कोई दिखाई नहीं दिया। राजू को यह सब देखकर हैरानी हुई। उसने इनसे इतने कम स्वयंसेवकों के होने के बारे में पूछा तो उन्होंने अज्ञानता व्यक्त कर दी।

अभी राजू अपनी ओर से कुछ अनुमान लगाता, तभी सामने से शिवालय मण्डल की आर्यावर्त शाखा का एक स्वयंसेवक दौड़ा हुआ आया और आते ही बोला, "राजू भाई, मुख्य शिक्षक जी ने सबको बाहर बुलाया है।" इससे पहले कि राजू कुछ समझ पाता, उस स्वयंसेवक ने दण्ड और ध्वज को उठाया और बाहर चला गया।

राजू भी उसके पीछे लम्बे-लम्बे डग भरता हुआ शिवालय से बाहर आया तो देखा, मुख्य शिक्षक भरत प्रसाद गणों की प्रतीक्षा कर रहा है। सबको आया देख वह बोला, "चलिए, आज शाखा इन्दिरा कालोनी में लगेगी!"

राजू समझ गया कि इस्माईलपुर से लगी इन्दिरा कॉलोनी का मतलब। मुख्य शिक्षक सारे स्वयंसेवकों को लेकर वहाँ पहुँच गया। उसी इस्माईलपुर की इन्दिरा कॉलोनी में जिसे स्थानीय लोग झुग्गी-झोपड़ी कॉलोनी भी कहते हैं। उसी झुग्गी-झोपड़ी कॉलोनी में जिसमें बिहार, यूपी, राजस्थान, मध्य प्रदेश, छत्तीसगढ़ सहित कई राज्यों से पलायन करके आये दलित-पिछड़े वर्ग के मज़दूरों को सरकार ने पच्चीस-पच्चीस गज़ के एकमंज़िला मकान अलॉट किये हुए थे। इसी कॉलोनी में एक अर्द्धनिर्मित मस्जिद के सामने घास विहीन सूखी रेत से पटे तिकोने पार्क में यहाँ की शाखा चलती है। तिकोने पार्क में पहले से चल रही शाखा के स्वयंसेवकों की वेशभूषा से राजू समझ गया, कि इनमें अधिकतर तथाकथित स्वयंसेवक हैं तो इसी झुग्गी-झोपड़ी के लेकिन ये उन वर्गों के नहीं हैं, जिनके लिए इस कॉलोनी को बसाया गया है। असल बात यह कि जिन लोगों को ये मकान अलॉट किये गये थे, उनमें से अधिकतर इन्हें बेचकर जा चुके हैं। और जिन लोगों ने इन्हें औने-पौने भावों में ख़रीदा है, वे कोई और नहीं इस्माईलपुर के आसपास रहनेवाले वे सवर्ण हैं, जो पहले आसपास किराये पर रहते थे। इसलिए इन्दिरा कॉलोनी में लगनेवाली अम्बेडकर शाखा के अधिकतर स्वयंसेवक इन्हीं सवर्ण वर्गों के हैं।

राजू को यह देखकर आश्चर्य हुआ कि अम्बेडकर शाखा में जितनी स्वयंसेवकों की संख्या है, उतनी शिवालय मण्डल के आर्यावर्त शाखा की नहीं है। मुख्य शिक्षक ने अपना थैला जिस पर संघ के लोगो के नीचे *संघ शिक्षा वर्ग* और उसके ठीक नीचे राष्ट्रीय स्वयंसेवक संघ, प्रथम वर्ष सामान्य, हरियाणा प्रान्त छपा हुआ है, उसे एक तरफ़ रख नगर कार्यवाह रुद्रपाल के एक...दो... तीन के निर्देश पर सबसे पहले *गुरुजी* को प्रणाम किया और फिर स्वयंसेवकों की पंक्ति में शामिल हो गया। इसके बाद दक्षिणवृत्त, अर्द्धवृत्त और वामवृत्त के साथ दायें-बायें दो चक्कर लगाने के बाद, मुख्य शिक्षक के निर्देश पर सारे स्वयंसेवक एक वृत्त में बैठ गये। बीच-बीच में मस्जिद की तरफ़ देख-देखकर *भारत माता की जय* और *वन्दे मातरम्* के उद्‌घोष भी गूँजते रहे। जब-जब ये

उद्घोष हवा में गूँजते, आसपास के मकानों से लोग अकबका कर बाहर आते और पार्क में जमा इस भीड़ को देख, फिर अपने-अपने घरों में घुस जाते।

इस बीच तरुण स्वयंसेवकों का प्रिय खेल *चूहा-बिल्ली* शुरू हो गया। कहने को यह चूहा-बिल्ली का खेल है लेकिन शुरू होने के बाद यह चूहा-बिलोंटा के खेल में बदल गया। हँडिया-सी बाहर निकली तोंद और अनियन्त्रित मोटे-मोटे नितम्बों के साथ भारत माता की जय का उद्घोष करते हुए, जब-जब कोई अधेड़ बिलोंटा गिरता-पड़ता शिकार करने के लिए चतुर चूहे के पीछे-पीछे दौड़ता, उसे देख बाक़ी के चूहे-बिल्ली हँसते-हँसते लोट-पोट हो जाते। कई बार तो चूहा इतनी चतुराई के साथ बिलोंटे के बग़ल से निकलता, कि बिलोंटा ज़मीन पर दूर तक लुढ़कता हुआ जाता। बिलोंटा जब चूहे को नहीं पकड़ पाया, तो दूसरी बिल्ली यह कहते हुए मैदान में उतर गयी, "ब्रजभूषण जी, आप हटिए! इस आतंकवादी चूहे को मैं देखता हूँ!"

इसके बाद ब्रजभूषण नाम का बिलोंटा हाँफते हुए तमाशा देख रहे चूहे-बिल्लियों के साथ बैठ गया। अब दूसरी बिल्ली ने मोर्चा सँभाल लिया। किन्तु यह बिल्ली भी चूहे को पकड़ने में असफल रही। तोंद और मोटे-मोटे नितम्बोंवाले उच्च रक्तचाप और मधुमेह जैसी पुश्तैनी व्याधियों की शिकार बिल्लियाँ, माफ़ करना बिलोंटे जब अपने दुश्मनों अर्थात् चूहों का शिकार करते-करते थक गये, तब इस्माईलपुर नगर टोली का बारहवीं फेल नगर कार्यवाह रुद्रपाल आगे आया। आते ही उसने पहले अपने दायें ओर खड़ी अर्द्धनिर्मित मस्जिद की ओर देखा, फिर बेहद सधे हुए शब्दों में दूर तक बैठे स्वयंसेवकों को सम्बोधित करते हुए बोला, "आपने इन चतुर-चालाक जिहादी चूहों को देखा कि ये कितनी चालाकी से बच निकलते हैं। इसलिए इन्हें पकड़ने के हमें दूसरे उपाय खोजने होंगे। आप समझ रहे हैं न मैं किन चूहों की बात कर रहा हूँ?"

नगर कार्यवाह रुद्रपाल ने जिस तरह मस्जिद की तरफ़ देखा था, उसकी भंगिमा को देख सारे स्वयंसेवक समझ गये, कि उसका इशारा किन जेहादी चूहों की ओर है।

चूहा-बिल्ली का खेल समाप्त होने के बाद इन्दिरा कॉलोनी की अम्बेडकर शाखा का शिक्षक ब्रजभूषण आगे आया और उसी गीत को गाना शुरू कर

दिया, जिसे सुन-सुन कर राजू के कान पक गये हैं। इसके बाद नगर कार्यवाह रुद्रपाल ने फिर से कमान सँभालते हुए अपनी डायरी खोली, और एक-एक कर आगामी कार्यक्रमों की सूचना देने लगा, "अगले महीने के पहले रविवार को विवेकानन्द कॉलेज में आईटी प्रोफ़ेशन्स की एक युवा गोष्ठी का आयोजन किया जायेगा है। दस बजे इसके लिए पंजीकरण शुरू हो जायेगा। उसके अगले रविवार को प्राध्यापकों की गोष्ठी है। इसके अलावा शाखा विस्तार की भी बैठक होनी है, कहाँ होगी...आपको इसकी सूचना शीघ्र दे दी जायेगी। इसमें मुख्य शिक्षक, शाखा कार्यवाह, सह नगर कार्यवाह, मण्डल कार्यवाह, प्रौढ़ नगर कार्यवाह, विद्यार्थी नगर कार्यवाह की उपस्थिति अपेक्षित है। इसके अतिरिक्त प्रथम वर्ष महाविद्यालयी स्तर का शिविर भी लग रहा है। जो छात्र इसमें भाग लेना चाहें उनके लिए शुल्क है मात्र एक हजार रुपये। जैसाकि आप जानते हैं कि प्रत्येक माह की पाँच तारीख को *दण्ड प्रहार दिवस* और इक्कीस तारीख को *दण्ड प्रहार यज्ञ* मनाया जाता है। दण्ड प्रहार यज्ञ के दिन दण्ड प्रहारों की आहुति दी जाती है। इसलिए पाँच तारीख को दण्ड प्रहार का अभ्यास करने के सिवाय और कुछ नहीं करना है।" इसके बाद नगर कार्यवाह, सह नगर कार्यवाह पारस जैन की ओर मुड़ गया, "पारस जी, आगे आप बतायें!"

सह नगर कार्यवाह पारस जैन आगे आया और बताने लगा, "सभी को अपनी-अपनी शाखाओं में यह गिनती रखनी है कि चालीस साल से अधिक के स्वयंसेवकों ने कितने, और उससे कमवाले स्वयंसेवकों ने कितने प्रहार लगाये? मान लीजिए कोई एक हजार प्रहार लगाता है, तो उसका विशेष रूप से उल्लेख करना है। प्रौढ़ स्वयंसेवकों यानी जो दण्ड प्रहार करने में असमर्थ हैं, वे एक काम कर सकते हैं कि भले ही वे दो-चार प्रहार करें, पर करें जरूर। इसके लिए एक बात का ध्यान रखना है कि हर स्वयंसेवक के पास उसका अपना दण्ड होना जरूरी है। इसलिए दण्डों की पहले से व्यवस्था करके रखनी है।"

"एक बात और दण्ड प्रहार करते हुए यदि आप थक जाते हैं, तो थोड़ा आराम करने के बाद फिर से प्रहार शुरू कर सकते हैं। कहने का मेरा तात्पर्य यह है कि दण्ड प्रहार दिवस के दिन दण्ड प्रहार अवश्य करना है। इसलिए

उस दिन सभी स्वयंसेवक दण्ड लेकर आयें। कोई भी एक-दूसरे की प्रतीक्षा नहीं करेगा!"

"रुद्रपाल जी, आपको याद होगा कि अजानगढ़ जिले में पिछली बार पूरे जिले ने छह लाख दण्ड प्रहार लगाये थे। जबकि हमारे जिले की संख्या मात्र चालीस हजार थी। मुझे अजानगढ़ जिले के सम्पर्क जिला टोली सदस्य ने बताया कि इस बार उनका लक्ष्य दस लाख दण्ड प्रहार का है। वैसे तो ऊपर से उन्हें चौदह लाख के लिए कहा गया है। मगर दस लाख तो उन्हें हर हालत में लगाने ही लगाने हैं। पता है उनकी एक शाखा ने पिछले साल दण्ड प्रहार दिवस के दिन चार लाख दण्ड प्रहार लगाये थे। इसलिए उस दिन सारी शाखा टोलियों को साथ रहना है, तभी हम अपना लक्ष्य पूरा कर पायेंगे।" सह नगर कार्यवाह पारस जैन ने विषय की गम्भीरता को ध्यान में रखते हुए विस्तार से बताया।

"इस बीच हमें अपने आसपास के प्रबुद्ध लोगों से भी मिलना है और उन्हें यह पुस्तक देनी है! उन्हें संघ के बारे में बताना है। ये वो लोग होंगे जो कभी शाखा में नहीं आये परन्तु होंगे हमारी विचारधारा के।" नगर कार्यवाह रुद्रपाल ने अपने थैले से पुस्तक के नाम पर *पाञ्चजन्य* नाम की पत्रिका निकाली और उसे दिखाते हुए कहा।

राजू के इतना तो समझ में आ गया कि किसी पर लाठी से प्रहार करना दण्ड प्रहार होता है, किन्तु यह समझ में नहीं आया कि ये लट्ठ बजाने किस पर हैं? अगर आपस में ही बजने हैं तो शाखा में ख़ून-ख़राबा हो जायेगा। माँ भारती के सपूतों की बिना वजह लाशें बिछ जायेंगी। जैसा यहाँ बताया जा रहा है कि शाखाओं में हज़ारों में नहीं लाखों में लट्ठ बजते हैं, तो इसका मतलब यह हुआ कि इस हिसाब से अब तक लाखों लोग निपट गये होंगे। राजू असमंजस में पड़ गया। थोड़ा बेचैन हो गया वह। लेकिन अगले ही पल वह मन-ही-मन प्रसन्न भी हो उठा, क्योंकि उसने उन लोगों की एक सूची तैयार कर ली, जिन्हें इस दण्ड प्रहार के दौरान निपटाना है, और जिनकी आहुति दण्ड प्रहार यज्ञ में देनी है।

सूर्यनमस्कार के बाद नगर कार्यवाह रुद्रपाल ने दण्ड प्रहार यानी लाठी चलाने का अभ्यास शुरू कर दिया। इस अभ्यास में उसने मण्डल कार्यवाह

विजयपाल सोलंकी और मुख्य शिक्षक भरत प्रसाद को भी शामिल कर लिया। इस तरह सुबह की कुनमुनाती ठण्डी-ठण्डी हवा में क़दमताल करते हुए, पूरे मनोयोग से लाठी भाँजने की विभिन्न मुद्राओं के बीच वे तीनों, भावी योद्धाओं को दण्ड प्रहार का अभ्यास कराने लगे। सतप्ती के अन्तर्गत अधोमार, ख़ाली और सिरमार प्रहारों के बीच नगर कार्यवाह जिस तरह दण्ड संचालन के एक-से-एक तरीक़े बता रहा है, वह दृश्य सचमुच देखने लायक है।

इस बीच मुख्य शिक्षक भरत प्रसाद अभ्यास के दौरान हाँफते हुए सामने अपनी नक़ल करते स्वयंसेवकों को सम्बोधित करते हुए बोला, "आप सब जानते हैं कि कल दण्ड प्रहार यज्ञ है और यह उसका पूर्वाभ्यास है...इसलिए आप सब अच्छी तरह अभ्यास कर लें!"

मुख्य शिक्षक के निर्देश पर पूरे जोश और उत्साह के साथ राजू लाठी भाँजते हुए जिस कुशग्रता और कुशलता के साथ दण्ड प्रहार का अभ्यास कर रहा है, उसे देख शकुनि आर्य को पूरा विश्वास हो गया, कि अपने पैतृक गाँव रसूलपुर से साथ लाया गया यह टहलुआ एक दिन बड़ा काम आयेगा। जबकि वास्तविकता यह है कि इतनी तल्लीनता से राजू यह अभ्यास भविष्य के किसी दण्ड युद्ध के लिए नहीं, बल्कि अपने मालिक के प्रति वफ़ादारी दर्शाने के लिए कर रहा है।

इसी बीच दण्ड प्रहार जारी रखते हुए नगर कार्यवाह ने एक नया रहस्योद्घाटन किया।

"इस दण्ड युद्ध, जिसके लिए हम सब यह अभ्यास कर रहे हैं, उसके बारे में कहीं नहीं लिखा है कि इसे हमने अपने पूर्वजों से सीखा है। यह तो हमारे संघ की देन है। वैसे संघ में *नियुद्ध* भी सिखाया जाता है। नियुद्ध अर्थात् नि:शस्त्र रहते हुए अपने ऊपर हुए आक्रमण से स्वयं को बचाने की एक कला है। इसे आप ऐसे समझ सकते हैं, कि मान लीजिए आप कहीं निहत्थे घूम रहे हैं और कोई अचानक आप पर आक्रमण कर दे, तो बिना किसी हथियार के इस कला के माध्यम से आप अपने अन्दर की सोयी हुई शक्ति को जाग्रत कर सकते हैं। नियुद्ध तो फिर भी हमारे संघ में सिखाया जाता है किन्तु दण्ड युद्ध विशुद्ध संघ का आविष्कार है।" इतना कह नगर कार्यवाह रुद्रपाल दण्ड युद्ध की बारीकियाँ बताते हुए हवा में लाठी लहराते हुए कभी कुम्भा घात, तो

कभी दुश्मन के वार से बचने के उपाय समझाने लगा। बीच में वह यह बताना नहीं भूला कि दण्ड युद्ध के लिए दण्ड प्रहार सिखाते-सिखाते उसकी हथेलियों के ऊपरी हिस्से में गाँठें पड़ गयी हैं। दण्ड प्रहार सिखाने के दौरान वह यह बताना नहीं भूला, "देखना, वह दिन दूर नहीं जब संघ में माँ भारती के सपूतों को तलवार, कट्टा, पिस्तौल, रिवॉल्वर, मशीन गन, राइफ़ल जैसे हथियारों की भी ट्रेनिंग दी जायेगी।"

दण्ड प्रहार अभ्यास के बाद बौद्धिक कार्यक्रम के लिए मुख्य शिक्षक ने सबको मण्डल में आने का निर्देश दिया। निर्देश पाते ही सब ध्वज के सामने एकत्रित हो गये और उसके *उपविश* कहते ही सब पालथी मार एक अर्द्धवृत्त बनाकर बैठ गये। राजू को इस कार्यक्रम में इसलिए भी मज़ा आता है कि यहाँ ऐसी-ऐसी ज्ञानवर्धक बातें सुनने और जानने को मिलती हैं, जो और कहीं सम्भव नहीं हैं।

अगले दिन राजू समय से संघ-स्थल पहुँच गया। वह इस यज्ञ के किसी भी क्षण को गँवाना नहीं चाहता। लेकिन उसे यह देखकर थोड़ी हैरानी हुई कि इस यज्ञ में जितनी संख्या में उसकी तरह अन्य यज्ञ ऋषियों को होना चाहिए, उतने नहीं हैं। हालाँकि धीरे-धीरे इस बीच मुख्य शिक्षक भरत प्रसाद को छोड़कर इस्माईलपुर नगर टोली के सारे पदाधिकारी जैसे शाखा कार्यवाह शकुनि आर्य, नगर कार्यवाह रुद्रपाल, सह नगर कार्यवाह पारस जैन और मण्डल कार्यवाह विजयपाल सोलंकी सहित दूसरे पदाधिकारी भी पहुँच गये।

शाखा कार्यवाह शकुनि आर्य ने अपने साथ लाये दण्ड को नीचे पटक ध्वज को खड़ा कर, उसे प्रणाम किया और प्रतीक्षा करने लगा कि कुछ और गण आ जायें। मगर प्रतीक्षा के बाद भी तीन-चार गण ही आ पाये। मुख्य शिक्षक भरत प्रसाद की अनुपस्थिति में शाखा कार्यवाह ने मौजूद गणों को दण्ड प्रहार का विधान समझाते हुए यज्ञ की शुरुआत कर दी। एक निश्चित विधि के साथ वह देर तक कभी दायें ओर से, तो कभी बायें ओर से हवा में दण्ड लहराते हुए इस यज्ञ में प्रहार रूपी समिधा अर्पित करता रहा। जब-जब शकुनि आर्य पूरी चपलता दर्शाते हुए दण्ड प्रहार का प्रदर्शन करता, तब-तब लगता जैसे शकुनि के अनियन्त्रित बेडौल नितम्बों और बाहर निकली तोंद में

अधिक-से-अधिक मटकने की होड़ लगी हुई है। और निकर, उसकी तो हालत यह है कि उसकी समझ में नहीं आ रहा है, कि वह पहले अपने मालिक की बाहर निकली तोंद का साथ दे, या अनियन्त्रित नितम्बों का? राजू जब भी अपने पसीना-पसीना हुए मालिक द्वारा भिन्न मुद्राओं में प्रदर्शित हवा में घूमती लाठी को देखता, तब उसकी भी भुजाएँ फड़फड़ा उठतीं। भारती माँ के कई उपासकों के दण्ड तो रुकने का नाम ही नहीं ले रहे हैं।

इस बीच मुख्य शिक्षक भी आ गया। आते ही वह शामिल हो गया दण्ड प्रहार यज्ञ में।

पता नहीं राजू कितने प्रहारों की आहुति दे चुका है। इस अभ्यास के दौरान मुख्य शिक्षक का दण्ड नगर कार्यवाह से, और सह नगर कार्यवाह का दण्ड मण्डल कार्यवाह के दण्ड से रह-रहकर टकराने लगा। आपस में इनके टकराने से उत्पन्न आवाज़ को सुनकर कई बार लगता जैसे पानीपत की जंग में बाबर से इब्राहिम लोदी, या खानवा के युद्ध में राणा सांगा की तेग़ बाबर की तेग़ से टकरा रही है। जब-जब बाँस की मरियल लाठियों का नाद हवा में गूँजता, तो लगता इस्माईलपुर के प्राचीन शिवालय के पीछे मज़ार के पास बने छोटे-से मैदान में कोई युद्ध चल रहा है।

इसी बीच राजू ने देखा कि मैदाने-जंग में एक बेहद रोमांचित करनेवाला दृश्य उत्पन्न हो गया। हुआ यह कि जैसे ही मण्डल कार्यवाह विजयपाल सोलंकी की मज़बूत गँठीली तेग़, पूरे वेग के साथ अपने बग़ल में पूरे मनोयोग से भिन्न मुद्राओं के साथ अभ्यास कर रहे सह नगर कार्यवाह पारस जैन की खड्ग से टकरायी, पारस जैन की खड्ग अर्थात् लाठी चीत्कार करते हुए बीच में से फट गयी। लेकिन इसके बावजूद जैन धर्म के चौबीसवें तीर्थंकर, अहिंसा के मूर्तिमान प्रतीक, त्याग व तपस्या के पुजारी तथा वीर, वर्द्धमान, सन्मति, महावीर, अतिवीर जैसे नामों से जाने जानेवाले महावीर स्वामी की स्तुति में सुबह-शाम णमोकार मन्त्रों का जाप करनेवाले, और अहिंसा के मार्ग पर चलने का दम्भ भरनेवाले वीर पारस जैन की फटी दण्ड ने रुकने से इनकार कर दिया। इधर विजयपाल सोलंकी की मज़बूत गँठीली तेग़ भी कहाँ माननेवाली थी, और दुरुयोग से इस बार बे-ख़याली के चलते जैसे ही वह पारस जैन की मरियल खड्ग से टकरायी, उसके परखच्चे उड़ गये। विजयपाल सोलंकी का

वार इतना सधा हुआ और मज़बूत था कि पारस जैन के हाथ से उसका घायल दण्ड छूटकर दूर जा गिरा। यह तो ग़नीमत थी कि हाथ से छूटे दण्ड की चपेट में कोई शूरवीर नहीं आया।

इस दृश्य को देख राजू की हँसी छूटते-छूटते रह गयी। न जाने क्यों उसे रह-रहकर आभास हो रहा था कि जिस तरह इस प्रहार यज्ञ में लाठियाँ अपना जौहर दिखा रही हैं, उससे ऐसे ही दृश्य की कल्पना की जा सकती थी। अगर पसीने से लथपथ उसका मालिक सामने नहीं होता, तो शायद वह हँस भी पड़ता। राजू मन-ही-मन सोचने लगा कि यदि दुर्भाग्य से दुश्मन की किसी सेना का इन खड्ग-वीरों से सामना हो गया, तो इनकी ये बहादुर बाँस की तलवारें उनकी धारदार अष्टधातु की तलवारों से कितनी देर तक लोहा ले पायेंगी, उसकी आसानी से कल्पना की जा सकती है। जब तक इन खड्ग-वीरों की कुछ समझ में आयेगा, सामनेवाला इन्हें निपटाकर चलता बनेगा।

जब शकुनि आर्य दण्ड प्रहार यज्ञ में प्रहारों की आहुति देते-देते थक गया, तब वह रुद्रपाल की तरफ़ बढ़ गया। इस बार मोर्चा नगर कार्यवाह ने सँभाल लिया। इस तरह उसका दण्ड कभी *अधोमार* (नीचे से ऊपर की ओर), तो कभी *सिरमार* का प्रदर्शन करने लगी। नगर कार्यवाह कभी पहला *मोहरा*, तो कभी दूसरे मोहरे के साथ पद विन्यास के बारे में अपने सामने बाँस की तलवार भाँजनेवाले शूरवीरों को बारीक जानकारी देने लगा। इस तरह ज़िला संघ कार्यालय से लाये गये दण्डों से किया गया *दण्ड प्रहार यज्ञ* बिना किसी अनहोनी के लगभग सकुशल सम्पन्न हो गया।

यज्ञ सम्पन्न होने के बाद पुनः शाखा कार्यवाह शकुनि आर्य ने शाखा की बागडोर सँभाल ली। शकुनि आर्य के बागडोर सँभालते ही संघ-स्थल पर मची चिल्ल-पों और हलचल एकाएक थम-सी गयी। शाखा कार्यवाह ने पहले पूरे मण्डल का जायज़ा लिया, और फिर मुख्य शिक्षक भरत प्रसाद से एक गीत गाने को कहा।

शाखा कार्यवाह का आदेश सुन मुख्य शिक्षक यह गीत गाने लगा–

जननी-जन्मभूमि स्वर्ग से महान है
इसके वास्ते ये तन है मन है और प्राण है
जननी-जन्मभूमि स्वर्ग से महान है।

मुख्य शिक्षक ने *जननी-जन्मभूमि स्वर्ग से महान है* शीर्षकवाले इस गीत का अभी पहला ही बन्द गाया था, कि शकुनि आर्य ने उसे टोकते हुए कहा, "भरत जी, यह तो विद्यार्थी परिषद् वाला गीत है शायद... *तरुणाई अब जाग उठी है, जागी तेजस्वी हुंकार* को गाइए न!"

"ठीक है। इसी को सुनाता हूँ।" शाखा कार्यवाह के अनुग्रह पर मुख्य शिक्षक सस्वर यह गीत सुनाने लगा–

तरुणाई अब जाग उठी है, जागी तेजस्वी हुंकार
मंगलकारी गौरवशाली, नव रचना होगी साकार
गूँज उठेगी जय-जयकार।

9

श्रीराम गऊ ग्रास सेवा।

अपने सामने खड़े गऊ ग्रास वाहन को राजू देखता रह गया। बड़े-बड़े अक्षरों में लिखे *श्रीराम गऊ ग्रास सेवा* के नीचे छोटे अक्षरों में *शादी-पार्टियों का बचा खाना भी दे सकते हैं,* लिखा देख राजू उर्फ़ राजकुमार एक आत्मग्लानि से भर गया। वह राजकुमार अब हर रविवार को सुबह-सुबह इस्माईलपुर नगर टोली द्वारा संचालित श्रीराम गऊ ग्रास सेवा के लिए उपलब्ध करवाये गये वाहन के नाम पर रिक्शे को ले जाता, और श्रीराम अपार्टमेंट सहित दूसरी हाउसिंग सोसाइटीज़ व इस्माईलपुर के गली-मोहल्लों में जा-जाकर गऊ ग्रास अर्थात् घर-घर से बासी रोटियों और बचे हुए खाने को एकत्रित करता तथा उसे शिवालय के गऊशाला में रख आता। गऊ ग्रास सेवा के बहाने रविवार को राजू की शाखा में न आने की छूट रहती। राजू भी इससे ख़ुश है कि शाखा में जाने से अच्छा है गायों के लिए रोटियाँ इकट्ठी करना। बस, उसे इस बात का रंज है कि जिस दंश से मुक्ति पाने के लिए वह रसूलपुर से इस्माईलपुर की इन हाउसिंग सोसाइटीज़ में आया है, वह दंश उसका यहाँ भी पीछा नहीं छोड़ रहा है। जो काम वह गाँव में अपनी माँ के साथ घर-घर जाकर करता था, वही काम उसे यहाँ भी करना पड़ रहा है। वह भूल नहीं पाता है उस दृश्य को जब कई बार माँ के साथ जाने पर उसे प्यास लगती और वह माँ से पानी पीने के

लिए कहता, तब माँ जिन घरों में टहलुए का काम करती, उनसे पानी पिलाने का आग्रह करती। माँ के इस आग्रह पर राजू को पानी तो पिलाया जाता मगर वह गिलास, लोटे अथवा किसी पात्र में नहीं, बल्कि दोनों हाथों को जोड़कर बनायी गयी ओक यानी अंजुरी में गिरती धार से पिलाया जाता। यह पानी इतनी ऊँचाई से डाला जाता कि राजू की ओक में गिरती पानी की धार उसे अक्सर किसी खारे झरने से गिरते पानी-सा लगता। पानी पिलानेवाले के दौरान इस बात का विशेष ध्यान रखा जाता, कि राजू की ओक में गिरते पानी की छींटें पानीवाले पात्र को न छू पायें। बावजूद इसके उस पात्र को राख या मिट्टी से अच्छी तरह माँजा जाता।

अब आप सोचेंगे कि किसी गिलास, लोटे अथवा गड़ुए की जगह ओक से पानी पिलाने में बुराई क्या है? बिल्कुल सही सोचा आपने, इसमें कोई बुराई नहीं है। क्योंकि यह तो हमारी प्राचीन परम्परा है कि शूद्रों को हमेशा इसी तरह ओक बनवाकर पानी पिलाया जाता रहा है। वैसे भी सदियों से चली आ रही परम्पराओं और संस्कृति के निर्वहन में क्या बुराई है? यह तो हमारी सभ्यता का एक हिस्सा है। राजू को भी इसमें कुछ बुरा नहीं लगता, वह तो ऐसे ही आपको बता रहा है।

यहाँ आकर राजू को लगा कि इस्माईलपुर की इन सभ्य और ऊँची-ऊँची बहुमंज़िला इमारतों में उसे कम-से-कम चाय-पानी किसी पात्र में तो मिलेगा। बिल्कुल, राजू को यहाँ चाय-पानी स्टील के पात्रों में मिलने भी लगा। राजू सालों तक अपने मालिक शकुनि आर्य और मालकिन मंजू सिंगला की इसी उदारता के भ्रम में जीता रहा। लेकिन उसका यह भ्रम उस दिन टूट गया, जब एक दिन श्रीराम अपार्टमेंट की चौथी मंज़िल के एक फ़्लैट *सनातन कुटीर* के स्टील के जालीदार दरवाज़े के पार उसकी नज़र अलग से रखे कुछ बर्तनों पर पड़ी। ये वही बर्तन हैं जिनमें उसे उसके मालिकों द्वारा खाना दिया जाता। राजू ने इस पर कोई प्रतिक्रिया व्यक्त नहीं की। उसे व्यक्त करने का कोई अधिकार भी नहीं है।

इस बीच इस्माईलपुर नगर टोली के शिवालय मण्डल के शाखा कार्यवाह शकुनि आर्य ने अपने नौकर राजू को 4जी का मोबाइल भी दिलवा दिया। अपने मालिक से मिले नये मोबाइल को पाकर राजू लगभग बौरा गया।

बौरा इसलिए गया कि वह अब इस पर 'वो' सब अकेले में देख सकेगा, जिन्हें वह शाखा में आनेवाले स्वयंसेवकों के मोबाइल्स पर कभी-कभी, चुपके से देख लेता है। मोबाइल मिलते ही राजू ने सबसे पहले एक गण के सहयोग से अपना फ़ेसबुक अकाउंट बनवाया और श्रीराम गऊ ग्रास सेवा के साथ अपनी एक सुन्दर-सी सेल्फ़ी लेकर उसके कवर पर लगवा दी। बल्कि कुछ नयी उम्र के स्वयंसेवकों की देखा-देखी गले में एक भगवा गमछेवाली फोटो भी प्रोफ़ाइल पिक्चर के रूप में लगा दी। शकुनि आर्य की भी राजू की इस प्रोफ़ाइल तस्वीर और गले में पड़े गमछेवाली फोटो पर नज़र पड़ी, तो वह अपनी वणिक बुद्धि पर मन-ही-मन मुस्करा कर रह गया। शाखा कार्यवाह शकुनि आर्य ने अपने नौकर को 4जी नेटवर्क जिस प्रयोजन के लिए दिलवाया था, उसकी शुरुआत हो चुकी है। वैसे मोबाइल तो राजू के पास पहले भी था लेकिन उसमें इंटरनेट की सुविधा नहीं थी। इसके चलते उससे केवल बात हो सकती थी। वीडियो और फोटो सहित अन्य सन्देशों का आदान-प्रदान नहीं होता था। इसलिए यह तो आग़ाज़ है। अंजाम अभी बाक़ी है।

इंटरनेट सुविधावाले राजू के मोबाइल को मन्थरा आंटी के व्हाट्सएप ग्रुप के साथ कुछ दूसरे महत्त्वपूर्ण व्हाट्सएप ग्रुप्स जैसे *हिन्दू राष्ट्र, हिन्दू बचाओ, कट्टर हिन्दू, जय श्रीराम : एक करोड़ हिन्दुओं का व्हाट्सएप ग्रुप, सनातन बचाओ* जैसे ग्रुप्स से भी राजू को जोड़ दिया गया। एक तरह राजू का मोबाइल आसपास की हाउसिंग सोसाइटीज़ और उनमें रहनेवाले अंकल-आंटी द्वारा संचालित व्हाट्सएप ग्रुप्स का जंक्शन बन गया। इन हाउसिंग सोसाइटीज़ और इनके अंकल-आंटी द्वारा संचालित व्हाट्सएप ग्रुप्स से जुड़ते ही राजू की लोकप्रियता में ज़बरदस्त उछाल आ गया। राजू एकाएक सबकी ज़रूरत बनता चला गया। इस लोकप्रियता ने राजू को एक तरह से पब्लिक फ़ीगर में तब्दील कर दिया। इसका परिणाम यह हुआ कि राजू ने अपना ही एक व्हाट्सएप ग्रुप बना लिया। अपने एक शाखायी सलाहकार की सलाह पर, उसने किसी के व्हाट्सएप से चुराकर अपने ग्रुप के नीचे जो टैग लाइन लगायी, उसे पढ़ने के बाद शकुनि आर्य देर तक मुस्कराता रहा। चुरायी गयी वह टैग लाइन क्या है, उसे ज़रा आप भी पढ़ें–

कुछ अमल भी ज़रूरी है इबादत के बाद
सिर्फ़ सजदा करने से जन्नत नहीं मिलती।
—राजू, एक कट्टर हिन्दू

शाखा में स्वयंसेवकों की लगभग नगण्य संख्या को देख राजू एक निराशा से घिर गया।

उसकी निराशा का कारण यह है कि उसने हाल में अपना जो फ़ेसबुक अकाउंट बनवाया है। उस पर *श्रीराम गऊ ग्रास सेवा* के साथ अपनी एक सेल्फ़ी लेकर जो तस्वीर प्रोफ़ाइल फोटो के रूप में लगायी थी, उसे देखने वाला कोई नहीं है। आज जब माँ भारती के सपूतों को उसे दिखाने का समय आया, तो सब जैसे ग़ायब हैं। लेकिन अनहोनी को कौन टाल सकता है। शाखा में जाते ही उसने संघ-स्थल पर पूर्व की तरह मुँह लटका कर खड़े *गुरुजी* को विधिवत् प्रणाम किया। प्रणाम के बाद वह उस तरफ़ गया जहाँ नगर कार्यवाह रुद्रपाल अपने कनिष्ठों को एक खेल खिला रहा है। राजू पिछले कई सालों से शाखा में आने के बाद इतना तो जान ही गया है कि कौन-सा खेल विद्यार्थियों का है, कौन-सा खेल तरुणों का है और कौन-सा खेल प्रौढ़ों का है। इसलिए उसे यह देखकर हैरानी हुई कि नगर कार्यवाह जिस खेल को खिला रहा है वे छोटी उम्र के स्वयंसेवकों को खिलाया जाने वाला *चूहा-बिल्ली* का खेल है।

खेल समाप्ति के बाद नगर कार्यवाह सबको गुरुजी अर्थात् ध्वज के पास ले आया। मुख्य शिक्षक भरत प्रसाद के उपविश कहने के साथ ही सब अर्द्धवृत्त में बैठ गये। सबके बैठते ही नगर कार्यवाह रुद्रपाल एक बार फिर से आगे आया और बताने लगा, "आपको पता है कि संघ में ऐसे चार सौ खेल हैं। किन्तु हम कुछ में ही सिमटकर रह गये हैं। वैसे जो खेल एक बार खेल लिया जाता है, उसका नम्बर कम-से-कम दो सप्ताह बाद आना चाहिए। मैंने अपने शाखा के विद्यार्थी जीवन में ऐसे बहुत से खेल खेले हैं। हमें अपनी शाखाओं और राष्ट्रीय खेलों के प्रति बरती जानेवाली उदासीनता और उपेक्षा पर ध्यान देना चाहिए।" इतना कह नगर कार्यवाह मुख्य शिक्षक की ओर पलटा और उससे शाखा-गीत सुनाने का आग्रह किया।

नगर कार्यवाह के निर्देश पर मुख्य शिक्षक इस बार एकदम नया गीत सुनाने लगा। राजू समेत सारे गण मुख्य शिक्षक द्वारा गाये जानेवाले गीत की पंक्तियों को दोहराने लगे।

गीत समाप्त होते ही नगर कार्यवाह रुद्रपाल को न जाने क्या सूझा, कि उसने सबसे आगे खड़े राजू को अपने पास बुलाया, और उससे अभी-अभी ख़त्म हुए गीत की पहली पंक्ति सुनाने को कहा। नगर कार्यवाह के इस आदेश पर राजू यह सोचकर अकबका गया कि भला यह कैसी परीक्षा हुई। नगर कार्यवाह राजू की दुविधा भाँप गया, इसलिए उसकी हिम्मत बँधाते हुए बोला, "घबराने की जरूरत नहीं है राजू...जैसा भी याद है, सुना दे!"

राजू हिम्मत दिखाते हुए गीत सुनाने लगा, "जाग मेरे देस महान, यह भारत यह हिन्दुस्तान।"

"एक बार फिर से इस पंक्ति को दोहराना!" नगर कार्यवाह रुद्रपाल ने राजू को टोकते हुए कहा।

"...यह भारत यह हिन्दुस्तान।"

"मैंने इसलिए तुझसे सुनाने के लिए कहा था कि तू हिन्दुस्तान बोलता है, या हिन्दुस्थान। राजू की तरह आप सारे स्वयंसेवक भी हिन्दुस्थान को हिन्दुस्तान ही बोलते होंगे! क्यों?"

नगर कार्यवाह रुद्रपाल ने जिस तरह प्रश्न किया उसे सुन पूरी शाखा अकबका गयी। किसी की समझ में नहीं आया कि उनका नगर कार्यवाह एक ही शब्द को दो बार क्यों बोल रहा है? ऐसा इसलिए था कि नगर कार्यवाह भी हिन्दुस्तान और हिन्दुस्थान को एक ही तरह से बोल रहा था।

"मैं भी तो हिन्दुस्तान ही बोल रहा हूँ।"

राजू के इस भोलेपन और सादगी पर नगर कार्यवाह मुस्करा दिया।

"लेकिन राजू यह हिन्दुस्तान नहीं, हिन्दु स्थान है। यानी वह स्थान जो हिन्दुओं का है। पाकिस्तान वाला हिन्दुस्तान नहीं, बल्कि हिन्दुस्थान है।" नगर कार्यवाह ने दोनों शब्दों का अन्तर बताया।

लेकिन राजू के कुछ पल्ले नहीं पड़ा। उसे इसकी ज़रूरत भी नहीं थी। उसे तो बेसब्री से उस पल का इन्तज़ार है कि कब यह शाखा उखड़े, और कब वह यहाँ मौजूद माँ भारती के सपूतों को अपने व्हाट्सएप ग्रुप के बारे में बताये।

"चलिए कोई बात नहीं...पर आगे से ध्यान रहे हमें हिन्दुस्तान नहीं, हर जगह हिन्दुस्थान का उपयोग करना है। ठीक वैसे ही जैसे इंडिया की जगह भारत इस्तेमाल कर रहे हैं।" इसके बाद राजू अपनी जगह पर आ बैठा। राजू के अपनी जगह पर जाते ही नगर कार्यवाह रुद्रपाल इस्माईलपुर नगर टोली के शाखा कार्यवाह, सह नगर कार्यवाह और मण्डल कार्यवाह की ओर मुड़ा और शाखा कार्यवाह शकुनि आर्य से पूछा, "शकुनि जी, सम्पर्क दिवस में कहाँ तक प्रगति हुई है? किस-किसने अपने आसपास रहनेवाले कितने प्रबुद्धों को चिह्नित किया है?"

"रुद्रपाल जी, मेरी सोसाइटी में मुझे छह मिले हैं। इनमें एक वकील, दो अध्यापक, एक डॉक्टर, एक एनजीओ वाला और एक पत्रकार है।"

"और पारस जी आपने कितनों को किया है?" इस नगर कार्यवाह ने सह नगर कार्यवाह पारस जैन से पूछा।

"मेरी सोसाइटी में भी एक प्रोफ़ेसर, एक लेखक और..."

इससे पहले कि पारस जैन अपनी सोसाइटी में चिह्नित किये गये एकाध प्रबुद्ध व्यक्ति का नाम बताता, नगर कार्यवाह ने उसे बीच में टोक दिया, "पारस जी, ये प्रोफ़ेसर-लेखक तो ठीक हैं लेकिन ध्यान रहे कि कोई प्रोफ़ेसर जेएनयू का वामपन्थी मेरा मतलब है कम्युनिस्ट ना हो। दूसरा, अगर कोई लेखक है तो वह अवार्ड वापसी गैंग से जुड़ा ना हो!"

नगर कार्यवाह की शर्त को सुन पारस जैन इस सोच में पड़ गया, कि वह कैसे बताये कि यह प्रोफ़ेसर है तो जेएनयू का ही लेकिन वह कम्युनिस्ट है या नहीं, इसकी गारंटी वह नहीं ले सकता। फिर भी उसने कह ही दिया, "रुद्रपाल जी, है तो जेएनयू का ही परन्तु यह नहीं मालूम कि वह वामपन्थी है या दक्षिणपन्थी!"

"मैं इसलिए कह रहा हूँ कि कहीं ऐसा न हो जेएनयू का यह वामपन्थी एक दिन हमें ही कम्युनिस्ट बना दे!" नगर कार्यवाह हँसते हुए बोला।

"वैसे मेरी उससे कई बार बात हुई है और उसकी बातों से ऐसा लगा नहीं कि वह वामपन्थी होगा। फिर भी मैं उसके बारे में अच्छी तरह पता कर लेता हूँ। जहाँ तक उस लेखक की बात है, मुझे नहीं लगता वह अवार्ड वापसी गैंग से जुड़ा हुआ होगा, क्योंकि जब भी मेरी उससे बातें हुई हैं उसे देखकर लगा

कि यह राष्ट्रवादी चिन्तनवाला लेखक है। अपने वाजपेयी जी की कविताओं का बड़ा भारी प्रशंसक है।"

"क्याऽऽऽ...वाजपेयी की कविताओं का प्रशंसक है?" नगर कार्यवाह वाजपेयी का नाम सुनते ही ऐसे उछला जैसे किसी ततैए ने उसे काट लिया हो।

"आप गलत समझ रहे हैं रुद्रपाल जी। यह अवार्ड वापसीवाला वाजपेयी नहीं है, अपने राष्ट्रीय कवि और देश के पूर्व प्रधानमन्त्री जी की कविताओं का प्रशंसक है...बल्कि उन्हीं की तरह यह भी राष्ट्रवादी कविताएँ लिखता है।"

"गुरु, मैं तो घबरा गया था कि कहीं यह अवार्ड वापसीवाले वाजपेयी की कविताओं का प्रशंसक तो नहीं है?" फिर कुछ क्षण सोचने के बाद रुद्रपाल बोला, "वैसे यह राष्ट्रवादी कवि करता क्या है?"

"एक कॉलेज में हिन्दी पढ़ाता है।"

"फिर तो जरूर कविता ही लिखता होगा?"

"जी रुद्रपाल जी।"

"और यह जो जेएनयूवाला है, यह भी कुछ कविताई-सविताई करता है क्या?"

"नहीं, यह यहाँ इतिहास पढ़ाता था। दो साल पहले ही रिटायर हुआ है।"

"इतिहास पढ़ाता था...फिर तो यह हमारा काम का आदमी है।" इस बार नगर कार्यवाह की बाँछें खिल उठीं। वह इस ख़ुशी में पारस जैन से बाक़ी के प्रबुद्धों का नाम पूछना भूल गया।

"शकुनि जी, ऊपर से निर्देश आया है कि हमें कुछ हरिजन प्रबुद्ध भी खोजने चाहिए। वैसे यह जिम्मेदारी हम दलपत मीणा जी पर छोड़ दें?"

"छोड़ तो तब दें रुद्रपाल जी, जब वह आता हो। महीने में एक बार शक्ल दिखाकर उसके बाद पता नहीं कहाँ गायब हो जाता है!" शकुनि आर्य ने खिन्नता के साथ कहा।

"इसका मतलब है संघ में उसकी कोई रुचि नहीं है। अगर नहीं है तो छोड़िए उसे। कोई और देखते हैं।" फिर कुछ क्षण रुककर नगर कार्यवाह रुद्रपाल वापस पारस जैन की ओर मुड़ा, "पारस जी, कुछ प्रबुद्ध तो आपके निकट के सेक्यूलर आशियाना अपार्टमेंट में भी होंगे?"

"आप उसी अपार्टमेंट की ही बात कर रहे हैं न, जिसमें आधे कम्युनिस्ट

और आधे मुल्ले रहते हैं।" मुख्य शिक्षक भरत प्रसाद का इशारा रामप्रसाद सुमन, मख़दूम चिराग़, मुंशीलाल रहबर और उनके जैसे प्रगतिशीलों की ओर था।

"भरत जी, अब कहाँ उसमें कम्युनिस्ट रहते हैं। जो दो-चार थे, वे सब मर-खप चुके हैं।" शकुनि आर्य ने और स्पष्ट करते हुए कहा, "उनके मरने के बाद तो उस अपार्टमेंट और उसके कम्युनिटी हाल पर अपने लोगों का कब्जा है। आपको पता है आसपास के अपार्टमेंट्स की मीटिंग के बहाने कैसे उस छोटी-छोटी झबरीली मूँछोंवाले लेखक की तस्वीर को कम्युनिटी हाल से हटाया गया है? कैसे हाल की दीवारों से धीरे-धीरे उसकी बकवासों को मिटवाकर उनकी जगह तुलसी के दोहों और चौपाइयों को लिखवाया गया है, इसे मैं और पारस जी ही जानते हैं।" शाखा कार्यवाह शकुनि आर्य ने आशियाना अपार्टमेंट के प्रेमचन्द सदन के अस्तित्व को भेदने, और उस पर क़ब्ज़े की कथा का खुलासा करते हुए कहा।

"रुद्रपाल जी, जब कभी हम उसमें इन कम्युनिस्टों और मुल्लों के कवि सम्मेलनों को सुनते थे, और आते-जाते दीवार पर लिखवाई गयी उन राष्ट्रविरोधी बकवासों को पढ़ते थे तो हमारा खून खौलने लगता था।"

ऐसा कहते हुए सह नगर कार्यवाह पारस जैन की मुट्ठियाँ भिंच गयीं। उसी पारस जैन की मुट्ठियाँ, जिसे अक्सर यह कहते हुए सुना जा सकता है कि अहिंसा ही सबसे बड़ा धर्म है। लेकिन इससे आगे वह यह भी कहने से नहीं चूकता है कि यदि अहिंसा सबसे बड़ा धर्म है, तो ऐसे धर्म की रक्षा के लिए हिंसा भी उसी प्रकार श्रेष्ठ है। वही पारस जैन और उसकी सहधर्मिणी मन्थरा, जो अहिंसा-धर्म का पालन करते हुए सूर्यास्त से पहले न केवल भोजन करते हैं बल्कि पानी भी कपड़े से छानकर पीते हैं ताकि कोई जीव-हत्या न हो। वही पारस जैन और उसकी पत्नी मन्थरा, जो हर वर्ष *दसलक्षण पर्व* अर्थात् *पर्युषण पर्व* के दौरान क्षमा दिवस के दिन एक समाचार-पत्र में बाक़ायदा विज्ञापन देकर अपने बन्धु-बान्धवों से क्षमा माँगते हुए आत्मशुद्धि की कोशिश करते हैं, लेकिन केवल अपने दसलक्षण पर्व के दस दिनों के लिए।

"तो क्या आशियाना में अब भी वैसा ही माहौल है जैसा उन पुराने कम्युनिस्टों के दिनों में था?" नगर कार्यवाह ने जिज्ञासा प्रकट करते हुए पूछा।

"नहीं अब नहीं है। अगर होता तो इसके हाल पर अपने लोगों को कौन कब्जा करने देता?"

"शकुनि जी, फिर क्या परेशानी है...और अगर एकाध होगा तो उससे क्या डरना। वैसे भी सरदारों की तरह आज हम हिन्दुओं के आगे इन कम्युनिस्टों की नानी मरी रहती है। इसलिए आशियाना के इन प्रबुद्धों को भी संघ से जोड़ने की कोशिश करो!" इतना कह नगर कार्यवाह रुद्रपाल की नज़र मण्डल कार्यवाह विजयपाल सिंह पर आकर ठहर गयी।

"हाँ जी विजयपाल जी, आपके इस्माईलपुर की क्या खबर है?"

"मेरे गाँव का हाल तो सबको पता ही है। जाटों का प्रबुद्ध होने से क्या लेना-देना। पूरे गाँव में पाँच-सात ठीक-ठाक पढ़े-लिखे हैं, पर उनका भी यह हाल है कि *अनपढ़ जाट पढ़े बरगा, अर पढ़या जाट खुदा बरगा!* वे अपने आपने किसी खुदा से कम ना समझे हैं।"

"फिर ऐसे कैसे काम चलेगा विजयपाल जीऽऽऽ...? जाट-गूजरों जैसी मार्शल कौम के बिना हिन्दू-एकता कैसे मजबूत होगी...कैसे हमारी ताकत बढ़ेगी?"

"अगर बात ताकत की ही है तो इस्माईलपुर में दो अखाड़े हैं। आप कहो तो उनके पहलवानों से बात करूँ?" मण्डल कार्यवाह विजयपाल ने हँसते हुए पूछा।

"यार, इन पहलवानों से हमें कौन-सी कुश्ती करानी है। हमें तो हिन्दुओं की शक्ति बढ़ानी है।" नगर कार्यवाह ने झल्लाते हुए कहा।

"एक बात कहूँ रुद्रपाल जी! संगठन की मजबूती और शक्ति बढ़ाने के लिए पात्र-कुपात्र, योग्य-अयोग्य नहीं देखा जाता। उसके लिए संख्या बल भी मायने रखता है। कई बार संख्या बल बड़े-बड़े युद्धों को जिता देता है। कुशल अस्त्र-शस्त्रधारकों से कई बार संख्या बल का भय अधिक खतरनाक होता है।"

"पारस जी सही कह रहे हैं। ये मुल्ले दस-दस बारह-बारह बच्चे क्यों पैदा कर रहे हैं? इसलिए न कि ये हम हिन्दुओं में डर पैदा कर सकें। अगर ये ऐसे ही बच्चे पैदा करते रहे, तो देखना एक दिन इनकी आबादी हमसे अधिक हो जायेगी।" मुख्य शिक्षक भरत प्रसाद उचित समय पर अपनी उचित बुद्धि का इस्तेमाल करते हुए बोला।

"पता है आज ही एक अखबार में रिपोर्ट आयी है कि पैंसठ सालों के कांग्रेस राज में भारत में मुसलमानों की चालीस परसेंट से अधिक आबादी बढ़ी है। जबकि इन्हीं पैंसठ सालों के बीच हिन्दू सनातनियों की आबादी आठ परसेंट घट गयी।" शाखा कार्यवाह शकुनि आर्य ने भरी शाखा में एक सनसनीखेज खुलासा करते हुए बताया।

"इसलिए हम सनातनियों की माँग है कि जैसे धारा 370 हटाई है उसी तरह सरकार को इस देश में जनसंख्या नियन्त्रण कानून के बजाय, मुस्लिम जनसंख्या नियन्त्रण कानून बनाना चाहिए। अगर सरकार कानून नहीं बना सकती, तो इन मुल्लों को पकड़-पकड़कर जबरदस्ती इनकी बच्चे पैदा करनेवाली नस को काट देना चाहिए। अगर ऐसा नहीं हुआ तो देखना एक दिन भारत भी पाकिस्तान की तरह इस्लामिक देश बन जायेगा। इसलिए हम हिन्दुओं को अधिक-से-अधिक बच्चे पैदा करने चाहिए...और तब तक करने चाहिए जब तक वे पैदा कर सकते हैं। मैं तो आज से ही इस मिशन में लग जाता हूँ।" मुख्य शिक्षक भरत प्रसाद ने पूरी शाखा का आह्वान करते हुए अपनी मंशा अर्थात् अपना मिशन बता दिया।

जिस समय मुख्य शिक्षक फनफनाते हुए मुल्लों को पकड़-पकड़ कर उनकी बच्चे पैदा करनेवाली नस को काटने का आह्वान कर रहा था, उस दृश्य की कल्पना करते हुए कई माँ भारती के सपूत, जिनमें अपना राजू अर्थात् राजकुमार भी शामिल है, मुश्किल से अपनी हँसी रोक पाया कि जिस समय मुल्लों को पकड़-पकड़ कर इनकी बच्चे पैदा करनेवाली नस को काटा जायेगा, वह दृश्य कितना रोमांच पैदा करने वाला होगा?

मुख्य शिक्षक, शाखा कार्यवाह और सह नगर कार्यवाह के इन तर्कों से नगर कार्यवाह रुद्रपाल ही नहीं बल्कि पूरी शाखा को दम नज़र आया। पारस जैन वैसे बहुत कम बोलता है लेकिन जब बोलता है, तो ऐसा बोलता है कि सवाल ही नहीं उठता कोई उससे असहमत हो जाये। उसके तर्क से नगर कार्यवाह पूरी तरह सहमत है कि ताक़त बढ़ाने के लिए पात्र-कुपात्र, योग्य-अयोग्य नहीं देखा जाना चाहिए। सही कहा है इसने कि कुशल अस्त्र-शस्त्रधारकों से संख्या बल का भय ज़्यादा ख़तरनाक होता है।

"आप ठीक कह रहे हैं पारस जी, संख्या बल बहुत जरूरी है। फिर भी

मुख्य शिक्षक पूर्व की तरह स्वयंसेवकों को सावधान की मुद्रा में दायें-बायें क़दमताल करते हुए पथ संचलन का तरीक़ा सिखा रहा है। राजू ने आते ही सबसे पहले ध्वज को प्रणाम किया और फिर क़दमताल करते स्वयंसेवकों में शामिल हो गया।

इसी बीच शाखा कार्यवाह की तरह पुराने गणवेश यानी ख़ाकी निकर की जगह संघ द्वारा नया गणवेश जारी करने के बाद भूरे रंग की फुल पैंट पहने एक नये चेहरे ने संघ-स्थल पर प्रवेश किया। राजू ने इसे इससे पहले कभी नहीं देखा। शायद किसी दूसरी प्रौढ़ शाखा का कोई पुराना स्वयंसेवक है। आते ही वह स्वयंसेवकों की क़तार में लग गया और मुख्य शिक्षक द्वारा वामा वृत्त, दक्षिण वृत्त, अर्द्धवृत्त के निर्देशों पर अभ्यास करने लगा। लगभग दस मिनट अभ्यास करने के बाद मुख्य शिक्षक *गुरुजी* के चरणों में रखे अपने *दीनदयाल धाम* नामक झोले के पास आया। उसमें रखे कुछ काग़ज़ों की फोटोप्रतियों को निकाला और वापस अपनी जगह पर आ गया।

"भरत जी, क्या हैं ये?" मण्डल कार्यवाह विजयपाल सोलंकी ने जिज्ञासावश पूछा।

"विजयपाल जी, ये तरुण शाखाओं के लिए आगामी दो महीने के लिए तय किये गये सुभाषित, अमृत-वचन और बोध-कथा की फोटोस्टेट हैं।" इतना कह मुख्य शिक्षक स्वयंसेवकों को सम्बोधित करते हुए बोला, *"सत्यं माता पिता ज्ञानं धर्मो भ्राता दया स्वसा। शान्ति पत्नी क्षमा पुत्रः षडेतेमम बान्धवाः।* यह इस महीने की सुभाषित है। इसका अर्थ यह है कि सत्य मेरी माँ है ज्ञान मेरे पिता, धर्म मेरा भाई दया मेरी बहन है। शान्ति मेरी पत्नी और क्षमा मेरे लिए पुत्र समान है। ये छह ही मेरे बन्धु-बान्धव हैं जिन्हें पाकर मैं सदा सुखी रहता हूँ। जबकि अमृत-वचन है *चढ़ दी कला तेरे भाणे सबका भला।* यह अमृत-वचन श्रीगुरु ग्रन्थ साहिब से लिया गया है।"

"वैसे इस अमृत-वचन से घबराने की जरूरत नहीं है। आज नहीं तो कल...कल नहीं तो परसों से शुरू हो जायेगा...टूटी-फूटी पंजाबी में भी चल जायेगा। यह कोई रामलीला का मंच थोड़े ही है जो कोई इसमें गलती ढूँढ़ेगा... हमारी शाखा में सब चलता है।" नगर कार्यवाह रुद्रपाल बीच में स्वयंसेवकों को तसल्ली देने के बाद मुख्य शिक्षक की ओर पलटा, "भरत जी, अब बताओ इसका मतलब भी बता दो!"

श्री गुरु ग्रन्थ साहिब की इस प्रसिद्ध पंक्ति *नानक नाम चढ़दी कला, तेरे भाणे सरबत दा भला,* इसका अर्थ गुरु नानक देव ने जो बताया है उसके अनुसार, *ईश्वर का नाम लेने से कल्याण, ख़ुशी और सकारात्मक भावना आती है, और उसके आशीर्वाद से हर तरफ़ सुख और शान्ति बनी रहती है।* लेकिन शाखाओं के लिए जो अमृत-वचन *चढ़ दी कला तेरे भाणे सबका भला* तय किया गया, उसका संघ द्वारा जिस अनुवाद को छापकर शाखाओं में बाँटा जा रहा है, उसी को मुख्य शिक्षक भरत प्रसाद रस लेते हुए सुनाने लगा, "हम सभी सच्चे स्वयंसेवक और अच्छे कार्यकर्ता बनें ऐसा उत्तरोत्तर प्रयास चलता रहे। क्योंकि हमारी व्यक्तिगत और संगठन की अवस्था पर ही सबका भला है।"

गुरु ग्रन्थ साहिब की इस पंक्ति का अनुवाद सुनाने के बाद मुख्य शिक्षक पहले धीरे-से मुस्कराया और फिर आँखों में चमक लाते हुए बोला, "देखा, हमारे संघ के बारे में सरदारों के ग्रन्थ में भी कितना अच्छा लिखा है, कि हम सभी सच्चे स्वयंसेवक और अच्छे कार्यकर्ता बनें!"

इस गौरवपूर्ण व्याख्या को सुन राजू का यह सोचकर सिर भन्नाने लगा कि अपने अमृत-वचन कम थे, जो अब ये इन सरदारों के भी ले आये? इसके बाद जैसे ही बोध-कथा के बारे में मुख्य शिक्षक बताने लगा कि यह रामायण के किष्किन्धा काण्ड से ली गयी है, राजू का अब सचमुच जैसे सिर फटने लगा। वह रह-रहकर सोचता रहा कि ऐसे हिन्दू बनने से तो अच्छा है, श्रीराम गऊ ग्रास सेवा वाहन द्वारा हाउसिंग सोसाइटीज़ व इस्माईलपुर के गली-मोहल्लों में जाकर घर-घर से बासी रोटियाँ इकट्ठा करना। कम-से-कम वाहन के डेक पर फुल वॉल्यूम में बजते फ़िल्मी गीतों की धुन पर रोटियाँ इकट्ठा करने के साथ भजन तो सुनने को मिल जाते हैं। फेरी के समय फ़ुल वॉल्यूम में बजते फ़िल्मी गीतों के कारण किसी को आवाज़ भी लगाने की ज़रूरत नहीं पड़ती है। क्योंकि तेज़ आवाज़ में बजते भजनों को सुनते ही सोसाइटी के अंकल-आंटी रोटियाँ लेकर बाहर आ जाते हैं। बल्कि कभी-कभी उसे ऐसी वस्तुएँ भी मिल जाती हैं जो उसके बड़े काम की होती हैं। राजू अब बेसब्री से शाखा विसर्जित होने का इन्तज़ार करने लगा।

इसके उपरान्त मुख्य शिक्षक एक ज़रूरी निर्देश देते हुए बोला, "हमें दो-दो के चार ग्रुप बनाने हैं और अगली बार अपनी बौद्धिक टोली खुद बनानी

है। दो महीनों के लिए अपने खर्चे से अपनी किताब हम खुद छापेंगे। इसमें जो अमृत-वचन, सुभाषित और बोध-कथा छपेगी उसका सलेक्शन हम स्वयं करेंगे। अगर किसी को इन्हें ढूँढ़ने में परेशानी हो तो वे इनको नेट से भी ले सकते हैं। या फिर मोबाइल या कम्प्यूटर पर *अमृत-वचन फ़ोर आरएसएस* से ढूँढ़ेंगे तो आसानी से मिल जायेंगे। चलिए, अब प्रार्थना का समय हो गया है।"

प्रार्थना और भारत माता की जय के बाद मुख्य शिक्षक स्वयंसेवकों को यह याद दिलाना नहीं भूला, "अब आप सब सुभाषित, अमृत-वचन और बोध-कथा पढ़ना शुरू कर दीजिए!"

राजू के कुछ पल्ले नहीं पड़ा कि आख़िर मुख्य शिक्षक कहना क्या चाहता है?

और इससे पहले कि शाखा विसर्जित होती, नगर कार्यवाह रुद्रपाल उस भूरे रंग की फुल पैंट जिसने संघ-स्थल में आज ही प्रवेश किया, उसका परिचय कराते हुए बोला, "ये कौशल जी हैं। प्राथमिक शिक्षित कौशल जी हाई कोर्ट में वकील हैं। आप सब इनका मोबाइल नम्बर ले लीजिए। आपमें से कभी कोई स्वयंसेवक चोरी-चकारी, किसी मुल्ले को ठोकने-पीटने, जेबतराशी या किसी लड़की-वड़की को छेड़ने के जुर्म में फँस जाये, तो किशोर जी उसमें आपकी पूरी मदद करेंगे।"

नगर कार्यवाह द्वारा उस भूरे रंग की अधेड़ फुल पैंट के परिचय के बाद, वकील साहब ने सभी को अपना मोबाइल नम्बर दिया और चला गया।

लौटते हुए रास्ते में राजू सोचता रहा कि अगर प्राथमिक शिक्षित आदमी वकील बन सकता है, तो क्यों न वह भी प्राथमिक शिक्षित हो जाये। वैसे प्राथमिक क्या उसने तो मिडिल पास किया है। उसने रास्ते में जैसे ही अपनी इच्छा मुख्य शिक्षक के सामने प्रकट की कि उसे भी भूरे रंग की फुल पैंट की तरह वकील बनना है, इस पर मुख्य शिक्षक ज़ोर से हँसते हुए बोला, "राजू जी, हमारे संघ की प्राथमिक शिक्षा और सरकारी प्राथमिक शिक्षा में अन्तर होता है। सरकारी शिक्षा पाँच साल की होती है जबकि संघ की प्राथमिक शिक्षा एक सप्ताह की होती है।"

"बस, एक सप्ताह यानी सात-आठ दिन की?" राजू ने ख़ुश होते हुए पूछा।

"हाँ। इसके अलावा जैसे कॉलेजों में तीन साल की बी.ए. होती है, उसी तरह संघ में भी प्रथम वर्ष, द्वितीय वर्ष और तृतीय वर्ष होता है। एक बात और बता दूँ कि कॉलेजों में यह तीन साल का होता है, किन्तु संघ में प्रथम और द्वितीय वर्ष इक्कीस दिन, जबकि तृतीय वर्ष पच्चीस दिन का होता है। बस, इसमें विशेष बात यह है कि तृतीय वर्ष के लिए नागपुर जाना होता है।"

इक्कीस और पच्चीस दिन का नाम सुन राजू का मन हिलोरें लेने लगा। अगर मात्र इक्कीस से पच्चीस दिन में आदमी इतना पढ़ जाये कि उससे वकील जैसा बड़ा आदमी बना जा सकता है, तो इसमें बुराई क्या है? सबसे बड़ी बात यह कि एक ही पढ़ाई के लिए तो नागपुर भी जाना पड़ेगा। कम-से-कम इस बहाने वह नागपुर को भी देख लेगा। फिर अगले पल वह सोचने लगा कि यह नागपुर है कहाँ? बहुत ज़ोर देने पर उसे याद आया कि कहीं यह वही नागपुर तो नहीं है जिसके सन्तरे बहुत मशहूर हैं, और कई लोगों के मुँह उसने शाखावालों को नागपुरी सन्तरे कहते हुए भी सुना है? सोचते-सोचते राजू नागपुर की गलियों में इस तरह भटक गया, कि शिवालय से चलकर उसे जहाँ अब तक मार्ट पहुँच जाना चाहिए था, वह श्मशान की तरफ़ चला आया है। श्मशान में जलती एक ताज़ा-ताज़ा चिता और चिता से उठते गाढ़े चिरान्ध में लिपटे धुएँ को देख राजू के पाँव एकाएक ठिठक गये। पल-भर के लिए वह संघ के प्रथम वर्ष, द्वितीय वर्ष और तृतीय वर्ष की डिग्रियों, जिनके बूते वह वकील बनने का सपना देख रहा था, उनको भूल गया। उसने वहीं से पलटी मारी और तेज़-तेज़ क़दमों से मार्ट की ओर बढ़ गया।

सुबह की कुनमुनाती ठण्ड।

ठण्ड के चलते रात में पड़नेवाली हल्की ओस से भीगी घास के मैदान में, संघ-स्थल पर शान्त भाव से खड़े गुरुजी यानी भगवा ध्वज के सामने केवल आधा दर्ज़न भारत माँ के उपासक खड़े हुए हैं। राजू ने आते ही ध्वज को अपनी शाखायी मुद्रा में प्रणाम किया, और अपने आप को इन उपासकों में शामिल कर लिया।

मुख्य शिक्षक ने स्वयंसेवकों की कम संख्या को देखते हुए थोड़ा हल्का-फुल्का व्यायाम कराया और पूरे मण्डल को लेकर अर्द्धवृत्त में बैठ गया।

अर्द्धवृत्त में बैठने के बाद मुख्य शिक्षक ने पहले पलटकर ऐसे देखा, मानो वह यह देखने की कोशिश कर रहा है कि कोई और उपासक तो नहीं आ रहा है। जब उसे लगा कि दूर-दूर तक कोई नहीं है, तब उसने अपने आप को सीधा किया और एक तरुण उपासक से पूछा, "दिनेश जी, आप हमारे कुछ क्रान्तिकारियों के नाम बताओ!"

तरुण दिनेश नाम के उपासक ने एक पल सोचा और फिर बड़े भोलेपन के साथ जिस क्रान्तिकारी का नाम बताया, उसे सुनते ही मुख्य शिक्षक हत्थे से उखड़ गया, "मनोज नाम का भी कोई क्रान्तिकारी नाम था?" फिर ख़ुद ही जवाब देते हुए बोला, "कहीं तूने कल मनोज कुमार की *क्रान्ति* फिलिम तो नहीं देख ली?"

मुख्य शिक्षक की बात सुन दिनेश चुप्पी साध गया। कुछ नहीं बोला।

समझ गया मुख्य शिक्षक। इसके बाद उसने बताना शुरू किया, "भगत सिंह..."

इससे पहले कि मुख्य शिक्षक कोई दूसरा नाम बताता, सामने बैठा भावी क्रान्तिकारी एक और नाम बताते हुए बोला, "महात्मा गांधी!"

अभी मुख्य शिक्षक के कानों में किसी और क्रान्तिकारी का नाम पड़ता, दिनेश ने बड़ी तत्परता से किलकते हुए दो नाम और बता दिये, "सलमान खाँ...शाहरुख खाँ।"

"तुम्हें उन क्रान्तिकारियों के नाम ही पता नहीं हैं जिनकी बदौलत देश आजाद हुआ और हम आज खुले में साँस ले रहे हैं। उनका नाम याद है जो हमें टीवी का मरीज बना रहे हैं...कैदी बना रहे हैं...! ये लोग तो पैसा कमा रहे हैं। देश के लिए क्या किया, कुछ किया?" मुख्य शिक्षक ने इस बार दिनेश को डाँट दिया।

"किया न, काला मनी इकट्ठा किया।" जिस भावी क्रान्तिकारी ने महात्मा गांधी का नाम बताया था, उसने पूरे मण्डल का ज्ञानवर्धन करते हुए कहा।

"ऊपर से स्विस बैंक में भेज दिया।" बाक़ी का ज्ञानवर्धन करते हुए मुख्य शिक्षक दूसरे स्वयंसेवक पर आ गया।

"वोऽऽऽ बुड्ढा-सा है न?" इस बार दूसरे स्वयंसेवक ने कहा।

"महात्मा गांधी...मैंने भी तो उसी का नाम बताया था।"

"अरे वो दूसरा...क्या नाम है उसकाऽऽऽ?" एक स्वयंसेवक याद करते हुए बोला।

"पटेल...सावरकर!" मुख्य शिक्षक ने याद दिलाने की कोशिश की।

इसके बाद किसी ने झाँसी की रानी, बताया तो किसी ने चन्द्रशेखर आज़ाद। किन्तु मुख्य शिक्षक इनके जवाब से सन्तुष्ट नहीं हुआ। इसके बाद वह राजू की ओर पलटा, "राजू, तुम बता सकते हो?"

इस बीच राजू ने अपने आप को तैयार कर लिया था। इसलिए उसने मिडिल तक जो पढ़ा, उसका नाम ले दिया, "चाचा नेहरू।"

नेहरू का नाम सुनते ही मुख्य शिक्षक का स्वाद जैसे ख़राब हो गया। वह तुरन्त प्रतिक्रिया देते हुए बोला, "छि! तूने यह किस म्लेच्छ का नाम ले दिया। वह भी कोई क्रान्तिकारी था!"

मुख्य शिक्षक की इस कसैली प्रतिक्रिया को सुन राजू हतप्रभ-सा रह गया।

"तुझे पता है जिस नेहरू का तू नाम ले रहा है उसके पुरखे मुसलमान थे और एक नम्बर का अय्याश था। सत्ता के लिए उसने देश को बँटवा दिया। इसकी बेटी की भी शादी एक मुसलामन से हुई थी।"

राजू को एकाएक याद आया कि उसके मोबाइल पर एक व्हाट्सएप ग्रुप, जिसकी एडमिन या कहिए संचालिका श्रीमती पारस जैन अर्थात् मन्थरा आंटी है, उस पर भी कल शाम कुछ ऐसी ही जानकारी तैर रही थी। वह सोच में पड़ गया कि जिस आदमी को वह चाचा नेहरू के नाम से जानता था, उसका तो पूरा खानदान ही मुसलमान निकला।

इस बीच मुख्य शिक्षक भरत प्रसाद पूरे रंग में आ गया। व्हाट्सएप यूनिवर्सिटी का ज्ञान अब उसके सिर चढ़कर बोलने लगा, "देश के लिए क्या किया नेहरू ने? जिसने एडविना के लिए देश के टुकड़े करवा दिये...वह भी एक नहीं तीन-तीन...उसको क्रान्तिकारी कह रहे हो! पता है रीयल आजादी तो चन्द्रशेखर आजाद, सुभास चन्द्र बोस ने दिलवाई है। नेहरू-गांधी को तो आजादी बिना संघर्ष थाली में मिल गयी। इन दोनों ने तो मौज मारी है।" इसके बाद मुख्य शिक्षक ने पिच्च-से ज़मीन पर थूका और बड़े गर्वीले भाव के साथ बोला, "गोडसे ने गांधी को मारकर अच्छा किया...वरना पता नहीं माँ भारती

के और कितने टुकड़े हो जाते! गोडसे को तो गांधी की हत्या और पहले करनी चाहिए थी। मैं तो कहता हूँ कि भारत को अब हिन्दू राष्ट्र बना ही देना चाहिए। बिचारा हिटलर तो मुफ्त में बदनाम हुआ, असली नरसंहार तो 1947 में हुआ था जिसे गांधी, नेहरू और जिन्ना ने अंजाम दिया था।" कहते-कहते मुख्य शिक्षक की कनपटी की नसें खिंच आयीं।

बड़ी मुश्किल से मुख्य शिक्षक राष्ट्रवाद और हिन्दुत्व से भरी शीरे की कड़ाही से बाहर आया। बौद्धिक सत्र से बाहर निकल, अब वह अपनी असली भूमिका में आ गया। आज एक नया शाखा-गीत सुनाता हूँ, इतना कह वह गीत गाने लगा–

देश के लिए जिए, समाज के लिए जिए
ये धड़कनें ये साँस हो, पुण्यभूमि के लिए
कर्मभूमि के लिए।

गीत समाप्त होते ही राजू बेसब्री से पहले प्रार्थना और फिर उसके बाद लगनेवाले भारत माता की जय के नारे का इन्तज़ार करने लगा कि कब यह लगे, और कब वह हिन्दुत्व की इस भट्ठी से बाहर निकल ठण्डी हवा में साँस ले।

11

अपने मालिक शकुनि आर्य द्वारा 4जी के साथ नया मोबाइल दिलाये जाने का लाभ और मक़सद राजू के समझ में अब आ रहा है। इसलिए उठते-बैठते, सोते-जागते अपने मालिक द्वारा डलवाये जानेवाले डाटा का भरपूर लाभ उठा रहा है। अकेलेपन के साथ अँधेरे में वह मोबाइल पर जो कुछ देखता है, उसे यहाँ बताना ज़रूरी नहीं है। *राजू फ़ैंस क्लब* की फ़ैन फ़ोलोइंग जिस गति से बढ़ रही है, इससे पता चलता है कि इस शाखा का गट्नायक राजू आसपास की हाउसिंग सोसाइटीज़ में कितना लोकप्रिय है। मंजू सिंगला और मन्थरा आंटी ही नहीं बल्कि सोसाइटीवाले दूसरे अंकिल-आंटी के लिए वह एक ऐसा माध्यम बन चुका है, कि यदि राजू के मोबाइल का नेटवर्क कभी-कभार ग़ायब हो जाता है, तो सारे अंकिल-आंटियों में बेचैनी व्याप जाती

है। बल्कि राजू को मंजू सिंगला और मन्थरा आंटी ने अपने व्हाट्सएप ग्रुप के एडमिन के रूप में भी जोड़ लिया है। इसका लाभ सोसाइटी की इन दोनों आंटियों को यह हुआ कि उनकी सिरदर्दी बहुत कम हो गयी। अब तो जैसा वे चाहती हैं, राजू उनके सन्देशों को आगे फ़ॉरवर्ड कर देता है।

राजू यानी राजकुमार अब वह राजू नहीं रहा जो कुछ दिन पहले तक था। अब वह इस्माईलपुर नगर टोली का ज़रूरी हिस्सा बन चुका है। दूसरे शब्दों में कहें, तो छोटे-से क़स्बानुमा गाँव रसूलपुर के नामी महाजन और आर्य समाजी लाला अमरचन्द आर्य के नोहरे में काम करनेवाले बुद्धन का बेटा राजकुमार आज जैसे सबकी ज़रूरत बन चुका है। शकुनि आर्य जब-जब अपनी इस दीर्घकालिक सम्पत्ति को निहारता है, तो राजू में उसे अपने उत्तराधिकार का प्रतिबिम्ब दिखाई देने लगता है। इसलिए शकुनि ने तय कर लिया कि वह राजू को अधिक-से-अधिक संघ की गतिविधियों और उसके कार्यक्रमों से जोड़ेगा। इसी के तहत जहाँ भी संघ का कोई आयोजन या कार्यक्रम होता, शकुनि उसे अपने साथ ले जाता।

इस्माईलपुर नगर टोली के शिवालय मण्डल की शाखा में आज एक बार वही एलआईसी का एजेंट, द्वितीय वर्ष शिक्षित और ज़िला कार्यवाह इन्दरजीत दिखाई दिया। ज़िला कार्यवाह होने के नाते उसका यह अधिकार है कि वह जो कहे मुख्य शिक्षक, शाखा कार्यवाह, सह नगर कार्यवाह, मण्डल कार्यवाह, प्रौढ़ नगर कार्यवाह, विद्यार्थी नगर कार्यवाह सहित दूसरे स्वयंसेवक उसके निर्देशों का पालन करें। इसलिए संघ-स्थल पर शाखा के दौरान एक खेल के बहाने, पहले उसने कुछ देर सारे स्वयंसेवकों को दौड़ाया और फिर सबको घेरकर बैठ गया। बैठने के बाद ज़िला कार्यवाह इन्दरजीत ने सब पर एक सरसरी निगाह डाली, और फिर सभी को सुनाते हुए पूछा, "आप में से कितने स्वयंसेवकों को संघ की यह प्रार्थना याद है–हे गुरो, श्रीराम दूता शील हमको दीजिए?"

किसी से इसका उत्तर देते नहीं बना। इस पंक्ति को सुन शाखा कार्यवाह शकुनि आर्य को लगा, यह कुछ जानी-पहचानी-सी पंक्ति है। जब तक वह याद करने की कोशिश करता, ज़िला कार्यवाह उसकी ओर मुड़ा तथा शिकायत की मुद्रा में बोला, "क्या शकुनि जी, आपकी शाखा में किसी को संघ की यह उल्लेखनीय प्रार्थना ही याद नहीं है।"

शकुनि ने कोई उत्तर नहीं दिया।

"लगता है आपको भी याद नहीं है?"

ज़िला कार्यवाह ने जिस अन्दाज़ में शकुनि आर्य की तरफ़ यह आशंका उछाली, शकुनि से रहा नहीं गया और बोला, "मुझे पूरी याद है इन्दरजीत जी, मैंने बचपन में इसे बहुत सुना और गाया है।"

"आई लाइक इट...फिर तो सभी को सुनाइए!"

इसके बाद शाखा कार्यवाह शकुनि आर्य ने बचपन में सुनी, और कई बार गायी यह प्रार्थना सुनानी शुरू कर दी–

हे प्रभो! आनन्द दाता, ज्ञान हमको दीजिए
शीघ्र सारे दुर्गुणों को दूर हमसे कीजिए।

प्रार्थना की इन पंक्तियों को सुनते ही ज़िला कार्यवाह का माथा ठनका, लेकिन उसने बीच में हस्तक्षेप करना उचित नहीं समझा। पहले पूरी सुन ली जाये, तभी कुछ टिप्पणी करना ठीक रहेगा, यही सोचकर वह पूरी प्रार्थना को ध्यान से सुनने लगा।

पूरी प्रार्थना सुनने के बाद ज़िला कार्यवाह इन्दरजीत शकुनि आर्य के पास आया और बोला, "शकुनि जी, आप यह कौन-सी प्रार्थना सुना रहे थे? यह तो संघ की प्रार्थना नहीं है। संघ की प्रार्थना तो यह है।" इतना कह ज़िला कार्यवाह अपनी प्रार्थना सुनाने लगा–

हे गुरो! श्रीरामदूता शील हमको दीजिए
शीघ्र सारे सद्गुणों से पूर्ण हिन्दू कीजिए
लीजिए हमको शरण में रामपन्थी हम बने
ब्रह्मचारी धर्मरक्षक वीर व्रतधारी बने।

ज़िला कार्यवाह इन्दरजीत के श्रीमुख से इस प्रार्थना को सुन शकुनि आर्य को आश्चर्य हुआ। जिस प्रार्थना को वह अपने पिता के साथ रसूलपुर के आर्य समाज मन्दिर के हवन कुण्ड से *पावक* की ऊँची-ऊँची लौ के साथ न जाने कितनी बार गा चुका है, उसे संशोधित कर संघ की प्रार्थना बना दिया गया है। प्रतिदिन होनेवाले यज्ञ के बाद अन्त में आर्य समाज की इस मूल प्रार्थना में जिस तरह कुछ शब्दों को बदला गया है, उसे सुनकर शकुनि को अपने

कानों पर विश्वास नहीं हो रहा है। कैसे *हे प्रभो! आनन्द दाता, ज्ञान हमको दीजिए* को *हे गुरो! श्रीरामदूता शील हमको दीजिए,* तथा *शीघ्र सारे दुर्गुणों को दूर हमसे कीजिए* की जगह *शीघ्र सारे सद्गुणों से पूर्ण हिन्दू कीजिए,* जबकि *लीजिए हमको शरण में हम सदाचारी बने* को *लीजिए हमको शरण में रामपन्थी हम बने और ब्रह्मचारी देशरक्षक वीर व्रतधारी बने* को बदलकर *ब्रह्मचारी धर्मरक्षक वीर व्रतधारी बने* कर दिया गया है? शकुनि असमंजस में पड़ गया कि मूल प्रार्थना कौन-सी है? वह, जिसे अपने स्वर्गीय पिता के साथ अपने रसूलपुर के आर्य समाज मन्दिर में सुनता और गाता था, या फिर यह जिसे अभी-अभी ज़िला कार्यवाह इन्दरजीत ने सुनाया है?

यहाँ आर्य समाज की मूल प्रार्थना में किये गये बदलाव देखने योग्य हैं। संघ की इस प्रार्थना में राम से पूर्ण हिन्दू बनाने के साथ, रामपन्थी बनने की इच्छा तो है ही, बल्कि देशरक्षक से अधिक धर्मरक्षक को महत्त्वपूर्ण माना गया है। यानी संघ की नज़र में देश से बड़ा धर्म है! कैसे और कब उत्तर प्रदेश के जौनपुर में जन्मे कवि *राम नरेश त्रिपाठी* द्वारा रचित हे *प्रभु अन्न-दाता* शीर्षक की इस कविता को, कब तो आर्य समाजियों ने अपनी मूल प्रार्थना बना लिया, और कब इसको संशोधित कर संघ ने अपनी प्रार्थना बना लिया, यह शोध का विषय है।

शकुनि ने ज़िला कार्यवाह इन्दरजीत के साथ इस विषय पर किसी तरह की बहस करना उचित नहीं समझा। उसे तो इसी का सन्तोष है कि यह चाहे आर्य समाज की प्रार्थना है अथवा संघ की, इससे क्या फ़र्क़ पड़ता है। काम तो यह आर्य समाज की प्रार्थना बनकर भी सारे सद्गुणों से भरपूर हिन्दू बनाने का कर रही थी, और आज संघ की प्रार्थना बनकर कर रही है। बल्कि संघवाली प्रार्थना कहीं अधिक गहरी और मारक है। क्योंकि आर्य समाजी प्रार्थना केवल सदाचारी बनाने का आह्वान करती है, जबकि संघी प्रार्थना हिन्दू के साथ रामपन्थी बनने की वकालत भी करती है। शकुनि आर्य ने यही सोचकर मौन धारण कर लिया कि असली उद्देश्य तो संघवाली प्रार्थना ही पूरा करती है। इसलिए उसने यह तय कर लिया कि वह भविष्य में अधिक-से-अधिक इस संघवाली प्रार्थना का वाचन करायेगा। ऐसा करने से इसके दो लाभ होंगे–एक उनके पिताश्री लाला अमरचन्द आर्य की आत्मा को शान्ति मिलती रहेगी। दूसरा, हिन्दू के साथ-साथ रामपन्थ को बढ़ावा मिलेगा।

शकुनि आर्य की आर्य समाजी प्रार्थना पर अपनी संघ-प्रार्थना की विजय के बाद एलआईसी एजेंट, द्वितीय वर्ष शिक्षित और ज़िला कार्यवाह इन्दरजीत बोला, "मैं अब इस पूरी प्रार्थना को बोलता हूँ। इसलिए आप सब इसे मेरे पीछे-पीछे दोहराएँगे!"

इस तरह ज़िला कार्यवाह इस प्रार्थना को बोलता रहा, और सारे स्वयंसेवक उसके पीछे-पीछे उसे दोहराते रहे।

प्रार्थना समाप्त कर ज़िला कार्यवाह मुख्य शिक्षक की तरफ़ मुड़ा, "भरत जी, अब आप अपना शाखावाला गीत शुरू करिए!"

ज़िला कार्यवाह के निर्देश पर भरत प्रसाद ने शाखा-गीत शुरू कर दिया, "लिए प्रखर संकल्प हृदय में आगे बढ़ते जायेंगे।"

मुख्य शिक्षक की इस पंक्ति को सामने खड़े स्वयंसेवक दोहराते हुए पूरा करते, उससे पहले वह सबसे आगे खड़े गट्नायक राजू उर्फ़ राजकुमार के पास आया और बड़े प्यार से बोला, "राजकुमार जी, यह नहीं होगा। संकल्प को आप सम्पल्क बोल रहे हो। इस बार ध्यान से सुनकर सही-सही दोहराना!" राजू को समझाने के बाद भरत प्रसाद वापस अपनी जगह पर आया और फिर से शाखा-गीत गाने लगा–

लिए प्रखर संकल्प हृदय में आगे बढ़ते जायेंगे
विश्वधर्म का गौरव वैभव जगती में प्रकटायेंगे
जगती में प्रकटायेंगे।

गीत ख़त्म होने के बाद ज़िला कार्यवाह के निर्देश पर मुख्य शिक्षक जैसे ही बोध-कथा सुनाने के लिए तैयार हुआ, शाखा कार्यवाह शकुनि आर्य ने ऐसे ही पूछ लिया, "भरत जी, आज कौन-सी बोध-कथा सुनाने जा रहे हो?"

"कौन-सी सुनाई जाये?" मुख्य शिक्षक ने उलटा शाखा कार्यवाह से पूछा।

"रामायण के किष्किंधा काण्डवाली सुना दीजिए!"

"ठीक है।" इतना कह मुख्य शिक्षक इस बोध-कथा को सुनाने लगा, "इसका शीर्षक है *अंगद*। जैसाकि आप सब जानते हैं कि अंगद बाली का पुत्र था। वह बहुत समझदार, धार्मिक और शक्तिशाली वानर था।"

मुख्य शिक्षक ने जैसे ही बाली पुत्र अंगद को वानर कहा, ज़िला कार्यवाह ने उसे बीच में टोक दिया, “भरत जी, इस बोध-कथा की जो फोटोस्टेट स्वयंसेवकों को वितरित की गयी है, उसमें अंगद वानर नहीं, शक्तिशाली व्यक्ति लिखा हुआ है।”

मुख्य शिक्षक को जैसे अपनी ग़लती का एहसास हुआ और उसने फिर से इसे सुनाना शुरू किया, “अंगद बाली का पुत्र था। वह बहुत समझदार, धार्मिक और शक्तिशाली व्यक्ति था।”

भरत प्रसाद ने कथा तो सुनानी शुरू कर दी, लेकिन सामने बैठे स्वयंसेवकों में एक जिज्ञासा और कौतूहल भरी फुसफुसाहट शुरू हो गयी कि एक बन्दर कैसे व्यक्ति हो सकता है? इस फुसफुसाहट ने मुख्य शिक्षक की एकाग्रता और लय भंग कर दी। इसी बीच उसने देखा कि ज़िला कार्यवाह ने ध्वज को प्रणाम किया और प्रार्थना से पहले ही शाखा से चला गया। उसने जैसे चैन की साँस ली और जैसे-तैसे कथा समाप्त कर, उसके अन्तिम पड़ाव अर्थात् आध्यात्मिक भाव पर आ गया।

“निश्चयबुद्धि विजयन्ति। इस बोध-कथा से प्रेरणा यह मिलती है कि अंगद की अटूट भक्ति-भावना और सम्पूर्ण निश्चय भगवान श्रीराम में था, इसलिए उसको कोई हिला नहीं सका। इसी तरह अगर हम सारे हिन्दुओं का निश्चय अपने भगवान श्रीराम के प्रति होगा, तो एक दिन अयोध्या में उस क्रूर बाबर, जिसने रामलला का मन्दिर तोड़कर बाबरी मस्जिद बनायी थी, उस जगह भगवान राम का मन्दिर अवश्य बनेगा।” इस कथा का बस यही सार है।

“चलिए, अब कोई स्वयंसेवक आज की सुभाषित सुनाये!”

लेकिन मुख्य शिक्षक के आह्वान पर कोई तैयार नहीं हुआ। हारकर मुख्य शिक्षक प्रार्थना की पंक्तियों को ही दोहराते हुए बोला, “आज हम प्रार्थना का अभ्यास करते हैं!”

इसके बाद पहले की तरह जैसे-जैसे संघ की बीस पंक्तियों वाली प्रार्थना आगे बढ़ती गयी, इसे दोहरानेवाले माँ भारती के सपूतों का दम फूलने लगा। हालत यह हो गयी कि चौथी-पाँचवीं पंक्ति तक आते-आते इसे बोलने वाले केवल दो लोग रह गये। बहुत से स्वयंसेवकों की तरह राजू को प्रार्थना के बीच रह-रहकर झपकी आने लगी। यह तो ग़नीमत है कि *भारत माता की जय* ने उसकी चेतना लौटा दी, वरना मारे नींद के वह शाखा में ही लुढ़क जाता।

शाखा विकिर के बाद लौटते हुए न जाने किस प्रसंग के चलते मण्डल कार्यवाह विजयपाल सोलंकी ने शकुनि आर्य से ऐसे ही पूछ लिया, "शकुनि जी, आप इस राजू नाम के जमूरे को कहाँ से पकड़कर लाये हो?"

शकुनि आर्य को इसकी उम्मीद नहीं थी कि कोई इतने दिनों बाद, वह भी विजयपाल सोलंकी जैसा इस्माईलपुर का वाशिन्दा यह सवाल कर बैठेगा। शकुनि पहले होंठों ही होंठों में मुस्कराया और फिर सवाल की तह में जाने का प्रयास करते हुए बोला, "विजयपाल, आज कैसे तेरे मन में यह सवाल आ गया?" सालों तक इस्माईलपुर में रहने के कारण शकुनि विजयपाल सोलंकी से इसी तरह अनौपचारिकता से बात करता है।

"वह इसलिए कि पहले मैं इसे इन्दिरा कॉलोनी या इस्माईलपुर एक्सटेंशन की झुग्गी-झोपड़ी का समझता था। पर अब पता चला कि इसे तो आप कहीं से अपने साथ लाये हो।"

"विजयपाल, तेरा अन्दाजा एकदम सही है। यह मेरे ही रसूलपुर गाँव का है। है क्या कि इसके बाप-दादा हमारे यहाँ मुद्दत से काम करते आ रहे हैं। हुआ यह कि पिताजी के स्वर्गवास के बाद मैं एक बार गाँव गया हुआ था। जैसे ही इसके बाप को पता चला कि मैं गाँव आया हुआ हूँ, वह मेरे पास आया और बोला कि लालाजी, मेरे इस छोरे के बारे में सोचो कुछ। न कुछ पढ़ता है, न लिखता है बस पूरे दिन ऐसे ही कुत्ता हुआ मारता डोले है। मैंने जब पूछा कि उसे मुझसे मिलवा, तो उसने उसी समय इसे मेरे सामने पेश कर दिया। मैंने इसे ऊपर से नीचे तक देखा। इसके गठीले बदन को देख मैंने सोचा कि यह तो मेरे बहुत काम आ सकता है। वैसे भी मुझे अपनी सोसाइटी में साफ-सफाई करनेवाले एक लड़के की जरूरत थी।"

"साऽऽऽफ...सफाई! इसका मतलब है यहऽऽऽ...?"

"हाँ, वही है जो तू सोच रहा है।"

"और इसके बाद आप इसे साथ ले आये?"

"पहले मेरी पूरी बात सुन तो! मैंने जब इससे पूछा कि कौन-सी क्लास में पढ़ता है? इस पर इसका बाप बोला कि लालाजी, किलास क्या आठवीं जमात से आगे ही नहीं बढ़ रहा है। अपने बाप के मुँह से अपनी पोल-पट्टी खुलता देख, इसने उसकी तरफ ऐसे देखा जैसे उसे कच्चा चबा जायेगा। मैं समझ गया

कि इसकी इस आग का सही इस्तेमाल किया जा सकता है।" शकुनि मुस्कराते हुए आगे बोला, "मैं देर तक सोचता रहा कि यह टहलुआ बड़ा काम आ सकता है। लेकिन मैंने सोचा कि इसे कुछ दिनों के लिए रसूलपुर की शाखा में भिजवाकर पहले थोड़ी ट्रेनिंग दी जाये।"

"रसूलपुर की शाखा में?" हैरानी हुई विजयपाल सोलंकी को।

"दरअसल, हमारे आर्य समाज मन्दिर में जो आर्य समाजी आते थे, वे हवन से पहले शाखा भी लगाते थे।"

"वहाँ भी शाखा लगती थी?"

"एक बात बताऊँ विजयपाल, हम आर्य समाजी संघी पहले हैं, आर्य समाजी बाद में। फिर मैंने इसके बाप को सलाह दी कि इसे सुबह-सुबह आर्य समाज मन्दिर में भेजा कर। उस बेचारे को क्या पता था कि मेरे मन में क्या चल रहा है। इस तरह आर्य समाज में लगनेवाली शाखा में यह जाने लगा। जब इसके बाप को पता चला कि उसका नालायक बेटा गाँव के बनिया-बामनों के साथ उठने-बैठने लगा, वह मारे खुशी के फूला नहीं समाया।"

"तो क्या रसूलपुर की शाखा में यह बनिया-बामनों के बच्चों के साथ उठता-बैठता था?"

"वैसे नहीं जैसे तू समझ रहा है...ये तो हमारे-आपके पास बैठने में ही पागल हो जाते हैं।"

विजयपाल सोलंकी ही नहीं, अब साथ-साथ चल रहे सह नगर कार्यवाह पारस जैन को भी मज़ा आने लगा।

"वहाँ जब मैंने शाखावालों से कह-सुन कर राजू को गणवेश दिलवाया, तो इसके पूरे मोहल्ले में शोर मच गया कि बुद्धन का लड़का आर्य समाजी हो गया है।"

लेकिन इस राजू-प्रसंग को आगे बढ़ाया जाये, अच्छा रहेगा कि इस गणवेश कथा के बारे में थोड़ा राजू से ही सुना जाये।

तो हुआ यह कि जब पहली बार खुले पायँचेवाले ख़ाकी निकर, जिसे मिनी स्कर्ट कहना ज़्यादा ठीक रहेगा, और सफ़ेद शर्ट के साथ उसे पहनकर मटकते हुए पहली बार राजू घर आया, तो माँ ने अपना माथा पीट लिया कि

बहन-बेटियों वाले घर में यह नासपीटा क्या पहन आया? उत्सुकतावश जब इस निकर के बारे में उसके यार-दोस्तों ने पूछा कि यह क्या है, तब राजू ने हुमकते हुए बताया कि यह गणेश जी है। गणवेश को वह गणेश समझ बैठा। इसके बाद मोहल्ले के लड़कों के लिए मानो एक नया खेल हाथ लग गया। शाखा के बाद मोहल्ले के लड़के अब बेसब्री से राजू का इन्तज़ार करने लगे और जैसे ही वह मोहल्ले में दाख़िल होता, लड़कों का समूह उसके पीछे हो लेता, और उसके निकर को उठाते हुए उसे छेड़ते, "राजू, जरा अपने निकरवाले गणेश को दिखाना!"

राजू के लिए मोहल्ला पारकर घर लेना मुश्किल हो जाता। मोहल्ले के इन उद्‌दण्ड साथियों से उसे अपने निकर को बचाना एक नयी चुनौती बन गया। जैसे-तैसे मोहल्ले के लड़कों से बचते-बचाते राजू घर पहुँचता, तो उसे देखते ही माँ भड़क जाती, "निपूते, घर में इस घाघरे को पहनकर मत आया कर!"

राजू के लिए बड़ी मुश्किल हो गयी कि वह किस-किस से अपने आप को बचाये? मोहल्ला तो मोहल्ला, अपने घर में ही वह इस निकर को नहीं पहन सकता। बुद्धन भी अब घर में मिलनेवाले उलाहनों से तंग आ गया। इसलिए वह अब इन्तज़ार करने लगा लाला अमरचन्द आर्य के सुपुत्र शकुनि का, कि वह कब आये और कब इस राजू को अपने साथ ले जाये। अब यह बात अलग है कि राजू की भले ही इस गणवेश के चलते घर में लानत-मलामत हो रही है, किन्तु उसके बाप बुद्धन, उसे इतना विश्वास हो गया कि एक दिन उसका बेटा इसी गणेश के कारण अपना, और अपने बाप का नाम रोशन करेगा।

"तभी यह इतनी आसानी से गऊ ग्रास के नाम पर घरों से रोटियाँ इकट्ठा करने के लिए तैयार हो गया।" राजू की इस कहानी को सुन विजयपाल सोलंकी मुस्कराते हुए बोला।

बहरहाल, लगभग दो महीने बाद शकुनि आर्य अपने पुराने असामियों से क़र्ज़ में दिये गये ब्याज़ को उगाहने के लिए रसूलपुर गया, और वापस इस्माईलपुर लौटा तो हिन्दुत्व का नया शस्त्र उसके साथ था, और वह शस्त्र था राजू अर्थात् राजकुमार।

12

सालों बाद दिसम्बर के शुरू में सर्दी जैसी सर्दी पड़ रही है। बढ़ती सर्दी के कारण गणों की उपस्थिति भी कम होती जा रही है। मुख्य शिक्षक भरत प्रसाद ने संघ-स्थल पर आते ही सबसे पहले गणों को व्यायाम कराया। व्यायाम समाप्त कर वह उन्हें लेकर बौद्धिक विमर्श के लिए बैठा ही था कि एक नये गण को देख, वह उसे ध्वज के सामने ले गया। यहाँ उसने स्वयं प्रणाम करते हुए बताया कि ध्वज को किस तरह प्रणाम किया जाता है। ध्वज प्रणाम के बाद मुख्य शिक्षक उसे मण्डल में ले आया।

मण्डल में बैठने के बाद राजू ने ध्यान से पहली बार आये इस अधेड़-से नज़र आनेवाले गण को देखा। अच्छी-ख़ासी बाहर निकली तोंद, अनियन्त्रित नितम्बों और भरे हुए गालों को देखकर अनुमान लगाना मुश्किल नहीं है कि यह किस वर्ग का होगा। सीधे हाथ की आधी से अधिक अँगुलियाँ क़ीमती पत्थरों और रत्न-जड़ित अँगूठियों से सुशोभित हैं, तो बायें हाथ की बीच की अँगुली में घोड़े की नाल से बना छल्ला डला हुआ है। इन अँगुलियों को देखकर कोई भी कह सकता है कि जिस व्यक्ति ने सारे ग्रहों को रत्न-जड़ित व क़ीमती पत्थरों वाली अँगूठियों, और घोड़े की नाल से साधा हुआ हो उसका न तो राहु, न केतु; न बृहस्पति, न शनि कुछ नहीं बिगाड़ सकता।

मुख्य शिक्षक ठण्ड से बचने के लिए सारे स्वयंसेवकों को सलाह देते हुए बोला, "यदि आपके पास फुल पैंटवाला गणवेश है, तो उसे ही पहनकर आया करें। हालाँकि फुल पैंट में योग नहीं हो पाता है। सूर्यनमस्कार करते हैं तो लगता है कहीं यह फट न जाये। और यदि फट गयी तो कितनी बेइज्जती महसूस करनी पड़ेगी। निक्कर में तो चाहे जितना टाँग उठा लो। उसे पहनने में केवल घर से शाखा और शाखा से घर आने-जाने में परेशानी होती है।" इतना कह भरत प्रसाद ख़ुद ही हँस पड़ा। फिर सफ़ाई देते हुते बोले, "वो राबड़ी देवी के कहने पर पैंट पहन लिया वरना असली सुविधा तो निक्कर में ही होती है। चलिए, आज एक चर्चा कर लेते हैं!" इतना कह मुख्य शिक्षक ने पूरे मण्डल पर एक सरसरी निगाह मारी और कहने लगा, "यह तो सबको पता होगा कि कल का दिन केवल छह दिसम्बर था, या कुछ और भी था?"

"जहाँ तक मुझे पता है कल शौर्य दिवस या कुछ भगवा दिवस जैसा भी था।" उसी अच्छी-ख़ासी बाहर निकली तोंद, अनियन्त्रित नितम्बों और भरे हुए गालोंवाले गण, जिसने अँगुलियों में क़ीमती पत्थर और रत्न-जड़ित अँगूठियाँ और घोड़े की नाल का छल्ला पहना हुआ है, ने अपनी उपस्थिति दर्ज कराते हुए बताया।

"नहीं विक्रम जी, कल के दिन इस अभियान में बाबर ने जिस राम मन्दिर की जगह बाबरी मस्जिद बनायी थी, उसे गिराकर मन्दिर का पत्थर रखा गया था। इतना ही नहीं छह दिसम्बर से अम्बेडकर का भी सम्बन्ध है। इस दिन जो पत्थर रखा गया था...मेरा मतलब है शिलान्यास किया गया था...क्या कहते हैं भूमिपूजन, उसी दिन हुआ था और यह एक दलित के हाथों कराया गया था।"

राजू को यह सुनकर हैरानी हुई बल्कि यह उसके लिए नयी ही नहीं गौरव करनेवाली जानकारी थी, कि मन्दिर का जो पत्थर रखा गया था, वह उसे एक दलित रामभक्त द्वारा रखा था। लेकिन सवाल यह है कि यह सब छह दिसम्बर को ही क्यों किया? नादान राजू देर तक इसके बारे में सोचता रहा।

"आपको पता है छह दिसम्बर अम्बेडकर का परिनिर्वाण दिवस भी है। परिनिर्वाण का मतलब समझते हैं न?" मुख्य शिक्षक ने मुस्कराते हुए पूरे मण्डल से पूछा।

इस सवाल पर कुछ पलों तक ख़ामोशी छायी रही। किसी ने कोई उत्तर नहीं दिया। राजू निर्निमेष मुख्य शिक्षक को देखता रहा। जैसे-जैसे शाखा में आने के बाद उसके असली हिन्दू बनने की सम्भावना बढ़ती जा रही है, वैसे-वैसे उसकी जिज्ञासा, उत्कण्ठा, आतुरता, उत्सुकता, विकलता आदि-आदि भी परवान चढ़ती जा रही है। वैसे यहाँ आकर राजू थोड़ा-सा तो जान ही गया है कि यह अम्बेडकर कौन था।

"परिनिर्वाण का मतलब है पुण्यतिथि। इस दिन अम्बेडकर ने मानव-जीवन से मुक्ति पायी थी। यानी इस दिन उनकी मृत्यु हुई थी। इसलिए इस दिन को खासतौर से चुना गया था ताकि एक दलित से भूमिपूजन कराया जा सके।"

हवन, पूजा, पाठ, अनुष्ठान ये सब तो ब्राह्मणों से कराया जाता है! ये सब उनके समाज में कहाँ होता है? आये दिन हाउसिंग सोसाइटीज़ में भी देखता है कि इन्हें ब्राह्मणों के हाथों सम्पन्न कराया जाता है। राजू के लिए यह एक नयी पहेली थी।

इससे पहले कि वह इस गुंजलक से बाहर आता, उसके कानों में ये शब्द पड़े, "राम-भक्त कार सेवकों पर भी तो इसी दिन गोली चलनी शुरू हुई थी।"

राजू एक बार फिर असमंजस में डूब गया, कि अम्बेडकर के मानव-जीवन से मुक्तिवाले दिन गोलियाँ भी चली थीं?

"आप जानते हैं हमारे संघ में जो भी अच्छा काम किया जाता है, वह ऐसे ही अचानक नहीं किया जाता है। बहुत सोच-समझ कर सामूहिक निर्णय के बाद किया जाता है। अगर वह निर्णय गलत भी है तो उसका दोष एक-दूसरे पर नहीं थोपा जाता है। अगर कोई डिक्टेरशिप में फैसला लेता है...यानी एक आदमी कहता है कि यह काम होना चाहिए, तो होगा। दूसरी जगह यह होता है कि अगर कोई निर्णय गलत हो गया, तो उसका एक-दूसरे पर दोषारोपण कर दिया जाता है। संघ में ऐसा नहीं होता है। यहाँ सब सामूहिक निर्णय लिए जाते हैं।"

राजू की कुछ समझ में नहीं आ रहा है।

"इसका मतलब यह हुआ कि छह दिसम्बर इसलिए चुना गया ताकि दलितों को संघ से जोड़ा जा सके।" अँगुलियों में रत्न-जड़ित अँगूठियाँ और घोड़े की नाल के बने छल्ले ने अनुमान लगाया।

"ऐसा नहीं है विक्रम जी। ऐसा तो संघ को बदनाम करनेवालों ने कर दिया वरना दलित भी तो हिन्दू समाज का ही हिस्सा हैं। आज सबसे ज्यादा दलित वर्ग ही है जो भगवा ध्वज के लिए मरने-मारने के लिए तैयार रहता है। धर्म जागरण और सामाजिक समरसता जिला टोली के सदस्य मनोज भारती और राजन गौतम कौन हैं? हरिजन-दलित ही तो हैं...और अपने राजकुमार जी, ये भी वही हैं!"

मुख्य शिक्षक भरत प्रसाद के इस रहस्योद्घाटन पर पूरे मण्डल की मुण्डियाँ शाखा में उपस्थित राजकुमार अर्थात् राजू की ओर मुड़ गयीं। मुख्य शिक्षक द्वारा *अपने राजकुमार जी, ये भी वही हैं* इतने सम्मान के साथ कहने के बावजूद राजू को लगा, मानो उसके कानों में किसी मरे हुए जंगली जानवर की ख़ाल से मढ़े नगाड़े पर पड़ती चौब की चोट पड़ रही है। चेहरा इस तरह पीला पड़ गया मानो मुख्य शिक्षक ने उसके जिस्म से पूरा रक्त निचोड़ लिया हो।

"विक्रम जी, अभी अगर आपकी बस्ती में कोई मुल्ला उद्दण्डता कर दे तो आप बचकर निकल जायेंगे। लेकिन उस बस्ती का दलित स्वयंसेवक लाठी

निकाल उसको कूट देगा। कूट देगा कि नहीं? और ऐसा कई बार हुआ है। वो जो इन्दिरा कॉलोनी में तिकोने पार्क की मस्जिद के आसपास मुल्ले रहते हैं न, वहाँ जब भी जरूरत होती है तो इन्दिरा कॉलोनी और इस्माईलपुर एक्सटेंशन झुग्गी-झोपड़ी की अम्बेडकर शाखा के सारे दलित स्वयंसेवक इकट्ठा होकर बाहर निकल आते हैं।"

"एक तरह से ये संघ की ताकत के रूप में उभर रहे हैं?" विक्रम बोला।

"बिल्कुल...लेकिन साथ में जाति का हव्वा भी खड़ा किया जाता है। जैसे मायावती कहती है कि मैं दलित हूँ...दलित का भला करूँगी, पर करता कोई नहीं है।"

"सही कह रहे हो। अगर भला करना होता तो मायावती दलित को राजा बना चुकी होती भाई साब। दस साल मुख्यमन्त्री रही है। कम नहीं होता।"

मुख्य शिक्षक भरत प्रसाद ने लम्बी साँस लेते हुए कहा, "विक्रम जी, कोई किसी के लिए नहीं करता। हमारे बिहार में यादवों को सबसे अधिक किसने ठगा–लालू यादव ने? मुलायम सिंह ने यूपी में सबसे अधिक किसको ठगा–मुसलमान और यादवों को न? अपनों को ही सबसे अधिक अपने लोग ही ठगते हैं।" छह दिसम्बर, अम्बेडकर, दलित, मुसलमान, बिहार, यादव से होता हुआ मुख्य शिक्षक भरत प्रसाद अन्त में कब दार्शनिकता पर उतर आया, पता ही नहीं चला।

सब गडमड हो गया। राजू की कुछ समझ में नहीं आ रहा है। यह तो अच्छा हुआ जो आज संयोगवश इस्माईलपुर नगर टोली की इस शिवालय शाखा में नगर कार्यवाह रुद्रपाल, शाखा कार्यवाह शकुनि आर्य, सह नगर कार्यवाह पारस जैन और मण्डल कार्यवाह विजयपाल सोलंकी नहीं हैं, वरना न जाने और क्या-क्या सुनने को मिलता।

"विक्रम जी, बहुत लोग कहते हैं कि मन्दिर कब बनवाओगे...अरे भई, मन्दिर तो बन चुका है। बस इसकी सुन्दरता को बढ़ाना है।"

"सही कहा। *तेल लगाओ डाबर का, नाम मिटाओ बाबर का*! मन्दिर तो बन चुका है। मस्जिद भी अब वहाँ नहीं है। बस उसका ढाँचा बचा हुआ है।" विक्रम ने चहकते हुए कहा।

"वही तो मैं भी कह रहा हूँ कि मन्दिर तो है, बस उसमें चार चाँद लगाना है। इसमें समय नहीं लगेगा। जब मस्जिद का ढाँचा ढहाया गया था, तो बहुत दिमाग लगाकर ढहाया गया था। इतना तो कोई सरकार भी चाहती, नहीं ढहा पाती। ऐसा हमारा स्वयंसेवक ही कर सकता है।" इस बार मारे गर्व के भरत प्रसाद का चेहरा खिल उठा।

अयोध्या की बाबरी मस्जिद की इस ध्वस्त-कथा को सुन राजू हैरान-परेशान, कि इस्माईलपुर शिवालय की शाखा के एक स्वयंसेवक को पूरा रहस्य पता है। इसे तो इतना भी पता है कि मन्दिर तो बन चुका है। बस इसकी सुन्दरता को बढ़ाना है। उसमें चार चाँद लगाना बाक़ी है।

लेकिन इस बार मुख्य शिक्षक भरत प्रसाद ने अब जो बताया उसे सुन राजू तो राजू, बीच की अँगुली में घोड़े की नाल का छल्ला पहने विक्रम को भी यक़ीन नहीं हुआ।

"विक्रम जी, संघ में प्रथम, द्वितीय और तृतीय वर्ष की जो ट्रेनिंग हुई, उसमें जो सेल बनाया गया उसी में से एक ढाँचे के पास पहुँचा था। दूसरे सेल को यह ज़िम्मेदारी दी गयी कि जो सेना लखनऊ से...कुछ इधर से... कुछ उधर से आयेगी, उस पर नज़र रखनी है। तो उस सेल से कहा गया कि सेना को आधे घण्टा रोकने के लिए सड़क पर लेट जाना है। इसमें देश के विभिन्न हिस्सों से आये स्वयंसेवकों ने भी भूमिका निभायी। जहाँ भी जरूरत पड़ी कि सेना इधर से आयेगी, उधर ही स्वयंसेवक हाई वे पर लेट गया। सेना को बल प्रयोग करने और समझाने-बुझाने में तो आधा घण्टा लगेगा। इतना ही नहीं अर्द्धसैनिक बलों के पैरों में भी हमारी हिन्दू महिलाएँ लेट गयीं। इससे वे पीछे हट गये...तो एक रणनीति यह भी थी। इस तरह इस आधा घण्टे में पूरा काम कर दिया गया।"

जिस समय मुख्य शिक्षक यह वृत्तान्त सुना रहा था, ऐसा लग रहा था जैसे पूरी घटना राजू की आँखों के सामने घट रही है। बाबरी मस्जिद गिराने का एक-एक दृश्य जैसे जीवन्त हो उठा।

"लेकिन भरत जी, एक बात समझ में नहीं आयी कि मस्जिद का सारा मलबा कहाँ चला गया?" विक्रम ने जिज्ञासा प्रकट करते हुए पूछा।

विक्रम की इस जिज्ञासा पर मुख्य शिक्षक ने पहले एक वक्र, मगर कुटिल मुस्कान बिखेरी, और फिर मण्डल के थोड़ा निकट खिसकते हुए आगे आया।

"विक्रम जी, मस्जिद गिरने के बाद जो बड़े-बड़े पत्थर और मलबा था अगर वे नहीं हटते तो उनको फिर से सेट कर दिया जाता। मस्जिद गिर तो गयी लेकिन अगर उसका मलबा और पत्थर फिर से सेट हो जाते तो मस्जिद दिखाई देती न? इसलिए इस मलबे और पत्थरों को कैसे हटाया जाये? तो इसके लिए अनाऊसमेंट किया गया कि ढाँचे के ये पत्थर और मलबा बहुत पवित्र हैं। आप चाहें तो इन पवित्र पत्थरों और मलबे को उठाकर अपने-अपने घर ले जा सकते हैं। फिर क्या था विक्रम जी, इतना सुनते ही भीड़ में इन्हें उठाने की मारा-मारी मच गयी। इनकी पवित्रता के कारण लोग अपने लिए ही नहीं, यह सोचकर झोले में भरने लगे कि इन्हें अपने रिश्तेदारों और पड़ोसियों को भी दे देंगे। इस तरह देखते-देखते कार सेवकों ने सारे पत्थर और मलबा साफ कर दिया। अगर यह वहाँ रह जाता तो ढाँचा फिर से खड़ा हो सकता था।" संघ और उसके स्वयंसेवकों की कुशाग्रता पर मुख्य शिक्षक भरत प्रसाद देर तक मुस्कराता रहा।

"भरत जी, मेरा एक मित्र है। उसने अपनी फ़ेसबुक पर एक बार इस मस्जिद के गिराने के सालों बाद बहुत सारी पोस्ट डाली थीं। उसने लिखा था कि कितनी गोलियाँ चलीं...कितने लोग मारे गये। यह सब इतना आसान तो नहीं था और कोई कर भी नहीं सकता था। मुझे नहीं पता ये सब कौन लोग थे जिन्हें आप कार सेवक कह रहे हैं?"

"वे संघ के कार सेवक ही थे। एक बात बताऊँ, जब से हमारी सरकार बनी है...हम मन्दिर की तरफ बहुत आगे बढ़ चुके हैं। वैसे उस पक्ष के लोग भी मन्दिर बनाने के लिए तैयार हो गये हैं। कुछ राजनीतिक लोग और कुछ कठमुल्लों के दबाव से थोड़ा डिले हो गया। ऐसा भी हो सकता है कि सुप्रीम कोर्ट के निर्णय का इन्तजार भी ना करें, और सर्जिकल स्ट्राइक कर मन्दिर बन जाये।" मुख्य शिक्षक पूरी प्रामाणिकता के साथ एक-एक रहस्य को ऐसे बता रहा है, जैसे मन्दिर बनाने की सारी योजना का वह गवाह रहा हो।

"एक बार मन्दिर बन जाये, फिर उसे तोड़ने के लिए उतना ही टाइम लगेगा, जितना बनाने में लगा।"

"तोड़ तो नहीं सकते विक्रम जी। इतनी तो किसी में हिम्मत नहीं है।"

"तोड़ कौन सकता है साहब! फिर उतनी हिम्मत चाहिए और उतनी हिम्मत जुटाना सम्भव नहीं है।" इस बार बाहर निकली तोंद, अनियन्त्रित नितम्बों और भरे हुए चिकने गालोंवाले रत्न-जड़ित अँगूठियों और बीच की अँगुली में घोड़े की नाल से बने छल्ले के नथुने फड़फड़ा उठे।

"एक बार बन गया तो उसे सीआइएसएफ या पीएसी के हवाले कर दिया जायेगा। क्योंकि इस पर इंटरनेशनल विवाद है। आप तो जानते ही हैं कि जब हमारे रामजन्म भूमि मन्दिर को ढहाया गया था, तो तब हमारे सैकड़ों मन्दिरों को नष्ट किया गया था। ये लोग हमारे गाँव में भी पड़ोसवाले एक मन्दिर को ध्वस्त करने आये थे। पिताजी लोग कहानी सुनाते हैं लेकिन तब इतना ज्ञान नहीं था। उस पर भी बहुत विवाद हुआ था। दोनों तरफ के कम-से-कम पचासों लोग मारे गये थे मन्दिर के लिए। मगर वे मन्दिर को छू नहीं पाये थे। बहुत बड़ा रायट हो गया था। एक गुट बोलता मस्जिद तोड़ना है, दूसरा गुट बोलता मन्दिर तोड़ना है।"

मुख्य शिक्षक भरत प्रसाद की गाँववाली कहानी सुन सारे गण भ्रमित हो गये। गण ही नहीं बल्कि बड़े ही अचरज भाव से इस प्रसंग को सुन रहा विक्रम भी कुछ नहीं समझ पा रहा है, कि मुख्य शिक्षक कौन-से मन्दिर का क़िस्सा सुना रहा है? लेकिन मुख्य शिक्षक भरत प्रसाद आज अपने पूरे शाखायी रहस्य को उलीचने पर आमादा है।

इसी बीच न जाने राजू को क्या सूझा कि एक ज़रूरी काम का बहाना बना, उसने मुख्य शिक्षक से इजाज़त ली और ध्वज को प्रणाम कर शाखा से खिसक गया। राजू के देखा-देखी मौक़ा पा दो माँ भारती के सपूत भी पीछे-पीछे चल दिये। अब रह गये कुछ किशोर और घोड़े की नाल से बना छल्ला यानी विक्रम।

थोड़ा साँस लेते हुए फिर से मुख्य शिक्षक ने उसी बे-सुरे राग-मन्दिर की पूँछ पकड़ ली, जो उससे कुछ क्षण पहले छूट गयी थी, "बहुत से लोग पूछते हैं कि मन्दिर जरूरी है या भुखमरी...तो इसका सीधा-सा उत्तर है कि अगर आज तक मन्दिर नहीं बना, तो क्या लोग भूखे नहीं मर रहे हैं? मन्दिर के न बनने से क्या भुखमरी खत्म हो गयी? लोग रैन बसेरों में नहीं सो रहे हैं...सो रहे हैं न? मन्दिर नहीं बनने पर भी लोग भूखे क्यों हैं? दरअसल, मीडिया में

जो वामपन्थी लोग बैठा हुआ है न, वह कुतर्क देता है। वह सीधा पूछता है कि मन्दिर बन गया तो क्या इससे देश का विकास हो जायेगा? अरे, मन्दिर को देश के विकास से क्यों जोड़ रहे हो? इसका मतलब है देश का विकास अपने बाप की कीमत पर कर लें क्या? ये वामपन्थी कहते हैं देश के विकास की जरूरत है...मैं इनसे पूछता हूँ कि भुखमरी मिटाना जरूरी है या मन्दिर बनना जरूरी है? अरे, जब और चीजो में खर्च कर रहे हो, तब ये भूल जाते हैं कि गरीबी मिटाना जरूरी है! इसका मतलब है अपने बाप को भूल जायें? हम अगर यह सोच लें कि अपने बाप की कीमत पर गरीबी मिटानी है तो यह मुश्किल है!" इस बार मुख्य शिक्षक की तेज़-तेज़ साँसें फूलने लगीं। विकास की साँसें उखड़ने को हो गयीं जैसे।

इस बार विक्रम का सिर भन्ना गया कि इस छह दिसम्बर ने उसे कहाँ-कहाँ की धूल फँकवा दी।

छह दिसम्बर से शुरू हुआ मुख्य शिक्षक भरत प्रसाद का ज्ञान बाबरी मस्जिद के मलबे-पत्थर, सुप्रीम कोर्ट, वामपन्थ से होता हुआ यहीं नहीं थमा। बल्कि वह द्वितीय विश्व युद्ध के अन्त में रूस (सोवियत संघ) द्वारा एक देश के क़ब्ज़े तक पहुँच गया।

"पता है किस तरह कब्जे के बाद रूस ने उस देश में एक विशाल चर्च बनवा दिया था। किस तरह आजादी मिलने के बाद उस देश ने क्रिश्चियन होने के बावजूद, अपने यहाँ बनवाये गये एक चर्च को इसलिए ढहा दिया गया, क्योंकि वह गुलामी का प्रतीक था। वह देश बोला कि जब तक यह चर्च रहेगा, तब तक यह हमारी आँख का किरकिरी बना रहेगा। इसलिए उसे तोड़ दिया गया। यहाँ भी इन मुसलमानों को समझना चाहिए कि जब तक यह बाबरी मस्जिद, जिसे बाबर ने मन्दिर तोड़कर बनवाया था, रहेगी, हम हिन्दुओं की आँखों की किरकिरी बनी रहेगी। बाबर तो आततायी था, आक्रमणकारी था... इसलिए या तो तुम उस आक्रमणकारी के वंशज हो, या इस देश के...बीच के नहीं हो सकते।"

विक्रम को थोड़ा मौक़ा मिल गया। इसलिए अपने व्हाट्सएप यूनिवर्सिटी ज्ञान का उपयोग करते हुए बोला, "भरत जी, भारत में सेक्युलर की परिभाषा थोड़ी अलग है। दूसरी जगह सेक्युलर को धर्म निरपेक्ष कहते हैं। यानी जो

किसी दूसरे धर्म में भेदभाव ना समझे...और हमारे यहाँ सेक्युलर का मतलब है मुसलमान परस्त अर्थात् जो हिन्दू विरोधी हो।"

"विक्रम जी, एक बात बताऊँ! सेक्युलर कभी धर्म निरपेक्ष नहीं हो सकता। सेक्युलर इंग्लिश का शब्द है और वहीं तक सीमित है। जबकि भारत वसुधैव कुटुम्बकम् था यानी सबको गले लगानेवाला। यहाँ धर्म निरपेक्ष हो ही नहीं सकता। आप पूजा करके आये हैं...घण्टी डुलाके आये हैं...चन्दन लगाके आये हैं...कोई अजान देके आया है। धर्म निरपेक्ष का मतलब है साहब जिसका कोई धर्म नहीं है। या तो आप हिन्दू हैं, या मुसलमान या फिर सिक्ख। अधर्मी आप हो नहीं सकते बल्कि धर्म निरपेक्ष भी नहीं हो सकते। बताइये, आप धर्म निरपेक्ष कैसे हो सकते हैं? जो यह कह रहा है कि मैं धर्म निरपेक्ष हूँ, वह बता दे कि कैसे है? विक्रम जी, आप सही बोले हैं कि धर्म निरपेक्ष बोल-बोलकर भारत को मुस्लिम परस्त बना दिया गया है।" मुख्य शिक्षक विक्रम के अधकचरे ज्ञान को दुरुस्त करते हुए बोला।

सालों बाद बाबरी मस्जिद-रामजन्म भूमि के रहस्योद्घाटनों और मुख्य शिक्षक की विदग्धता व ज्ञान को देख और सुन विक्रम जैसे निहाल हो गया। उसे अपने आपसे ग्लानि होने लगी कि उसने यूँ ही फ़ालतू में अपने हाथों की अँगुलियों को, इन अँगूठियों और घोड़े की नाल से बने छल्ले से घेरा हुआ है। मुख्य शिक्षक के ज्ञान के आगे तो वह पासंग भी नहीं है। एक बार उसके मन में आया भी कि वह ज्ञान से भरे इस फ़रिश्ते के चरणों में गिर जाये। उसे आज पूरा यक़ीन हो गया कि असली ज्ञान तो इन शाखाओं में ही बरस रहा है। यह अलग बात है कि पता नहीं इस ज्ञान में से उसके या सामने बैठे स्वयंसेवकों के कुछ पल्ले पड़ा या नहीं। आज उसके ज्ञान के वे चक्षु खुल गये, जो इससे पहले लगभग कुन्द पड़े हुए थे।

बौद्धिक कार्यक्रम लम्बा खिंचने के बावजूद मुख्य शिक्षक शाखा-गीत को नहीं भूला। हाँ, आज उसने यह अवश्य किया कि किसी गण से गीत गवाने के बजाय वह स्वयं यह गीत गाने लगा–

भारती माँ के उपासक, मातृ मन्दिर के पुजारी
कर रहे माँ को समर्पित, संगठन की शक्ति सारी।

पता नहीं यह पिछले पौने घण्टे से लगातार एक ही मुद्रा में बैठने से मुक्ति की ख़ुशी है अथवा हृदय में उमड़ता सचमुच का राष्ट्र प्रेम, कि मुख्य शिक्षक द्वारा गाये गये गीत को उसके पीछे सारे गण पूरी ताक़त के साथ कर्कशता के साथ दोहराने लगे। शिवालय के प्रांगण में सुबह की सैर करने आये स्थानीय लोगों का इस ओर ध्यान गया, तो वे रह-रहकर इन्हें देखने लगे।

गीत समाप्त होने के बाद मुख्य शिक्षक गीत के तीसरे और अन्तिम बन्द की पंक्तियों में आये बुद्ध, नानक, जैन के बारे में एक गण से पूछने लगा। काफ़ी देर से एक ही मुद्रा में बैठने से उकता चुके गणों ने अपने पाठ्यक्रमों के माध्यम से स्कूल में जो पढ़ा, या फिर इधर-उधर से इनके बारे में जो सुना, उसे बता दिया। लेकिन मुख्य शिक्षक भरत प्रसाद इससे सन्तुष्ट नहीं हुआ, और वह ऊब और उकता चुके भारती माँ के उपासकों को विस्तार से बताने लगा।

"ये जो यहाँ पर किसने कौन-सा धर्म शुरू किया, यह नहीं है। जैन, सिक्ख, बौद्ध ये सब पन्थ हैं। ये सब हमीं में से हैं। सब हिन्दू हैं...सनातनी हैं। सनातनी का मतलब है जिसका न आदि है, न अन्त। हमारा जो हिन्दू धर्म है, वही धर्म है। बाक़ी कोई धर्म नहीं है। अगर कोई पूछे कि धर्म क्या है, तो बताओ धर्म तो केवल हिन्दू है। बाकी सब मजहब हैं। इस्लाम धर्म नहीं, मजहब है। धर्म एक ही है और वह है हिन्दू। हिन्दू क्या है यह जीने की एक पद्धति है। जैसे फ़िजिक्स में, केमिस्ट्री में रूल होता है...न्यूटन का लॉ होता है, उसी तरह का यह एक नियम-कानून है और उस नियम-कानून का नाम है हिन्दू। जो दाढ़ी बढ़ाके चलता है...भारत में रह रहा है, वह भी हिन्दू है। यानी जो यहाँ के कायदे-कानून माननेवाला है, वह हिन्दू है...ठीक है? अब समझा सकते हो न किसी को?"

मुख्य शिक्षक के इस प्रश्न पर सामने बैठे गणों ने ऐसे देखा, जैसे उससे कह रहे हैं कि महाराज, जब हमारे ही आपके ये फ़िजिक्स-केमिस्ट्री के रूल और न्यूटन का लॉ पल्ले नहीं पड़ रहा है, तो किसी को हम क्या ख़ाक समझायेंगे? इस्लाम धर्म है या मज़हब, जब हमारे ही यह फ़िलासफ़ी सिर के ऊपर से गुज़र गयी, तो किसी को हम क्या बतायेंगे कि हमारा हिन्दू एक धर्म है या मज़हब?

बेहद लम्बे और थकाऊ बौद्धिक कार्यक्रम के कारण थक गये मुख्य शिक्षक ने सामने बैठे एक गण को निर्देश दिया कि आज वह सुभाषित बोले। गण शायद मुख्य शिक्षक से भी अधिक चतुर था। इसलिए उसने पहले से रटे सुभाषित को फटाफट बोल दिया, जिसका संक्षेप में अर्थ यह है कि–*सब हिन्दू भाई हैं, कोई भी हिन्दू पतित नहीं है। हिन्दुओं की रक्षा ही मेरी दीक्षा है और समानता मेरा मन्त्र।*

राजू को बहुत बाद में पता चला कि अँगुलियों में क़ीमती पत्थर और रत्न-जड़ित अँगूठियाँ और घोड़े की नाल के बने छल्ले को पहननेवाला यह विक्रम नाम का व्यक्ति विधिवत् रूप से संघ से जुड़ा हुआ नहीं है। यह तो ऐसे ही शाखा में कभी-कभार समय बिताने, और अपने हिन्दू रूपी ज्ञान को दुरुस्त करने की ग़रज़ से आ जाता है। इसका कहना है कि शाखा के लिए उसके पास समय नहीं है।

13

प्रण तो शकुनि आर्य ने उसी दिन ले लिया था, जब उसने पहली बार राजू को इस्माईलपुर के प्राचीन शिवालय के पीछे बनी मज़ार के आसपास झाड़ू लगाते हुए देखा था। लेकिन इस योजना को मूर्त रूप देना इतना आसान भी नहीं है। यह तो उसके स्वर्गीय पिता लाला अमरचन्द आर्य की साख और रसूलपुर से पलायन कर इस इस्माईलपुर में शरण लेने के कारण, उसे शिवालय और इसके परिसर में बने आर्य समाज मन्दिर प्रबन्धक समिति का सचिव व ख़ज़ांची बना दिया, वरना जाट किसी दूसरी जाति के आदमी को इतनी आसानी से अपनी बिरादरी के कामों की ज़िम्मेदारी दे दें, सम्भव ही नहीं है। अगर इतनी आसानी से दे दें तो फिर इस कहावत का क्या अर्थ हुआ कि *जाट किसे नैं घी-दूध खुवावैगा, तो गळ में रस्सा डाल के खुवावैगा।* वणिक बुद्धि शकुनि आर्य जाटों के इस मिज़ाज से अच्छी तरह वाक़िफ़ है। बल्कि सारे सदस्यों का जाट होने के कारण तो और भी मुश्किल है। संघ और शाखा की अलग बात है। इसमें तो सारे अपने ही लोग हैं।

बहुत सोच-विचार के बाद शकुनि आर्य ने एक-एक कर शिवालय प्रबन्धक समिति के अन्य सदस्यों के कानों में पहले इस बात को डालकर उनकी मंशा को टटोलने की कोशिश की। जब उसे लगा कि अधिकतर सदस्यों को उसकी योजना पर कोई आपत्ति नहीं है, तब उसने एक शाम सबको प्रबन्धक समिति के कार्यालय में आमन्त्रित कर लिया। शकुनि ने एक अच्छा काम यह किया कि उसने शाखा के मण्डल कार्यवाह विजयपाल सोलंकी को साथ ले लिया। एक बार शाखा से लौटते हुए मण्डल कार्यवाह पारस जैन और मुख्य शिक्षक भरत प्रसाद की उपस्थिति में विजयपाल सोलंकी को इसके बारे में बता भी चुका है। सुनने के बाद सभी का एकमत से कहना था कि सबसे पहले प्रबन्धक समिति के अन्य सदस्यों और आर्य समाज मन्दिर से जुड़े लोगों की भी इस पर राय ले ली जाये। इसी नीति का अनुसरण कर बड़ी सावधानी से क़दम फूँकते हुए शकुनि आर्य अपने एजेंडे पर आगे बढ़ता रहा। वरना उसकी एक छोटी-सी चूक कहीं प्रबन्धक समिति के दूसरे सदस्यों में शक पैदा न कर दे!

"हाँ जी लालाजी, बताओ कैसे इकट्ठी करी है सारी बिरादरी?" एक सदस्य ने सीधे पूछ लिया।

"चौस्साब, आपसे मैंने एक बार जिक्र तो किया था कि शिवालय में इधर-उधर हमारे जो कुलदेवी-देवता दो-दो ईंटों को जोड़कर बनायी गयी मढ़ियों और बरगद-पीपलों की जड़ों में पड़े हैं, उनके लिए अगर छोटे-छोटे मन्दिर बन जाते तो इन्हें भी अपने महादेव, पार्वती, हनुमान, राम, गणेश, सन्तोषी माँ, कृष्ण, शनि की तरह सिर छिपाने की जगह मिल जाती?"

"तो इसमें पूछण की कै जरूरत है?" जिस सदस्य ने यह पूछा था कि कैसे सारी बिरादरी इकट्ठी की है, उसने सीधे ही कह दिया।

"जरूरत इसलिए है चौस्साब कि एक तो इसमें पैसों का मामला जुड़ा हुआ है। दूसरा, शिवालय की हद को एकाध मरला पीछे खिसकाना पड़ेगा।"

"मेरे यार, गाँव की पूरी बणी पड़ी है पाछे...जितनी चाहे बढ़ा लो!" दूसरे सदस्य ने एक तरह से अपनी सहमति देते हुए कहा।

"ठीक है। किसी मेम्बर को कुछ और कहना है, तो वह अपनी बात पूरी समिति के सामने रख सकता है!"

"बात क्या लालाजी, आप तो एस्टीमेट बताओ कि इसमें कितना खर्चा आ जायेगा?"

"वह तो मैं ठेकेदार से बनवाके बता दूँगा।" इतना कह शकुनि ने सबके चेहरों को बड़े ध्यान और बारीकी से पढ़ा और फिर बड़े नपे-तुले शब्दों में बोला, "मेरे हिसाब से इसमें मजार को तो छेड़ने की कोई जरूरत पड़ेगी नहीं।"

"इसे क्या छेड़ना...यो पीर-फकीर भी इनके बीच पड़ा रहेगा।" जिस प्रबन्धक समिति के जिस सदस्य ने बननेवाले मन्दिरों का एस्टीमेट पूछा था, उसने कहा।

"मेरे यार, म्हारे भोळे के साथ इसका भी मन लगा रहगा।" दूसरा सदस्य हँसते हुए बोला।

इस बीच सबसे नज़र बचाते हुए शकुनि आर्य ने शिवालय शाखा के मण्डल कार्यवाह विजयपाल सोलंकी की तरफ़ ऐसे देखा, जैसे उससे कह रहा है कि तू भी तो बोल कुछ। समझ गया विजयपाल सोलंकी। उसने धीरे-से बड़े ही सधे हुए शब्दों में कहा, "बात यो है ताऊ कि कहीं गाँवआळे यह न कहण लगें, कि उनके देवी-देवताओं को कहाँ एक मुसलमानाँ की कबर के साथ बिठा दिया?"

"विजयपाल, आज तलक तो किसी ने कुछ कहा नहीं, जो इब कहेंगे। अरे, जब म्हारे भोळे ने ही कोई दिक्कत ना है...तो हम माणसन्ने क्यों कर होगी?"

इस टके से जवाब को सुन शकुनि आर्य ख़ून का घूँट पीकर रह गया। उसके मन में एक बार आया भी कि वह इनसे कह दे, कि तुम जैसे लोगों की वजह से ये मुसलमान हम हिन्दुओं पर राज करते आ रहे हैं।

"ठीक है हफ्ता-दस दिन में मैं एस्टीमेट बनवा दूँगा।" शकुनि आर्य ने इसके बाद कुछ भी कहना उचित नहीं समझा।

शकुनि आर्य जब से शिवालय से लौटा है वह बेहद नैराश्य और निराशा में डूबा हुआ है। वह रह-रहकर सोचता है कि उसे इन बरगदों और पीपल की जड़ों में रखी स्थानीय कुलदेवी-देवताओं की मूर्तियों को वहीं पड़े रहने देना चाहिए था। उसे इनके मन्दिरों को बनाने की योजना ही नहीं बनानी

चाहिए थी। हद है, वह तो इन्हें हिन्दू बनाना चाहता है, और इस बावली क़ौम के ये ज़ाहिल लोग कह रहे हैं कि यह पीर-फ़क़ीर भी इनके बीच पड़ा रहेगा। वह तो इन मुसलमान आततताइयों के निशानों और प्रतीकों को मिटाना चाहता है, और ये कह रहे हैं कि जब हमारे भोले को ही कोई परेशानी नहीं है तो हमें क्यों होगी? मरो स्सालो! तुम हिन्दू इसी लायक हो। पता तो तब चलेगा जब एक दिन इस मज़ार की जगह दूसरी बाबरी मस्जिद बन जायेगी, और इस शिवालय को तोड़कर ज्ञानव्यापी मस्जिद बना दिया जायेगा।

शिवालय से लौटते ही शकुनि आर्य ने पारस जैन और रुद्रपाल को फोन किया और उनसे तुरन्त आशियाना के कम्युनिटी हाल यानी तुलसी सदन में आने को कहा। थोड़ी देर बाद ही पारस जैन और रुद्रपाल वहाँ पहुँच गये। शकुनि का उतरा चेहरा देख वे दोनों समझ गये कि कोई गम्भीर बात है। वे तीनों हाल में बिछी कुर्सियों पर आमने-सामने बैठ गये।

शकुनि की समझ में नहीं आ रहा है कि वह कहाँ से और कैसे बात शुरू करें।

"शकुनि जी, क्या हुआ? ऐसी क्या बात है जो अचानक बुलाया है?" पारस जैन ने पूछा।

"आप दोनों को याद है एक बार मैंने शिवालय के अन्दर बरगदों और पीपल की जड़ों में रखे, इन जाटों के कुलदेवी-देवताओं की मूर्तियों के लिए अलग से मन्दिर बनाने की चर्चा की थी?"

"पर उसे तो बहुत दिन हो गये। इस पर हम सबकी यह सहमति भी बनी थी, कि इस बारे में पहले शिवालय प्रबन्धक समिति के लोगों से राय लेनी चाहिए।" पारस जैन को जैसे सब याद है।

"लेकिन इतने दिनों के बाद आज कैसे उसकी याद आ गयी ?" रुद्रपाल ने मुस्कराते हुए कहा।

"याद इसलिए आ गयी कि आज ही मेरी उनसे बात हुई है। लेकिन..."

"लेकिन क्या?" पारस जैन ने पूछा।

"यही कि समिति के लोग शिवालय के पीछे के हिस्से में जहाँ मजार है, उसी के आसपास मन्दिर बनाने के लिए तैयार हो गये हैं। मैंने इशारों-इशारों में उनसे मजार के बारे में बताया, तो वे बोले कि यह पीर भी इनके बीच पड़ा रहेगा।"

"तुमने विजयपाल को साथ नहीं लिया?" रुद्रपाल ने कहा।

"वह भी मौजूद था बल्कि उसने कहा भी कि कहीं गाँववाले यह न कहने लगें कि उनके देवी-देवताओं को कहाँ मुसलमानों की कब्र के साथ बिठा दिया! इस पर एक आदमी बोला कि आज तलक तो किसी ने कुछ कहा नहीं, जो अब कहेंगे।" शकुनि आर्य ने एक लम्बी साँस लेते हुए कहा।

"इसका मतलब है कि इस्माईलपुर के ये जाट मजार को छूने भी नहीं देंगे!" रुद्रपाल ने दोनों को सुनाते हुए अपने आप से कहा।

"मैंने तो इनके कुलदेवी-देवताओं की मूर्तियों के लिए अलग से मन्दिर बनाने की चर्चा इसलिए की थी, कि इस बहाने यह मजार यहाँ से हट जायेगी। पर यह तो पासा ही उलटा पड़ गया। इन मन्दिरों को बनाने का झंझट मोल ले लिया, वो अलग। समझ में नहीं आ रहा कि अब क्या किया जाये?" इस बार शकुनि के माथे की लकीरें गहरी होती चली गयीं।

"मेरी सलाह यह है कि इन मन्दिरों को मजार के इर्द-गिर्द इस तरह बनवाया जाये कि मजार को मजबूरन वहाँ से हटाना पड़ जाए।"

"एक बात कहूँ पारस जी, इसका एक तरीका यह हो सकता है कि हम इन जाटों के लड़कों को अधिक-से-अधिक संघ से जोड़ें। इसकी शुरुआत अपनी इसी शाखा से की जा सकती है, और इस काम की जिम्मेदारी हमें विजयपाल सोलंकी को देनी चाहिए। वही इस काम को अच्छी तरह कर सकता है। यह मजार हमसे-आपसे नहीं हटेगी, इसे हटायेंगे तो इनके ही ये लौंडे-लपाड़े हटायेंगे, जो पूरे दिन बुलेट मोटरसाइकिलों पर आवारागर्दी करते हुए घूमते हैं। हम तो इनमें हवा भर सकते हैं, और ये इसके लिए तैयार हो भी जायेंगे।"

"आपकी यह योजना सही है रुद्रपाल जी।"

"सही इसलिए है पारस जी कि संघ जो भी काम करता है, बड़े सोच-विचार और एक लम्बी नीति के तहत करता है। अगर ऐसा नहीं होता तो संघ का नेटवर्क आज पूरे देश में नहीं फैला होता। जिस कांग्रेस का इस देश पर कभी एकछत्र राज था, आज उसे अपने अस्तित्व को बचाने के लिए कितने पापड़ बेलने पड़ रहे हैं, हम सब जानते हैं। कम्युनिस्ट तो लगभग समाप्त ही हो गये हैं। केरल के अलावा अब ये कहाँ बचे हैं?"

"आपके कहने का मतलब यह है रुद्रपाल जी कि हमें थोड़ा धैर्य से काम लेना होगा!"

"बिल्कुल। आप देखना, आज जो यह कह रहे हैं कि यह पीर भी इनके बीच पड़ा रहेगा, उन्हीं की औलादें एक दिन इस मजार को हटवाने में सबसे आगे होंगी। एक बात और जिस पर आप लोगों का पता नहीं कभी ध्यान गया है या नहीं, कि जिस तरह गाँव-देहातों से आज महाजनी लगभग समाप्त हो गयी है, उसी तरह इस्माईलपुर जैसे गाँव-देहातों से किसानी भी खत्म हो गयी है। यह सब तब से हुआ है जब से यहाँ की पैदा देनेवाली जमीनें सोने के भाव बिकी हैं। दरअसल है क्या जमीनें बिकते ही इन किसानों के पास अथाह पैसा आ गया। इसका नतीजा यह हुआ कि इनकी समझ में नहीं आ रहा है कि वे अब करें तो क्या करें? इसके लिए इन्होंने एक रास्ता यह निकाला कि पार्टियों को चन्दे के नाम पर मोटा पैसा देकर उनमें जिला, तहसील, नगर और मण्डल स्तर के छोटे-मोटे पदाधिकारी बनकर अपनी कारों पर उन पार्टियों के झण्डे टाँग लिए जो सत्ता में हैं। इन्हें विचारधारा से कोई लेना-देना नहीं है, इन्हें तो बस अपनी गाड़ियों के आगे झण्डा लगाने से मतलब है। पूरे हरियाणा, राजस्थान, पंजाब, यूपी सहित सारे देश का यही हाल है। ऐसे छुटभइए नेताओं की ठसक देखनी है तो गाँव-देहातों में जाकर देखो। जो एक बार प्रधान या सरपंच बन गया, उसका पूरा परिवार अपनी गाड़ियों के अगले-पिछले शीशों पर सरपंच का इतना बड़ा स्टीकर लगाता है, कि इतना तो कोई एमपी-एमएलए भी नहीं लगाता होगा। इसलिए कह रहा हूँ कि आवारा पूँजी से पैदा हुई इस अराजकता का हमें लाभ उठाना चाहिए।"

"रुद्रपाल जी, आप सही कह रहे हैं। यही नीति ठीक रहेगी।" शकुनि आर्य सहमति जताते हुए बोला।

"एक बात पूछूँ शकुनि जी?" इतना कह बारहवीं फेल रुद्रपाल ने पूरे हाल में एक नज़र मारी और मुस्कराते हुए बोला, "इस शिवालय और आर्य समाज मन्दिर प्रबन्धक समिति का सचिव व खजांची आप कितने दिनों से हो?"

"हो गये होंगे छह साल।" शकुनि ने सहज भाव से उत्तर दिया।

"तो क्या सचिव और खजांची होने का आजतक कुछ फायदा भी उठाया या फ्री में इन जाटों की चाकरी कर रहे हो?" रुद्रपाल की मुस्कान गहरी होती चली गयी।

"मैं कुछ समझा नहीं रुद्रपाल जी आप क्या कहना चाह रहे हो?"

"आप सब समझ रहे हो शकुनि जी कि मैं क्या कहना चाह रहा हूँ... आपने यह कहावत तो सुनी होगी कि भूखे पेट भजन नहीं होए गोपाला।"

"रुद्रपाल जी यह कहना चाह रहे हैं कि धर्म अपनी जगह है और धन्धा अपनी जगह है। चलिए, इन मन्दिरों के बहाने हमारे शकुनि गोपाला के भी कुछ भजन हो जायेंगे।" पारस जैन रुद्रपाल की कहावत का खुलासा करते हुए बोला।

"रुद्रपाल जी, इन छोटी-छोटी मढ़ियों में क्या हाथ लगेगा! दो-चार करोड़ की कीमत से बननेवाला कोई मन्दिर होता तो उसमें मजा भी आता। कई बार मन करता है कि प्रबन्धक समिति के सचिव और इस खजांची के पद से इस्तीफा दे दूँ।"

"ना...ना...ना ऐसा मत करना। कम-से-कम इस बहाने आप हिन्दुओं को संगठित तो कर रहे हो।"

"इन्हें आप हिन्दू कह रहे हो जिनके हिन्दुओंवाले कोई काम नहीं हैं। इनसे तो इन्दिरा कॉलोनी, श्याम कॉलोनी और इस्माईलपुर एक्सटेंशन के ये हरिजन लाख बेहतर हैं। इनको एक आवाज लगाओ तो हथियारबन्दों की सेना तैयार रहती है।" शकुनि आर्य कभी दलित शब्द का इस्तेमाल नहीं करता। हमेशा वह हरिजन ही कहता है।

"जैन साब, आपने ही एक बार कहा था कि ताकत बढ़ाने के लिए पात्र-कुपात्र, योग्यता-अयोग्यता को नहीं देखा जाना चाहिए। कई बार संख्या बल भी मायने रखता है। जो काम कई बार हम जैसे अहिंसा के पुजारियों से नहीं होता उसे ये जाट-गूजर चुटकियों में कर देते हैं। *बंच ऑफ़ थॉट्स* में गुरु गोलवलकर जी ने ऐसे ही नहीं कहा होगा कि हिन्दुओं के हर छोटे-से-छोटे पर्व का खूब प्रचार-प्रसार करो...इन जाट-गूजरों, एससी, एसटी और ओबीसी की बीच की जातियों जैसे कुम्हार, माली, लुहार, नाई, तेली आदि में यह भावना पैदा करो कि वो हिन्दू हैं। देखना भविष्य में एक दिन यही जातियाँ हमारे कैसे

काम आयेंगी। अब ये कैसे हिन्दू हों, यह तय करना हमारा काम है। आप देखते होंगे कि जिन जाट-गूजरों और एससी, एसटी, ओबीसी की औरतों को यह नहीं पता था कि करवा चौथ क्या बला है, आज वे ही छलनियाँ लेकर सबसे अधिक छतों पर खड़ी दिखाई देती हैं।"

"रुद्रपाल जी, यह बात तो आपने सोलह आने सही कही है। इन्हें कट्टर हिन्दू बनाना बहुत जरूरी है। इन्हें सामाजिक सम्मान देकर हिन्दुत्व की ओर आकर्षित करना जरूरी है। भले ही यह सम्मान झूठा या साजिश करके ही क्यों न रचा गया हो।"

"जैन साब, जब तक ये अपने आपको हिन्दू ना समझें, तब तक इन्हें सवर्ण हिन्दुओं से बराबरी का सपना दिखाते रहना चाहिए। लेकिन एक बात का ध्यान रखना है कि ये कभी संगठित ना हो पायें। इसके लिए इनमें एक-दूसरे के विरुद्ध शत्रुता पैदा कर इन्हें अलग-थलग रखना भी जरूरी है। इसके लिए कुम्हार, माली, लुहार, नाई, तेली जैसी कमजोर जातियों में इसका प्रचार अधिक-से-अधिक होना चाहिए कि देखो, पिछड़ों के नाम पर सारी मलाई ये यादव-जाट खा रहे हैं। इसी तरह दलितों में यह प्रचार करना चाहिए कि दलितों के नाम का सारा आरक्षण चमार खा रहे हैं।"

इसके बाद कुछ पल ख़ामोशी छायी रही। इस ख़ामोशी को पारस जैन ने यह पूछते हुए तोड़ा, "रुद्रपाल जी, गोलवलकर जी ने अपनी इस किताब में और क्या-क्या लिखा है? वो क्या है कि मुझे अपने जैन धर्म की *कुन्द कुन्द, समयसार, प्रवचनसार, नियमसार, रयणसार, मूलाचार, अष्ट पाहुड* जैसी पुस्तकें और रचनाएँ पढ़ने के कारण समय नहीं मिलता है। इसलिए थोड़ी जानकारी और दें इस किताब के बारे में...हालाँकि मेरे पास यह किताब रखी हुई है और समय मिलते ही इसे जरूर पढ़ूँगा।"

अपनी जैन धर्म सम्बन्धी पुस्तकों के बारे में तो पारस जैन ने सही कहा है, परन्तु यह उसने सरासर झूठ कहा है कि गोलवलकर की *बंच ऑफ़ थॉट्स* उसके पास रखी हुई है। इस सच्चाई को नगर कार्यवाह रुद्रपाल जानता भी है। लेकिन हिन्दुत्व की रक्षा के लिए अपने ज्ञान और समय का थोड़ा-सा बलिदान उसे स्वीकार्य है। इसलिए वह *बंच ऑफ़ थॉट्स* के कुछ मूल निर्देशों के बारे में बताने लगा, "जैन साब, गुरुजी ने इस पुस्तक में जो लिखा है उसके बारे में

आपको मोटा-मोटी बताता हूँ। गुरुजी ने कहा है कि *हमारा राष्ट्र ध्वज तिरंगा नहीं बल्कि भगवा झण्डा है...सरदार पटेल द्वारा ज़मींदारी प्रथा व राजाओं के राज्यों को ख़त्म करना उनकी भयंकर भूल थी...संसदीय जनतन्त्र भारतीय जन मानस के लिए उचित नहीं है...भारत का संविधान ज़हरीला बीज है...भारत की सरकार एकतन्त्री मेरा मतलब है तानाशाही होनी चाहिए...जब तक ईसाई और मुसलमान हिन्दुत्व स्वीकार नहीं करते, तब तक उनके साथ दुश्मन की तरह बरताव किया जाना चाहिए...सरकारी स्कूल-कॉलेजों में कम-से-कम पढ़ाई हो ताकि वो नाकारा हो जायें...शिक्षा का भगवाकरण किया जाना चाहिए... एससी, एसटी और ओबीसी मोहल्लों में अधिक से अधिक हिन्दू मन्दिर बनाये जायें...जितना हो सके आरक्षण विरोधी प्रचार हो*...और भी ऐसी बहुत सारी बातें लिखी हुई हैं, जिनके बारे में यहाँ बताऊँगा तो पूरी रात निकल जायेगी।"

गुरु गोलवलकर के इस राष्ट्रवादी ग्रन्थ के बारे में बारहवीं फेल रुद्रपाल के ज्ञान को देख, आशियाना के कम्युनिटी हाल अर्थात् किसी समय के प्रेमचन्द सदन, और वर्तमान के तुलसी सदन में जलते बल्बों की रोशनी में शकुनि आर्य को अपनी अनेक परछाइयाँ तैरती हुई दिखाई देने लगीं। सच बात यह है उसने संघ के दूसरे साहित्य की तरह हिन्दुत्व के इस पवित्र ग्रन्थ को आज तक नहीं पढ़ा। बावजूद इसके उसे इसका कोई मलाल या अपराधबोध नहीं है। यह इसलिए कि किस शास्त्र में यह लिखा है कि सब कुछ पढ़ना ज़रूरी है। जब बिना पढ़े हिन्दुत्व की इतनी अच्छी दुकान चल रही है, तब ज़रूरी है इनमें सिर खपाना? यही सोच शकुनि आर्य ने धीरे-से अपना सिर झटक दिया। अब वह अपने आप को काफ़ी हल्का महसूस करने लगा।

"यह बात तो ठीक है रुद्रपाल जी, लेकिन शिवालयवालों को अगर यह पता चल गया कि शकुनि जी मन्दिरों के निर्माण में कुछ हेरा-फेरी कर रहे हैं तब क्या होगा?" पारस जैन ने अपना डर व्यक्त किया।

"तब क्या होगा, ले तेरी कण्ठी ले तेरी माला...मैं चला! पारस जी, इतनी सिरदर्दी के बाद भी आदमी कुछ न कमाये, तो ऐसी फीत का क्या फायदा?" रुद्रपाल ने एक कुटिल मुस्कान बिखेरते हुए कहा।

जिस आशियाना अपार्टमेंट के कम्युनिटी हाल का डिज़ाइन रामप्रसाद सुमन और मख़दूम चिराग़ ने ऐवाने-ग़ालिब के ऑडिटोरियम के नक़्शे पर

तैयार करवाया था; जिसका नाम मुंशीलाल रहबर, रामप्रसाद सुमन और मख़दूम चिराग़ ने मिलकर प्रेमचन्द सदन रखा था, और जो कभी अलग-अलग भाषाओं के मसिजीवियों की नज़्मों, ग़ज़लों व कविताओं से चहचहाता था, उसी हाल में *बंच ऑफ़ थॉट्स* के हवाले से साम्प्रदायिक वैमनस्य और जातिगत भेदभाव फैलाने के मनसूबे तैयार किये जा रहे हैं।

शकुनि आर्य का सारा सन्ताप, सारा नैराश्य और सारी बेचैनी अब पूरी तरह ग़ायब हो गयी।

उस रात रह-रहकर शकुनि आर्य के कानों में इस्माईलपुर नगर टोली के नगर कार्यवाह रुद्रपाल का यह कथन गूँजता रहा—*धर्म अपनी जगह है और धन्धा अपनी जगह है।*

14

एक दिन पहले धुलवाई गयी ग्रे रंग की फुल पैंट को बगुले जैसी उजली शर्ट पर पहन, शकुनि आर्य ने प्लास्टिक बैल्ट को अच्छी तरह कसा। इसके बाद ग्रे मोजों पर काले जूते डाल, उनके फ़ीतों को ठीक से कस सिर पर काली टोपी लगायी। टोपी को शकुनि ने आड़ा-तिरछा होते हुए अलग-अलग कोणों से अलमीरा में जड़े आदमक़द दर्पण में कई बार देखा। जब उसे पूरी तसल्ली हो गयी कि उसने सम्पूर्ण गणवेश धारण कर लिया है, तब अन्त में ड्राइंग रूम के किवाड़ की आड़ में रखे दण्ड अर्थात् संघ के मुख्य अस्त्र लाठी को उठाया और संघ-स्थल की ओर चल दिया। भले ही शकुनि संघ के गणवेश में हुए बदलाव के कारण ग्रे रंग की फुल पैंट में फब रहा है, लेकिन जो धज और ठसक पुराने गणवेश यानी चमड़े की बेल्ट से कसी ढीली-ढाली, और जिसे पहनकर राष्ट्रवाद की जो अनुभूति ख़ाकी निकर में होती है, वह ग्रे रंग की फुल पैंट में नहीं हो रही है। इसलिए वह आज भी ख़ाकी निकर को ही अधिक पसन्द करता है, और जब भी मौक़ा मिलता है उसे पहनकर शाखा में आता है। यह बात अलग है कि जब यह मिनी स्कर्ट यानी ढीली-ढाली निकर बहुमंज़िला सोसाइटीज़ के बग़ल से फड़फड़ाती हुई गुज़रती है, तो आसपास की सभ्य निगाहें नीची होती चली जाती हैं। युवाओं की तो बात एक बार समझ

में आती है, लेकिन जब अधेड़ और बूढ़े निकर आबादी के बीच से गर्व के साथ निकलते हैं, तो एक विचित्र-सी जुगुप्सा पैदा होने लगती है।

पूरे गणवेश के साथ शकुनि जब-जब अपने अपार्टमेंट से निकल, बराबर वाले अपार्टमेंट आशियाना के सामने से गुज़रता, तो वह एक बार सिर उठाकर उस बालकनी की तरफ़ ज़रूर देखता है, जिसमें एक समय मख़दूम चिराग़ गुनगुनी धूप सेंकते हुए अपनी किसी नयी ग़ज़ल और उनके अशआर से कभी ज़ोराज़ोरी, तो कभी मनुहार करते नज़र आते थे। बालकनी के बाहर लगी अलगनी पर जिस दिन चिराग़ साहब के शेरवानी-कुरता सूख रहे होते, उस दिन लगता जैसे उनके नये-नये अशआर हवा के हल्के झोंकों के संग पींगें भर रहे हैं। चिराग़ साहब को जाननेवाले तुरन्त समझ जाते कि ज़रूर उन्हें किसी मुशायरे का बुलावा आया है। लेकिन जबसे आशियाना के प्रेमचन्द सदन में इस्माईलपुर नगर टोली के शिवालय शाखा की बैठकें होने लगी हैं, चिराग़ साहब के बेटे डॉ. मंसूर आलम ने बालकनी को चारों तरफ़ से लोहे की मज़बूत ग्रिल से कवर करवा दिया है। मख़दूम चिराग़ और रामप्रसाद सुमन के गुज़रने के बाद इन दोनों अपार्टमेंट्स के बीच होनेवाले संवादों की जो थोड़ी-सी आब बची हुई थी, वह अब लगभग सूख चुकी है। जहाँ पहले फ़ातिमा कपड़ों को बालकनी में सुखाती थी, वे अब ग्रिल के अन्दर सुखाये जाने लगे हैं।

सुबह का उजास पूरी तरह चारों तरफ़ फ़ैल चुका है। शकुनि आर्य सीधा शिवालय के पीछे मज़ार के निकट आया और आसपास का उसने एक बार फिर से बड़ी बारीकी के साथ मुआयना किया। वह इसलिए ताकि यहाँ बननेवाले मन्दिरों की योजना से ठेकेदार को अच्छी तरह समझा सके। उसने कई बार मज़ार का अलग-अलग कोणों से अवलोकन किया कि किस मन्दिर को कहाँ बनवाने से, इस मज़ार को कितनी ज़ल्दी यहाँ से हटवाया जा सकता है।

दिमाग़ में पूरा नक़्शा बनाने के बाद वह संघ-स्थल पर आ गया। अभी वह संघ-स्थल पर पहुँचा ही था कि सामने से मुख्य शिक्षक भरत प्रसाद ध्वजदण्ड, और उसके सिरे पर लगानेवाले गुरुजी अर्थात् ध्वज के साथ आता हुआ दिखाई दिया। आते ही उसने एक स्वयंसेवक को अपने पास बुलाया। स्वयंसेवक के आने पर उसने उसके बायें हाथ पर पहले से तह किया हुआ

ध्वज रखा और उसे थोड़ा दाहिने जाने के लिए कहा। मुख्य शिक्षक ने पूर्व की तरह पहले ध्वजदण्ड खड़ा किया। इसके बाद उसने दण्ड पर ध्वज को टाँगा और उसे प्रणाम कर पीछे हट गया। इसके बाद शकुनि ने और फिर जैसे-जैसे स्वयंसेवक आते गये, सब एक विशेष मुद्रा में ध्वज को प्रणाम करने लगे। जैसे ही मुख्य शिक्षक को लगा कि शाखा का समय हो गया है उसने तय कार्यक्रम के अनुसार अपनी गतिविधियाँ शुरू कर दीं। इस बीच इस्माईलपुर नगर टोली के नगर कार्यवाह रुद्रपाल, सह नगर कार्यवाह पारस जैन, मण्डल कार्यवाह विजयपाल सिंह सोलंकी, ज़िला कार्यवाह इन्दरजीत तथा विभिन्न विभागों जैसे *प्रचार, व्यवस्था, धर्म जागरण, कुटुम्भ प्रबोधन* और *प्रादेशिक समूह ज़िला टोली* के सदस्य भी शाखा में शामिल हो गये। मुख्य शिक्षक मन-ही-मन सोचता है कि नगर टोली के सारे पदाधिकारी तभी एकत्रित होते हैं, जब किसी गम्भीर विषय पर चर्चा करनी होती है।

अन्त में सुभाषित और गीत के बाद *प्रार्थना* और *भारत माता की जय* के उद्‌घोष के साथ शाखा विसर्जित होती, ज़िला कार्यवाह इन्दरजीत बौद्धिक मण्डल में उपस्थित स्वयंसेवकों को सम्बोधित करते हुए बोला, "मित्रो, आज इस्माईलपुर नगर स्वयंसेवक संघ की कार्यकारिणी के सदस्य एक विशेष प्रयोजन हेतु एकत्रित हुए हैं। आप सभी को बताते हुए प्रसन्नता हो रही है, कि पिछले तेलंगाना के भाग्यनगर में राष्ट्रीय स्वयंसेवक संघ के अखिल भारतीय कार्यकारी मण्डल का अधिवेशन हुआ था। भाग्यनगर का तो आपको पता ही होगा न कि यह किस शहर का नाम है?" इतना कह ज़िला कार्यवाह ने सामने बैठे स्वयंसेवकों से पूछा तो देखा, सब आपस में एक-दूसरे का मुँह ताक रहे हैं। इसके बाद उसने मुख्य शिक्षक भरत प्रसाद की ओर देखा।

जिस तरह ज़िला कार्यवाह ने मुख्य शिक्षक की तरफ़ देखा, मुख्य शिक्षक उसके अभिप्राय को समझ गया। इसलिए मुख्य शिक्षक ने पूरे आत्मविश्वास के साथ उत्तर दिया, "हैदराबाद का ही नाम भाग्यनगर है।"

"सही पकड़े हैं भरत प्रसाद जी। वैसे इसके बारे में एक रहस्य की बात बताऊँ और वो यह, कि संघ समर्थित और हिन्दूवादी विचारधारावाली पार्टी की राज्य इकाई ने यह वादा किया है कि अगर तेलंगाना में उनकी सरकार आती है, तो इस हैदराबाद का नाम बदलकर भाग्यनगर कर दिया जायेगा। संघ

इसके लिए प्रतिबद्ध है कि इस देश में जो भी शहर, नगर-कस्बे मुसलमानों के नाम पर हैं, उन सभी के नाम बदलने के लिए हमारी केन्द्र और उसकी राज्य सरकारों को निर्देश दिया जायेगा। आप सब जानते हैं कि कुछ शहरों के नाम बदलकर हिन्दू नाम कर भी दिये गये हैं। इस क्रम में फैजाबाद का नाम अयोध्या, इलाहाबाद का प्रयागराज, औरंगाबाद का छत्रपति संभाजी नगर किया जा चुका है। जबकि उस्मानाबाद का नाम धाराशिव करने अलीगढ़ का हरिगढ़ तथा और भी कई शहरों के नाम बदलने का प्रस्ताव हमारी लिस्ट में है। आज अगर तेलंगाना में हमारी सरकार होती, तो हैदराबाद का नाम अब तक भाग्यनगर हो चुका होता। हालाँकि संघ तो पहले ही इसे भाग्यनगर मान चुका है। संघ ने यह प्रण लिया है कि भारत में जितने भी मुसलमानों और मुगलों के नाम व प्रतीक हैं, उन्हें जड़ से मिटाकर फिर से इस भारतवर्ष को सोने की चिड़िया बनाना है।"

जिस समय ज़िला कार्यवाह इन्दरजीत जगहों के नाम बदलने की संघ की प्रतिज्ञा दोहरा रहा था, उसके आसपास खड़े और सामने मण्डल में बैठे माँ भारती के सपूतों की आँखों से प्रतिशोध की जैसे चिंगारियाँ फूट रही थीं।

इससे पहले कि ज़िला कार्यवाह, संघ द्वारा इस देश को हिन्दू राष्ट्र बनाने के प्रण, प्रतिज्ञा, वचन, संकल्प आदि-आदि को और धार देता, शकुनि आर्य तेज़ी से आगे आया और मुट्ठी तानते हुए बोला, "इसलिए जगह-जगह मजारों के नाम पर ये जो कब्रें बनी हुई हैं, उन्हें भी बाबरी मस्जिद की तरह ध्वस्त करना जरूरी है। आखिर हम हिन्दुओं के देवी-देवताओं के विग्रहों और मन्दिरों के बीच ये कब्रें क्यों रहें! इन्हें इसलिए भी ध्वस्त करना आवश्यक है ताकि भविष्य में और बाबरी मस्जिद न बन पायें!"

शकुनि ने एकदम साफ़-साफ़ कह दिया कि उसका इशारा मज़ारों के नाम पर बनी किस क़ब्र की ओर है। उसके इस इशारे को वहाँ मौजूद राष्ट्रभक्त नहीं समझे होंगे, ऐसा नहीं है।

"...तो मैं कह रहा था कि इस अधिवेशन में कई विशेष और जरूरी मुद्दों पर चर्चा हुई। विशेषकर देश के विभिन्न राज्यों में जिहादी साम्प्रदायिकता से पैदा हुई हिंसा पर गम्भीर चिन्ता व्यक्त की गयी। उदाहरण के लिए गत कुछ वर्षों में पश्चिम बंगाल, तमिलनाडु और कर्नाटक जैसे राज्यों में जिहादी

तत्त्वों द्वारा की गयी क्रूर साम्प्रदायिक हिंसा की कठोर निन्दा की गयी। पिछले विधानसभा चुनावों के बाद पश्चिम बंगाल और केरल में हिन्दुओं के विरुद्ध साम्प्रदायिक हिंसा की घटनाओं में भयावह वृद्धि हुई है। इन घटनाओं के चलते अनेक गाँवों में हिन्दुओं की सम्पत्ति को नष्ट किये जाने, मन्दिरों और मूर्तियों को भ्रष्ट करने के परिणामस्वरूप हिन्दू समाज पलायन पर विवश हो रहा है। और तो और देश की राजधानी दिल्ली से सटे मुस्लिम बाहुल्य क्षेत्र मेवात से भी ऐसी ही घटनाओं की खबरें आ रही हैं। वहाँ भी जिहादियों ने हिन्दुओं, विशेषकर वहाँ के अपने दलित भाइयों का जीना दुश्वार किया हुआ है।"

अपने गाँव रसूलपुर से सटे मेवात का नाम सुन राजू के कान खड़े हो गये। उसने अपने मालिक और इस्माईलपुर नगर टोली के शाखा कार्यवाह अर्थात् अपने मालिक शकुनि आर्य की ओर इस तरह देखा कि उसने आज तक क्यों नहीं उसे इस बारे में बताया। सबसे अधिक आश्चर्य तो पारस जैन और विजयपाल सोलंकी को हो रहा है, कि शकुनि आर्य के मूल इलाक़े के आसपास इतना कुछ हो रहा है, और यह हिन्दुओं को यहाँ संगठित करने में लगा हुआ है। एक बार यह उन्हें बताता तो सही। अगर ये सब माँ भारती के सपूत पूरे मेवात को अब तक भस्म नहीं कर देते, तो उनका नाम पारस जैन और विजयपाल सोलंकी नहीं। राजू को हैरानी हुई कि उनके गाँव रसूलपुर से कुछ किलोमीटर दूर शुरू होनेवाले मेवात में हिन्दुओं की सम्पत्ति नष्ट हो गयी, मन्दिरों और मूर्तियों को भ्रष्ट किया जा रहा है, अपने दलित भाइयों का जीना दुश्वार किया हुआ पड़ा हुआ है। और उसे इसका पता तक नहीं। हालाँकि जब से उसे नया मोबाइल मिला है, वह कई बार उधर अपने ननिहाल में बात कर चुका है, किन्तु वहाँ से भी किसी ने उसे यह बात नहीं बतायी! इसके बाद राजू को कुछ सुनाई नहीं दिया। बस, उसके कानों में अपने ननिहाल के बच्चों और स्त्रियों की चीख़ सुनाई देती रही।

"...भाग्यनगर में अखिल भारतीय कार्यकारी मण्डल ने और भी बहुत सारे मुद्दों को उठाया। उन पर चिन्ता प्रकट करते हुए, एक रोड मैप तैयार किया है और सारी शाखाओं का इस पर अमल करने का आह्वान किया गया। वह रोड मैप क्या है, उसके बारे में आपको विस्तार से रुद्रपाल जी बतायेंगे। आइए रुद्रपाल जी!"

इतना कह ज़िला कार्यवाह इन्दरजीत एक तरफ़ हट गया। अब नगर कार्यवाह रुद्रपाल आगे आ गया। उसने हाथ में लिए काग़ज़ के पुर्ज़े को खोला, और फिर ज़िला कार्यवाह की तरह उसमें से देख-देखकर पढ़ते हुए बोलने लगा, "संघ ने केरल में मार्क्सवादी कम्युनिस्ट पार्टी द्वारा आरएसएस और अन्य विरोधियों के विरुद्ध बढ़ती हिंसा की कठोर शब्दों में निन्दा की है। पिछले सत्तर सालों से कम्युनिस्ट पार्टी, केरल में संघ की लगातार बढ़ती लोकप्रियता से हताश होकर हमारी शाखाओं व राष्ट्रभक्तों पर अकारण नृशंस आक्रमण कर आरएसएस को समाप्त करने के निष्फल प्रयासों में जुटी हुई है। हम सब जानते हैं कि मार्क्सवाद और इसके कम्युनिस्ट अपनी मूल प्रवृत्ति से असहिष्णु होते हैं। इसलिए केरल में पिछले सात दशकों में इन रक्त पिपासु मार्क्सवादी कम्युनिस्टों ने ढाई सौ से अधिक संघ के स्वयंसेवकों और कार्यकर्ताओं की हत्याएँ ही नहीं की हैं, बल्कि भारी संख्या में हमारे स्त्री-पुरुषों को गम्भीर चोटें पहुँचाकर उन्हें अक्षम बनाया है। उन्हें अपंग बनाया है।"

जिस समय रुद्रपाल केरल के कम्युनिस्टों की क्रूरता का वर्णन कर रहा था, राजू को एकाएक याद आया कि एक बार अपने मालिक शकुनि आर्य के पिता लाला अमरचन्द आर्य की पुण्यतिथि के अवसर पर एक समाचार-पत्र में विज्ञापन प्रकाशित हुआ था। उसी दिन शाखा में मुख्य शिक्षक भरत प्रसाद के मुँह से उसने मुसलमानों और ईसाइयों के साथ यह कम्युनिस्ट शब्द सुना था। सुना ही नहीं था बल्कि रुद्रपाल ने तो यहाँ तक कहा था, कि गोलवलकर ने कभी कहा था कि हम हिन्दुओं को अपनी ताक़त मुसलमानों, ईसाइयों और कम्युनिस्टों से लड़ने के लिए बचाकर रखनी चाहिए। मुसलमान, ईसाई तो उसने पहले से सुना है लेकिन ये कम्युनिस्ट कौन होते हैं? अगर होते हैं तो क्या ये इतने क्रूर होते हैं कि ये पिछले सत्तर सालों से किसी को भी मारते आ रहे हैं? क्या सचमुच कम्युनिस्ट इतने बेरहम होते हैं कि उनकी चर्चा इस इस्माईलपुर नगर टोली के शिवालय मण्डल की शाखा तक में होती है?

एकाएक राजू की तन्द्रा भंग हुई। उसने देखा एक बार फिर से ज़िला कार्यवाह इन्दरजीत ने बागडोर अपने हाथ में ले ली।

"हम सब जानते हैं कि संघ अपनी सहज प्रवृत्ति अर्थात् *सभी से मित्रता, द्वेष किसी से नहीं* के ध्येय को लेकर समाज के विभिन्न वर्गों में सौहार्द,

एकजुटता एवं एकता स्थापित करने में संलग्न है। सभी प्रकार के मतभेद होते हुए भी, संघ ने केरल में शान्तिपूर्ण वातावरण निर्माण करने के सदैव प्रामाणिक प्रयास किये हैं। परन्तु दुर्भाग्य से ये कम्युनिस्ट अपनी सोच के अनुरूप विवेकरहित हिंसा में निरन्तर लगे हुए हैं। ऐसे कई उदाहरण हैं। जैसे भारतीय मजदूर संघ के एक नेता की उनके घर में उनकी पत्नी के सामने क्रूरतापूर्वक हत्या कर दी गयी। इसी तरह एक स्वयंसेवक जब अपनी गर्भवती बहन के लिए दवाई लेने जा रहा था, तब दिनदहाड़े उसी के घर के सामने उसे मौत के घाट उतार दिया गया था। कम्युनिस्टों की हिंसक एवं बर्बर असहिष्णुता के ये एकदम नवीनतम उदाहरण हैं। यह घोर विडम्बना है कि कम्युनिस्टों के हिंसा के शिकार अधिकतर गरीब, पिछड़े, दलित तथा अल्पसंख्यक वर्गों के लोग ही होते हैं।"

इस बार राजू की नसें यह सोचकर तड़कने लगीं कि ये कम्युनिस्ट तो वाक़ई बहुत क्रूर होते हैं कि औरतों, बच्चों के साथ-साथ ये ग़रीब, पिछड़े, दलित और अल्पसंख्यक वर्गों के लोगों की हत्या करते हैं। यानी ये उसके जैसे हरिजनों और ग़रीबों को भी नहीं छोड़ते हैं। सही कहा था मुख्य शिक्षक भरत प्रसाद ने एक दिन कि मुझे अगर कहीं यह कम्युनिस्ट दिखाई पड़ जाये, तो मैं उसका पेट फाड़ दूँ। राजू ने एक बार फिर से तय कर लिया कि वह इस कम्युनिस्ट नाम की जाति या उसके किसी आदमी को अब ढूँढ़कर ही रहेगा, और उससे पूछेगा कि ऐसा नृशंस और घृणित कार्य वह क्यों करता है?

"...एक और बात कि केरल में जब-जब कम्युनिस्टों की सरकार आयी है, इसके लोगों ने संघ की शाखाओं और उसके कार्यकर्ताओं को आतंकित करने के लिए उनकी खड़ी फसलों और मकानों को नष्ट किया है। भाग्यनगर में अखिल भारतीय कार्यकारी मण्डल ने केन्द्र सरकार और केरल सरकार से कहा है कि केरल में संघ और उसके कार्यकर्ताओं के प्रति बढ़ती हिंसा को रोका जाये। इसके साथ ही माँ भारती के उपासकों से भी अपील है कि वे कम्युनिस्टों की इस बढ़ती अराजकता के विरुद्ध अपने विभिन्न मंचों से आवाज़ उठायें। इसी के साथ मैं अपनी बात समाप्त करता हूँ—वन्दे भारत!"

ज़िला कार्यवाह के बाद एक बार फिर से रुद्रपाल आगे आया।

"आप सबको एक और आवश्यक सूचना देनी है और वो यह कि इस साल भी परम पूजनीय श्री गुरुजी एवं पूजनीय बाला साहेब देवरस के बौद्धिक वर्गों पर आधारित संघ उत्सव के अन्तर्गत *विजयदशमी महोत्सव, मकर संक्रमण महोत्सव, वर्ष-प्रतिपदा महोत्सव, हिन्दूसाम्राज्य दिनोत्सव, गुरु पूर्णिमा महोत्सव* और *रक्षाबन्धन महोत्सव* मनाने का निर्णय लिया गया। इसके अतिरिक्त यह निर्देश भी मिला है कि इस साल चैत्र शुक्ल प्रतिपदा से शुरू होनेवाले विक्रम संवत् के पहले दिन, यानी हिन्दू नववर्ष अर्थात् वर्ष-प्रतिपदा को *भगवा दिवस* के रूप में मनाया जाये। इस उपलक्ष्य में हर शाखा से यह निवेदन है कि वह इस दिन अपनी शाखा के अलावा अपने मोहल्ले, हाउसिंग सोसाइटी और अपार्टमेंट में भगवा दिवस के दिन कुछ-न-कुछ कार्यक्रम आयोजित करे! इस जरूरी सूचना के साथ भरत प्रसाद जी से निवेदन है कि अब वे आज की शाखा विकिर की प्रक्रिया पूरी करें, क्योंकि हम सभी को एक आवश्यक बैठक में भी जाना है।"

इसके बाद एक-एक सारे पदाधिकारियों ने अपनी चिर-परिचित मुद्रा में शान्त भाव से खड़े गुरुजी अर्थात् दण्ड पर विराजे ध्वज को प्रणाम किया तथा संघ-स्थल से प्रस्थान कर गये। उनके जाने के बाद मुख्य शिक्षक ने आज न तो किसी से सुभाषित बुलवाई और न शाखा-गीत गवाया। सीधे प्रार्थना के बाद *भारत माता की जय* के उद्घोष के साथ शाखा विसर्जित हो गयी।

15

इस बीच शकुनि आर्य ने अपनी सोसाइटी के सचिव से उस ठेकेदार का नम्बर ले लिया, जिसने हाल में उनकी सोसाइटी में भव्य राम मन्दिर का निर्माण किया था। नम्बर मिलते ही शकुनि ने उसे फोन किया और अगले दिन सुबह नौ बजे शिवालय में ही बुलवा लिया। ताकि इस्माईलपुर के जो कुलदेवी-देवता अस्थायी मढ़ियों और बरगद-पीपलों की जड़ों में पड़े हुए हैं, उनके बननेवाले विग्रहों के लिए उसे जगह दिखाकर, उससे एस्टीमेट बनाने के लिए कह दे।

अगले दिन शाखा विकिर के बाद शकुनि ने ठेकेदार को याद दिलाते हुए पूछा कि वह शिवालय कब पहुँच रहा है? ठेकेदार ने कहा कि उसने पहले से

जो समय बताया है, यानी ठीक नौ बजे वह पहुँच जायेगा। शाखा के बाद घर लौटने से पहले शिवालय प्रबन्धक समिति के दूसरे सदस्यों को भी शकुनि ने सूचित कर दिया कि जिसे आना हो वह नौ बजे शिवालय पहुँच जाये। हालाँकि समिति के कई बुज़ुर्ग सदस्यों को तो शिवालय में ही पण्डित लखमीचन्द की रागनियों पर हुक़्क़ा गुड़गुड़ाते हुए देखा जा सकता है। इसलिए इनमें से एकाध भी मौक़े पर पहुँच गया तो काम चल जायेगा।

नाश्ता-पानी कर शकुनि आर्य एक डायरी और साथ में पारस जैन को लेकर नौ बजने से पहले शिवालय पहुँच गया। ठेकेदार भी समय का पाबन्द निकला वह भी ठीक नौ बजे बतायी गयी जगह पर शिवालय पहुँच गया।

ठेकेदार के पहुँचने पर पण्डित लखमीचन्द की रागनी को बीच में रोक, एक बरगद के नीचे हुक़्क़ा गुड़गुड़ा रहे लोगों से ठेकेदार का परिचय कराते हुए शकुनि बोला, "ताऊ रिसाल, इस ठेकेदार को बुलाया है।"

बिना किसी भूमिका के शकुनि ने ताऊ रिसाल अर्थात् रिसाल सिंह के बहाने सारे हुक़्क़ों से परिचय कराया।

"किसा काम करै है भाई?" रिसाल सिंह ने भी उसी अन्दाज़ में ठेकेदार से पूछा।

"हमारी सोसाइटी का जो राम मन्दिर है न, उसे इसी ने बनाया है। आप चाहो तो किसी दिन उसे जाकर देख आओ।" शकुनि ने संक्षेप में जैसा परिचय ठेकदार का कराना था, करा दिया।

"फिर तो अच्छा ही काम करता होगा!"

"मैंने इसे सब समझा दिया है कि काम सस्ता और बढ़िया होना चाहिए। इसलिए अच्छा रहेगा आप भी थोड़ा मजार की तरफ चल दो!" शकुनि ने आग्रह किया।

"मेरे यार लाला जी, जब तैने तसल्ली कर ली है तो म्हारी वहाँ जाण की कै जरूरत है। वैसे यहाँ कोई अजुध्या का मन्दिर तो बणना ना है जो हम सब चालाँ। इसा है अपने हिसाब खुदी जाके बता दे!" इतना कह रिसाल सिंह ने पहले हुक़्क़े का लम्बा घूँट खींचा, और फिर बग़ल में बैठे दूसरे बुज़ुर्ग से बोला, "धनीराम, तो फैर लखमी कै बोल्या?"

रिसाल सिंह के इस आग्रह पर धनीराम ने फिर से मोबाइल चालू कर उसका वॉल्यूम बढ़ा दिया। इधर शकुनि आर्य ठेकेदार को साथ ले शिवालय

के पीछे बनी मज़ार की ओर बढ़ गया, और उधर पण्डित लखमीचन्द द्वारा रचित *हरिश्चन्द्र तारामती* सांग की ये पंक्तियाँ वातावरण में गूँजने लगीं–

बेटे आळा किला टूटग्या
टूटी पड़ी किवाड़ी रहगी
चीर नै लेकै राजा चल दिया

राणी नगन उघाड़ी रहगी
राणी धोरै ते टळती बरियाँ
ढह पड़या होता सँभळती बरियाँ

लिकड़ियो बेसक जळती बरियाँ
पेड़ में गडी कुल्हाड़ी रहगी।

जैसे-जैसे *हरिश्चन्द्र तारामती* का क़िस्सा आगे बढ़ता गया, वैसे-वैसे बरगद के नीचे हुक़्क़े गुड़गुड़ाती बूढ़ी आँखें नम होती चली गयीं। किसी को पता ही नहीं चला कि कुछ देर पहले ताज़ा की गयी जिस चिलम से गुड़ेले धुएँ के गुबार कपासी बादलों से हवा में उड़ रहे थे, वह चिलम कब की ठण्डी पड़ चुकी है। सर्पदंश से हुई बेटे रोहिताश्व की मृत्यु के बाद एक तरफ़ खड़ा सत्यवादी हरिश्चन्द्र अपने उसूलों से बिल्कुल समझौता करने को राज़ी नहीं है। बेबस माँ तारामती बेटे की अन्तिम क्रिया के लिए तन पर लिपटी अपनी धोती को फाड़कर अन्ततः श्मशान का कर देने को तैयार हो गयी।

कुछ देर बाद शिवालय प्रबन्धक समिति का सचिव व ख़ज़ांची शकुनि आर्य और ठेकेदार दोनों वापस आ गये।

"ताऊ, मैंने शिवालय के पीछे मजार के आसपास की सारी जगह ठेकेदार को दिखा दी है।"

"हाँ भई ठेकेदार जगह अच्छी तरह देख ली है न?" ताऊ ने पूछा।

"हाँ जी। पर जैसे मन्दिर आर्य साहब बनवाने के लिए कह रहे हैं, उसमें एक अड़चन आ रही है और वो यह कि मजार बीच में आ रही है।" ठेकेदार ने इस अन्दाज़ में कहा जैसे यह कोई बड़ी भारी अड़चन है।

"बीच में आ रही है तो आण दे...म्हारा कै बिगाड़ लेगी! अरे, जैसे म्हारे दई-देवता रहेंगे वैसे ही बिचारा यो पीर भी इनके बीच पड़ा रहेगा...तू या मजार

की फिकर मती कर, इसके पीर तै तो हम निपट लेंगा...तू तो यो बता कि इसमें कितना खरचा-पाणी आ जायेगा?" ताऊ रिसाल सिंह ने चुटकी में ठेकेदार की अड़चन का समाधान करते हुए कहा।

"इसका एस्टीमेट बनाकर मैं एक-दो दिन में आर्य साहब को दे दूँगा।"

"ठीक है।" इतना कह ताऊ रिसाल सिंह एक बार फिर से धनीराम की ओर पलटा, "धनीराम, मेरे यार चलते-चलते पंड्डत लखमीचन्द की बस एक रागणी और सुणवा दे!"

इतना सुन धनीराम के पोर मोबाइल की स्क्रीन पर सरसराने लगे। जैसे ही वे रुके यह रागनी चल पड़ी–

शेर-सूरमा कदे ना छेड़ें घर पे आए नै
नार-नागनी कदे न बख्शें मौके पे थ्याए नै
करे स्यान पे बीर थूक दें, गुण औगण गाए नै
सब तै खोट्टी तिरिया हो सै काट गरै ब्याहे नै
आप्पे खाले अपणे जाए या नाग लुगाई हो सै।

शिवालय का प्रांगण देर तक बरगद के नीचे गुड़गुड़ाते हुक्के की चिलम से उठते धुएँ के संग, पण्डित लखमीचन्द की रागनियों और सांगों से गूँजता रहा। किसी ने इस पर ध्यान ही नहीं दिया कि शकुनि आर्य और ठेकेदार कब वहाँ से चले गये।

शिवालय प्रबन्धक समिति सचिव शकुनि आर्य और ठेकेदार अब शिवालय से काफ़ी दूर निकल आये हैं। रास्ते में एक जगह थोड़ा रुकते हुए शकुनि बोला, "ठेकेदार, कब तक एस्टीमेट बन जायेगा?"

"एस्टीमेट, वह तो मैंने तभी बना लिया था, जब आपने पहली बार मुझसे इस काम के बारे में कहा था।"

"कितने का बना है?"

"आप बताओ कितना बनाना है?" ठेकेदार ने शकुनि की मंशा भाँपते हुए पूछा।

"देख, अपना मुनाफा छोड़ना मत और मेरा कमीशन भूलना मत।" शकुनि ने एकदम स्पष्ट शब्दों में कह दिया।

"आपका कितना बनेगा?"

"पूरी लागत का कम-से-कम दस फीसद तो होना चाहिए...और हाँ, साथ में काम पर मेरा एक आदमी रखना पड़ेगा तुझे!"

"आदमियों की तो मुझे वैसे भी जरूरत पड़ेगी। इसकी टेंशन मत ले।" फिर कुछ याद करते हुए ठेकेदार बोला, "कैसा आदमी है? किस काम पर रखना है?"

"रात में चौकीदारी पर रख ले तो ठीक रहेगा।"

"वैसे है कौन?"

"हरिजन है। मेरे साथ गाँव से आया था कभी। वफादार बच्चा है। मेरी दुकान पर ही काम करता है। सोचा इसके भी दो पैसे बन जायेंगे, इसलिए कहा।"

"वैसे इसे दिहाड़ी पर रखना है या काम खत्म होने पर इकट्ठा दे दूँ?"

"यह तुझे देखना है। तू तो बस मेरे हिस्से का ध्यान रखना!"

"ठीक है। अब मुझे उसी हिसाब से एस्टीमेट बनाना होगा।" अचानक ठेकेदार को जैसे याद आ गया, "अच्छा यह तो बताओ आर्य साहब कि पेमेंट का क्या हिसाब रहेगा? मेरा मतलब है, कुछ एडवांस वगैरा तो मिलेगा न?"

"पेमेंट की चिन्ता मत कर। तेरे सामने शिवालय प्रबन्धक समिति का खजाची खड़ा है! जब इस्माईलपुर के जाटों ने सब मेरे ऊपर छोड़ रखा है, तो घबराने की कोई बात नहीं है।" फिर शकुनि हल्के से मुस्कराया और कुटिलता के साथ बोला, "ठेकेदार, कभी-कभी भरोसे और जान-पहचान का भी फायदा उठाना चाहिए। देख, मैं ठहरा निरा बनिया और बनिए के बारे में यह मशहूर है कि *बनिया मारे जान, चोर मारे अंजान*। मतलब इसका यह है कि बनिया अपने जानकार को ही सबसे अधिक ठगता है। जबकि चोर के बारे में यह कहा गया है कि चोर सारा भेद लेकर ही चोरी करता है।"

ठेकेदार समझ गया कि समान नीयतवालों में ही धन्धा पनपता है। समान सोच और विचारवालों के साथ मिलकर काम करने से ही धन्धे में बरकत होती है।

भोले की मज़ार।

भला यह भी कोई नाम हुआ? यह कैसे हो सकता है कि जब इस्माईलपुर तो क्या दूर-दूर तक न कोई मुस्लिम आबादी है, न कोई मुस्लिम परिवार,

फिर यहाँ मज़ार कैसे बन गयी? और किसी बुज़ुर्ग से पूछो तो उसका भी यही कहना होता है कि जब से उसने होश सँभाला है, वह इस मज़ार को देखता आ रहा है। बल्कि कुछ का तो यहाँ तक कहना है कि वे इस मज़ार के बारे में अपने बुज़ुर्गों से सुनते आ रहे हैं। इन्हें तो यह भी नहीं मालूम कि इस मज़ार का असली नाम क्या है? शायद शिवालय के पास होने के कारण यहाँ के लोग इसे भोले की मज़ार के नाम से पुकारते होंगे।

जहाँ तक इस्लाम में मज़ार का प्रश्न है, या क़ुरआन और हदीस में इसका क्या हुक्म है? तो यहाँ साफ़ कहा गया है कि हमारी दुआओं को अल्लाह के सिवाय कोई क़ुबूल करनेवाला नहीं। बस, अल्लाह ही हमारा मअबूद यानी सर्वेसर्वा है। बावजूद इसके कुछ नाशुक्रे लोग अल्लाह को भूलकर उनके बनाये हुए इन्सानों से फ़रियाद करते हैं, और उनसे भी अपनी मनोकामना बयान करते हैं जो क़ब्र के अन्दर दफ़न हैं। इतना ही नहीं कुछ तो मज़ार पर जाकर रोशनी तक करते हैं, उस पर सजदा करने के बाद मन्नतें माँगते हैं। उनके सामने झोली फैलाकर ऐसे फ़रियाद करते हैं जैसे वही अल्लाह हो। इतना ही नहीं, अगर किसी की मन्नत पूरी हो जाये, तो इस सूरत में वे मज़ार पर चादर भी चढ़ाते हैं। सच्चाई तो यह है कि अल्लाह के सिवाय कोई नफ़ा या नुक़सान पहुँचानेवाला नहीं है। अल्लाह के सिवाय ये जिन लोगों को पुकारते हैं वे कोई चीज़ भी तो पैदा नहीं कर सकते बल्कि ख़ुद पैदा की गयी बेजान लाशें हैं। जो क़ब्रों में हैं, बेशक वे औलिया हों, पीर हों या पैगम्बर हों, ये सब हमारी तरह ही दुनिया के एक हिस्सा हैं जिन्हें अल्लाह ने पैदा किया।

अब सवाल यह है कि जब सब अल्लाह के पैदा किये हुए हैं, तो जंगली झाड़ों से ढकी मज़ार के चारों तरफ़ चढ़ाई गयी चादरों के रूप में छोटे-छोटे हरे टुकड़ों के बीच यह मज़ार यहाँ कैसे आयी, किसने इसे तामीर कराया? सजदे में झुकी टहनियों पर झूलते हरे चीथड़ों से ढका आख़िर यह किस औलिया का ख़ानक़ाह है, या किस जमाअतख़ाने के ख़लीफ़ा यहाँ आराम फ़रमा रहे हैं। यह किस दरवेश, किस फ़क़ीर या किस पीर अथवा पैगम्बर की मज़ार है? जब से शिवालय परिसर में इस्माईलपुर नगर टोली के शिवालय मण्डल की शाखा अर्थात् माँ भारती के सपूतों का यहाँ दैनिक मिलन होने लगा है, तब से रह-रहकर सबके भीतर यह जिज्ञासा कुलबुलाती रहती है।

प्राचीन शिवालय के पीछे फैला वही छोटा-सा जंगल जो एक समय इस्माईलपुर ही नहीं, आसपास के गाँवों के लिए भी जंगल कहलाता था, उसके किनारे भोले की मज़ार में न जाने कौन-सा दरवेश या पीर चिर निद्रा में लीन है, जिस पर गाँववासियों का ताँता लगा रहता है। इतना ही नहीं पुराने दरख़्तों और दूसरे पेड़ों के साथ, घनी लताओं से लदे झाड़-झंखाड़ों के बीच बनी इस मज़ार पर हर साल दीवाली पर इसकी सफ़ेदी तो कराई जाती ही है, बल्कि इस दिन इस पर दीये चढ़ाये जलानेवालों का भी आना-जाना लगा रहता। हर सोमवार को श्रद्धालुओं द्वारा शिवालय स्थित शिवलिंग पर चढ़ाये गये जल में से बचा जल तो चढ़ाया जाता ही है।

इस तरह शिवालय के पीछे इसी भोले की मज़ार के पास दूर तक झाड़-झंखाड़ों को साफ़ कर स्थानीय देवी-देवताओं के विग्रहों अर्थात् मन्दिरों का निर्माण कार्य शुरू हो गया। बल्कि कुछ समय बाद यहाँ का दृश्य और भी मनोरम हो गया। जिसे अभी तक अधिकतर श्रद्धालु केवल किसी पीर या दरवेश की क़ब्र यानी मज़ार समझे हुए थे, वह अब मानो स्थानीय हिन्दू देवी-देवताओं के कुल का हिस्सा बन गया। पहले तो श्रद्धालु शिवालय परिसर में बने देवी-देवताओं की पूजा करके चले जाते थे, लेकिन अब जो भी इन नये मन्दिरों में आता, वह बिना मज़ार के दर्शन किये नहीं लौटता। इसका नतीजा यह हुआ कि इन नव निर्मित विग्रहों के साथ भोले की मज़ार की लोकप्रियता भी तेज़ी से बढ़ने लगी। हैरानी तो शकुनि आर्य सहित इस्माईलपुर नगर टोली के शिवालय मण्डल की शाखा के अन्य स्वयंसेवकों को उस दिन हुई, जब उन्होंने देखा कि मज़ार के चारों तरफ़ लोहे की रेलिंग लगवा दी गयी है। शकुनि ने पता किया तो मालूम हुआ कि यह कृत्य चौधरी रिसाल सिंह का किया हुआ है। इसके बाद शकुनि तो शकुनि पूरी इस्माईलपुर नगर टोली के जिस्म में यह सोचकर आग लगती चली गयी, कि ऐसे तो बन लिया यह देश हिन्दू राष्ट्र।

इधर जैसे-जैसे भोले की मज़ार पर श्रद्धालुओं की संख्या में वृद्धि होने लगी, इस्माईलपुर नगर टोली के शिवालय मण्डल की शाखा के शाखा कार्यवाह, नगर कार्यवाह, सह नगर कार्यवाह और मण्डल कार्यवाह की चिन्ताएँ बढ़नी शुरू हो गयीं। मज़ार के आसपास इन स्थानीय हिन्दू देवी-देवताओं के विग्रहों

का निर्माण कराया तो गया था इसलिए, कि दूसरे बड़े आराध्यों की तरह इनके भी सिर पर छत हो जायेगी, मगर हो कुछ और गया। इससे तो अच्छा था इन विग्रहों को बनवाने का सुझाव ही नहीं दिया जाता। कम-से-कम यह मज़ार में यह दरवेश, फ़क़ीर, पीर अथवा पैगम्बर जो भी है, इन झाड़-झंखाड़ों में पड़ा ऊँघता तो रहता। कहने का तात्पर्य यह है कि इन स्थानीय हिन्दू देवी-देवताओं के दिन फिरे हों या नहीं, लेकिन भोले की मज़ार के दिन ज़रूर फिर गये।

इसी चिन्ता और तनाव के चलते शकुनि आर्य का जो रक्तचाप इससे पहले काफ़ी हद तक नियन्त्रण में आया हुआ था, वह फिर से बढ़ने लगा। हालाँकि शरीर भारी होने के कारण उच्च रक्तचाप और मधुमेह तो उसे पहले से था, लेकिन इस तनाव ने उसे फिर से बढ़ाना शुरू कर दिया। बल्कि अब तो मल त्यागते और बैठते समय भी परेशानी होने लगी है। कहीं यह मूलव्याधि के लक्षण तो नहीं हैं? क्योंकि इन दिनों जब से मज़ार के इर्द-गिर्द नये मन्दिरों का निर्माण हुआ है उसे क़ब्ज़, गैस और पाचन सम्बन्धी समस्याएँ होने लगी हैं। डॉक्टर को दिखाया तो शकुनि की आशंका एकदम सही निकली। क्योंकि यह सचमुच मूलव्याधि अर्थात् बवासीर ही है। वह भी बादी बवासीर।

16

शकुनि आर्य ने तय कर लिया कि अब ऐसे नहीं चलेगा। इस मज़ार जिहाद को हरगिज़ रोकना होगा। हालाँकि पिछले कई दिनों से मूलव्याधि के चलते उसे उठने-बैठने में काफ़ी मुश्किल हो रही है। गुदा से ख़ून रिसने के कारण अंडरवियर का पिछला हिस्सा तक भीग जाता है। लेकिन मूलव्याधि, बवासीर या कहिए पाइल्स से अधिक ज़रूरी है इस लैंड जिहाद को रोकना। बवासीर का क्या है उसका तो इलाज़ सम्भव है और कभी भी हो जायेगा, परन्तु इस जिहाद का इलाज़ इतना आसान नहीं है। बवासीर उसके राष्ट्रवाद से बड़ा नहीं है। यदि इस जिहाद को समय रहते नहीं रोका गया तो इसे भगन्दर बनने में देर नहीं लगेगी। शकुनि की बेचैनी अब तेज़ी से बढ़ने लगी। यह बेचैनी तब और बढ़ गयी जब एक दिन माँ भारती के एक सपूत ने यह दुःखद सूचना दी कि, शिवालय के बाहर अब तो वीरवार अर्थात् जुम्मेरात के दिन

मज़ार पर चढ़ाई जानेवाली भिन्न आकार की चादरों के साथ अगरबत्ती और प्रसाद की छोटी-छोटी दुकानें भी लगने लगी हैं। शकुनि समझ गया कि अब इस मज़ार के दरगाह बनने में देर नहीं लगेगी।

उसने समय देखा। अभी दो बजे हैं। उसने उसी समय रुद्रपाल, पारस जैन, विजयपाल सोलंकी, भरत प्रसाद को एक-एक कर मोबाइल से सम्पर्क किया और एक ज़रूरी मीटिंग का हवाला दे, शाम को आशियाना के तुलसी सदन में मिलने को कहा। साथ में उसने यह सोचकर कि पता नहीं राजू की वहाँ क्या ज़रूरत पड़ जाये, उसे भी तुलसी सदन आने के लिए कह दिया।

नगर टोली के सारे पदाधिकारी दिये गये समय पर तुलसी सदन पहुँच गये।

"शकुनि जी, ऐसी क्या आफत आ गयी जो यह अर्जेंट मीटिंग बुलायी है?" शुरुआत नगर कार्यवाह रुद्रपाल ने की।

"रुद्रपाल जी, इस देश को इस्लामिक राष्ट्र बनने से अब कोई शक्ति नहीं बचा सकती!"

शकुनि ने जितनी गम्भीरता के साथ कहा, उससे एक पल के लिए सबको लगा अवश्य ही शकुनि आर्य को किसी विश्वसनीय सूत्र से यह इनपुट मिला है। फिर भी अपनी आशंका के निवारण के लिए मुख्य शिक्षक भरत प्रसाद ने सीधे ही पूछ लिया, "ऐसा आप किस आधार पर कह रहे हैं?"

"भरत जी, मेरी आँखें जो देख रही हैं उसके लिए किसी आधार की आवश्यकता नहीं है। आपने कभी शिवालय के आसपास बढ़ती गतिविधियों पर ध्यान दिया है?"

"हम सब प्रतिदिन आपकी तरह शाखा में आ रहे हैं लेकिन हमें तो कुछ ऐसा नजर नहीं आया।" मुख्य शिक्षक के बजाय सह नगर कार्यवाह पारस जैन ने मौजूद सारे लोगों की ओर देखा।

"पारस जी सही कह रहे हैं। ऐसा तो कुछ नहीं है। हाँ, आपने जो नये मन्दिर बनवाये थे, वहाँ चहल-पहल जरूर बढ़ गयी है।"

"रुद्रपाल जी, यही मुझसे गलती हो गयी। मुझे यह नये मन्दिरोंवाला पंगा मोल ही नहीं लेना था। असली जड़ तो ये मन्दिर हैं!"

जिस निराशाभरे भाव के साथ शकुनि ने कहा, सब एक-दूसरे की आँखों में देखने लगे कि किसी भी काम को करने से पहले सौ बार सोचनेवाला

आदमी क्या कह रहा है? इसके बाद शकुनि आर्य ने सभी को अपनी चिन्ता और डर से परिचित कराया, तो कुछ क्षणों के लिए तुलसी सदन में ख़ामोशी छा गयी। सब अपलक एल.ए.सी.ए. मार्ट अर्थात् लाला अमरचन्द आर्य मार्ट के मालिक शकुनि आर्य को देखने लगे।

"शकुनि जी, आपकी चिन्ता जायज है। इस पर तो हमने कभी सोचा ही नहीं।" अचानक पसीज गयी पेशानी को पोंछते हुए रुद्रपाल गहरी साँस लेते हुए बोला।

"आज लोहे की रेलिंग हुई है, कल इसके चारों तरफ दीवार भी बगेगी...!"

"जैन साहब, बात रेलिंग या दीवार पर ही नहीं रुकेगी...अब यह बात दरगाह पर जाकर रुकेगी।" विजयपाल सोलंकी ने अपनी आशंका जताते हुए कहा।

"दरगाह भी बन जाये कोई बात नहीं लेकिन जब कल यहाँ मस्जिद बनेगी, तब क्या होगा?" शकुनि ने विजयपाल सोलंकी की बात को आगे बढ़ाते हुए कहा।

"और जब मस्जिद बनेगी तो यहाँ मदरसा भी बनेगा..."

"...और जब मदरसा बनेगा तो उसमें आतंकवादी, तालिबानी, पाकिस्तानी एजेंट और दस-दस बच्चे पैदा करनेवाले मुल्ला भी पैदा होंगे... और फिर शुरू हो जायेगा हमारी बहन-बेटियों के साथ लव जिहाद।" रही-सही कसर मुख्य शिक्षक भरत प्रसाद ने पूरी कर दी।

इसके बाद तो प्रेमचन्द सदन और आज के तुलसी सदन में भय व्याप गया। जिस ऐवाने-ग़ालिब जैसे मंच से आपसी सौहार्द के तराने गूँजते थे, जिसकी दीवारें प्रेमचन्द के शब्दों और कथनों से गुंजायमान रहती थीं, वही सदन मानो भायँ-भायँ करता नज़र आने लगा।

"शकुनि जी, इस जिहाद को रोकने के लिए हमें क्या करना चाहिए?" विजयपाल सोलंकी ने धीरे-से पूछा।

"मुझे लगता है कि अब समय आ गया है, जब हमें अधिक-से-अधिक यहाँ के लोगों को संघ से जोड़ना होगा।" रुद्रपाल बोला।

"यह बात तो पारस जी मैंने बहुत पहले कही थी कि...।" विजयपाल सोलंकी की मौजूदगी के कारण शकुनि पूरी बात को जान-बूझकर पी गया जिसमें रुद्रपाल ने कहा था, कि इसका एक तरीक़ा यह भी हो सकता है कि

हम इन जाटों के लड़कों को अधिक-से-अधिक संघ से जोड़ें। क्योंकि यह मज़ार हमसे-आपसे नहीं हटेगी, इसे इनके ही ये लौंडे-लपाड़े हटायेंगे, जिनके पास बुलेट मोटरसाइकिल पर आवारागर्दी करने के कोई काम नहीं। हाँ, हम तो इनमें हवा भर सकते हैं और ये इसके लिए तैयार हो भी जायेंगे।

"आपकी यह योजना एकदम सही है शकुनि जी।" रुद्रपाल ने शकुनि आर्य की योजना से सहमति जताते हुए कहा।

विजयपाल सोलंकी हैरान-परेशान कि यह बात कब हुई थी? उसने अपनी आशंका का निवारण करते हुए पूछा भी, "यह बात कब की है?"

"जब हम दोनों शिवालय में एक बार इन मन्दिरों के सिलसिले में गये थे, और तूने रिसाल सिंह से कहा था कि बात यह है ताऊ कहीं गाँववाले यह न कहने लगें कि, उनके देवी-देवताओं को कहाँ एक मुसलमान की कब्र के साथ बिठा दिया? इस पर रिसाल सिंह ने कहा था कि आज तलक तो किसी ने कुछ कहा नहीं, जो अब कहेंगे। अरे, जब हमारे भोले को ही कोई दिक़्क़त नहीं है तो हम आदमियों क्यों होगी?"

"हाँ याद आ गया। यह बात हुई तो थी।" विजयपाल सोलंकी को सारी बात याद आ गयी।

"तेरे जाने के बाद यह बात जब मैंने इन्हें बतायी, तब यह तय हुआ था कि इसकी जिम्मेदारी तुझे दी जाये।" शकुनि ने विजयपाल को भ्रमित करते हुए कहा।

"तो विजयपाल जी, अब आप इस काम में जी-जान से जुट जाइए और अपने लड़कों को अधिक-से-अधिक संघ से जोड़ने की पहल शुरू कर दीजिए! और सुन, अखाड़ों के उन पहलवानों से अवश्य बात करना, जिनकी एक बार तू बात कर रहा था! जब ऐसी ही बात है तो संगठन की मजबूती और शक्ति बढ़ाने के लिए पात्र-कुपात्र, योग्य-अयोग्य का क्या देखना...।" रुद्रपाल ने विजयपाल सोलंकी को निर्देश और आदेश दोनों देते हुए कहा।

अचानक रुद्रपाल कुछ कहते-कहते रुक गया। एक तरफ़ बड़े ध्यान से उनकी बात सुन रहे राजू पर उसकी नज़र पड़ी। उसने बड़ी सफ़ाई से बात का रुख़ पलटते हुए शकुनि से कहा, "शकुनि जी, कोई चाय-वाय की व्यवस्था नहीं है?"

"अरे राजू, भागकर घर से चार चाय बनवाकर ला!" शकुनि ने सुनते ही राजू से चाय लाने के लिए कहा।

"ऐसा करना राजू, तीन ही लाना। आप तो जानते हैं कि सूर्यास्त के बाद हमारे जैनियों में खाना-पीना वर्जित है।" पारस जैन बोला।

"ठीक है। राजू फिर तीन ही लाना।" शकुनि ने तुरन्त पारस जैन का आग्रह स्वीकार करते हुए राजू को निर्देश दिया।

राजू तुरन्त उठा और बग़लवाले श्रीराम अपार्टमेंट चाय लेने के जाने लगा, कि पीछे से शकुनि ने उसे टोका, "ऐसा करना, तू अपनी चाय वहीं पी आना!"

इतना सुन राजू श्रीराम अपार्टमेंट की ओर बढ़ गया।

राजू के जाते ही रुद्रपाल ने पहले कम्युनिटी हाल का बारीकी से अवलोकन कर अन्त में दरवाज़े की तरफ़ ऐसे देखा, मानो वह यह तसल्ली कर लेना चाहता है कि राजू सचमुच चला गया है या नहीं?

"रुद्रपाल जी, उधर क्या देख रहे हो?" पारस जैन ने रुद्रपाल को टोकते हुए पूछा।

"पारस जी, यह देख रहा हूँ कि राजू कहीं दरवाजे से लगकर हमारी बातें तो नहीं सुन रहा है? क्योंकि मैं उसकी गैर हाजिरी में कुछ ऐसी बातें बताने जा रहा हूँ, जो हमारी इस मुहिम के लिए बहुत आवश्यक हैं।"

"अच्छाऽऽऽ...अब समझ में आया कि शकुनि जी कोई चाय-वाय की व्यवस्था नहीं है, क्यों कहा!" शकुनि हँसते हुए बोला।

"हाँ। मैं कह रहा था कि हमें गुरुजी के विचारों पर अधिक-से-अधिक अमल करना चाहिए। जैसे प्राइवेट स्कूलों में इन एससी, एसटी और ओबीसी के बच्चों को कम-से-कम दाखिला दिलाने के लिए प्रेरित करना होगा...इसी तरह एससी, एसटी और ओबीसी लड़कियों को दुराचार में फँसाकर उनका रेप कर उन्हें इसके लिए मजबूर करना कि वे आगे पढ़ न सकें...इनके मोहल्ले और बस्तियों के आसपास दारू के ठेके खुलवाना ताकि ये ज्यादा-से-ज्यादा नशे की लत में पड़े रहें...इनकी बस्तियों में पानी पाइप लाइन के बजाय टैंकर से भिजवाना, ताकि ये आपस में लड़ते-झगड़ते रहें। इनकी एकता खण्डित रहे, और ये कभी एक ना हो सकें।"

"रुद्रपाल जी, यह दारू का ठेका कैसे मिलता है?" बारहवीं फेल नगर कार्यवाह रुद्रपाल की बातों को बड़े ध्यान और दत्तचित्त होकर सुन रहा पारस जैन जैसे इसी का इन्तज़ार कर रहा था, कि कब रुद्रपाल अपनी बात समाप्त करे और कब वह अपनी इच्छा व्यक्त करे।

"क्यों, लेना है क्या?" रुद्रपाल ने मुस्कराते हुए पारस जैन से पूछा।

"सोच रहा हूँ कोई मोटा मुनाफेवाला धन्धा किया जाये...सुना है दारू के धन्धे में अन्धा मुनाफा है। अगर कोई जुगाड़ है तो बताओ न!" यह वही पारस जैन है जिसका धर्म कहता है कि जीओ और जीने दो...जो जीव हत्या के कारण सूर्यास्त के बाद आहार ग्रहण नहीं करता है, और दोनों पति-पत्नी हर वर्ष दसलक्षण पर्व अर्थात् पर्युषण पर्व के दौरान क्षमा दिवस के दिन समाचार-पत्रों में विज्ञापन देकर, क्षमा माँगते हुए आत्मशुद्धि की कोशिश करते हैं, उसी पारस जैन ने अपने मन की बात उगल दी।

"रुद्रपाल जी, मैंने भी सुना है कि दारू के धन्धे में बड़ी बरकत है। अगर किसी को ले-देकर एकाध ठेका मिल जाये तो मजा आ जाये। इन्दिरा कॉलोनी और इस्माईलपुर एक्सटेंशन झुग्गी-झोपड़ी बस्तियों में इसका बड़ा स्कोप है।" इसके बाद हाल में जल रहे इकलौते बल्ब के उजाले में आँख मारते हुए शकुनि एक कुटिल मुस्कान सरकाते हुए बोला, "आपका जो कमीशन बनेगा वह ले लेना।"

"अगर यह काम हो जाये, तो गुरुजी का यह सपना भी पूरा हो जायेगा कि हरिजन मोहल्लों और बस्तियों के आसपास दारू के ठेके खोलने चाहिए, ताकि वे अधिक-से-अधिक नशे की लत में पड़े रहें।" पारस जैन का गुरुजी से आशय गुरु गोलवलकर से है।

लेकिन रुद्रपाल ने कोई उत्तर नहीं दिया। वह मन-ही-मन ख़ुद से यह कहते हुए चुप्पी साध गया कि बावलो, अगर दारू का ठेका इतनी आसानी से मिल जाता, तो अब तक मैं ही नहीं हथिया लेता। तुम क्या समझ रहें हो मैंने कोशिश नहीं की होगी। इस पूरे दारू-प्रसंग को विजयपाल सोलंकी चुपचाप सुनता रहा। वही विजयपाल सोलंकी जिसके पिता निहाल सिंह को शकुनि आर्य के पिता लाला अमरचन्द आर्य ने कई स्थानीय जाटों के साथ आर्य समाजी बना दिया था। उसी लाला अमरचन्द आर्य ने, जिसने आर्य समाज

के संस्थापक स्वामी दयानन्द सरस्वती द्वारा स्थापित *एकेश्वरवादी भारतीय हिन्दू सुधार* का आह्वान कर हिन्दुओं में प्रचलित मूर्ति-पूजा, अवतारवाद, कुप्रथाओं, झूठे कर्मकाण्डों, अन्धविश्वासों और शराबखोरी का खुलकर विरोध किया था। विजयपाल ने कोई प्रतिक्रिया व्यक्त नहीं की, उसे व्यक्त करने की कोई आवश्यकता भी नहीं थी। वह जानता है कि ऐसी छोटी-छोटी बातों पर वह अपनी प्रतिक्रिया व्यक्त करने लगेगा, तो यह देश कैसे हिन्दू राष्ट्र बनेगा? राष्ट्र, धर्म और धन्धे का एक-दूसरे से क्या लेना-देना? राष्ट्र या धर्म अपनी जगह और धन्धा अपनी जगह।

इस बीच राजू श्रीराम अपार्टमेंट के *सनातन कुटीर* से तीन चाय बनवा लाया। अब कब इसे पिया गया और कब *तुलसी सदन* से सब अपने-अपने घरों को प्रस्थान कर गये, इसका किसी को पता ही नहीं चला।

17

जनवरी की हड्डियाँ गला देनेवाली सर्दियों के घने कोहरे ने जन-जीवन लगभग अस्त-व्यस्त किया हुआ है। लेकिन बावजूद इसके शिवालय के एक तरफ़ लगनेवाली शाखा और उसके वीर सैनिकों के उत्साह में कोई कमी नहीं है। बल्कि अधिकतर स्वयंसेवक पूरे *गणवेश* में आ रहे हैं। पूरे गणवेश का तात्पर्य नयी बदली हुई ग्रे रंग की फुल पैंट ही नहीं, ढीली-ढाली ख़ाकी निकर जिसे मिनी स्कर्ट कहना उचित होगा, उससे भी है। ग्रे रंग की फुल पैंट और ख़ाकी निकर के साथ सफ़ेद उजली शर्ट पर ग्रे मोजों, काले जूते और सिर पर काली टोपी पहने माँ भारती के उपासकों की छटा देखते ही बन रही है।

घने कोहरे में लिपटा ध्वज। ध्वज के सामने पथ संचलन का अभ्यास करते स्वयंसेवक। नगर कार्यवाह, शाखा कार्यवाह, सह नगर कार्यवाह, मण्डल कार्यवाह और ज़िला कार्यवाह पूरे मनोयोग के साथ मुख्य शिक्षक भरत प्रसाद द्वारा बजायी जा रही सीटी और *एक-दो-एक* पथ अंकों और निर्देशों के साथ क़दमताल करते स्वयंसेवकों का बड़ी बारीकी से निरीक्षण कर रहे हैं। जब-जब स्वयंसेवक आगे-पीछे, दायें-बायें चलते तो लगता, मानो किसी सैनिक ग्राउंड में लाम पर जाने से पहले सैनिकों की परेड करायी जा रही है।

राजू अर्थात् राजकुमार के क़दम भरपूर प्रयासों के बावजूद वैसे नहीं पड़ रहे हैं, जैसे परेड के दौरान पड़ने चाहिए। मुख्य शिक्षक की नज़र राजू के पाँवों पर टिकी हुई है। राजू भी इस बात को जानता है कि सीटी बजाते मुख्य शिक्षक की नज़र उसके क़दमों पर है। हालाँकि राजू ही नहीं और भी बहुत से स्वयंसेवक हैं, जो तय मानदण्ड के अनुरूप परेड नहीं कर पा रहे हैं। सबसे अधिक हैरानी राजू को अपने आगे बहुत दिनों के बाद नज़र आये क़दमताल करते दलपत मीणा के क़दमों को देखकर हुई। उसके क़दमों में ग़ज़ब की लोच है। राजू जब-जब दलपत मीणा की लोच देखता, मारे घबराहट के उसके पाँव और अधिक डगमगाने लगते।

पथ संचलन के अभ्यास के बाद मुख्य शिक्षक ने सारे गणों को मण्डल में आकर बैठने का आदेश दिया। मण्डल में बैठते ही ज़िला कार्यवाह इन्दरजीत ने जैसे ही मुख्य शिक्षक भरत प्रसाद को शाखा-गीत सुनाने का निर्देश दिया, मुख्य शिक्षक स्वयं गीत सुनाने लगा। इस पर ज़िला कार्यवाह ने उसे तुरन्त टोक दिया, "भरत जी, आपको पता तो है कि मुख्य शिक्षक या शिक्षक का काम गीत सुनाना थोड़े होता है! इससे पूर्व भी मैंने आपको शाखा-गीत सुनाते हुए देखा है। आपको यह भी पता है कि हर शाखा का एक *गीत-प्रमुख* होता है। क्या शिवालय मण्डल की इस शाखा मेरा मतलब है, आर्यावर्त शाखा का कोई गीत-प्रमुख नहीं है?"

"है...है न!" ज़िला कार्यवाह के इस प्रत्याशित प्रश्न पर मुख्य शिक्षक अचकचा गया।

"तो फिर उसी से सुनवाइए न!"

"शील जी, आप शाखा-गीत सुनाइए!"

मुख्य शिक्षक के आदेश पर इस बार शील नामक गण खड़ा होकर शाखा-गीत सुनाने ही वाला था, कि ज़िला कार्यवाह ने फिर से हस्तक्षेप किया, "लेकिन यह गण तो इस शाखा का नहीं लगता है? यह तो पथ संचलन अभ्यास में आया कोई *प्रवासी गण* नजर आ रहा है? इसे मैंने इन्दिरा कॉलोनी झुग्गी-झोपड़ी की अम्बेडकर शाखा में भी देखा है शायद?"

"जी वही है।" मुख्य शिक्षक ने ज़िला कार्यवाह के अनुमान की पुष्टि करते हुए कहा।

"वैसे आपकी आर्यावर्त शाखा का गीत-प्रमुख भी है न?"

"जी है...ये राजकुमार जी हैं।" सबसे आगे बैठे राजू को देखते ही मुख्य शिक्षक के मुँह से अनायास निकल गया।

अपना नाम सुन राजू के चेहरे पर हवाइयाँ उड़ने लगीं। उसे शाखा का *गीत प्रमुख* बना दिया और उसे इसकी कानो-कान ख़बर नहीं है। यह तो अच्छा हुआ जो इन्दिरा कॉलोनी झुग्गी-झोपड़ी की अम्बेडकर शाखा का यह प्रवासी गण *शाखा-गीत* सुनाने के लिए खड़ा हो गया। यदि ज़िला कार्यवाह इस प्रवासी गण की बजाय राजू से शाखा-गीत सुनाने का आदेश दे देता, तब क्या होता? उसकी तो उसकी, बल्कि मुख्य शिक्षक की इस भरी सभा में कैसी आरती उतरती, इसकी केवल कल्पना ही की जा सकती है।

राजू के आर्यावर्त शाखा के गीत-प्रमुख जैसे पद पर सुशोभित होना, उसके मालिक शकुनि आर्य के लिए किसी सुखद आश्चर्य से कम नहीं है। जिस राजू को वह हाउसिंग सोसाइटीज़ सहित इस्माईलपुर के गली-मोहल्लों से *गऊ ग्रास* के नाम पर मात्र रोटियाँ एकत्रित करनेवाला समझता था, वह इतना छिपा रुस्तम निकलेगा इसकी उसने भी कल्पना नहीं की थी। हिन्दू राष्ट्र के निर्माण के लिए अपने पैतृक गाँव रसूलपुर से बुद्धन हरिजन नाम के टहलुए के जिस आवारा बेटे को वह अपने साथ लाया था, वह सही दिशा में जा रहा है। एक पल के लिए शकुनि का सीना मारे गर्व के तनता चला गया। अगर इन्दिरा कॉलोनी झुग्गी-झोपड़ी की अम्बेडकर शाखा का यह प्रवासी गण शाखा-गीत सुनाने खड़ा नहीं होता, तो वह इसी समय राजू से पूछता कि यह उपलब्धि मेरे इस शम्बूक ने कब हासिल कर ली?

शकुनि आर्य और राजू के कानों में प्रवासी गण द्वारा गाए जा रहे, और उसके पीछे-पीछे असंख्य स्वरों द्वारा दोहराये जानेवाले शाखा-गीत के ये शब्द, घने कोहरे की चादर में लिपटी सुबह में ऐसे गूँज रहे हैं, मानो किसी घने पेड़ की शाखाओं पर बैठे अलग-अलग प्रजातियों के परिन्दे अपना कोई समूह गीत अलाप रहे हैं–

देश हमें देता है सब कुछ, हम भी तो कुछ देना सीखें।
सूरज हमें रोशनी देता, हवा नया जीवन देती है।

भूख मिटाने को हम सबकी, धरती पर होती खेती है।
औरों का भी हित हो जिसमें, हम ऐसा कुछ करना सीखें॥
देश हमें देता है सब कुछ।

बिछुड़े हुओं को मिलाने और बेज़ुबानों को ज़बान देने के आह्वान के साथ गीत ख़त्म हो गया। गीत ख़त्म होते ही राजू की धड़कनें एक बार फिर यह सोचकर बढ़ने लगीं, कि कहीं शकुनि आर्य उससे यह न पूछ बैठे कि उसने शाखाओं में गाये जानेवाले इन सांघिक गीतों को कब सीखा? मगर जैसे ही नगर कार्यवाह रुद्रपाल एक-एक कर सारे पदाधिकारियों का परिचय कराने लगा, तब जाकर उसकी साँस में साँस लौटी।

परिचय के बाद नगर कार्यवाह असल मुद्दे पर आ गया।

"जैसाकि आप सभी जानते हैं कि इस वर्ष छब्बीस जनवरी के दिन राजपथ पर आयोजित होनेवाले गणतन्त्र समारोह में पथ संचलन के लिए सम्भवत: संघ को भी आमन्त्रित किया जाये। इसलिए कल से सारे गटों का इस पथ संचलन अभ्यास में आना आवश्यक है।"

नगर कार्यवाह की इस घोषणा को सुनते ही सामने बैठे सभी स्वयंसेवकों में जैसे हर्ष की लहर दौड़ गयी। पूरी शाखा करतल ध्वनियों से गूँज उठी।

"इसलिए मेरा सभी माँ भारती के सिपाहियों से आग्रह है, कि वे निरन्तर इस *गुणवत्ता पथ संचलन* अभ्यास में आते रहें। इस सन्दर्भ में एक आवश्यक सूचना यह है कि गणतन्त्र समारोह में पथ संचलन के लिए संघ की ओर से वही सिपाही भाग ले पायेंगे, जिनकी आयु बीस से चालीस वर्ष के बीच तथा कमर का घेरा छत्तीस इंच से कम होगा।"

नगर कार्यवाह ने जैसे ही यह बताया कि गणतन्त्र दिवस समारोह में केवल चालीस वर्ष से कम आयु के स्वयंसेवक भाग ले सकेंगे, उसे सुन मोटे-मोटे नितम्बोंवाले उच्च रक्तचाप और मधुमेह जैसी पुश्तैनी व्याधियों के शिकार बेडौल तोंदधारक अधेड़ स्वयंसेवकों के चेहरे खिल उठे। जबकि बीस से कम और चालीस साल से अधिक आयुवाले वीर निराश हो गये। राजपथ से गुज़रती तीनों सेनाओं की अलग-अलग बटालियनों के सैनिकों के बीच ग्रे रंग की फुल पैंट, एकदम बगुले जैसी सफ़ेद उजली शर्ट पर ग्रे मोजे, काले जूते और सिर पर काली टोपी पहने भावी सैनिकों के चेहरों की चमक देखते ही बन रही है।

लेकिन नगर कार्यवाह की इस घोषणा ने गट्नायक और मुख्य शिक्षक द्वारा आज ही बनाये गये शाखा गीत-प्रमुख राजकुमार के सामने एक नया प्रश्न खड़ा कर दिया। किन्तु समस्या यह है कि इस प्रश्न को वह उठाये कैसे? कहीं ऐसा न हो कि शाखा विकिर से पूर्व नगर कार्यवाह उससे कोई शाखा-गीत सुनाने का निर्देश दे दे। देर तक वह इस असमंजस से घिरा रहा। जब उसके धैर्य ने जवाब दे दिया, तब राजकुमार अर्थात् राजू अपनी जगह से खड़ा हुआ और बोला, "छब्बीस जनवरी के दिन जो गण पथ संचलन में हिस्सा लेंगे उनके हाथ में दण्ड होगा या फौजियों की तरह बन्दूकें होंगी?"

नगर कार्यवाह गऊ ग्रास के नाम पर गली-मोहल्लों में घर-घर जाकर रोटियाँ एकत्रित करनेवाले गट्नायक राजू के इस सवाल को सुन असहज हो गया। तुरन्त उससे राजू के प्रश्न का कोई उत्तर देते नहीं बना। हालाँकि जवाब वह दे सकता था किन्तु देने से पहले उसने अपने आसपास खड़े अन्य कार्यवाहों की ओर देखा। किसी भी कार्यवाह की ओर से जब कोई प्रतिक्रिया नहीं आयी, तब मजबूरन नगर कार्यवाह को ही जवाब देना पड़ा, "राजकुमार जी की तरह आपके मन में भी यह जिज्ञासा उठ रही होगी, कि गणतन्त्र समारोह में पथ संचलन के लिए संघ के जिन सिपाहियों को शामिल किया जायेगा, उनके हाथों में कौन-सा अस्त्र अथवा शस्त्र होगा? मैं यहाँ स्पष्ट कर दूँ कि संघ ने हमारा जो अस्त्र निर्धारित किया है, वह दण्ड यानी लाठी है। गणतन्त्र समारोह में पथ संचलन के दौरान हमारे हाथों में जो अस्त्र होगा, वह दण्ड ही होगा। इसलिए सभी से आग्रह है कि वे गणतन्त्र समारोह के लिए मज़बूत और सुन्दर दण्डों की व्यवस्था करके रखें। जहाँ तक मजबूत लाठियों का प्रश्न है इस बारे में हमारी शाखा के मण्डल कार्यवाह विजयपाल सोलंकी को अधिक जानकारी होगी, कि कहाँ की अच्छी और मजबूत लाठियाँ होती हैं। मैं विजयपाल जी से आग्रह करता हूँ कि अगर उनके पास लाठियों के बारे में कोई जानकारी है, तो उसे अवश्य साझा करें!"

विजयपाल सोलंकी को कुछ पल के लिए समझ में नहीं आया कि उसके सिर यह क्या ज़िम्मेदारी थोप दी। बावजूद इसके वह आगे आया और जैसा उसने सुना हुआ था, उसी के आधार पर बताने लगा, "बचपन में हम कई बार अपने दादा के मुँह से सुनते थे कि भई लाठी हो तो हटवारा की। दरअसल,

हटवारा राजस्थान के करौली शहर के एक बाज़ार का नाम है जिसकी लाठियाँ बहुत मशहूर बतायी जाती हैं। कहते हैं कि इन लाठियों को बेचने से पहले इन्हें सबसे पहले इनके कच्चे बाँस को भट्ठी में पकाया जाता है। भट्ठी में पकने के बाद जब बाँस नरम हो जाता है, तो उसे दाब-दाबकर सीधा किया जाता है। इसके बाद लाठियों को तेल और मसाला लगाया जाता है। फिर धीमी लपटों से इन पर डिजाइन बनायी जाती है।" इतना कह विजयपाल सिंह एक तरफ़ हट गया।

"विजयपाल जी ने लाठियों के बारे में यह बहुत महत्त्वपूर्ण जानकारी दी है। अब मैं कुछ आगामी कार्यक्रमों के बारे में बताना चाहूँगा। इसी महीने *विद्यार्थी शाखा दर्शन* का कार्यक्रम भी है जिसमें केवल विद्यार्थी इस शाखा दर्शन में जायेंगे। बाकी की शाखाएँ पहले की तरह लगेंगी। अब मैं जिला कार्यवाह इन्दरजीत जी को आमन्त्रित करना चाहता हूँ कि वे अपनी बात कहें!"

नगर कार्यवाह के बाद एलआईसी एजेंट यानी ज़िला कार्यवाह इन्दरजीत बड़ी अदा के साथ आगे आया, और बड़ी गम्भीरता के साथ अपनी बात कहने लगा, "आज मैं यह बताना चाहता हूँ कि शाखाओं में आनेवाले गणों को सर्वप्रथम अपने शाखा अधिकारियों को प्रणाम करना चाहिए। प्रणाम करना बड़ों का सम्मान करना होता है। जब आप अपने शाखा अधिकारियों को प्रणाम करते हैं, तो वे आपके सफल जीवन के लिए आशीर्वाद देते हैं। गणों द्वारा अपने शाखा अधिकारियों को प्रणाम करने के और भी बहुत सारे लाभ हैं। गीता की तरह शाखा हमें यह उपदेश देता है कि हमें सज्जनों को इकट्ठा कर, दुर्जन शक्तियों को पराजित करना है। क्योंकि इन्हें केवल संगठित होकर ही पराजित किया जा सकता है। इसलिए संगठन की एक भी कड़ी कमजोर नहीं पड़नी चाहिए। यदि भारत को विश्वगुरु बनाना है तो हिन्दुत्व को बचाये रखना होगा...और हिन्दुत्व को बचाये रखना है तो अपनी परम्पराओं, संस्कृति, संस्कार, वेशभूषा और धर्म को बचाये रखना होगा। हमें याद रखना होगा कि भारत माता की सेवा के लिए ईश्वर ने हमें यहाँ शाखा में चुनकर भेजा है। ईश्वर की प्रेरणा से सज्जन व्यक्तियों का यहाँ मिलना होता है। मैं इस शाखा में आ रहा हूँ तो ईश्वर की प्रेरणा से आ रहा हूँ...आप भी आ रहे हैं तो ईश्वर की प्रेरणा से आ रहे हैं।"

ज़िला कार्यवाह के इस ईश्वरीय प्रवचन को सुनने के दौरान पूरी शाखा में चिल्ल-पों मच गयी। ज़िला कार्यवाह इस चिल्ल-पों का अर्थ समझ गया और तुरन्त विषय बदलते हुए बोला, "गणतन्त्र समारोह के दिन विजय चौक पर जाने की किस-किस की इच्छा है?"

ज़िला कार्यवाह के इतना कहते ही दूर तक बैठे भविष्य के अधिकतर अग्निवीरों ने हाथ खड़े कर दिये। इनमें चालीस और उससे अधिक आयुवाले उच्च रक्तचाप तथा मधुमेह जैसी पुश्तैनी व्याधियों के शिकार वे अधेड़ माँ भारती के सपूत भी शामिल हैं, जिन्हें पहले ही देश सेवा से बाहर किया जा चुका है। विजय चौक पर जाकर अपने पराक्रम को दिखाने की अभिलाषा में इनकी शिराओं में ठिठका रक्त भी ठहाठा मारने लगा।

ज़िला कार्यवाह ने जब देखा कि पूरी शाखा विजय चौक पर जाने के लिए अकुलायी हुई है, उसने अधेड़ पराक्रमियों को याद दिलाते हुए उनके इस हौसले को यह कहकर तार-तार कर दिया, "...और जो सिपाही परेड के लिए पात्रता नहीं रखते, वे अपने देशभक्त साथियों को पथ संचलन करते हुए देख सकते हैं।"

ज़िला कार्यवाह के इतना कहते ही देशभक्ति का पूर्णिमा का जो ज्वार कुछ पल पहले पछाटें मार रहा था, वह एक झटके में भाटे में तब्दील होता हुआ, शान्त हो गया।

"गुणवत्ता संचलन के अभाव में यह भी हो सकता है कि इस साल नहीं, अगले साल...और अगले साल नहीं तो उससे अगले साल हम परेड का हिस्सा जरूर बनेंगे। इसलिए आप सब मन लगाकर गुणवत्ता पथ संचलन पर ध्यान दें!"

जैसे ही ज़िला कार्यवाह ने यह सब कहा दूर तक बैठे स्वयंसेवकों में निराशा की लहर दौड़ गयी। कहाँ तो अरमान थे छब्बीस जनवरी के दिन राजपथ पर आयोजित होनेवाले गणतन्त्र समारोह में पथ संचलन में शामिल होने के, और कहाँ इस एलआईसी एजेंट और द्वितीय वर्ष शिक्षित ज़िला कार्यवाह ने पलक झपकते ही उनके इस अरमान पर पानी फेर दिया। विजय चौक पर जाकर अपने पराक्रम को दिखाने की अभिलाषा में शिराओं में ठिठका जो रक्त ठहाठा मारने लगा था, वह पुनः ठण्डा पड़ गया। करौली के हटवारा बाज़ार की मज़बूत और मशहूर लाठियों का मुँह धुला का धुला रह गया।

"अगले साल तक कौन इन्तजार करेगा!" राजू के बग़ल में बैठे माँ भारती के एक उपासक की निराश आवाज़ उसके कानों में पड़ी।

राजू ने कोई प्रतिक्रिया व्यक्त नहीं की।

"...जैसाकि आपको पता है इसी महीने मकर संक्रान्ति और उसके उपरान्त वर्ष-प्रतिपदा भी है। मकर संक्रान्ति के बारे में तो आप सभी जानते हैं, कि इस दिन भगवान सूर्य नारायण मकर राशि में प्रवेश करते हैं, और दक्षिणायन समाप्त होकर उत्तरायण प्रारम्भ होता है। परन्तु वर्ष-प्रतिपदा का महत्त्व यह है कि यह पूरे विश्व की प्रतिपदा है। क्योंकि इस दिन से हिन्दू वित्तीय वर्ष की शुरुआत जो होती है। इसलिए सारे व्हाट्सएप ग्रुप से इस दिन अपने नववर्ष की शुभकामनाओं के इतने सन्देश जाने चाहिए, जितने अंग्रेजी साल के पहले दिन, मेरा मतलब है एक जनवरी के दिन भी नहीं जाते होंगे... और हाँ, जैसाकि आप सब जानते हैं कि नागपुर से मिले निर्देश के अनुसार इस साल *चैत्र शुक्ल प्रतिपदा* से शुरू होनेवाले *विक्रम संवत्* के पहले दिन, अर्थात् *हिन्दू नववर्ष* को *वर्ष-प्रतिपदा महोत्सव* के साथ-साथ भगवा दिवस के रूप में भी मनाया जाना तय हुआ है। इसलिए इस दिन अपनी शाखा के अलावा अपने मोहल्ले, हाउसिंग सोसाइटी और अपार्टमेंट में भगवा दिवस की तैयारियाँ भी आपने शुरू कर दी होंगी!" ज़िला कार्यवाह सामने बैठे स्वयंसेवकों को निराशा के भँवर से उबारने के प्रयास के साथ-साथ आगामी कार्यक्रमों की याद दिलाते हुए बोला।

काफ़ी देर तक बैठे रहने के कारण एक तो कोहरे व ओस मिश्रित ज़मीन की नमी, ऊपर से ख़ाकी निकर व ग्रे रंग की फुल पैंट की ग़रमी के चलते नीचे से पसीजने के कारण अब माँ भारती के उपासकों से बैठना मुश्किल हो गया। विशेषकर क़ब्ज़, गैस की समस्या और पाचन सम्बन्धी समस्याओं के कारण मूलव्याधि अर्थात् बादी बवासीर से पीड़ित अधेड़ राष्ट्रभक्तों के लिए। बैठे-बैठे अब अधिकतर स्वयंसेवक कसमसाने लगे। गट्नायक और शाखा-गीत-प्रमुख राजू को भले ही आज यह व्याधि नहीं है लेकिन क्या पता, उसे भी भविष्य में इसका सामना करना पड़ जाये।

ज़िला कार्यवाह ने मुख्य शिक्षक की तरफ़ देखा, और फिर आगे की कार्यवाही शुरू करने का इशारा किया। इशारा मिलते ही मुख्य शिक्षक भरत प्रसाद ने सीटी बजाते हुए सबको निर्देश दिया और शुरू हो गया क़दमताल।

पहले, अन्य दिनों की तरह *संख्या* हुई और इसके बाद जैसे ही *सुभाषित* की बारी आयी, ज़िला कार्यवाह बीच में फिर से टपक पड़ा, "भरत जी, आज सुभाषित की जगह कोई अमृत-वचन होना चाहिए!"

मुख्य शिक्षक सोचने लगा कि वह किस *गण* से कौन-सा *अमृत-वचन* सुनाने के लिए कहे। इसी असमंजस के चलते उसकी नज़र एक पुराने गण पर पड़ी।

"ऐ मनीष जी, आज आप कोई अच्छा-सा अमृत-वचन सुनाइए!"

मुख्य शिक्षक के इस आग्रह भरे आदेश को मनीष नाम के *गण* के लिए टालना मुश्किल हो गया। वह अपनी पंक्ति से निकलकर आगे आया और बोलने लगा, "आज मैं आपको संघ-पिता डॉक्टर केशवराव बलिराम हेडगेवार जी का यह अमृत-वचन सुनाने जा रहा हूँ–

हमारी हिन्दू जनसंख्या का पलड़ा बहुत भारी है। संसार की कुल जनसंख्या का हम सातवाँ हिस्सा हैं। इतनी विशाल जनता यदि सुसंगठित हो जायेगी, तब उसकी ओर टेढ़ी नजर देखने का साहस संसार की किसी भी शक्ति में नहीं होगा। विश्वास कीजिए, हिन्दू शक्ति सम्पूर्ण संसार में अजेय सिद्ध होगी।"

"वाह, बहुत सुन्दर मनीष जी!"

ज़िला कार्यवाह ने जैसे ही मनीष नाम के गण की मुक्त-कण्ठ से प्रशंसा की, उस गण को और जोश आ गया। हिन्दुत्व का लहू उसकी नसों में इस तरह दौड़ने लगा कि वह अपने जज़्बे को रोक नहीं पाया, और बिना ज़िला कार्यवाह के निर्देश के बोलने लगा, "मैं हिन्दुत्व की प्रशस्ति में ये पंक्तियाँ और सुनाना चाहता हूँ–

हिन्दू राष्ट्र का शंखनाद हो, कण-कण से आह्वान उठे।
तिमिर चीरता ज्योति पुंज हो, हिन्दू हिन्दुस्थान उठे।
हिन्दू राष्ट्र था, हिन्दू राष्ट्र है, और हमेशा शाश्वत है।
राम, कृष्ण औ' महादेव की हमको मिली विरासत है।
लाख-लाख पीढ़ियाँ लगी...।"

मनीष नाम का गण जैसे ही हिन्दुत्व की प्रशस्ति में अगला बन्द उठाने को हुआ, ज़िला कार्यवाह ने यह कहते हुए रोक दिया, "मनीष जी, आपके इस हिन्दू राष्ट्र के शंखनाद को फिर कभी फुरसत में सुनेंगे!"

लेकिन मनीष जी का शंखनाद शान्त होने का नाम न ले।

हारकर ज़िला कार्यवाह ने जब थोड़ी ऊँची आवाज़ में 'मनीष जी' कहा, तब जाकर उसके हिन्दू राष्ट्र रूपी अश्वमेध ने हिनहिनाते हुए ज़ोर का ब्रेक लिया।

अमृत-वचन सुनने के बाद जैसे ही मनीष जी ने हिन्दू राष्ट्र का शंखनाद बजाया, राजू को पता ही नहीं चला कि उसे कब झपकी आ गयी। इससे पहले कि वह एक तरफ़ लुढ़कता उसके कानों में मुख्य शिक्षक द्वारा प्रार्थना के लिए बजायी गयी सीटी का आर्तनाद गूँजा। वह हड़बड़ाते हुए नींद से जागा।

इसके बाद कब प्रार्थना शुरू हुई और वह कब समाप्त हो गयी, राजू को पता ही नहीं चला। उसे बस इतना पता है कि उसने बड़े ज़ोर से *भारत माता की जय* अवश्य बोला था।

18

मौसम की मार इस बार केवल पेड़-पौधों, पशु-पक्षियों, खेती-बाड़ी और मनुष्यों पर ही नहीं पड़ रही है, बल्कि राष्ट्रवाद और हिन्दुत्व पर भी इसका साफ़ असर देखा जा सकता है। दिन-पर-दिन गहरी होती कोहरे की चादर में लिपटी सुबह के धुँधले उजास और शिवालय के प्रांगण में खड़े खम्बे पर टँगे सन्तरी न्योन बल्ब के झपकी लेते मिश्रित उजाले में कुछ साफ़-साफ़ नज़र नहीं आ रहा है। सुबह के छह बज चुके हैं लेकिन दृश्यता कम होने के कारण आते-जाते वाहनों को फॉग लाइट जलानी पड़ रही है। इतना ही नहीं कम दृश्यता के चलते संघ-स्थल पर लगा ध्वज भी ठीक से दिखाई नहीं दे रहा है। लगता है राष्ट्रवाद पर पूस की कँपकँपाती ठण्ड और गिरती हुई दृश्यता भारी पड़ रही है। लेकिन यह एक कोरा भ्रम है। बीच-बीच में आती वाहनों के हॉर्न की आवाज़ और आते-जाते लोगों की हलचल इसका प्रत्यक्ष प्रमाण है, कि आम जन-जीवन के आगे क्या तो पूस की ठण्ड बिगाड़ सकती है, और

क्या कोहरे की चादर इसमें बाधा डाल सकती है। संघ-स्थल भी अब धीरे-धीरे अपने गणों से ठीक-ठाक आबाद हो गया।

हालाँकि *गुणवत्ता पथ संचलन* अभ्यास में आज उतने स्वयंसेवक नहीं हैं जितने एक दिन पहले थे। आज मात्र दो दर्ज़न के आसपास गण गुणवत्ता पथ संचलन अभ्यास में भाग लेने आये हैं। इस कम उपस्थिति का मुख्य कारण तय की गयी आयु सीमा और कमर का साइज़ है। इसलिए गणतन्त्र दिवस समारोह के लिए गुणवत्ता पथ संचलन अभ्यास में वे ही स्वयंसेवक दिखाई दे रहे हैं, जो अपेक्षित आयु की पात्रता रखते हैं।

उम्र की पात्रता तो राजू के पास भी है किन्तु कल जिस तरह पथ संचलन अर्थात् परेड के दौरान उसके पाँव ठीक से परेड नहीं कर पा रहे थे, उसकी याद आते ही उसे गणतन्त्र दिवस समारोह में भाग लेने का सपना चकनाचूर होता दिखाई दे रहा है। राजू यह भी जानता है कि मुख्य शिक्षक की नज़र सबसे अधिक उसी के क़दमों पर टिकी हुई थी। अगर बक़ौल ज़िला कार्यवाह यह सब ईश्वर की प्रेरणा से हो रहा है, तो उसे कोई नहीं रोक सकता। यहाँ तक कि मुख्य शिक्षक भी।

ज़िला कार्यवाह की सीटी और *एक-दो-एक* पथ अंकों के साथ संघ पथ पर सधे क़दमों से आगे बढ़ते हुए, पथ संचलन अभ्यास करनेवाले मातृ मन्दिर के पुजारियों की मुद्राएँ और भंगिमाएँ देखनेवाली हैं। विशेषकर आदिवासी संस्कारों और परम्पराओं की माटी में सने दलपत मीणा की सधी हुई देहभाषा और भंगिमाओं का तो कहना ही क्या है। ज़िला कार्यवाह की सीटी और एक-दो-एक के साथ, आगे-पीछे दायें-बायें पूरी मुस्तैदी और चपलता के साथ पथ संचलन की बारीकियों का वह इतनी कुशलता के साथ पालन कर रहा है कि देखनेवाला देखता रह जाये। ऐसा लग रहा है मानो किसी कुशल बाज़ीगर के इशारों पर कोई कठपुतली नृत्य कर रही है।

दलपत मीणा की शारीरिक सौष्ठवता के आगे उच्च रक्तचाप और मधुमेह जैसी पुश्तैनी व्याधियों के शिकार नये-नये सवर्ण बिलोंटे मानो कुछ नहीं हैं। यदि इस आदिवासी के बराबर इन हाँफते बिलोटों को खड़ा कर दिया जाये, और उनसे अपनी-अपनी सौष्ठवता का प्रदर्शन करने को कहा जाये, तो जो दृश्य इस सौष्ठव प्रदर्शन के दौरान पैदा होगा, उसे देखकर हँसते-हँसते आपके पेट में बल पड़ जायेंगे।

जैसाकि एक दिन पहले ज़िला कार्यवाह ने सूचना दी थी कि इस बार विजय चौक पर गणतन्त्र दिवस समारोह में यदि भारत सरकार, भारतीय सेनाओं की टुकड़ियों के साथ राष्ट्रीय स्वयंसेवक संघ के इन जाँबाज़ सिपाहियों को परेड में शामिल होने के लिए सचमुच आमन्त्रित कर लेती है, तो परेड का वह दृश्य कितना मनोरंजक और अविस्मरणीय होगा, उसकी आसानी से कल्पना की जा सकती है। जब-जब दलपत मीणा सधे हुए क़दमों से पथ संचलन का अभ्यास करता, उसे देख सवर्ण बिलोटों के सीने पर साँप लेटने लगता है। हाँ, एक व्यक्ति है जिसे दलपत मीणा की इस उपलब्धि पर गर्व होता है, और वह है गट्नायक राजू।

पथ संचलन अभ्यास के बाद मुख्य शिक्षक भरत प्रसाद ने ज़ोर से सीटी बजाते हुए सारे गण और गटों को बौद्धिक कार्यक्रम के लिए मण्डल में आने का निर्देश दिया। इसी बीच माथे पर चन्दन का मोटा तिलक लगाये और सिर पर काला पटका बाँधे एक नये व्यक्ति का मुख्य शिक्षक परिचय कराने लगा, "ये त्रिभुवन जी हैं और दो-दो जिलों के प्रचारक का दायित्व सँभाले हुए हैं। जैसाकि आप सब जानते हैं कि संघ के सम्पूर्ण तन्त्र की रीढ़ उन जीवनव्रती कार्यकर्ताओं से बनी है, जिन्हें *प्रचारक* कहते हैं। ये प्रचारक पारिवारिक दायित्वों से मुक्त रहकर अपने जीवन की समस्त गतिविधियाँ संघ के लिए ही अर्पित करने का संकल्प करके संगठन-कार्य में जुटे रहते हैं। आपको जानकार प्रसन्नता होगी कि त्रिभुवन जी विवाहित हैं परन्तु राष्ट्र-कार्य में तनिक भी बाधा न आये, इसलिए इन्होंने विवाह के तुरन्त बाद पत्नी का त्याग कर अपना पूरा जीवन राष्ट्रदेव को समर्पित कर दिया...तो ऐसे कर्मशील और राष्ट्रवादी माँ भारती के सपूत प्रचारक का हम सब करतल ध्वनियों से स्वागत करते हैं।"

जिस समय मुख्य शिक्षक दो-दो ज़िलों के प्रचारक त्रिभुवन का परिचय करा रहा था, उस समय पत्नी का त्याग करनेवाले तथा राष्ट्रदेव को अपना पूरा जीवन समर्पित करनेवाले माँ भारती के इस सच्चे सपूत का जिस्म नन्ही टहनी की तरह लरज़ रहा था। प्रचारक के परिचय के बाद दूसरी जगहों से गुणवत्ता पथ संचलन अभ्यास में आये प्रवासी पदाधिकारियों जैसे सह विद्यार्थी ज़िला कार्यवाह, प्रौढ़ नगर कार्यवाह, नगर आईटी कार्यवाह, विस्तार कार्यवाह का भी एक-एक कर परिचय कराया।

इससे पहले कि परिचय के बाद ज़िला प्रचारक त्रिभुवन आगे आता, नगर कार्यवाह रुद्रपाल मोर्चा सँभालते हुए कहने लगा, "एक और महत्त्वपूर्ण बात जो मैं आपको बताना चाहता हूँ, और वो यह कि यहाँ *प्रचारक* शब्द से किसी को भ्रम में नहीं पड़ना चाहिए। वह इसलिए क्योंकि संघ का प्रचारक धार्मिक दृष्टि से संन्यासी नहीं होता। बल्कि प्रचारक का अर्थ है *व्यक्ति के मन में स्वदेश, स्वराष्ट्र और अपने समाज के लिए घृणा से ऊपर उठकर प्रेम जगाकर उसे संगठन के साथ जोड़ना, और राष्ट्र-कार्य में लगने के लिए प्रेरित करना होता है*...तो इस प्रकार हमें पूरे जीवन को राष्ट्र के नाम समर्पित करनेवाले त्रिभुवन जी जैसे स्वदेशी और राष्ट्रवादी सन्त से प्रेरणा लेने की जरूरत है। आइए त्रिभुवन जी!"

इसके बाद राष्ट्रवादी सन्त त्रिभुवन लरज़ते हुए धीरे-से आगे आया। उसने सामने मण्डल में बैठे स्वयंसेवकों पर सरसरी नज़र डाली। फिर बेहद सधी मुद्रा के साथ सधे हुए बल्कि नपे-तुले शब्दों में कहने लगा, "मेरे माँ भारती के सपूतो, जैसाकि आप सब जानते हैं भारत सरकार ने इस बार संघ को गणतन्त्र दिवस समारोह की परेड में शामिल होने के लिए औपचारिक स्वीकृति दे दी है। अन्तिम निर्णय भारत सरकार के गृह मन्त्रालय और रक्षा मन्त्रालय की स्वीकृति के बाद लिया जायेगा। इसलिए आप सभी से आग्रह है कि तब तक आप प्रतिदिन इस गुणवत्ता पथ संचलन अभ्यास में भाग लेते रहें। संघ के सिपाहियों के पास यह एक अवसर है अपनी राष्ट्रभक्ति दर्शाने का। मुझे विश्वास है कि आपने उस दिन के लिए सुन्दर और मजबूत दण्डों की भी व्यवस्था कर ली होगी!"

"त्रिभुवन जी, हमने अपने स्वयंसेवकों को बता दिया है, कि वे उस दिन होनेवाली परेड के लिए हटवारा की लाठियों की व्यवस्था कर लें। सुनते हैं कि वहाँ की लाठियाँ बहुत सुन्दर और मजबूत होती हैं। बल्कि हमारी इस्माईलपुर नगर टोली की इस शाखा ने सौ दण्डों का ऑर्डर कर भी दिया है। ऐसा इसलिए किया गया है ताकि जो स्वयंसेवक हटवारा दण्डों की व्यवस्था ना कर पाएँ, उन्हें हम उपलब्ध करा सकें। इसलिए हमारी शाखा ने एडवांस में इनकी व्यवस्था कर ली है। हालाँकि इतने सारे दण्डों की आवश्यकता नहीं पड़ेगी। इसलिए इनमें से जो दण्ड बचेंगे उन्हें केरल राज्य राष्ट्रीय स्वयंसेवक

संघ के लिए दे दिया जायेगा। आप तो जानते हैं कि केरल में बाँस की पैदा न होने के कारण अधिकतर दण्डों की सप्लाई उत्तर भारत से ही होती है।" नगर कार्यवाह रुद्रपाल ने दो ज़िलों के प्रचारक त्रिभुवन को पूर्व में लिए गये निर्णयों और प्रगति से अवगत करते हुए बताया।

"रुद्रपाल जी, यह आपने बहुत ही दूरगामी निर्णय लिया है। केरल में मार्क्सवादी कम्युनिस्ट पार्टी की जिस तरह आरएसएस के विरुद्ध हिंसात्मक घटनाएँ बढ़ रही हैं और पिछले सत्तर सालों से कम्युनिस्ट पार्टी, केरल में संघ की लगातार बढ़ती लोकप्रियता से हताश होकर हमारी शाखाओं और राष्ट्रभक्तों पर अकारण नृशंस आक्रमण कर आरएसएस को समाप्त करने के प्रयासों में जुटी हुई है, उसके लिए ऐसे प्रयास जरूरी हैं। अकेले केरल में इन सात दशकों में इन कम्युनिस्टों ने सैकड़ों स्वयंसेवकों और कार्यकर्ताओं की हत्याएँ ही नहीं की हैं, बल्कि भारी संख्या में हमारे स्त्री-पुरुष कार्यकर्ताओं को गम्भीर चोटें पहुँचाकर उन्हें अक्षम भी बनाया है।" इस बार त्रिभुवन नाम के ज़िला प्रचारक ने क्षोभ प्रकट करते हुए कहा।

"जी, आपने सही कहा।" रुद्रपाल ने त्रिभुवन से सहमति जतायी।

"एक बात और...गुणवत्ता पथ संचलन अभ्यास के दौरान इसका विशेष रूप से ध्यान रखना है कि संचलन के दौरान नीचे देखकर नहीं चलना है। पूरी मुस्तैदी और चौकन्नी दृष्टि अपनाते हुए सामने ऐसे देखकर चलना है मानो आपकी दृष्टि अपने शत्रु पर है। इसी तरह पैर से पैर मिलाकर चलना है। इस तरह..." इसके बाद प्रचारक त्रिभुवन बार-बार अंक ताल एक-दो-एक दोहराते हुए सामने बैठे माँ भारती के सिपाहियों को बड़ी बारीकी के साथ समझाते हुए बोला, "पन्द्रहवें के बाद सोलहवें अंक पर पैरों को मिलाना है। जिनके सोलहवें अंक पर पैर नहीं मिलते हैं, उन गणों का अलग समूह बना लेना है। यह दूसरी बार होगा जब संघ को गणतन्त्र दिवस समारोह के दिन परेड में शामिल होने के लिए आमन्त्रित किया गया है। आप लोगों में से पता नहीं कितनों को पता है कि इससे पहले एक बार नेहरू सरकार भी संघ को गणतन्त्र दिवस परेड में अवसर दे चुकी है। अगर ऐसा सचमुच हो गया तो भारतीय इतिहास में ऐसा दूसरी बार होगा, और इस देश में एक नयी परम्परा की शुरुआत होगी। खैर, अभी तो बीस दिन हैं इसलिए गुणवत्ता पथ संचलन

का आप सब मन से अभ्यास करें!" दो-दो ज़िलों के प्रचारक त्रिभुवन ने अपनी बात समाप्त कर दी।

राजू का दिमाग़ चकरा गया कि वह इस एक-दो-एक को याद रखे, या फिर इस मुए पन्द्रहवें के बाद सोलहवें अंक को? क्या-क्या याद रखे वह? उसे जँच गया कि यही हाल रहा तो गणतन्त्र दिवस समारोह के दिन उसकी बारी पथ संचलन करनेवाले सिपाहियों में आने से रही। एक तो उसके क़दम वैसे ही पथ संचलन के अनुरूप नहीं पड़ते हैं, ऊपर से यह पन्द्रहवें के बाद सोलहवें अंक का टंटा। अगर ऐसा ही चलता रहा तो वह कभी सच्चा और असली हिन्दू नहीं बन पायेगा। वह हिन्दू जिसके लिए वह अपने रसूलपुर से चलकर इस इस्माईलपुर में आया है।

19

आज प्रचारक त्रिभुवन और ज़िला कार्यवाह इन्दरजीत पूरी मुस्तैदी के साथ *गणतन्त्र दिवस* की तैयारियों में जुटे हुए हैं। एक तरफ़ त्रिभुवन गणों के जत्थे को *गुणवत्ता पथ संचलन* का अभ्यास करा रहा है, तो दूसरी ओर थोड़ा दूर हटकर इन्दरजीत उन थके, अधेड़ और पुश्तैनी व्याधियों से ग्रस्त सिपाहियों को व्यायाम कराने में जुटा हुआ है, जिनकी कमर का घेरा छत्तीस इंच और उम्र चालीस से अधिक है। इसे दूसरे शब्दों में इस तरह कहा जा सकता है, कि भले ही ये मानसिक रूप से अपने आप को गणतन्त्र दिवस के लिए सक्षम माने बैठे हैं, परन्तु शारीरिक रूप से ये पूरी तरह रिजेक्टेड पीस हैं। भला, व्यायाम के दौरान ही जो सिपाही कुछ क़दम भागकर हाँफने लगे और झुकने पर जिसके घुटने मुड़ जायें, क्या वह विजय चौक पर होनेवाले पथ संचलन के लायक़ हैं? क्या ऐसे रिजेक्टेड नमूनों को वहाँ भेजना उचित होगा? वह भी तब जब पूरी दुनिया हमारी सैन्य शक्ति का सजीव प्रसारण देखेगी।

आज गणों अर्थात् स्वयंसेवकों की संख्या काफ़ी अधिक है। अधिक इसलिए है कि इस वर्ष छब्बीस जनवरी के दिन आयोजित होनेवाले गणतन्त्र समारोह में परेड में शामिल होनेवाले सम्भावित स्वयंसेवकों में दूसरी शाखाओं के गण भी शामिल हैं। इसलिए *एक दो तीन चार पाँच छह सात आठ नौ दस*

पदांकों और बीच-बीच में *गण थमः, अर्धवृत, गण दक्ष, आक्रम, वाम दिगन्तर* जैसे निर्देशों के साथ त्रिभुवन के निर्देशन में गुणवत्ता पथ संचलन का अभ्यास पूरे ज़ोरों पर है। बीच-बीच में तबले पर पड़ते थाप जैसे निर्देश भी मिल रहे हैं। दलपत मीणा को देख-देखकर राजू भी अब सधा हुआ अभ्यास करना सीख गया है। एकाध बार मुख्य शिक्षक भरत प्रसाद उसका मुआयना करने आया, तो मुख्य शिक्षक को यह देखकर हैरानी से ख़ुशी अधिक हुई कि, राजू ने बहुत कम समय में पथ संचलन की बारीकियों को समझने के साथ-साथ, अपने आप को अभ्यास के अनुरूप ढाल लिया है।

त्रिभुवन के जत्थे से दूर इन्दरजीत अपने थके-माँदे, अधेड़ सिपाहियों को व्यायाम कराने में जुटा हुआ है। व्यायाम तो नाम भर का है। सच तो यह है कि माँ भारती के ये अधेड़ थके-हारे सपूत शाखा में व्यायाम नहीं, अपनी बौद्धिक सेवाएँ देने के लिए अधिक आते हैं। इसलिए त्रिभुवन जहाँ अब भी पूरी तन्मयता के साथ अभ्यास कराने में जुटा हुआ है, इन्दरजीत के अधेड़ सिपाही व्यायाम को निपटा, आराम कर रहे हैं।

"ऐसा करते हैं गुणवत्ता पथ संचलन अभ्यास समाप्त होने के बाद त्रिभुवन जी के स्वयंसेवकों के साथ ही बौद्धिक विमर्श कर लेते हैं।" ज़िला कार्यवाह इन्दरजीत अपने सिपाहियों के आराम में ख़लल डालते हुए बोला।

इससे पहले कि ज़िला कार्यवाह के इस सुझाव पर सब सहमत होते, प्रचारक त्रिभुवन ने भी अपना गुणवत्ता पथ संचलन अभ्यास रोक दिया है।

"चलिए, उसी मण्डल के पास चलते हैं!" इतना कह ज़िला कार्यवाह भी उठकर खड़ा हो गया।

सारे अधेड़ स्वयंसेवक उठकर अब गुणवत्ता पथ संचलन अभ्यास करनेवाले जत्थे में शामिल हो गये। सारे गण एक बड़े से अर्द्धवृत मण्डल में बैठ गये।

मण्डल के सामने ज़िला कार्यवाह इन्दरजीत, नगर कार्यवाह रुद्रपाल, शाखा कार्यवाह शकुनि आर्य, सह नगर कार्यवाह पारस जैन, इन्दिरा कॉलोनी की अम्बेडकर शाखा का शिक्षक ब्रजभूषण सहित अन्य ज़िला टोली के सारे पदाधिकारी-सदस्य भी बैठ गये।

सारे सदस्यों व पदाधिकारियों के बैठने के बाद शुरुआत त्रिभुवन ने की।

"रुद्रपाल जी, आज हमें अपने पिछले सारे कार्यक्रमों की समीक्षा कर लेनी चाहिए। इसलिए मैं एक-एक कर उन पर आता हूँ। मुझे याद है कि पिछले *दण्ड प्रहार दिवस* के दिन यह तय हुआ था, कि *सम्पर्क दिवस* के रूप में हमें अपने आसपास के प्रबुद्ध लोगों से मिलना है और उन्हें संघ के बारे में बताना है। क्योंकि ये वो लोग होंगे जो कभी शाखा में नहीं आये लेकिन किसी-न-किसी रूप में अधिक नहीं, तो थोड़े-बहुत हमारी विचारधारा के होंगे।"

"आपने सही कहा त्रिभुवन जी। शकुनि जी ने बताया भी था कि उनकी सोसाइटी में उन्हें कुछ प्रबुद्ध व्यक्ति मिले हैं जिनमें वकील, अध्यापक, डॉक्टर, पत्रकार और एक एनजीओवाला शामिल है। इसी तरह पारस जी की सोसाइटी में भी इन्हें एक प्रोफ़ेसर और एक लेखक मिला है।"

"और आपने इस पर कहा था कि पारस जी, प्रोफ़ेसर-लेखक तो ठीक हैं लेकिन ध्यान रहे कि एक तो कोई प्रोफ़ेसर जेएनयू का वामपन्थी...मेरा मतलब है कम्युनिस्ट ना हो और दूसरा, अगर कोई लेखक है तो वह अवार्ड वापसी गैंग से जुड़ा ना हो।" हँसते हुए पारस जैन ने रुद्रपाल को याद दिलाया।

"बिल्कुल। मैंने ऐसा ही कहा था।" इतना कहने के बाद रुद्रपाल को भी जैसे याद आ गया, "उस दिन यह भी बात हुई थी कि ऊपर से आये निर्देश के अनुसार हमें *हरिजन प्रबुद्ध* भी खोजने चाहिए।"

"इसके अतरिक्त पूजनीय बाला साहेब देवरस के बौद्धिक वर्गों पर आधारित *संघ उत्सव* के अन्तर्गत आनेवाले महोत्सव मनाने का निर्णय लिया गया था। साथ ही इस साल चैत्र शुक्ल प्रतिपदा से शुरू होनेवाले हिन्दू नववर्ष को *भगवा दिवस* मनाने का निर्णय भी लिया गया था। इस उपलक्ष्य में इस दिन हर शाखा के साथ-साथ अपने मोहल्ले, हाउसिंग सोसाइटी और अपार्टमेंट में भगवा दिवस के दिन कुछ-न-कुछ कार्यक्रम आयोजित करने की बात हुई थी। इसलिए इन सबकी ताजा स्थिति क्या है, इसकी समीक्षा हो जाये तो अच्छा रहेगा?" प्रचारक त्रिभुवन ने लगभग पूरे वर्ष चलनेवाले कार्यक्रमों की सूची फैला दी।

"मुझे लगता है कि हमें सबसे पहले *सम्पर्क दिवस* से जुड़े मुद्दों पर बात करनी चाहिए।" इसके बाद रुद्रपाल शाखा कार्यवाह शकुनि की तरफ़ मुड़ा, "हाँ जी शकुनि जी, आपने जिन प्रबुद्धों से सम्पर्क किया, उनकी क्या राय है?

क्या इनकी संघ से जुड़ने में रुचि है?" प्रचारक का काम हल्का करते हुए नगर कार्यवाह रुद्रपाल ने पूछा।

"रुद्रपाल जी, जब संघ के बारे में इनसे चर्चा हुई थी, तब मैंने सबसे पहले इनकी विचारधारा को टटोलने का प्रयास किया कि कहीं ये कम्युनिस्ट या कांग्रेसी तो नहीं हैं...और आपको सुनकर प्रसन्नता होगी कि सभी का एकमत से यही कहना था, कि संघ आज जिस तरह हिन्दुत्व के एजेंडे को बढ़ा रहा है, उसकी आज इस देश को आवश्यकता है।"

"आपका मतलब है ये संघ की विचारधारा को सही मानते हैं?" रुद्रपाल को जैसे विश्वास नहीं हुआ।

"बिल्कुल।"

"यानी वो एनजीओवाला भी?"

"आपको क्या लगता है ये एनजीओवाले राजा हरिश्चन्द्र की सन्तान हैं! देखिए, इन एनजीओवालों को ग्रांट से मतलब है। एक मजेदार बात बताऊँ, यह एनजीओवाला विदेशों से भी ग्रांट लेता है। यह तो पता नहीं कैसे बच गया वरना हमारी सरकार ने विदेशी फंडिंग पर जिस तरह पेंच टाइट किया है, उसमें यह निपट जाना था।" शकुनि आर्य ने मुस्कराते हुए कहा।

"इसलिए...वरना संघ का सबसे अधिक तो ये एनजीओवाले उनमें भी कम्युनिस्ट, विरोध करते हैं। इसका मतलब यह हुआ यह कम्युनिस्ट नहीं होगा?"

"रुद्रपाल जी, जो समझदार होगा वह इन कम्युनिस्टों के चक्कर में नहीं पड़ेगा। उसे तो चुपचाप ग्रांट लेने से मतलब है।"

"हूँऽऽऽ और यह पत्रकार?" इस बार रुद्रपाल पत्रकार पर आकर रुक गया।

"इनकी तो बात ही मत करो। आज यदि सबसे अधिक अविश्वसनीय जीव है तो वह पत्रकार है। इनका न कोई दीन है, न धर्म। इसलिए इन्हें मजाक में इन दिनों पत्तलकार भी कहा जाता है। मुश्किल से एकाध परसेंट हैं जो अपनी बात मजबूती के साथ रखते हैं।"

"और जो था उसको चैनल से भगा दिया गया। ससुरा, बहुत बोलता था।" मुख्य शिक्षक भरत प्रसाद ने जिसके बारे में कहा और जिस घृणा के साथ कहा, उसे सुन सब समझ गये कि यह किसके बारे में कह रहा है।

एक ठहाके के साथ बौद्धिक मण्डल में मौजूद सारे पदाधिकारियों और दूसरे सदस्यों के चेहरे खिलते चले गये।

"वैसे यह अच्छा संकेत है कि इस देश का प्रबुद्ध वर्ग धीरे-धीरे संघ से प्रभावित हो रहा है। अभी देखना और भी प्रबुद्ध लोग हमारी तरफ आयेंगे।" दो-दो ज़िलों के प्रचारक त्रिभुवन ने हुलसते हुए कहा।

"और पारस जी, आपको कितनी सफलता मिली? अपनी सोसाइटी के प्रोफ़ेसर और लेखक के बारे में जानकारी ली कि इनमें से कोई जेएनयू का वामपन्थी...और कोई अवार्ड वापसी गैंग से जुड़ा हुआ लेखक तो नहीं है?" इस बार रुद्रपाल ने पारस जैन से पूछा।

"देखिए, प्रोफ़ेसर तो यह जेएनयू का ही है और है भी वामपन्थी किन्तु..."

"आपसे पहले ही कहा था पारस जी कि..."

"पहले आप मेरी पूरी बात तो सुन लीजिए रुद्रपाल जी...यह सही है कि जेएनयू का यह प्रोफ़ेसर पहले वामपन्थी था लेकिन अब उसका वामपन्थ से मोहभंग हो चुका...और ऐसी हालत देश के लगभग सभी विश्वविद्यालयों और महाविद्यालयों की है। जितने भी कम्युनिस्ट, वामपन्थी और लिब्रांडू किसिम के क्रान्तिकारी हैं, सबमें जैसे राष्ट्रवादी बनने की होड़ मची हुई है। आप तो जेएनयू की बात कर रहे हैं, शाहीन बागवाली मुल्लों की यूनिवर्सिटी, मेरा मतलब जामिया, जहाँ मेरा एक बेटा पढ़ाई कर रहा है, उसके मुल्ले प्रोफ़ेसरों में भी संघ से जुड़ने की होड़ मची हुई है।"

"अच्छा है...वैसे भी आज संघ को अधिक-से-अधिक इन मुसंघियों की ज़रूरत है।"

जिस समय बारहवीं फेल रुद्रपाल यह सब कह रहा था, कि आज संघ को अधिक-से-अधिक मुसंघियों की ज़रूरत है, सामने बौद्धिक मण्डल में बैठे नये-पुराने अनेक माँ भारती के सपूत नहीं समझ पाये कि यह मुसंघी क्या बला है?

रुद्रपाल भाँप गया उनकी दुविधा। इसलिए पहले वह मुस्कराया और फिर अपनी मुस्कान को बड़ी कुटिलता के साथ सामने बैठे स्वयंसेवकों की ओर उछालते हुए बोला, "आप सब परेशान हो रहे होंगे कि यह मुसंघी क्या है? मुसंघी दरअसल, हमारे संघ में उन मुसलमानों को कहा जाता है, जो संघी हो गये हैं...यानी जो संघ की विचारधारा के अनुयायी हो गये हैं।"

"और यह लिब्रांडू क्रान्तिकारी क्या चीज है?" दलपत मीणा ने सही समय पर सही सवाल दागते हुए पूछा।

"इसके बारे में अपने पारस जी बतायेंगे। बताइये पारस जी!" नगर कार्यवाह रुद्रपाल सह नगर कार्यवाह पारस जैन की ओर पलटते हुए बोला।

पारस जैन पहले हल्के से मुस्कराया और फिर दलपत को सम्बोधित करते हुए बोला, "क्या है दलपत जी, प्रगतिशीलों में एक बहुत बड़ा धड़ा है जिसे लिबरल कहा जाता है। ये अपने आप को सबसे अधिक स्वतन्त्र विचारोंवाला मानते हैं। ये भी कम्युनिस्टों से कम नहीं होते हैं बल्कि आधे कम्युनिस्ट ही होते हैं। बात-बात में मुसलमानों का पक्ष लेते हैं। इसलिए जैसे हम कांग्रेसियों को खाँग्रेसी कहते हैं, उसी तरह इन लिबरलों को लिब्रांडू कहा जाता है।"

यह अपने आप में एक नयी जानकारी है। लिबरल यानी *लिब्रांडू* और मुसलमान संघी *मुसंघी*। दलपत मीणा के एक बार मन में आया कि लगे हाथ वह यह भी पूछ ले कि जो दलित संघी हो गये उन्हें क्या *दसंघी* कहा जाये? लेकिन वह नहीं पूछ पाया। हिम्मत नहीं हुई उसकी पूछने की।

"मैंने जब इस जेएनयूवाले प्रोफ़ेसर से बाकी के वामपन्थी प्रोफ़ेसर के बारे में पूछा तो पता है उसने क्या कहा?" पारस जैन ने अपनी बात जानबूझ कर अधूरी छोड़ दी।

"क्या कहा?" इस बार प्रचारक ने चौंकते हुए पूछा।

"कहा कि जैसे-जैसे वामपन्थ का पतन होता जा रहा है, वैसे-वैसे सारे कथित-तथाकथित वामपन्थी अपने वामपन्थ नाम के चोले को उतारकर फेंकने को छटपटा रहे हैं।"

"वैसे अब भारत ही नहीं पूरे विश्व में वामपन्थ बचा भी कहाँ है। वामपन्थ के सारे गढ़ तो धीरे-धीरे ध्वस्त होते जा रहे हैं। ले-देकर कम्युनिस्ट कहिए या वामपन्थ का अन्तिम किला केरल बचा है। वहाँ भी देखना एक दिन संघ का परचम लहरायेगा। नम्बूदिरी, केरल की प्रमुख ब्राह्मण जातियों में से एक है। ये अपने आप को प्राचीन वैदिक धर्म और पारम्परिक हिन्दू संहिता का सच्चा भण्डार मानते हैं। पता है ये केरल में संघ के आज सबसे बड़े हिमायती हैं। कहते हैं कि केरल में धर्म परिवर्तन कर ईसाई बननेवाले लोग भी पहले ब्राह्मण थे। कहा जाता है कि एक समय केरल के गरीब हिन्दुओं ने केवल एक बोरी

चावल के बदले ईसाई धर्म अपना लिया था। इसलिए इन ईसाइयों का *राइस बैग* यानी चावल की बोरी कहकर मजाक उड़ाया जाता है। ऐसा कहनेवालों का मानना है कि वे पहले सवर्ण हुआ करते थे।"

बारहवीं फेल नगर कार्यवाह रुद्रपाल की इस जानकारी को सुन सामने बैठे स्वयंसेवकों का मुँह खुला का खुला रह गया। कुछ को यह पूरा विश्वास हो गया कि आज नहीं तो कल, केरल हिन्दू राज्य बनकर रहेगा।

"चलो, यह तो बात हो गयी श्रीराम और अहिंसा हाउसिंग सोसाइटी की। लेकिन इन दोनों के बीचवाले अपार्टमेंट आशियाना की बात भी तो हुई थी। यह भी तो हमारी सोसाइटियों का आधा केरल और आधा जेएनयू है, जिसमें आधे कम्युनिस्ट और आधे मुल्ले रहते हैं।"

"रुद्रपाल जी, रहते हैं नहीं...रहते थे। जैसे ही वे मरे, वैसे ही इनकी औलादें हमारे अपार्टमेंट की तरह हो गये।" पारस जैन का इशारा रामप्रसाद सुमन, मख़दूम चिराग़, मुंशीलाल रहबर और उनके जैसे दूसरे प्रगतिशीलों की तरफ़ था। इसके बाद पारस जैन कुछ पल की चुप्पी के बाद मुस्कराते हुए बोला, "मैंने आशियाना के एक ऐसे ही व्यक्ति को खोजा है...और सबसे अच्छी बात यह है कि वह इस सोसाइटी की आरडब्ल्यूए का एक पदाधिकारी भी है। पता है यह कौन है?"

पारस जैन के इतना कहते ही उसके आसपास खड़े इस्माईलपुर नगर टोली सहित ज़िला कार्यवाह, नगर कार्यवाह, शाखा कार्यवाह, इन्दिरा कॉलोनी की अम्बेडकर शाखा का शिक्षक ब्रजभूषण और दूसरे पदाधिकारी-सदस्यों की गर्दनें उसकी तरफ़ मुड़ गयीं।

"कौन है?" एक समवेत प्रश्न उछला।

"इसका नाम है जयप्रकाश और उस चिराग तले रहता है, जहाँ अब अँधेरा है।"

"पारस जी आप पहेलियाँ मत बुझाइए! जो कहना है स्पष्ट कहिए!" शकुनि आर्य का जैसे धैर्य चुकने लगा।

"मेरे कहने का मतलब यह है कि यह उस मुसलमान कवि के बगलवाले अपार्टमेंट में रहता है जिसका बेटा डॉक्टर है।"

“तुम्हारा मतलब है यह रामप्रसाद सुमन का बेटा है।” इसके बाद शकुनि आर्य ने लम्बी साँस भरी, और यह कहते हुए सारी तस्वीर एकदम साफ़ कर दी, “तभी मैं कहूँ कि उस डॉक्टर ने चारों तरफ से अपनी बालकनी को लोहे की जाली से क्यों कवर करवा दिया।”

यह सब कहते हुए शकुनि की आँखों के सामने वह दृश्य कौंध गया, जब वह संघ के गणवेश में अपने मुख्य अस्त्र लाठी के साथ अक्सर लोहे की जाली से ढकी बालकनी की ओर देखते हुए संघ-स्थल के लिए निकलता है। आशियाना के सामने से गुज़रते हुए वह एक बार सिर उठाकर उस बालकनी की तरफ़ ज़रूर देखता है, जिस खुली बालकनी में एक समय अक्सर मख़दूम चिराग़ साहब गुनगुनी धूप सेंकते हुए नज़र आते थे। लेकिन जब से आशियाना के प्रेमचन्द सदन में इस्माईलपुर नगर टोली के शिवालय शाखा की बैठकें होने लगी हैं, उस बालकनी के चारों तरफ़ लोहे की जालीदार ग्रिल लगवा दी गयी है।

“आपको एक रहस्यवाली बात बताऊँ...रामप्रसाद सुमन का बेटा जयप्रकाश अपनी ही विचारधारा का आदमी है।”

पारस जैन के इस रस्योद्घाटन के बाद कुछ क्षणों तक सवालों में उलझी ख़ामोशी की एक झीनी-सी चादर तिरमिराती रही। इस ख़ामोशी को तोड़ा भी तो नगर कार्यवाह रुद्रपाल ने, “कितनी विडम्बना की बात है कि जिसका पिता जिन्दगीभर क्रान्ति का झण्डा उठाये इंकलाब जिन्दाबाद का नारा लगाता रहा, उसी का बेटा आज राष्ट्रवादी हो गया!”

“यह अचानक नहीं हुआ है। असली बात यह है कि सनातनी हिन्दू कभी कम्युनिस्ट या वामपन्थी हो ही नहीं सकता। जो ऐसा कहता है वह अपने आपसे झूठ बोलता है। असल बात यह है कि हर व्यक्ति के भीतर अपने धर्म और अपनी जाति से एक द्वन्द्वात्मक संघर्ष चलता रहता है। अपने असली रूप में प्रकट होने के लिए इस द्वन्द्व को किसी अवसर की तलाश रहती है, और जैसे ही अवसर आता है यह द्वन्द्व अपने असली रूप में आ जाता है। रुद्रपाल जी, असलियत यह है कि हर हिन्दू के हृदय में एक छोटा-सा संघी छिपा होता है। इसीलिए मैंने कहा है कि असली सनातनी हिन्दू कभी कम्युनिस्ट या वामपन्थी हो ही नहीं सकता।” दो-दो ज़िलों के प्रचारक त्रिभुवन ने बड़ी दार्शनिकता के साथ कहा।

"सच तो यह है कि आज हिन्दू जाग चुका है। इसलिए ईसाई और मुसलमान, जिनके पूर्वजों ने हिन्दू से अपना धर्म परिवर्तन कर लिया था, उनके वंशजों को बार-बार यह एहसास दिलाना है कि देखो आज तुम भले ही हिन्दू नहीं हो, किन्तु तुम्हारे अन्दर का हिन्दू अभी मरा भी नहीं है।" त्रिभुवन के विचारों को विस्तार देते हुए रुद्रपाल बोला।

"तो क्या रामप्रसाद सुमन का बेटा हमसे जुड़ने को तैयार है?"

"बिल्कुल! मेरी बात हुई है उससे।"

"अगर रामप्रसाद सुमन का बेटा हमसे जुड़ गया न, तो हमारा एक बहुत बड़ा काम आसान हो जायेगा।" बीच में सह नगर कार्यवाह पारस जैन बोला।

"कौन-सा काम?" नगर कार्यवाह रुद्रपाल ने आश्चर्य से पूछा।

"है क्या कि आशियाना में जो कम्युनिटी हाल है। उसके पीछे एक कमरा है। यदि रामप्रसाद सुमन का बेटा जयप्रकाश हमसे जुड़ जाता है, तो उससे कह-सुनकर हम उसमें अपने संघ की सामग्री रख सकते हैं।"

"यह आइडिया तो बहुत अच्छा है पारस जी। बल्कि अपने सामान की देखभाल के लिए राजू को भी वहाँ शिफ्ट कर देंगे। पारस जी, आप किसी तरह इस जयप्रकाश को तैयार कर लो!" शकुनि आर्य आगे बोला, "अगर यह काम हो जाता है तो अपनी शाखा का यहाँ परमानेंट कार्यालय बन सकता है।"

"फिर तो इसे संघ से जोड़ना बहुत जरूरी है। पारस जी, अब यह जिम्मेदारी आपकी है कि इस आदमी को किस तरह जोड़ना है। लेकिन इससे पहले यह काम करना है कि किसी तरह जयप्रकाश से अनुरोध करके इस कम्युनिटी हाल में राजू को रखवाना है। राजू वहाँ चला जायेगा तो शाखा का सामान अपने आप चला जायेगा।" नगर कार्यवाह रुद्रपाल के समझ में आ गयी सारी बात।

"अगर वह अपनी सोसाइटी की आरडब्ल्यूए का पदाधिकारी है तो आसानी से मान भी जायेगा।" शकुनि आर्य ने पारस जैन को आसान रास्ता बताया।

"मैं सबसे पहले उससे कमरे की ही बात करता हूँ। जब कमरे में राजू शिफ्ट हो जायेगा तो बाकी का काम अपने आप आसान हो जायेगा...मैं आज ही उससे बात करता हूँ।"

"इस कार्य में देरी नहीं होनी चाहिए पारस जी! बल्कि किसी दिन उसे अपने साथ ले भी लाइए।" फिर कुछ पल सोचने के बाद त्रिभुवन बोला, "अच्छा एक बात बताइए, यह रामप्रसाद सुमन इसके पिता का असली नाम था? मैं इसलिए पूछ रहा हूँ कि बाप का नाम रामप्रसाद सुमन और बेटा खाली जयप्रकाश? यह क्यों नहीं लगाता है अपने नाम के पीछे सुमन? बात कुछ समझ में नहीं आयी कि आखिर ये बाप-बेटे हैं कौन?" ज़िला प्रचारक त्रिभुवन पुनः मुद्दे पर आते हुए बोला।

पारस जैन समझ गया कि ज़िला प्रचारक इसलिए पूछ रहा है कि भ्रमवश घी-शक्कर की तरह घुल जाने के बाद पता चले कि अरे, यह वह नहीं है जैसा मैं समझता था!

"सुमन तो रामप्रसाद जी ने अपने नाम के पीछे इसलिए लगाया हुआ था, कि इस नाम से वह कविताई करता था। मुसलमानों की भाषा में इसे क्या कहते हैंऽऽऽ..."

"तखल्लुस जैसा कुछ कहते हैं।" नगर कार्यवाह रुद्रपाल ने अनुमान लगाते हुए कहा।

"हाँ-हाँ वही। असली नाम तो उसका रामप्रसाद सिन्हा था। बल्कि जयप्रकाश तो अपने नाम के पीछे सिन्हा ही लगाता है।"

इतना सुन ज़िला प्रचारक ने राहत-भरी लम्बी साँस खींची और फिर सबको सुनाते हुए बोला, "मैंने तो पहले ही कहा था कि असली सनातनी हिन्दू कभी कम्युनिस्ट या वामपन्थी हो ही नहीं सकता। उसके हृदय में एक छोटा-सा संघी हमेशा कुलबुलाता रहता है। एक बात बताऊँ, अकेला रामप्रसाद सुमन का बेटा ही नहीं, अधिकतर कम्युनिस्ट और वामपन्थियों की सन्तानें आज संघ से जुड़ने के लिए रास्ता खोज रही हैं। इसलिए कह रहा हूँ कि ऐसे जितने भी लोग संघ की विचारधारा में विश्वास करते हैं, उन्हें शाखा में लाने के प्रयास किये जाने चाहिए।" जिस समय ज़िला प्रचारक यह आह्वान कर रहा था, उसकी देहभाषा को देखकर ऐसा लग रहा था, मानो किसी पुराने और जर्जर क़िले को उसने फ़तह कर लिया है।

"विजयपाल जी, आपके जिम्मे भी तो दो काम लगाये थे। उनका क्या हुआ?" रुद्रपाल अन्त में विजयपाल सोलंकी की ओर मुड़ा।

विजयपाल को जैसे इसका अनुमान था कि देर-सवेर उससे भी पूछा जायेगा। इसलिए उसने पहले से अपने आप को तैयार किया हुआ था।

"मैंने अपने जाटों के कुछ लड़कों से बात की थी, लेकिन उन्होंने यह कहकर मना कर दिया कि शिवालय में लाठी भाँजने से हमें क्या मिलेगा?"

"कहा नहीं कि इससे हिन्दू मजबूत होगा!"

"कहा था रुद्रपाल जी। बल्कि मैंने तो यहाँ तक कहा था कि इससे हमें इन मुल्लों को टाइट करने में मदद मिलेगी, पर वे राजी नहीं हुए।"

"और उन अखाड़ों के पहलवानों का क्या हुआ?" रुद्रपाल ने याद दिलाते हुए पूछा।

"उन्होंने भी मना कर दिया।"

जिस समय विजयपाल सोलंकी बुझे हुए स्वर में अपनी विफलता के बारे में बता रहा था, उसे सुन नगर कार्यवाह रुद्रपाल ने पारस जैन की ओर कनखियों से इस तरह देखा, मानो उससे कह रहा है कि तुम्हारी यह थ्योरी कि संगठन की मज़बूती और ताक़त बढ़ाने के लिए पात्र-कुपात्र, योग्य-अयोग्य का क्या देखना, पूरी तरह फ़्लाप हो चुकी है।

"लगता है हमें ऐसे लोगों को कुछ और सपने दिखाने होंगे। बिना सपने और लालच के इन्हें जोड़ना सम्भव नहीं है।" इन्दिरा कॉलोनी की अम्बेडकर शाखा के शिक्षक ब्रजभूषण ने धीरे-से अपना सुझाव सरकाते हुए कहा।

"आप सही कह रहे हैं ब्रजभूषण जी। यही करना होगा। खाली राष्ट्रवाद और हिन्दुत्व की डुगडुगी बजाने से काम नहीं चलनेवाला। बिना स्वार्थ के ऐसा राष्ट्रवाद और हिन्दुत्व भला किस काम का? इन दोनों के नाम पर आप दलितों, पिछड़ों और आदिवासियों को भी अधिक दिनों तक रोक नहीं पायेंगे। हम सवर्णों की बात अलग है परन्तु दूसरे वर्गों और समुदायों को आप तभी इनके प्रति आकर्षित कर सकते हैं, जब उन्हें लगे कि यहाँ आने से उन्हें कोई लाभ होगा।" दो-दो ज़िलों के प्रचारक की कमान सँभाल रहे त्रिभुवन ने बड़ी गम्भीरता के साथ कहा।

"हमें इस्माईलपुर नगर टोली की जितनी भी शाखाएँ चाहे वे बाल शाखा हो अथवा तरुण शाखा या फिर प्रौढ़ शाखा हो, एक दलित पिछड़ा आदिवासी विंग के बारे में सोचना चाहिए। हमारे पास इसकी भरी-पूरी टीम भी है जैसे दलपत मीणा, मनोज भारती, राजन गौतम, शील जी आदि-आदि।"

"रुद्रपाल जी, आप अपने राजकुमार को कैसे भूल गये?" शकुनि आर्य ने याद दिलाते हुए कहा।

"मैं उसका नाम लेने ही वाला था। लेकिन आपने पहले ही बता दिया।"

"मैं रुद्रपाल जी के सुझाव से पूरी तरह सहमत हूँ। हमें इस बारे में गम्भीरता से विचार करना चाहिए। वैसे संघ भी इसके प्रति पूरी तरह गम्भीर है, कि वंचित और दबे-कुचले वर्गों को आज राष्ट्रवाद की मुख्य-धारा में लाने की सबसे अधिक आवश्यकता है।" त्रिभुवन ने नगर कार्यवाह रुद्रपाल से सहमति जताते हुए पहले पूरे मण्डल पर नज़र मारी, और फिर सभी को सुनाते हुए पूछा, "और कोई विषय तो नहीं बच रहा है?"

"एक महत्त्वपूर्ण मुद्‍दा बच गया है त्रिभुवन जी।" ज़िला कार्यवाह इन्दरजीत ने मुस्कराते हुए कहा।

"कौन-सा?"

"जनगणना वाला।"

"अरे हाँ इन्दरजीत जी, इसे तो मैं भूल ही गया था।" इसके बाद प्रचारक त्रिभुवन थोड़ा आगे आया और जिन प्रौढ़ स्वयंसेवकों को यह काम सौंपा था, उनसे पूछने लगा, "जनगणना का आपका कितना काम हो गया है?"

"मेरे दो ब्लॉक बचे हुए हैं। मैंने अपनी सारी शाखाओं के गटों को इस कार्य में लगाया हुआ है। आप तो जानते हैं कि एक नगर में सत्तर-अस्सी हजार की आबादी कम नहीं होती है। अगर केवल बस्ती का मामला होता, तो अब तक जनगणना हो चुकी होती।" सबसे आगे बैठे प्रौढ़ स्वयंसेवक ने बताया।

"और आपके नगर की क्या स्थिति है?" इसके बाद ज़िला कार्यवाह इन्दरजीत ने दूसरे गण से पूछा।

"मेरा भी पूरा होनेवाला है।"

"देखिए, इस काम को शीघ्र पूरा करना है। क्योंकि जब बस्तियों और नगर की जनगणना पूरी होगी, तभी जिले की सूची तैयार होगी। हमारे पास जब पूरा ब्योरा होगा, तभी घर-घर जाकर संघ के बारे में बता पायेंगे। यह काम इतना आसान नहीं हैं। इसलिए संघ ने हमारी सुविधा के लिए बस्ती, नगर और ज़िले बना दिये ताकि यह कार्य शीघ्र पूरा हो जाये।" प्रचारक ने अपनी चिन्ता के साथ जनगणना कार्य को पूरा करने का निर्देश भी दे दिया।

"क्या इसकी अन्तिम तिथि बढ़ने की आशा है?" एक स्वयंसेवक ने पूछा।

"नहीं, यही अन्तिम तिथि है। पहले ही इसे कई बार आगे किया जा चुका है। इस जनगणना के आधार पर संघ एक *अखिल भारतीय प्रवास योजना* पर कार्य कर रहा है। किन्तु यह तभी सम्भव है जब जनगणना का कार्य पूरा हो जायेगा। संघ ने जनगणना का काम ऐसे ही शुरू नहीं करवाया है। कम-से-कम संघ के पास उसका अपना यह आँकड़ा तो रहेगा, कि उसके द्वारा निर्धारित दस हजार आबादी की बस्ती और एक लाख जनसंख्या के नगर में कितने हिन्दू हैं?" प्रचारक त्रिभुवन ने जनगणना का उद्देश्य बताते हुए कहा।

"आप चिन्ता न करें काम हो रहा है।" ज़िला कार्यवाह इन्दरजीत ने ज़िला प्रचारक को आश्वस्त करते हुए कहा।

शाखा विकिर से पूर्व जैसे ही सारे गण प्रार्थना के लिए इकट्ठे हुए, ज़िला कार्यवाह इन्दरजीत को कुछ याद आया और बोला, "आपको यह भी सूचित किया जाता है कि इन्दिरा कॉलोनी हरिजन बस्ती की अम्बेडकर शाखा में मकर संक्रमण के ही दिन *समरसता दिवस* भी मनाया जायेगा। उस दिन हरिजन बस्ती के सारे दलितों को आमन्त्रित किया जायेगा।"

"इन्दरजीत जी, ऐसा न किया जाये कि *हिन्दू जागरण अभियान* के अन्तर्गत मकर संक्रान्ति के दिन मनाये जानेवाले इस समरसता दिवस के अवसर पर, इस्माईलपुर नगर टोली के सभी दलित पिछड़ा आदिवासी स्वयंसेवकों के एक विंग की घोषणा कर दी जाये?"

"आई लाइक इट, आपका यह सुझाव अति उत्तम है त्रिभुवन जी। उस दिन हमारे सारे दलित पिछड़ा आदिवासी गण भी उपस्थित रहेंगे। मेरा एक सुझाव है कि क्यों न इस समरसता दिवस का *अम्बेडकर समरसता दिवस* नाम दे दिया जाये?"

"एकदम सही नाम दिया है आपने इन्दरजीत जी।"

"इस दिन हमें संघ सम्बन्धी साहित्य का भी वितरण करना चाहिए। इसमें कुछ पुस्तकें जैसे *राष्ट्रीय सेवक संघ : एक परिचय; हाँ, हम हिन्दू हैं, हिन्दू जागरण क्यों और कैसे, शाखा सुरभि* तथा *मनुस्मृति और डॉ. अम्बेडकर* जैसी पुस्तकें हो सकती हैं।"

"आई लाइक इट! यह आपने अच्छा सुझाव दिया इन्दरजीत जी। यह कोई बड़ी बात भी नहीं है। केशवकुंज से हमें ऐसे बने-बनाये फोल्डर मिल जायेंगे। संघ की ओर से प्रकाशित फोल्डर के साथ अलग-अलग प्रान्तों में आयोजित होनेवाले हिन्दू जागरण अभियान के अन्तर्गत जिस साहित्य को वितरित किया जाता है, ऐसा ही साहित्य उस दिन भी वितरित किया जा सकता है। मैं केशवकुंज में इसकी सूचना भिजवा देता हूँ कि इस्माईलपुर नगर टोली को इन फोल्डरों की आवश्यकता है।" ज़िला प्रचारक ने ज़िला कार्यवाह के प्रस्ताव को अपनी स्वीकृति देते हुए कहा।

ज़िला प्रचारक त्रिभुवन की बात समाप्त होते ही ज़िला कार्यवाह इन्दरजीत, दलपत मीणा की ओर देखकर बोला, "क्यों न, दलपत जी को इस विंग की ज़िम्मेदारी दे दी जाये। इस विंग के लिए इनसे अधिक समर्पित और अनुभवी स्वयंसेवक शायद ही कोई हो। मनोज भारती और राजन गौतम जो *धर्म जागरण* और *सामाजिक समरसता जिला टोली* के सदस्य भी हैं, उनके साथ मिलकर ये एक विस्तृत रूपरेखा तैयार कर लेंगे। शील जी और राजकुमार जी के अलावा यदि और भी उत्साही गण आपको नजर आयें, उन सभी को इस विंग में शामिल किया जा सकता है!"

"आप यह दायित्व लेने के लिए तैयार हैं दलपत जी?" ज़िला प्रचारक ने दलपत मीणा से स्वीकृति लेने की ग़रज़ से पूछा।

इस बीच दलपत मीणा अपनी जगह से खड़ा हुआ और यह कहकर अपनी जगह पर बैठ गया, "मैं तैयार हूँ।"

"इन्दरजीत जी, आपका यह प्रस्ताव हम सबको मंजूर है। समझ लीजिए दलपत जी को इसी समय इसका विंग कार्यवाह नियुक्त किया जाता है।"

ज़िला कार्यवाह की इस अनौपचारिक घोषणा को सुनते ही पूरा संघ-स्थल करतल ध्वनि से गूँज उठा।

"भरत जी, अब आप शाखा विसर्जन की प्रक्रिया शुरू कीजिए! लेकिन आज सुभाषित अथवा अमृत-वचन की जगह *एकात्मता मन्त्र* होना चाहिए!" ज़िला प्रचारक ने मुख्य शिक्षक को निर्देश देते हुए कहा।

ज़िला प्रचारक के निर्देश को स्वीकारते हुए मुख्य शिक्षक भरत प्रसाद ने सामने बैठे प्रौढ़ शाखा के अनुभवी स्वयंसेवक की ओर देखते हुए कहा, "गुप्ता जी, आज आप सुनाइए एकात्मता मन्त्र!"

गुप्ता जी नाम का स्वयंसेवक अपनी जगह से उठकर आगे आया, और *एकात्मता मन्त्र* बोलने लगा–

यं वैदिका मन्त्रदृशः पुराणा
इन्द्रं यमं मातरिश्वानमाहुः।
वेदान्तिनोऽनिर्वचनीयमेकं
यं ब्रह्मशब्देन विनिर्दिशन्ति॥

इधर गुप्ता जी *एकात्मता मन्त्र* बोलते रहे, उधर उनके पीछे-पीछे अन्य स्वयंसेवक उसे दोहराते रहे। उस मन्त्र को जिसका अर्थ है–*प्राचीन काल के मन्त्रद्रष्टा ऋषियों ने जिसे इन्द्र, यम, मातरिश्वा (वैदिका देवता) कहकर पुकारा, जिस एक अनिर्वचनीय को वेदान्ती ब्रह्म शब्द से निर्देश करते हैं। शैव जिसकी शिव और वैष्णव जिसकी विष्णु कहकर स्तुति करते हैं। बौद्ध और जैन जिसे बुद्ध और अर्हत् कहते हैं तथा सिक्ख सन्त जिसे सत् श्रीअकाल कहकर पुकारते हैं। जिस जगत् के स्वामी को कोई शास्ता, तो कोई प्रकृति, कोई कुमारस्वामी कहता है तो कोई स्वामी, माता, पिता कहकर भक्तिपूर्वक प्रार्थना करता है; वह प्रभु एक ही है और अद्वितीय है।*

इसके बाद प्रार्थना हुई और अन्त में उसी भारत माता की जय का उद्घोष हुआ, जिसे सुन-सुनकर अब उस भारत माता के भी कान पक चुके होंगे, जो इसे चौबीस घण्टे, दिन-रात, उठते-बैठते सुनती रहती है। उद्घोष समाप्ति के साथ शाखा विकिर अर्थात् विसर्जित हो गयी।

अगले ही दिन सह नगर कार्यवाह पारस जैन ने अपना वायदा पूरा कर दिया। एक अपरिचित को देख सबको हैरानी हुई कि यह सह नगर कार्यवाह किसको ले आया?

संघ-स्थल पर आते ही सह नगर कार्यवाह ने पहले स्वयं चिर-परिचित मुद्रा में शाखा ध्वज को प्रणाम किया, फिर उसके बाद अपरिचित से बोला, "मेरी तरह आप भी गुरुजी को प्रणाम कीजिए!"

गुरुजी का नाम सुनते ही अपरिचित अकबका गया और अपने आसपास देखने लगा कि वह किस गुरुजी को प्रणाम करे? उसके सामने तो यह भगवा ध्वज खड़ा है।

"संघ में इस ध्वज को ही गुरुजी कहते हैं।" मुस्कराते हुए पारस जैन बोला।

अपरिचित ने गुरुजी को प्रणाम कर तो दिया, परन्तु वह इस उलझन में फँस गया कि यह कैसा अमूर्त गुरु है, जिसे संघ में प्रणाम किया जाता है।

"रुद्रपाल जी, ये जयप्रकाश सिन्हा जी हैं। मैं कल इन्हीं की बात कर रहा था। मैंने इनसे कम्युनिटी हाल के कमरे के बारे में भी बात की थी जिसकी, अपनी सोसाइटी का महासचिव होने के नाते इन्होंने सहमति दे दी है।"

सामने खड़े अपरिचित का नाम सुनते ही सबने उसका स्वागत किया।

"आपका बहुत-बहुत स्वागत है सिन्हा जी। आपने सहमति देकर अपने हिन्दुओं पर बहुत बड़ा उपकार किया है...इस्माईलपुर नगर टोली की शिवालय शाखा की आपने बहुत बड़ी समस्या हल कर दी।" कृतज्ञता जताते हुए नगर कार्यवाह रुद्रपाल बोला।

"आपने राजू की भी बात कर ली है न इनसे?" शकुनि आर्य ने अधूरी समस्या को पूरा करते हुए पूछा।

"कोई परेशानी नहीं है उसके रहने में। वह चाहे तो आज से ही रह सकता है।" इस बार उत्तर स्वयं आशियाना आरडब्ल्यूए महासचिव जयप्रकाश सिन्हा ने दिया।

अपने सह नगर कार्यवाह पारस जैन की इस तत्परता को देख पूरी इस्माईलपुर नगर टोली की ख़ुशी का ठिकाना नहीं रहा।

"भरत जी, अब शाखा शुरू कीजिए!" नगर कार्यवाह ने मुख्य शिक्षक से कहा।

"जयप्रकाश जी, आज आप केवल शाखा देखिए! आपको कल से इसमें शामिल करते हैं।"

जयप्रकाश सिन्हा एक तरफ़ बैठकर बड़ी तल्लीनता के साथ शाखा की कार्यवाही देखने लगा।

उधर राजू उसी दिन आशियाना कम्युनिटी हाल के पीछे बने कमरे में शिफ्ट कर गया। राजू के कम्युनिटी हाल में जाने के बाद एल.ए.सी.ए. मार्ट अर्थात् लाला अमरचन्द आर्य मार्ट के मालिक शकुनि आर्य की बहुत बड़ी सिरदर्दी दूर हो गयी। इस तरह आशियाना का तुलसी सदन माँ भारती

के सपूतों का ठीहा बन गया। एक ऐसा ठीहा जहाँ से पूरे ज़िले की संघ से जुड़ी गुप्त गतिविधियों, और व्हाट्सएप सन्देशों का शकुनि आर्य के नेतृत्व में आदान-प्रदान होने लगा। संघ से जुड़ी बैठकें बिना किसी व्यवधान के सम्पन्न होने लगीं। इनकी देखा-देख अन्य हाउसिंग सोसाइटीज़ के रिटायर अंकल और आंटियों द्वारा बनाये गये व्हाट्सएप ग्रुप के एडमिन्स की बैठकें भी अब यहीं होने लगीं। आज इतने धार्मिक और सांस्कृतिक आयोजन इस कम्युनिटी हाल में नहीं होते होंगे, उससे अधिक संघ से जुड़े कार्यक्रम और उसकी गतिविधियों को यहाँ देखा जा सकता है। इतना ही नहीं आशियाना के इस कम्युनिटी हाल की दीवारों पर तुलसी के दोहों और चौपाइयों के बीच कैसे दबे पाँव सर संघचालकों की उक्तियाँ और कथन शोभायमान हो गये, इस पर न तो आशियाना में रहनेवाले स्वर्गीय मुंशीलाल रहबर, रामप्रसाद सुमन व दूसरे अदीबों की सन्तानों ने, और न ही इसके दूसरे रहवासियों ने ध्यान दिया। बल्कि अब तो तुलसी सदन इस्माईलपुर नगर टोली के शिवालय मण्डल का स्थायी पता और हो गया।

20

मध्य जनवरी बल्कि कहिए पूस की सर्दी का असर अब शाखा पर भी पड़ने लगा है। बहुत कोशिश करने के बावजूद राजू को शाखा पहुँचते-पहुँचते पौने सात हो ही गये। उसने दूर से देखा तो संघ-स्थल उसे ख़ाली नज़र आया। उसने मन-ही-मन जैसे राहत की साँस ली कि चलो आज तो पीछा छूटा। यही सोचकर वह वापस लौटनेवाला था कि उसे धुन्ध में लिपटी एक जानी-पहचानी आकृति दिखाई दी। उसने पास जाकर देखा तो पाया वह वही विक्रम है, जिसके सीधे हाथ के अँगूठे को छोड़कर आधी से अधिक अँगुलियाँ अर्थात् तर्जनी, अनामिका, कनिष्ठा हर समय रत्न-जड़ित और क़ीमती पत्थरों की अँगूठियों से सुशोभित रहती हैं। जबकि मध्यमा में घोड़े की नाल का बना छल्ला डला रहता है।

राजू उसके निकट आया और इससे पहले कि राजू उससे कुछ कहता, विक्रम बोल पड़ा, "आज तो कोई नहीं आया है।"

राजू ने ख़ाली पड़े संघ-स्थल की ओर देखते हुए हाँ में सिर हिला दिया। अभी दोनों वापसी के बारे में सोच ही रहे थे कि देखा, मुख्य शिक्षक भरत प्रसाद लगभग हाँफते हुए आर्य समाज मन्दिर की ओर जाता दिखाई दिया। राजू समझ गया कि मुख्य शिक्षक मन्दिर में रखे ध्वज को लेने जा रहा है। उसने विक्रम को वहीं छोड़ा और मुख्य शिक्षक की मदद करने के लिए उसकी तरफ़ बढ़ गया। मुख्य शिक्षक और गट्नायक राजू ने शाखा का सामान उठाया और संघ-स्थल पर आ गये।

"भरत जी, मुझे लगा कि सर्दी के कारण आज शाखा की छुट्टी कर दी गयी है। हम दोनों तो लौटनेवाले थे कि अचानक आप दिखाई दे गये।" विक्रम बोला।

"वो क्या है विक्रम जी, यह तय हुआ है कि सर्दी-सर्दी शाखा का समय सात बजे कर दिया जाये। आप तो जानते हैं कि शाखा की छब्बीस जनवरी तक छुट्टी करना सम्भव नहीं है। क्या है कि गुणवत्ता पथ संचलन का अभ्यास आज से बड़े मैदान में शुरू कर दिया गया है। आज पहला दिन है इसलिए हो सकता है कुछ गण यहाँ ना आयें।"

राजू मुख्य शिक्षक की तरफ़ देखता रह गया, कि पथ संचलन अभ्यास का स्थान बदल दिया गया है और उसे इसके बारे में पता ही नहीं है।

"तो फिर वापस चलें?" विक्रम ने कहा।

"जब आ गये हैं तो शाखा लगा ही लेते हैं।"

"किन्तु हम तो केवल तीन ही लोग हैं?"

"विक्रम जी, शाखा के लिए जरूरी नहीं है कि बहुत बड़ी संख्या हो। हम तीन माँ भारती के सपूत क्या कम हैं?" इस बीच मुख्य शिक्षक *गुरुजी* को खड़ा कर चुका था।

"मैं अभ्यास में चला जाऊँ?" राजू ने मुख्य शिक्षक से पूछा।

"अरे छोड़िए न राजू जी। एक दिन में कुछ नहीं होता...और फिर मैं भी कौन-सा जा रहा हूँ।"

राजू ने जैसे राहत की साँस ली। वह भी यही चाह रहा था।

तीनों ने एक-एक कर ध्वज को प्रणाम किया। प्रणाम के बाद मुख्य शिक्षक ने अपने झोले से बाँसुरी निकाली, और ध्वज के स्वागत में एक

शाखा-गीत की बेसुरी धुन बजाने लगा। धुन को सुनते हुए मुख्य शिक्षक के बग़ल में खड़े विक्रम की जिज्ञासा बढ़ गयी कि भरत प्रसाद जो धुन बजा रहा है, इसका शाखा से क्या सम्बन्ध है? इसी जिज्ञासा के चलते विक्रम ने पूछ लिया, "भरत जी, क्या यह किसी शाखा-गीत की धुन है?"

मुख्य शिक्षक ने कोई उत्तर नहीं दिया बल्कि *ओइम नमो स्तुत: प्रजाए / सकल भुवन जन हिताय* गुनगुनाने लगा। कुछ कहने के बजाय वह संचलन के इस संघ-गीत को सुनाने लगा–

जननी-जन्मभूमि स्वर्ग से महान है।
इसके वास्ते ये तन है मन है और प्राण है ॥
जननी-जन्मभूमि स्वर्ग से महान है।

गीत समाप्त कर वह विक्रम की ओर पलटा, "आपको पता है विक्रम जी यह गीत, संघ के *नाद* अर्थात् *घोष* जिसे भारतीय सेना के बैंड की तर्ज पर तैयार किया गया है, संचलन के दौरान बजता है। एक मजेदार बात बताऊँ भारतीय नौसेना जिस धुन को बजाती है, वह हमारे संघ के घोष की धुन पर बनायी गयी है। आप जानते हैं संघ में घोष की यात्रा बहुत लम्बी है।"

इधर मुख्य शिक्षक का संघ के घोष के बारे में ज्ञान जारी था, उधर राजकुमार उसकी एक-एक मुद्रा और भंगिमा को बड़े ध्यान से देख रहा था। यह अलग बात है कि उसके पल्ले कुछ नहीं पड़ रहा है। जिस बाँसुरी को वह मुख्य शिक्षक द्वारा बजाते हुए देख रहा था, ऐसा वह अक्सर अपने रसूलपुर के गली-मोहल्लों में आनेवाले बाज़ीगरों, या फिर बन्दर-बन्दरिया का नाच दिखानेवालों से सुनता था।

"यह तो हमारा आनक-वादक अपने गाँव चला गया, वरना इस गीत को आनक की धुन पर बजाकर दिखाता।"

"यह आनक क्या होता है भरत जी?"

विक्रम ने राजू का काम आसान कर दिया, क्योंकि वह भी जानने को इच्छुक था कि यह *आनक* क्या है?

"आनकऽऽऽ...! मैं तुम्हें क्या बताऊँ कि यह कैसा होता है?" कुछ पल सोचने के बाद भरत प्रसाद बताने लगा, "आनक एक तरह का नगाड़ा या कहिए ढोल होता है जिसके साथ बाँसुरी की धुन पर संघ का घोष गाया जाता

है। आप इसे ऐसे समझ सकते हैं कि स्कूलों में सुबह बाँसुरी के साथ जिस ड्रम पर बच्चों की परेड करायी जाती है, उसे आनक कहते हैं।"

मुख्य शिक्षक भरत प्रसाद ने जिन सरल शब्दों में आनक का अर्थ समझाया, कि राजू भी आसानी से समझ गया कि यह वाद्य-यन्त्र क्या हो सकता है।

विक्रम अब उकताने लगा। जितना समय उसे यहाँ आकर बिताना था, वह बिता चुका है। इसलिए उसने मुख्य शिक्षक को याद दिलाते हुए कहा, "भरत जी, प्रार्थना शुरू की जाये?"

"अभी समय है।" इतना कह मुख्य शिक्षक दोनों के सामने बैठ गया।

"भरत जी, गणतन्त्र दिवस पर होनेवाली परेड में जगह तय हुई या नहीं... मेरा मतलब है संघ के स्वयंसेवकों को राजपथ पर होनेवाली मुख्य परेड में शामिल किया जायेगा या आगे जाकर उनको शामिल होना है?"

"इसका असली पता चौबीस जनवरी को चलेगा। वैसे यह भी हो सकता है कि विजय चौक पर होनेवाली परेड के लिए नागपुर से प्रशिक्षित स्वयंसेवकों को बुलाया जाये।"

"यानी जिनको यहाँ शाखा में अभ्यास कराया जा रहा है, वे शामिल नहीं होंगे?" विक्रम ने हैरानी के साथ पूछा।

"ऐसा सुनने में आया है। क्योंकि इस परेड को पूरा देश टेलीविजन पर देखता है, इसलिए संघ चाहता है कि इसमें नागपुर से ही ट्रेंड स्वयंसेवकों को बुलाया जाए।"

"वैसे सुना है कि संघ सबसे अधिक नागपुर में ही मजबूत है!"

"यह सही है क्योंकि नागपुर में बच्चा-बच्चा संघी है। यहाँ यह हालत है कि अगर एक घर में तीन भाई हैं तो तीनों शाखा में जाते हैं। जबकि केरल का मामला अलग है। यहाँ कम कार्यकर्ता होने के बाद भी संघ मजबूत है क्योंकि सबसे अधिक दक्ष कार्यकर्ता केरल में ही हैं। मतलब शारीरिक रूप से एकदम फिट। आपको पता नहीं होगा कि तृतीय वर्ष के लिए पूरे देश से नागपुर साढ़े नौ सौ स्वयंसेवक जाते हैं। जो स्वयंसेवक नागपुर जाते हैं, और वहाँ जो लाठियाँ ट्रेनिंग के लिए मिलती हैं, उन्हें ये ट्रेन से वापस नहीं लाते हैं। ये उन्हें नागपुर में ही जमा करा आते हैं। आपको पता है पूरे केरल में जो लाठियाँ सप्लाई होती हैं, वे नागपुर से ही होती हैं।"

"वैसे भी ट्रेन में लाठी लाना ले जाना मना है।"

"यह भी हो सकता है।"

"लेकिन भरत जी, केरल में जो लाठियाँ जाती हैं, वहाँ की वामपन्थी सरकार अपने राज्य में उन्हें चेक नहीं करती है?"

"विक्रम जी, भले ही केरल में सरकार वामपन्थियों की है और उसके लिए इन्हें चेक करना मुश्किल भी नहीं है। वैसे कोई भी सरकार मुसलमानों के घर-घर में राइफ़ल चेक करती है? एक बात और, यहाँ हमारी शाखा में सारे स्वयंसेवकों के पास दण्ड है, मगर केरल में सबके पास नहीं होती। इसलिए जो स्वयंसेवक नौ सौ साठ दण्ड नागपुर में छोड़कर आते हैं, वे सब वहाँ से पूरे केरल में जाती हैं।"

विक्रम के लिए यह एकदम नयी और मौलिक जानकारी है कि पूरे केरल में आरएसएस के स्वयंसेवकों को लाठी अर्थात् दण्ड नागपुर से भेजे जाते हैं। दूसरा, यह भी उसके लिए नयी जानकारी है कि संघ नागपुर से अधिक केरल में मज़बूत है।

"आपको एक बात और बताऊँ विक्रम जी कि तृतीय वर्ष के लिए जो स्वयंसेवक नागपुर जाते हैं, प्रत्येक के पास दण्ड का होना अनिवार्य होता है। देश-विदेश से जो कुल नौ सौ साठ स्वयंसेवक यहाँ जाते हैं उनमें अलग-अलग राज्यों और प्रान्तों का कोटा निश्चित होता है। जैसे दिल्ली का कोटा मात्र सत्रह स्वयंसेवकों का है। पिछले साल तो सत्रह में से केवल चौदह स्वयंसेवकों को ही भेजा गया था। हालाँकि नागपुर जाने के लिए बहुत से स्वयंसेवक इच्छुक रहते हैं।"

विक्रम ही नहीं राजू को भी यह सुनकर हैरानी हो रही है, कि इस्माईलपुर नगर टोली के शिवालय मण्डल की शाखा के इस मुख्य शिक्षक के पास, संघ से जुड़ी ऐसी-ऐसी जानकारियाँ हैं कि जिन्हें जान और सुनकर संघ के तौर-तरीक़ों और उसकी मज़बूती का पता चलता है। यह बात अलग है कि राजू के इनमें से अधिकतर बातें इतने दिनों बाद भी पल्ले नहीं पड़ती हैं। बस, चुपचाप वह इन्हें सुनता रहता है।

"वैसे तृतीय वर्ष की ट्रेनिंग तो बड़ी कठिन होती होगी?"

"सबसे अधिक कठिनाई उन स्वयंसेवकों को होती है विक्रम जी, जो आपकी तरह एसी में रहनेवाले होते हैं...वे तो रोयेंगे ही।" मुख्य शिक्षक ने जैसे विक्रम पर व्यंग्य किया।

विक्रम भी कहाँ पीछे रहनेवाला था। उसने भी कटाक्ष करते हुए कहा, "भरत जी, इसलिए मैं कभी संघ से नहीं जुड़ा। बॉस, अपने बसका नहीं है यह लाठी-भाला भाँजना। इस नागपुर-केरल के चक्कर में मैं नहीं पड़ता। हाँ, जहाँ तक राष्ट्र सेवा की बात है उसमें अपुन पीछे नहीं रहते हैं।"

"आप सही कह रहे हैं विक्रम जी। राष्ट्र की सेवा कई तरीकों से हो सकती है। उसके लिए आवश्यक नहीं है कि गणनायक या स्वयंसेवक बनकर ही यह काम किया जाये। हमारी इसी शाखा में सालों से जुड़े ऐसे बहुत सारे सीनियर स्वयंसेवक हैं जिन्हें आज तक न प्रार्थना आती है, न कोई सुभाषित याद है। हाँ, जब भी उन्हें बुलाया जाता है, वे गणवेश में तुरन्त हाजिर हो जाते हैं। कई बार संख्या बल का होना भी बहुत जरूरी होता है। आप जानते होंगे हमारी इसी इस्माईलपुर नगर टोली में कौशल जी, जो हाई कोर्ट में वकील हैं, बहुत पुराने स्वयंसेवक हैं। प्राथमिक शिक्षित कौशल जी इतने काम के आदमी हैं कि जब भी संघ से जुड़ा कोई गण चोरी-चकारी से लेकर किसी मुल्ले को टाइट करने के मामले में फँस जाता है, तो कौशल जी तुरन्त उसकी मदद करते हैं। उसके लिए फ्री में कानूनी लड़ाई लड़ते हैं। अब बताइए, यह भी तो एक तरह से राष्ट्र की सेवा है न। अब उन्हें प्रार्थना, सुभाषित, अमृत-वचन, सूर्यनमस्कार, एकात्मता मन्त्र आये ना आये...क्या फर्क पड़ता है।"

विक्रम मन-ही-मन खुश होता रहा कि इससे अच्छा राष्ट्रवादी और क्या हो सकता है, कि हींग लगे न फिटकरी और रंग चोखा हो जाये। इधर राजू सोचता है कि काश, वह भी बिना शाखा में आये इस विक्रम और कौशल जी की तरह राष्ट्र की सेवा कर पाता।

"भरत जी, आप भी तो संघ द्वारा दिलवाई जानेवाली शिक्षा जैसे प्रथम वर्ष, द्वितीय वर्ष या तृतीय वर्ष की तरह शिक्षित होंगे?" विक्रम ने सहज भाव से पूछ लिया।

"मैं तो बस प्रथम वर्ष शिक्षित हूँ। आपको एक मजेदार किस्सा बताऊँ विक्रम जी! जिस जगह हमारी प्रथम वर्ष की ट्रेनिंग थी वह कोई बहुत पुराना

सरकारी जैसा स्कूल था। जगह-जगह से उसके कमरों का फर्श टूटा हुआ था और रेत जमी हुई थी। यह मई का महीना था और आप तो जानते हैं कि मई में कितनी गरमी पड़ती है। मारे गरमी के हम स्वयंसेवक पूरी रात नहीं सो पाये थे। हम जैसों को तो नींद आ गयी थी किन्तु जो एसीवाले स्वयंसेवक थे, उन्होंने पूरी रात इधर-उधर घूम-घूम कर बितायी।" मुख्य शिक्षक भरत प्रसाद अपना प्रथम वर्ष का अनुभव सुनाते हुए हँसने लगा।

"और क्या-क्या होता है इसमें?" विक्रम की जिज्ञासा बढ़ने लगी।

"इसमें सबसे पहले जिलेवार ग्रुप बनाये जाते हैं। फिर विभागवार और उसके बाद गणसह ग्रुप बनाये जाते हैं। गणसह के अन्तर्गत अलग-अलग जिलों और विभागों के अलग-अलग गणों का समूह बनाया जाता है। यह जो प्रथम वर्ष की ट्रेनिंग होती है, यह प्रान्त स्तर की होती है। जैसे दिल्ली प्रान्त, बिहार प्रान्त, पंजाब प्रान्त आदि-आदि। जबकि द्वितीय वर्ष की ट्रेनिंग क्षेत्र के अनुसार होती है। एक क्षेत्र में पाँच प्रान्त होते हैं। जैसे हमारा जो क्षेत्र है उसमें पाँच प्रान्त आते हैं और ये प्रान्त हैं–दिल्ली, पंजाब, हरियाणा, जम्मू-कश्मीर और हिमाचल। दिल्ली और हरियाणा में द्वितीय वर्ष की ट्रेनिंग पिछली बार हो गयी। इस बार पंजाब, जम्मू और हिमाचल की बारी है।"

"यह तो बड़ा लम्बा-चौड़ा मामला है भरत जी!" विक्रम ने हैरानी जताते हुए कहा।

"पहले, प्रथम वर्ष की पच्चीस दिन और द्वितीय वर्ष की अट्ठाईस दिन की ट्रेनिंग होती थी। अब दोनों को इक्कीस-इक्कीस दिन का कर दिया गया है।"

"ये क्यों कम कर दिये?"

"स्वयंसेवक समय नहीं दे पाते हैं न इसलिए। एक बात और, प्राथमिक वर्ष की ट्रेनिंग दिसम्बर और मार्च के महीने में होती है। अगर कोई स्वयंसेवक इन दो महीनों के अलावा किसी दूसरे महीने में करना चाहता है, तो उसे दूसरे प्रान्त में जाना होता है। वैसे प्राथमिक वर्ष की ट्रेनिंग जिले और विभाग स्तर पर ही आयोजित होती है...विक्रम जी, चलिए अब थोड़ा व्यायाम कर लिया जाये!"

"भरत जी, आज रहने दो। अब सीधे ही गुरुजी को प्रणाम करो और घर चलो!"

"विक्रम जी, शाखा में ऐसे नहीं होता। अगर एक बार संघ-स्थल पर शाखा लग गयी, तो वह पूरी प्रक्रिया के बाद ही विकिर होती है। आपके कहने से व्यायाम छोड़ देते हैं परन्तु बाकी तो करना पड़ेगा।"

मुख्य शिक्षक के रूप में पदस्थ भरत प्रसाद की संघ के प्रति इस निष्ठा को देख विक्रम इस बार अभिभूत हो गया।

"ऐसा करते हैं विक्रम जी, क्योंकि आज आप दो ही गण हैं इसलिए आप कोई सुभाषित या अमृत-वचन और राजू जी शाखा-गीत सुनायेंगे!" मुख्य शिक्षक के नाते भरत प्रसाद ने जैसे आदेश देते हुए कहा।

अपना नाम सुनते ही राजू के हाथ-पाँव फूल गये। उसे इसकी बिल्कुल आशा नहीं थी कि मुख्य शिक्षक उससे शाखा-गीत सुनाने को कह देगा।

"भरत जी, रहने दीजिए! आप ही सुना दें कोई।" विक्रम टालने की कोशिश करने लगा।

"कोई श्लोक-व्लोक जो कभी स्कूल में पढ़ा हो, उसे ही सुना दीजिए!"

"फिर तो मुझे स्कूल में पढ़ा यह श्लोक याद है..."

"वाह, बहुत अच्छा। आपने तो एकदम शुद्ध श्लोक सुनाया है...अब आप सुनाइए राजकुमार जी!" मुख्य शिक्षक इस बार राजू की तरफ़ मुड़ा।

लेकिन राजू अर्थात् राजकुमार बग़लें झाँकने लगा। गीत तो दूर की बात रही उसे क़ायदे से एक छोटा-सा सुभाषित अथवा अमृत-वचन भी याद नहीं है। अच्छा नहीं लगा मुख्य शिक्षक को। आज राजू का मालिक शकुनि आर्य नहीं है, इसलिए उसने कह ही दिया, "राजू जी, एक बार मैंने झूठ बोलकर आपको अपनी आर्यावर्त शाखा का गीत-प्रमुख बना दिया था? यह तो अच्छा हुआ जो इन्दिरा कॉलोनी झुग्गी-झोपड़ी की अम्बेडकर शाखा का गण शील शाखा-गीत सुनाने के लिए खड़ा हो गया था। यदि उस दिन मैं आपको शाखा-गीत सुनाने का आदेश दे देता, तब क्या होता? आपसे तो दूसरे दलितगण अच्छे हैं। कम-से-कम हिन्दुत्व के प्रति पूरी तरह समर्पित तो हैं। यह तो शकुनि जी का लिहाज है वरना आप गऊ ग्रास इकट्ठा करने के लायक भी नहीं हैं। इतने साल हो गये शाखा में आते हुए लेकिन आता आपको कुछ भी नहीं है।"

मुख्य शिक्षक ने जिस तरह विक्रम के सामने राजू का तिरस्कार किया, उसे देख एक बार तो राजू के मन में आया कि वह कह दे, मुझे नहीं बनना

है कोई हिन्दू-विन्दू। मगर नहीं कह पाया। सच तो यह है कि वह रसूलपुर छोड़कर इतनी दूर हिन्दू बनने नहीं, कुछ और बनने आया था।

"राजकुमार जी, थोड़ा-बहुत इधर-उधर से रट-रटा लीजिए! या फिर मेरी तरह स्कूल में जो पढ़ा है, वही सुना दिया करो।" विक्रम ने बहुत आसान रास्ता बताते हुए कहा।

"विक्रम जी, स्कूल ही गया होता तो आज शाखा में आना नहीं पड़ता!"

राजू के एक बार मन में आया कि वह तो फिर भी आठवीं फेल है, वह कितना पढ़ा है उसे सब पता है।

ग़ुस्से में इस्माईलपुर नगर टोली के शिवालय मण्डल की शाखा का कर्मठ, निष्ठावान, अनुभवी स्वयंसेवक और मुख्य शिक्षक भरत प्रसाद यह सब कह तो गया, परन्तु एक पल के लिए वह भूल गया कि उसके मुँह से कितनी बड़ी सच्चाई निकल गयी है।

राजू कुछ नहीं बोला। एकदम शान्त और ख़ामोश रहा।

इसके बाद मुख्य शिक्षक ने स्वयं एक शाखा-गीत सुना दिया। गीत सुनाने के बाद उसने प्रार्थना बोलनी शुरू कर दी। राजू विक्रम की तरह होंठों-ही-होंठों में प्रार्थना के शब्दों को चुबलाता रहा। जिस माँ भारती के सपूत से सुभाषित, अमृत-वचन या शाखा-गीत आज तक याद नहीं किया गया हो, उससे यह अपेक्षा की जाये कि वह पूरी बीस पंक्तियोंवाली प्रार्थना, वह भी खाँटी संस्कृत में बोल पायेगा, सोचना भी हास्यास्पद है।

अन्त में मुख्य शिक्षक ने जब भारत माता का उद्घोष किया तो राजू ने आज तीन बार तो दूर रहा, एक बार भी नहीं दोहराया। इसके बाद कब शाखा विसर्जित हो गयी, उसे याद नहीं। वह चुपचाप शाखा से मार्ट चला आया।

21

इन्दिरा कॉलोनी की अम्बेडकर शाखा के शिक्षक ब्रजभूषण सहित दूसरे दलित आदिवासी स्वयंसेवकों जैसे दलपत मीणा, *धर्म जागरण ज़िला टोली* के सदस्य मनोज भारती, *सामाजिक समरसता ज़िला टोली* के सदस्य राजन गौतम, इसी शाखा का गीत-प्रमुख शील सहित अपने राजू को उनकी ज़िम्मेदारियों के साथ पूरी तरह मुस्तैद कर दिया गया है।

परम पूजनीय श्री गुरुजी एवं पूजनीय बाला साहब देवरस के *बौद्धिक वर्गों* पर आधारित *संघ उत्सव* के अन्तर्गत जिन उत्सवों को मनाने का फ़ैसला लिया गया था, उनमें से वर्ष के पहले उत्सव *मकर संक्रमण महोत्सव* की पूरी तैयारी हो चुकी हैं। इसके अलावा प्रचारक त्रिभुवन सहित ज़िला कार्यवाह इन्दरजीत, नगर कार्यवाह रुद्रपाल, शाखा कार्यवाह शकुनि आर्य, सह नगर कार्यवाह पारस जैन की उपस्थिति में लिए गये निर्णय के आधार पर, इस दिन मनाये जानेवाले *अम्बेडकर समरसता दिवस* की भी पूरी तैयारी कर ली गयी है। इस्माईलपुर नगर टोली इन्दिरा कॉलोनी की हरिजन बस्ती में *अम्बेडकर संघ-स्थल* पर मकर संक्रमण महोत्सव और समरसता दिवस के लिए सभी शाखाओं के दलित, पिछड़ा, आदिवासी स्वयंसेवकों की नयी विंग स्थापित करने के लिए पूरी तरह तैयार है। उसी इस्माईलपुर की इन्दिरा कॉलोनी और इस्माईलपुर एक्सटेंशन के अन्तर्गत आनेवाली सभी झुग्गी-झोपड़ी कॉलोनी जिनमें बिहार, उत्तर प्रदेश, राजस्थान, मध्य प्रदेश, छत्तीसगढ़ सहित दूसरे राज्यों से पलायन करके आनेवाले दलित-पिछड़े वर्ग के मज़दूर रहते हैं, इस समरसता दिवस पर सभी को आमन्त्रित किया गया है। विकास प्राधिकरण द्वारा पच्चीस-पच्चीस गज़ के अलॉट किये गये एक मंज़िला मकानों के बीच घास विहीन तिकोने पार्क की सूखी रेत पर अच्छी तरह छिड़काव कर, उस पर दरियाँ बिछा दी गयी हैं। उसी तिकोने पार्क की सूखी रेत पर जिसके ठीक सामने अर्द्धनिर्मित मस्जिद खड़ी है।

पार्क के एक तरफ़ बने मंच के पिछले हिस्से की दीवार पर फ़्लेक्स का एक बड़ा-सा भारत माता का सदाबहार बैनर टाँग दिया गया है। उसी भारत माता का बैनर जिसके उत्तर में बर्फ़ से आच्छादित पूरी शिवालिक पर्वत श्रृंखला अर्थात् हिमालय पर्वत सीना ताने खड़ा हुआ है। दूसरी ओर दक्षिण एशियाई देश पाकिस्तान, श्रीलंका, बांग्लादेश, नेपाल, मालद्वीप, भूटान सहित अफ़ग़ानिस्तान को भी दर्शाया गया है। इन देशों को काई के रूप में दर्शाने के पीछे संघ का बचपन से यह सपना रहा है, कि एक दिन आर्य समाज के इस उद्देश्य *कृण्वन्तो विश्वमार्यम्* यानी विश्व को आर्य बनाते चलो की तर्ज़ पर भारत को एक ऐसा हिन्दू राष्ट्र बनाना है, जिसके अधीन ये देश ही नहीं, आधा एशिया होगा। यह सपना तभी से चला आ रहा है, जब इसकी स्थापना

की कल्पना की जा रही थी। लेकिन कल्पना, कल्पना रह गयी और एक-एक कर उसकी आँखों के सामने पहले पाकिस्तान भारत से अलग हुआ, और फिर पाकिस्तान से बांग्लादेश अलग हुआ। कहने को संघ उस अफ़ग़ानिस्तान को भी हिन्दू राष्ट्र ही मानता है जिस पर आज तालिबानियों का शासन है, और जो कभी सातवीं सदी तक अखण्ड भारत का एक हिस्सा हुआ करता था। पता नहीं यह सपना तब था या नहीं, जब मध्यकाल में लोदी वंश के अफ़गान शासकों ने और बाद में बाबर, नादिर शाह तथा अहमद शाह अब्दाली ने भारत को अफ़ग़ानिस्तान में मिलाने का प्रयास किया था? बब्बर शेर की पीठ से टेक लगाये वही विशाल बैनर टँगा हुआ, जिसमें मुकुट पहने भारत माता के बायें हाथ में राष्ट्रभक्त कभी भगवा ध्वज पकड़ा देते हैं, तो कभी उसे त्रिशूल थमा देते हैं। जब इनसे काम नहीं चलता है तो तिरंगा झण्डा दे देते हैं। यानी भारत माता के हाथ में कौन-सी पताका अथवा अस्त्र होगा, इसका अधिकार सिर्फ़ और सिर्फ़ इन्हीं राष्ट्रभक्तों को है।

मंच के दायें तरफ़ एक मेज़ को सफ़ेद कपड़े से ढककर उस पर राष्ट्रीय स्वयंसेवक संघ के दूसरे सरसंघचालक परम पूजनीय श्री गुरुजी माधव सदाशिवराव गोलवलकर एवं पूजनीय बाला साहब देवरस की तस्वीरें लगा, उन पर गेंदे की छोटी-छोटी मालाएँ चढ़ा दी गयी हैं। मंच के ठीक पीछे मकर संक्रमण महोत्सव और समरसता दिवस में भाग लेनेवाले स्वयंसेवकों, और इन्दिरा कॉलोनी तथा इस्माईलपुर एक्सटेंशन की झुग्गी-झोपड़ीवासियों के लिए बन रही साग-पूरियों की गन्ध पूरे पार्क में तैर रही है। इस्माईलपुर नगर टोली के पदाधिकारियों को पूरा विश्वास है कि वैसे ये दलित, पिछड़ा, आदिवासी आयें न आयें, लेकिन घीसू-माधो की तरह साग-पूरी की गन्ध का पीछा करते हुए यहाँ तक अवश्य आयेंगे।

एक-एक कर जब इस्माईलपुर नगर टोली के सारे पदाधिकारी आ गये, तो तय कार्यक्रम के अनुसार मकर संक्रमण महोत्सव की शुरुआत हो गयी। इसी क्रम में सर्वप्रथम भारत माता सहित मेज़ पर लगीं परम पूजनीय गुरुजी एवं पूजनीय बाला साहब देवरस की तस्वीरों पर श्रद्धा सुमन अर्पित किये गये। इसके उपरान्त ज़िला कार्यवाह इन्दरजीत ने संघ उत्सवों के अन्तर्गत पूरे वर्ष महोत्सव मनाने के उद्देश्यों और ज़रूरत पर विस्तार से प्रकाश डालना शुरू कर दिया।

"बन्धुओ! मानव स्वभाव में एक ही ढर्रे पर चलने से जो नीरसता और ऊब पैदा हो जाती है, उसके स्थान पर पहले उत्सव और उसके बाद उत्सवों की श्रृंखला मानव-समाज में जीवन जीने की लालसा पैदा कर, आगे बढ़ने की प्रेरणा देती है। ये पर्व और उत्सव जीवन की नीरसता को सरसता में परिणित करते रहते हैं। इसे आप इस उदाहरण से समझ सकते हैं। जैसे ईख के गन्ने में कई पोरियाँ होती हैं और हर पोरी की मिठास दूसरी पोरी से अलग होती है। यदि आप गन्ने को ऊपर से नीचे की ओर चूसते हुए जायेंगे, तो उसकी मिठास बढ़ती चली जाती है। यही बात हमारे पर्वों और उत्सवों पर भी लागू होती है...यानी हर पर्व और उत्सव की मिठास एक-दूसरे से अलग होती है। हिन्दू समाज चार तरह के पुरुषार्थ में विश्वास रखता है और इसका अन्तिम लक्ष्य मोक्ष है। हिन्दू-जीवन पद्धति में इसलिए नित नये उत्सवों की माला देखने में आती है। इसलिए परम पूजनीय गुरुजी एवं पूजनीय बाला साहब देवरस के बौद्धिक वर्गों पर आधारित संघ द्वारा छह दिनोत्सव और महोत्सव मनाने का निर्णय लिया गया है। इसी श्रृंखला में इस हरिजन बस्ती में मनाया जानेवाला मकर संक्रमण महोत्सव इस वर्ष का यह पहला उत्सव है। इस उत्सव को गौरवपूर्ण व गरिमामय बनाने के उद्‌देश्य से इस बार यहाँ समरसता दिवस मनाने का भी निर्णय लिया गया है। जैसाकि आप जानते हैं कि इस पृथ्वी पर सारे हिन्दू, हिन्दू पहले हैं हरिजन, गिरिजन, दलित, आदिवासी, शूद्र, छूत-अछूत, पिछड़े, अगड़े बाद में। हम सब एक ही भारत माता की सन्तान हैं। इसलिए हिन्दुत्व और हिन्दूवाद को मजबूत और संगठित करने के उद्‌देश्य से इस समरसता दिवस का आयोजन किया गया है। जिस गुलाम मानसिकता का हमें सदियों तक शिकार बनाया गया, उससे मुक्त होने की भावना पैदा करने के लिए हम सब हिन्दू आज यहाँ इकट्‌ठे हुए हैं। इस समरसता दिवस के बहाने हम अपने इस प्रण को भी दोहराना चाहते हैं कि यदि इस देश में रहना है, तो हिन्दू बनकर ही रहना होगा।

"राष्ट्रीय स्वयंसेवक संघ ने अपनी ओर से कोई नये उत्सवों की स्थापना नहीं की है अपितु इन्हें हिन्दू समाज अनन्तकाल से मनाता आ रहा है। अत: समाज में अपने अनुकूल वातावरण निर्माण करने, नयी शाखाएँ खोलने तथा अपना कार्यक्षेत्र बढ़ाने में इन उत्सवों का विशिष्ट महत्त्व है। इससे पहले कि मैं

माननीय जिला प्रचारक श्री त्रिभुवन जी को उनके उद्‌बोधन एवं अभिनन्दन हेतु मंच पर आमन्त्रित करूँ, उससे पहले आज के इस अम्बेडकर समरसता दिवस के विशेष मेहमानों अर्थात् संघ की इस इस्माईलपुर नगर टोली के समर्पित हिन्दू स्वयंसेवकों का छोटा-सा परिचय कराना चाहूँगा। उसके उपरान्त नगर कार्यवाह श्री रुद्रपाल जी को आज के इस दिवस पर प्रकाश डालने के लिए आमन्त्रित करुँगा।

"...तो हमारे मंच पर जो महानुभाव बीचो-बीच विराजमान हैं ये दलपत मीणा जी हैं। दलपत जी आदिवासियों के मीणा समुदाय से आते हैं। इस समुदाय का योगदान ब्रिटिश राज व देसी रियासतों के शोषण तथा अत्याचारों के विरुद्ध लामबन्द होकर आजादी के लिए लड़ने का रहा है। राजस्थान के मानगढ़ बलिदान की घटना के बारे में पता नहीं आप में से कितने लोग जानते हैं? जो नहीं जानते उनके लिए मैं बता दूँ कि इतिहास के पन्नों में वह घटना आज भी स्वर्णाक्षरों में दर्ज है जब गोविन्द गुरु के नेतृत्त्व में गठित *सम्प सभा* की अगुवाई में डूँगरपुर, बाँसवाड़ा, मेवाड़, कुशलगढ़, प्रतापगढ़ और गुजरात की *ईडर एवं सन्तरामपुर* रियासतों के इन आदिवासियों ने ब्रिटिश राज व देसी रियासतों के शोषण तथा अत्याचारों के विरुद्ध लामबन्द होकर, आजादी के लिए अपनी लड़ाई लड़ी थी। मीणा आदिवासियों की इस एकजुटता को तब ब्रिटिश व रजवाड़ी सत्ताओं ने विद्रोह की संज्ञा दी थी, और उसे कुचलने का षड्यन्त्र रचा था। इसी को लेकर मानगढ़ पर्वत पर हो रही आदिवासी पंचायत को चारों ओर से घेरकर ब्रिटिश सैनिकों ने रियासती फौज के साथ मिलकर आक्रमण किया। परिणामस्वरूप इसमें मानगढ़ में सैंकड़ों आदिवासी शहीद हुए। जो घायल होकर बच गये उनमें से इतनी ही संख्या में उपचार के अभाव में कुछ दिन बाद मर गये। वास्तव में, इस प्रतिरोध का उद्‌देश्य आदिवासियों के साथ हो रहे अत्याचारों का विरोध था, जिनमें बिना मजदूरी के बेगार लेना, शराब की ठेकेदारी, कृषि भूमि पर लिए जानेवाले लगान में वृद्धि और आये दिन आदिवासियों के साथ दुर्व्यवहार व बहन-बेटियों की इज्जत लूटना जैसे कृत्य शामिल थे। इस तरह इस समुदाय का योगदान अंग्रेजी हुकूमत द्वारा किये गये शोषण और अत्याचारों के विरुद्ध आवाज उठाना रहा है। यह एक पराक्रमी समुदाय रहा है जिसने हिन्दुत्व की रक्षा के लिए अंग्रेजों

और मुसलमान आततायियों से मुकाबला किया...तो ऐसे पराक्रमी समुदाय से सम्बन्ध रखनेवाले दलपत मीणा जी का इस समरसता दिवस के अवसर पर स्वागत है।...इनके साथ बैठे हैं अपने धर्म जागरण जिला टोली के सदस्य मनोज भारती, सामाजिक समरसता जिला टोली के सदस्य राजन गौतम, और इसी शाखा के गीत-प्रमुख शील जी। शील जी के साथ जो स्वयंसेवक बैठे हैं ये राजकुमार जी हैं। पूरी तरह हिन्दुत्व को समर्पित राजकुमार जी इन दिनों शिवालय मण्डल की शाखा के गट्नायक भी हैं। मंच पर विराजे इन सारे माँ भारती के उपासकों का सम्बन्ध हिन्दू धर्म के हरिजन वर्ग से है।" ज़िला कार्यवाह ने बड़ी चतुराई से आदिवासियों का सम्बन्ध अंग्रेज़ों के साथ जोड़ते हुए उसे मुसलमानों के साथ भी जोड़ दिया। इतना ही नहीं परिचय के दौरान वह यह बताना नहीं भूला कि इन लोगों का सम्बन्ध किन समुदायों से है। अपनी बात समाप्त कर ज़िला कार्यवाह ने नगर कार्यवाह रुद्रपाल की ओर देखा, तथा उसे आमन्त्रित करते हुए बोला, "अब मैं इस्माईलपुर नगर टोली के नगर कार्यवाह रुद्रपाल जी को आमन्त्रित करता हूँ। वे आपको इस समरसता दिवस की जरूरत और महत्त्व पर बाकी प्रकाश डालेंगे...आइए रुद्रपाल जी!"

नगर कार्यवाह रुद्रपाल बिना एक पल गँवाये माइक के पास आया, और अपना उद्‌बोधन शुरू करते हुए बोला, "जैसाकि मकर संक्रमण महोत्सव के दिन मनाये जानेवाले इस अम्बेडकर समरसता दिवस का प्रश्न है, तो मैं आप सभी को बताना चाहता हूँ कि इसका असली उद्‌देश्य हिन्दू समाज के उपेक्षितों, वंचितों, दलितों, पिछड़ों और आदिवासी समुदाय के लोगों में हिन्दुत्व की भावना को जगाना है। इसके साथ ही आधुनिक युग के समाज सुधारक और दलितों के मसीहा डॉ. भीमराव अम्बेडकर द्वारा हम सनातनियों के ग्रन्थ *मनुस्मृति* को लेकर दलित समाज में फैलायी गयी भ्रान्तियों को दूर करने का प्रयास भी है। मैंने जितना पढ़ा है और डॉ. अम्बेडकर ने मनुस्मृति के विषय में जो विचार बनाये थे, वे वेद विरोधी मैक्समूलर की एक पुस्तक, कुछ मिलावटी और वेद विरोधी श्लोकों के आधार पर बनाये थे। यदि इन मिलावटी श्लोकों को निकाल दिया जाये, तो मनु महाराज और अम्बेडकर के चिन्तन में कोई मतभेद एवं विरोध नहीं है। बहुत से कम्युनिस्टों द्वारा राष्ट्रवादी नेता डॉ. अम्बेडकर के नाम पर मनुस्मृति को ब्राह्मणवादी और स्त्री व शूद्र विरोधी

कहकर, हिन्दू धर्म के विरुद्ध तथा हिन्दू समाज को तोड़ने के लिए दलितों में विष घोला जा रहा है। इस काम में कम्युनिस्टों का मुस्लिम परस्त कांग्रेसी भी साथ दे रहे हैं, तथा वर्तमान जात-पात, ऊँच-नीच और छुआछूत के लिए मनुस्मृति को दोषी ठहराया जा रहा है।

"हम सब जानते हैं कि आज हिन्दुओं पर तरह-तरह के संकट के बादल छाये हुए हैं। लव जिहाद की तरह मस्जिद और मजार के नाम पर एक लैंड जिहाद भी चल पड़ा है। इसका एक उदाहरण आप अपने ही इस्माईलपुर के शिवालय के पीछे बनी नाजायज मजार के रूप में देख सकते हैं। अब आप ही सोचिए कि हम हिन्दुओं के देवी-देवता भला एक मुसलमान की मजार के साथ कैसे रह सकते हैं!"

बारहवीं फेल नगर कार्यवाह रुद्रपाल ने समरसता दिवस के अपने उद्देश्य को बिना किसी संकोच के प्रकट कर दिया। जब उसने देखा कि सामने बैठे इन्दिरा कॉलोनी और इस्माईलपुर एक्सटेंशन के अन्तर्गत आनेवाली झुग्गी-झोपड़ी कॉलोनी, और पच्चीस-पच्चीस गज़ के टुकड़ों पर बने मकानों के रूप में बसायी गयी हरिजन बस्ती के अधेड़ और एकदम युवा उसकी बात को बड़े ध्यान से सुन रहे हैं, तब उसने अपने तरकश से आख़िरी तीर निकाला और उसे निशाने पर लगाते हुए बोला, "आपको पता है हम हिन्दुओं पर हजार साल तक इन मुसलमानों ने ऐसे ही राज किया है? लेकिन आज हिन्दू जाग गया है और अपने ऊपर मँडराते इन संकटों के बादलों को उसने पहचान लिया है। इसलिए इनसे लड़ना आवश्यक है। मगर याद रहे यह लड़ाई तब तक सफल नहीं होगी, जब तक हम सारे हिन्दू मिलकर इसका मुकाबला नहीं कर पायेंगे। वर्णवाद, जातिवाद, छुआछूत यह हम हिन्दुओं का आन्तरिक मामला है। इससे हम जब चाहे आपस में निपट लेंगे, किन्तु आज जिस तरह हिन्दू और हिन्दुत्व खतरे में है, उसे बचाना बहुत आवश्यक है। क्योंकि हिन्दू बचेगा तो यह वर्णवाद, जातिवाद, छुआछूत बचेगा। आइए, हम सारे हिन्दू मिलकर इसका मुकाबला करें। इसी मुकाबले के लिए आज *दलित-पिछड़ा-आदिवासी हिन्दू विंग* बनाने की घोषणा की जाती है। अम्बेडकर शाखा के शिक्षक ब्रजभूषण जी के मार्गदर्शन में इस विंग का नेतृत्त्व श्री दलपत मीणा जी करेंगे, और हमारे साथ मंच पर बैठे दूसरे हरिजन साथी इसमें सहयोग देंगे। इसलिए आज इस समरसता दिवस के अवसर पर आप सभी से अनुरोध है कि इस नयी पहल का करतल ध्वनियों से स्वागत किया जाये!"

इतना सुनते ही पूरा तिकोना पार्क सचमुच तालियों की गड़गड़ाहट से गूँज उठा।

पहले ज़िला प्रचारक का उबाऊ वक्तव्य और उसके बाद नगर कार्यवाह के प्रवचन के साथ *मकर संक्रमण महोत्सव* जैसे-जैसे आगे बढ़ने लगा, मंच के सामने बैठी भीड़ में बेचैनी व्यापने लगी। स्थिति को भाँप नगर कार्यवाह रुद्रपाल ने तुरन्त आगे की कार्यवाही के लिए ज़िला प्रचारक इन्दरजीत को बुला लिया। ज़िला कार्यवाह ने दो-दो ज़िलों के प्रचारक त्रिभुवन को यह कहते हुए मंच पर आमन्त्रित किया, "अब मैं माननीय जिला प्रचारक श्री त्रिभुवन जी को आज के इस समरसता दिवस पर अपने इन दलित, पिछड़ों और आदिवासी समाज के हिन्दू वीरों के अभिनन्दन हेतु मंच पर सादर आमन्त्रित करता हूँ!"

इतना सुन सफ़ेद शर्ट पर ग्रे रंग की फुल पैंट, ग्रे मोजों पर काले जूते और सिर पर काली टोपी पहने ज़िला प्रचारक त्रिभुवन मंच पर आ गया।

"सबसे पहले मैं आज मकर संक्रान्ति के दिन गठित हुई इस दलित-पिछड़ा-आदिवासी हिन्दू विंग के विंग कार्यवाह श्री दलपत मीणा जी, जिसके नेतृत्व में यह विंग सफलता की नयी उड़ान भरने जा रहा है, उसे आमन्त्रित करता हूँ!" ज़िला कार्यवाह इन्दरजीत, दलपत मीणा को आमन्त्रित करते हुए बोला।

दलपत मीणा एक सेनापति की मुद्रा में मंच पर आ गया। उसके आते ही अभिनन्दन सामग्री से भरे एक बड़े-से पीतल के थाल के साथ एक गण भी आ गया। ज़िला प्रचारक ने सबसे पहले थाली में रखी कुमकुम व चावल की छोटी-सी कटोरी से दलपत मीणा के भाल पर तिलक लगाया। तिलक लगाने के बाद उसके गले में भगवा रंग की पट्टिका पहनायी। पट्टिका पहनाने के उपरान्त थाली में रखे छोटे-से त्रिशूल को उठाया और उसे दलपत को थमा दिया। इसके अलावा गुरु गोलवलकर और डॉ. हेडगेवार के छपे चित्रवाला फोल्डर तथा पुस्तकों का एक पुलिन्दा थमा दिया। अन्त में ज़िला प्रचारक ने जैसे ही थाली में रखे चमकीले काग़ज़ में सलीक़े से लिपटे एक पैकेट को उठा दलपत को दिया, सबकी निगाह उस पर टिक गयी। सामने बैठी भीड़ अनुमान लगाने लगी कि इस पैकेट में क्या हो सकता है? क्या सम्मान स्वरूप दिया गया कोई उपहार है, या किसी तरह का मिष्ठान है?

इसके बाद एक-एक कर *दलित-पिछड़ा-आदिवासी हिन्दू विंग* के सभी हिन्दू वीरों को मंच पर आमन्त्रित किया गया, और ज़िला प्रचारक ने उनका भी पूर्व की तरह अभिनन्दन किया। अब ऐसे कैसे हो सकता है कि ज़िला कार्यवाह और नगर कार्यवाह इस अवसर पर घास विहीन तिकोने पार्क की सूखी रेत पर बिछी दरियों पर ऊँघते और साग-पूरी की आस में बैठे घीसू-माधो को अपना ज्ञान दें, और दो-दो ज़िलों का प्रचारक त्रिभुवन पीछे रह जाये? आदिवासी, दलित और पिछड़ों की इस भीड़ को हिन्दू बनाने का इससे अच्छा अवसर और क्या हो सकता है, इसी चिन्तन के बाद ज़िला प्रचारक ने भी अपना हिन्दू-बखान शुरू कर दिया।

"जैसाकि हम सब जानते हैं कि जब पाँच हजार वर्ष पूर्व विश्व की अनेक सभ्यताएँ जंगल निवासी घुमन्तु लोगों तक ही सीमित थीं, तब हम हिन्दुओं ने सिन्धु घाटी में हड़प्पा सभ्यता का विकास किया था। इतिहास गवाह कि पिछले दस हजार वर्षों के अपने इतिहास में हम हिन्दुओं ने किसी भी देश को अपना उपनिवेश नहीं बनाया। सोने की चिड़िया कहलानेवाले भारत पर मुसलमान आततायियों ने कितने आक्रमण किये, किन्तु भारत और उसकी हिन्दू अस्मिता टस से मस नहीं हुई। स्वामी विवेकानन्द ने सही कहा है कि *हिन्दुत्व में भारत की जीवन शक्ति विद्यमान है और जब तक हिन्दू जाति अपने पूर्वजों की विरासत को नहीं भूलती, तब तक धरती की कोई भी शक्ति उन्हें नष्ट नहीं कर सकती।* मुसलमान परस्त कांग्रेस और नेहरू ने षड्यन्त्र कर कम्युनिस्ट इतिहासकारों से मिलकर एक ऐसा कपोल कल्पित इतिहास लिखवाया, जिसमें हिन्दू को हमेशा पराजित दिखाया गया है। यहाँ उपस्थित हिन्दू समाज के दलित भाइयों को शायद पता नहीं है, कि डॉ. अम्बेडकर जी ने साफतौर से मुस्लिम लीग की साम्प्रदायिक नीति का राष्ट्रीयता की दृष्टि से जितना विरोध किया, उतना कांग्रेस ने कभी नहीं किया। बल्कि गांधी और नेहरू के मुस्लिम तुष्टिकरण का विरोध करते हुए डॉ. अम्बेडकर कहते हैं कि *जिस योजना से हिन्दुओं का अहित होता हो वह योजना किस काम की। मैं यह स्वीकार करता हूँ कि कुछ बातों को लेकर सवर्ण हिन्दुओं के साथ मेरे मतभेद हैं परन्तु आपके समक्ष मैं यह प्रतिज्ञा करता हूँ कि मैं अपनी मातृभूमि की रक्षा करने के लिए अपना जीवन बलिदान कर दूँगा।* आज हिन्दू अस्मिता

और हिन्दुत्व पर फिर से खतरा पैदा हो रहा है जबकि हिन्दू राष्ट्र, हिन्दुओं का जन्मसिद्ध अधिकार है। संघ संस्थापक डॉ. हेडगेवार ने लक्ष्य रखा था कि *अपना कार्य हिन्दू समाज का संगठन करना है। किसी की उपेक्षा नहीं, सबसे स्नेहपूर्ण व्यवहार करना चाहिए। जातिगत ऊँच-नीच का भाव हमारे मन को कभी स्पर्श न करे। हिन्दुस्थान के प्रति भक्ति रखनेवाला प्रत्येक व्यक्ति हिन्दू है, और प्रत्येक हिन्दू मेरा भाई है।* तृतीय सरसंघचालक श्री बालासाहेब देवरस ने तो कहा था कि *यदि अस्पृश्यता पाप नहीं, तो कुछ भी पाप नहीं*। डॉ. अम्बेडकर ने भी संघ को जातिभेद और अस्पृश्यता से मुक्त माना था। इसलिए जिस तेजी से मुसलमानों की आबादी बढ़ रही है, उसे देखते हुए एक दिन देखना भारत भी पाकिस्तान की तरह इस्लामिक देश बन जायेगा। सामने बन रही इस मस्जिद की तरह हिन्दुओं के घर-घर के आगे मस्जिद और मजारें बना दी जायेंगी। इसलिए आज हिन्दू जाग चुका है और इसी को ध्यान में रखते हुए आज इस *दलित-पिछड़ा-आदिवासी हिन्दू विंग* की स्थापना की गयी है, जिसकी कमान वनवासी समाज के दलपत मीणा जी को सौंपी गयी है। हालाँकि इन जिहादियों के विरुद्ध *हिन्दू जागरण मंच* तले देश के उत्तर भारतीय राज्यों में *हिन्दू मंच,* तमिलनाडु में *हिन्दू मुन्नानी* तथा महाराष्ट्र में *हिन्दू एकजुट* जैसे राष्ट्रवादी संगठन पहले से कार्य कर रहे हैं। आप सब मिलकर हिन्दू शक्ति को और मजबूत बनायेंगे ऐसी आशा है क्योंकि हिन्दू सहिष्णु है पर गुलाम नहीं...भारत माता की जय! वन्दे मातरम्...जय भवानी, जय शिवाजी... हिन्दू एकता ज़िन्दाबाद!"

इसके बाद तिकोना पार्क करतल ध्वनि मिश्रित उद्घोषों से गूँज उठा।

अब आपको लग रहा होगा कि तालियों की यह गड़गड़ाहट और उद्घोष इस नये विंग या हिन्दू एकता ख़ुशी में सुनाई दी होगी, यह आपका भ्रम है। सच्चाई यह है कि ये मंच के पीछे बनते पकवान, और उससे उठती गन्ध की ख़ुशी में बजायी गयी तालियाँ और उद्घोष हैं।

तालियों का शोर थमते ही अम्बेडकर शाखा के शिक्षक ब्रजभूषण का शिक्षक माइक के पास आया और समरसता दिवस कहिए अथवा मकर संक्रमण महोत्सव, उसके समापन की घोषणा करते हुए बोला, "मैं अब

सबसे अन्त में यह गीत गाऊँगा और आप सभी माँ भारती के सपूत इसे मेरे पीछे-पीछे दोहरायेंगे!" इतना कह अम्बेडकर शाखा का शिक्षक ब्रजभूषण गीत गाने लगा।

गीत समाप्त होने पर जैसे ही शिक्षक ने *भारत माता की जय* का उद्घोष किया, इस्माईलपुर की इन्दिरा कॉलोनी और इस्माईलपुर एक्सटेंशन के समस्त हिन्दू मंच के पीछे से आती गन्ध की ओर दौड़ पड़े। यह तो ग़नीमत है कि पूरियों के टोकरों को पूरी सुरक्षा प्रदान की गयी थी, वरना थोड़ी-सी असावधानी इन टोकरों पर किस तरह भारी पड़ जाती, और जिस हिन्दुत्व की रक्षा के निमित्त यह दिवस आयोजित किया गया था, उसकी मचान किस तरह चरमरा कर ढह जाती, उसकी आप आसानी से कल्पना कर सकते हैं।

मज़ेदार यह है कि अभिनन्दन के दौरान किसी भी माँ भारती के सपूत ने उपहार या कहिए अभिवादन स्वरूप मिले पैकेट को नहीं खोला। इस डर से नहीं खोला कि यदि इसमें किसी तरह का कोई स्वादिष्ट मिष्ठान निकल आया, तो बिना बात यहाँ मौजूद संगी-साथी उसके हिस्सेदार बन जायेंगे। इसलिए राजू इसे मार्ट में पहुँचकर इत्मिनान से कहीं अकेले में खोलेगा जब आसपास कोई नहीं होगा।

समरसता दिवस से निवृत्त हो राजू अभिनन्दन स्वरूप मिली सामग्री के साथ सीधा मार्ट पहुँचा। मार्ट के गोदाम में जाकर पहले उसने एक एकान्त जगह तलाशी और फिर बड़ी सावधानी के साथ आसपास फैले मटमैले उजास में आसपास देखा। जब उसे पूरा यक़ीन हो गया कि आसपास कोई नहीं है, तब चमकीले काग़ज़ में लिपटे पैकेट पर बाज़ की तरह झपटा। सावधानी बरतने के बावजूद जिस बेरहमी के साथ उस पैकेट को अनावृत किया, उसे देख एक पल के लिए उसकी कुछ समझ में नहीं आया। पैकेट के जिस्म से काग़ज़ के हटते ही उसमें से दो किताबें निकलीं। जब तक राजू कुछ समझ पाता, वे दोनों न जाने कैसे उसके हाथ से छिटककर ज़मीन पर गिर गयीं। नीचे गिरी किताबों को वह देर तक अपलक देखता रहा। एक क्षण के लिए उसके चेहरे पर एक खीजभरी निराशा छा गयी। जिस चीज़ की उसने कल्पना की थी, पैकेट से वैसा कुछ नहीं निकला। उसने ज़मीन पर पड़ी दोनों किताबों को उठाया और एक-एक कर उनके शीर्षकों के अक्षर विन्यास अर्थात् हिज्जों को आपस

में जोड़कर पढ़ा तो पाया, इनमें से एक पुस्तक का नाम *रामचरितमानस* है। जबकि दूसरी, जिसका उच्चारण करते हुए उसकी जीभ में मानो बल पड़ गये, वह निकली *मनुस्मृति*। पहली का नाम तो उसने फिर भी थोड़ा-बहुत सुना हुआ है किन्तु दूसरी, यह क्या है? इसके बारे में राजू देर तक सोचता रहा। सोचते हुए उसने समरसता दिवस के अवसर पर मिला हिन्दुत्व का सारा सामान, जैसे छोटा-सा त्रिशूल और भगवा रंग की पट्टिका को गले से उतार एक तरफ़ पटका और पास में पड़े चावल के कट्टों पर निढाल हो गया। हताशा और विषाद के चलते राजू के माथे पर लगा तिलक उसके आस्तीन से ऐसे लिप गया जैसे पूरा माथा सूखे रक्त से सन गया हो। कुछ साग-पूरी का नशा और कुछ सुबह से हो रही भाग-दौड़ के कारण थकान, दोनों के चलते उसे कब झपकी आ गयी, पता ही नहीं चला।

कहते हैं दिन का सपना सच होता है यानी इधर झपकी आयी, उधर राजू को इस सपने ने दबोच लिया–शाखा नगर कार्यवाह रुद्रपाल की अगुवाई में साम्प्रदायिक और उत्तेजक नारे लगाती त्रिशूलधारियों की विशाल भीड़, धूल उड़ाती हुई इन्दिरा कॉलोनी के तिकोने पार्क के सामने बनी अर्द्धनिर्मित मस्जिद की ओर बढ़ी जा रही है। इन्दिरा कॉलोनी की अम्बेडकर शाखा का शिक्षक ब्रजभूषण, कुछ देर पहले बनाया गया दलित-पिछड़ा-आदिवासी हिन्दू विंग का विंग कार्यवाह दलपत मीणा, मनोज भारती, राजन गौतम, शील और राजू के नेतृत्व में दौड़ती दलित-पिछड़ों की इस भीड़ का पागलपन देखते ही बन रहा है। जबकि नगर कार्यवाह रुद्रपाल, शाखा कार्यवाह शकुनि आर्य, सह नगर कार्यवाह पारस जैन, मुख्य शिक्षक भरत प्रसाद सधे हुए क़दमों के साथ हौसला अफ़ज़ाही करते हुए उस भीड़ को आगे धकेल रहे हैं। तिकोने पार्क में बिछी रेत के ग़ुबार में लिपटे मटमैले पुतलों का आवारा रेला कब मस्जिद की गुम्बद पर चढ़ गया और कब उसे ध्वस्त कर दिया, पता ही नहीं चला।

मस्जिद की गुम्बद को ध्वस्त करने के बाद भीड़ अब हरहराते हुए इस्माईलपुर गाँव के चौधरी निहाल सिंह सोलंकी की अधिग्रहीत की गयी भूमि पर बनी श्रीराधा अपार्टमेंट, अक्षरधाम अपार्टमेंट, सुखसागर अपार्टमेंट, अहिंसा अपार्टमेंट, आशियाना अपार्टमेंट, श्रीराम अपार्टमेंट हाउसिंग सोसाइटीज़ की

ओर बढ़ गयी। इसमें अब व्हाट्सएपधारी अंकल-आंटियों का समूह भी शामिल हो गया है, जो गली-मोहल्लों से होती हुई शिवालय में घुस आयी है। दलित-पिछड़ों की भीड़ का नेतृत्व जहाँ दूसरे लोग कर रहे थे, अब पूरी भीड़ की बागडोर विजयपाल सोलंकी, शकुनि आर्य, पारस जैन, रुद्रपाल, इन्दरजीत, त्रिभुवन, मन्थरा आंटी, मंजू सिंगला सहित मिसेज़ मेहता, मिसेज़ गुप्ता, मिसेज़ शर्मा के हाथों में आ गयी। सपने में राजू बार-बार अपने मोबाइल के *हिन्दू राष्ट्र, हिन्दू बचाओ, कट्टर हिन्दू, जय श्रीराम, सनातन बचाओ, मैं हिन्दू* जैसे व्हाट्सएप ग्रुप्स से एक के बाद एक, आते-जाते सन्देशों को एक-दूसरे ग्रुप में डाल रहा है।

हाउसिंग सोसाइटीज़ के अंकल-आंटियों की नेतृत्व वाली भीड़ अब शिवालय के पीछे नवनिर्मित कुलदेवी-देवताओं के विग्रहों के बीच बनी मज़ार के पास पहुँच गयी। इससे पहले कि कोई कुछ समझ पाता भीड़ के हाथों में पकड़ी हुई गैती, फावड़े और कुदाल मज़ार की देह पर बरसने शुरू हो गये। किसी शिशु की मानिन्द छोटी-सी मज़ार देखते-देखते मलबे में तब्दील होकर ज़मींदोज़ हो गयी। मगर कुछ पलों के बाद जैसे ही मज़ार के गर्भ में कुछ पुराने मानव-कंकाल दिखाई दिये गैती, फावड़े और कुदालों में भगदड़ मच गयी। बदहवास व्हाट्सएपधारी अंकल-आंटियाँ एक-दूसरे पर गिरने लगे। इस भगदड़ में राजू भी ठोकर खाकर औंधे मुँह ज़मीन पर गिर गया। गिरते ही उसकी ज़ोर की चीख़ निकल गयी। यह चीख़ इतनी तेज़ थी कि मटमैले उजास में डूबा गोदाम एक भयानक आवाज़ से गूँज उठा। राजू हड़बड़ा कर खड़ा हुआ। लगभग पसीने में भीगे राजू ने विस्फित नेत्रों से अपने आसपास देखा, तो पाया वह शिवालय के पीछे खण्डित भोले की मज़ार पर नहीं, अपने मालिक शकुनि आर्य के स्वर्गीय पिता लाला अमरचन्द आर्य के नाम पर बने एल.ए.सी.ए. मार्ट के गोदाम में पड़े चावल के कट्टों पर पड़ा हुआ है। वह तेज़ी से उठा। लम्बी-लम्बी साँसों के बीच उसने बाहर आकर पानी पिया। पानी पीने के बावजूद देर तक राजू की साँसें चलती रहीं। ठीक ऐसे जैसे वह सचमुच किसी आराध्य स्थल को ध्वस्त कर मीलों लम्बी दौड़ लगाकर आया है।

22

आदित्यस्य नमस्कारान् ये कुर्वन्ति दिने दिने।
आयुः प्रज्ञा बलं वीर्यं तेजस्तेषां च जायते ॥

(जो लोग प्रतिदिन सूर्यनमस्कार करते हैं, उनकी आयु, प्रज्ञा, बल, वीर्य और तेज बढ़ता है।)

पिछले आठ दिनों से पृथ्वीवासी मानो सूरज के दर्शन को तरस गये हैं। कड़ाके की ठण्ड और छोटे होते दिनों के कारण शाखा का समय पहले ही एक घण्टा आगे सरका दिया है। जैसे-जैसे स्वयंसेवक आते, उदास खड़े ध्वज को प्रणाम कर एक तरफ़ हो जाते। शायद कोहरे-भरी ठण्ड का ही कारण है कि अभी तक मुख्य शिक्षक दिखाई नहीं दे रहा है। अभी तक मुख्य शिक्षक को आया न देख, सब आपस में चर्चा करने लगे कि आज पथ संचलन का अभ्यास कौन करायेगा? अभी यह चर्चा शुरू हुई ही थी कि देखा मुख्य शिक्षक मुँह पर मफ़लर बाँधे तेज़ी से संघ-स्थल की ओर चला आ रहा है।

"भरत जी, आप कैसे मुख्य शिक्षक हैं जो समय पर नहीं आते हो? आपसे तो हमारे देश और संघ को बड़ी उम्मीदें हैं। अगर आप ही अपनी कसौटी पर खरा नहीं उतरोगे तो कैसे काम चलेगा?" मुस्कराते हुए दलपत मीणा ने एक तरह से मुख्य शिक्षक को कोंचा।

"दलपत जी, शाखा राष्ट्र के लिए नहीं खुद के लिए है। व्यक्ति निर्माण के लिए है। देखिए, शाखा में आकर कोई देश सेवा नहीं होती है। शाखा में आना ही अपने आप में सबसे बड़ी देश सेवा है, बिल्कुल ऐसे जैसे कक्षा में बैठने से ही विद्या नहीं आती है बल्कि स्कूल में जाने से विद्या आती है। स्कूल में जाने से आदमी डॉक्टर बनता है, इंजीनियर बनता है जबकि शाखा ऐसी जगह है जहाँ आने से केवल संस्कार मिलता है। चरित्र निर्माण होता है यानी कुछ करने की ऊर्जा मिलती है। तभी वह समाज में जाकर अच्छा करता है। शाखा समाज में जाकर कुछ नहीं करती है। वह तो केवल व्यक्ति चरित्र का निर्माण करती है।" मुख्य शिक्षक भरत प्रसाद ने अपने देर से आने पर सफ़ाई देते हुए शाखा का पूरा दर्शन खोलकर रख दिया।

हाल में बनाये गये दलित-पिछड़ा-आदिवासी हिन्दू विंग के विंग कार्यवाह दलपत मीणा के मुख्य शिक्षक की कही बातें समझ में नहीं आयीं।

इसके बाद मुख्य शिक्षक पथ संचलन का अभ्यास करनेवाले स्वयंसेवकों को एक तरफ़, और नगर कार्यवाह रुद्रपाल दूसरे स्वयंसेवकों को अलग ले जाकर सूर्यनमस्कार कराने लगा।

जनवरी की ठण्ड और पथ संचलन के अभ्यास के चलते क़ायदे से सूर्यनमस्कार को कुछ दिनों के लिए स्थगित कर देना चाहिए। जब सूर्य ही दिखाई नहीं दे रहा है, तो किसे नमस्कार किया जाये। जब सूर्य और उसकी किरनों के ही दर्शन दुर्लभ हो रहे हैं, तब कहाँ से और कैसे आयु, प्रज्ञा, बल, वीर्य, तेज में वृद्धि होगी? लेकिन राजपथ पर भारतीय सैनिकों की अलग-अलग टुकड़ियों के बीच क़दम-से-क़दम मिलाकर चलने की आकांक्षा और उत्साह के आगे, पूस माह की हड्डी गलाती सर्दी की क्या बिसात, जो माँ भारती के सपूतों की रगों में बहते राष्ट्रवाद के रक्त को ठण्डा कर दे।

संघ-स्थल पर गुणवत्ता पथ संचलन का अभ्यास अपने पूरे चरम पर है। मुख्य शिक्षक भरत प्रसाद की सीटी की आवाज़ और एक-दो-एक की लय पर माँ भारती के सपूतों के क़दम ऐसे पड़ रहे हैं, मानो तबले की थाप के साथ किसी नृत्यांगना के क़दम थिरक रहे हों। छब्बीस जनवरी अर्थात् गणतन्त्र दिवस में केवल एक सप्ताह बचा है। इसलिए जैसे-जैसे गणतन्त्र दिवस निकट आता जा रहा है बगुले-सी सफ़ेद शर्ट पर ग्रे रंग की फुल पतलून तथा पूरी धज के साथ पहनी गयी काली टोपी की छटा देखते ही बन रही है। संघ के गणवेश में क़तारबद्ध काली मुंडियों द्वारा हस्तगत सजीले दण्डों का दृश्य भीतर तक रोमांचित करनेवाला है। इस रोमांच को विजय चौक से शुरू होनेवाले राजपथ पर क़दमताल करती परेड की कल्पना ने और बढ़ा दिया है। इसमें शामिल ग्रे पतलूनों को बस एक बात का मलाल है, कि नेहरू ने जिस तरह ख़ाकी निकरवाले संघ को गणतन्त्र दिवस परेड में शामिल किया था, काश, उसी तरह इस पतलून की जगह इस बार भी वही ख़ाकी निकर होती। आख़िर परम्परा और संस्कृति नाम की भी कोई चीज़ होती है। भले ही संघ के सिपाही गणवेश में हुए बदलाव के कारण ग्रे रंग की फुल पैंट में फब रहे हैं, परन्तु जो ठसक चमड़े की बेल्ट से कसी ढीली-ढाली ख़ाकी निकर में होती है, और जिसे पहनकर राष्ट्रवाद की अनुभूति होती है, वह इस फुल पैंट में नहीं होती है।

दूसरे राष्ट्रभक्तों की तरह पथ संचलन का अभ्यास करते-करते राजू की अदा में भी अब, अलग तरह की लोच पैदा हो गयी है। वह भी अब दण्ड संचालन में पूरी तरह पारंगत हो चुका है। लम्बवत् लाठी के मोटे सिरे को ऊपर की ओर तथा पतले सिरे को नीचे की ओर रख, उसमें बायें हाथ से हाथी के सूँड़ की तरह लपेटा देकर दक्ष मुद्रा में, जब-जब वह बायें हाथ के अँगूठे से दाहिने हाथ के अँगूठे को हथेली के बीच पकड़, दाहिने हाथ की सभी अँगुलियों को सीधा कर आराम की मुद्रा में खड़ा होता, तो मुख्य शिक्षक भरत प्रसाद उसे देर तक निहारता। यह वही राजू है जिसके कभी पथ संचलन में पाँव सीधे नहीं पड़ते थे। राजू ही नहीं, हिन्दुत्व के प्रति दलपत मीणा का समर्पण भी देखने लायक है। जब से दलित-पिछड़ा-आदिवासी हिन्दू विंग के विंग कार्यवाह के दायित्व के साथ-साथ गणतन्त्र दिवस परेड में स्वयंसेवकों के शामिल होने की घोषणा हुई है, तब से दलपत नाम का यह आदिवासी स्वयंसेवक बिना नागा गुणवत्ता पथ संचलन में हिस्सा लेने आ रहा है। वही दलपत जो इससे पूर्व कभी-कभार शाखा में दिखाई देता था, अब सबसे पहले नज़र आता है। जिस समर्पण भाव के साथ यह अभ्यास कर रहा है, उसे पूरी उम्मीद है कि विजय चौक से शुरू होनेवाली परेड में भी उसे कुछ-न-कुछ अहम ज़िम्मेदारी मिलेगी। इसलिए पूरे गणवेश और अपने पड़ोसी शहर करौली के हटवारा बाज़ार से भट्ठी में पकाकर तैयार किये गये अस्त्र अर्थात् कच्चे बाँस की मज़बूत लाठी के साथ समय से संघ-स्थल पर पहुँच जाता है।

पथ संचलन अभ्यास के बाद सारे स्वयंसेवक बौद्धिक कार्यक्रम के लिए मण्डल में आकर बैठ गये। बौद्धिक मण्डल के सामने नगर कार्यवाह रुद्रपाल, ज़िला कार्यवाह इन्दरजीत, शाखा कार्यवाह शकुनि आर्य, सह नगर कार्यवाह पारस जैन ही नहीं बल्कि इन्दिरा कॉलोनी की अम्बेडकर शाखा के शिक्षक ब्रजभूषण सहित अन्य ज़िला टोली के सदस्य भी बैठ गये।

"भरत जी, आप उस *विदेशी विषकन्या* को लाये हैं, जिसे आपने मुझे कल देने का वायदा किया था?" सबके बैठते ही नगर कार्यवाह रुद्रपाल ने मुख्य शिक्षक से पूछा।

"आज भूल गया, कल लाता हूँ।"

"ऐसा करना, साथ में *गांधी की दो सौ भूल* और *चर्च का षड्यन्त्र* भी ले आना!"

विदेशी विषकन्या का नाम सुन बौद्धिक मण्डल में बैठे बहुत से तरुण स्वयंसेवकों की आँखें इस जिज्ञासा के साथ फैलने-सिकुड़ने लगीं, कि अवश्य यह कोई जासूसी क़िस्म का कॉमिक्स है।

सामने बैठे स्वयंसेवकों की उत्सुकता और जिज्ञासा को भाँपते हुए रुद्रपाल थोड़ा और सनसनीखेज बनाते हुए बोला, "आपको पता है विदेशी विषकन्या नाम की किताब में एक षड्यन्त्र का खुलासा किया गया है?"

"कौन-सा षड्यन्त्र?" एकसाथ कई स्वयंसेवकों के मुँह से निकला।

"यही कि अटल जी की सरकार को गिराने और इस विदेशी विषकन्या को स्थापित करने के लिए इटली का पोप किस तरह लगा हुआ था। मतलब, भारत ही एक ऐसा देश है जिसकी सरकार बिगाड़ने और बनाने में ऊपरवाला इंटरेस्ट रखता है।"

"ऊपरवाला! मैं कुछ समझा नहीं?" रुद्रपाल के दाहिने ओर बैठे पारस जैन ने पूछा।

"वही सात समन्दर पारवाला...लेकिन अब कोई उखाड़कर तो दिखा दे। वैसे अभी हमारे प्रधानमन्त्री के पास क्षमता है। जब इसे अगला कार्यकाल मिलेगा तो भारत का प्रशासन और चुस्त हो जायेगा। आपको पता होना चाहिए कि भारत की ब्यूरोक्रेसी में भी इन साले विदेशियों की पकड़ है। ब्यूरोक्रेसी, न्यायपालिका और विधायिका हमारे यहाँ बहुत भ्रष्ट है।"

"आप सही कह रहे हैं रुद्रपाल जी। हमारे यहाँ की ब्यूरोक्रेसी बहुत भ्रष्ट है। हर काम के लिए पैसे माँगती है।" मुख्य शिक्षक ने जिस तरह अपने व्हाट्सएप ज्ञान के आधार पर पूरी प्रामाणिकता के साथ कहा, उसे सुन कोई भी सोच सकता है मानो अपने भरत प्रसाद का रोज़ाना यहाँ की ब्यूरोक्रेसी से पाला पड़ता है।

"हमारे यहाँ की विधायिका तो गुण्डा होती ही है किन्तु न्यायपालिका इन सबका बाप निकली। आखिर हमारी न्यायपालिका क्या सन्देश दे रही है? अब बताओ, एक साधारण हथियार रखनेवाले गरीब को आप सजा देते हैं। उसे जेल में ठूँस देते हैं और सलमान खान जो कोर्ट में केवल सात मिनट खड़ा

रहा, उसकी ब्रेकिंग न्यूज़ चलाते हैं। स्साले, बड़े गर्व के साथ कहते भी हैं कि सलमान खान केवल सात मिनट ठहरा, यह क्या बात हुई?"

"रुद्रपाल जी, यह तो उस जोधपुर कोर्ट ने रिहा किया जहाँ हमारी सरकार है...यह क्या बात हुई कि औरों के केस सत्रह-अट्ठारह साल तक चलते रहें और यह तुरन्त रिहा हो गया।"

"लेकिन भरत जी, कोर्ट सरकार से नहीं चलती है।"

"हो सकता है इसमें हमारे प्रधानमन्त्री की ही शह हो...क्योंकि पूरा देश जानता है कि उसने ही सलमान खान के साथ पतंग उड़ायी थी।" इस बार रुद्रपाल ने दबे शब्दों में कहा।

"यह सही है रुद्रपाल जी कि प्रधानमन्त्री ने उसके साथ पतंग उड़ाई थी। प्रधानमन्त्री क्या कर रहा है, उसे छोड़िए। अब देखिए, मेरे ही घर में रात को ग्यारह बजे तक सब बिग बॉस देखते हैं। मैंने बहुत कहा कि इसे मत देखो, तो पता है मेरे घर के लोग क्या कहते हैं?" इतना कह पारस जैन ने एक तरह से सामने बैठे स्वयंसेवकों से पूछा। जब कहीं से कोई प्रतिक्रिया नहीं आयी, तब वह ख़ुद ही बोला, "कहते हैं कि अपने प्रधानमन्त्री को रोकिये न, जो इसके साथ पतंग उड़ाता है। क्या करूँ, मेरे घर में सब इसी के समर्थक हैं...उसे ही वोट देते हैं लेकिन कहते हैं कि उसे रोको जो इसके साथ पतंग उड़ाता है।" कहते-कहते पारस जैन निराशा में डूब गया।

"इसका मतलब है कि आपके घर में सभी सलमान खान के प्रशंसक हैं?" इस बार भरत प्रसाद ने पूछा।

"सलमान के नहीं, बिग बॉस के प्रशंसक हैं। इसे तो वे तब से देखते आ रहे हैं, जब यह शुरू हुआ है। बिग बॉस का बस चले तो यह दाऊद इब्राहिम को भी एक्टर बना दे और ये उसे भी देखेंगे। मैंने उन्हें बहुत मना किया कि इस मुसलमान को मत देखो, पर कोई सुनता ही नहीं है।" सह नगर कार्यवाह पारस जैन ने दुखी होते हुए कहा।

जिस समय सह नगर कार्यवाह पारस जैन अपनी व्यथा सुना रहा था, आसपास बैठे पूरे इस्माईलपुर नगर टोली के पदाधिकारियों के चेहरों को पढ़कर साफ़ कहा जा सकता है मानो वे कह रहे हैं, कि आप यहाँ शिवालय मण्डल की शाखा में कितना ही सलमान खान या किसी दूसरे खान के

कार्यक्रम की निन्दा करें, लेकिन हम सबके घरों में इनके प्रशंसकों को आप कैसे रोकोगे?

"जब यह कार्यक्रम आता है मैं तो उस समय *सुदर्शन* टीवी लगा देता हूँ। मगर कोई मानता ही नहीं है।" इस बार पारस जैन की व्यथा में शामिल होते हुए मुख्य शिक्षक बोला।

"भरत जी, बात *सुदर्शन* या *आस्था* चैनल की नहीं है। यह समय सोने का होता है।"

"पारस जी, आपने मना तो कर दिया लेकिन उन्हें कोई विकल्प नहीं दिया। उन्हें सोने के लिए भी कहना मेरी समझ में गलत है।" इन्दिरा कॉलोनी की अम्बेडकर शाखा के शिक्षक ब्रजभूषण ने पहली बार जैसे सार्थक हस्तक्षेप किया।

"आपको क्या लगता है ब्रजभूषण जी मैंने विकल्प नहीं दिया होगा। मैंने उनसे कहा कि इस बिग बॉस के बजाय अपना *जैन टीवी, जिनवाणी* या फिर *आगमवाणी* चैनल देख लो, किन्तु कोई मानता ही नहीं है। सबको बस बिग बॉस ही देखना है।" सह नगर कार्यवाह पारस जैन का चेहरा मारे हताशा के फ़ीका पड़ता चला गया।

"पारस जी, ये सही विकल्प नहीं हैं। ये चैनल देखने की अभी बच्चों की उम्र नहीं है। विकल्प से मेरा मतलब है कि उन्हें कुछ हँसी-मजाक वाले सीरियल बताइए। जैसे इसी समय *भाभी जी घर पर हैं* आता है। इसी तरह एक और सीरियल है *मे आई कम इन मैडम*। इनमें बहुत कॉमेडी है। हमारे सारे पदाधिकारी जो शाखा में आते हैं, वे भी इन्हें देखते हैं। सब इनके दीवाने हैं। आपने देखा नहीं अपने ज़िला कार्यवाह इन्दरजीत जी भी कई बार बोलते हैं *आई लाइक इट, सही पकड़े हैं*। हालाँकि इनमें भी कई सीन बहुत गन्दे और घटिया होते हैं, किन्तु उतने नहीं जितने बिग बॉस में होते हैं।"

"हालाँकि उसी घटिया और खराब बिग बॉस को पूरा परिवार देखता है। हम किसी को यह नहीं कह सकते कि आपको क्या देखना है, क्या नहीं। सबकी अपनी-अपनी पसन्द है। घर-घर में सब इसे देखते हैं और आप उसे देखने से मना करते हैं। अब घरवाले तो इस पर कहेंगे ही कि पहले आप अपने प्रधानमन्त्री जी को रोकिये, जो सलमान खान के साथ पतंग उड़ाता है।" नगर कार्यवाह रुद्रपाल ने अपने प्रधानमन्त्री को बचाते हुए तर्क दिया।

"आपको पता है पारस जी, मैं शाखा से बाहर बहुत से लोगों को बिग बॉस न देखने के लिए समझा चुका हूँ...और यह मेरा सौभाग्य है कि इनमें से बहुत से लोग अब इसे नहीं देखते हैं।" मुख्य शिक्षक भरत प्रसाद ने हुलसते हुए शाखा के बौद्धिक कार्यक्रम में अपनी उपलब्धि बताते हुए कहा।

इससे पहले कि शाखा का यह बिग बॉस केन्द्रित बौद्धिक कार्यक्रम बल्कि कहना उचित होगा बिग बॉस विमर्श और लम्बा खिंचता, शकुनि आर्य ने जेब से मोबाइल निकालकर समय देखा। समय देखते ही शकुनि बोला, "भरत जी, विकिर का समय हो गया है।"

शकुनि आर्य की बात सुन मुख्य शिक्षक शाखा विकिर की प्रक्रिया में जुट गया।

इससे पहले कि मुख्य शिक्षक आगे बढ़ता उसने मुस्कराते हुए अपने दाहिने ओर बैठे शाखा कार्यवाह शकुनि आर्य की तरफ़ देखते हुए कहा, "शकुनि जी, आज आप कोई प्रेरणादायक अमृत-वचन सुनाइए!"

मुख्य शिक्षक की बात सुन शकुनि आर्य कुछ पलों तक सोचता रहा और फिर बोला, "चलिए, आज मैं श्री गुरुजी के छोटे-छोटे दो अमृत-वचन सुनाता हूँ जो इस तरह हैं–

संघ का कार्य ईश्वरीय कार्य है। उसको करते हुए मस्त रहना चाहिए। अन्य बातों की चिन्ता न करें। छाया के पीछे दौड़ें तो वह दूर जाती है जबकि मुँह फेरकर चलने पर वह पीछे-पीछे आती है।

दूसरा अमृत-वचन है–

यदि हमारे यहाँ वनवासी बन्धुओं में धर्म के प्रति अटूट श्रद्धा नहीं होती, तो आज नाम लेने के लिए उनमें से कोई बन्धु नहीं बचता। सब ईसाई बन गये होते।"

जिस समय शाखा कार्यवाह शकुनि आर्य श्री गुरुजी अर्थात् गुरु गोलवलकर का दूसरा अमृत-वचन सुना रहा था, उसकी नज़र उसी दलपत मीणा पर थी, जिसे इन सबने मिलकर *दलित-पिछड़ा-आदिवासी हिन्दू विंग* का कार्यभार सौंपा है। एक तरह से वनवासी बन्धुओं के बहाने यह अमृत-वचन आदिवासी दलपत मीणा के लिए चेतावनी थी कि देखो, कहीं तुम ईसाई मत बन जाना!

अमृत-वचन के बाद प्रार्थना की बारी आयी। सभी स्वयंसेवक हल्के पड़ चुके कोहरे में उदास खड़े गुरुजी अर्थात् ध्वज के समक्ष प्रार्थना की विशेष मुद्रा में खड़े हो गये। सभी के खड़े होते ही मुख्य शिक्षक प्रार्थना बोलने लगा।

जो संघ-स्थल कुछ स्वयंसेवकों द्वारा बोली जानेवाली प्रार्थना के समय लगभग शान्त रहता है, प्रार्थना समाप्त होते ही जैसे *भारत माता की जय* की बारी आती है, माँ भारती के उपासकों की धमनियों में ठिठका रक्त ठहाठा मारने लगता है। भारत माता की जय का उद्घोष वातावरण में इतनी कर्कशता के साथ गूँजने लगता है, कि सुबह की वेला में पेड़ों पर चहचहाते परिन्दे भी इन पलों के दौरान सहम-से जाते हैं। परिन्दे तो परिन्दे, इस्माईलपुर के जो स्थानीय निवासी यहाँ थोड़ी-सी शान्ति मिलने की ग़रज से आते हैं, उनकी भी तन्द्रा भंग हो जाती है।

शाखा विकिर के बाद जब सारे स्वयंसेवक लौटने लगे, तब शिवालय के प्रांगण में काम करनेवाले दो कर्मचारियों में से एक कर्मचारी पास आकर बोला, "बाबूजी, आप यह झण्डा कहीं और लगा लिया करो! मन्दिर में आनेवाले लोगों को आपकी वजह से बड़ी दिक्कत होती है।"

इस्माईलपुर नगर टोली के सारे पदाधिकारी हक्के-बक्के उस कर्मचारी का मुँह ताकने लगे। कोई कुछ नहीं बोला। और तो और मण्डल कार्यवाह विजयपाल सोलंकी भी चुप रहा। सभी की ओर से शकुनि आर्य ही बोला, "विजयपाल जी, यह आदमी क्या कह रहा है?"

"सही कह रहा है। गाँव के लोगों का कहना है कि यहाँ शाखा लगने से शिवालय की शान्ति भंग होती है। मेरी एक सलाह है कि क्यों न हम अपनी शाखा शिवालय के पीछे मजार के दाहिने ओर लगाना शुरू कर दें!"

"ठीक है विजयपाल जी। ऐसा करते हैं कि छब्बीस जनवरी का पथ संचलन सम्पन्न हो जाये, इसके बाद वहीं शुरू करते हैं।" शकुनि आर्य ने कोई प्रतिवाद नहीं किया।

अगले दिन शाखा लगने तक सारे माँ भारती के सपूतों में यह ख़बर फैल गयी, कि इस साल छब्बीस जनवरी के दिन राजपथ पर आयोजित होनेवाले गणतन्त्र दिवस समारोह में राष्ट्रीय स्वयंसेवक संघ को शामिल करने की योजना को भारत सरकार ने फ़िलहाल टाल दिया है। किसी की समझ में नहीं

आ रहा है कि जब नेहरू सरकार संघ को गणतन्त्र दिवस पर परेड में अवसर दे चुकी है, तब ऐसा क्या हुआ कि उन्हीं की सरकार ने मना कर दिया? सारे स्वयंसेवक यह सोचकर एक गहरी निराशा में डूब गये कि एक नया इतिहास बनते-बनते रह गया। इस देश में एक नयी परम्परा की शुरुआत होते-होते रह गयी। राजपथ से गुज़रती तीनों सेनाओं की अलग-अलग बटालियनों के सैनिकों के बीच ग्रे रंग की फुल पैंट, एकदम बगुले जैसी सफ़ेद उजली शर्ट पर ग्रे मोजे, काले जूते और सिर पर काली टोपी पहने सिपाहियों का चेहरा मुरझा गया। सबसे अधिक निराशा *दलित-पिछड़ा-आदिवासी हिन्दू विंग* के विंग कार्यवाह दलपत मीणा को हुई। उसी दलपत को जिसे दूसरे सरसंघचालक परम पूजनीय श्री गुरुजी अर्थात् माधव सदाशिवराव गोलवलकर से लेकर पूर्व सरसंघचालक कुप्पहल्ली सीतारमैया सुदर्शन, और वर्तमान सरसंघचालक से लेकर संघ की समर्थित सरकारें और अन्य संगठन मीणाओं को आदिवासी नहीं, वनवासी कहते हैं। बड़ी चतुराई से यह धारणा स्थापित कर दी गयी है कि आदिवासी जैसा कोई समुदाय नहीं है। बल्कि ये सब वनवासी हैं। अंग्रेज़ों ने ही एक षड्यन्त्र के तहत वनवासी-जनजाति समाज को *आदिवासी* कहा। इन्हीं वनवासियों का वंशज दलपत मीणा सबसे अधिक बेचैन और परेशान है। इस तरह आदिवासी, माफ़ करना एक वनवासी के हाथ से असली हिन्दू बनने का एक अच्छा-भला अवसर फिसल गया।

जब से दलपत मीणा को यह पता चला है कि गणतन्त्र दिवस के अवसर पर होनेवाली परेड के लिए सरकार ने संघ को आमन्त्रित करने का इरादा छोड़ दिया है, उसका शाखा में आने के बाद न किसी शारीरिक कार्यक्रम में मन लग रहा है, न बौद्धिक कार्यक्रम में। अपने नज़दीक के शहर करौली के हटवारा बाज़ार से जिस लाठी को पथ संचलन के लिए लाया था, उस लाठी के अरमान भी धरे-के-धरे रह गये। जिस ग्रे रंग की पतलून और सफ़ेद शर्ट को शाखा के पथ संचलन अभ्यास के बाद वह घर जाकर हेंगर में लगा दिया करता था, घर जाते ही आज पहली बार उसने उन्हें बड़ी बेरहमी से उतारकर फेंक दिया। जिन जूतों की वह लगभग रोज़ाना पॉलिश कर शीशे की तरह चमकाता था, उन्हें भी उसने एक तरफ़ पटक दिया। हाँ, सिर पर पहने जानेवाली काली टोपी के साथ उसने इतनी रियायत बरती कि उसे एक खूँटी पर टाँग दिया।

इस तरह दलपत मीणा का एक सपना पूरा होते-होते रह गया। जबकि राजकुमार अर्थात् राजू इससे बेहद प्रसन्न है। वह इसलिए प्रसन्न है कि प्रतिदिन देह तुड़ाई से उसका पीछा जो छूट गया।

23

अपनी ही सरकार द्वारा राजपथ पर आयोजित होनेवाले गणतन्त्र दिवस समारोह में राष्ट्रीय स्वयंसेवक संघ के पथ संचलन अर्थात् परेड में शामिल न करने की घोषणा के बाद, शाखा में आनेवाले स्वयंसेवकों की संख्या एकाएक बहुत कम होती चली गयी। गुणवत्ता पथ संचलन में हिस्सा लेनेवाले बीस से चालीस वर्ष के बीचवाले स्वयंसेवकों में इस तरह निराशा व्याप गयी, कि वे कई दिनों तक शाखा में नज़र ही नहीं आये। इसका असर प्रतिदिन तरुण शाखा के स्वयंसेवकों पर भी पड़ा। उनकी उपस्थिति भी काफ़ी घट गयी। हालाँकि मुख्य शिक्षक प्रतिदिन आता है और संघ-स्थल पर जितने भी स्वयंसेवक आते, उनके साथ मिलकर शाखा लगाता। ज़िला प्रचारक त्रिभुवन के लिए यह चिन्ता का विषय हो गया। इसलिए उसने सभी पदाधिकारियों को फोन कर एक दिन शाखा में उपस्थित होने का निर्देश दिया।

कोहरे और सर्दी के बावजूद सारे पदाधिकारी संघ-स्थल पर पहुँच गये।

ज़िला प्रचारक ने जैसा सुना था, संघ-स्थल पर गणों की संख्या देख उसकी पुष्टि हो गयी। मुख्य शिक्षक ने सारे पदाधिकारियों और मौजूद दूसरे गणों के साथ मिलकर क्रम से शाखा प्रारम्भ करते हुए दौड़, शारीरिक कार्यक्रम के अन्तर्गत सूर्यनमस्कार, प्रहार, समता-संचलन और थोड़ा-सा व्यायाम करने के बाद सारे स्वयंसेवकों को लेकर मण्डल में आने का निर्देश दिया।

"इन्दरजीत जी, लगता है गणतन्त्र दिवस समारोह में संघ के पथ संचलन में शामिल न होने से हमारे गण काफी निराश हैं?" ज़िला कार्यवाह इन्दरजीत के बहाने शाखा में उपस्थित सारे पदाधिकारियों और स्वयंसेवकों को सुनाते हुए ज़िला प्रचारक ने अपनी बात शुरू की।

"निराशावाली बात तो है ही। देखा नहीं, हमारे स्वयंसेवक गुणवत्ता पथ संचलन में किस जोश के साथ हिस्सा ले रहे थे।" इन्दरजीत ने उत्तर दिया।

"एक बात है इन्दरजीत जी, संघ के लिए इतिहास में अमर होने का यह एक अच्छा अवसर था। मगर क्या किया जाये। संघ ने जिस पार्टी को अपना समझकर उसका खुलेआम और खुलकर साथ दिया, उसके प्रयासों के कारण जिसे प्रचण्ड बहुमत मिला, वही अन्तिम समय में अपना निर्णय बदल देगी, इसकी उम्मीद नहीं थी।"

"जो होना था, वह हो गया...अब क्या किया जाये, इस पर विचार किया जाना चाहिए?" इस बार शकुनि आर्य बोला।

"मैंने आप सभी को इसलिए बुलाया है कि जो हो गया, उसे भूलकर हमें आगे बढ़ना चाहिए।"

"शकुनि जी, यही तो पूछ रहे थे कि अब आगे की क्या योजना है?" ज़िला कार्यवाह ने परोक्ष रूप से शकुनि आर्य का प्रश्न दोहराया।

ज़िला प्रचारक ने कोई उत्तर न देकर उलटा नगर कार्यवाह रुद्रपाल से पूछा, "रुद्रपाल जी, आप कुछ कहो न!"

"मुझे लगता है कि हमें अब अपना पूरा ध्यान चैत्र शुक्ल प्रतिपदा से शुरू होनेवाले विक्रम संवत् के पहले दिन यानी हिन्दू नववर्ष के दिन भगवा दिवस को सफल बनाने पर लगा देना चाहिए।"

"आपने एकदम सही कहा रुद्रपाल जी। वैसे पूरे साल चलनेवाले संघ उत्सवों में से एक मकर संक्रमण महोत्सव मनाया भी जा चुका है। अब *वर्ष-प्रतिपदा महोत्सव* की बारी है। हमारे पास पूरा समय है इसलिए चैत्र शुक्ल प्रतिपदा से शुरू होनेवाले विक्रम संवत् के पहले दिन वर्ष-प्रतिपदा महोत्सव के साथ-साथ *भगवा दिवस* मनाने में हमें जी जान से जुट जाना चाहिए। इसलिए मेरा विचार है कि नगर टोली के पूरे पदाधिकारियों की हमें शीघ्र ही एक बैठक बुलानी चाहिए।" ज़िला प्रचारक त्रिभुवन ने पूरे मण्डल को निर्देश देते हुए कहा।

"आपने सही कहा, हमें बैठक बुलाने में देर नहीं करनी चाहिए।" शकुनि आर्य ने ज़िला प्रचारक से सहमति जतायी।

"ठीक है। ऐसा करते हैं कि इसी रविवार को वामपन्थियों के उसी हाल में बैठक रख लेते हैं, जहाँ नगर टोली का भी कार्यालय है।" नगर कार्यवाह रुद्रपाल ने हुए ज़िला प्रचारक के प्रस्ताव का अनुमोदन कर दिया।

"रुद्रपाल जी, उस हाल से वामपन्थियों का अब कोई लेना-देना नहीं है। अब तो पूरी तरह उस पर हमारा कब्जा है। अपने राजू को इसीलिए वंहाँ परमानेंट टिका दिया, कि यदि कोई फिर से उसको कोई हथियाने का प्रयास करे, तो हमें पता चल जाये।"

"मैं तो मजाक कर रहा था। मुझे नहीं पता है कि अब उस सदन...क्या नाम है उसकाऽऽऽ...?"

"तुलसी सदन।" सह नगर कार्यवाह पारस जैन ने बिना एक पल गँवाये नगर कार्यवाह को बताया।

"वो नहीं...इससे पहले एक और नाम था न?"

"अच्छा-अच्छा प्रेमचन्द सदन की बात कर रहे हो!"

"हाँ-हाँ वही। जिसके कथनों से पूरी दीवारों को पोता हुआ था। मैंने एक बार उसके उस कथन को पढ़ा जिसमें वह कहता है कि मैं *उस धर्म को कभी स्वीकार नहीं करना चाहता जो मुझे यह सिखाता हो कि इन्सानियत, हमदर्दी और भाईचारा सब कुछ अपने ही धर्मवालों के लिए है, उस दायरे के बाहर जितने लोग हैं सभी ग़ैर हैं, उन्हें ज़िन्दा रहने का कोई हक़ नहीं, तो मैं उस धर्म से अलग होकर विधर्मी होना ज़्यादा पसन्द करूँगा,* पढ़कर मेरा तो दिमाग़ ही ख़राब हो गया था।"

प्रेमचन्द के इस कथन को सुनकर पारस जैन मुस्कराते हुए बोला, "रुद्रपाल जी, आपको तो वह कथन पूरा याद है! जबकि मैं और शकुनि जी उसी अपार्टमेंट की अगल-बगल की सोसाइटी में रहते हैं, हमने इस पर कभी ध्यान नहीं दिया।"

"पारस जी, ऐसी बातें याद रखनी पड़ती हैं। अब आप ही बताइए कि इसका क्या मतलब हुआ, कि मैं उस धर्म को कभी स्वीकार नहीं करना चाहता, जो मुझे यह सिखाता हो कि इन्सानियत, हमदर्दी और भाईचारा सब कुछ अपने ही धर्मवालों के लिए है, उस दायरे के बाहर जितने लोग हैं सभी गैर हैं, उन्हें जिन्दा रहने का कोई हक नहीं। कोई उस प्रेमचन्द नाम की मृतात्मा से यह पूछे कि अगर इन्सानियत, हमदर्दी और भाईचारा अपने धर्मवालों के लिए नहीं होगा तो किसके लिए होगा। हम हिन्दुओं का इन मुसलमानों और ईसाइयों से क्या लेना-देना?"

"आपको पता है यह प्रेमचन्द गांधी का चेला था? बल्कि प्रेमचन्द ने एक बार कहा भी था कि *इस दुनिया में मैं महात्मा गांधी को सबसे बड़ा और महानतम व्यक्ति मानता हूँ।* इतना ही नहीं गांधी का भाषण सुनकर प्रेमचन्द ने अपनी अच्छी-खासी सरकारी नौकरी छोड़ दी थी।"

"पारस जी, इस गांधी की तो बात ही मत करिए। उसके मुँह से निकले राम और उसकी सफेद धोती-लँगोटी देखकर सारा हिन्दू समाज उसका ऐसा अन्धभक्त हो गया था, कि उसकी सारी बुराइयाँ इस अन्धभक्ति में डूब गयीं। और तो और हिन्दुओं के सबसे प्रेरणा-स्रोत और आराध्य श्रीराम और कृष्ण की ऐतिहासिकता तक उसे स्वीकार न थी...और इस अस्वीकार का सीधा-सा अर्थ है श्रीराम जन्मभूमि और श्रीकृष्ण जन्मभूमि को नकारना।"

"आप सही कह रहे हैं। गांधी ने जिन्दगी-भर हिन्दू-मुस्लिम एकता पर ही बल दिया, किन्तु हिन्दुओं के बलिदान की कीमत पर। उसका अहिंसा का उपदेश भी एकतरफा था जिसका मतलब था कि हिन्दू को हर हाल में अपने अहिंसा परमो धर्म: का पालन करना है। जबकि मुसलमानों के बारे में वह कहता था कि उन्हें तो उनका कुरान हिंसा की अनुमति देता है। इसलिए उनसे अहिंसा का वैसा आग्रह नहीं किया जा सकता।" सूर्यास्त के बाद भोजन न करनेवाले, पानी को कपड़े से छानकर पीनेवाले, अहिंसा परमो धर्म: को अपने जीवन का सिद्धान्त माननेवाले और हर वर्ष दसलक्षण पर्व के दौरान क्षमा दिवस के दिन, समाचार-पत्र में विज्ञापन देकर अपने बन्धु-बान्धवों से क्षमा माँग आत्मशुद्धि की दुहाई देनेवाले पारस जैन के इस बार जबड़े खिंचते चले गये।

"इसलिए तो मात्र चौबीस प्रतिशत मुसलमान विभाजन की अपनी माँग को हम बहुसंख्यक हिन्दुओं पर लादने में सफल हो गये। मुझे तो यह डर सता रहा है कि इस देश का कहीं एक और विभाजन न हो जाये।" बारहवीं फेल नगर कार्यवाह रुद्रपाल की मुट्ठियाँ भिंचती चली गयीं।

"एक बात कहूँ, भारत का सबसे अधिक नुकसान गंगा-जमुनी तहजीब, धर्मनिरपेक्षता और इस हिन्दू-मुस्लिम एकता नाम के नारे ने किया है। जब दो राष्ट्र बन गये, तब इन सबका क्या मतलब है। हमें तो अब हिन्दू राष्ट्र चाहिए बस!" काफ़ी देर से चुपचाप सुन रहे दलित-पिछड़ा-आदिवासी हिन्दू विंग के नये-नये विंग कार्यवाह दलपत मीणा ने हवा में मुट्ठी लहराते हुए कहा।

यह सब देखकर इस्माईलपुर नगर टोली के शिवालय मण्डल की शाखा के गट्नायक और गीत-प्रमुख राजू के मन में आया, कि वह भी इसी समय खड़े होकर मुक्त कण्ठ से ज़ोर-ज़ोर से चीख़ना शुरू कर दे *हमें चाहिए हिन्दू राष्ट्र!*

"इसलिए कह रहा हूँ रुद्रपाल जी, धीरे-धीरे चाहे वे कांग्रेसी नाम और जगह हैं या इन कम्युनिस्टों की, सब पर हमने और हमारी नयी सरकार ने कब्जा कर लिया है।" शकुनि आर्य ने हुलसते हुए कहा।

पूरे विमर्श को सुनने के बाद प्रचारक त्रिभुवन ने पहले एक लम्बी साँस ली, और फिर उसे धीरे-धीरे बाहर छोड़ते हुए बोला, "इसलिए एक हिन्दूवादी लेखक स्वर्गीय नीरद चन्द चौधरी, जो जीवन के अपने अन्तिम दिनों में इंग्लैंड जा बसा था, उसने कहीं लिखा है कि *हिन्दुस्तान का बँटवारा तीन तत्त्वों के मेल से हुआ–सबसे पहले हिन्दू मूर्खता और बुजदिली। दूसरा, अंग्रेजों की अवसरवादिता और तीसरा तत्त्व है मुहम्मदी धर्मान्धता।* चौधरी साहब ने एकदम सही कहा है क्योंकि राजनैतिक मूर्खता, बुजदिली और उदासीनता हिन्दू समाज में आज भी देखी जा सकती है। सवाल यह है कि जब हिन्दू साढ़े पाँच सौ साल तक तुर्क, अफगानों और मुगलों से लड़ता रहा, फिर बीसवीं शताब्दी तक आते-आते क्यों इतना डरपोक हो गया?"

"इसके सबसे बड़े जिम्मेदार हैं गांधी, नेहरू और इनकी कांग्रेस।" इन्दरजीत अपने ज़िला प्रचारक के तर्क को मज़बूती प्रदान करते हुए बोला।

"आप सही कह रहे हैं इन्दरजीत जी। स्वतन्त्रता के बाद पिछले पैंसठ-सत्तर सालों में कांग्रेसी और दूसरी गठबन्धन सरकारों के कार्यकाल में जन्मी और पली हिन्दू पीढ़ी में, हिन्दू धर्म और सनातन धर्म का राष्ट्रीय अंश बहुत कम रह गया है। इसका सबसे बड़ा कारण है हिन्दू समाज का ऊपर से नीचे तथा बायें से दायें हजारों जातियों, धार्मिक सम्प्रदायों, आश्रमों, मन्दिर, मठों और अखाड़ों में बँटा हुआ होना। दरअसल, इन सबके बीच ऐसी कोई सर्वमान्य हिन्दू धर्म और समाज की ऐसी सर्वोच्च संस्था नहीं थी, जो इन अलग-अलग समुदायों की आधारभूत एकता का दर्शन कराते हुए, उनके दिन-प्रतिदिन उपजनेवाली समस्याओं में मार्गदर्शन करे...और उन नेताओं पर भी नज़र रखे, जो हिन्दू समाज का विश्वास प्राप्त करके हिन्दू समाज के साथ

ही विश्वासघात कर जाते हैं, तथा हिन्दू विरोधी देशी-विदेशी शक्तियों के साथ गठजोड़ कर लेते हैं। इसलिए हमें चैत्र शुक्ल प्रतिपदा से शुरू होनेवाले वर्ष-प्रतिपदा महोत्सव के साथ, *भगवा दिवस* मनाने में अपनी पूरी शक्ति झोंक देनी चाहिए। सोए हुए हिन्दुओं, उनकी मूर्खता, बुजदिली और मुहम्मदी धर्मान्धता के प्रति उनमें जागरूकता पैदा करनी होगी! चलिए, बाकी की बातें रविवार के दिन होनेवाली बैठक में होंगी। अब शाखा विकिर की प्रक्रिया शुरू की जाये!"

ज़िला प्रचारक त्रिभुवन के इस निर्देश के बाद मुख्य शिक्षक ने एक पुराने स्वयंसेवक को अमृत-वचन के लिए बुलाया। स्वयंसेवक बौद्धिक कार्यक्रम में चलनेवाली चर्चा के अनुकूल संघ के संस्थापक डॉक्टर केशव राव बलीराम हेडगेवार का यह अमृत-वचन सुनाने लगा–

हमारे धर्म तथा संस्कृति कितने भी श्रेष्ठ क्यों न हों, जब तक उनकी रक्षा के लिए हमारे पास आवश्यक शक्ति नहीं है, तब तक वे जग में आदर योग्य नहीं होंगे। हम शक्तिहीन हैं इसी कारण हमारा धर्म और जाति इस दीन-हीन दशा को पहुँचती हुई नज़र आती है। हम पर जितने भी आक्रमण तथा अन्याय हुए हैं, और आज भी हो रहे हैं उनका उत्तर एक ही हो सकता है–हम प्रचण्ड शक्तिशाली बनें। यह हम संगठन के द्वारा ही उत्पन्न कर सकते हैं। अन्य किसी मार्ग से इस शक्ति का निर्माण नहीं हो सकता।

"भरत जी, आज गीत रहने दीजिए!"

अमृत-वचन समाप्त होते ही इससे पहले कि मुख्य शिक्षक शाखा की सारिणी को ध्यान में रख कोई शाखा-गीत सुनाने के लिए कहता, ज़िला प्रचारक ने पहले ही यह संकेत दे दिया कि अब सीधे प्रार्थना पर आ जाइए।

मुख्य शिक्षक समझ गया ज़िला प्रचारक के कहने का आशय। उसने जिस अन्दाज़ में सीटी बजायी सब समझ गये कि अब प्रार्थना होनी है। और इसके बाद सचमुच प्रार्थना शुरू हो गयी। प्रार्थना समाप्त होने के बाद जैसे ही भारत माता की जय के उद्घोष की बारी आयी, पूरी शाखा में मानो नयी जान आ गयी। तीन उद्घोषों के बाद इस तरह शाखा विसर्जित हो गयी।

शाखा विकिर के बाद शकुनि आर्य ने अपने नौकर, माफ़ करना शिवालय मण्डल शाखा की आर्यावर्त शाखा के गट्नायक और उसके तथाकथित गीत-प्रमुख राजकुमार यानी राजू को यह हिदायत दे दी, कि बैठक के लिए

कम्युनिटी हाल की अच्छी तरह साफ़-सफ़ाई कर लेना। आप सोच रहे होंगे कि राजू को मैंने शाखा का तथाकथित गीत-प्रमुख क्यों कहा? इसका एक कारण है कि गीत-प्रमुख का पद दरअसल राजू ने अपनी मर्ज़ी से नहीं बल्कि मुख्य शिक्षक भरत प्रसाद ने ज़बरन उस पर थोपा है। यदि आपको विश्वास नहीं है, तो आप स्वयं राजू से शाखा का कोई गीत सुनकर देख लें। गीत तो दूर की बात रही, वह उसकी एक पंक्ति भी नहीं सुना पाए। वैसे, पूछा तो राजू से गट्नायक की उपाधि से सुशोभित करते समय भी नहीं था। यह पद भी उसे कब प्रदान किया गया, इसका उसे आज तक पता नहीं चला।

24

आशियाना अपार्टमेंट।

इसी अपार्टमेंट का वही कम्युनिटी हाल, जिसका डिज़ाइन कभी रामप्रसाद सुमन और मख़दूम चिराग़ ने ऐवाने-ग़ालिब के ऑडिटोरियम के नक़्शे पर तैयार करवाया था। वही हाल जिसका नाम इन दोनों ने मुंशीलाल रहबर के साथ मिलकर काफ़ी विचार-विमर्श के बाद *प्रेमचन्द सदन* रखा था, और जो कभी हिन्दुस्तानी नज़्मों, ग़ज़लों व गीत-कविताओं से चहचहाता था, उसी हाल में सुबह से चहल-पहल है।

इसी कम्युनिटी हाल के ठीक दाहिनेवाले ब्लॉक के एकदम कोनेवाली पहली मंज़िल की लोहे से बनी मज़बूत ग्रिल से कवर की गयी बालकनी, और उसे छूती सप्तपर्णी की कोमल टहनियाँ। वही बालकनी जिसमें मख़दूम चिराग़ साहब अक्सर अपनी ग़ज़लों के मिसरों से जूझते नज़र आते थे। इस दौरान कभी मिसरा-ए-अव्वल सही बन जाता, तो कभी मिसरा-ए-सानी पर गाड़ी आकर ठिठक जाती। कभी किसी शे'र को वे मनाते हुए नज़र आते, तो कभी उससे मनुहार करते दिखाई देते। कभी मतला वैसा नहीं बन पाता जैसा वे चाहते थे, तो कभी मक़ता आनाकानी करने लगता। कहने का आशय यह है कि हवाओं के आवारा झोंकों से बतियाती चिराग़ साहब की बालकनी पूरे-पूरे दिन मिसरों, मतला, मक़्तों, काफ़िया और रदीफ़ में उलझी रहती। ऐसे में जब उन्हें कोई रास्ता नहीं सूझता, तब बग़लवाली बालकनी से अपने पुराने मित्र रामप्रसाद सुमन का सहारा लिया जाता।

उसी बालकनी की लोहे से बनी मज़बूत ग्रिल की बारीक जालियों से कम्युनिटी हाल का बाहरी हिस्सा साफ़ दिखाई दे रहा है। जब-जब कम्युनिटी हाल अर्थात् मौजूदा तुलसी सदन में साफ़-सफ़ाई होती हुई नज़र आती है, या अचानक कुछ चहल-पहल दिखाई देती है, मख़दूम चिराग़ साहब के इकलौते बेटे डॉ. मंसूर आलम का भीतर-ही-भीतर किसी अनिष्टता के चलते दिल बैठने लगता। एक अनजानी दहशत और सन्नाटा पूरे घर में चहलक़दमी करता दिखाई देता। एक मर्द होने के नाते वह तो अपने डर को जज़्ब कर जाता, लेकिन पत्नी की हालत ऐसी हो जाती कि उसकी भयातुर आँखें रह-रहकर ग्रिल की जालियों से होती हुई कम्युनिटी हाल के बाहर चहल-पहल पर टिक जातीं। बल्कि जब से प्रेमचन्द सदन को पहले तुलसी सदन किया गया, और बाद में जब से यहाँ इस्माईलपुर नगर टोली का स्थायी कार्यालय बना है, दोनों मियाँ-बीवी की आँखें ग्रिल से होती हुई हाल के बाहरी हिस्से पर ही टिकी रहती हैं।

पहले राजू द्वारा की जानेवाली हाल की साफ़-सफ़ाई, और बाद में धीरे-धीरे गले में भगवा पटकों की बढ़ती जानी-अनजानी पदचापों की चहल-पहल को देख, फ़ातिमा बालकनी में आयी। आँखों को ग्रिल पर टिका पहले पूरे दृश्य का मुआयना किया, और फिर वहीं बैठे अपने शौहर डॉ. मंसूर आलम से पूछा, "आज आरडब्ल्यूए की कोई मीटिंग है क्या?"

"होती तो क्या मुझे नहीं बुलाया जाता?" उलटा डॉ. मंसूर ने प्रतिप्रश्न किया।

"बुलाने की मजबूरी है वरना कौन बुलाना चाहता है।" फिर कुछ पल सोचने के बाद फ़ातिमा बोली, "मगर ये हमारी सोसाइटी के लोग तो नहीं लग रहे हैं!"

"आजकल अपनी सोसाइटी से ज़्यादा बाहर के लोग नज़र आने लगे हैं इसमें।"

"या मेरे मौला, रहम करना!" दोनों हाथों को सिजदा में जोड़ फ़ातिमा अन्दर चली गयी।

डॉ. मंसूर आलम देर तक कम्युनिटी हाल के बाहर की गहमा-गहमी का जायज़ा लेता रहा। लेकिन समझ में उसके कुछ नहीं आ रहा है कि आज हाल

में लोग किसलिए इकट्ठे हो रहे हैं? हाँ, उसने एक चीज़ पर ध्यान दिया कि गले में भगवा पटका डाले जो भी कम्युनिटी हाल में प्रवेश करता, वह उनकी बालकनी में लगे लोहे की जालीदार ग्रिल की ओर ज़रूर देखता।

एक-एक कर ज़िला कार्यवाह इन्दरजीत, नगर कार्यवाह रुद्रपाल, शाखा कार्यवाह शकुनि आर्य, सह नगर कार्यवाह पारस जैन, मण्डल कार्यवाह विजयपाल सोलंकी ही नहीं बल्कि इन्दिरा कॉलोनी की अम्बेडकर शाखा का शिक्षक ब्रजभूषण, ज़िला प्रचारक त्रिभुवन, धर्म जागरण ज़िला टोली का सदस्य मनोज भारती, सामाजिक समरसता ज़िला टोली का सदस्य राजन गौतम सहित दलित-पिछड़ा-आदिवासी हिन्दू विंग का विंग कार्यवाह दलपत मीणा सब आ गये। अपना गट्नायक राजू इस मौक़े पर ना हो, ऐसे कैसे हो सकता है? अगर राजू ना हो तो हाल की साफ़-सफ़ाई कौन करेगा? राजू ना हो तो हाल के मंच पर दरी कौन बिछायेगा, और अगर राजू यानी शाखा कार्यवाह शकुनि आर्य का घरेलू नौकर राजकुमार ना हो, तो इन माँ भारती के उपासकों के लिए चाय-पानी कौन लायेगा? एक तरह से मनु महाराज की बनायी वर्ण व्यवस्था को ध्यान में रखते हुए हर वर्ण की भूमिका जैसे पहले से तय है। एक बात और, ऐसे अवसरों पर विशेष आमन्त्रित के रूप में चालीस वर्षीय और अच्छी-ख़ासी बाहर निकली तोंद, अनियन्त्रित नितम्बों, भरे हुए गालोंवाले व चौबीस घण्टे अँगुलियों में क़ीमती पत्थर व रत्न-जड़ित अँगूठियाँ और घोड़े की नाल का बना छल्ला पहननेवाले विक्रम को अवश्य बुलाया जाता। विक्रम ही नहीं, आज रामप्रसाद सुमन के बेटे जयप्रकाश सिन्हा को भी विशेष रूप से आमन्त्रित किया गया है।

नगर कार्यवाह रुद्रपाल ही नहीं, ज़िला प्रचारक त्रिभुवन भी देर तक कम्युनिटी हाल को निहारता रहा। दीवारों पर जगह-जगह कहीं हेडगेवार की फ़्रेम जड़ी तस्वीर लगी हुई है, तो कहीं गोलवलकर की। कहीं देवरस का चित्र टँगा हुआ है, तो कहीं रज्जू भैया का चित्र लगा हुआ। आशियाना अपार्टमेंट के जिस प्रेमचन्द सदन और आज के तुलसी सदन की दीवारों की शोभा कभी प्रेमचन्द के कथन और तुलसी की चौपाइयाँ व दोहे हुआ करते थे, उन दीवारों पर या तो आरएसएस के नायकों की तस्वीरें टँगी हुई नज़र आ रही हैं, या उनके सुभाषितों से पुती हुई हैं। सबसे अधिक प्रसन्नता सबको सावरकर की

इस उक्ति, कथन या कहिए सुभाषित, जिसका अक्सर शाखाओं में सुभाषित के रूप में वाचन होता है, को पढ़कर हुई–

हिन्दू जब तक हिन्दू है, तभी तक वह भारत की रक्षा के लिए प्राणोत्सर्ग कर सकता है, सर्वस्व होम कर सकता है। वह प्यारी मातृभूमि, पावन-पवित्र पुण्यभूमि के प्रति प्राण देकर स्वर्ग व मोक्ष-प्राप्ति की कामना कर सकता है। किन्तु यदि वह धर्म परिवर्तन करके मुसलमान या ईसाई हो गया है, तो फिर क्यों वह व्यर्थ ही इस मिट्टी के ढेर की रक्षा के लिए प्राण देगा? उसकी पुण्यभूमि भी काशी से बदलकर मक्का-मदीना हो जायेगी। अत: यह निश्चयपूर्वक समझ लेना चाहिए कि इस देश का सच्चा राष्ट्रीय, वास्तविक भक्त हिन्दू ही रहा है, हिन्दू ही रहेगा।

मंच के पिछले हिस्से पर टँगी उसी बब्बर शेर की पीठ से टेक लगाये, और सिर पर मुकुट पहने भारत माता की विशाल तस्वीर को सबने एक-एक कर नमन किया। उसी विशाल तस्वीर के सामने, जिसे पिछली बार इस्माईलपुर नगर टोली इन्दिरा कॉलोनी की हरिजन बस्ती में अम्बेडकर संघ-स्थल पर आयोजित *समरसता दिवस* के अवसर पर भी देखा गया था।

संघ के नायकों और उनके सुभाषितों से पुती दीवारों को देख, रुद्रपाल को पारस जैन का वह कथन याद आ गया, जो उसने पिछली बार शाखा में कहा था कि रुद्रपाल जी, उस हाल से वामपन्थियों का अब कोई लेना-देना नहीं है। अब तो पूरी तरह उस पर हमारा क़ब्ज़ा है। प्रेमचन्द सदन, माफ़ करना वर्तमान के तुलसी सदन का अच्छी तरह अवलोकन के बाद सब हाल के मंच पर बिछी दरी पर बैठ गये।

सभी के बैठ जाने पर ज़िला प्रचारक त्रिभुवन ने बैठक की कार्यवाही शुरू करते हुए बोलना शुरू किया, "जैसाकि आप सब जानते हैं आज की यह सभा बुलाने का उद्देश्य चैत्र शुक्ल प्रतिपदा से शुरू होनेवाले वर्ष प्रतिपदा यानी हिन्दू नववर्ष को भगवा दिवस मनाने और उसकी तैयारियों को लेकर बुलायी गयी है। मुझे इस विषय पर और अधिक बताने की आवश्यकता नहीं है। मैं विस्तार से बताने के लिए रुद्रपाल जी को आमन्त्रित करता हूँ!"

अपना नाम सुनते ही नगर कार्यवाह ने कहना शुरू किया, "जैसाकि संघ के आदेश के अनुसार इस साल हिन्दू नववर्ष को भगवा दिवस मनाने का

निर्णय लिया गया है। इसके लिए इस्माईलपुर नगर टोली ने भी भगवा दिवस के मौके पर अपने-अपने मोहल्ले, हाउसिंग सोसाइटी और अपार्टमेंट द्वारा कुछ-न-कुछ कार्यक्रम आयोजित करने की बात हुई थी। इसलिए यदि किसी के मन में इस दिन को और अधिक स्मरणीय बनाने की कोई योजना है, तो वह खुलकर बता सकता है!" इतना कह रुद्रपाल ने पहले एक उचटती-सी नज़र सभा में उपस्थित लोगों पर डाली, और फिर बड़ी चतुराई से दलपत मीणा की ओर देखते हुए पूछा, "दलपत जी, आपके दिमाग में कोई योजना है?"

दलित-पिछड़ा-आदिवासी हिन्दू विंग का नया-नया विंग कार्यवाह दलपत मीणा जैसे पहले से इसकी तैयारी करके आया था।

"मुझे लगता है कि इस दिन हमें हाउसिंग सोसाइटी और अपार्टमेंट के हर दरवाजे पर *मैं हिन्दू हूँ* के झण्डे लगाने चाहिए। बल्कि *हर घर भगवा* नाम से हमें आगे एक मुहिम भी चलानी चाहिए।"

"आई लाइक इट, बहुत अच्छा विचार है दलपत जी। मुझे लगता है इसकी जिम्मेदारी दलित-पिछड़ा-आदिवासी हिन्दू विंग को दे देनी चाहिए... क्यों, शकुनि जी?" ज़िला कार्यवाह इन्दरजीत ने आँख मारते हुए शकुनि आर्य से कहा।

शकुनि आर्य अपने ज़िला कार्यवाह का इशारा तुरन्त समझ गया। बिना एक पल गँवाये शाखा कार्यवाह और एल.ए.सी.ए. मार्ट अर्थात् लाला अमरचन्द आर्य मार्ट के मालिक शकुनि आर्य, ज़िला कार्यवाह के प्रस्ताव पर सहमति जताते हुए बोला, "बिल्कुल। बल्कि इस मुहिम में विंग कार्यवाह दलपत जी के साथ अपने राजकुमार और झुग्गी-झोपड़ी की अम्बेडकर शाखा के कुछ युवा स्वयंसेवकों को भी शामिल किया जा सकता है।"

"और किसी के पास कोई योजना है?" ज़िला प्रचारक त्रिभुवन ने फिर से सब पर नज़र डालते हुए पूछा।

इससे पहले कि कोई बोलता, मौक़ा देख तत्परता के साथ विशेष आमन्त्रित और मध्यमा में घोड़े की नाल से बना छल्ला पहननेवाले विक्रम ने अपना सुझाव उछाला, "इस अवसर पर हमें आसपास की हाउसिंग सोसाइटी और अपार्टमेंट के हर मुखिया के गले में 'मैं हिन्दू हूँ' प्रिंटेडवाला भगवा गमछा डाल, एक त्रिशूल के साथ उसका सम्मान भी करना चाहिए।"

"इसके अलावा अपनी शाखा के सारे स्वयंसेवकों को भी भगवा गमछा पहनाकर उन्हें *हिन्दू सैनिक* के रूप में सम्मानित किया जाना चाहिए।"

"सुझाव तो आप दोनों का बहुत अच्छा शकुनि जी लेकिन इस पर खर्चा बहुत आयेगा। इतने ध्वज, गमछों और त्रिशूलों के लिए पैसा कहाँ से आयेगा?" ज़िला प्रचारक ने असली चिन्ता की ओर ध्यान आकर्षित करते हुए धीमे स्वर में कहा।

"इसकी चिन्ता न करें आप। इनका मैं और शकुनि जी आधा-आधा खर्चा उठा लेंगे।" मध्यमा में घोड़े की नाल से बना छल्ला पहननेवाले विशेष आमन्त्रित ने जैसे चुटकी बजाते हुए इस समस्या का हल बता दिया।

इधर विशेष आमन्त्रित ने इस समस्या को चुटकी बजाते हुए हल किया, उधर एल.ए.सी.ए. मार्ट के मालिक और शाखा कार्यवाह शकुनि आर्य जैसे तड़ाक से ज़मीन पर आकर गिरा। इस विक्रम नाम के विशेष आमन्त्रित से उसे इसकी क़तई उम्मीद नहीं थी, कि अपने साथ-साथ यह कमबख़्त उसे भी लपेट लेगा। वह मन-ही-मन हिसाब लगाने लगा कि सारे अपार्टमेंट्स के मुखियाओं और इस्माईलपुर नगर टोली की शाखा के गणों को मिलाकर कुल कितने झण्डे, गमछे और त्रिशूल हो जायेंगे, और उन पर कितना ख़र्चा आ जायेगा।

"सही पकड़े हैं...विचार तो बहुत अच्छा है। अगर हिन्दुत्व की ऐसी भावना प्रत्येक सनातनी में पैदा हो जाये, तो इस देश को हिन्दू राष्ट्र बनने से कोई माई का लाल नहीं रोक सकता!" ज़िला कार्यवाह ने हुमकते हुए कहा।

ज़िला कार्यवाह इन्दरजीत की इस प्रतिक्रिया पर शकुनि आर्य ख़ून का घूँट पीकर रह गया।

"लेकिन इन्दरजीत जी, खाली ध्वजों, गमछों और त्रिशूलों का खर्चा उठाने से काम थोड़े ही चलेगा। उस दिन अपने हिन्दू भाइयों के खाने-पीने पर जो खर्चा होगा, वह कहाँ से आयेगा?" दो-दो ज़िलों के प्रचारक त्रिभुवन ने हल्के से दूसरी बड़ी समस्या सबके सामने सरका दी।

"इसके लिए हैं तो सही अपने जैन साहब! इनके पास कोल्डड्रिंक की जो एजेंसी है, वह किस दिन काम आयेगी?" पलक झपकते ही घोड़े की नाल से बने छल्ले ने दूसरी समस्या का भी निदान बता दिया।

शकुनि आर्य और पारस जैन की आपस में धीरे-से इस तरह आँखें मिलीं, जैसे दोनों एक-दूसरे से कह रहे हैं कि और बुलाओ इसे।

"शकुनि जी, ठीक है?"

ज़िला प्रचारक ने जैसे ही अपने शकुनि आर्य को अनुमोदन के लिए आवाज़ दी, शकुनि अचकचाते हुए वर्तमान में लौटा, "बि...बिल्कुल ठी... ठीक है।"

"और किसी का कोई सुझाव है जो इस भगवा दिवस के लिए देना चाहता है?" ज़िला प्रचारक ने कार्यवाही को आगे बढ़ाते हुए पूछा।

"मेरे विचार से हमें खोजे गये प्रबुद्धों की भी एक मीटिंग बुलानी चाहिए!" सामाजिक समरसता ज़िला टोली के सदस्य राजन गौतम ने सुझाव दिया।

"गौतम जी, आपने अच्छा याद दिलाया। इसे तो मैं भूल ही गया था। वैसे अपनी-अपनी सोसाइटी में सबका उनसे बराबर सम्पर्क तो हो रहा है न?" ज़िला प्रचारक ने शकुनि आर्य और पारस जैन की ओर देखते हुए पूछा।

"हाँ बिल्कुल, बात होती है न। बल्कि अब तो शाम को अक्सर सब मेरे साथ बैठते भी हैं।" शकुनि आर्य ने बताया।

"और पारस जी आप?"

"मैं भी उनके बराबर सम्पर्क में हूँ।"

"बात तो इस्माईलपुर गाँव की भी हुई थी शायद, क्यों विजयपाल जी?" इस बार ज़िला प्रचारक ने मण्डल कार्यवाह विजयपाल सिंह सोलंकी की तरफ़ देखा।

"मैंने आपको बताया तो था कि जाटों का बुद्धि से क्या लेना-देना। उनका प्रबुद्ध होना, न होना बराबर है। इसलिए तो हमारे जाटों में कहा गया है कि *अनपढ़ जाट पढ़े बरगा अर पढ़या जाट खुदा बरगा!*"

"लेकिन विजयपाल जी ऐसे कैसे काम चलेगा? हिन्दुत्व की आवश्यकता तो सारे हिन्दुओं को है। अगर जाट-गूजर ही संघ से नहीं जुड़ेंगे तो यह हमारा हिन्दुत्व कैसे सुरक्षित रह पायेगा?" ज़िला प्रचारक के माथे पर चिन्ता की लकीरें खिंच आयीं। उसके बाद वह शकुनि आर्य की तरफ़ पलटा, "आपका तो इस गाँव से पुराना सम्बन्ध रहा है शकुनि जी। आप ही कोई जुगत भिड़ाइए न!"

"मेरा मानना है त्रिभुवन जी कि बिना किसी लालच के इन्हें जोड़ना बहुत मुश्किल है। मेरा मतलब है इन्हें अपनी विचारधारा के किसी राजनीतिक दल से जोड़कर, उसमें कोई छोटा-मोटा पद दिलवाना होगा।" शकुनि आर्य ने संघ से जुड़ने का सरल उपाय बताते हुए कहा।

"यह आपने सही कहा। मैं प्रान्त कार्यवाह से इस बारे में शीघ्र बात करता हूँ। वे अपनी विचारधारा की पार्टी के संगठन मन्त्री के बहुत करीब हैं।"

"बल्कि एक काम और करिए कि अपनी नगर टोली के पदाधिकारियों को भी उस दल से जुड़वाने का प्रयास करिए! बिना सत्ता में भागेदारी के संघ का मजबूत होना मुश्किल है। अब तो अवसर भी है क्योंकि केन्द्र में अपनी सरकार जो है।" शकुनि आर्य ने बड़ी चतुराई के साथ परोक्ष रूप से अपनी अभिलाषा, बल्कि कहना उचित होगा कि महत्त्वाकांक्षा प्रकट कर दी।

शकुनि आर्य का इतना कहना था कि पूरे तुलसी सदन ने उसके इस प्रस्ताव का समर्थन कर दिया।

"और कोई सुझाव?"

"मेरी दृष्टि में भगवा दिवस के लिए इतना ही काफी है।" अपनी अभिलाषा प्रकट कर शकुनि ने सबकी ओर से कहा।

"मेरा एक छोटा-सा सुझाव है...हालाँकि यह इस सोसाइटी की आरडब्ल्यूए का आन्तरिक मामला है, लेकिन फिर भी कह रहा हूँ कि जिस तरह इस कम्युनिटी हाल का नाम प्रेमचन्द सदन से बदलकर तुलसी सदन किया गया था, मुझे लगता है कि इसको भी अब बदलने का समय आ गया है!" इतना कह ज़िला प्रचारक ने सबके चेहरों से उनके मन को बाँचना चाहा।

"अब क्या नाम हो सकता है?" सह पारस जैन ने ज़िला प्रचारक की आँखों में झाँकते हुए पूछा।

"पारस जी, एक बात बताइए! जिस तरह आप लोगों ने इस हाल को रूप दे दिया है, क्या इसका नाम यह तुलसी सदन अब अच्छा लगता है?"

"अब इसका नया नाम क्या हो सकता है?" पारस जैन ने अकबकाते हुए पूछा।

"जिस तरह देश तेजी से करवट बदल रहा है और राजनैतिक हालात बन रहे हैं, उसे देखते हुए मेरे हिसाब से इसका नाम सावरकर सदन या

गोलवलकर सदन जैसा कुछ होना चाहिए!" बारहवीं फेल रुद्रपाल ने सुझाव दिया।

"अगर इस पर आशियाना के लोगों ने आपत्ति जतायी तो...?" पारस जैन ने आशंका जतायी।

"क्या पहले जतायी थी? अगर नहीं, तो जैसे प्रेमचन्द सदन से तुलसी सदन हो गया था, वैसे ही अब कर दीजिए!" रुद्रपाल बड़े आत्मविश्वास के साथ बोला।

"पारस जी, त्रिभुवन जी सही कह रहे हैं...और यदि कोई ऐसी बात हुई तो अपने जयप्रकाश सिन्हा जी हैं तो सही, क्यों सिन्हा जी?"

"आर्य जी, आप चिन्ता न करें, इन दिनों आरडब्ल्यूए का महासचिव मैं ही हूँ। कोई कुछ नहीं कहेगा। किसी ने कुछ कहा भी तो मैं सब सँभाल लूँगा।" जयप्रकाश सिन्हा ने सबको आश्वस्त करते हुए अपनी स्वीकृति प्रदान कर दी।

"तोऽऽऽ फिर इन दोनों में से इसका क्या नाम रखा जाये?" कुछ पल सोचने की मुद्रा बनाते हुए ज़िला प्रचारक ने धीरे-से गेंद जयप्रकाश सिन्हा के पाले में सरकाते हुए पूछा, "वैसे आपकी दृष्टि में इस हाल का नया नाम क्या होना चाहिए सिन्हा जी?"

जयप्रकाश सिन्हा को इसकी बिल्कुल आशा नहीं थी। एक पल के लिए उसे कुछ नहीं सूझा कि वह क्या उत्तर दे, परन्तु राष्ट्र सेवा का इतना बड़ा अवसर मिल रहा है, वह इसे त्यागना भी नहीं चाहता। जब तक जयप्रकाश सिन्हा तुलसी सदन का नया नाम सोचता, हाल में उपस्थित आँखें आपस में टकरा कर, उसी पर जा टिकीं।

"मेरे हिसाब से इसका नाम *सावरकर सदन* ठीक रहेगा। गोलवलकर के नाम पर सोसाइटी में बचे एकाध वामपन्थियों को आपत्ति हो सकती है।"

"पारस जी, यह हम सब क्या सुन रहे हैं? आप तो कह रहे थे कि इस हाल से वामपन्थियों का अब कोई लेना-देना नहीं है?" रुद्रपाल ने हस्तक्षेप करते हुए पूछा।

"वैसे तो कोई लेना-देना है नहीं लेकिन क्या है कि एक डॉक्टर है? उसे हो सकती है।"

"डॉक्टर्रऽऽऽ...! ऐसा कौन-सा हिन्दू डॉक्टर है जो इसका विरोध करेगा?"

"रुद्रपाल जी, पारस जी मेरे पिता के उस शायर दोस्त के बेटे डॉ. मंसूर आलम की बात कर रहे हैं, जो हमारे बगल में ही रहता है।" पारस जैन की जगह इस बार जयप्रकाश सिन्हा ने बताया।

"आप भी किस चूजे की बात कर रहे हैं पारस जी!" नगर कार्यवाह रुद्रपाल एक कुटिल मुस्कान उछालने के बाद शकुनि आर्य की ओर मुड़ा, "हाँ जी शकुनि जी...सावरकर सदन ठीक रहेगा?"

एक सच्चा हिन्दू वह भी आर्य, जिन्हें कोई मध्य एशियाई तो कोई साइबेरियाई बताता है? कुछ इन्हें मंगोलिया तो कुछ ट्रांस कोकेशिया से आया बताते हैं? जबकि अधिकतर इतिहासकार इन्हें मध्य एशिया से आया हुआ मानते हैं। एक तरह से इस देश में मुग़लों की तरह बाहर से आये आर्यों का वंशज शकुनि आर्य भी इस मौक़े को गँवाना नहीं चाहता। क्योंकि अभी कुछ देर पहले उसी ने ज़िला प्रचारक से अपनी नगर टोली के कुछ पदाधिकारियों को सत्ताधारी दल से जुड़वाने का सुझाव दिया था। क्या पता ज़िला प्रचारक उसकी इस हाँ से प्रभावित होकर सत्ताधारी पार्टी के संगठन मन्त्री से उसके नाम की सिफ़ारिश कर दे! यही सोच शकुनि आर्य ने अपनी वणिक बुद्धि को मन-ही-मन यह कहते हुए समझाया कि इन भावों में आख़िर क्या बुराई है? तुलसी सदन की जगह सावरकर हो जाये या गोलवलकर, क्या फ़र्क़ पड़ता है। जब सब सावरकर पर सहमत हैं तो यही सही।

"जयप्रकाश जी का सुझाव एकदम सही है। सावरकर सदन ही अच्छा रहेगा। एक राष्ट्रवादी माँ भारती का सपूत, जिसने काला पानी की सजा पायी हो और जिसने अंग्रेजों से टक्कर ली हो, उसके नाम से अच्छा दूसरा नाम और क्या हो सकता है।" अन्ततः शकुनि आर्य ने अपने ज्ञान के आधार पर जैसा सुना, कुछ प्रचलित से विशेषण टाँगते हुए जयप्रकाश सिन्हा द्वारा प्रस्तावित नये नाम का अनुमोदन कर दिया।

इधर आशियाना कम्युनिटी हाल के नये नाम पर सहमति बनी, उधर पूरा हाल तालियों से गूँज उठा। राजू की तालियाँ भी इन तालियों में शामिल थीं बावजूद इसके, कि उसे नहीं पता यह सावरकर कौन था, और किस जुर्म के चलते उसे काला पानी की सज़ा हुई थी। उसे तो यह भी नहीं पता कि यह काला पानी क्या बला है। किस दिशा में पड़ता है यह। उसने भी बाकियों की

देखादेख यह सोचकर ताली बजा दी, कि क्या पता इस राजू नाम की बिल्ली के भाग का भी छींका टूट जाये, और उसे भी इन ऊँची जाति के लोगों के साथ कोई छोटा-मोटा कार्यकर्ता बना दिया जाये?

"ठीक है। हमें अब चैत्र शुक्ल प्रतिपदा से शुरू होनेवाले हिन्दू नववर्ष को भगवा दिवस मनाने की तैयारी कर देनी चाहिए...और हाँ, अगले रविवार को हम प्रबुद्धों की भी एक मीटिंग बुला लेते हैं।"

"तब तक मैं हाल के बाहर-भीतर नया नाम भी लिखवा देता हूँ।" इस बार किसी के कहे बिना जयप्रकाश सिन्हा ने इस्माईलपुर नगर टोली की मनोकामना पूरी करने का वायदा करते हुए कहा।

"एक सुझाव और है कि किसी तरह अपनी विचारधारा के प्रबुद्धों को भी शाखा में लाने का प्रयास कीजिए!" प्रचारक त्रिभुवन ने सुझाव-भरा निर्देश देते हुए कहा।

"ऐसा करते हैं अगले रविवार को जब प्रबुद्धों की मीटिंग होगी, उसी दिन उनसे शाखा से जुड़ने का आग्रह किया जायेगा।" पारस जैन ने सुझाव दिया।

"आपका यह सुझाव ठीक है। इस बीच उनके लिए मैं सम्बन्धित सामग्री भी तैयार करवा लेता हूँ...और हाँ, कुछ दलित प्रबुद्धों का इन्तजाम हुआ?" ज़िला प्रचारक ने बारी-बारी मनोज भारती, राजन गौतम और दलपत मीणा की ओर देखते हुए पूछा।

मगर उनकी तरफ़ से कोई प्रतिक्रिया नहीं आयी। समझ गया ज़िला प्रचारक इस चुप्पी का अर्थ।

"ठीक है, अब अगले रविवार को मिलते हैं।" इतना कह दो-दो ज़िलों का प्रचारक त्रिभुवन जाने के लिए अपनी जगह से खड़ा हो गया।

25

बैठक के बाद सब अपनी-अपनी दिशाओं में बढ़ गये। अब रह गये शाखा कार्यवाह शकुनि आर्य और सह नगर कार्यवाह पारस जैन के साथ ऐसे अवसरों पर विशेष आमन्त्रित के रूप में बुलाया जानेवाला विक्रम। शकुनि आर्य ने पहले अपने आसपास देखा। जब उसने पाया कि दूर-दूर तक कोई

नहीं है, तब वह झल्लाते हुए बोला, "विक्रम जी, आपको क्या जरूरत थी हमारा नाम लेने की? आप अपनी गारंटी लेते, हमारा नाम आपने क्यों लिया? आप कौन होते हैं यह कहनेवाले कि इन झण्डों, गमछों और त्रिशूलों का शकुनि जी आधा खर्चा उठा लेंगे?"

"और अपने हिन्दू भाइयों के खाने-पीने के खर्चे के लिए अपने जैन साहब हैं न! इनके पास कोल्डड्रिंक की जो एजेंसी है, वह कब काम आयेगी?" शकुनि आर्य के साथ पारस जैन भी विक्रम पर बिगड़ गया।

"जैन साहब, मैंने कुछ गलत कह दिया हो तो मुझे माफ करना।" विक्रम रिरियाते हुए बोला।

"बात माफी की नहीं है। आपका यह तरीका गलत था। आपके धन्धे में होती होगी अन्धी कमाई। यहाँ तो बड़ी मेहनत करते हैं, तब दो पैसे बचते हैं।"

"शकुनि जी, बुरा ना मानो तो एक बात कहूँ...मैं भी इतना मूरख नहीं हूँ जो यह खर्चा उठाने के लिए तैयार हो गया। मैंने तो इस खर्चे को वसूलने का तरीका भी ढूँढ़ लिया है।"

"कौन-सा तरीका?" पारस जैन ने जिज्ञासावश हैरानी के साथ पूछा।

"यही कि जिस एजेंसी को इन झण्डों, गमछों और त्रिशूलों का ऑर्डर किया जायेगा, उससे कह दिया जायेगा कि उन पर *मैं हिन्दू हूँ* के नीचे यह अवश्य प्रिंट कर देना *सौजन्य : श्रीराम प्रॉपर्टी डीलर*। अब आप एक बात बताइए कि अगर इसको पढ़कर एक भी पार्टी फँस गयी, तो हो गया न पैसा वसूल?"

"यह बात तो सही है विक्रम जी।" विक्रम के तर्क से आंशिक रूप से सहमत होते हुए शकुनि आर्य बोला।

"आप चाहें तो आपकी दुकान क्या नाम है उसकाऽऽऽ...?"

"एल.ए.सी.ए. मार्ट।"

"पूरा नाम बताओ!"

"लाला अमरचन्द आर्य मार्ट।"

"हाँ-हाँ यही, इसे भी श्रीराम प्रॉपर्टी डीलर के साथ प्रिंट करवाया जा सकता है...परऽऽऽ यह नाम कुछ जमेगा नहीं। अच्छे-से नाम की कोई और फर्म हो तो वो बताओ!"

"फिर ऐसा करिए, *आर्य मसाले* प्रिंट करवा देना। वैसे भी इसके प्रचार की बहुत जरूरत है।"

"यह नाम ठीक रहेगा। इसको छपवाने से आपको दो लाभ होंगे। पहला यह कि आपके कारोबार का प्रचार होगा, और दूसरा आर्य से आपके स्वर्गीय पिताजी की आत्मा को शान्ति मिलेगी...मिलेगी कि नहीं मिलेगी?" विक्रम ने मुस्कराते हुए पूछा।

"यह बात तो है।" शकुनि थोड़ा गम्भीर हो गया।

"...और सबसे बड़ी बात यह कि राष्ट्र की सेवा होगी वह अलग। यानी हींग-फिटकरी लगी थोड़ी-सी और रंग आ गया चोखा।"

"फिर ऐसा करना श्रीराम प्रॉपर्टी डीलर के साथ आर्य मसाले भी छपवा देना।"

"विक्रम जी, फिर तो लगे हाथ मेरी एजेंसी *अरिहन्त कोल्डड्रिंक्स डिस्ट्रीब्यूटर* का नाम भी प्रिंट करवा देना!" पारस जैन भी अन्ततः इस यज्ञ में शामिल होने के लिए तैयार हो गया।

"आपकी एजेंसी का नाम कैसे छपेगा? आप तो हिन्दू भाइयों के खाने-पीने का खर्चा दोगे?" मध्यमा में घोड़े की नाल के छल्ले को पारस जैन की ओर दिखाते हुए विक्रम ने उसे घेरते हुए कहा।

"ऐसा करते हैं गमछों, झण्डों और त्रिशूलों पर जो खर्चा आयेगा, उसमें तीसरा हिस्सा मेरा भी शामिल कर लेना।"

"हाँ शकुनि जी, कर लें जैन साहब को शामिल?"

"वैसे कर सकते हैं।" शकुनि ने बिना हिचक यह सोचकर अपनी सहमति दे दी, कि अगर इस हींग और फिटकरी में एक साझेदार और जुड़ जाता है और रंग भी अच्छा आ जाता है, तो इसमें क्या बुराई है।

"ठीक है, मैं जिस एजेंसी से यह काम कराऊँगा उससे आपकी एजेंसी का नाम भी प्रिंट करने के लिए कह दूँगा।" विक्रम ने बड़ी कुशलता के साथ जो जाल उछाला था, उसके फन्दों में शकुनि आर्य और पारस जैन आसानी से फँस गये।

हिन्दू वर्ष के उपलक्ष्य पर मनाये जानेवाले *हर घर भगवा* दिवस, और इमाईलपुर के आसपास की हाउसिंग सोसाइटीज़ और अपार्टमेंट्स के हर

मुखिया को गले में, *मैं हिन्दू हूँ* प्रिंटेडवाला भगवा गमछा और त्रिशूल के साथ झण्डों व गमछों पर छपनेवाले नामों की सहमति मिलने के बाद विक्रम जाने लगा, तो अचानक जैसे उसे कुछ याद आ गया।

"शकुनि जी, यह मसाला बनाने का धन्धा आपने कब शुरू किया?" विक्रम ने रुकते हुए पूछा।

"हो गये हैं पाँच-छह साल। पर मामला कुछ जम नहीं रहा है।"

"वैसे इसका आइडिया आया कैसे?"

"क्या है कि मेरी दादी और बाद में मेरी माँ घर के लिए इमामदस्ते में कूट-कूटकर गरम मसाला बनाती थीं। एक दिन मैंने सोचा कि इसमें ही सारे मसालों की मात्रा बढ़ा दी जाये, और घर में इस्तेमाल होनेवाले मसाले को निकालकर, बाक़ी को पैक करके बेचना शुरू कर दिया जाये तो कैसा रहे। इस तरह मैंने अपने मार्ट में *आर्य गरम मसाले* नाम से पैक करके उसे बेचना शुरू कर दिया। जब हमारा गरम मसाला थोड़ा बिकने लगा, तो उसके बाद दूसरे मसाले जैसे चना मसाला, चाट मसाला, दाल मखनी मसाला, धनिया और मिर्च पाउडर बनाना शुरू कर दिया। लेकिन जैसी उम्मीद थी कि हमारा ब्रांड दूसरे ब्रांडों की तरह चल निकलेगा, वैसा हुआ नहीं।"

"और इसकी प्रेरणा कहाँ से मिली?" इस बार अरिहन्त कोल्डड्रिंक्स डिस्ट्रीब्यूटर के मालिक और सह नगर कार्यवाह पारस जैन ने पूछा।

"वो क्या है पारस जी, एक दिन मैं एमडीएच मसाले के मालिक की हिस्ट्री पढ़ रहा था। तभी मुझे पता चला कि वह किस तरह शुरू में हमारी तरह मसालों को कूटकर बेचा करता था। उसकी इस हिस्ट्री को पढ़कर मुझे लगा कि जब बँटवारे में पाकिस्तान से आकर दिल्ली में ताँगा चलानेवाला एक आर्यसमाजी मसालों का राजा हो सकता है, तो मैं क्यों नहीं मसाले बनाकर बेच सकता हूँ...पर क्या है *एमडीएच, अशोक मसाला, राजेश मसाला, बादशाह मसाला* जैसी बड़ी कम्पनी के मसालों के आगे हमारे इन आर्य मसालों को कौन पूछता है। जबकि हमारी क्वालिटी इनसे बहुत अच्छी है...और अब तो रामदेव भी इस धन्धे में कूद पड़ा है।"

"आपको एक उपाय बताऊँ शकुनि जी!" विक्रम ने वक्र मुस्कान के साथ कहा।

“बताओ यार!” शकुनि उचकते हुए बोला।

“आप भी इनकी तरह मीट मसाला, बिरयानी मसाला, चिकन मसाला, फिश मसाला जैसे मसाले बनाना शुरू कर दो, फिर देखना आपके मसाले भी कैसे दौड़ते हैं।”

“क्या है विक्रम जी, शुरू तो कर दें पर हमारे अपने आर्य समाजी और हिन्दू भाई क्या कहेंगे!” शकुनि आर्य ने निराशा के साथ कहा।

“कैसी बच्चोंवाली बात कर रहे हो शकुनि जी, जब दूसरे हिन्दू और आर्य समाजी ये मसाले बनाकर बेच सकते हैं, तो आप क्यों नहीं बेच सकते? ऐसा है, धन्धा करना है तो धर्म के चोले को उतार दो! और फिर अभी आप ही तो कह रहे थे कि बँटवारे में पाकिस्तान से आकर दिल्ली में ताँगा चलानेवाला आज मसालों की दुनिया का बादशाह क्या नाम है उसका...”

“धर्मपाल गुलाटी।” शकुनि बोला।

“हाँ धर्मपाल गुलाटी...जब आर्य समाजी होकर न जाने कौन-कौन से मसाले बनाकर बेचनेवाले धर्मपाल गुलाटी का बाल बाँका नहीं हुआ, और न ही उसके हिन्दुत्व का कुछ बिगड़ा, तो शकुनि आर्य का क्या बिगड़ जायेगा?”

विक्रम की बात सुन इस्माईलपुर नगर टोली का शाखा कार्यवाह और आर्य समाजी शकुनि आर्य न जाने किस सोच में पड़ गया।

“शकुनि जी, धर्मपाल गुलाटी केवल मीट मसाला, बिरयानी मसाला, चिकन मसाला, फिश मसाला ही बनाकर बेच रहा है, बीफ़ तो नहीं बेच रहा है? यहाँ तो मुस्लिम देशों में गौमांस भेजनेवाले बूचड़खानों के मालिक तक हिन्दू हैं। मालिक ही नहीं हैं बल्कि मौजूदा सरकार उनसे पार्टी फंड के लिए पैसा भी लेती है। जब बीफ़ बेचनेवालों और उनसे फंड लेनेवालों के हिन्दुत्व पर खरोंच तक नहीं आयी, तो आपका क्या उखड़ जायेगा? मैं तो कहता हूँ कि धन्धे में आदमी को पूरा धन्धेबाज होना चाहिए। राष्ट्रवाद, हिन्दुत्व और धर्म का धन्धे से कोई लेना-देना नहीं है।” इस बीच विक्रम ने अपना मोबाइल खोला और स्क्रीन पर उभरी इबारत को पढ़ने लगा, “सुनिए! *अल कबीर* नाम का एक बूचड़खाना है। लगभग चार सौ एकड़ में फैले भारत के इस सबसे बड़े बूचड़खाने का मालिक है सतीश सब्बरवाल। नाम से तो पता चल ही गया होगा कि यह हिन्दू है। पता है, इस बूचड़खाने के चेयरमैन सब्बरवाल से जब

एक बार यह पूछा गया कि आप हिन्दू होकर बीफ सप्लाई कर रहे हो, तब उसने क्या उत्तर दिया, पता है?" विक्रम ने आर्य मसाले के मालिक शकुनि आर्य की आँखों में उतरते हुए पूछा।

इस प्रश्न पर शकुनि ने कोई प्रतिक्रिया व्यक्त नहीं की। निर्निमेष नेत्रों से बस विक्रम की वक्र मुस्कान को निरखता रहा।

"उसने कहा कि *धर्म और व्यवसाय दो बिल्कुल अलग-अलग चीज़ें हैं, और दोनों को एक-दूसरे से मिलाकर नहीं देखा जाना चाहिए। बीफ़ या ब्याज पर पैसे देने के व्यवसाय में कोई हिन्दू रहे या मुसलमान, इसमें क्या हर्ज़ है? इसी तरह महाराष्ट्र फूड्स प्रोसेसिंग एंड कोल्ड स्टोरेज* के पार्टनर सन्नी खट्टर का भी यही मानना है कि *धर्म और धन्धा अलग-अलग चीज़ें हैं। दोनों को मिलाना ग़लत है।* वह आगे कहता है कि *मैं हिन्दू हूँ और बीफ़ व्यवसाय में हूँ तो क्या हो गया? मैं तो बीफ़ नहीं खाता हूँ? और फिर किसी हिन्दू के इस व्यवसाय में होने में कोई बुराई नहीं है। मैं यह व्यवसाय करके कोई बुरा हिन्दू नहीं बन गया।* ऐसी ही एक कम्पनी है *कनक ट्रेडर्स।* इसके प्रोप्राइटर राजेश स्वामी का कहना है कि *इस व्यवसाय में हिन्दू-मुसलमान का भेदभाव नहीं है। दोनों धर्मों के लोग मिल-जुलकर काम करते हैं। किसी के हिन्दू होने से कोई फ़र्क़ नहीं पड़ता है।* शकुनि जी, यह सब मैं अपनी मर्जी से नहीं कह रहा हूँ सब गूगल महाराज पर लिखा हुआ है। ये तो मैंने केवल तीन हिन्दुओं के नाम बताये हैं। ऐसे और भी कई नाम हैं जैसे *अरेबियन एक्सपोर्ट्स प्राइवेट लिमिटेड* जिसका मालिक सुनील कपूर है। एक है *एमकेआर फ्रोजन फूड एक्सपोर्ट्स प्राइवेट लिमिटेड* जिसे कोई मदन एबट नाम का हिन्दू चलाता है। *अल नूर एक्सपोर्ट्स* का मालिक सुनील सूद भी हिन्दू है। *एओवी एक्सपोर्ट्स प्राइवेट लिमिटेड, स्टैंडर्ड फ्रोजन फूड्स एक्सपोर्ट्स प्राइवेट लिमिटेड* और *पोन्ने प्रोडक्ट्स एक्सपोर्ट्स* नाम के बूचड़खानों को चलानेवाले भी हिन्दू ही हैं।" कुछ क्षण साँस लेने के बाद विक्रम थोड़ा निकट आया और लगभग फुसफुसाते बोला, "शकुनि जी, एक मजेदार बात बताऊँ...अब तो हमारी हिन्दू हृदय सरकार भी गौ-मांस काटनेवाली मशीन के लिए सब्सिडी दे रही है। इसलिए धन्धे में ना अपने हिन्दुत्व को घुसेड़ो, ना राष्ट्रवाद को। ना संघ

को लपेटो, ना धर्म को। ये तभी अच्छे लगते हैं जब आदमी का धन्धा चोखा चल रहा हो। बाकी आपकी इच्छा।"

"शकुनि जी, विक्रम जी की बात में दम तो है। जब हम रुद्रपाल जी से शराब के ठेके लेने के लिए कह सकते हैं, तो इन मसालों को बनाने में क्या बुराई है...और फिर आपको तो मसाले बनाने हैं, कोई मांस-मछली थोड़े ही बेचनी है। एक बात कहूँ, अगर मैं आपकी तरह यह काम कर रहा होता न, तो अब तक इन्हें बनाना शुरू कर देता। धन्धा वही, जिसमें बरकत हो, चाहे वह शराब का हो या मसालों का।"

"शायद आप दोनों सही कह रहे हैं। राष्ट्र, धर्म और धन्धे का एक-दूसरे से क्या लेना-देना? धन्धा अपनी जगह और राष्ट्र व धर्म अपनी जगह।" एल.ए.सी.ए. मार्ट और आर्य मसाले का मालिक अर्थात् शाखा कार्यवाह शकुनि आर्य, बल्कि एक समय नगर कार्यवाह रुद्रपाल से यह कहनेवाला कि अगर किसी को ले-देकर एकाध ठेका मिल जाये तो मज़ा आ जाये, अब एकाएक गम्भीर हो गया। इन्दिरा कॉलोनी और इस्माईलपुर एक्सटेंशन की हरिजन बस्तियों में शराब का स्कोप देखनेवाले, और इसके लिए नगर कार्यवाह को बदले में कमीशन देनेवाले शकुनि आर्य की मध्यमा में घोड़े की नाल से बना छल्ला पहननेवाले अर्थात् श्रीराम प्रॉपर्टी डीलर के मालिक विक्रम ने उसकी आँखें खोल दीं।

"एक बात कहूँ शकुनि जी, बँटवारे में सब कुछ लुटाकर शरणार्थी के रूप में आये इन गुलाटी, मेहता, गम्भीर, मनचन्दा, गिडवानी, आडवानी, मल्होत्राओं ने इतने कम समय में कैसे अपना साम्राज्य स्थापित कर लिया, इसका कारण जानते हो?"

शकुनि अपलक विक्रम को निहारता रहा।

"कारण इसका यह है कि इन्होंने धर्म और धन्धे को हमेशा एक-दूसरे से अलग रखा। कोरी भावुकता और नैतिकता के बल पर कारोबार नहीं चलता। इसलिए यह सोचिए कि आर्य मसालों को कैसे इन बड़ी कम्पनियों के टक्कर का बनाया जाये। चलिए, अब चलते हैं। पहले ही बहुत समय हो गया है।"

इसके बाद तीनों माँ भारती के सपूत अपने-अपने घरों की दिशाओं में बढ़ गये।

26

सप्तपर्णी की चुहल करती पत्तियाँ रह-रहकर लोहे की ग्रिल को छू रही हैं। गुनगुनी धूप में इधर से उधर दौड़ते बच्चों और उनकी किलकारियों को सुन, कई बार ऐसा लगता है जैसे बच्चे नहीं परिन्दे कूक रहे हैं। रविवार होने के कारण फ़ातिमा और डॉ. मंसूर आलम के कई काम अपने आप बढ़ जाते हैं। दोपहर बाद डॉ. मंसूर और पत्नी फ़ातिमा एक ज़रूरी काम के लिए निकल गये। लगभग चार बजे वापस लौटे तो देखा पिछले रविवार की तरह आज भी आशियाना अपार्टमेंट के कम्युनिटी हाल के बाहर चहल-पहल दिखाई दे रही है। इससे पहले ऐसा कभी नहीं हुआ। बल्कि कई बार तो महीनों बीत जाते हैं ऐसी चहल-पहल देखे। अपार्टमेंट के मुख्य गेट को पार कर, वह थोड़ा आगे बढ़ा तो देखा जयप्रकाश सिन्हा उन लोगों से, जो पिछली बार यहाँ आये थे, कुछ बात कर रहा है। डॉ. मंसूर के वालिद और शायर मख़दूम चिराग़ के लँगोटिया यार रामप्रसाद सुमन, जिसे डॉ. मंसूर दूसरे शहरी बच्चों की तरह कभी अंकल नहीं कहता था बल्कि चाचाजी कहकर बुलाता था, और उनके बेटे जयप्रकाश सिन्हा को जेपी कहता था, वही जेपी पिछले कुछ समय से उससे खिंचा-खिंचा रहने लगा है। यह ठीक है कि ग्रिल लगने के बाद दोनों घरों के बीच बालकनी से सीधा लेन-देन समाप्त हो गया है, लेकिन ग्रिल की जालियों के बीच इतनी जगह तो है ही कि एक-दूसरे की आवाज़ आसानी से सुनी जा सके। यह बदलाव तब से अधिक आया है, जब से प्रेमचन्द सदन पर बाहरी लोगों का क़ब्ज़ा हुआ है।

डॉ. मंसूर थोड़ा आगे बढ़ा, तो देखा कि उसके पड़ोसी जयप्रकाश सिन्हा ने उसे देखने के बावजूद अपनी पीठ फेर ली है। अच्छा नहीं लगा डॉ. मंसूर को।

"एक मिनट, मैं अभी आया!" कहकर डॉ. मंसूर जयप्रकाश यानी जेपी की ओर बढ़ता, फ़ातिमा ने यह कहकर उसे रोक लिया, "भाईजान से इस वक़्त किसी तरह की बात करना मुनासिब नहीं होगा।"

डॉ. मंसूर के क़दम वहीं रुक गये। फ़ातिमा की बात उसे सही लगी। और फिर पता नहीं जयप्रकाश सिन्हा उससे बात करेगा भी या नहीं? यही सोचकर डॉ. मंसूर फ़ातिमा के साथ आगे बढ़ गया।

पूरी नगर टोली को इसकी उम्मीद नहीं थी। न तो मुख्य शिक्षक भरत प्रसाद को, न शाखा कार्यवाह शकुनि आर्य को। न सह नगर कार्यवाह पारस जैन को, न मण्डल कार्यवाह विजयपाल सोलंकी को। न जीवन बीमा निगम अर्थात् एलआईसी एजेंट तथा द्वितीय वर्ष शिक्षित स्वयंसेवक ज़िला कार्यवाह इन्दरजीत को, और न ही नगर कार्यवाह रुद्रपाल को। और तो और न तो धर्म जागरण ज़िला टोली के सदस्य मनोज भारती ने इसकी उम्मीद की थी, और न ही सामाजिक समरसता ज़िला टोली के सदस्य राजन गौतम ने। न दलित-पिछड़ा-आदिवासी हिन्दू विंग के विंग कार्यवाह दलपत मीणा ने कभी सोचा था, न इन्दिरा कॉलोनी की अम्बेडकर शाखा के शिक्षक ब्रजभूषण ने। रही बात विक्रम की, उसे इन सबसे कोई लेना-देना नहीं है। सच तो यह है कि उसमें जो राष्ट्रप्रेम और राष्ट्रवाद कूट-कूटकर भरा हुआ है, वह उसके चलते शाखा में कभी-कभार चला आता है। जहाँ तक दो-दो ज़िलों के प्रचारक त्रिभुवन का प्रश्न है, उसने तो सपने में भी नहीं सोचा था, कि हिन्दुत्व की रक्षा के लिए हाउसिंग सोसाइटीज़ के इतने सारे प्रबुद्ध जिनमें वकील, अध्यापक, डॉक्टर, एनजीओवाला, पत्रकार, प्रोफ़ेसर और लेखक बैठक में आ जायेंगे। सबसे अधिक ख़ुशी और हैरानी इस्माईलपुर नगर टोली को यह देखकर हुई कि हाल के अन्दर ही नहीं, उसके प्रवेश-द्वार पर सचमुच *सावरकर सदन* लिखा हुआ है। यानी जैसा जयप्रकाश सिन्हा ने वायदा किया था, वैसा उसने कर दिखाया।

बैठक की शुरुआत होते ही नगर कार्यवाह रुद्रपाल अपनी जिज्ञासा को नहीं दबा पाया और उसने पूछ ही लिया, "जयप्रकाश जी, इस पर किसी ने कोई विरोध नहीं जताया?" नगर कार्यवाह का इशारा हाल का नाम तुलसी सदन से *सावरकर सदन* करने से था।

"कौन विरोध करता। सब तो अपने आदमी हैं।" जयप्रकाश सिन्हा ने मुस्कराते हुए उत्तर दिया।

"रुद्रपाल जी, मैंने एक बार कहा था न कि हर हिन्दू के हृदय में एक छोटा-सा संघी छिपा होता है। असली सनातनी हिन्दू कभी कम्युनिस्ट या वामपन्थी नहीं हो सकता, और जो ऐसा कहता है वह अपने आपसे झूठ बोलता है...कहा था कि नहीं?" ज़िला प्रचारक त्रिभुवन ने रुद्रपाल को याद दिलाते हुए पूछा।

"मुझे याद है आपने कहा था...लेकिन हैरानी इस बात की है कि जयप्रकाश जी ने खुलेआम हाल के अन्दर व बाहर बड़े-बड़े शब्दों में सावरकर सदन लिखवा दिया और किसी ने चूँ तक नहीं की। और तो और उस मुसलमान शायर चिराग-मोमबत्ती क्या नाम है उसका..."

"मख़दूम चिराग़।"

"हाँ-हाँ वही...उसके बेटे ने भी कुछ नहीं कहा?"

"रुद्रपाल जी, यही बहुत है कि हम उसे इस सोसाइटी में रहने दे रहे हैं।" यह वही जयप्रकाश सिन्हा है जिसके पिता रामप्रसाद सुमन और डॉ. मंसूर आलम के पिता मख़दूम चिराग़ ने मुंशीलाल रहबर के साथ मिलकर इस सोसाइटी अर्थात् आशियाना अपार्टमेंट की नींव रखी थी।

जयप्रकाश सिन्हा का यह सुभाषित सुन नगर कार्यवाह रुद्रपाल को अपना ही यह कथन याद आ गया, कि जिस जयप्रकाश का पिता ज़िन्दगी-भर क्रान्ति का झण्डा उठाये इंक़लाब का नारा लगाता रहा, उसी का बेटा अचानक राष्ट्रवादी हो गया! राष्ट्रवादी भी मामूली नहीं इतना कट्टर कि सबके सामने कह रहा है, कि यही बहुत है हम उसे इस सोसाइटी में रहने दे रहे हैं। आज रुद्रपाल की यह धारणा और पक्की हो गयी कि जब एक सवर्ण वामपन्थी या उसकी सन्तान *हिन्दू* बनती है, तो वह सबसे ख़तरनाक होती है।

"आप इन पर नजर तो रखते हैं न कि ये बीफ़ नहीं खाते हैं।" बड़ी चालाकी के साथ ज़िला प्रचारक अपने एजेंडे पर आते हुए बोला।

"बीफ़ का तो नहीं पता...इतना पता है कि मटन ज़रूर खाते हैं।" जयप्रकाश सिन्हा को जो पता था, वह बता दिया।

"सिन्हा जी, अब आप शुद्ध हिन्दूवादी राष्ट्रवाद की राह पर चल रहे हैं। इसलिए इन मुसलमानों का ये फ़, ज़, ग़ छोड़िए और शुद्ध सनातनी भाषा में बात करने की आदत डालिए! खैर...यानी बकरा ईद पर भी नहीं?" ज़िला प्रचारक जयप्रकाश सिन्हा को कुरेदते हुए बोला।

"मैंने तो आज तक देखा नहीं।"

"ऐसा हो ही नहीं सकता कि बकरा ईद पर कोई मुसलमान गाय न खाता हो। बल्कि इस दिन तो इसकी कुरबानी देना हर मुसलमान अपना धर्म समझता है।"

ज़िला प्रचारक ने जितनी प्रामाणिकता के साथ यह सब कहा, जयप्रकाश सिन्हा चुप्पी साध गया। उसकी इस चुप्पी को देखकर कहा जा सकता है, कि ज़िला प्रचारक उसके अन्दर संशय का जो बीज बोना चाहता था, उसे बोने में वह सफल हो गया।

कहने को जयप्रकाश सिन्हा यह सब कह तो गया, किन्तु वह यहाँ सबके सामने कैसे कहे कि बक़रीद पर डॉ. मंसूर आलम के वालिद और शायर मख़दूम चिराग़ क़ुरबानी के लिए बकरा ख़रीदकर लाते थे, और सोसाइटी के बाहर, पता नहीं कहाँ उसकी क़ुरबानी देने के बाद घर में मटन बनता था। मख़दूम चिराग़ के घर बक़रीद के दिन जब मटन बनता, तो आशियाना के इस पूरे ब्लॉक को पता चल जाता था कि पकते हुए मीट की यह गन्ध कहाँ से आ रही है। बल्कि उन घरों में जहाँ शुद्ध शाकाहरी भोजन बनता था, जब उन्हें पता चला कि इस गन्ध का असली राज़ इसमें उपयोग होनेवाले मसालों में छिपा हुआ है, तो उन्होंने इन मसालों को अपनी किचन की शोभा बना लिया, और जब जी चाहता उस गन्ध का स्वाद लिया जाने लगा, जो गाहे-बगाहे मख़दूम चिराग़ के बावर्चीख़ाने से आती थी।

बक़रीद के दिन रामप्रसाद सुमन और मुंशीलाल रहबर तो दावत के लिए आमन्त्रित होते ही थे, बल्कि दूसरे कई मसिजीवी भी इसमें शामिल होते। मजाल है कोई इस पर एतराज़ तो उठा जाये। और फिर एतराज़ किस बात का? क्या आदमी की आस्था पर भी एतराज़ उठाया जाना चाहिए? यह तो अच्छा हुआ जो इस ज़िला प्रचारक ने जयप्रकाश सिन्हा से यह नहीं पूछा कि वह तो मांस-मछली नहीं खाता है? संयोग से पूछ लेता तो वह क्या जवाब देता।

"आगे से इन पर नजर रखना कहीं ईद-बकरा ईद पर ये सोसाइटी में कुरबानी के नाम पर बकरा न लाकर बाँध दें। और हाँ, एक बात और बता... इसका कोई बेटा-वेटा है या नहीं?" ज़िला प्रचारक ने धीरे-से पूछा।

"हाँ है न। कॉलेज में पढ़ता है।" जयप्रकाश ने बताया।

"कॉलेज में पढ़ता है तो उस पर भी नजर रखनी जरूरी है...क्योंकि इन मुल्लों के लौंडे लव जिहाद में बड़े माहिर होते हैं। आप तो जानते ही हैं कि ये किस तरह अपने साथ पढ़नेवाली हिन्दू कन्याओं को बहला-फुसलाकर अपने

जाल में फँसा लेते हैं, और उनका फिर धर्मान्तरण कर उन्हें निकाह करने पर मजबूर करते हैं...जब एक बार निकाह कर लेते हैं तब उनके टुकड़े-टुकड़े कर फ्रिज में रख देते हैं।"

"अरे साब, मेरे कॉलेज में ठीक ऐसा ही एक लव जिहाद का मामला निकला था।" ज़िला प्रचारक के सामने बिछी कुर्सियों पर बैठे आमन्त्रित प्रबुद्धों में से एक प्रबुद्ध ने उचकते हुए कहा।

"इसलिए कह रहा हूँ कि अपनी बेटियों को इन जिहादियों से बचाकर रखो...उन पर बराबर नजर रखो!" एक तरह से ज़िला प्रचारक ने सावरकर सदन में मौजूद हिन्दुओं का आह्वान किया।

ज़िला प्रचारक त्रिभुवन ने हिन्दू कन्याओं के टुकड़े-टुकड़े कर फ्रिज में रखने का जो डरावना और वीभत्स दृश्य प्रस्तुत किया, और पहली बार आये एक प्रबुद्ध ने जिस तरह सोदाहरण इसकी तुरन्त पुष्टि भी कर दी, उसे सुन जयप्रकाश सिन्हा का रोआँ-रोआँ सिहरता चला गया। बल्कि ज़िला प्रचारक द्वारा किये गये *बेटी बचाओ* आह्वान के बाद उसे अपने ऊपर बड़ा गुस्सा आया कि, इससे पहले उसका ध्यान इस तरफ़ क्यों नहीं गया? इसके बाद उसे पता ही नहीं चला कि वह कब चुपके से रक्त में लिथड़े मांस के लोथड़ों से भरे फ्रिज में घुस गया और उनसे लिपटकर रोने लगा। पूरा दिलो-दिमाग़ सुन्न हो गया उसका। सावरकर सदन में उपस्थित ज़िन्दा पुतलों के उसे बस हिलते हुए होंठ दिखाई दे रहे हैं। कानों में सिवाय साँय-साँय के कुछ नहीं सुनाई दे रहा है।

"चलिए, यह बकरा ईद पुराण बहुत हो गया। अब एक-एक कर सारे प्रबुद्धों से परिचय हो जाये। पारस जी, आप इन सबका परिचय कराइए!" ज़िला प्रचारक ने सह नगर कार्यवाह से कहा।

"वैसे अच्छा यह रहेगा कि ये अपना-अपना स्वयं परिचय दें। क्योंकि मैं एक-दो को छोड़कर व्यक्तिगत रूप से किसी को नहीं जानता हूँ।"

"यह भी ठीक रहेगा।"

इसके बाद एक-एक कर सबने अपना परिचय देना शुरू कर दिया।

"मेरा नाम संगीत त्यागी है और राष्ट्र व हिन्दुत्व को समर्पित दैनिक राष्ट्रवाद में विशेष संवाददाता हूँ। आसपास की सभी हाउसिंग सोसाइटीज़ में हमारा समाचार पत्र सबसे अधिक पढ़ा जाता है।"

"मैं कुलभूषण वर्मा। पेशे से वकील हूँ। अगर कभी माँ भारती के सपूतों पर कोई संकट आ जाये, तो मुझे याद कर लेना। मैं नि:शुल्क उनका केस लड़ूँगा।"

"मेरा नाम दिवाकर शास्त्री है। श्रीराधा अपार्टमेंट में रहता हूँ। इन्दिरा कॉलोनी उच्चतर माध्यमिक विद्यालय में संस्कृत का शिक्षक हूँ। शिक्षण के अलावा *सत्यनारायण की कथा* पढ़ने, शादी-विवाह और दूसरे सनातनी अनुष्ठानों के अवसर पर पूजा-पाठ भी कराता हूँ।"

"मैं प्रोफ़ेसर शंकर पुरोहित। कुछ समय पहले तक जवाहरलाल नेहरू विश्वविद्यालय में इतिहास पढ़ाता था। सेवानिवृत्त होने के बाद पूरी तरह अपने आप को राष्ट्र की सेवा में अर्पित कर दिया है।"

"कहीं आप वही तो नहीं हैं जिसके बारे में एक बार पारस जी ने बताया था, कि आप पहले वामपन्थी थे किन्तु बाद में आपका वामपन्थ से मोहभंग हो गया।"

"जी, पारस जी ने सही बताया है। एक समय मैं भी हार्ड कोर कम्युनिस्ट हुआ करता था लेकिन जैसे ही मेरी आँखें खुलीं, मैंने इसे त्याग दिया। मुझे यह बताते हुए अपार हर्ष और गौरव का अनुभव हो रहा है, कि वामपन्थी होते हुए मैं वर्षों तक संघ से जुड़ा रहा। इससे पहले मैं गोरखपुर के एक प्राइवेट महाविद्यालय में अस्सिस्टेंट प्रोफ़ेसर के पद पर कार्य कर चुका हूँ। जेएनयू में एसोसिएट प्रोफ़ेसर की पोस्ट निकली, तो यहाँ आ गया।"

"प्रोफ़ेसर साब, जेएनयू में आने में अपने संघ ने आपकी कोई मदद की या नहीं? मैं यह सब इसलिए पूछ रहा हूँ कि आपकी बैकग्राउंड आरएसएस की रही है, तो उससे जुड़े होने का आपको कोई लाभ मिला या नहीं?" ज़िला प्रचारक ने प्रोफ़ेसर शंकर पुरोहित से पूछा।

"अब आपने पूछ ही लिया है, तब आपसे क्या छिपाना। सच बात यह है कि मैं संघ की सिफ़ारिश के कारण ही जेएनयू में आया था...वरना ये वामपन्थी हम जैसे राष्ट्रवादियों को कहाँ घुसने देते हैं।"

"इसीलिए मैंने पूछा। क्योंकि वामपन्थियों के इस गढ़ को ढहाना बहुत आवश्यक है, और इसे ढहाने में संघ से जुड़े आप जैसे विचारकों और चिन्तकों की बहुत बड़ी भूमिका होगी। हमें तो उस दिन का इन्तजार है जैसे

रूस में कम्युनिस्ट शासन के पतन के बाद लेनिन की मूर्तियाँ गिरायी गयी थीं, उसी तरह जेएनयू से इस मुस्लिम परस्त नेहरू की मूर्ति गिरायी जायेगी। देखना, देश के सारे कॉलेज-विश्वविद्यालयों में ही नहीं, इस जेएनयू पर भी एक दिन हमारा ही वर्चस्व होगा। जिस दिन ऐसा हो जायेगा, उस दिन इतिहास भी हमारा लिखा होगा और साहित्य भी। कांग्रेस ने इन वामपन्थियों के साथ मिलकर हम हिन्दुओं के बारे में भ्रामक व झूठा, और मुगलों का जिस तरह बढ़ा-चढ़ाकर इतिहास लिखवाया है, उससे शीघ्र ही मुक्ति मिलनेवाली है।"

यह सब कहते हुए दो-दो ज़िलों के प्रचारक त्रिभुवन के जबड़े भिंचते चले गये। इससे पहले कि वह नेहरू की कुण्डली को अपने व्हाट्सएप ज्ञान के आधार पर और तार-तार करता, सावरकर सदन में पसरे सन्नाटे को चीरता हुआ एक स्वर उसके कानों में घुला, "मेरा नाम विवेकानन्द सत्यार्थी है और सर्वकल्याण परिषद नाम की एक एनजीओ चलाता हूँ...पास के सुखसागर अपार्टमेंट में रहता हूँ।"

जिस समय सर्वकल्याण परिषद का संचालक विवेकानन्द सत्यार्थी अपना परिचय दे रहा था, ज़िला प्रचारक त्रिभुवन ही नहीं वहाँ उपस्थित नगर टोली के सारे पदाधिकारी उसे बड़ी सन्देहास्पद दृष्टि से देख रहे थे।

"फिर तो आपको विदेशों से भी पैसा मिलता होगा?" ज़िला प्रचारक त्रिभुवन ने वही सवाल किया, जो अधिकतर एनजीओ के बारे में प्रचलित है।

"अभी तो नहीं...लेकिन प्रयास कर रहा हूँ कि किसी तरह एफ़सीआरए के अन्तर्गत हमारी एनजीओ का रजिस्ट्रेशन हो जाये। वैसे इन दिनों सरकार एफ़सीआरए को लेकर बहुत सख्त है।"

"सत्यार्थी जी, सरकार क्यों नहीं सख्त होगी। कल्याण के नाम पर पैसा लो विदेशों से, और उसे खर्च करो हिन्दुओं के धर्मान्तरण और देश विरोधी कार्यों पर। सरकार यह बहुत अच्छा काम कर रही है।"

"आप सही कह रहे हैं। *राजीव गांधी फ़ाउंडेशन* का एफ़सीआरए लाइसेंस भी इसलिए रद्द किया गया था कि उसने चीन से पैसा लिया था। हमारे समाचार पत्र ने भी इस पर बहुत बड़ी स्टोरी की थी।" राष्ट्र व हिन्दुत्व को समर्पित दैनिक राष्ट्रवाद के विशेष संवाददाता संगीत त्यागी ने ज़िला प्रचारक के अनुमान को विश्वसनीय बनाते हुए उदाहरण दिया।

इसके बाद *सर्वकल्याण परिषद* के संचालक विवेकानन्द सत्यार्थी ने चुप रहना ही बेहतर समझा। उसने विशेष संवाददाता के इस रहस्योद्घाटन पर कोई प्रतिक्रिया व्यक्त नहीं की। ज़िला प्रचारक त्रिभुवन ने भी विवेकानन्द सत्यार्थी में कोई रुचि नहीं दिखाई।

"मेरा नाम डॉ. समदर्शी सोमरस है। पेशे से प्राध्यापक हूँ और यहीं के एक कॉलेज में हिन्दी पढ़ाता हूँ...साथ में राष्ट्रवादी कविताएँ भी लिखता हूँ।"

"प्राध्यापक हूँ, मतलब?" ज़िला कार्यवाह इन्दरजीत ने ज़ोर देकर पूछा।

"मतलब प्रोफ़ेसर हूँ।" एकदम सफ़ेद झूठ कहा डॉ. समदर्शी सोमरस ने।

"सोमरस आपका असली नाम है?" ज़िला कार्यवाह इन्दरजीत ने मुस्कराते हुए पूछा।

"असली नाम तो मेरा समदर्शी मिश्रा है। सोमरस तो मेरा कविवाला नाम है।"

"और डॉक्टर आप किस बीमारी के हैं?" इस बार मुख्य शिक्षक भरत प्रसाद ने जैसे मोर्चा सँभाल लिया।

"बीमारीवाला नहीं, हिन्दी साहित्यवाला डॉक्टर हूँ। मैंने झुनझुनवाला विश्वविद्यालय से पीएच-डी. की हुई है।" डॉ. समदर्शी सोमरस को न चाहते हुए विश्वविद्यालय का नाम बताना पड़ा।

"झुनझुनावाला! यह कौन-सा विश्वविद्यालय है?" इस बार सह नगर कार्यवाह पारस जैन ने राष्ट्रवादी कवि का साक्षात्कार लेते हुए पूछा।

"झुनझुनावाला नहीं, झुनझुनवाला...एक प्राइवेट विश्वविद्यालय है।"

"अच्छाऽऽऽ... झुनझुनवाला!"

पारस जैन ने जिस तरह अच्छा को खींचते हुए गहरी साँस ली, उसे देख डॉ. समदर्शी सोमरस मन-ही-मन घबरा गया, कि कहीं उससे अब यह न पूछ लिया जाये वह कैसा प्रोफ़ेसर है? यानी एडहोक है या परमानेंट? लेकिन माँ सरस्वती ने उसकी लाज रख ली, क्योंकि ऐसा नहीं हुआ।

कवि समदर्शी सोमरस के श्रीमुख से उसका असली नाम सुन ज़िला प्रचारक ही नहीं बल्कि ज़िला कार्यवाह इन्दरजीत, नगर कार्यवाह रुद्रपाल, शाखा कार्यवाह शकुनि, सह नगर कार्यवाह पारस जैन और मुख्य शिक्षक भरत प्रसाद ने मन-ही-मन राहत की साँस ली। वरना ऐसे नामों की आड़ में कई

बार ऐसे समुदायों के लेखक-कवि जुड़ जाते हैं, जिनके साथ उठने-बैठने के दौरान बड़ी असहज स्थिति पैदा हो जाती है। हिन्दुत्व और राष्ट्रवाद तक तो बात ठीक है किन्तु इनकी आड़ लेकर जब ये हम प्याला, हम निवाला बनने की कोशिश करते हैं, तब बड़ा धर्म-संकट और विकट स्थिति पैदा हो जाती है।

"फिर तो आप अपने राष्ट्रीय कवि और देश के पूर्व प्रधानमन्त्री जी की कविताओं के भी प्रशंसक होंगे?"

"मेरी तो काव्य-प्रेरणा के स्रोत ही हमारे देश के यशस्वी कवि और पूर्व प्रधानमन्त्री जी रहे हैं। उन्हीं की कविताओं को पढ़-पढ़कर मेरे अन्दर राष्ट्रवाद की भावना ने जन्म लिया है।" हिन्दी प्राध्यापक और साथ में राष्ट्रवादी कविताएँ लिखनेवाले कवि समदर्शी सोमरस ने एकदम सफ़ेद झूठ बोलते हुए कहा। यदि विश्वास नहीं है तो इसका आगे चलकर पता चल जायेगा।

"चलिए, अब मुद्दे की बात पर आ जायें। आपकी राष्ट्रवादी कविताओं का रसास्वादन हम सब अन्त में करेंगे।" इतना कह पहले उसने पूरी नगर टोली पर निगाह मारी, और फिर इन्दरजीत की तरफ़ देख सभी को सुनाते हुए बोला, "हाँ जी इन्दरजीत जी, बैठक की शुरुआत करें?" सबके परिचय से निवृत्त हो ज़िला प्रचारक बोला।

"जी अवश्य।"

"बन्धुओ, यह सभा एक विशेष प्रयोजन हेतु बुलायी गयी है और वह यह, कि हमें ऐसा आभास हुआ कि इस्माईलपुर नगर टोली के स्वयंसेवकों में प्रबुद्धों का घोर अभाव है। हालाँकि संघ का भी इस बात पर बहुत जोर है कि जिस तरह नेहरू ने प्रगतिशीलों और वामपन्थी बुद्धिजीवियों की बहुत बड़ी व प्रभावशाली जमात खड़ी की, वैसी ही राष्ट्रवादी विचारवाली जमात संघ के पास भी हो। इसलिए हमने यह प्रयास किया कि इस्माईलपुर नगर टोली के अन्तर्गत आनेवाली जितनी भी कालोनियाँ और हाउसिंग सोसाइटी हैं, उनमें रहनेवाले आप जैसे प्रखर, चिन्तनशील और संघ की विचारधारा से प्रभावित प्रबुद्धों को खोजा जाये। हम अपने इस प्रयास में कितने सफल हुए हैं, उसका उदाहरण आप लोग हैं। संघ के निर्देश पर हमने पूजनीय बाला साहेब देवरस के बौद्धिक वर्गों पर आधारित संघ उत्सव के अन्तर्गत आनेवाले महोत्सवों को मनाने का निर्णय लिया था। इस शृंखला में हम इन्दिरा कॉलोनी

की हरिजन बस्ती में *मकर संक्रमण महोत्सव* और *अम्बेडकर समरसता दिवस* का सफलतापूर्वक आयोजन कर चुके हैं। इसमें इस्माईलपुर नगर टोली के अन्तर्गत आनेवाली अम्बेडकर शाखा तथा आर्यावर्त शाखा के दलित, पिछड़ा और आदिवासी स्वयंसेवकों ने पूरे उत्साह और जोश के साथ हिस्सा लिया। इस अवसर पर *दलित-पिछड़ा-आदिवासी हिन्दू विंग* की भी स्थापना की गयी। इस विंग का, विंग कार्यवाह दलपत मीणा जी को नियुक्त किया गया था। मेरा दलपत जी से निवेदन है कि वे एक बार खड़े जो जायें।"

ज़िला प्रचारक के निर्देश के साथ कुछ दिन पहले बना विंग कार्यवाह दलपत मीणा अपनी जगह से इस भाव के साथ खड़ा हुआ, मानो वह भारतीय सेना की किसी रेजिमेंट या बटालियन का कोई कमाण्डर हो।

इसके बाद ज़िला प्रचारक आगे बोला, "आपको बताते हुए बड़ा हर्ष हो रहा है कि कुछ दिन पहले इस साल शुरू होनेवाले हिन्दू नववर्ष को *भगवा दिवस* के रूप में भी मनाने का निर्णय लिया गया था। उसके लिए हमारी नगर टोली ने कुछ निर्णय लिए हैं, जैसे उस दिन *हर घर भगवा* के अन्तर्गत सभी हाउसिंग सोसाइटी और अपार्टमेंट के हर दरवाज़े के बाहर *मैं हिन्दू हूँ* का भगवा झण्डा लगाया जायेगा। इसी के साथ हर मुखिया की एक समारोह में *मैं हिन्दू हूँ* प्रिंटेड भगवा गमछे और त्रिशूल के साथ सम्मान करने की योजना भी है...इसके अलावा और क्या हैऽऽऽ...इन्दरजीत जी, कुछ और आइटम भी हैं?"

"हाँ है न। इसके बाद सारे स्वयंसेवकों को भी भगवा गमछा पहनाकर उसे *हिन्दू सैनिक* के रूप में सम्मानित किया जायेगा।" इन्दरजीत ने बाक़ी बची योजना बता दी।

"मेरा हिन्दू समाज के आप सभी प्रबुद्धों से अपील है कि आप सब हमारे इस महती कार्यक्रम का हिस्सा बनें। केवल हिस्सा ही ना बनें अपितु भविष्य में आप संघ के कार्यक्रमों में निरन्तर हिस्सा लेकर हमारा मार्ग दर्शन भी करते रहें। बल्कि मेरा एक विचार है और वो यह कि इस्माईलपुर नगर टोली की अपनी एक प्रबुद्ध परिषद होनी चाहिए।"

"विचार तो आपका अति उत्तम है।" इन्दिरा कॉलोनी उच्चतर माध्यमिक विद्यालय में संस्कृत का शिक्षक दिवाकर शास्त्री तपाक से बोला।

"ऐसी परिषद का होना इसलिए भी आवश्यक है, ताकि हम इन वामपन्थियों और कांग्रेसी बुद्धिजीवियों से टक्कर ले सकें।" संघ की सिफ़ारिश पर बने जेएनयू में इतिहास के एसोसिएट प्रोफ़ेसर और अब सेवानिवृत्त प्रोफ़ेसर शंकर पुरोहित, ने पूरे सावरकर सदन के सामने अपनी दिली इच्छा व्यक्त करते हुए कहा।

इसके बाद स्थानीय कॉलेज में हिन्दी पढ़ानेवाले राष्ट्रवादी कवि समदर्शी सोमरस, अपनी एनजीओ सर्वकल्याण परिषद का एफ़सीआरए के तहत रजिस्ट्रेशन करने के लिए दुबला हुआ जा रहा विवेकानन्द सत्यार्थी, पेशे से वकील कुलभूषण वर्मा तथा राष्ट्र व हिन्दुत्व को समर्पित दैनिक राष्ट्रवाद के विशेष संवाददाता संगीत त्यागी ने भी मिशन हिन्दू राष्ट्र के लिए अपना सर्वस्व त्यागने की घोषणा कर दी।

"अन्त में मेरा आपसे एक अनुरोध है कि जब भी आपको समय मिले सुबह शाखा में अवश्य आयें, और हमारे बौद्धिक कार्यक्रमों का हिस्सा बनें! और अब चलते-चलते अपने कविजी, क्या नाम बताया था आपने अपना?"

"समदर्शी सोमरस।"

"जी वही...अपनी राष्ट्रवादी कविताओं के माध्यम से इस सावरकर सदन में आज ये सोम-रस छलकाएँगे। चलिए, शुरू करिए अपना काव्य-पाठ!"

ज़िला प्रचारक का आदेश मिलते ही राष्ट्रवादी कविताओं से गले तक भरे कवि समदर्शी सोमरस ने अपना सस्वर काव्य-पाठ यह कहते हुए शुरू कर दिया, "पेश है माँ भारती के चरणों में समर्पित यह कविता! उम्मीद करता हूँ आपको अवश्य पसन्द आयेगी।"

इसके बाद कवि महोदय अपना पाठ करने लगा–

इतिहास गा रहा है, दिन-रात गुण हमारा।
दुनिया के लोगों, सुन लो, यह देश है हमारा।

इस पर जनम लिया है, इसका पिया है पानी,
माता है यह हमारी, यह है पिता हमारा।

दो बन्द सुनने के बाद ही सामने बैठे श्रोताओं को जँच गया, कि माँ भारती के चरणों में समर्पित जिस कविता की शुरुआत इतनी मारक है, पूरी

कविता कैसी होगी, इसका आसानी से अनुमान लगाया जा सकता है। इधर अपने समदर्शी जी ने भी भाँप लिया कि अभी तक छलकाये गये सोम-रस में लगता है इन्हें मज़ा नहीं आया। ऐसे अवसरों पर समझदार श्रोताओं से कैसे पार पाया जाता है, उसे अच्छी तरह पता है। इसलिए उसी युक्ति का इस्तेमाल करते हुए कवि सोमरस ने ज़बरन मुस्कराने का प्रयास किया, और श्रोताओं की ओर देखते हुए बोला, "कविता थोड़ी लम्बी है इसलिए इसका अन्तिम पद सुनाता हूँ कि–

होगा भविष्य उज्ज्वल, संसार में अनोखा,
बतला रहा है हमको, यह संगठन हमारा।।"

"बहुत अच्छा, इन पंक्तियों को फिर से दोहराना!"

दो-दो ज़िलों के प्रचारक के इतना कहते ही पूरी नगर टोली भी वाह-वाह कर उठी। ज़िला प्रचारक के काव्य-प्रेम और वाह-वाही से उत्साहित हो समदर्शी सोमरस ने इस बार इन पंक्तियों को पूरी तरह डूबकर सुनाया।

"इन्दरजीत जी, यह कविता जितनी राष्ट्रवादी है, उससे कहीं अधिक यह संघ की प्रतीत होती है। क्या पंक्ति है कि *बतला रहा है हमको, यह संगठन हमारा।* यह कविता तो इस्माईलपुर नगर टोली की सभी शाखाओं का शाखा-गीत हो सकता है!"

"दरअसल, यह गीत ही है।" कवि डॉ. समदर्शी सोमरस ने लगभग लरज़ते हुए कहा।

"सोमरस जी, क्या आप हमारी शाखाओं के लिए ऐसे गीत लिख सकते हैं?"

"मैं एक और छोटा-सा गीत पेश करता हूँ। इससे आपको अनुमान हो जायेगा कि मैं लिख सकता हूँ या नहीं।" राष्ट्रवादी कवि अपनी एक और कविता सुनाने का आग्रह करते हुए बोला।

"हाँ अवश्य।"

ज़िला कार्यवाह इन्दरजीत ने जिस तरह कवि के आग्रह को स्वीकार किया, उससे कवि महोदय को जँच गया कि इस गीत के भी एकाध बन्द सुनाना ही उचित रहेगा, "पेश है..."

"एक मिनट सोमरस जी, आपने यह क्या पेश है-पेश है लगा रक्खा है। यह कोई मुसलमानों का मुशायरा या मुजरा नहीं है। आप राष्ट्रभाषा हिन्दी की कविताओं का पाठ कर रहे हैं, इसलिए *प्रस्तुत* है बोलिए!"

ज़िला प्रचारक के इस हस्तक्षेप से राष्ट्रवादी कवि की जैसे लय गड़बड़ा गयी। फिर भी अपने आत्मबल को संचित करते हुए गीत सुनाने लगा–

हिन्दुस्तान के हम हैं और हिन्दुस्तान हमारा।
हम हिन्दू जन-जन की आँखों का है तारा।।
जहाँ हरी खेतियाँ..."

"सोमरस जी, यह हिन्दुस्तान नहीं, हिन्दुस्थान है...क्या है हिन्दु स्थान अर्थात् हिन्दुओं का स्थान।"

"जी...जी..." इस बार ज़िला प्रचारक के इस व्यवधान से सचमुच राष्ट्रवादी कवि समदर्शी सोमरस की गाड़ी बेपटरी हो गयी। कुछ देर पहले जो सोम-रस बरस रहा था, अचानक वह कसैला हो गया। उसने जैसे-तैसे पहलेवाले गीत की तरह अपना अशुद्धियों भरा तथाकथित गीत सुना तो दिया, लेकिन उसमें वह तुर्शी और राष्ट्रवादी उत्साह नहीं था, जिसकी सबने आशा की थी।

"एक काम करते हैं सोमरस जी, *संघ-पिता* के जन्म दिवस के अवसर पर इसी सावरकर हाल में एक छोटा-सा राष्ट्रवादी कवि सम्मेलन का आयोजन करते हैं। अपनी तरह यदि कुछ और कवि हों तो अपने जयप्रकाश सिन्हा जी आपके साथ मिलकर उनकी सूची बना लेंगे...क्यों सिन्हा जी?" जो ज़ख़्म कुछ क्षण पहले ज़िला प्रचारक ने एक कॉलेज में हिन्दी पढ़ानेवाले राष्ट्रवादी कवि को उसकी भाषा दुरुस्त करने के नाम पर दिये थे, उस पर थोड़ा-सा मल्लम लगाते हुए सुझाव दिया।

"जी, बि...बिल्कुल सही।" जयप्रकाश ने अकबकाते हुए स्वीकृति में सिर हिला दिया।

"कहाँ खो गये सिन्हा जी?" ज़िला प्रचारक ने जयप्रकाश को जैसे कोंचा।

"एक बात बताऊँ त्रिभुवन जी, कितना अच्छा संयोग है कि इस बार चैत्र शुक्ल प्रतिपदा से शुरू होनेवाले विक्रम संवत् का पहला दिन, यानी

हिन्दू नववर्ष अर्थात वर्ष-प्रतिपदा और संघ-पिता डॉक्टर केशवराव बलिराम हेडगेवार जी का जन्म दिवस एक ही दिन पड़ रहा है।"

"रुद्रपाल जी, इसलिए तो संघ ने इस साल के हिन्दू नववर्ष को धूमधाम से मनाने का निर्देश दिया है।" ज़िला प्रचारक त्रिभुवन मुस्कराते हुए बोला।

" ...और इसके बाद जून महीने में *हिन्दूसाम्राज्य दिनोत्सव* तथा अगस्त में *रक्षाबन्धन महोत्सव* भी मनाया जाना है। हिन्दूसाम्राज्य दिनोत्सव के बारे में तो हम सब जानते हैं, कि इस दिन मुगलों को परास्त करके शिवाजी वापस लौटे थे, और उनका सम्राट के रूप में राज्याभिषेक हुआ था। उस दिन को प्रत्येक वर्ष छत्रपति शिवाजी महाराज के राज्याभिषेक दिवस अर्थात् हिन्दूसाम्राज्य दिनोत्सव के रूप में मनाया जाता है। इसलिए हमें हिन्दूसाम्राज्य दिनोत्सव को भी धूमधाम से मनाना चाहिए!" रुद्रपाल ने जाते-जाते सुझाव दिया।

"आपका कहना एकदम सही है। संघ में *मकर संक्रान्ति, गुरुपूजा, रक्षाबन्धन* और *विजयदशमी* जैसे उत्सव ही हिन्दू समाज में मनाये जाते हैं। परन्तु हिन्दूसाम्राज्य दिनोत्सव को हम भूल जाते हैं। जबकि सच्चाई यह है कि संघ से जुड़े बहुत से लोगों को यह पता ही नहीं है, कि इतिहास में ऐसी भी कोई घटना है जो उत्सव मनाने लायक है। मेरे कहने का अर्थ यह है कि इस उत्सव का बहुत से लोगों को ज्ञान ही नहीं है।"

"इसलिए तो कह रहा हूँ कि हिन्दुओं को यह बताना बहुत आवश्यक है कि लगभग सवा तीन सौ साल पहले, जब हिन्दू समाज में बड़ी भारी हताशा थी तब एक ऐसे सैनिक का राज्याभिषेक हुआ था, जिससे उस समय की सारी परिस्थितियाँ बदल गयी थीं। कारण इसका यह था कि सालों से ऐसी परिस्थितियाँ होने के चलते किसी की इच्छा नहीं रह गयी थी। यदि सच में इस पराभव वाले दौर में किसी ने हिन्दुओं में अस्मिता का भाव जगाया था, तो वह वीर शिवाजी ही था।"

"फिर ऐसा करते हैं रुद्रपाल जी, कि दो महीने बाद हिन्दू नववर्ष और संघ-पिता अर्थात् गुरु पूर्णिमा महोत्सव मनाया जाना है, इसलिए अच्छा होगा कि मकर संक्रमण की तरह हिन्दूसाम्राज्य दिनोत्सव और रक्षाबन्धन क्यों न अपने इसी शिवालय मण्डल की शाखा में मना लिया जाये?" ज़िला प्रचारक त्रिभुवन ने सुझाव दिया।

"त्रिभुवन जी, रुद्रपाल जी सही पकड़े हैं। वैसे भी उत्तर भारत की शाखाओं में हिन्दूसाम्राज्य दिनोत्सव की रस्म अदायगी-सी होती है। क्योंकि शिवाजी का जितना महत्त्व महाराष्ट्र में है, उतना इधर नहीं है।" ज़िला कार्यवाह इन्दरजीत ने ज़िला प्रचारक के सुझाव से सहमति जताते हुए कहा।

"फिर ऐसा करते हैं कि दोनों महोत्सवों को इसी मजारवाले मैदान पर ही मना लेते हैं। इन दोनों महोत्सवों के लिए अभी हमारे पास पर्याप्त समय भी है।"

नगर कार्यवाह रुद्रपाल के सुझाव को एक तरह से पूरी इस्माईलपुर नगर टोली ने स्वीकृति प्रदान कर दी।

इस तरह इस्माईलपुर के आसपास की हाउसिंग सोसाइटीज़ के अघाये प्रबुद्धों द्वारा राष्ट्रवाद और हिन्दुत्व के हित में किये गये आह्वान, तथा कवि समदर्शी सोमरस द्वारा गीतों के नाम पर बरसाई गयी राष्ट्रवादी तुकबन्दियों के साथ भविष्य की प्रबुद्ध परिषद् की पहली अनौपचारिक सभा समाप्त हो गयी।

27

सावरकर सदन से जयप्रकाश सिन्हा का घर मुश्किल से तीस-बत्तीस क़दम दूर है। मगर तीस-बत्तीस क़दम की यह दूरी मानो मीलों में बदल गयी। जितना समय अपार्टमेंट के इस कम्युनिटी हाल से मुख्य गेट तक पहुँचने में लगता है, उससे आधे समय में जयप्रकाश अपने घर पहुँच जाता है, किन्तु आज ऐसा नहीं है। लग रहा है जैसे उसके पाँवों में भारी-भारी पत्थर बँधे हुए हैं। रह-रहकर उसके कानों में ज़िला प्रचारक का यह वाक्य गूँज रहा है कि अपनी बेटियों को इन जेहादियों से बचाकर रखो। इसी वाक्य के शब्दों और उसकी मात्राओं में उलझे जयप्रकाश को पता ही नहीं चला कि वह कब घर पहुँच गया। पहुँचा भी तो लगा मानो उसकी तर्जनी का पोर अपने ही दरवाज़े के बाहर लगी कॉल बेल को भूल गया है।

दरवाज़ा खुला तो पत्नी ने झल्लाते हुए कहा, "क्यों बार-बार घंटी बजा रहे हो?"

कुछ नहीं कहा जयप्रकाश ने और सीधा ड्राइंग में बिछे पलंग पर जाकर धराशायी हो गया। पत्नी घबरा गयी। वह तेज़ी से किचन की ओर दौड़ी तथा एक गिलास पानी लाते हुए बोली, "क्या हुआ, तबियत तो ठीक है?"

"पहले यह बता, पिं...पिंकी किधर है?"

"आपको पता तो है कि वह हर इतवार को आरिफ़ के साथ एक्स्ट्रा क्लास लेने जाती है और देर शाम लौटती है...क्या हुआ? पिंकी ठीक तो है?" इस बार पत्नी घबरा गयी।

"मैं कैसे कहूँ।" अन्यमनस्कता के साथ उत्तर दिया जयप्रकाश ने।

"फिर ऐसे कैसे पूछ रहे हो?" सुमन जैसे डाँटते हुए बोली।

"ऐसा है आज के बाद एक्स्ट्रा क्लास लेने वह अकेली जायेगी...इस आरिफ़-वारिफ़ के बच्चे के साथ नहीं जायेगी!"

"नहीं जायेगी मतलब...किसी ने दोनों के बारे में कुछ उलटा-सीधा कह दिया क्या?"

"जब कह दिया कि नहीं जायेगी, तो नहीं जायेगी!" जयप्रकाश लगभग चीख़ते हुए बोला।

"पर हुआ क्या? इस फूटे मुँह से कुछ बकोगे भी कि क्यों नहीं जायेगी?" इस बार पत्नी का धैर्य जवाब दे गया।

इसके बाद जयप्रकाश सिन्हा ने वे सारी बातें सुमन को बता दीं, जो सावरकर सदन में प्रबुद्धों की बैठक में दो-दो ज़िलों के प्रचारक त्रिभुवन ने सबके सामने कही थीं। ज़िला प्रचारक ने तो केवल दृश्य ही बाँधा था किन्तु जयप्रकाश ने उस दृश्य को जिस तरह उससे भी अधिक वीभत्स और डरावना बनाकर पेश किया, पत्नी माथे पर हाथ मारते हुए वहीं फ़र्श पर ग़श खाकर ढेर हो गयी। बत्तीसी भिंच गयी उसकी। बड़ी मुश्किल हो गयी जयप्रकाश के लिए। जिस गिलास में पत्नी पानी लायी थी, वह हाथ से छिटककर दूर जा गिरा। जयप्रकाश बिस्तर से उठा और दूसरे गिलास में पानी ला, पत्नी के मुँह पर छींटे मारता हुआ पत्नी को झिंझोड़ने लगा। यह तो अच्छा हुआ जो बाक़ी के बच्चे ट्यूशन गये हुए हैं, वरना सबके लिए बड़ी मुश्किल हो जाती।

बड़ी मुश्किल से सुमन यानी पत्नी को होश आया। पूरे घर में एक अबोला मातम पसर गया। बावजूद इसके उन्हें लगा जैसे उन दोनों के अलावा घर में

कोई और भी है जो उन पर ज़ोर-ज़ोर से ठहाका मार रहा है। सुमन तो कुछ ही देर में ऐसी हो गयी, जैसे लम्बे समय से वह किसी असाध्य रोग से पीड़ित है। जबकि जयप्रकाश की रुक-रुककर साँसें चल रही हैं और नज़र सामने दीवार-घड़ी पर टिकी हुई है। न जाने क्यों आज उसे लग रहा है घड़ी की सूइयाँ एक जगह ठिठकी हुई हैं। अभी शाम के छह बजे हैं। उसे पता है कि पिंकी सात बजे तक आती है।

इस बीच वह बाहर बालकनी में आया तो देखा सूरज क्षितिज में समाने को आतुर है। सूरज को टकटकी लगा देखते हुए उसे पता ही नहीं चला, कि वह कब लुढ़कता हुआ दूसरी सोसाइटी के पीछे छिपकर क्षितिज में समा गया। कब पूरा आशियाना अपार्टमेंट मटमैले अँधेरे में लिपट गया, और कब एक-एक करके परिसर की सारी बत्तियाँ जल उठीं। परिसर में फैली बत्तियों की रोशनी में भीगा कोई भी व्यक्ति अन्दर आता-जाता, तो उसका साया कभी लम्बा हो जाता तो कुछ देर बाद छोटा होता चला जाता। इन सायों को देख जयप्रकाश लगता जैसे किसी प्रेतात्मा की ज़िन्दा परछाईं ज़मीन पर टहल रही है। उसकी बेसब्र निगाहें अपार्टमेंट के मुख्य गेट पर ही टिकी हुई हैं। अचानक गेट के ऊपर लगी ट्यूब लाइट की रोशनी में लिपटे तेज़-तेज़ क़दमों से आते दो सायों ने गेट के अन्दर प्रवेश किया। जयप्रकाश सिन्हा ने उन्हें तुरन्त पहचान लिया। पहले उसने एक लम्बी साँस ली और फिर उसे बाहर छोड़ता हुआ अन्दर चला आया।

जैसे ही कॉल बेल बजी, जयप्रकाश ने दरवाज़ा खोल दिया। दरवाज़ा खुलते ही पिंकी ने कन्धे से बैग उतार, उसे लापरवाही के साथ पलंग पर पटक दिया।

इधर पिंकी ने बैग पलंग पर पटका, उधर सुमन भी अन्दर से बाहर आ गयी। माँ को देख पिंकी हुमकते हुए बोली, "पता है मम्मी आज क्या हुआ?"

"तू अपनी बकबक बाद में करना, पहले मेरी बात सुन!"

माँ का यह रूप देख पिंकी को बड़ी हैरानी हुई, कि आज इसे क्या हुआ जो इस तरह भभक रही है।

"सुमन, पहले इसे अपनी बात तो कहने दे!" जयप्रकाश स्थिति को भाँपते हुए बोला।

“नहीं पापा, पहले मम्मी को कहने दो?” इसके बाद वह अपनी माँ की ओर देखते हुए बोली, “हाँ मम्मी बोल?”

“बात यह है कि आगे से तू इस जिहादी के साथ क्लास लेने नहीं जायेगी!” सुमन ने बेटी को हड़काते हुए कहा।

“कौन जिहादी? किसके साथ कहाँ नहीं जाऊँगी?” पिंकी की कुछ समझ में नहीं आया।

“वही आरिफ का बच्चा...और कौन!”

“लेकिन मम्मी इसने ऐसा क्या कर दिया जो...?”

“यह तू अपने बाप से पूछ!” सुमन ने अपना ठीकरा पति जयप्रकाश के सिर पर फोड़ दिया।

“पापा, ऐसा क्या हुआ जो मम्मी आपसे बताने के लिए कह रही है... और यह आरिफ़ जिसे मम्मी अपना बेटा जैसा मानती है और आऽऽऽप...”

“बेटा जैसा मानती है, बेटा तो नहीं है न?” फिर कुछ पल रुककर कहने लगा, “बेटी क्या है कि हमें भी समाज में रहना है। इसलिए अच्छा है तू आरिफ़ से दूर रहा कर!”

“यह सब तो ठीक है, पर हुआ क्या?” इस बार पिंकी चीख़ते-चीख़ते रह गयी।

जयप्रकाश सिन्हा ने इसके बाद वे ही सारी बातें जो पहले सुमन को बतायी थीं, पिंकी के सामने कह दीं।

“अच्छाऽऽऽ...तो यह बात है। मैं भी तो कहूँ कि रामप्रसाद सुमन जैसे खुली सोचवाले पिता का बेटा ऐसी गन्दी सोच पाल ही नहीं सकता। समझ गयी, यह सब उनकी करामात है!”

“देख पिंकी, आजकल समय अच्छा नहीं है। कभी-कभी हमें दूसरे की बातों पर भी ध्यान देना चाहिए। और फिर पिताजी व मख़दूम अंकल की बात और थी। उस समय ऐसा माहौल नहीं था।” बेटी के तेवर देख जयप्रकाश सिन्हा थोड़ा नर्म होते हुए बोला।

“पापा, माहौल पहले भी ऐसा ही था और आज भी वैसा ही है। बस लोग बदल गये हैं, उनकी सोच बदल गयी है...और इन लोगों में आप भी हैं। मैं कभी-कभी यह देखकर परेशान होती हूँ कि, अगर आज दादाजी होते

और उनके सामने उनका बेटा यह सब कर रहा होता, तो उनके दिल पर क्या बीतती?"

"मैं सब समझ रहा हूँ पिंकी लेकिन..."

"मैं कुछ दिनों से देख रही हूँ पापा कि जबसे आप इन लोगों के सम्पर्क में आये हैं, आप भी तेज़ी से नफ़रती होते जा रहे हैं। इनके साथ रहकर आप पर भी हिन्दू बनने का भूत सवार हो गया है। मैंने तो सुना है कि जो प्रेमचन्द सदन होली, दीवाली, ईद पर आरिफ़ और मेरे दादाजी की नज़्मों और कविताओं से गूँजता था, उसको कुछ हिन्दुओं के ठेकेदारों ने हथिया लिया है।"

"तुझे सब पता तो है पिंकी।" जयप्रकाश ने बेटी को समझाने की कोशिश की।

"पिंकी, अधिक भाषण मत दे! तेरे पापा सही कह रहे हैं। अगर इन्होंने उसके साथ जाने से मना कर दिया, तो कर दिया...समझी!"

"ठीक है मम्मी, नहीं जाऊँगी लेकिन मेरी वो बात भी तो सुन लो जो मैं बताना चाह रही थी?"

"हाँ-हाँ जल्दी बोल! मेरे पास और भी काम हैं।"

"हुआ यह कि मैं क्लास के बाहर आरिफ़ भैया का इन्तज़ार कर रही थी। इसी बीच एक लड़का मेरे साथ आकर बत्तमीजी करने लगा। अभी वह मेरे साथ बत्तमीजी कर ही रहा था, कि आरिफ़ आ गया और उसने उसकी ऐसी मरम्मत की कि, वह आज के बाद किसी लड़की को नहीं छेड़ेगा। जिस लड़के को आरिफ़ मार रहा था, मुझे लगा इस लड़के को मैंने कहीं देखा है। याद करने पर मुझे याद आया कि इसे मैंने अहिंसा अपार्टमेंट के आसपास देखा है। बाद में मुझे आरिफ़ ने बताया कि यह अहिंसा अपार्टमेंट में रहता है, और इसके पिता की कोई कोल्डड्रिंक्स की एजेंसी है।"

"उस एजेंसी का क्या नाम है?" जयप्रकाश ने चौंकते हुए पूछा।

"कुछ हरिअनन्ता टाइप जैसा नाम था।"

"हरिअनन्ता नहीं अरिहन्त नाम होगा!"

"आप उस आदमी को जानते हो?" पिंकी ने पूछा।

"जानता नहीं हूँ, बस अन्दाज़ा लगा रहा हूँ कि यह हरिअनन्ता नहीं अरिहन्त होगा!" जयप्रकाश सिन्हा साफ़ झूठ बोल गया। वह कैसे बताये कि

वह जिस लड़के के बारे में बात कर रही है, वह और कोई नहीं, इस्माईलपुर नगर टोली के सह नगर कार्यवाह पारस जैन, जो अरिहन्त कोल्डड्रिंक्स डिस्ट्रीब्यूटर का मालिक है, उसी का लाड़ला है।

"ठीक है मम्मी, मैं आरिफ़ के साथ ही नहीं...क्लास भी लेने नहीं जाऊँगी!" पिंकी ने अपना निर्णय सुनाते हुए कहा।

"देखा इस लड़की के तेवर! जायेगी तो उसी मुल्ले के साथ वरना..."

"मम्मी, आपने यह क्या जिहादी-मुल्ला लगा रखा है? यह ज़हर अचानक तुम्हारे अन्दर भर कैसे गया? कौन बताता है ये सब बातें?"

"तेरी मम्मी का कहने का मतलब है कि तू आरिफ़ के साथ आना-जाना छोड़ दे।"

"पापा, जब आपको मेरे ऊपर विश्वास ही नहीं है तो मैं क्लास लेने क्यों जाऊँ? इस पूरे शहर में एक यही आरिफ़ थोड़े ही है, सैकड़ों आरिफ़ भरे हुए हैं। आप मुझे किस-किस से बचाओगे...ठीक है मैं अभी आरिफ़ को मना कर आती हूँ।"

"पिंकी हमें तुझ पर भरोसा है किन्तु इन मुसलमानों पर नहीं है..."

"इन मुसलमानों पर नहीं है लेकिन उन हिन्दू लफ़ंगों पर है, जो सरेआम अपनी ही बहन-बेटियों के साथ छेड़खानी करते हैं?"

जयप्रकाश से कोई उत्तर देते नहीं बना बेटी के इस प्रश्न का। कुछ पल चुप रहने के बाद पिंकी को समझाते हुए बोला, "ऐसा है एकदम से मना करना ठीक नहीं रहेगा। पहले एकाध दिन कुछ-न-कुछ बहाना बनाकर, उससे दूरी बनाने की कोशिश कर!"

अपने पिता के मुँह से अपने दादा रामप्रसाद सुमन के दाँत काटी रोटी दोस्त मख़दूम चिराग़, जिनकी दोस्ती की मिसाल लोग कभी पूरे अपार्टमेंट में दिया करते थे, और जिन पर इस आशियाना अपार्टमेंट को बड़ा नाज़ और फ़ख्र था, आज वह मिसाल एक झटके में साम्प्रदायिकता के अग्निकुण्ड में गिरकर भस्म हो जायेगी, पिंकी को इसकी बिल्कुल उम्मीद नहीं थी।

उस दिन के बाद पिंकी ने डॉ. मंसूर आलम और उसके परिवार को लेकर, पापा-मम्मी के व्यवहार में जो रूखापन और परिवर्तन देखा, उसे देख कई बार वह विचलित हो जाती। उसे ये कुछ अच्छे लक्षण नज़र नहीं

आ रहे हैं। माँ-बाप का ख़याल कर उसने अपना आने-जाने का समय बदल लिया। मगर वह आने-जाने से लेकर जब भी समय मिलता उसमें सोचती कि क्या यह सब अचानक हुआ, या इसकी तैयारी पहले से चल रही थी? जो आशियाना भारतीय ज़बानों के मशहूर अदीबों यानी अलग-अलग भाषाओं के मसिजीवियों से कूकता था, और जिसका प्रेमचन्द सदन अदबी बैठकों से गुलज़ार रहता था, उस पर जैसे आदमखोर गिद्धों ने क़ब्ज़ा कर लिया है। आये दिन उसमें तरह-तरह दुरभिसन्धियों और षड्यन्त्रों के मंसूबे बनने लगे। ऐसा लगता मानो हाउसिंग सोसाइटीज़ और उनके इन आशियाना जैसे अपार्टमेंट्स में भीतर-ही-भीतर सुलगती इन अग्निशलाकाओं में सीले बारूद से भरे ज़िन्दा पुतले रहते हैं। इस्माईलपुर के आसपास फैले जंगल की जगह, तेज़ी से बनते सभ्य नागरिकों के द्वीपों में देखते-देखते हिंसक और मुर्दाखोर बिज्जुओं ने घर कर लिया है।

पिंकी रविवार को जब भी घर से एक्स्ट्रा क्लास लेने के लिए निकलती, जयप्रकाश सिन्हा और सुमन दोनों पति-पत्नी की नज़रें आशियाना के मैन गेट तक उसका पीछा करतीं कि कहीं आसपास आरिफ़ तो नहीं है?

इधर पिछले कई दिनों से फ़ातिमा देख रही है कि आरिफ़ कुछ उदास रहने लगा है। जब फ़ातिमा से नहीं रहा गया, तब एक दिन उसने उससे पूछ ही लिया, "आरिफ़, बेटा सब ठीक तो है?"

पहले तो वह टालता रहा किन्तु जब माँ ने ज़ोर देकर पूछा, तो उसने बता ही दिया, "अम्मी, आपको पता है पिछले कुछ संडे से पिंकी मेरे साथ क्लास लेने नहीं जाती है।"

"तबियत ख़राब होगी इसलिए नहीं जाती होगी!" फ़ातिमा ने अनुमान लगाते हुए उत्तर दिया।

"नहीं अम्मी, जाती है लेकिन अलग से जाती है। मैंने एकाध बार उससे पूछा भी, मगर उसने कोई जवाब नहीं दिया।"

"आपस में कोई बात तो नहीं हो गयी तुम दोनों के बीच?"

"अम्मी, ऐसा कुछ नहीं हुआ। हाँ, एक दिन अरिहन्त अपार्टमेंट के एक लड़के ने उसके साथ बदतमीज़ी की थी, तो मैंने उस लड़के की अच्छी ख़बर

ले ली थी। उस दिन के बाद से उसने बात करना तो दूर रहा, बल्कि वह मुझसे दूर-दूर रहती है।"

"कोई बात नहीं, उसकी कोई ज़ाती परेशानी होगी इसलिए बात नहीं करती होगी। वैसे भी तुम दोनों में शुरू से छत्तीस का आँकड़ा रहा है।" फ़ातिमा हँसकर टालते हुए बोली।

फ़ातिमा के लिए यह नयी जानकारी थी। इससे पहले ऐसा कभी नहीं हुआ। हाँ, इतना ज़रूर हुआ कि जबसे उन्होंने बालकनी पर लोहे की ग्रिल लगवायी है, उसकी पिंकी की माँ सुमन से बात नहीं होती है।

अगले दिन क्लिनिक से डॉ. मंसूर आलम आया, तो फ़ातिमा ने यह बात उसे बतायी। पहले तो डॉ. मंसूर कुछ नहीं बोला लेकिन कुछ क्षण सोचने के बाद गम्भीरता के साथ बोला, "पता नहीं क्यों, अपनी सोसाइटी में सब कुछ ठीक नहीं चल रहा है? तुम्हें याद होगा तुम भी एक दिन पूछ रही थीं कि आजकल अपनी सोसाइटी में बाहर के लोग ज़्यादा नज़र आने लगे हैं।"

"यह तो मैंने ऐसे ही पूछ लिया था।"

"यह तुमने ऐसे ही नहीं पूछा था बल्कि तुम्हें यह सब देखकर अजीब-सा लगा था।"

"इसलिए तो पूछा था।"

"मैं भी देख रहा हूँ कि अपनी सोसाइटी में आजकल इन लोगों की कुछ ज़्यादा ही आमदो-रफ़्त हो रही है। बल्कि अपना जेपी भी इनके साथ बराबर देखा जाता है। पहले हाल का नाम बिना सोसाइटी के लोगों की रज़ामन्दी के तुलसी सदन कर दिया गया। बाद में इसके ग्रीन रूम में बग़लवाली हाउसिंग सोसाइटी में रहनेवाले किसी शकुनि आर्य ने, अपने नौकर को घुसाकर उस पर क़ब्ज़ा कर लिया है।" जेपी से डॉ. मंसूर आलम की मुराद जयप्रकाश से है। वही नहीं उसके आसपास के लोग जयप्रकाश को इसी नाम से पुकारते हैं।

"पता नहीं इस बारे में सोसाइटी के लोग बोलते क्यों नहीं हैं?"

"मैंने एकाध बार सोचा था कि इनसे जाकर बात करूँ कि यह सब क्या चल रहा है लेकिन..."

"अल्लाह के वास्ते आप दूर रहना इस मसले से। होने दो जो कुछ हो रहा है।" फ़ातिमा ने डरते हुए कहा।

"सबसे मज़ेदार तो यह है फ़ातिमा कि अपना जेपी भी इनके साथ है। मैंने इसीलिए बालकनी में ग्रिल लगवायी है। पिछले कुछ सालों से हालत जिस तेज़ी के साथ बदल रहे हैं, वे कोई अच्छे आसार नहीं हैं। बल्कि अब तो जेपी आरडब्ल्यूए की मीटिंग्स में भी मुझे बुलाने की ज़हमत नहीं उठाता है।"

"ना बाबा, भाड़ में जाये आरडब्ल्यूए। आपको मेरी क़सम जो आपने इनके मामले में दख़ल देने की कोशिश की। जेपी भाईजान जानें और इनकी आरडब्ल्यूए जाने। हम तो बिना मीटिंग्स के ही ठीक हैं।" फ़ातिमा ने डॉ. मंसूर को साफ़ कह दिया।

"मैं तो एक बात कह रहा हूँ...मुझे क्या ज़रूरत पड़ी इनके बीच में पड़ने की।"

"मंसूर, मैं एक बात बहुत दिनों से कहना चाहती थी, कि इस सोसाइटी में मुझे अब बड़ा डर-सा लगने लगा है। आने-जाने वाले अजनबियों की आँखें हमारी ग्रिल पर ही टिकी रहती हैं।"

"तुम्हारा डर एकदम सही है। पिंकी का आरिफ़ से अचानक दूरी बनाने के पीछे भी कुछ-कुछ ऐसी ही वजह लगती है। बहरहाल, आरिफ़ को समझाना कि अगर पिंकी बात नहीं करना चाहती है तो कोई बात नहीं।"

"मैं तो समझा दूँगी पर उस आरिफ़ पर क्या बीतेगी, जो बचपन से एक-दूसरे के साथ खेलते-कूदते हुए बड़े हुए हैं।" फ़ातिमा परेशान होते हुए बोली।

"इसमें किया भी क्या जा सकता है।" इतना कह डॉ. मंसूर बाथरूम में घुस गया।

"या मेरे मौला, रहम करना!"

पीछे से मंसूर के कानों में बीवी के ये शब्द देर तक बजबजाते रहे।

उस दिन डॉ. मंसूर आलम किसी काम से पैदल ही सोसाइटी से बाहर जा रहा था कि बाहर कम्युनिटी हाल के बाहर राजू को झाड़ू लगाता देख, वह वहीं रुक गया। वह धीरे-से राजू के पास गया और उससे हालचाल पूछने लगा। इसी दौरान राजू हाल की तरफ़ बढ़ा, तो उससे बात करते हुए मंसूर भी उसके पीछे-पीछे हो लिया।

डॉ. मंसूर ने कम्युनिटी हाल यानी एक समय के प्रेमचन्द सदन, बाद के तुलसी सदन में ऐवाने-ग़ालिब ऑडिटोरियम की तर्ज़ पर बनाये गये हाल के

भीतरी हिस्से को देखा, तो उसके पाँवों के नीचे से मानो ज़मीन खिसकने लगी। जिस प्रेमचन्द सदन की दीवारें कभी प्रेमचन्द के कथनों से मुस्कराती रहती थीं, उनकी जगह कहीं संघ-पिता हेडगेवार की फ्रेम जड़ी तस्वीर लगी हुई है, तो कहीं गोलवलकर की। कहीं देवरस का चित्र टँगा हुआ है, तो कहीं रज्जू भैया का चित्र लगा हुआ। डॉ. मंसूर आलम ने पूरे कम्युनिटी हाल को आँखों में उतारा और जिस कार्य के लिए वह घर से निकला था, उसे करने के लिए सोसाइटी से बाहर आ गया।

"बड़ी देर कर दी आने में, कहाँ रुक गये थे?" वापस घर पहुँचते ही फ़ातिमा ने पूछा।

"कहीं नहीं, थोड़ा कम्युनिटी हाल में चला गया था।"

"किसी ने बुलाया था?"

"नहीं, ऐसे ही चला गया था।"

फ़ातिमा को यह सुनकर हैरानी हुई। वह सोचने लगी कि मंसूर ऐसे तो नहीं गया होगा। जब यह इतने दिनों से वहाँ नहीं गया, तब आज कैसे चला गया?

"मेरा अन्दाज़ा एकदएम सही निकला फ़ातिमा। पिंकी का आरिफ़ से दूरी बनाने की वजह अब समझ में आ रही है।"

"आपने ऐसा क्या देख लिया जो इतने यक़ीन के साथ यह सब कह रहे हो?"

"कभी कम्युनिटी हाल की सूरत जाकर देखो, सब समझ में आ जायेगा।"

"पिंकी का आरिफ़ से दूरी बनाने का इस कम्युनिटी हाल से क्या वास्ता है?"

"जाकर देखोगी तभी पता चलेगा।"

"ना बाबा, मुझे नहीं जाना वहाँ।" फ़ातिमा ने दो टूक मना कर दिया।

"तुम्हें याद है मैंने एक दिन कहा था कि जिस तरह हाल में आये दिन मीटिंग्स हो रही हैं, वे कोई अच्छे आसार नहीं हैं। इसकी ताईद आज वहाँ जाने से हो गयी।"

"ऐसा क्या देख लिया उसमें?"

"यही कि जिस कम्युनिटी हाल का नाम प्रेमचन्द सदन रखने से पहले अब्बू, चाचा रामप्रसाद और रहबर अंकल ने कितनी माथापच्ची की थी, उसका नाम *सावरकर सदन* कर दिया गया है।"

"यह कब कर दिया? मैंने तो तुलसी सदन सुना था?" फ़ातिमा को सुनकर आश्चर्य हुआ।

"नाम बदलने में कौन-से कलमे पढ़ने पड़ते हैं। जैसे तुलसी सदन कर दिया, वैसे ही सावरकर सदन कर दिया गया। तुम्हें शायद यक़ीन ना हो कि जिन दीवारों पर प्रेमचन्द के कलाम हुआ करते थे, अब उनकी जगह यह सब लिख दिया गया है कि *हिन्दुओ, ब्रिटिशों से लड़ने में अपनी शक्ति बरबाद मत करो। अपनी शक्ति हमारे भीतरी दुश्मनों यानी इन मुसलमानों, ईसाइयों और कम्युनिस्टों से लड़ने के लिए बचाकर रखो!* इतना ही नहीं..." इसके बाद डॉ. मंसूर ने अपने मोबाइल की फोटो गैलरी खोली, और राजू से नज़र बचाकर दीवारों पर लिखी सावरकर की इस इबारत की ली गयी फोटो को पढ़कर सुनाने लगा–

हिन्दू जब तक हिन्दू है, तभी तक वह भारत की रक्षा के लिए प्राणोत्सर्ग कर सकता है, सर्वस्व होम कर सकता है। वह प्यारी मातृभूमि, पवन-पवित्र पुण्यभूमि के प्रति प्राण देकर स्वर्ग व मोक्ष प्राप्ति की कामना कर सकता है। किन्तु यदि वह धर्म परिवर्तन करके मुसलमान या ईसाई हो गया है, तो फिर क्यों वह व्यर्थ ही इस मिट्टी के ढेर की रक्षा के लिए प्राण देगा? उसकी पुण्यभूमि भी काशी से बदल कर मक्का-मदीना हो जायेगी। अत: यह निश्चयपूर्वक समझ लेना चाहिए कि इस देश का सच्चा राष्ट्रीय, वास्तविक भक्त हिन्दू ही रहा है, हिन्दू ही रहेगा।"

डॉ. मंसूर आलम के घर में जो एक अनजानी दहशत और सन्नाटा चहलक़दमी करते दिखाई देते थे, और गले में भगवा पटकों की बढ़ती जानी-अनजानी पदचापों की कर्कशता फ़ातिमा को अपने कानों में सुनाई देती थी, इस कथन के बाद उनकी भयमिश्रित प्रतिछाया दोनों के चेहरों पर दिखाई देने लगी।

"मैंने तो पहले ही कहा था कि इस सोसाइटी में रहते हुए मुझे बड़ा डर-सा लगने लगा है। आने-जानेवालों की आँखें हमारी ग्रिल पर ही टिकी रहती हैं। बल्कि अब तो कोई बात भी नहीं करता है। आरिफ़ हमारा एक ही तो इकलौता बेटा है। ख़ुदा न करे, कल को कोई ऊँच-नीच हो गयी, तो मैं कहीं की नहीं रहूँगी!" कहते-कहते फ़ातिमा का गला रुँध गया।

"डर तो फ़ातिमा मुझे भी बहुत लगने लगा है। मगर कोई दूसरा रास्ता भी तो नहीं है।"

"ऐसा करते हैं, इसे बेचकर कहीं अपनों के बीच चलते हैं!"

"फ़ातिमा, उन गोल टोपीवाले अपनों से कहीं बेहतर है यह जगह। यह अलग बात है कि अब्बू ने जिस वक़्त इस सोसाइटी में आने का मन बनाया होगा, तब ऐसा माहौल नहीं था। मैं नहीं चाहता कि हमारा आरिफ़ ज़हनी तौर पर उनकी तरह बने। यक़ीन मानो ऐसा कुछ नहीं होनेवाला।" डॉ. मंसूर ने फ़ातिमा को समझाने की कोशिश की।

"अब्बू ने तो ऐसा नहीं सोचा होगा, मगर सोचो कि जिस दिन आरिफ़ को यह पता चलेगा कि पिंकी ने उससे इसलिए बात करना छोड़ दिया है, या उसके साथ इसलिए क्लासेज़ लेने नहीं जाती है कि वह..."

"मगर सिवाय इन्तज़ार करने के हम कर भी क्या सकते हैं! कुछ नहीं होगा थोड़ा सब्र से काम लो!"

"और इसी सब्र के चक्कर में किसी दिन कोई बड़ा हादसा हो गया तो उसका कौन ज़िम्मेदार होगा?" फ़ातिमा ने इस बार डॉ. मसूर की आँखों में आँखें धँसाते हुए पूछा।

डॉ. मंसूर आलम से कोई उत्तर देते नहीं बना। फ़ातिमा देर तक बे-जान दीवारों को टकटकी लगाये देखती रही। यह तो दीवार पर टँगी घड़ी पर उसकी नज़र पड़ गयी कि ज़ुह्र की नमाज़ का वक़्त हो गया है, वरना छोटे होते दिनों में पता ही नहीं चलता कि क्या समय हो गया है? फ़ातिमा ने ज़ल्दी-ज़ल्दी वज़ू की और दरवाज़े के पीछे रखा जा-नमाज़ उठाकर नमाज़ पढ़ने चली गयी।

28

जैसे-जैसे विक्रम संवत् का चैत्र महीना और उसका चैत्र शुक्ल प्रतिपदा अर्थात् हिन्दू नववर्ष का दिन निकट आता जा रहा है, इस्माईलपुर नगर टोली की सभी शाखाओं में हलचल तेज़ हो गयी। इन्दिरा कॉलोनी की अम्बेडकर शाखा और शिवाजी शाखा सहित शिवालय मण्डल की आर्यावर्त शाखा में अचानक रौनक बढ़ गयी है। लगभग एक घण्टे की शाखा में तय

कार्यक्रमों के अनुसार मुख्य शिक्षक भरत प्रसाद पहले स्वयंसेवकों को थोड़ा दौड़ाता, उसके बाद शारीरिक कार्यक्रम के अन्तर्गत सूर्यनमस्कार, प्रहार, समता-संचलन के साथ खेल खिला थोड़ा व्यायाम करवाता। इसके बाद बौद्धिक कार्यक्रम होता। प्रतिदिन की तरह शाखा के लगभग अन्त में सुभाषित या अमृत-वचन बल्कि कभी-कभी शाखा-गीत होता, और फिर प्रार्थना के बाद शाखा विसर्जित हो जाती। हिन्दू नववर्ष तक शाखा कार्यवाह शकुनि आर्य ने अपने नौकर अर्थात् गट्नायक राजू को मुख्य शिक्षक भरत प्रसाद की मदद के लिए छोड़ दिया। यानी वह प्रतिदिन मुख्य शिक्षक से पहले शिवालय पहुँचेगा, और आर्य समाज मन्दिर में रखे *गुरुजी* को संघ-स्थल पर ले जाकर शाखा लगाने में उसकी मदद करेगा।

मुख्य शिक्षक भरत प्रसाद और गट्नायक राजू अन्य दिनों की तरह समय से संघ-स्थल पहुँच गये। तय समय पर एक-एक कर सारे गण और इस्माईलपुर नगर टोली के सभी पदाधिकारियों के आने के बाद प्रतिदिन की तरह शाखा शुरू हो गयी। जब से यह तय हुआ है कि इस साल हिन्दू नववर्ष के अवसर पर *हर घर भगवा* दिवस के अवसर पर बँटनेवाले झण्डों, गमछों और त्रिशूलों का वितरण होगा, और झण्डों पर *मैं हिन्दू हूँ* के साथ सबसे नीचे *सौजन्य : श्रीराम प्रॉपर्टी डीलर* प्रिंटेड गमछों और झण्डों का शकुनि आर्य व पारस जैन के साथ विक्रम को भी ख़र्चा उठाना है, विक्रम बिना नागा शाखा में आने लगा है। केवल आता ही नहीं है बल्कि शाखा के बौद्धिक कार्यक्रम के साथ आशियाना अपार्टमेंट के *सावरकर सदन* में होनेवाली हर सभा में भाग भी लेता है।

शारीरिक कार्यक्रम के अन्तर्गत सूर्यनमस्कार के बाद जैसे ही खेल की बारी आयी, प्रौढ़ स्वयंसेवक एक तरफ़ तो तरुण स्वयंसेवक दूसरी तरफ़ अपने-अपने खेल खेलने के लिए अलग हो गये। एलआईसी एजेंट तथा द्वितीय वर्ष शिक्षित ज़िला कार्यवाह इन्दरजीत के नेतृत्व में प्रौढ़ों ने तुरन्त अपना खेल *कठघरा* चुना और खेलना शुरू कर दिया। किन्तु हर बार की तरह मुश्किल आयी मुख्य शिक्षक भरत प्रसाद के लिए कि वह तरुणों को कौन-सा खेल खिलाये?

अन्ततः मुख्य शिक्षक ने इसे तरुणों पर छोड़ते हुए कहा, "बताइए, आज कौन-सा खेल खेलने का मन है–नमस्तेजी, सुदर्शन चक्र, चुनौती, संख्या बनाना, गुरु-मूर्ति, आग लगी है, मैं शिवाजी, किसान-लोमड़ी, समोसा, जलेबी?" उसने जब देखा कि सामने खड़े तरुण कुछ तय नहीं कर पा रहे हैं, तब उसने पलटते हुए राजू से पूछा, "राजू, तू ही बता आज कौन-सा खेल खेलें?"

राजू ने बिना एक पल गँवाये अपनी पसन्द बता दी, "आज *मैं शिवाजी* खेलते हैं।"

"ठीक है।" इसके बाद मुख्य शिक्षक ने पहले खेल के नियम बताये और फिर शुरू हो गया खेल *मैं शिवाजी*।

देर तक चले खेल के बाद सभी स्वयंसेवक साँस लेने के लिए रुके, तो मुख्य शिक्षक ने कहा, "देखिए, इस खेल का मुख्य भाव है यह कि हर स्वयंसेवक मैं शिवाजी की घोषणा करते हुए दूसरे प्रतिस्पर्धी को आकर्षित करता है। खेल-खेल में हम वीर शिवाजी को आत्मसात करते जाते हैं। शिवाजी का जीवन, उसकी कार्य-शैली, भिन्न-भिन्न परिस्थितियों में उसकी सोच व क्रिया हम सभी के लिए मार्गदर्शक है। यह खेल अफजल खान के वध के साथ शिवाजी को विजय दिलाता हुआ, उनकी सटीक रणनीति का परिचय कराता है। यह खेल बताता है कि केवल लड़ना ही नहीं होता, उसे जीतना भी जरूरी होता है। जैसाकि हम जानते हैं कि अफजल खान हिन्दू मन्दिरों को तोड़ता हुआ और गाँवों को लूटता हुआ आगे बढ़ रहा था। यह देख शिवाजी ने अफजल खान को यह सन्देश पहुँचाया कि वह उसके आगे झुक गया है, और उसने अफजल की सारी बातें मान ली हैं। यह सुन अफजल अपनी हजारों की सेना छोड़ शिवाजी महाराज से अकेले मिलने को राजी हो गया। इसके बाद आप सब जानते हैं कि किस तरह शिवाजी ने उसका शिकार किया।"

उधर प्रौढ़ों का खेल समाप्त होते ही सब बौद्धिक कार्यक्रम के लिए एकत्रित हो गये।

बौद्धिक कार्यक्रम के लिए बने मण्डल को संचालित करने का दायित्व आज ज़िला कार्यवाह इन्दरजीत ने सँभाल लिया। जबकि दो-दो ज़िलों का प्रचारक त्रिभुवन आज इस ज़िले की दूसरी शाखाओं के भ्रमण पर है। सारे

स्वयंसेवकों द्वारा अपना-अपना स्थान ग्रहण करने के बाद ज़िला कार्यवाह ने आगे की कार्यवाही शुरू करते हुए, सबसे पहले हिन्दू नववर्ष के दिन होनेवाले कार्यक्रमों और उससे जुड़ी तैयारियों के बारे में पूछना शुरू किया, "हाँ जी विक्रम जी, आपकी कैसी तैयारी है? भगवा ध्वजों, गमछों और त्रिशूलों का ऑर्डर कर दिया?" ज़िला कार्यवाह ने सबसे पहले हमेशा सीधे हाथ की आधी से अधिक अँगुलियों में रत्न-जड़ित अँगूठियाँ और बायें हाथ की बीच की अँगुली में घोड़े की नाल से बना छल्ला पहननेवाले विक्रम से पूछा। क्योंकि हाउसिंग सोसाइटीज़ और अपार्टमेंट्स के मुखियाओं के गले में *मैं हिन्दू हूँ* वाला भगवा गमछा, और त्रिशूल के साथ सम्मान करने का सुझाव उसी का था। सुझाव ही नहीं, बल्कि भगवा ध्वज के साथ इनका ख़र्चा भी उसी ने वहन करने की हामी भरी थी। *आर्य मसाले* का मालिक अर्थात् शाखा कार्यवाह शकुनि आर्य और *अरिहन्त कोल्डड्रिंक्स डिस्ट्रीब्यूटर* यानी सह नगर कार्यवाह पारस जैन को तो सह-प्रायोजक के रूप में उसने बाद में शामिल किया है। इसलिए इस विचार का असली संस्थापक तो विक्रम ही है।

"मैंने इनको तैयार करनेवाली एजेंसी को ऑर्डर कर दिया है।" विक्रम ने झूठ बोलते हुए कहा। जबकि सचाई यह है कि अभी तक उसने कोई ऑर्डर नहीं किया है। क्योंकि वह जानता है कि यह कोई बड़ा ऑर्डर नहीं है। यदि सात-आठ दिन पहले भी ऑर्डर करेगा, तो एजेंसी इन्हें समय पर तैयार करके दे देगी।

"मैं इसलिए पूछ रहा हूँ कि हमें सारा सामान कम-से-कम सप्ताह-भर पहले सावरकर सदन के कार्यालय में तैयार करके रखना होगा।" ज़िला कार्यवाह इन्दरजीत ने एक तरह समय सीमा बताते हुए इसके बाद सह नगर कार्यवाह की ओर देखते हुए पूछा, "पारस जी, आपके गोदाम में इतनी बोतलें तो हर समय रहती होंगी?"

"आप निश्चिन्त रहें। पूरा कोटा मिलेगा मेरे पास।" पारस जैन ने भी आश्वस्त करते हुए जवाब दिया।

"और दलपत जी, आपने सारी सोसाइटी और दूसरी जगह के लोगों की सूची बनानी शुरू कर दी है न?" दलपत मीणा, जिसने *भगवा दिवस* के दिन हाउसिंग सोसाइटी और अपार्टमेंट के हर दरवाज़े पर *मैं हिन्दू हूँ* झण्डे लगाने

को *हर घर भगवा* का नाम देने का सुझाव दिया था, और जिसे सर्वसम्मति से इसकी ज़िम्मेदारी सौंपी गयी थी, उसी दलपत से ज़िला कार्यवाह ने पूछा।

"जी उस पर कार्य जारी है।" दलित-पिछड़ा-आदिवासी हिन्दू विंग के विंग कार्यवाह दलपत ने बड़े आत्मविश्वास के साथ कहा।

जिन-जिन को जो ज़िम्मेदारी दी गयी थी, सभी ने हाँ तो कर दिया लेकिन असलियत यह है कि अभी किसी ने कुछ नहीं किया। सबसे मुश्किल काम तो दलित-पिछड़ा-आदिवासी हिन्दू विंग के विंग कार्यवाह के सिर आ गया। हालाँकि तय तो यह हुआ था कि केवल हाउसिंग सोसाइटीज़ और अपार्टमेंट्स के हर दरवाज़े पर *मैं हिन्दू हूँ* का झण्डा लगाना है, मगर यहाँ तो उसे इनकी सूची भी बनाने को कहा जा रहा है। विंग कार्यवाह दलपत मीणा मन-ही-मन अपने ऊपर झल्ला उठा कि क्यों उसने यह सुझाव दे डाला? भला यह क्या बात हुई कि सुझाव भी वही दे और उसे पूरा भी वही करे। लेकिन दलपत मीणा यह भूल रहा है कि हिन्दू राष्ट्र बनाने के लिए ऐसे छोटे-मोटे त्याग तो करने ही होंगे।

"शकुनि जी, इस्माईलपुर नगर टोली के अन्तर्गत हाउसिंग सोसाइटियों में जो व्हाट्सग्रुप बनाने का निर्णय लिया गया था, वे कैसा कार्य कर रहे हैं?" ज़िला कार्यवाह ने शाखा कार्यवाह शकुनि आर्य के बहाने पूरे बौद्धिक मण्डल से पूछा।

"सारे ग्रुप बहुत अच्छा काम कर रहे हैं। *हिन्दू राष्ट्र, हिन्दू बचाओ, कट्टर हिन्दू, जय श्रीराम, सनातन बचाओ, हिन्दू इकोसिस्टम, भगवा क्रान्ति, मैं भी लड़ूँगा जैसे व्हाट्सग्रुपों* को *राजू फ़ेंस क्लब* से जोड़ दिया है।"

"राजू फ़ेंस क्लबऽऽऽ...यह क्या नाम हुआ?" इन्दरजीत ने मुस्कराते हुए पूछा।

"वो क्या है कि अपना यह राजू है न, मेरा मतलब है राजकुमार जी, यह उसका व्हाट्सएप ग्रुप है। उसी का ग्रुप सारे सन्देशों को यही भेजता है। इसका सबसे बड़ा लाभ यह है कि राजू के सावरकर सदन में रहने के कारण हमारी जो माँ-बहनें हैं, वो भी इस ग्रुप से जुड़ी हुई हैं।"

"यह तो बहुत अच्छा है शकुनि जी। अपनी सोसाइटियों के अंकिल-आंटियों को जोड़ना बहुत आवश्यक है। आखिर खाली बैठकर वे भी तो राष्ट्र की कुछ सेवा करें।"

"इन्दरजीत जी, हमारे हिन्दूवादी विचारों को असली तो सबसे अधिक सोसाइटीवाले यही अंकल-आंटी प्रचारित कर रहे हैं। देखिए, कुछ दिन पहले ही मेरे व्हाट्सएप पर एक रिटायर अंकल ने किसी *भगवा क्रान्ति* नाम के व्हाट्सएप ग्रुप का यह कितना भयानक और डरावना मैसेज भेजा है..." इस बीच उसने भगवा क्रान्ति नाम के व्हाट्सएप ग्रुप को खोला, और पढ़ने से पहले कुछ पलों के लिए पहले सारे मण्डल पर एक दृष्टि डाली। जब उसने छोटी-बड़ी भयातुर आँखों में उभरी जिज्ञासा को बाँच लिया, तब एक-एक शब्द और वाक्य को भय की चाशनी में अच्छी तरह डुबोते हुए पढ़ना शुरू किया–

"हिन्दू भाइयो, पूरे भारत में एक बहुत बड़े काण्ड की तैयारी चल रही है। अगर आप इनमें से ऐसा कुछ भी होता हुआ देखें, तो तुरन्त अपने हिन्दू और सनातनियों को सावधान करते हुए, उनके व्हाट्सएप ग्रुप पर इसे शेयर करना न भूलें। इनमें पहला है कि एक मुसलमान आपके इलाके में पहले एक दुकान किराये पर लेता है। फिर वह अपने दूसरे जान-पहचान के मुसलमान को वहीं आसपास किराये पर दूसरी दुकान दिलवाता है...और फिर देखते-देखते पूरे इलाके में सिर्फ मुसलमान दुकानदार दिखाई देने लगेंगे। इसे आप सब ध्यान से सुनें! फिर धीरे-धीरे, चोरी-छिपे ये मुसलमान लड़के हिन्दू नाम रखकर उस इलाके की हिन्दू लड़कियों को प्यार के झाँसे में फँसाकर उनसे शादी रचाएँगे, और शादी के बाद हिन्दू लड़की मुसलमान बन जायेगी। कुछ दिनों के बाद जब इन मुसलमानों को दिखाई देगा, कि अब उनका उस इलाके पर पूरा नियन्त्रण हो चुका है, तो उन्हें हिन्दुओं से दिक्कत होने लगेगी और एक दिन दंगों की स्थिति आ जायेगी। इतना ही नहीं जिन मुसलमानों ने हिन्दुओं की दुकान किराये पर ली हुई हैं, ये सब किराया भी देना बन्द कर देते हैं। और जिन हिन्दुओं ने पैसों के लालच में अपनी दुकानें इन मुसलमानों को किराये पर दी हुई थीं, वे भी हमेशा के लिए उनसे हाथ धो बैठते हैं...फिर एक दिन ऐसा आयेगा कि सभी हिन्दुओं को अपना इलाका खाली करना पड़ता है, क्योंकि मुसलमानों को अब हिन्दुओं से परेशानी होने लगती है। हिन्दुओं के मन्दिरों के आसपास मांस-मच्छी की दुकानें खोल दी जाती हैं बल्कि साथ में मस्जिदें भी बना दी जाती हैं। अन्त में एक दिन मन्दिर गिरा दिये जायेंगे। आप तो जानते ही

हैं कि ऐसे काण्ड रोजाना दिल्ली, हिमाचल प्रदेश, हरियाणा, राजस्थान, उत्तर प्रदेश में जोरों पर हैं...हैं कि नहीं हैं?"

शाखा कार्यवाह और एल.ए.सी.ए. मार्ट अर्थात् आर्य मसाले के मालिक तथा रसूलपुर में एक समय किसानों को मोटे ब्याज़ पर क़र्ज़ देनेवाले लाला अमरचन्द आर्य के सुपुत्र शकुनि आर्य ने, जिस प्रामाणिकता के साथ सामने बैठे माँ भारती के उपासकों की आँखों में आँखें डालते हुए पूछा, उसे देख किसी ने यह कहने की ज़हमत नहीं उठायी, कि हमने तो आज तक ऐसा देखा नहीं है। बल्कि सभी ने इस तरह हाँ मैं मुंडी हिला दी, जैसे सबके घर और आसपास की दुकानों पर मुसलमानों ने क़ब्ज़ा कर लिया है। मारे डर और भय के सारे माँ भारती के सपूतों का चेहरा सफ़ेद पड़ता चला गया। कुछ पल के लिए लगा जैसे किसी ऊपरी हवा ने उनके चेहरे का रक्त सोख लिया है।

"इसलिए इससे बचने का बस एक ही तरीका है कि मुसलमानों को अपनी दुकान किराये पर देना बन्द कर दें! यदि ऐसा नहीं किया तो वह मुसलमान आपको चार-पाँच साल तक किराया देने के बाद उस पर कब्जा कर लेगा। समझे!" इससे पहले कि शकुनि आर्य लगभग यही बात कहता, रुद्रपाल ने अंजाम भुगतने की चेतावनी देते हुए कह दिया।

"कई दिन पहले *हिन्दू इकोसिस्टम* व्हाट्सएप ग्रुप ने मुझे यह वीडियो भेजा, जिसमें एक मुल्ला सारे मुसलमानों से खुलेआम कह रहा है कि बकरा ईद पर कुरबानी करते समय अपने बच्चे-बच्चियों को भी साथ रखें...अपने साथ मिलकर उनसे बोटियाँ बनवायें...उन्हें कुरबानी का तरीका बतायें...उनसे जानवरों की खाल उतरवायें ताकि उनके दिल से हर तरह का डर खतम हो जाए, और समय आने पर वे जानवरों को आसानी से काट सकें।" *दलित-पिछड़ा-आदिवासी हिन्दू विंग* के विंग कार्यवाह दलपत मीणा अपने व्हाट्सएप पर आये एक सन्देश को हू-ब-हू पढ़ते हुए बोला।

"दलपत जी, ये मुसलमान तभी इतने कट्टर होते हैं। एक हम हिन्दू हैं जिन्हें एक छोटी-सी चींटी को भी मारते हुए डर लगता है।" अरिहन्त कोल्डड्रिंक्स डिस्ट्रीब्यूटर के मालिक पारस जैन ने समस्त हिन्दुओं को एक तरह से धिक्कारते हुए कहा। उसी पारस जैन ने जो सूर्यास्त के बाद इसलिए

भोजन नहीं करता, और पानी को इसलिए कपड़े से छानकर पीता है ताकि कोई जीव-हत्या न हो।

"पता नहीं क्यों इन इतिहास लिखनेवाले कम्युनिस्टों को सारी बुराई केवल सती प्रथा और बाल विवाह में ही नजर आयी? बुर्का, तीन तलाक और हलाला तो मानो मुसलमानों की माँ-बहनों के शौक थे! यह कैसा भारत है, जहाँ अपने ही अवतार लेनेवाले प्रभु श्रीराम जी का मन्दिर बनाने के लिए चन्दा उगाहना पड़ता है, और इनका हज हाउस सरकारी धन से बनता है। जो यह कहते हैं कि हमें धर्म की नहीं, रोजगार की जरूरत है, वो देख लें कि कैसे अफगानिस्तान से लोग करोड़ों की सम्पत्ति और रोजगार छोड़कर भाग रहे हैं। जहाँ संविधान और लोकतन्त्र है, वहाँ शरिया चाहिए...जहाँ शरिया लागू हो गया, वहाँ से भागकर लोकतान्त्रिक देश में शरण चाहिए...जब शरण मिल जाये तब उस शरण देनेवाले देश में भी शरिया चाहिए, यही चक्र चलता रहेगा। एक कबाड़ी और पंचरवाला भी कहता है कि मैं अपने मजहब के लिए जान दे सकता हूँ, और एक सम्पन्न अडानी-अम्बानी हिन्दू से पूछो तो बोलेगा, मुझे इस लफड़े में नहीं पड़ना।" बहुत देर से शान्त मुख्य शिक्षक भरत प्रसाद जैसे फट पड़ा। अपने इस फटने में उसे पता ही नहीं है कि वह क्या-क्या बोले जा रहा है।

"इसलिए भरत जी इस देश को हिन्दू राष्ट्र बनाने की जरूरत है...लेकिन हम हिन्दू हैं कि हमारे कानों पर जूँ ही नहीं रेंग रही है।" दलपत मीणा का हिन्दू-हृदय एक तरह से चीत्कार कर उठा।

दलित-पिछड़ा-आदिवासी हिन्दू विंग के विंग कार्यवाह दलपत मीणा को हिन्दू राष्ट्र के लिए फड़फड़ाता देख, हमेशा मध्यमा में घोड़े की नाल का छल्ला डाले रहनेवाले विक्रम ने बड़ी सफ़ाई से शकुनि आर्य और पारस जैन की आँखों में देखा। दोनों को उसने ऐसे देखा जैसे उनसे कह रहा है कि यदि भारत नाम का यह देश किसी दिन हिन्दू राष्ट्र बनेगा तो इन दलित, पिछड़े और आदिवासियों की इसी मूर्खता के कारण बनेगा। हमारे-आपके बस की बात नहीं है। बस, जरूरत हैं इनमें यह भ्रम बनाये रखना कि चिन्ता मत करो, तुम भी हमारी तरह शुद्ध हिन्दू हो।

"मेरा बस चले तो इस देश की सारी रेजिडेंशियल सोसाइटियों के लिए भारत सरकार से कहकर मुस्लिम देशों की तरह यह कानून बनवा दूँ कि

अपने फ़्लैट में बकरे भैंसे लाना बैन है। धर्म की आड़ में हलाल के नाम पर बकरों को लाना बैन करवा दूँ। आज आप बकरा लेकर आयेंगे फिर यह शिकायत करेंगे कि हमें यहाँ परेशान किया जाता है। अरे भाई साहब, दूसरों की भावनाओं का आदर कीजिए और नियमों का पालन कीजिए!"

"मुझे तो एक बात और पता चली है रुद्रपाल जी कि, ये लोग हलाल का जितना भी सामान खरीदते हैं, उसका सारा पैसा *जमीयत उलेमा-ए-हिन्द* के पास जाता है। इसलिए मेरा मानना है कि हम हिन्दुओं को भी केवल एक हिन्दू की दुकान से ही सामान खरीदना चाहिए। फिर पता चलेगा ये कितना जिहाद करते हैं।" पहली बार घोड़े के नाल से बने छल्ले को धारण करनेवाले तथाकथित सनातनी विक्रम ने प्रस्ताव पेश किया।

"रुद्रपाल जी, क्या बताऊँ हमारे हिन्दू कुछ समझने को तैयार ही नहीं हैं। अनपढ़ों की बात तो फिर भी समझ में आती है, किन्तु जब पढ़े-लिखे लोगों की आँखों पर पर्दा पड़ जाता है तो बड़ी समस्या खड़ी हो जाती है। दो महीने पहले हुआ क्या कि हमारी सोसाइटी सुखसागर अपार्टमेंट के बाहर चाय की दुकान पर एक रिटायर्ड फौजी के साथ मैं चाय पी रहा था। बातचीत के दौरान पता चला कि वह हमारी सोसाइटी के पीछेवाली सोसाइटी में रहता है। मैंने उससे बच्चों के बारे में जानना चाहा, तो उसने बताया कि उसकी सबसे छोटी बेटी, जो कक्षा नौ में पढ़ती है, उसे एक मुसलमान टीचर जिसकी उम्र चालीस साल के आसपास की है, पढ़ाने आता है। मैंने जब उससे कहा कि इन लोगों से हमें बचकर रहना चाहिए, इस पर वह बोला कि वह बड़ा भला आदमी है। यह सुनकर मुझे थोड़ा गुस्सा आया और मैंने कहा कि मल कितना भी ताजा हो, बदबूदार ही होता है। इसका पता उस पर पैर पड़ जाने पर ही चलता है। इसको लेकर हम दोनों के बीच थोड़ी-सी बहस भी हुई। अपने व्हाट्सएप पर आयी मैंने उसे कुछ ऑथेंटिक खबरें दिखायीं, लेकिन वह फौजी उस मुसलमान टीचर को अच्छा ही बताता रहा। अब इसके कुछ दिन बाद का किस्सा सुनिए! अचानक एक दिन मेरी उससे फिर भेंट हो गयी। मैंने उसका *जय श्रीराम* कहकर अभिवादन किया, तो उसके मुँह से मरी-सी आवाज में जवाब आया। चेहरा भी उतरा हुआ था। मैंने उसकी उदासी और उतरे चेहरे का कारण पूछा, तो फौजी से रुका नहीं गया और बोला कि भाईसाहब आपने

उस मुल्ले का कुछ देखा था, या बस यूँ ही बोल रहे थे? मैंने कहा कि मैं मल का परीक्षण नहीं करता, वो गन्दा होता है। क्या हुआ? मैंने पूछा। इस पर वह बोला कि कल शाम मैंने लड़की का फोन चेक किया, तो पाया कि आधी रात को दो-दो घण्टे उन दोनों के बीच बात होती है...एक-दूसरे को मैसेज भी भेजते हैं, वो भी बेहद घटिया। वह उसे इस्लामिक रीतियों के बारे में बताता है। बल्कि इस बार मेरी बेटी से उसने रोजे भी रखवाये...इतना बोलते-बोलते उस फौजी की आँखों से आँसू बहने लगे और रोते हुए बोला भाई साब, मेरी इज्जत को तार-तार होने से बचा लीजिए! उसकी गुहार सुन मैं भी भावुक हो गया। फिर मैंने उसे समझाया कि अभी बच्ची को कुछ कहने की जरूरत नहीं है। बल्कि जिस स्कूल में यह पढ़ाता है, मैं पहले उसके बारे पता कर वहाँ से इसको निपटवाता हूँ, उसके बाद इसका तसल्ली से इलाज करेंगे लेकिन समझदारी से। वह बोला ठीक है। इसके बाद मैं उस मुसलमान टीचर के स्कूल में गया, तो पता चला वहाँ का प्रिंसिपल अपनी ही विचारधारा का और कट्टर हिन्दू निकला। बस फिर क्या, उसका वहाँ से तुरन्त ट्रांसफ़र करवा दिया।"

"इन्दरजीत जी, ट्रांसफ़र नहीं उस मुल्ले को नौकरी से ही निकलवाना था।" रुद्रपाल ने तमतमाते हुए कहा।

"सही पकड़े हैं...मैंने तो कहा था पर प्रिंसिपल नहीं माना। बोला, ऐसा करने पर इन्क्वारी बैठ जायेगी जिससे बच्ची की बदनामी होगी।" इन्दरजीत ने निराश होते हुए कहा।

"वैसे ऐसे मामलों में जहाँ भी आपको कोई मुसलमान दीखे, उसे नौकरी से निकलवाने का दबाव बनाना चाहिए। इन मुल्लों की जब तक आर्थिक कमर नहीं टूटेगी, तब तक भारत कभी हिन्दू राष्ट्र नहीं बन पायेगा।" बारहवीं फेल नगर कार्यवाह रुद्रपाल मुट्ठियाँ भींचते हुए पूरे बौद्धिक मण्डल को भविष्य में घटनेवाली ऐसी घटना के प्रति सचेत करते हुए बोला।

"रुद्रपाल जी, दोष मुसलमानों का नहीं है। यह सब उस गांधी के मुस्लिम प्रेम के चलते हुआ है। अच्छा हुआ जो हिन्दू सपूत गोडसे ने उसकी हत्या कर दी अगर वह कुछ दिन और जिन्दा रहता तो पाकिस्तान के साथ-साथ जो भारत आजाद हुआ था, उसे भी वह इन मुल्लों को दे देता।"

"आप सही कह रहे हो भरत जी। इन मुल्लों से गांधी को किस तरह प्रेम था इसका एक किस्सा सुनाता हूँ। हुआ यह कि एक बार वाल्मीकि बस्ती के मन्दिर में गांधी कुरान का पाठ कर रहा था। तभी भीड़ में से एक वृद्ध और अशिक्षित औरत ने उठकर गांधी से ऐसा करने को मना किया। इस पर जब गांधी ने पूछा कि क्यूँ? तब उस औरत ने कहा कि यह हमारे धर्म के विरुद्ध है। यह सुन गांधी ने कहा कि मैं तो ऐसा नहीं मानता, तो उस औरत ने जवाब दिया कि हम आपको अपने धर्म में व्यवस्था देने योग्य नहीं मानते हैं। इस पर गांधी ने कहा कि इस बारे में यहाँ उपस्थित लोगों का मत ले लिया जाये। तब उस औरत ने जवाब दिया कि क्या धर्म के विषय में वोटों से निर्णय लिया जा सकता है? जब उस अशिक्षित औरत ने यह कहा तब गांधी बोला कि आप मेरे धर्म में बाधा डाल रही हैं। औरत भी कहाँ माननेवाली थी। उसने पलटकर तुरन्त जवाब दिया कि आप करोड़ों हिन्दुओं के धर्म में नाजायज दखल दे रहे हैं! गांधी भी अपनी जिद पर अड़ गया और बोला कि मैं तो कुरान सुनूँगा... और औरत बोली मैं इसका विरोध करूँगी। औरत के इतना कहते ही उसके पक्ष में सैकड़ों वाल्मीकि युवक खड़े हो गये, और कहने लगे कि हमारे मन्दिर में कुरान पढ़वाने से पहले किसी मस्जिद में गीता या रामायण का पाठ करके दिखाओ तो जानें! विरोध बढ़ता देख गांधी ने पुलिस बुला ली। पुलिस आयी और विरोध करनेवालों को पकड़कर ले गयी तथा उनके विरुद्ध मुकदमा दर्ज करा दिया गया। जब पुलिस वृद्ध महिला और सारे वाल्मीकि युवकों को पकड़कर ले गयी, तो उसके पश्चात गांधी ने पुलिस सुरक्षा में उसी मन्दिर में मुसलमानों से कुरान पढ़वाकर सुनी। यह बात मैं अपनी मर्जी से नहीं बता रहा हूँ, बल्कि देश के बँटवारे पर इस घटना के बारे में गुरुदत्तजी ने अपनी पुस्तक में लिखा है। अब आप सोचिए कि जिसे लोग राष्ट्रपिता समझते हों, उसकी सोच हिन्दुओं के प्रति कितनी घृणा से भरी हुई थी? भला, राष्ट्र का भी कोई पिता होता है? राष्ट्र के सब पुत्र होते हैं। गर्व है हमें हमारे हिन्दू वाल्मीकि भाइयों और उनकी उस वीर माता पर, जिसने उस मुसलमान परस्त गांधी का खुलेआम विरोध किया था। जय वाल्मीकि! जय श्रीराम!"

"वैसे गुरुदत्तजी द्वारा लिखित *विश्वासघात* नामक पुस्तक हर राष्ट्रवादी हिन्दू को पढ़नी चाहिए। मेरे पास भी इस बुक की एक कॉपी है और मैंने बहुत

लोगों को इसे पढ़ने के लिए दिया है। जिसने भी इसको पढ़ा, पढ़ने के बाद उसके विचार इस तथाकथित अहिंसा के पुजारी के प्रति पूरी तरह बदल गये हैं।" भरत प्रसाद ने एक ज़रूरी सूचना साझा करते हुए बताया।

"मेरे हिसाब से इस मोहनदास करमचन्द गांधी के बच्चे को साउथ अफ्रीका में जब अंग्रेजों ने रेल से उतारकर फेंका था, उसी समय समाप्त कर देना चाहिए था। जीवित रहकर इसने भारत देश का नाश ही किया है।" अच्छी-ख़ासी बाहर निकली तोंद, अनियन्त्रित नितम्बों, भरे हुए गालों व मध्यमा में घोड़े की नाल से बना छल्ला पहननेवाले श्रीराम प्रॉपर्टी डीलर के मालिक विक्रम ने मचमचाते हुए कहा।

"आपको नहीं पता यह अंग्रेजों का कुत्ता था...तभी तो उनसे सौ रुपये वेतन पाता था।" इन्दिरा कॉलोनी की अम्बेडकर शाखा के शिक्षक ब्रजभूषण ने एक विश्वसनीय और प्रामाणिक जानकारी देते हुए कहा।

जब सारे माँ भारती के असली सपूत अपने-अपने तरीक़े से राष्ट्रपिता की प्रशंसा में क़सीदे पढ़ रहे हों, ऐसे में अपना *दलित-पिछड़ा-आदिवासी हिन्दू विंग* का विंग कार्यवाह दलपत मीणा कैसे पीछे रहता। इसलिए लगे हाथ उसने भी यह अमृत-वचन गांधी की शान में दे मारा, "ऐसी ही घटनाओं को देखकर जब इसने सिर्फ हिन्दुओं के विरुद्ध कार्य किया, तभी मुझे लग गया था कि यह कोई स्वतन्त्रता संग्राम टाइप का सेनानी नहीं है। बल्कि यह टकलासुर भारत को *गजवा-ए-हिन्द* बनाने की चाहत पालनेवाला पहला जिहादी दलाल था? यह तो अच्छा हुआ जो अपने नाथूराम गोडसे ने इसका वध कर दिया, वरना आज जिन्दा होता तो यह दलितों का जीना हराम कर देता।"

29

जिस समय संघ-स्थल पर चारों तरफ़ से मोहनदास करमचन्द गांधी को तरह-तरह के विशेषणों से नवाज़ा जा रहा था, उन्हें सुनते हुए शकुनि आर्य का नौकर, माफ़ करना गट्नायक राजकुमार की रह-रहकर भुजाएँ फड़क रही थीं। उसकी नसों से रक्त फटने को हो रहा था। वह मन-ही-मन सोचने लगा कि यह तो अच्छा हुआ, जो उस गोडसे ने इस टकलासुर

को मार दिया। अगर गोडसे नहीं मारता तो आज वह उसे मार देता। लेकिन अगले ही पल वह ठण्डे मन से सोचने लगा कि वह उसे क्यों मारता? क्या इसलिए कि गांधी ने मन्दिर में क़ुरआन पढ़ी? या इसलिए कि गांधी ने सैकड़ों वाल्मीकि युवकों को गिरफ़्तार करवा दिया था? जब तक राजू किसी निर्णय पर पहुँचता, उसके कानों में इन्दरजीत के ये शब्द पड़े।

"इस गांधी की मुस्लिम परस्ती का एक किस्सा मैं भी सुनाता हूँ। हुआ यह कि बँटवारे के बाद जब इस देश को एक हिन्दू देश समझकर अपना सारा कुछ पाकिस्तान छोड़कर वहाँ के हिन्दू भाई भारत आये, तो वे इसी महात्मा गांधी की वजह से भूखे मरने लगे थे। यहाँ तक कि मस्जिदों में शरण लेने पर उनको वहाँ से निकालकर सड़क पर पटक दिया गया। केवल दिल्ली में ही चार लाख निर्वासित हिन्दू आये, और इन हिन्दुओं को जिस हाल में यहाँ आना पड़ा था, उसके बदले में पाकिस्तान को पचपन करोड़ रुपये देने ही चाहिए थे, ऐसा इस गांधी का आग्रह था। क्योंकि जब एक तिहाई भारत के टुकड़े हुए हों, तो भारत के खजाने का एक तिहाई हिस्सा पाकिस्तान को मिलना चाहिए था। इसका हिन्दुओं ने विरोध किया कि यह पैसा हम नहीं देगे। इसके बाद सुनते हैं कि गांधी यह कहते हुए अनशन पर बैठ गया, कि या तो पाकिस्तान को पैसे दो, नहीं मैं भूखा-प्यासा मर जाऊँगा। अब आप देखिए कि एक तरफ ये कहनेवाले कि गांधी हिंसा को पसन्द नहीं करते, वहीं दूसरी तरफ जो मुसलमान हिंसा कर रहे थे, उनके लिए अनशन पर बैठ गये। दिल्ली में हिन्दू निर्वासितों के रहने की कोई व्यवस्था नहीं थी। इससे बुरी बात यह थी कि दिल्ली में खाली पड़ी मस्जिदों में हिन्दुओं ने जब शरण ली, तब गांधी ने अपने भाषण में कहा कि दिल्ली पुलिस को मेरा आदेश है मस्जिद जैसी चीजों पर हिन्दुओं का कोई अधिकार नहीं होना चाहिए। निर्वासितों को बाहर निकालकर मस्जिदें खाली करायी जायें। क्योंकि गांधी की नजर में जान केवल मुसलमानों में थी, हिन्दुओं में नहीं। आपको पता है जनवरी की कड़कड़ाती ठण्ड में हिन्दू महिलाओं और छोटे-छोटे बच्चों को, उनका हाथ पकड़कर यह कहते हुए गटर के किनारे पुलिस ने मस्जिद के बाहर फेंक दिया कि यहाँ रहो लेकिन मस्जिद में नहीं, क्योंकि तुम हिन्दू हो! हमारे वे हिन्दू भाई भारत में आये तो थे यह सोचकर कि यह भारत हमारा है, लेकिन गांधी उनसे कहता था कि अपना घरबार बेचकर

यहाँ क्यों आये हो...वहीं पर अहिंसात्मक प्रतिकार करते हुए क्यों नहीं रहे?"

जिस समय इन्दरजीत इस क़िस्से का एक हिन्दू होने के नाते अपनी वेदना, पीड़ा और व्यथा के साथ बखान कर रहा था, उसे सुन कुछ पलों के लिए पूरे बौद्धिक मण्डल में सन्नाटा छा गया। आँखों के सामने चीत्कार करते निरीह और बेसहारा हिन्दू माँ-बहनों, बुज़ुर्गों और बिलखते मासूमों के चेहरे जीवन्त हो उठे। इन वीभत्स दृश्यों की कल्पना करते हुए शाखा में बैठे माँ भारती के उपासकों की आँखों से प्रतिशोध की ऊँची-ऊँची लपटें उठने लगीं। कुछ देर पहले जिस गांधी को लेकर केवल हमारा राजू उद्वेलित हुआ जा रहा था, अब पूरी शाखा में इस अहिंसा के पुजारी के प्रति पहले से अधिक घृणा बढ़ गयी।

"गांधी ने पटेल की जगह नेहरू को पीएम बनाकर बहुत गलत किया। मुस्लिम परस्त गांधी और नेहरू हिन्दुस्तान के सबसे बड़े श्राप हैं, और यह श्राप हम सबको तब तक भोगना पड़ेगा, जब तक यह देश पूरी तरह हिन्दू राष्ट्र नहीं हो जायेगा।" *धर्म जागरण ज़िला टोली* का दलित सदस्य मनोज भारती इस देश के असली दुश्मनों का नाम लेते हुए बोला।

"असल में गांधी एक विदेशी एजेंट था जिसका काम था भारत को तोड़ना...सबसे बड़ा पाप इसने जो किया वो यह था, कि मुसलमानों को जब इनका पाकिस्तान दे दिया था, तब इनको भारत में क्यों रहने दिया गया? क्योंकि इस चरखासुर का किया कुकर्म हमारा भारत आजतक भुगतान कर रहा है?" एक बार फिर लाख टके का सवाल दागते हुए विक्रम ने जैसे पूरी शाखा से पूछा।

"असल में गांधी न महात्मा था, न राष्ट्रपिता। इसका अहिंसा का पाठ भी पक्षपातपूर्ण था। इसने हिन्दुओं के हित में कभी कोई काम नहीं किया। इसलिए यह नेहरू को पसन्द करता था। क्योंकि नेहरू भी हिन्दू मान्यताओं से घृणा करता था। इतना ही नहीं इन दोनों ने मिलकर जिन्ना से मिलकर देश के तीन टुकड़े करवा दिये।" बहुत देर से चुपचाप सबकी सुन रहे पारस जैन ने बड़ी दार्शनिकता के साथ कहा।

"पारस जी तीन टुकड़े कैसे हुए, दो ही तो हुए थे–भारत और पाकिस्तान!" दलपत मीणा ने पारस जैन की जानकारी को दुरुस्त करते हुए टोका।

पारस जैन ने पहले एक स्निग्ध मुस्कान बिखेरी, और फिर दलपत की

समझ को ठीक करते हुए बोला, "दलपत जी, पाकिस्तान में से बंगलादेश भी तो अलग हो गया...इस तरह हो गये न तीन?"

"एक बात बताऊँ पारस जी, यह जिन्ना भी कौन-सा असली मुसलमान था।" रुद्रपाल ने पारस जैन की स्निग्ध मुस्कान के जवाब में अपनी स्निग्ध मुस्कान के साथ कहा।

"मुसलमान नहीं था तो कौन था?" पारस जैन ने अकबकाते हुए पूछा।

"हिन्दू था।"

"हिन्दूऽऽऽ...?" पारस के साथ दलपत मीणा, भरत प्रसाद सहित और कइयों के मुँह से एकसाथ निकला।

"एकदम सही कह रहा हूँ पारस जी। दरअसल, जिन्ना जो आज पाकिस्तान में कायदे-आजम कहलाता है, उसका दादा गुजरात के काठियावाड़ इलाके में मछलियों का बहुत बड़ा व्यापारी था।"

"रुद्रपाल जी, मुसलमान था इसलिए तो मछलियों का व्यापारी था।"

"एक मिनट पारस जी, यह कहाँ लिखा है कि एक हिन्दू मांस-मछलियों का व्यापार नहीं कर सकता? यहाँ तो बड़े-बड़े बीफ़ सप्लाई करनेवाले व्यापारी हिन्दू हैं। कोई सूद है तो कोई कपूर...कोई स्वामी है तो कोई खट्टर... कोई सब्बरवाल है तो कोई कुछ और। और यह एमडीएच मसाले का मालिक धर्मपाल गुलाटी, जो अपने आपको कट्टर आर्य समाजी कहता था, और जिसके बनाये मीट मसाला, बिरयानी मसाला, चिकन मसाला, फिश मसाला आज खुलकर बिक रहे हैं, कौन है? देखो गुरु, धर्म और धन्धा अलग-अलग चीजें हैं। दोनों को मिलाना ग़लत है। धन्धा वही, जिसमें मुनाफा हो, चाहे वह शराब का हो या मसालों का।" विक्रम हू-ब-हू कुछ *महाराष्ट्र फूड्स प्रोसेसिंग एंड कोल्ड स्टोरेज* के पार्टनर सन्नी खट्टर के और कुछ पारस जैन के शब्दों को दोहराते हुए बोला।

"लेकिन आगे तो सुनो पारस जी! असली हैरानी तो आपको अब होगी जब आपको पता चलेगा, कि जिन्ना के दादा यानी गुजरात के काठियावाड़ इलाके में मछलियों का व्यापार करनेवाले इस व्यक्ति का नाम प्रेमजीभाई मेघजी ठक्कर था। हुआ क्या कि जब जिन्ना के दादा का व्यापार अपने चरम पर था, तभी हिन्दू समाज के अकर्मण्य, जलनखोर और परजीवी किसिम के

कुछ हिन्दुओं ने एक पंचायत बुलायी। उस पंचायत में यह आवाज उठायी गयी कि एक हिन्दू मांस-मछलियों का व्यापार कैसे कर सकता है। यह तो हिन्दू धर्म के विरुद्ध है, और उसके दादा प्रेमजीभाई को हिन्दू धर्म से बहिष्कृत करने का फैसला सुना दिया गया।"

"यह तो विक्रम जी पंचायत ने बहुत अच्छा किया, जो उस हिन्दू म्लेच्छ को हिन्दू धर्म से बाहर कर दिया। यह तो सरासर हिन्दुओं की आस्था से खिलवाड़ है...हिन्दू धर्म और सनातन का अपमान है।" मुख्य शिक्षक भरत प्रसाद ने आव देखा न ताव और हिन्दू समाज के अकर्मण्य और जलनखोर हिन्दुओं द्वारा बुलायी गयी पंचायत के फ़ैसले पर अपनी मुहर लगा दी।

"खैर, जो हुआ सो हुआ लेकिन जिन्ना के दादा प्रेमजीभाई मेघजी ठक्कर पर इसका कोई असर नहीं हुआ। हिन्दू धर्म से निकाले जाने के बाद भी वह अपने नाम के पीछे ठक्कर लगाकर मछलियों का धन्धा करता रहा। लेकिन, अपने पिता प्रेमजीभाई का यह अपमान उसका बेटा पुंजालाल ठक्कर नहीं सह पाया, और खुन्नस में उसने हिन्दू धर्म त्यागकर इस्लाम यानी वह हिन्दू से मुसलमान बन गया, और पुंजालाल ठक्कर ने मुसलमान बनके अपना कारोबार काठियावाड़ से कराची तक फैला दिया और करोड़पति बन गया। इसी पुंजालाल ठक्कर ने अपने बेटे को इंग्लैंड से बैरिस्टरी की पढ़ाई करवायी, जो आगे जाकर बहुत बड़ा वकील बना, और जिसका नाम था मुहम्मद अली जिन्ना। जिन्ना को घर में सब प्यार से *झिण्णां* कहके बुलाते थे। झिण्णां का गुजराती में मतलब होता है छोटू। अब बताओ, न तो जिन्ना के दादा को हिन्दू धर्म से बाहर किया गया होता, न उसका बेटा पुंजालाल ठक्कर मुसलमान बना होता, न उससे यह जिन्ना पैदा हुआ होता और न आज भारत के तीन-तीन टुकड़े हुए होते।"

इस रहस्य को सुन पूरी नगर टोली का मुँह खुला का खुला रह गया।

"इसका मतलब यह हुआ कि इन दोनों गुजरातियों ने मिलकर पूरे देश का सत्यानाश किया है।" शकुनि आर्य गांधी के साथ जिन्ना को गरियाते हुए बोला।

"पता नहीं इस टकलासुर को राष्ट्रपिता किसने कहा? कब किसने इसको यह संज्ञा दी, इसका कोई सबूत आजतक नहीं मिला।" दलपत मीणा ने एक तरह से पूरे विषय का निचोड़ निकालते हुए कहा।

"इन्दरजीत जी, अपने स्वयंसेवकों को उस रिक्शेवाले की डायरी का किस्सा अवश्य सुनाइए, ताकि उस मुसलमानवादी नेहरू की असलियत पता चल सके!" मुख्य शिक्षक भरत प्रसाद ने ज़िला कार्यवाह से आग्रह करते हुए कहा।

"अच्छा-अच्छा उस रिक्शाचालक धर्मसिंह तोमर ने अपनी डायरी में जो लिखा था?"

"हाँ-हाँ वही!"

"लेकिन देखना पड़ेगा कि वह मुझे हिन्दू राष्ट्र...हिन्दू बचाओ...कट्टर हिन्दू...सनातन बचाओ में से किस व्हाट्सएप ग्रुप ने भेजा था?" इतना कह ज़िला कार्यवाह अपने मोबाइल पर भेजनेवाले व्हाट्सएप ग्रुप को ढूँढ़ने लगा।

ज़्यादा मेहनत नहीं पड़ी ज़िला कार्यवाह को।

"लो मिल गया, इसे मुझे *सत्य सनातन* व्हाट्सएप ग्रुप ने भेजा था। तो सुनिए राष्ट्रवादी, असली हिन्दू और हाथ-रिक्शाचालक धर्मसिंह तोमर की कलम से लिखी आत्मकथा का यह ऐतिहासिक आँखों देखा दृश्य। हुआ यह कि एक बार लौह पुरुष सरदार वल्लभभाई पटेल कहीं रिक्शा से जा रहे थे। रास्ते में नेहरू उन्हें किसी से बात करते हुए मिल गया।

नेहरू को देखते ही पटेल बोले, 'नेहरू जी आइए रिक्शा में बैठ लीजिए!'

'नहीं पटेल जी, हम खान साहब से ज़रूरी बातें कर रहे हैं।'

'ऐसी क्या ज़रूरी बातें हैं?'

'यही कि ये पाकिस्तान जाने की ज़िद किये हुए हैं, जबकि हम चाहते हैं कि ये भारत में ही रहें।

'तो जाने क्यों नहीं देते, फिर पाकिस्तान बनवाया किसलिए है?'

'लेकिन इनके साथ पाँच लाख मुस्लिम भी पाकिस्तान चले जायेंगे।'

'तो जाने दीजिए!' सरदार पटेल ने मुस्कराते हुए कहा।

'अगर ये मुसलमान चले गये तो दिल्ली ख़ाली हो जायेगी।'

'फिर क्या हुआ? जो लाहौर से हिन्दू आयेंगे उनसे भर जायेगी।'

'नहीं पटेल, उन्हें हम मुसलमानों के घर नहीं देंगे, बल्कि उन्हें वक़्फ़ बोर्ड को सौंप देंगे।'

'और लाहौर में जो मन्दिर और डीएवी स्कूलों पर क़ब्ज़ा करके उनके नाम इस्लामिक कर दिये गये हैं, उनका क्या?'

'पटेल, पाकिस्तान से हमें क्या लेना-देना।'

'लेकिन पण्डित जी, देश का बँटवारा तो धर्म के आधार पर हुआ है। इसलिए अब यह हिन्दुस्तान हिन्दुओं का है।'

'नहीं यह देश कांग्रेस का है कांग्रेस जैसा चाहेगी वैसा होगा।'

इस पर सरदार पटेल ने गुस्से में कहा, 'पण्डित जी, इतिहास बदलता रहता है। जब अंग्रेज़ जा रहे हैं, तब फिर कांग्रेस की हस्ती ही क्या है?'

'ऐसा कभी नहीं होगा।'

'ज़रूर होगा, आप अपनी मुग़ल सोच त्याग दें पण्डित जी!'

इस पूरे वार्तालाप को उस अनपढ़ रिक्शाचालक धर्मसिंह तोमर ने अपनी डायरी में लिखा हुआ है।"

"एक बात कहूँ इन्दरजीत जी, गांधी और नेहरू ने साजिश करके यह वक्फ एक्ट बनाया ही इसलिए था, ताकि पूरे भारत पर कब्जा कर इसको मुस्लिम राष्ट्र बनाया जा सके। वक्फ एक्ट कितना ताकतवर है इसे इसी से समझा जा सकता है कि अगर वक्फ बोर्ड कह दे कि सुप्रीम कोर्ट वक्फ की प्रॉपर्टी है, तो सुप्रीम कोर्ट के रजिस्ट्रार उस नोटिस को किसी भी कोर्ट में चैलेंज नहीं कर सकता। उनको वक्फ बोर्ड के सामने जाना ही पड़ेगा...यानी वही चोर, वही कानून, वही दरोगा, वही जज। मतलब, वक्फ बोर्ड ही नोटिस भेजेगा...उसी के सामने आपको जवाब देना पड़ेगा...और वही यह फैसला भी करेगा कि आपका जवाब ठीक है कि नहीं है।" प्राथमिक शिक्षित स्वयंसेवक कौशल जो हाई कोर्ट में वकील है, जिसके बारे में नगर कार्यवाह रुद्रपाल और कई बार मुख्य शिक्षक आर्यावर्त शाखा के स्वयंसेवकों के सामने कह चुके हैं, कि जब भी संघ से जुड़ा कोई गण चोरी-चकारी, जेबतराशी, किसी लड़की-वड़की को छेड़ने से लेकर किसी मुल्ले को टाइट करने के मामले में फँसता है, तो किशोर जी तुरन्त उसकी मदद करने और उसके लिए फ्री में क़ानूनी लड़ाई लड़ने को तैयार हैं, उसी कौशल ने एक नया रहस्योद्घाटन किया।

"कौशल जी सही कह रहे हैं। नेहरू के बनाये वक्फ बोर्ड की पावर इतनी ताकतवर है।" पेशे से वकील कुलभूषण वर्मा, जो पिछली बार प्रबुद्धों की मीटिंग में कुछ दूसरे प्रबुद्धों के साथ आया था, और जिसने पहली बार

आने पर कहा था कि कभी माँ भारती के सपूतों पर संकट आये, तो मुझे याद कर लेना, उसने भी प्राथमिक शिक्षित स्वयंसेवक और हाई कोर्ट के वकील कौशल के कहे की पुष्टि की।

"तभी भारत में यह लैंड जिहाद छिड़ा हुआ है कि जहाँ चाहे मजार-मस्जिद बना लो! अगर यह लैंड जिहाद नहीं रुका, तो देखना यह पूरा देश एक दिन मक्का-मदीना बन जायेगा। इसलिए इस वक्फ बोर्ड को तुरन्त बन्द किया जाना चाहिए और इसकी पूरी सम्पत्ति पर सरकार का अधिकार होना चाहिए।" मण्डल कार्यवाह विजयपाल सोलंकी ने अपने अनुभव का उपयोग करते हुए कहा।

"इसलिए कहता हूँ विजयपाल जी कि अगर शिवालय से इस मजार को नहीं हटाया गया, तो एक दिन यह वक्फ बोर्ड इस पर भी अपना अधिकार जताना शुरू कर देगा। फिर तुम सारे जाट देखते रह जाना।" ज़िला कार्यवाह, विजयपाल सोलंकी की आड़ में एक तरह से जाट पौरुष को ललकारने से अधिक उसे धिक्कारते हुए बोला।

"भाई साब, मेरा बस चले तो मैं इस पर आज ही हथौड़ा चला दूँ, और हमारे हिन्दू तीर्थ स्थलों तथा मन्दिरों के आसपास जो मुसलमान हिन्दू पूजन सामग्री व प्रसाद बेच रहे हैं, उनकी दुकान ही उठाकर फेंक दूँ!" विजयपाल सोलंकी के जबड़े खिंचते चले गये।

"विजयपाल जी एकदम सही कह रहे हैं। मैं कोरे कागज पर लिखकर देने को तैयार हूँ, कि शिवालय के बाहर हर वीरवार के दिन मजार पर चढ़नेवाली चादरों के साथ हिन्दू पूजन सामग्री और प्रसाद की ये जो छोटी-छोटी दुकानें लगती हैं, पक्का इनमें से कई दुकानदार मुसलमान होंगे। अब बताइए, जो हिन्दू श्रद्धालु अपने देवी-देवताओं पर चढ़ाने के लिए इन मुल्लों की दुकानों से प्रसाद लाता है और उसे उन पर चढ़ाता है, उससे हमारे आराध्य अपवित्र होंगे कि नहीं? इसलिए हमें इनसे सतर्क रहने और अपने धार्मिक स्थलों के आसपास पूजा सामग्री बेचनेवाले म्लेच्छों पर नजर रखनी चाहिए।" भरत प्रसाद ने विजयपाल सोलंकी के हथौड़ा अभियान का समर्थन किया।

"भरत जी, मैं इन सबको जानता हूँ। अधिकतर दुकानें इस्माईलपुर के कुम्हार, नाई, तेली और भड़भूजों जैसी पिछड़ी जातियों की हैं। एकाध हो सकता है इन्दिरा कॉलोनी झुग्गी-झोपड़ी से भी आकर लगाता हो!"

"ये जो एकाध हैं न, इन्हीं पर नजर रखने की जरूरत है। ये एकाध ही भेस बदलकर ऐसा काम करते हैं।" मुख्य शिक्षक भरत प्रसाद ने विजयपाल सोलंकी के भीतर शक का काँटा बोते हुए कहा।

"हो सकता है आपकी बात सही हो...लेकिन भरत जी उन जाटों का क्या करूँ, जो मेरी कुछ सुनने को तैयार नहीं हैं।"

"सारा रोना तो यही है कि हम दूसरों को क्या दोष दें, जब अपने ही घर में जयचन्द बसे हुए हैं। मजेदार तो यह है कि जब से शिवालय में ये नये मन्दिर बने हैं, तब से जैसे इस मजार की किस्मत चमक गयी है। देखा नहीं किस तरह इसके चारों तरफ दीवार बनवा दी गयी है। इतने दीए तो हिन्दुओं के मन्दिरों में भी नहीं जलते होंगे, जितने इस मजार पर जलाये जाते हैं। यह तो शुक्र है कि किसी पीर-फकीर की इस पर नजर नहीं पड़ी, वरना वह आकर इस पर कब का कब्जा कर लेता।" इन्दरजीत ने एक तरह से पूरे शिवालय मण्डल को चेतावनी देते हुए कहा।

एक अनपढ़ रिक्शाचालक की डायरी के अंश के साथ लैंड जिहाद प्रसंग को ज़िला कार्यवाह इन्दरजीत ने जिस तरह सुनाया, उसे सुन पूरी शाखा की रगों में मन्थर गति से ठिठक-ठिठक कर बह रहा रक्त, मारे राष्ट्रप्रेम के अब ठहाठा मारकर दौड़ने लगा। नेहरू की जिस खान साहब से वार्ता चल रही थी, उसको लेकर अधिकतर माँ भारती के सपूत रह-रहकर यही सोचते रहे, कि उन्हें अब तक पाठ्यक्रमों में जिन खान साहबों के बारे में पढ़ाया गया है, उनमें यह कौन-सा *खान साहब* रहा होगा? सबसे अधिक हैरानी तो सबको इस पर हो रही है कि वे भी क्या दिन रहे होंगे, जब एक अनपढ़ रिक्शेवाला अपनी डायरी लिखता था।

इससे पहले कि शाखा में उपस्थित नये-पुराने स्वयंसेवकों के मन में जिज्ञासाओं और सन्देहों के कुछ नये अंकुर फूटते, उससे पहले इन्दरजीत ने लगभग निर्देश देते हुए कहा, "मेरा मानना है कि इन सारे वीडियो और मैसेजों को हमें अपने-अपने व्हाट्सएप ग्रुप में तुरन्त शेयर कर देना चाहिए। ताकि लोग इस तरह के जिहादों और फैलाई गयी झूठी बातों से सावधान हो जायें। मैं शाखा विकिर के बाद इस मैसेज को आप सबको व्हाट्सएप कर देता हूँ। लोगों को पता तो चलना चाहिए कि उस समय नेहरू और उसकी खाँग्रेस,

दिल्ली से पाकिस्तान चले गये मुसलमानों के खाली मकानों को, लाहौर से आनेवाले हिन्दुओं के बजाय वक्फ बोर्ड को दे रहे थे।" ज़िला कार्यवाह ही नहीं, सारे स्वयंसेवक कांग्रेस को अब खाँग्रेस कहने लगे हैं। कुछ पल रुकने के बाद ज़िला कार्यवाह इन्दरजीत बोला, "जिला प्रचारक त्रिभुवन जी का मैसेज आया था, कि हिन्दू नववर्ष की तैयारियों को लेकर हमें *सावरकर सदन* में अब हर रविवार को बैठक शुरू कर देनी चाहिए। इसलिए इस रविवार को इस्माईलपुर नगर टोली के सारे पदाधिकारी वहाँ मिल रहे हैं...और हाँ, अपनी-अपनी सोसाइटी के उन सभी प्रबुद्धों को अवश्य सूचना दे देना, जिनसे पिछली बार *सावरकर सदन* में भेंट हुई थी। भरत जी, अब शाखा विकिर करिए!"

"समय क्या बताऊँ?" पारस जैन ने बीच में हस्तक्षेप करते हुए पूछा।

"वही दो बजे का कह दीजिए!"

"ठीक है।"

इसके बाद मुख्य शिक्षक भरत प्रसाद शाखा के नियमों के अनुसार स्वयं ही शाखा-गीत गाने लगा–

वह जीवन भी क्या जीवन है, जो काम देश के आ न सका।
वह चन्दन भी क्या चन्दन है, जो अपना वन महका न सका।।

शाखा-गीत समाप्त करने के बाद शाखा में बहुत दिनों के बाद यह अमृत-वचन सुनाई दिया –

हिन्दव: सोदरा: सर्वे, न हिन्दू: पतितो भवेत्।
मम दीक्षा हिन्दू: रक्षा, मम मन्त्र: समानता।।

जिस तरह पहले शाखा-गीत को सारे स्वयंसेवक मुख्य शिक्षक के पीछे-पीछे दोहराते रहे, उसी तरह सब अमृत-वचन और उसके बाद प्रार्थना को भी दोहराने लगे। प्रार्थना समाप्त होने के बाद अन्त में तीन बार *भारत माता की जय* का सामूहिक उद्घोष हुआ और अन्त में शाखा विसर्जित हो गयी।

30

एल.ए.सी.ए. मार्ट और आर्य मसाले के मालिक शकुनि आर्य द्वारा अपने नौकर राजू, इस्माईलपुर नगर टोली के शिवालय मण्डल की शाखा के गट्नायक राजकुमार को दिलवाये गये मोबाइल पर, आनेवाले सन्देशों को

इधर से उधर करते हुए, उसकी अँगुलियों के पोर जब देखो तब सरसराते रहते हैं। इधर एक मैसेज वह आगे करता, उधर दूसरा आ जाता है। अब तो इन सन्देशों को इधर-उधर करते-करते राजू की अँगुलियों के पोर सुन्न होने लगे हैं। कई बार उसे लगता मानो उनमें बहता रक्त अचानक बर्फ़ की तरह जम गया है। सबसे आश्चर्य तो उसे यह देखकर होता कि इन सन्देशों को भेजनेवालों में सबसे अधिक इन हाउसिंग सोसाइटीज़ के रिटायर्ड अंकिल और घरेलू आंटियाँ हैं। इनमें भी मन्थरा आंटी और उसकी महिला मण्डली मंजू सिंगला, मिसेज़ मेहता, मिसेज़ गुप्ता, मिसेज़ शर्मा सहित अन्य मिसेज़ का तो कहना ही क्या!

राजू फ़ेंस क्लब व्हाट्सएप ग्रुप की बढ़ती फ़ेन फ़ॉलोइंग और उसके व्हाट्सएप ग्रुप की लोकप्रियता का इसी से अनुमान लगाया जा सकता है, कि सुबह से लेकर देर रात तक उसे जैसे दम मारने की फ़ुरसत नहीं होती है। सुबह से शाम तक *हिन्दू राष्ट्र, हिन्दू बचाओ, कट्टर हिन्दू, जय श्रीराम, भगवा क्रान्ति* जैसे व्हाट्सएप ग्रुप्स के अलावा इस्माईलपुर नगर टोली की शाखाओं के स्वयंसेवकों के जिस तरह वीडियो और सन्देशों की बाढ़ आयी हुई है, उसने राजू की नाक में दम किया हुआ है। इनमें भी महिलाओं के *मैं हिन्दू शेरनी* और रिटायर्ड अंकिलों के *बूढ़ा हिन्दू शेर* व्हाट्सएप ग्रुप ने तो जैसे ग़दर काटा हुआ है। सबसे रोचक यह है कि उच्च रक्तचाप, मधुमेह, रतौंधी, घुटनों के दर्द और अस्थमा जैसी व्याधियों के शिकार इन वृद्ध अंकिलों, जिनका चार क़दम चलने पर साँस फूलने लगता है, उनके व्हाट्सएप ग्रुप से कई बार अनजाने में ऐसी वीडियो और तस्वीरें चली आती हैं, जिनसे पता चलता है कि ये शेर कहने को बूढ़े हैं किन्तु यौन कुण्ठाएँ इनमें कूट-कूट कर भरी हुई हैं। यदि राजू इनमें से एकाध वीडियो या तस्वीर *मैं हिन्दू शेरनी* व्हाट्सएप ग्रुप में फ़ॉरवर्ड कर दे, तो उसके बाद जो हल्ला मचेगा उसकी कल्पना करना मुश्किल है।

राजू फेंस क्लब व्हाट्सएप ग्रुप की फ़ेन फ़ॉलोइंग आबाल-वृद्धों में जिस गति से बढ़ रही है, उससे पता चलता है कि आसपास की हाउसिंग सोसाइटी में राजू कितना लोकप्रिय है। मंजू सिंगला और मन्थरा आंटी ही नहीं बल्कि दूसरे सोसाइटीवाले अंकिल-आंटी के लिए वह ऐसा मथुरा जंक्शन बन चुका है, कि यदि राजू के मोबाइल का नेटवर्क यदा-कदा ग़ायब हो जाये, तो सारे अंकिल-आंटियाँ बेचैन हो उठते हैं।

रविवार तक अपने व्हाट्सएप पर आनेवाले सन्देशों को उसे अधिक-से-अधिक इधर-उधर भेजना है। ताकि यदि आगामी मीटिंग में उससे इनके बारे में किसी ने पूछ लिया, तो वह बता सके कि किस-किस व्हाट्सएप ग्रुप पर उसने सन्देश भेजे हैं। यही सोच उसके पास जो भी सन्देश या वीडियो आता, वह उसे तुरन्त आगे भेज देता।

डॉ. मंसूर आलम की ऐसे ही आशियाना अपार्टमेंट के कम्युनिटी हाल अर्थात् *सावरकर सदन* के बाहर नज़र पड़ी, तो देखा पिछले रविवारों से कहीं अधिक गहमागहमी है। उसे जहाँ पहले ऐसी गहमागहमी को देख केवल डर लगता था, अब उसका दिल भी घबराने लगता है। वह फ़ातिमा के पास गया। उसने आसपास का अच्छी तरह मुआयना किया, कि कहीं आरिफ़ को तो उनकी बात सुनाई नहीं दे रही है। जब उसे पूरी तसल्ली हो गयी, तब वह फ़ातिमा से बोला, "ऐसा करना, आज आरिफ़ को एक्स्ट्रा क्लासेज़ के लिए मत भेजना!"

"क्या हुआ?" फ़ातिमा ने घबराते हुए पूछा।

"हुआ क्या, दिखाई नहीं दे रहा आज फिर से वही लोग इकट्ठा हो रहे हैं। मैं नहीं चाहता कि आते-जाते आरिफ़ पर कोई उलटा-सीधा कमेंट कर दे।"

"मगर इसे तो तीन बजे निकलना है और अभी दो बजे हैं!"

"इसलिए तो कह रहा हूँ कि जिस वक़्त आरिफ़ जायेगा, तब तक इन लोगों का अच्छा-ख़ासा जमघट लग चुका होगा।"

"तो क्या इनकी वजह से हम अपना काम-धन्धा छोड़कर घर में छिपकर बैठ जायें?"

"फ़ातिमा, कुछ समझने की कोशिश करो!"

"ऐसा करना, इसे आप बाहर तक छोड़ आना। शाम को जब तक आयेगा, तब तक यह हल्ला-गुल्ला ख़त्म हो चुका होगा।"

पत्नी की बात सुन डॉ. मंसूर कुछ नहीं बोला। शायद फ़ातिमा ठीक कह रही है।

पौने तीन बजे के क़रीब आरिफ़ घर से निकलने लगा, तो डॉ. मंसूर ने बेटे को पीछे से टोकते हुए कहा, "एक मिनट मैं भी चलता हूँ!"

आरिफ़ को हैरानी हुई कि इससे पहले तो कभी ऐसा हुआ नहीं। आज क्या हुआ जो उसका पिता उसके साथ चलने के लिए कह रहा है?

"मुझे मार्किट जाना है। इसलिए कह रहा था।" डॉ. मंसूर ने बड़ी सफ़ाई से झूठ बोलते हुए कहा।

इसके बाद वे दोनों घर से बाहर आ गये। अभी वे कम्युनिटी हाल के सामने से होते हुए गेट की तरफ़ बढ़े ही थे, कि सावरकर सदन के बाहर खड़े और गले में भगवा गमछा डाले छोटे-से अपरिचित युवकों के झुण्ड से निकला *जय श्रीराम* का उद्घोष डॉ. मंसूर आलम के कानों से टकराया। डॉ. मंसूर को समझते हुए देर नहीं लगी कि यह नारा जान-बूझकर उनकी ओर उछाला गया है। डॉ. मंसूर अनसुना कर बाहर चला गया। यह तो अच्छा हुआ जो आरिफ़ ने इस पर कोई ध्यान नहीं दिया। यदि वह इसके बारे में पूछ लेता तो उसके लिए जवाब देना मुश्किल हो जाता। आरिफ़ को छोड़ने के बाद डॉ. मंसूर वापस लौटने लगा, तो उसने दूर से देखा कि वह झुण्ड अब भी वहीं है अथवा नहीं? एक बार उसके मन में आया कि वह सोसाइटी में जाये ही नहीं, लेकिन फिर यह सोचकर आगे बढ़ गया कि हो सकता है, जय श्रीराम का जो नारा आते समय लगाया था, वह उसे देखकर लगाया ही नहीं गया हो। उसे यूँ ही भ्रम हुआ हो। यही सोचकर वह सोसाइटी के अन्दर आ गया और कम्युनिटी हाल को उसने जैसे ही पार किया, इस बार पहले से अधिक ज़ोर से *जय श्रीराम* का उद्घोष उसके कानों से टकराया। डॉ. मंसूर का अन्दाज़ा एकदम ग़लत निकला। सच तो यह है कि यह नारा जान-बूझकर उसे ही देखकर लगाया गया था। उसने पलटकर भी नहीं देखा और तेज़-तेज़ क़दमों से सीढ़ियाँ चढ़ घर आ गया।

फ़ातिमा ने देखा कि डॉ. मंसूर के चेहरे पर हवाइयाँ उड़ रही हैं। नहीं रहा गया उससे पूछे बिना।

"क्या हुआ, इस तरह बदहवास से क्यों हो?"

"फ़ातिमा, मुझे सोसाइटी का माहौल कुछ ठीक नहीं लग रहा है।"

"लेकिन हुआ क्या?"

डॉ. मंसूर आलम ने सारी बात फ़ातिमा को बता दी।

सुनते ही फ़ातिमा का ऊपर का दम ऊपर और नीचे का नीचे रह गया।

"मैं अब भी कह रही हूँ कि इससे पहले हमारे ऊपर कोई अजाप आकर टूटे, हमें यह सोसाइटी छोड़ देनी चाहिए! और नहीं तो कुछ दिनों के लिए कहीं दूसरी जगह किराये पर चले जाते हैं!"

"यह कुछ दिनों का मसला नहीं लग रहा है फ़ातिमा...और फिर अपना घर छोड़कर किराये पर कितने दिन रहेंगे?"

"तब फिर क्या किया जाये?"

"करना क्या है। यहीं पड़े रहते हैं। देखते हैं ऐसा कब तक चलेगा।"

"एक बात कहूँ, इस बारे में एक बार आप जेपी भाईजान से क्यों नहीं बात कर लेते कि यह सब क्या है।"

"कोई फ़ायदा नहीं है। बिना आरडब्ल्यूए और उसके जनरल सेक्रेटरी जेपी की रज़ामन्दी के यह सब नहीं हो सकता? जब जेपी ही इसमें शामिल है, तब क्या किया जा सकता है।"

फ़ातिमा से कोई उत्तर देते नहीं बना। डॉ. मंसूर आलम ठीक ही तो कह रहा है। बिना आरडब्ल्यूए और उसके जनरल सेक्रेटरी जयप्रकाश सिन्हा के बिना यह सब कैसे सम्भव है। दोनों मियाँ-बीवी के पास कोई जवाब नहीं था। इस बीच ग्रिल से फ़ातिमा ने देखा तो पाया, कम्युनिटी हाल के बाहर भगवा गमछों की अच्छी-ख़ासी भीड़ खड़ी है।

एक-एक कर नगर टोली के सारे स्वयंसेवक और दूसरे लोग आ गये। सबसे ज़्यादा ख़ुशी ज़िला प्रचारक त्रिभुवन को यह देखकर हुई कि एक कॉलेज में हिन्दी पढ़ानेवाला और राष्ट्रवादी कवि, सर्वकल्याण परिषद नाम की एनजीओ का मुखिया, इतिहास का पूर्व प्रोफ़ेसर शंकर पुरोहित, पेशे से वकील कुलभूषण वर्मा, राष्ट्र व हिन्दुत्व को समर्पित दैनिक राष्ट्रवाद का विशेष संवाददाता, तथा संस्कृत का शिक्षक, श्रीसत्यनारायण की कथा पढ़ने के अलावा, शादी-विवाह व दूसरे सनातनी अनुष्ठानों में पूजा-पाठ करानेवाले दिवाकर शास्त्री सहित सभी प्रबुद्ध लोग आये हुए हैं।

सबके आने के बाद *सावरकर सदन* में एक बार फिर से चैत्र शुक्ल प्रतिपदा से शुरू होनेवाले हिन्दू नववर्ष को *भगवा दिवस* और संघ-पिता के

जन्मदिवस मनाने की तैयारियों की समीक्षा शुरू हो गयी। बिना किसी विलम्ब के शुरुआत ज़िला प्रचारक त्रिभुवन ने की, "हाँ जी इन्दरजीत जी, कैसी तैयारी चल रही है?"

ज़िला कार्यवाह समझ गया कि ज़िला प्रचारक क्या पूछना चाहता है। इसलिए वह मध्यमा में घोड़े की नाल से बने छल्ले की तरफ़ मुड़ते हुए बोला, "विक्रम जी! ध्वजों, गमछों और त्रिशूलों क्या हुआ?"

विक्रम जैसे पहले से इसके लिए तैयार था।

"मेरी तरफ से पूरी तैयारी है। दो दिन पहले ही सारे झण्डे, गमछे और त्रिशूल लाकर गोदाम में रखवा दिये हैं।" गोदाम से विक्रम का मतलब *सावरकर सदन* के उस कमरे से है, जिसमें गट्नायक राजू रहता है। इसके बाद वह राजू की ओर पलटा, "राजू , दौड़कर गोदाम से कुछ झण्डे, गमछे और त्रिशूल उठाकर लाना!"

राजू तुरन्त अन्दर से विक्रम ने जो मँगाया लाकर रख दिया। सब उनका अवलोकन करने लगे। भगवा ध्वज पर प्रमुखता से प्रिंटेड भगवान श्रीराम के हाथों में कोदण्ड धनुष देख सबके चेहरे खिल उठे।

"वाह विक्रम जी, आपने तो हिन्दुओं की कल्पना को साकार करनेवाले ध्वज बनवाये हैं। ओनन्द आ गया। भगवान श्रीराम के इस कोदण्ड धनुष से छोड़ा गया बाण हमेशा अपना लक्ष्य प्राप्त करता है। पता नहीं आप में से कितनों को पता है कि जब भगवान श्रीराम लंका पर चढ़ाई करने के लिए आगे बढ़ रहे थे, तब समुद्र उनके रास्ते में बाधा बन रहा था। इस बाधा को दूर करने के लिए भगवान श्रीराम ने इसी कोदण्ड से एक तीर समुद्र पर चलाया, जिससे पूरे समुद्र का पानी सूख गया था।"

"सही कहा आपने त्रिभुवन जी। ध्वज बहुत अच्छे बने हैं...और यह देखिए, गमछे भी कितने सुन्दर हैं? जब सोसाइटी और अपार्टमेंट के हर घर के मुखिया के गले में यह *मैं हिन्दू हूँ* वाला गमछा पहनाया जायेगा, उस समय वह अपने आपके हिन्दू होने पर कितना गौरवान्वित महसूस करेगा, इसकी कल्पना नहीं की जा सकती।" ज़िला कार्यवाह इन्दरजीत ने भी मुलायम गमछों पर अपनी अँगुलियाँ फेरते हुए कहा।

"और यह देखिए त्रिशूल! भले ही यह आकार में छोटा है परन्तु है

कितना आकर्षक। जिस हिन्दू के पास तीन चोंचवाला यह *धात्विक सिर* का अस्त्र हो, उसके आगे दुनिया की कोई भी दैहिक, दैविक अथवा भौतिक शक्ति नहीं टिक सकती।" ज़िला प्रचारक त्रिभुवन त्रिशूल की विशेषता बताते हुए बोला।

इस बीच ज़िला कार्यवाह की निगाह ध्वज के निचले हिस्से पर पड़ी, तो वह चौंकते हुए बोला, "त्रिभुवन जी, इसे कहते हैं बिजनेस माइंड।"

"क्या हुआ?"

"यह देखिए, विक्रम जी ने अपने श्रीराम प्रॉपर्टी डीलर के साथ-साथ पारस जी के अरिहन्त कोल्डड्रिंक्स डिस्ट्रीब्यूटर और आर्य मसाले के प्रचार का भी इन्तजाम कर लिया।" एक ध्वज को फैलाते हुए उसके नीचे छपे तीनों नामों को दिखाते हुए ज़िला कार्यवाह ने बताया। इसी तरह गमछों को देखा तो पाया उन पर भी ये तीनों नाम छपे हुए हैं।

"जहाँ तक मुझे याद है इनका आधा-आधा खर्चा विक्रम जी और शकुनि जी द्वारा वहन करने की बात हुई थी। पारस जी को तो अपने हिन्दू भाइयों के खाने-पीने का खर्चा उठाना है। फिर इनकी एजेंसी का नाम ध्वजों और गमछों पर कैसे छप गया?" ज़िला प्रचारक ने मुस्कराते हुए पूछा।

"यहाँ से जाने के बाद रास्ते में पारस जी बोले कि ध्वजों और गमछों पर मेरी एजेंसी का नाम भी छपवा देना। जो खर्चा आयेगा उसे तीनों में बराबर बाँट लेंगे।" विक्रम ने ध्वजों और गमछों पर अरिहन्त कोल्डड्रिंक्स डिस्ट्रीब्यूटर छपने की कहानी बता दी।

"वैसे ये तीनों आइटम कितनी-कितनी संख्या में छपवाये हैं?"

"हजार-हजार हैं।" विक्रम ने बताया।

"मेरे हिसाब से बहुत हैं। क्यों इन्दरजीत जी?"

"बहुत हैं...बल्कि हो सकता सौ-पचास बच भी जायें।"

"जो बचेंगे उन्हें बाद में कभी भी उपयोग कर लेंगे।" नगर कार्यवाह रुद्रपाल ने सुझाव देते हुए कहा।

"लेकिन इस हाल में इतने लोग आ जायेंगे जितना हम सोच रहे हैं।" त्रिभुवन ने पूछा।

"मेरा विचार है इसके लिए हमें सावरकर सदन के दाहिने ओर जो खुली

जगह पड़ी है, वहाँ पण्डाल बनाना चाहिए।" जयप्रकाश सिन्हा ने प्रस्ताव रखा।

"सिन्हा जी, आपका प्रस्ताव एकदम सही है। यहाँ नहीं आ पायेंगे इतने लोग। जहाँ सिन्हा जी बता रहे हैं, वहीं पण्डाल बनवाइए...चलिए, अब आगे बढ़ते हैं। उस दिन इस सदन में होनेवाले राष्ट्रवादी कवि सम्मेलन में आनेवाले कवियों के नाम तैयार हुए?" ज़िला प्रचारक ने जयप्रकाश सिन्हा से ही पूछा।

इससे पहले कि जयप्रकाश सिन्हा कोई उत्तर देता, उससे पहले समदर्शी सोमरस बोला, "जी, मैंने कवियों की सूची बना ली है।"

"इसका मतलब है हिन्दू नववर्ष की पूरी तैयारी है।" इतना कह ज़िला प्रचारक किसी को खोजते हुए बोला, "वो पत्रकार महोदय कहाँ हैं जिनका अखबार हाउसिंग सोसाइटियों में सबसे अधिक पढ़ा जाता है?"

"कौन...दैनिक राष्ट्रवाद के विशेष संवाददाता संगीत त्यागी जी?" पारस जैन ने इधर-उधर देखते हुए कहा।

"हाँ-हाँ वही।"

"मैं यहाँ हूँ।" सबसे पीछे बैठा संगीत त्यागी अपनी जगह से उठ अपनी उपस्थिति दर्ज कराते हुए बोला।

"इस पूरे आयोजन के पूर्व और बाद का विस्तार से समाचार छपना चाहिए पत्रकार जी!"

"बिल्कुल। इस खबर को आपके हवाले से ही प्रकाशित किया जायेगा कि जिला प्रचारक त्रिभुवन के अनुसार..."

"हाँ-हाँ क्यों नहीं। किन्तु एक बात का विशेष ध्यान रखना है, कि उसमें नगर टोली के सभी पदाधिकारियों के नाम भी आने चाहिए।"

"आप निश्चिन्त रहिए। अच्छी खबर लगाऊँगा। बस, मुझे आप सारे पदाधिकारियों के नाम और पूरी डिटेल दे देना कि उस दिन क्या-क्या कार्यक्रम होने जा रहे हैं!"

"रुद्रपाल जी, मीटिंग समाप्त होने के बाद जैसा पत्रकार महोदय चाहें, इनको पूरी जानकारी उपलब्ध करा देना। तो अब मीटिंग समाप्त की जाये? कुछ कहने-सुनने को रह तो नहीं गया है?"

"मेरा एक छोटा-सा प्रस्ताव है और वो यह कि क्यों न उस दिन यह घोषणा भी कर दी जाये, कि इस साल हिन्दू नववर्ष से आशियाना अपार्टमेंट के कम्पाउंड में शाखा शुरू करने की योजना है।" जयप्रकाश सिन्हा ने अपना 'छोटा-सा' प्रस्ताव प्रस्तुत करते हुए कहा।

"वाह सिन्हा जी, नेकी और पूछ-पूछ! आपने तो जैसे मेरे मन की बात कह दी। इस्माईलपुर नगर टोली के लिए इससे बड़ी प्रसन्नता की बात और क्या होगी। देखा इन्दरजीत और रुद्रपाल जी, संघ की राष्ट्रवाद और हिन्दुत्व की बेल कितनी तेजी से फैल रही है कि वह अब हाउसिंग सोसाइटियों में भी घुस गयी है! आप देखना, वह दिन दूर नहीं जब भारत सम्पूर्ण हिन्दू राष्ट्र बनकर रहेगा।"

"सिन्हा जी, आपका प्रस्ताव तो बहुत अच्छा है लेकिन इसके लिए आपका आरडब्ल्यूए तैयार हो जायेगा?" ज़िला कार्यवाह इन्दरजीत ने अपनी व्यावहारिक आशंका जताते हुए आरडब्ल्यूए महासचिव जयप्रकाश सिन्हा से पूछा।

"यह बात तो इन्दरजीत जी ने एकदम सही कही है।" रुद्रपाल ने ज़िला कार्यवाह से सहमति जतायी।

"आशियाना आरडब्ल्यूए के सारे ऑफ़िस बीएरर इस समय मौजूद हैं। यह बात आप इन्हीं से पूछ लीजिए!" इतना कह जयप्रकाश सिन्हा ने अपने आज़ू-बाज़ू बैठे लोगों की तरफ़ देखा।

"आप सब लोग...मेरा मतलब है आशियाना आरडब्ल्यूए के पदाधिकारी इसके लिए तैयार हैं, कि इस सोसाइटी में शाखा का संचालन किया जाना चाहिए?" ज़िला प्रचारक ने उपस्थित पदाधिकारियों से पूछा।

"जी, आशियाना में शाखा लगाने का प्रस्ताव आरडब्ल्यूए की सहमति से ही रखा गया है।" आरडब्ल्यूए के एक पदाधिकारी ने जयप्रकाश सिन्हा के 'छोटे-से' प्रस्ताव पर पूरे आशियाना अपार्टमेंट की ओर से सहमति की अन्तिम मुहर ठोंक दी।

"ठीक है। उस दिन इसकी घोषणा हो जायेगी किन्तु इसके लिए गणशिक्षक के रूप में किसको नियुक्त किया जायेगा? गट्नायक तो चलो शाखा में आनेवाले गणों में से किसी को बना दिया जायेगा, परन्तु गणशिक्षक का होना बहुत आवश्यक है।"

"ऐसा करते हैं इसकी जिम्मेदारी मुख्य शिक्षक जी को दे देते हैं। वे जिसे चाहें शिवालय मण्डल की आर्यावर्त शाखा के किसी स्वयंसेवक को इसका गणशिक्षक नियुक्त कर दें...क्यों भरत जी, यह ठीक रहेगा न?" रुद्रपाल ने ख़ुद से कुछ दूर बैठे मुख्य शिक्षक भरत प्रसाद से पूछा।

"हाँ-हाँ। यह कोई मुश्किल काम नहीं है।" मुख्य शिक्षक ज़िला प्रचारक की मुश्किल हल करते हुए बोला।

"कुछ ही दिनों की बात है फिर तो शाखा की सारी जिम्मेदारी अपने जयप्रकाश सिन्हा जी ले ही लेंगे। तो ठीक है, सब लोग अपनी-अपनी सोसाइटी के हर घर के मुखिया की नाम के साथ सूची तैयार कर लें। इस्माईलपुर नगर टोली की शाखाओं के सभी स्वयंसेवकों को इस दिन तैयार रहने के लिए अभी से सूचित कर दें...मगर एक बात और वो यह कि किसी भी सशक्त समाज में महिलाओं का सशक्त होना बहुत महत्त्वपूर्ण होता है। यदि हमारी महिलाएँ सशक्त होंगी तो परिवार भी समृद्ध और सशक्त होगा। इसलिए अपनी महिलाओं व बेटियों को मानसिक व शारीरिक रूप से बेहतर बनाने के लिए *मातृशक्ति राष्ट्र सेविका संघ* जैसा एक संगठन भी बनाना चाहिए। इसके अन्तर्गत उन्हें अस्त्र-शस्त्र प्रशिक्षण देकर दक्ष किया जाये, ताकि वे समृद्ध परिवार, समाज व राष्ट्र के निर्माण में अपना योगदान दे सकें।"

"आपका विचार एकदम सही है।" आशियाना आरडब्ल्यूए का महासचिव जयप्रकाश सिन्हा ज़िला प्रचारक के इस प्रस्ताव का अनुमोदन करते हुए बोला।

इसके कुछ क्षण रुकने के बाद ज़िला प्रचारक, नगर कार्यवाह की ओर मुड़ा, "रुद्रपाल जी, मेरी अनुपस्थिति में पिछली मीटिंग में और क्या-क्या तय हुआ था?"

"पिछली मीटिंग में यह भी तय हुआ था कि पिछले सत्तर सालों में राष्ट्र और हिन्दू विरोधी जो भ्रम फैलाये गये हैं, उनसे जुड़े हमारे पास जो वीडियो और मैसेज हैं, उन्हें एक-दूसरे के व्हाट्सएप ग्रुप में शेयर किया जाये।"

"यह बहुत आवश्यक है। देखिए, हिन्दू नववर्ष और संघ-पिता के जन्मोत्सव में अब मुश्किल से छह-सात दिन का समय बचा है। हमें अब अपने लक्ष्य पर पूरा ध्यान लगा देना है...याद रहे, उस दिन सारी सोसाइटियाँ

पूरी तरह भगवे में लिपटी दिखाई देनी चाहिए। शाम को राष्ट्रवादी कवि सम्मेलन में पढ़ी जानेवाली कविताओं की गूँज दूर-दूर तक सुनाई देनी चाहिए। समझे कवि महोदय!" ज़िला प्रचारक त्रिभुवन ने इतना कह इस उद्घोष के साथ मीटिंग समाप्त कर दी–*जय शिवाजी, जय भवानी!*

यह उद्घोष इतना जोश-भरा और तीव्र था कि *सावरकर सदन* की दीवारों को चीरता हुआ बाहर दूर-दूर तक सुनाई दिया। अचानक आशियाना में गूँजे इस नारे को सुन डॉ. मंसूर आलम और फ़ातिमा घबराते हुए ग्रिल के पास आये और कम्युनिटी हाल की तरफ़ देखने लगे। कम्युनिटी हाल से बाहर आते भगवा गमछों को देख दोनों मियाँ-बीवी को समझते हुए देर नहीं लगी, कि नारे के रूप में यह समवेत स्वर कहाँ से आया है। दोनों ने एक-दूसरे की आँखों में झाँका। देर तक वे इन अनजान गमछों को गेट से बाहर जाते हुए देखते रहे। देखते रहे अपने जेपी अर्थात् जयप्रकाश सिन्हा और आशियाना आरडब्ल्यूए के दूसरे पदाधिकारियों को, जो अनजान गमछों को गले लगाकर ख़ुशी-ख़ुशी विदा कर रहे हैं।

31

चैत्र शुक्ल प्रतिपदा से शुरू होनेवाला विक्रम संवत्।

हालाँकि विक्रम संवत् का पहला दिन यानी *हिन्दू नववर्ष* अर्थात् *वर्ष-प्रतिपदा* और संघ-पिता का जन्म दिवस कल है, लेकिन ज़िला प्रचारक के निर्देश पर आशियाना रेजिडेंट वेलफेयर एसोसिएशन के साथ मिलकर इस्माईलपुर नगर टोली के स्वयंसेवकों ने एक दिन पहले ही पूरा इलाक़ा भगवा ध्वजों से पाट दिया है। आशियाना अपार्टमेंट, जो हिन्दू नववर्ष के आकर्षण का मुख्य केन्द्र होगा, उसकी तो छटा देखते ही बन रही है। अपार्टमेंट के प्रवेश-द्वार के दोनों तरफ़ फूलों की लम्बी-लम्बी मालाएँ और लड़ियाँ लटका दी गयी हैं। जबकि उसके मस्तक पर एक तरफ़ राष्ट्रीय स्वयंसेवक संघ के संस्थापक का चित्र, तथा दूसरी ओर द्वितीय सरसंघचालक की तस्वीरवाला एक विशाल फ़्लेक्स का बैनर लगा दिया है। अपार्टमेंट के प्रवेश-द्वार के साथ-साथ *सावरकर सदन* के द्वार के पर श्रीराम अपार्टमेंट तथा अहिंसा अपार्टमेंट में रहनेवाले केरल के कुछ नम्बूदरी, पुलयार और नायर ब्राह्मण परिवारों की

स्त्रियों द्वारा बनायी गयी रंग-बिरंगी रंगोलियों की मोहक छटा देखते ही बन रही है।

जिस आशियाना अपार्टमेंट के कम्युनिटी हाल अर्थात् प्रेमचन्द सदन की दीवारों पर कभी प्रेमचन्द के कथन मुस्कराते थे, उनकी जगह संघ के कथन आने-जाने वालों को ललकारते हुए दिखाई दे रहे हैं। हाल में जहाँ कभी महीन मुस्कान बिखेरती, छोटी-छोटी झबरीली मूँछोंवाले प्रेमचन्द के चित्र दूर से ही आकर्षित करते थे, उनकी जगह मोटी मूँछोंवाले हेडगेवार और गुरुजी के सिर के बेतरतीब लम्बे बालों व लम्बी दाढ़ीवाली तस्वीरें लगी हुई हैं। हाल की दीवारों से लेकर मंच का कोई हिस्सा नहीं बचा है, जहाँ 1925 में बने एक संगठन और उसके हिन्दू अलमबरदारों की छोटी-बड़ी तस्वीरें नहीं लगी हुई हैं। स्वतन्त्रता दिवस, गणतन्त्र दिवस, होली-दीवाली, ईद जैसे भारतीय पर्वों और त्योहारों पर होनेवाले कवि सम्मेलनों में स्थानीय कवि-कवयित्रियों के गीत-कविताओं और ग़ज़लों को जिस प्रेमचन्द सदन की दीवारें सुनने को आतुर रहती थीं, उन्हें कल होनेवाले राष्ट्रवादी कवि सम्मेलन में पढ़ी जानेवाली कविताओं का बेसब्री से इन्तज़ार है।

इस्माईलपुर नगर टोली ही नहीं, ज़िला स्तर के सारे पदाधिकारी चाहे वह ज़िला प्रचारक है या ज़िला कार्यवाह, नगर कार्यवाह है या सह नगर कार्यवाह, मण्डल कार्यवाह है या शाखा कार्यवाह, धर्म जागरण ज़िला टोली का सदस्य है या सामाजिक समरसता ज़िला टोली का सदस्य, मुख्य शिक्षक है या दलित-पिछड़ा-आदिवासी हिन्दू विंग का विंग कार्यवाह, सब अपनी-अपनी तरह से तैयारियों का जायज़ा और मुआयना के बाद अन्त में गट्नायक राजू को अपनी-अपनी सलाह देकर निकल जाते। यदि आज की तारीख़ में आशियाना अपार्टमेंट में सबसे अधिक कोई व्यस्त है, तो वे हैं अपने जेपी यानी आरडब्ल्यूए महासचिव जयप्रकाश सिन्हा और राजू यानी राजकुमार। आशियाना अपार्टमेंट, अहिंसा अपार्टमेंट, श्रीराम अपार्टमेंट सहित दूसरी हाउसिंग सोसाइटीज़ के छोटे से लेकर बड़े हिन्दुओं में अपनी तरह का जोश और उमंग भरा हुआ है। अहिंसा अपार्टमेंट और आसपास की हाउसिंग सोसाइटीज़ की साधन-सम्पन्न महिलाओं का व्हाट्सएप ग्रुप *मैं हिन्दू शेरनी* और उच्च रक्तचाप, मधुमेह, रतौंधी, घुटनों के दर्द, अस्थमा जैसे असाध्य रोगों

के साथ कम सुनने जैसी व्याधियों के शिकार अघाये वृद्ध अंकिलों का उत्साह तो देखते ही बन रहा है।

अभी शाम दूर है। इसलिए हिन्दू नववर्ष की पूर्व संध्या पर ज़िला प्रचारक ने यह जानने-समझने के लिए कि तैयारियों में किसी तरह की कोई कमी तो नहीं रह गयी है, अन्तिम मीटिंग और बुला ली। इसी अन्तिम अवलोकन के लिए आधे घण्टे के भीतर सब सावरकर सदन में उपस्थित हो गये।

ज़िला प्रचारक ने एक-एक कर कल चैत्र शुक्ल प्रतिपदा के अवसर पर आयोजित होनेवाले कार्यक्रमों और उनसे जुड़ी तैयारियों का जायज़ा लेते हुए, सबसे पहले सावरकर सदन के दाहिने ओर बनाये गये पण्डाल और उसके मंच का मुआयना किया गया।

"सिन्हा जी, पण्डाल छोटा तो नहीं पड़ेगा?" ज़िला प्रचारक ने पण्डाल और मंच पर एक सरसरी नज़र मारते हुए आरडब्ल्यूए महासचिव जयप्रकाश से पूछा।

"होना तो नहीं चाहिए। छह सौ से अधिक कुर्सियाँ लगवायी हैं। कम रहेंगी तो और लगवा देंगे।"

इतना सुन ज़िला प्रचारक इस्माईलपुर नगर टोली के दूसरे पदाधिकारियों के साथ दूर से मंच और उसके पीछे कपड़े की दीवार पर लगे बैनर को देर तक निहारता रहा। बैनर पर सब कुछ वैसा ही छपा हुआ है, जैसा वह चाहता था। पण्डाल और मंच का अवलोकन करने के बाद सब सावरकर सदन में आ गये।

हाल में आने के बाद ज़िला कार्यवाह ने दलित-पिछड़ा-आदिवासी हिन्दू विंग के विंग कार्यवाह दलपत मीणा से शुरुआत की।

"दलपत जी, सावरकर सदन में कल जिन-जिनको आमन्त्रित करना है, उनको सूचित कर दिया गया है न?"

"जी, सबको सूचित कर दिया गया है। जिनको आमन्त्रित किया गया है उनकी सूची भी तैयार कर ली गयी है।" इतना कह विंग कार्यवाह ने कई पन्नों की सूची ज़िला प्रचारक के सामने फैला दी।

"कितने हिन्दू भाइयों के आने की उम्मीद है?"

"पाँच सौ से अधिक हो जायेंगे।"

"ऐसा करना इस सूची की एक फोटो कॉपी इन्दरजीत जी और एक

रुद्रपाल जी को भी दे देना, ताकि संचालन के समय यह इन दोनों के पास रहे।" ज़िला प्रचारक ने विंग कार्यवाह दलपत मीणा को निर्देश दिया।

"मैं अभी यहाँ से जाने के बाद दे दूँगा। वैसे शकुनि जी और पारस जी के पास उनकी अपनी-अपनी सोसाइटी की सूची पहले से है।" दलपत ने उत्तर दिया।

"विक्रम जी, आपकी यह जिम्मेदारी होगी कि जब लोगों को मंच पर बुलाया जायेगा, तब आप भगवा ध्वज, गमछा और त्रिशूल को अपनी निगरानी में वितरित करायेंगे...और पारस जी, आपकी जल-पान की व्यवस्था का क्या हाल है?" ज़िला प्रचारक धीरे-से सह नगर कार्यवाह पारस जैन की ओर मुड़ते हुए बोला।

"आप निश्चिन्त रहिए। किसी तरह की कोई शिकायत नहीं मिलेगी।" पारस जैन ने ज़िला प्रचारक को आश्वस्त करते हुए कहा।

"...और आपके कवि सम्मेलन की कैसी तैयारी है?" सबसे अन्त में ज़िला प्रचारक ने हिन्दू नववर्ष के सबसे लोकप्रिय कार्यक्रम के संयोजक जयप्रकाश सिन्हा से पूछा।

"हमने कई राष्ट्रवादी कवियों के साथ-साथ अपनी सोसाइटी की कुछ नयी प्रतिभाओं को भी आमन्त्रित किया है।"

"वैसे आपने यह अच्छी तरह पता तो कर लिया है न कि बाहर से जिन कवियों को बुलाया गया है, उनमें कोई वामपन्थी तो नहीं है?"

"ऐसा कोई नहीं है। सभी सच्चे हिन्दूवादी राष्ट्रवाद और देशभक्ति से ओत-प्रोत कविता लिखनेवाले हमारी ही विचारधारा के कविजन हैं। आप चिन्ता न करें। ऐसा ओजस्वी कवि सम्मेलन होगा कि इसे लोग सालों याद रखेंगे, कि सावरकर सदन में भी कोई कवि सम्मेलन हुआ था।"

"इनमें एकाध सुरेन्द्र शर्मा टाइप का भी कवि है या नहीं?" ज़िला प्रचारक ने अपनी रुचि प्रकट करते हुए पूछा।

"है न, मस्तराम जी। आजकल उनकी बड़ी डिमांड है।" जयप्रकाश सिन्हा ने जैसे ज़िला प्रचारक के मन की बात कह दी।

"कहींऽऽऽ यह वही मस्तराम तो नहीं है जिसकी किताबें लोग छिप-

छिपकर पढ़ते थे?" इतना कह ज़िला प्रचारक ज़ोर से हँसा।

"वो अब कहाँ हैं...वो तो कबके गोलोक पहुँच गये।"

"मैं तो मजाक कर रहा था...चलिए, अब कल भेंट होती है...अच्छा एक बात तो बताइये इन कवियों को कुछ पत्रम पुष्पम भी दिया जायेगा?"

"इसकी व्यवस्था हमारे आरडब्ल्यूए ने की है। वैसे सिवाय मस्तराम जी के किसी को कोई विशेष पत्रम पुष्पम नहीं देना होगा।"

"ऐसा इसलिए पूछ रहा हूँ कि इन कवियों-शवियों का कोई भरोसा नहीं, ये कब रायता फैला दें।"

इसके बाद हिन्दू नववर्ष की तैयारियों का जायज़ा लेने की ग़रज से ली गयी मीटिंग समाप्त हो गयी।

गुड़ी पड़वा अर्थात् चैत्र माह के शुक्ल पक्ष की प्रतिपदा तिथि यानी हिन्दू नववर्ष का प्रथम दिन।

चैत्र शुक्ल प्रतिपदा से शुरू होनेवाला विक्रम संवत्। इसी विक्रम संवत् का पहला दिन यानी वर्ष-प्रतिपदा। वही हिन्दू नववर्ष जिसे आन्ध्र प्रदेश और तेलंगाना में *उगाडी*, तो केरल में मलयाली वर्ष के रूप में मनाया जानेवाला पर्व *विषु*। तमिलनाडु में जिसे *पुथांडु* कहा जाता है, तो असम में यह *बिहू*। ओडिशा में *पना संक्रान्ति* पर्व कहा जाता है, तो पंजाब में इसे *वैशाखी* के रूप में मनाया जाता है। जबकि बंगाल में यह *पहेला बोइशाख* कहलाता है।

आशियाना अपार्टमेंट के गेट के माथे पर लगे बैनर और अपने ब्लॉक के ठीक सामने बने पण्डाल के भीतर बने मंच की साज-सज्जा और कल शाम को ही टाँग दिये गये बैनर को देख, डॉ. मंसूर आलम को यह अनुमान तो कल ही हो गया था कि यहाँ हिन्दुओं का कोई बड़ा आयोजन होनेवाला है। पिछले कुछ समय से लगभग हर रविवार को सावरकर सदन में होनेवाली सभाओं ने पहले ही इस बात के संकेत दे दिये थे कि ज़रूर इस सोसाइटी में कुछ घटनेवाला है। इसकी एक तरह से पुष्टि तब हो गयी जब पिछले रविवार वह आरिफ़ को छोड़ने जा रहा था, तो हाल के बाहर गले में भगवा गमछा डाले छोटे-से झुण्ड की ओर से *जय श्रीराम* का कर्कश उद्घोष उनकी ओर उछाला गया था। परन्तु उसे यह पता अब भी नहीं चल पा रहा है कि यहाँ

और क्या-क्या होनेवाला है? जिस तरह आशियाना अपार्टमेंट और उसके आसपास की हाउसिंग सोसाइटीज़ को भगवा ध्वजों से पाट दिया गया है, इसका निहितार्थ उसके पल्ले नहीं पड़ रहा है। क्योंकि इससे पहले उनकी सोसाइटी में ऐसा कभी नहीं हुआ। इसलिए उसकी समझ में नहीं आ रहा है कि बैनर पर जो चित्र छपे हुए हैं, उनका हिन्दू नववर्ष से क्या वास्ता है? हाँ, इनकी जगह शिवजी, लक्ष्मी, गणेश जैसे देवी-देवताओं की तस्वीरें होतीं, तब समझ में आता कि सचुमच यह हिन्दू नववर्ष है। यदि इस पर्व को मनाया ही जाना था, तो सोसाइटी के आरडब्ल्यूए द्वारा अपने बैनर तले सामूहिक रूप से मिल-जुलकर दूसरे त्योहारों की तरह इसे मनाया जाना चाहिए। एक ऐसी संस्था के बैनर तले यह सब किस हैसियत से हो रहा है, जिसका आशियाना से कोई सम्बन्ध नहीं है, उसे समझ नहीं आ रहा है? सबसे अधिक हैरानी और मलाल उसे इस बात का है, कि अपने जेपी ने कभी इस बारे में बताया तक नहीं।

इससे अधिक आश्चर्य डॉ. मंसूर आलम को यह देखकर हो रहा है, कि जिस जेपी के पिता स्वर्गीय रामप्रसाद सुमन और उसके जैसे लोगों ने अपने जीते-जी कभी इस अपार्टमेंट में ऐसी गतिविधियों के बारे में सोचा भी नहीं था, आज उनका सुपुत्र इसमें बढ़-चढ़कर हिस्सा ले रहा है। बल्कि उसी की देखरेख में यह सब हो रहा है। डॉ. मंसूर आलम को सचमुच अब पूरी तरह डर लगने लगा है। बहरहाल, जो भी है इसका असली पता तो कुछ देर बाद ही चल जायेगा कि यह माजरा क्या है?

आशियाना अपार्टमेंट में आज सुबह से रौनक लगी हुई है। डॉ. मंसूर आलम आते-जाते इस रौनक से यह अनुमान लगाने की कोशिश कर रहा है, कि वास्तव में हिन्दू नववर्ष के अलावा आज और क्या-क्या कार्यक्रम होने जा रहे हैं। सदन के दाहिने ओर बनाये गये पण्डाल में नौ बजते-बजते बाहरी और आशियाना के उन लोगों के आने का सिलसिला शुरू हो गया, जिन्हें वह अच्छी तरह जानता है। लोहे की ग्रिल से पण्डाल के अन्दर बने मंच के बीचो-बीच सवेरे-सवेरे दो स्टूलों पर लगा दी गयीं दोनों तस्वीरें साफ़ दिखाई दे रही हैं। बायें तरफ़ के स्टूल पर वही चिर-परिचित बब्बर शेर की पीठ से टेक लगाये सिर पर मुकुट पहने और बायें हाथ में भगवा ध्वज पकड़े भारत

माता की, तो उसके बग़ल में संघ-पिता की फ्रेम में जड़ी तस्वीर रखी हुई है। डॉ. मंसूर आलम और फ़ातिमा ग्रिल के पास कुर्सी लगाकर सावरकर सदन के बाहर मची चिल्ल-पों और सारे दृश्यों को बड़े ध्यान से देख रहे हैं।

जैसे-जैसे पण्डाल में बिछी कुर्सियाँ कुछ स्थानीय लोगों से और कुछ बगुले जैसी उजली शर्ट पर ग्रे रंग की फुल पैंट के साथ, तो कुछ पुराने गणवेश यानी चमड़े की बेल्ट से कसी ढीली-ढाली खुले पाँयचोंवाली ख़ाकी निकरों से भरने लगीं, वैसे-वैसे चिल्ल-पों और हलचल भी बढ़ने लगी। दस बजते-बजते लगभग पूरा पण्डाल भर गया।

इसके बाद दृश्यों में तेज़ी आने लगी। सबसे पहले एक-एक कर दोनों तस्वीरों पर माल्यार्पण किया गया। माल्यार्पण के बाद उन पर ग्रे रंग की फुल पैंट के साथ पुराने गणवेश यानी ख़ाकी निकरों द्वारा गुलाब की ताज़ा-ताज़ा पंखुड़ियाँ अर्पित की जाने लगीं। जैसे-जैसे पंखुड़ियाँ अर्पित करने की कार्यवाही आगे बढ़ने लगी, डॉ. मंसूर आलम की धड़कनें बढ़ने लगीं। ये धड़कनें इसलिए बढ़ने लगी हैं कि वह देखना चाहता है, कि अपने आशियाना अपार्टमेंट के कितने लोग इस गतिविधि में शामिल होते हैं, और यहाँ क्या-क्या होनेवाला है?

अभी डॉ. मंसूर आलम की धड़कनें, जो बीच में थोड़ी-सी मन्द पड़ गयी थीं, एकाएक तेज़ हो गयीं। उसने बराबर में बैठी फ़ातिमा की ओर देखा तो पाया वह वहाँ नहीं है। शायद किसी काम से वह अन्दर चली गयी है। इसी बीच उसने ज़ोर-से पत्नी को आवाज़ लगायी, "फ़ातिमाऽऽऽ ज़रा इधर तो आना!"

आवाज़ सुनते ही फ़ातिमा तेज़ी से बालकनी में आयी और आते ही बोली, "क्या हुआ?"

"यह आदमी जिसने ग्रे रंग की पैंट पहनी हुई है, इसे पहचान रही हो?"

"कौन-सा?" मंच पर तस्वीरों के आसपास खड़ी ग्रे रंग की कई पैंट में फ़ातिमा नहीं समझ पायी कि डॉ. मंसूर उससे किसको पहचानने की बात कर रहा है। इस बीच वह ग्रिल के और पास आयी तथा उसमें आँखें गड़ा दीं।

"वही, जो इस वक़्त भारत माता की बग़लवाली तस्वीर पर फूल चढ़ा रहा है!"

फ़ातिमा को कुछ पल लगे इस व्यक्ति को पहचानने में। जैसे ही उसने उसे पहचाना, वह तुरन्त बोली, "ये तो अपने जेपी भाईजान हैं!"

"ध्यान से देखो! कोई और तो नहीं है?"

"अभी मेरी आँखें इतनी कमज़ोर नहीं हुई हैं कि मैं इन्हें पहचानूँ नहीं। वही हैं और कौन है।" पहले फ़ातिमा थोड़ी झल्लायी और फिर कुछ क्षण ठहर, थोड़े हैरत-भरे अन्दाज़ में डॉ. मंसूर को सुनाते हुए बोली, "मगर इन सब लोगों ने आज एक ही रंग की पैंट क्यों पहनी हुई है...और यह सब चल क्या रहा है?"

डॉ. मंसूर आलम पत्नी को क्या जवाब दे कि यह सब क्या चल रहा है। असल बात तो यह है कि ख़ुद उसे ही नहीं पता, कि यह सब चल क्या रहा है। यह सब पूछने के पीछे फ़ातिमा की शायद यही मुराद है कि उन्हीं की सोसाइटी में यह आयोजन हो रहा है, और उन्हें बुलाया तक नहीं। वैसे ऐसा पहली बार नहीं है। पिछले कई सालों से ये देख रहे हैं कि आशियाना के बहुत से आयोजनों में उन्हें बुलाना तो दूर रहा, इनके बारे में बताया तक नहीं जाता है।

डॉ. मंसूर आलम ने एक लम्बी साँस ली और उसे धीरे-से बाहर छोड़ते हुए बोला, "बस, यही दिन देखने को रह गये थे।"

"कौन-से दिन?" फ़ातिमा के समझ में नहीं आया कि डॉ. मंसूर कौन-से दिनों की बात कर रहा है।

"यही जो तुम अपनी आँखों से देख रही हो!"

"मैं कुछ समझी नहीं!"

इसके बाद डॉ. मंसूर ने अन्दाज़े से कुछ-कुछ माजरा फ़ातिमा को समझा दिया।

"तो क्या, ये हैं वे लोग?" प्रतिप्रश्न किया फ़ातिमा ने।

कोई जवाब नहीं दिया डॉ. मंसूर ने। देर तक दोनों पति-पत्नी के बीच ख़ामोशी तिरमिराती रही। सामने पण्डाल से बीच-बीच में लगते *भारत माता की जय; जय श्रीराम; जयकारा वीर बजरंगी, हर-हर महादेव; जय शिवाजी, जय भवानी; हिन्दू वीर कैसा हो, वीर शिवाजी जैसा हो* जैसे उद्घोष रह-रहकर कानों से टकराते रहे।

"मैंने तो पहले ही कहा था और अब भी कह रही हूँ, कि जितनी जल्दी हो हमें यह सोसाइटी छोड़ देनी चाहिए! और नहीं तो कुछ दिनों के लिए कहीं

दूसरी जगह किराये पर चले जाते हैं। सच कहूँ, जैसे हालात बन रहे हैं, उन्हें देखकर मुझे तो अब रात को भी नींद नहीं आती है। अपनी छोड़ो, मुझे तो आरिफ़ की फ़िक्र सताने लगी है।"

"फ़ातिमा, यह सब इतना आसान नहीं है।" डॉ. मंसूर ने कातरता के साथ कहा।

"आसान नहीं है तो पड़े रहो यहाँ। तभी ख़ुश रहोगे जब किसी दिन हमारे आरिफ़ के साथ कुछ उलटा-सीधा हो जायेगा!" फ़ातिमा एक माँ की तरह चीत्कार करते हुए बोली।

डॉ. मंसूर आलम चुप।

"मैं कुछ कह रही हूँ!" फ़ातिमा ग़ुस्से में बोली।

"मैंने कहा न कि यह सब इतना आसान नहीं है। किराये पर कहाँ जाकर रहोगी...और अगर चले गये तो इसकी क्या गारंटी है कि यह सब वहाँ देखना नहीं पड़ेगा। सब जगह एक जैसे हालात हैं। इसलिए बेहतर है कि यहीं रहें। हालात हमेशा एक जैसे नहीं रहते।"

"तो फिर पड़े रहो इस दोज़ख़ में!" फ़ातिमा पाँव पटकते हुए बालकनी से अन्दर चली गयी।

डॉ. मंसूर आलम ने जाती हुई पत्नी की तरफ़ इस तरह देखा जैसे उससे कह रहा है कि अगर आशियाना दोज़ख़ है, तो तुझे पता ही नहीं है कि दोज़ख़ होता क्या है। डॉ. मंसूर देर तक दोज़ख़ अर्थात् जहन्नुम यानी नरक के सात दरवाज़ों जहीम, सक़र, लज़ा, हुतमा, हाविया और सहीर जिनके हर दरवाज़े के बीच का फ़ासला एक सवार आदमी के सत्तर साल चलने के बराबर है, मन-ही-मन बारी-बारी उनके अन्दर झाँककर यह जानने की कोशिश करता, कि इनमें से कौन-सा दरवाज़ा आशियाना के दरवाज़े से बेहतर है? इससे पहले कि दोज़ख़ के इन दरवाज़ों से वह बाहर आता, उसके कानों में एक बार फिर से उद्घोषों की कर्कश आवाज़ गूँज उठी–

हिन्दू-हिन्दू, भाई-भाई!
हिन्दुस्तान में रहना है तो, जयश्री राम कहना होगा!

डॉ. मंसूर आलम की निगाह ग्रिल की जालियों से होती हुई एक बार फिर से पण्डाल में जा टिकी। फ़ातिमा के चक्कर में मंच पर चल रहे कई

दृश्य आगे बढ़ गये। इसी बीच उसने देखा कि माइक से एक-एक कर कुछ चिर-परिचित रहवासियों के नाम पुकारे जा रहे हैं। मंच पर आने के बाद सबसे पहले उनके माथे पर तिलक लगाया जाता। फिर गले में एक भगवा गमछा पहनाने के बाद एक त्रिशूल थमा दिया जाता।

इसी बीच डॉ. मंसूर आलम के कानों में जैसे ही एक जाना-पहचाना नाम गूँजा, उसके कानों के परदे ढीले पड़ते चले गये। कानों के साथ-साथ इस बार उसने आँखें भी सामने मंच पर गड़ा दीं। मंच पर रखी भारत माता और उसके बराबर रखी तस्वीर के माल्यार्पण के दौरान, इस नाम को उससे पहचानने में कोई ग़लती नहीं हुई। यानी जिसे पुकारा गया था वह अपने रामप्रसाद सुमन के पुत्र जयप्रकाश सिन्हा अर्थात् जेपी ही हैं। जिस समय जेपी के मस्तक पर तिलक लगाने के बाद गले में भगवा गमछा पहनाया जा रहा है, जेपी की देहभाषा और उसकी लचक देखनेवाली है। गमछे के बाद जैसे ही उसे त्रिशूल प्रदान किया गया, पूरा मंच और उसके सामने बिछी कुर्सियों में धँसे भगवा गमछों के श्रीमुख से निकले *भारत माता की जय* और *वन्देमातरम्* के नारे पूरे पण्डाल में गूँज उठे।

रह-रहकर गूँजते इन नारों अर्थात् उद्घोषों की एक विशेषता यह है कि एक व्यक्ति मुट्ठी तानते हुए इन्हें बोलता, और पूरा पण्डाल उसके बाद के शब्दों को पूरा करता है। यह सिलसिला तब तक चलता रहा, जब तक पण्डाल में बिछी अधिकतर कुर्सियों के गले में भगवा गमछे नहीं डल गये और त्रिशूल उनके हाथों में नहीं आ गये।

गमछा कार्यक्रम के बाद पूरा मंच ख़ाली हो गया। इसके बाद पुनः बगुले जैसी उजली शर्ट पर ग्रे रंग की फुल पैंट और सिर पर काली टोपी पहने एक अपरिचित माँ भारती का सपूत प्रकट हुआ। उसने पहले अपने दाहिने ओर नज़र दौड़ायी। उसे जब विश्वास हो गया कि पूरी तैयारी है, तब उसने पूरे पण्डाल का आह्वान करते हुए कहा, "बन्धुओ, जैसाकि आप सब जानते हैं कि आज के दिन चैत्र शुक्ल प्रतिपदा से शुरू होनेवाले हिन्दू नववर्ष को *भगवा दिवस* के रूप में भी मनाने का निर्णय लिया गया था। उसका पहला चरण, जिसके अन्तर्गत हमारी हाउसिंग सोसाइटियों के हर घर के मुखिया को *मैं हिन्दू*

हूँ वाला भगवा गमछे और त्रिशूल के साथ सम्मानित किया गया था, वह अब सम्पन्न होता है। इसका अगला चरण बेहद महत्त्वपूर्ण है। महत्त्वपूर्ण इसलिए है कि इस्माईलपुर नगर टोली ने हर दरवाज़े के बाहर *हर घर भगवा* कार्यक्रम के अन्तर्गत *मैं हिन्दू हूँ* का ध्वज लगाने का भी निर्णय लिया है। इसलिए जिन्हें इस शुभ कार्य की जिम्मेदारी सौंपी गयी थी, वे मेरे दाहिने ओर जाकर हमारे, दलित-पिछड़ा-आदिवासी हिन्दू विंग के विंग कार्यवाह दलपत मीणा जी, धर्म जागरण और सामाजिक समरसता ज़िला टोली के सदस्य मनोज भारती व राजन गौतम तथा शिवालय मण्डल की शाखा के गट्नायक राजकुमार जी से सम्पर्क करें। क्योंकि यह पुनीत कार्य इन्हीं के दिशा-निर्देश में सम्पन्न होना है। इसके साथ ही एक आवश्यक घोषणा और की जाती है, कि इसके बाद अल्पाहार की भी व्यवस्था की गयी है। इसलिए सभी हिन्दुओं से अनुरोध है कि वे अल्पाहार करके अवश्य जायें। इस घोषणा के बाद मंच से जैसे ही यह बोला गया *हिन्दू वीर कैसा हो, उसके पीछे वीर शिवाजी जैसा हो!* का उद्घोष गूँज उठा।

इधर यह उद्घोष समाप्त हुआ, उधर लाउडस्पीकर पर यह गीत बज उठा–

जाग उठे हम हिन्दू फिर से, विजय ध्वज फहराने
अँगड़ाई ले चले पुत्र हैं, माँ के कष्ट मिटाने!

जैसे-जैसे गीत आगे बढ़ता गया पण्डाल में अफ़रा-तफ़री मच गयी। जिस पण्डाल में राष्ट्रवाद और हिन्दुत्व की चाशनी में लिपटे नारे, उद्घोष और गीत के बोल गूँज रहे थे, वह देखते-देखते ख़ाली हो गया। यानी आधुनिक भारत की प्रतीक और सभ्य कही जानेवाली हाउसिंग सोसाइटीज़ के भद्रजन एक-दूसरे को धकियाते हुए पण्डाल के दाहिने तरफ़ अल्पाहार पर टूट पड़े। अल्पाहार की व्यवस्था सँभालनेवाले तथा मध्यमा में घोड़े की नाल का छल्ला पहननेवाले *श्रीराम प्रॉपर्टी डीलर* के मालिक विक्रम और उसके सैनिकों के पसीने छूट गये। एकाएक किसी बाँध में रुके पानी की तरह बढ़ते इस मानव सैलाब को वे कैसे नियन्त्रित करें। बड़ी कोशिश की कि अल्पाहार सुचारु और व्यवस्थित तरीक़े से सम्पन्न हो जाये। लेकिन हाउसिंग सोसाइटीज़ के सभ्य और भद्रजनों के आगे एक ना चली। हारकर विक्रम ने रामचरितमानस के

बालकाण्ड का सुमरन किया, और *होइहि सोइ जो राम रचि राखा। का करि जब टूट पड़े साखा* कहते हुए पूरी व्यवस्था अपने राम पर छोड़ दी कि चाहे तो वह उसे डुबो दे, चाहे तिरा दे।

डॉ. मंसूर आलम अभी यह सोच ही रहा था कि आगे क्या होगा, तभी उसकी नज़र एक झुण्ड पर पड़ी, जो हरहराता हुआ उन्हीं के ब्लॉक की ओर आ रहा है। डॉ. मंसूर ने देखा कि झुण्ड के हरेक सदस्य ने पाँच-छह भगवे ध्वज पकड़े हुए हैं। वह थोड़ा सतर्क हो गया। इससे पहले कि उस झुण्ड में से कुछ लोग भूतल के घरों की ओर बढ़ते और कुछ अन्य मंजिलों की सीढ़ियाँ चढ़ते, वह बालकनी को छोड़ तेज़ी-से दरवाज़े की ओर बढ़ा। उसने लपककर पहले लोहे के जालीदार दरवाज़े को बन्द किया, और उसके बाद लकड़ी का मुख्य दरवाज़ा लॉक कर दिया। दरवाज़ा बन्द कर वह रसोई में व्यस्त पत्नी के पास गया और अकबकाते हुए बोला, "फ़ातिमा, अन्दर ही रहना। बाहर मत निकलना!"

"क्या हुआ?" फ़ातिमा घबराते हुए बोली।

"वे लोग यहीं आ रहे हैं।"

"वे कौन?"

"वही जो बाहर *हिन्दू-हिन्दू, भाई-भाई* के नारे लगा रहे थे।"

गैस के चूल्हे पर चढ़ी कड़ाही में खौलते तेल में डूबा चमचा फ़ातिमा के हाथ से गिरते-गिरते बचा। उसने उसी समय गैस बन्द की और सीधे दूसरे कमरे, जिसमें आरिफ़ पढ़ाई कर रहा था, वहाँ गयी और आरिफ़ को बाहर न निकलने का निर्देश दे, ड्राइंग रूम में आयी और लगभग दम साधकर बैठे डॉ. मंसूर के पास आकर बैठ गयी। बाहर से रह-रहकर पदचापों के साथ जय श्रीराम के नारे जैसे ज़बरन अन्दर घुसने की कोशिश कर रहे हैं। जब-जब बाहर लगते नारों के साथ बीच-बीच में दरवाज़े पर दस्तक होती, दोनों की घिग्घी बँध जाती। धीरे-धीरे नारे मन्द पड़ते हुए अपने आप बन्द हो गये। वे दोनों बालकनी में आये, तो देखा पण्डाल अब पूरी तरह सूना पड़ा हुआ है। मंच पर बब्बर शेर से पीठ लगाये खड़ी भारत माता और संघ-पिता की अकेली

तस्वीरों के अलावा कोई नहीं है। जिधर अल्पाहार की व्यवस्था थी, वहाँ भी बहुत कम लोग रह गये हैं। हाँ, कम्युनिटी हाल के बाहर ज़रूर कुछ बगुले-सी उजली शर्ट पर ग्रे रंग की फुल पैंट, ख़ाकी निकर और काली टोपियाँ खड़ी आपस में बात कर रही हैं। इनमें अपने जेपी यानी जयप्रकाश सिन्हा भी है। ग्रिल की जाली से उसे साफ़-साफ़ दिखाई दे रहा है कि जेपी उसके ग्रिल की तरफ़ कुछ इशारा कर रहा है, जिन पर उसके साथ खड़ी काली टोपियाँ कुछ प्रतिक्रिया दे रही हैं।

काफ़ी देर बाद बाहर कुछ शान्ति हुई, तो डॉ. मंसूर ने पहले भीतर का मुख्य दरवाज़ा धीरे-से बिना आहट किये खोला। फिर लोहे के जालीदार दरवाज़े को हल्का-सा खोलने के बाद बाहर दायें-बायें इस तरह झाँका, जैसे वह यह जायज़ा ले रहा है कि *वे लोग* अभी हैं, या चले गये हैं? कोई दिखाई नहीं दिया उसे। फिर उसने जालीदार लोहे का दरवाज़ा खोला और दबे पाँव बाहर आकर दूर तक नज़र दौड़ायी, तो देखा हर घर के दरवाज़े पर भगवा ध्वज टँगा हुआ है। इसी बीच उसके सिर से जैसे कुछ छुआ। उसने पलटकर देखा तो पाया, एक भगवा झण्डा उसके दरवाज़े के बाहर भी टँगा हुआ है। उसने एक बार फिर आसपास निगाह मारी और सतर्कता बरतते हुए बड़ी सावधानी के साथ झण्डा उतारा तथा उसे अन्दर ले आया।

"क्या है यह?" डॉ. मंसूर के हाथ में झण्डे को देख फ़ातिमा ने पूछा।

"दरवाज़े के बाहर टँगा हुआ था।" इतना कह डॉ. मंसूर ने झण्डे को पलंग पर बिछाया और उस पर लिखे हुए को पढ़ने लगा।

झण्डे पर छपा *मैं हिन्दू हूँ* तो समझ में आता है लेकिन उसके निचले हिस्से में *श्रीराम प्रॉपर्टी डीलर, आर्य मसाले* और *अरिहन्त कोल्डड्रिंक्स डिस्ट्रीब्यूटर* का माजरा समझ में नहीं आया, कि इनका *मैं हिन्दू हूँ* से क्या सम्बन्ध है। देर तक सोचने के बाद जब यह माजरा उसके समझ में आया कि राष्ट्रवाद और हिन्दुत्व से इस प्रॉपर्टी, मसाले और कोल्डड्रिंक्स का क्या वास्ता है। उसने एक लम्बी साँस ली, और बाँस की पतली डंडी में टँगी *मैं हिन्दू हूँ* वाली पताका को उसी डंडी से लपेट उसे फ्रिज के ऊपर रख दिया।

32

शाम होते-होते एक बार फिर से आशियाना अपार्टमेंट और उसके सावरकर सदन के बाहर चहल-पहल बढ़ गयी। हालाँकि दिन में जहाँ पण्डाल बनाया गया था, वहाँ अब पूरी तरह वीरानी छायी हुई है। किसी काम से डॉ. मंसूर आलम जब सोसाइटी से बाहर जा रहा था, तब उसकी नज़र यूँ ही कम्युनिटी हाल के बाहर होनेवाले *राष्ट्रवादी कवि सम्मेलन* के बैनर पर पड़ गयी। जाने और आने के बीच वह देर तक सोचता रहा, कि इस सम्मेलन में किस तरह की कविताएँ पढ़ी जायेंगी?

लगभग आधे अप्रैल की कुनमुनाती शाम जैसे-जैसे अँधेरे में तब्दील होने लगी, और कवि सम्मेलन का समय नज़दीक आने लगा, डॉ. मंसूर की आँखों में पुराने मख़मली दृश्य ताज़ा हो उठे। इसी सावरकर सदन यानी प्रेमचन्द सदन में होनेवाली अदबी बैठकों और स्वतन्त्रता दिवस, गणतन्त्र दिवस से लेकर दूसरे पर्व और त्योहारों पर होनेवाले स्थानीय शायरों के मुशायरों और कवि सम्मेलनों में झूमते श्रोताओं के मटमैले चित्रों से स्मृतियों की धूल धीरे-धीरे साफ़ होने लगी। उन दिनों प्रेमचन्द सदन मात्र एक सुनने-सुनाने का ठीहा-भर नहीं था। बल्कि लगता था मानो एक-दूसरे से सटे किसी देवालय और मस्जिद से एकसाथ आते अलौकिक भजन और अज़ान को सुन रहे हैं। सबसे मज़ेदार यह होता कि इन्हें सुनने के लिए आशियाना ही नहीं, बल्कि आसपास की सोसाइटीज़ और अपार्टमेंट्स के रहवासी भी बेसब्री से इन्तज़ार करते।

आशियाना के उसी प्रेमचन्द सदन, माफ़ करना सावरकर सदन में बरसों बाद फिर से जैसे पुराने दिन लौटने जा रहे हैं, जिन्हें याद करते हुए अतीत की फुहारों में डॉ. मंसूर भीग-भीग जाता है। एक बार उसके मन में आया भी कि वह इस कवि सम्मेलन में जाकर वहाँ पढ़ी जानेवाली कविताओं का रसपान करे। क्या हुआ जो अपने जेपी या आरडब्ल्यूए के किसी सदस्य ने उसे नहीं टोका। ऐसे मौक़ों पर किसी निमन्त्रण का क्या इन्तज़ार करना। मगर अगले ही पल एक अनजाने भय ने उसे वहाँ जाने से रोक दिया।

ग्रिल की जाली से डॉ. मंसूर कम्युनिटी हाल की ओर जाते लोगों को देखता रहा। उसने कलाई पर बँधी घड़ी में समय देखा तो पाया आठ बज

चुके हैं। दिन का शोर भी सोसाइटी में अब थम चुका है। अन्दर लगाये गये लाउडस्पीकर से आयोजकों द्वारा बार-बार की जा रही उद्घोषणाओं से लग रहा है, कि किसी भी समय कवि सम्मेलन शुरू हो सकता है। डॉ. मंसूर की व्यग्रता अब परवान चढ़ने लगी।

इसी बीच कवि सम्मेलन के संचालक ने आमन्त्रित कवियों को मंच पर आने का आग्रह किया। सबके आने के बाद मंच के दाहिने ओर रखी गयी बब्बर शेर की पीठ से टेक लगाये, सिर पर मुकुट पहने और बायें हाथ में भगवा ध्वज पकड़े भारत माता, तथा संघ-पिता की फ्रेम में जड़ी तस्वीरों के बीच ठसाकर रखे गये माँ सरस्वती के चित्र पर आमन्त्रित कवियों द्वारा गुलाब की पंखुड़ियाँ अर्पित की गयीं। इसके उपरान्त दीप प्रज्वलित करने की रस्म पूरी करने के साथ सरस्वती-वन्दना के लिए संचालक ने राष्ट्रवादी कवि समदर्शी सोमरस को आमन्त्रित किया। सोमरस अपने स्थान से खड़ा होकर बड़ी अदा के साथ डायस पर आने से पहले, अपने राष्ट्रवाद का प्रमाण देने की ग़रज़ से वह छोटे-छोटे क़दमों से बब्बर शेर की पीठ से टेक लगाये भारत माता, संघ-पिता और उनके बीच रखी माँ सरस्वती के चित्र के पास आया तथा उन्हें नमन किया।

ऐसे अवसरों पर अक्सर गायी या पढ़ी जानेवाली सरस्वती-वन्दना के रूप में सूर्यकान्त त्रिपाठी निराला की चिर-परिचित कविता *वर दे, वीणावादिनि वर दे!* के पाठ की सावरकर सदन प्रतीक्षा करने लगा। डायस पर आने के बाद समदर्शी सोमरस ने काग़ज़ का एक पुर्ज़ा खोल लिया। मन-ही-मन अधिकतर श्रोता *वर दे, वीणावादिनि वर दे* के आगे की पंक्तियों को दोहराने का अभ्यास कर ही रहे थे, कि अचानक राष्ट्रवादी कवि के श्रीमुख से निकली *या कुन्देन्दुतुषारहारधवला या शुभ्रवस्त्रावृता। या वीणावरदण्डमण्डितकरा या श्वेतपद्मासना॥* को सुनते ही पूरे सावरकर सदन के श्रोता हैरान-परेशान कि अपने सूर्यकान्त त्रिपाठी निराला ने इस कविता को कब रच दिया? लेकिन जैसे-जैसे सरस्वती-वन्दना की पंक्तियाँ आगे बढ़ने लगीं, सबने यह सोचकर मन को तसल्ली दे ली कि कवि का क्या है। वह कुछ भी लिख सकता है। इसके बाद श्रोताओं और काव्य-प्रेमियों को जिस घड़ी का इन्तज़ार था, अन्तत: वह घड़ी आ गयी और शुरू हो गया विधिवत् काव्य-पाठ।

बालकनी में बैठे डॉ. मंसूर आलम के कानों में एक के बाद एक कवियों द्वारा पढ़ी गयी कविताओं की विशृंखलित पंक्तियाँ और उनके एक-एक शब्द कसैली बूँदों की तरह टपकने लगे।

कई कवियों के निपटने के बाद मंच संचालक ने कविताओं के नाम पर सस्ती तुकबन्दियों के बीच, पुनः राष्ट्रवादी कवि समदर्शी सोमरस को कविता-पाठ के लिए आमन्त्रित किया।

"बन्धुओं, मैं सर्व प्रथम राष्ट्रीय स्वयंसेवक संघ के संस्थापक परम पूजनीय, आदरणीय संघ-पिता श्रीश्री डॉक्टर केशवराव बलिराम हेडगेवार के सादर जन्मदिवस पर, उनके चरणों में अपनी यह स्व-रचित कविता प्रस्तुत करता हूँ–

श्रद्धा से हम आज तुम्हारे सम्मुख मस्तक-नत हैं।
कर्मयोगी हे केशव, नमन तुम्हें शत-शत है।।

स्थानीय कॉलेज में हिन्दी पढ़ानेवाले राष्ट्रवादी कवि की इस तथाकथित स्वरचित कविता ने कवि सम्मेलन में मानो प्राण फूँक दिये। उनकी इस कविता का तालियों से जिस तरह स्वागत हुआ, उससे सोमरस इतना अभिभूत और उत्साहित हो गया कि लगे हाथ, संघ के संस्थापक की शान में एक और कविता पढ़ डाली–

वीर केशव आये थे हमको जगाने के लिए,
हत-भाग्य हिन्दू राष्ट्र को फिर से उठाने के लिए।

लगभग वीर-रस से ओत-प्रोत इस कविता को सुन पूरा हाल झूम उठा। श्रोताओं के रूप में अधिकतर इस्माईलपुर नगर टोली के स्वयंसेवकों ने किलकते हुए जिस तरह राष्ट्रवाद के घूरे में छिपे इस कवि की बलाएँ लीं, और उसके स्वागत में करतल ध्वनियों की मूसलाधार बारिश की, उसमें भीगे समदर्शी सोमरस का उत्साह मानो सातवें आसमान पर चढ़ गया। इसका परिणाम यह हुआ कि अब सोमरस सातवें आसमान से नीचे ज़मीन पर उतरने को तैयार न हो। हारकर ज़िला प्रचारक को कवि सम्मेलन के संचालक के हाथों एक पुर्ज़ा भिजवाना पड़ा कि महाराज बहुत हो गया। जैसे ही पुर्ज़ा सोमरस के पास पहुँचा, उस पर लिखे वाक्य को पढ़ उसकी लय बिगड़

गयी। उसने आनन-फानन में हिन्दूवादी राष्ट्रवाद को निपटाया और उत्साह की लरज़ती शाखाओं से नीचे उतर, बे-मन से *भारत माता की जय* बोल अपने स्थान पर आकर बैठ गया।

राष्ट्रवादी कवि सम्मेलन अब अपने अन्तिम चरण में प्रवेश कर चुका है। राष्ट्रवादी कविताओं से उकता चुके राष्ट्रवादी श्रोताओं को जिस पल का इन्तज़ार था, आख़िर वह पल भी आ गया। अर्थात् जैसे ही संचालक डायस पर आकर मुस्कराया, अधिकतर ऊँघते श्रोता समझ गये कि असली कवि सम्मेलन का तो अब आयेगा मज़ा।

"अब मैं बिना किसी भूमिका के हिन्दी कविता के उस कोहिनूर को आमन्त्रित कर रहा हूँ, जिसकी प्रतीक्षा में आप पलक-पाँवड़े बिछाकर बैठे हुए हैं...और जिसकी कविताओं के बिना हिन्दी साहित्य अधूरा है...तो स्वागत है, आज के मुख्य आकर्षण और युवा दिलों पर राज करनेवाले युग-कवि मस्तराम जी का!"

मस्तराम का नाम सुनते ही पूरा सावरकर सदन तालियों की गड़गड़ाहट से गूँज उठा। हालाँकि अपने मस्तराम जी ने अभी कोई कविता नहीं सुनायी है, किन्तु कुछ श्रोताओं की उसकी शक्ल देखते ही हँसी छूट गयी। देर तक उसने कोई कविता नहीं सुनायी। इस बीच मस्तराम की शक्ल और भाव-भंगिमाओं पर जब-जब श्रोताओं की नज़र पड़ती, उनकी हँसी छूट जाती। बड़ी मुश्किल से सदन में शोर थमा। कवि मस्तराम ने अपने से पूर्व कविता पढ़ चुके अन्य कवियों की तरह न केवल भारत माता और संघ-पिता को विनम्र सम्मान दिया, बल्कि बेहद सधे हुए शब्दों में बोलना शुरू किया, "मेरे सामने बैठे श्रोतागण, जैसाकि आज हिन्दू नववर्ष और संघ-पिता का जन्मदिन है, इसलिए इस अवसर पर आज मैं उनकी शान में अपनी कुछ राष्ट्रवादी कविताएँ ही सुनाऊँगा।"

इसके बाद हिन्दी कविता के कोहिनूर, आज के मुख्य आकर्षण और युवा दिलों पर राज करनेवाले युग-कवि मस्तराम, जिसको सुनने के लिए पूरा सावरकर सदन बेचैन है, उसने जैसी भौंड़ी और द्विअर्थी कविताएँ सुनानी शुरू कीं, उन्हें सुनते हुए पूरे हिन्दुत्व और राष्ट्रवाद के पेट में हँसते-हँसते बल पड़ गये। ठहाकों से सदन की दीवारें थरथराने लगीं। समदर्शी सोमरस और

दूसरे राष्ट्रवादी कवियों की तुकबन्दियों को सुन, जिन श्रोताओं के पेट में मारे मितली और अपच के मरोड़े शुरू हो गये थे, मस्तराम की कविताओं को सुन वे एकदम दुरुस्त हो गये।

लगभग आधी रात तक चले इस राष्ट्रवादी कवि सम्मेलन का समापन इन उद्घोषों के साथ हुआ–*संघे शक्ति कलौयुगे, कौन जीता कौन जीता संघ जीता संघ जीता, भारत माता की जय, वन्दे मातरम!*

ग्रिल से डॉ. मंसूर आलम ने जब देखा कि सदन से लोगों ने बाहर आना शुरू कर दिया है, वह समझ गया कि सचमुच अब कवि सम्मेलन समाप्त हो गया है।

अगले कई दिनों तक शिवालय मण्डल की शाखा में इस कवि सम्मेलन की चर्चा होती रही। हिन्दी कविता के कोहिनूर और युवा दिलों पर राज करनेवाले युग-कवि मस्तराम की द्विअर्थी भौंड़ी और फूहड़ कविताओं की तो चर्चा हुई ही, बल्कि राष्ट्रवादी कवि समदर्शी सोमरस की संघ-पिता की स्तुति में लिखी गयी तथाकथित स्व-रचित कविताओं को भी बहुत सराहा गया। इस क़दर सराहा जाने लगा कि पहले जहाँ वह यदा-कदा शाखा में दिखाई देता था, अब प्रतिदिन आने लगा है।

सन्देह तो बारहवीं फेल नगर कार्यवाह रुद्रपाल को उसी दिन हो गया था, जब उसने हिन्दू नववर्ष के अवसर पर संघ-पिता की स्तुति में राष्ट्रवादी कवि समदर्शी सोमरस द्वारा सुनाई गयी, उसकी तथाकथित स्व-रचित कविताओं को सुना था। परन्तु उस दिन वह पूरी तरह आश्वस्त नहीं था कि इससे पहले उसने इन्हें कहाँ सुना अथवा पढ़ा है। कई दिनों तक नगर कार्यवाह याद करने की कोशिश करता रहा कि इन कविताओं को उसने कहाँ पढ़ा है? हिम्मत कर एक दिन उसने अपने छोटे-से राष्ट्रवादी पुस्तकालय को खँगालना शुरू कर दिया। कहते हैं कि मूडी को टक्कर और शक्करखोरे को शक्कर मिल ही जाती है। यही हुआ। अपने पुस्तकालय की संघ से सम्बन्धित पुस्तकों को खँगालने के दौरान अन्ततः सफलता उसके हाथ लग ही गयी। निजी पुस्तकालय में मिली एक जानी-पहचानी पुस्तिका को कपड़े से उसने साफ़ किया और उसे ध्यान से पढ़ने लगा। इधर वह इस पुस्तिका की कविताओं को पढ़ता गया,

उधर राष्ट्रवादी कवि सम्मेलन में समदर्शी सोमरस द्वारा सुनाई गयी उसकी तथाकथित स्व-रचित कविताओं की मौलिक पंक्तियाँ कानों में गूँजने लगीं।

शाखा विकिर के बाद अगले दिन शिवालय मण्डल की शाखा के सभी पदाधिकारी, और अब शाखा में लगातार आनेवाले समदर्शी सोमरस सहित अन्य स्वयंसेवकों के बीच बातों-बातों में एक बार फिर हिन्दू नववर्ष के दिन हुए कवि सम्मेलन की चर्चा चल पड़ी। जैसे ही यह चर्चा छिड़ी रुद्रपाल ने बड़ी गम्भीरता के साथ हल्के से समदर्शी सोमरस से कहा, "प्रोफ़ेसर साब, आपकी कविताएँ सुनकर उस दिन आनन्द आ गया।"

"आप सही कह रहे हैं रुद्रपाल जी। मुझे तो इनकी दूसरी कविता वो क्या नाम था, कि *वीर केशव आये थे हमको जगाने के लिए* पूरी कण्ठस्थ भी हो चुकी है।" मुख्य शिक्षक भरत प्रसाद चहकते हुए अपने नगर कार्यवाह की बात को आगे बढ़ाते हुए बोला।

"वैसे एक बात बताइए, आपने ये कविताएँ जो उस दिन सुनायी थीं, स्वयं लिखी हैं?" रुद्रपाल ने कुटिल मुस्कान के साथ पूछा।

"मेरी ये कविताएँ बहुत पुरानी हैं। मैं जब बचपन में शाखा जाता था, इन्हें तब लिखा था...अब सोच रहा हूँ कि इन कविताओं का एक संग्रह ही प्रकाशित करा लूँ।"

"किन्तु मुझे ऐसा क्यों लग रहा है कि मैं इन कविताओं को इससे पहले भी कहीं सुन या पढ़ चुका हूँ।"

"हो सकता है किसी सम्मेलन में सुनी हों!" इस बार पारस जैन ने अनुमान लगाते हुए कहा।

"वो क्या है कि मुझे कवि सम्मेलनों के निमन्त्रण मिलते रहते हैं...इसलिए वहाँ सुन ली होंगी।" समदर्शी सोमरस बड़े आत्मविश्वास के साथ बोला।

समदर्शी सोमरस के इस आत्मविश्वास को देख, एक बार तो रुद्रपाल के मन में आया, कि वह इसी समय इसके राष्ट्रवाद को सबके सामने बे-पर्दा कर दे। मगर यह सोचकर चुप लगा गया कि यह अशिष्टता होगी।

कुछ देर बाद जब समदर्शी सोमरस अपनी दिशा में बढ़ गया, तब रुद्रपाल ने इस रहस्य से परदा उठाया, "पारस जी, ये कविताएँ जिन्हें हमारे प्रोफ़ेसर साब अपनी बता रहे हैं, ये इनकी हैं ही नहीं!"

"यह आप क्या कह रहे हो रुद्रपाल जी?" इन्दरजीत ने चौंकते हुए पूछा।

"मैं एकदम सही कह रहा हूँ। ये चुराई हुई हैं। आपको विश्वास नहीं है तो यह देखिए!" इतना कह रुद्रपाल ने अपने थैले से एक पुस्तिका निकाली, और उसे सभी को दिखाते हुए बोला, "इसमें से चुराई हैं!"

एक जानी-पहचानी सी पुस्तिका को रुद्रपाल के हाथों में देख सबको आश्चर्य हुआ।

"इसे तो आप सब जानते ही हैं?" रुद्रपाल ने सबसे पूछा।

"यह तो सरल गीतों का संग्रह *मातृ वन्दना* ही है न?" शकुनि ने पूछा।

"बिल्कुल वही है जिसे दिल्ली के करोलबाग स्थित झण्डेवालान मन्दिर के पास अपने केशव कुंज के सुरुचि प्रकाशन ने छापा है।"

इस रहस्योद्घाटन के बाद किसी को अपने कानों पर विश्वास नहीं हुआ, कि एक स्थानीय महाविद्यालय में हिन्दी पढ़ानेवाला एक तथाकथित राष्ट्रवादी प्रोफ़ेसर यह कृत्य भी कर सकता है।

"यह देखिए, पृष्ठ निन्यानवे पर वही गीत छपा हुआ है कि *वीर केशव आये थे हमको जगाने के लिए।* अगले पृष्ठ पर दूसरा गीत है। सन्देह तो मुझे उसी दिन हो गया था जब इसने पहला गीत, अपनी कविता बताकर सुनाया था। पूरा विश्वास तब हो गया था जब यह एक के बाद एक इस संग्रह के गीत पेले जा रहा था। लेकिन मैं उस समय पूरी तरह आश्वस्त नहीं था कि मैंने इन्हें कहाँ पढ़ा है? पता है इस चक्कर में मैंने अपनी सारी पुस्तकों को उलट-पुलट दिया, तब जाकर यह पुस्तिका मुझे मिली।"

"बताइए, यह हालत है हमारे हिन्दी के अध्यापकों की। दूसरों की रचनाओं को अपने नाम से चुरा-चुराकर पढ़ते हैं। एक बात कहूँ, मुझे तो यह प्रोफ़ेसर भी फर्जी लगता है!" ज़िला कार्यवाह इन्दरजीत ने जिस हिक़ारत भरे भाव के साथ यह सब कहा, उससे साफ़ नज़र आ रहा है कि उसके अन्दर हमारे अध्यापकों के प्रति कितना सम्मान है।

"छोड़ो साहब, हमें कौन-सा इनसे ट्यूशन लेनी है! हमें तो अपनी शक्ति बढ़ाने से मतलब है। मुझे तो अपने पारस जी का यह सिद्धान्त बढ़िया लगा कि संगठन की मजबूती और ताकत बढ़ाने के लिए पात्र-कुपात्र, योग्य-अयोग्य

नहीं देखा जाना चाहिए। उसके लिए संख्या बल भी मायने रखता है।" शाखा कार्यवाह शकुनि आर्य ने बात समाप्त करते हुए कहा।

"सही कहा था पारस जी ने। वैसे भी हमारा नारा है कि *संघठन* में शक्ति है।" ज़िला कार्यवाह इन्दरजीत ने भी शकुनि आर्य से सहमति जतायी।

अरिहन्त कोल्डड्रिंक्स डिस्ट्रीब्यूटर के मालिक और वर्तमान में इस्माईलपुर नगर टोली के सह कार्यवाह पारस जैन के कथन को, जिस समय शाखा कार्यवाह और शकुनि आर्य ने उद्धृत किया, उस समय पारस जैन का सीना मारे गर्व के चौड़ा होता चला गया।

33

हिन्दू नववर्ष के बाद आशियाना अपार्टमेंट के इतिहास में एक बड़ी घटना घटी।

रामप्रसाद सुमन, मख़दूम चिराग़, मुंशीलाल रहबर जैसे पुराने तरक़्क़ीपसन्दों ने जिस अपार्टमेंट की नींव रखी थी, जिसके कम्युनिटी हाल अर्थात् *प्रेमचन्द सदन* में प्रेमचन्द की छोटी-छोटी झबरीली मूँछोंवाले रेखाचित्र लगवाये थे। जिस प्रेमचन्द सदन के मंच पर कभी जलती हुई शमअ के रेशमी उजाले में ग़ज़लों और गीत-कविताओं की पंक्तियाँ गूँजती थीं, उसी अपार्टमेंट के परिसर में रामप्रसाद सुमन के सुपुत्र जयप्रकाश सिन्हा की देखरेख में प्रतिदिन सावरकर नाम की शाखा लगने लगी है। इतना ही नहीं प्रत्येक रविवार को *नव-दुर्गा वाहिनी* से जुड़ी स्थानीय वीरांगनाएँ भी एकत्रित होने लगी हैं।

शाखा में एक तरफ़ जहाँ आशियाना सहित आसपास की सोसाइटीज़ के बाल और तरुण गण बड़े उत्साह के साथ भाग लेने लगे हैं, वहीं *नव-दुर्गा वाहिनी* में बड़ी संख्या में किशोर बच्चियाँ भी आने लगी हैं। इस नयी शाखा के शिक्षक की ज़िम्मेदारी आर्यावर्त शाखा के सबसे अनुभवी स्वयंसेवक कमल गुप्ता को सौंपी गयी है, तो *नव-दुर्गा वाहिनी* का दायित्व फ़िलहाल पारस जैन की धर्म पत्नी मन्थरा, जिसे राजू अपार्टमेंटवाली आंटी कहकर बुलाता है, और उसकी सखी यानी शकुनि आर्य की पत्नी श्रीमती मंजू सिंगला ने सँभाला हुआ है। इन दोनों को दायित्व सौंपने का एक लाभ यह हुआ कि मिसेज़ मेहता,

मिसेज़ गुप्ता, मिसेज़ शर्मा सहित अन्य मिसेज़ जो अभी तक व्हाट्सएप ग्रुप से जुड़ी हुई थीं, वे भी आने लगी हैं। इस तरह जिस आशियाना के परिसर में मुंशीलाल रहबर, मख़दूम चिराग़ और रामप्रसाद सुमन ने अपने जैसे हम-ख़यालों के साथ मिलकर जिन पौधों को सींचा था, और धीरे-धीरे दरख़्त बनते जिनकी शाखाओं पर कभी सुबह की वेला में बुलबुल, कोयल, नीलकण्ठ, गौरैया या फ़ाखतों का मंगल-गान गूँजता था; अब उनकी जगह *जयकारा वीर बजरंगी, हर-हर-महादेव, जय शिवाजी, जय भवानी* और *हिन्दू वीर कैसा हो, वीर शिवाजी जैसा हो* जैसे कर्णभेदी उद्घोषों ने ले ली।

बीच-बीच में इन नये-नये राष्ट्रवादी छौनों का मार्गदर्शन करने नगर टोली के पदाधिकारियों में से कभी ज़िला कार्यवाह आ जाता, तो कभी नगर कार्यवाह। कभी इन्दिरा कॉलोनी की अम्बेडकर शाखा का शिक्षक चक्कर लगा जाता, तो कभी मण्डल कार्यवाह आ जाता। शिवालय मण्डल की शाखा का शाखा कार्यवाह और सह नगर कार्यवाह तो पास में होने के कारण चला ही आता है।

नगर टोली की मासिक बैठक में सभी शाखाओं की समीक्षा करने के दौरान एक बात यह निकलकर आयी कि चहुँओर, *हर घर भगवा* अर्थात् *भगवा दिवस* के दिन निभायी गयी दो स्वयंसेवकों की भूमिका की बहुत सराहना हो रही है। जिस तरह इन दोनों ने मिलकर एक निपुण हरावल की तरह भगवा दस्तों का नेतृत्व करते हुए, आशियाना अपार्टमेंट के हर घर के बाहर भगवा ध्वज लगाये, उसकी आशियाना में ही नहीं अन्य सोसाइटियों में भी भूरि-भूरि प्रशंसा हो रही है।

"जयप्रकाश जी, आप तो आशियाना अपार्टमेंट के स्थायी निवासी हैं, क्या आपको भी इन दोनों के बारे में कुछ प्रतिक्रिया मिली?" रुद्रपाल ने जयप्रकाश सिन्हा से पूछा।

"भाई जी, पूरे आशियाना में इन्हीं की चर्चा है। मेरी पत्नी तो यहाँ तक बता रही थी कि अपना जो राजू है न, वह तो हमारे घर के पासवाले दरवाज़े पर देर तक जय श्रीराम के नारे लगाता रहा। यह तो ग़नीमत थी कि उस घर से कोई बाहर निकलकर नहीं आया, वरना वह उसके गले में भी भगवा गमछा डाल आता।" जयप्रकाश सिन्हा राजू की प्रशंसा करते हुए बोला।

"गले में भगवा गमछा डाल आता! क्या उस घर के मुखिया को इस आयोजन में आमन्त्रित नहीं किया गया था?" इन्दरजीत ने आश्चर्य प्रकट करते हुए पूछा।

"नहीं।" जयप्रकाश मुस्करा कर रह गया।

"क्यों, क्या उसने आने से मना कर दिया था?"

"उसे आमन्त्रित ही नहीं किया गया था।"

"आमन्त्रित नहीं किया गया...मैं कुछ समझा नहीं...जब सारे मुखियाओं को..."

"जयप्रकाश जी, बात की क्यों जलेबी बना रखी है। साफ-साफ क्यों नहीं बता देते कि वह मुसलमान है!" ज़िला कार्यवाह की बात बीच में काटते हुए पारस जैन ने आमन्त्रित न करने की असली वजह बता दी।

"अच्छाऽऽऽ...तो यह बात है! फिर तो राजू ने सही किया।"

"वह तो यह भी बता रही थी कि जिस समय राजू और उसका कोई साथी वीर शिवाजी की तरह उसके घर के बाहर झण्डा टाँग रहे थे, वह दृश्य देखनेवाला था। वह तो उस पल को जब-जब याद करती है मारे खुशी के फूली नहीं समाती है।" राजू के इस कोई साथी से जयप्रकाश की पत्नी का आशय दलपत मीणा से था।

"कहीं यह वही मुसलमान तो नहीं है जिसका बाप उर्दू का कोई शायर-वायर था?"

"वही है।" जयप्रकाश सिन्हा बड़ी कुटिलता के साथ इस तथ्य को छिपा गया कि, शायर-वायर होने के साथ-साथ वह उसके पिताश्री रामप्रसाद सुमन का ज़िगरी दोस्त भी था।

बड़ी देर से रुद्रपाल की नज़र जयप्रकाश सिन्हा की आँखों की चमक और उसके दीप्त चेहरे पर टिकी हुई है। वह समझ गया कि इसके स्वर्गीय पिता ने इसे धर्मनिरपेक्षता, प्रगतिशीलता, थोड़ा-सा साम्यवाद और रहा-सहा वामपन्थ का जो पाठ पढ़ाया होगा, उनकी ख़ुमारी अब पूरी तरह से उतर चुकी है।

इधर शकुनि आर्य की पत्नी मंजू सिंगला का भी लगभग यही हाल है। जो मंजू सिंगला राजू को अभी तक अपना टहलुआ माने हुए थी, उसके इस पराक्रम को सुन वह भी राजू की जैसे बलाएँ लेने पर आतुर है। यदि राजू की

जाति वो नहीं होती, तो अब तक मंजू सिंगला उसके माथे पर कुमकुम का तिलक कर उसकी आरती उतार चुकी होती।

दलित-पिछड़ा-आदिवासी हिन्दू विंग के विंग कार्यवाह दलपत मीणा और राजू की सम्भावनाओं को देखते हुए यह विचार किया गया, कि ऐसे अवसरों पर इन्हें फ्रंट पर रख क्यों न इनकी इस उग्रता का भरपूर उपयोग किया जाये।

"शकुनि जी, आपका इस बारे में क्या विचार है?" इन्दरजीत ने सबसे पहले शकुनि आर्य से पूछा।

"आप सबका यह विचार अति उत्तम है। बल्कि मेरी भी राय यह है कि हमें शाखा के अतिरिक्त इन्हें कुछ दूसरे दायित्व भी सौंपने चाहिए!"

"दूसरे दायित्व! मैं कुछ समझा नहीं शकुनि जी?" रुद्रपाल ने पूछा।

"मेरे कहने का मतलब है कि इन्हें संघ के अलावा हिन्दुओं के दूसरे घटक जैसे बजरंग दल के भी कुछ दायित्व सौंप दिये जायें। ताकि ये गौ हत्या, लव जिहाद, लैंड जिहाद, मुस्लिम-ईसाई धर्मान्तरण तथा हिन्दू संस्कृति में पश्चिमी प्रभाव का खुलकर विरोध करने के साथ मुल्लों को टाइट कर सकें।"

"आपने सोची तो बहुत दूर की है शकुनि जी।" रुद्रपाल एक कुटिल मुस्कान छिड़कते हुए बोला।

"मेरा मानना है कि हमें अपने राजू का नया नामकरण भी कर देना चाहिए!"

"शकुनि जी, कहीं आपका विचार अपनी तरह राजू आर्य करने का तो नहीं है?" पारस जैन ने एक तरह से शकुनि आर्य पर कटाक्ष किया।

"पारस जी, ऐसा कुछ नहीं है जैसा आप सब सोच रहे हो। मैं सोच रहा हूँ कि इसका नाम कुछ राजू बजरंगी जैसा कर दिया जाये! आप देखते नहीं हो कि गले में चौबीस घण्टे भगवा गमछा डाल किस तरह बजरंगियों की तरह मटक-मटक कर चलता है?" शकुनि आर्य ने मुस्कराते हुए कहा।

"नाम तो आपने बहुत अच्छा सुझाया है। वैसे भी जो काम आजकल ये बजरंगी टाइप के लोग करते फिर रहे हैं, उन्हें हम जैसे लोगों को करने की जरूरत नहीं है।" इन्दरजीत ने एक तरह से शकुनि आर्य के प्रस्ताव पर मुहर लगा दी।

"नामकरण तो ठीक है लेकिन *गऊ ग्रास सेवा* कौन करेगा?"

"रुद्रपाल जी, बजरंगी का गऊ ग्रास सेवा से क्या लेना-देना है?" शकुनि ने सवाल का जवाब देने के साथ स्वयं ही इसका निदान भी सुझा दिया, "पारस जी, एक-न-एक दिन तो राजू को यह काम छोड़ना ही है। इसलिए जितने दिन वह कर रहा है, उसे करने दो!"

"ठीक है। इस रविवार को सावरकर सदन में इन दोनों का अभिनन्दन करते हुए इसकी घोषणा कर देते हैं!"

"आप भी हद करते हैं पारस जी! यह कोई सरसंघचालक की ताजपोशी है जो इनका अभिनन्दन किया जाये? ऐसा करते हैं किसी दिन सावरकर शाखा के विकिर से पहले वहीं आशियाना आरडब्ल्यूए की उपस्थिति में राजू का नामकरण कर देते हैं। ऐसा है, अभी इन लोगों को जमीन पर ही रहने दो... इतना मत चढ़ाओ कि इन्हें उतारना मुश्किल हो जाये। इनमें यह भ्रम बनाये रखो कि वो भी हमारी तरह हिन्दू हैं। जब तक इनमें यह भ्रम बना रहेगा ये हमारे काम आते रहेंगे। इन्हें दिखावटी सामाजिक सम्मान देने के नाम पर हिन्दुत्व की ओर आकर्षित करते रहना बहुत आवश्यक है। इसलिए इन्हें सवर्ण हिन्दुओं की बराबरी का सपना दिखाते रहो। लेकिन यह भी ध्यान रहे कि ये कभी संगठित नहीं हो पायें।" रुद्रपाल ने एक-एक शब्द पर ज़ोर देते हुए कहा।

"आप कह तो सही रहे हैं रुद्रपाल जी, लेकिन अभिनन्दन करने से दूर तक सन्देश जायेगा। मेरा विचार है कि इन्हें झूठा-मूठा कोई हिन्दू वीर टाइप का ओहदा दे दिया जाये। इन हरिजनों के लिए इतना ही बहुत है। इसी में ये फूलकर इतना कुप्पा हो जायेंगे कि हमारे लिए मरने-मारने को तैयार रहेंगे।" शकुनि आर्य ने रुद्रपाल की भावना और उसके विचार से सहमत होने के साथ नया प्रस्ताव दे डाला।

"आप सबका विचार है तो ठीक।" नगर टोली के पदाधिकारियों की सहमति बनने के बाद रुद्रपाल को जैसे कुछ याद आ गया, "जयप्रकाश जी, आपकी सोसाइटी में कोई मन्दिर भी है क्या?"

"इस समय कोई नहीं है।"

"फिर तुम सारे हिन्दू अपने देवी-देवताओं की पूजा-अर्चना कहाँ करने जाते हो?"

"जाटों के शिवालय में जाते हैं।"

"लेकिन वह तो थोड़ा दूर है।"

"दूर तो है, पर किया भी क्या जा सकता है।" जयप्रकाश थोड़ी निराशा के साथ बोला।

"हद है! आप कैसे हिन्दू हो जो आपका अपना कोई मन्दिर नहीं है!"

"उन लोगों ने बनवाया ही नहीं। उनका कहना था कि आदमी को इन चक्करों में नहीं पड़ना चाहिए, और फिर पूजा-पाठ व्यक्ति की निजी आस्था का सवाल है।" उन *लोगों* से जयप्रकाश सिन्हा का आशय अपने और डॉ. मंसूर आलम के स्वर्गीय पिता रामप्रसाद सुमन और मख़दूम चिराग़ से है।

"इन वामपन्थियों में यही बीमारी है। सनातन और हिन्दू धर्म इन्हें फूटी आँख नहीं सुहाता है। हिन्दुत्व और राष्ट्रवाद के इतने बड़े दुश्मन मुसलमान नहीं, जितने ये कम्युनिस्ट हैं। मेरा बस चले तो इनका पेट ही फाड़ दूँ।" कहते-कहते नगर कार्यवाह रुद्रपाल के नथुनों जैसे फटने को हो गये।

"लेकिन अब कुछ नहीं हो सकता। मन्दिर की जगह तो सोसाइटी के निर्माण के समय ही छोड़नी पड़ती है। बल्कि उसे उसी के निर्माण के साथ बनवाया जाता है।" पारस जैन ने जानकारी दी।

"अब क्यों नहीं हो सकता। यह तो सोसाइटी की आरडब्ल्यूए पर निर्भर करता है। अगर आपकी आरडब्ल्यूए चाहे तो आज ही यहाँ मन्दिर बन सकता है। जहाँ तक जगह की बात है अपना सावरकर सदन है तो सही। इसमें आपको करना क्या है, अन्दर मूर्तियाँ ही तो रखनी हैं।"

जिस रुद्रपाल का आशियाना हाउसिंग सोसाइटी से दूर-दूर तक कोई वास्ता नहीं है, वह उसके कम्युनिटी हाल यानी पूर्व के प्रेमचन्द सदन और आज के सावरकर सदन, जिस पर बड़ी चालाकी से क़ब्ज़ा किया गया है, उसे *अपना सावरकर सदन* कह रहा है। उसी सावरकर सदन में मूर्तियाँ रख मन्दिर बनाने का सरल उपाय बता रहा है।

"हाँ, यह हो सकता है। वैसे भी अब यहाँ कौन-से कवि सम्मेलन और मुशायरे होते हैं...यूँ भी तो खाली पड़ा रहता है। यह तो शाखा का कार्यालय बनने से इसमें रौनक लौट आयी वरना इसमें कोई झाँकता भी नहीं था। रही बात राजू की तो उसे मैं कहीं और फिट कर दूँगा।" नगर कार्यवाह के बताये गये रास्ते का समर्थन करते हुए शकुनि आर्य ने आशियाना आरडब्ल्यूए के

महासचिव जयप्रकाश सिन्हा का काम आसान कर दिया।

"लेकिन शाखा के कार्यालय का क्या होगा?" मुख्य शिक्षक भरत प्रसाद ने वही सवाल किया, जो इस समय सभी माँ भारती के दूसरे उपासकों के मन में कुलबुला रहा है।

"भरत जी, शाखा के कार्यालय से अधिक इस समय सोसाइटी में मन्दिर का होना जरूरी है। हम हिन्दुओं के लिए एक मन्दिर ही तो है, जो हमारी पहचान और आस्था का सूचक है। बिना मन्दिर कैसी आस्था और कैसी हिन्दू पहचान! मुझे तो आश्चर्य हो रहा है कि ये कैसे सनातनी और हिन्दू हैं जो बिना मन्दिर के जी रहे हैं। इन्हें तो हिन्दू कहना भी धिक्कार है!" बारहवीं फेल नगर कार्यवाह रुद्रपाल ने जयप्रकाश सिन्हा के स्वाभिमान और आत्मसम्मान को धिक्कारते हुए कोंचा।

जयप्रकाश सिन्हा एकदम चुप। उसे पहली बार अपने हिन्दू होने पर आज गर्व से अधिक शर्मिन्दगी महसूस हो रही है कि काश, यह धरती फट जाये और जिस तरह माता सीता उसमें समा गयी थी, वह भी समा जाये। उसने मन-ही-मन प्रण ले लिया कि चाहे धरती इधर से उधर हो जाये, आसमान और पर्वतों के टुकड़े-टुकड़े हो जायें, नदियों और समुद्रों में प्रलय आ जाये, सावरकर सदन में मन्दिर को बनने से अब कोई माई का लाल नहीं रोक सकता। वह आज ही आरडब्ल्यूए के सामने इस प्रस्ताव को रखेगा।

कुछ पलों की चुप्पी के बाद रुद्रपाल ने पहले इधर-उधर देखा, और फिर सबको सुनाते हुए बोला, "शाखा कार्यालय का क्या! जैसे इस सोसाइटी के इस हाल में शाखा कार्यालय बन गया, उसी तरह कहीं और बन जायेगा।"

"रुद्रपाल जी का कहना एकदम सही है। शाखा कार्यालय को तो कहीं और बना लेंगे...और वैसे भी इसमें राजू ही तो रहता है। जहाँ तक इसमें रखे दण्डों और बच गये झण्डों-गमछों की बात है, वे एकाध दिन में इधर-उधर बँट जायेंगे। ऐसा अवसर बार-बार नहीं आयेगा। इनकी सोसाइटी के हिन्दू इस समय पूरे जोश में हैं। मुझे नहीं लगता कोई मन्दिर का विरोध करेगा।" ज़िला कार्यवाह इन्दरजीत ने जयप्रकाश सिन्हा की बची-खुची दुविधा का हल भी सुझा दिया।

"तो फिर ठीक है ऐसा करते हैं एकाध दिन में दलपत मीणा और राजू को

गमछा पहनाकर अभिनन्दन जैसा कुछ कर देते हैं।" रुद्रपाल ने यह कहकर सभा विसर्जित कर दी। उसने आशियाना रेजिडेंट वेलफेयर एसोसिएशन के महासचिव को अधिक सोचने का समय देना उचित नहीं समझा।

वापस लौटते हुए जयप्रकाश पूरे रास्ते इसी पर विचार करता रहा, कि वह आरडब्ल्यूए मीटिंग में इस मन्दिर के प्रस्ताव को कैसे रखेगा? यदि सचमुच एसोसिएशन के किसी सदस्य ने इसका विरोध कर दिया, तब क्या होगा? हालाँकि एक रास्ता है जिसका इस्तेमाल किया जा सकता है और वह है सारे हिन्दुओं का जोश। यदि उसने यह कार्ड चल दिया, तो कोई इसका विरोध नहीं करेगा। परन्तु अगले ही पल उसने सोचा कि अक्सर ऐसे जोश तात्कालिक होते हैं। ये कब उठते हैं और कब पानी के बुलबुलों की तरह बैठ जाते हैं, पता नहीं चलता। वैसे भी हिन्दू नववर्ष को बीते कई महीने हो गये हैं। पता नहीं सोसाइटी के हिन्दुओं में वह जोश अब तक बचा भी होगा, या नहीं? हाँ, रुद्रपाल के इस तर्क में उसे वज़न दिखाई दिया, जिसमें उसने कहा था कि हम हिन्दुओं के लिए एक मन्दिर ही तो है जो हमारी पहचान और आस्था का सूचक है। बिना मन्दिर कैसी आस्था और कैसी हिन्दू पहचान। वह रुद्रपाल के इन शब्दों का हू-ब-हू इस्तेमाल कर एसोसिएशन को राज़ी कर सकता है। और फिर शकुनि आर्य ने भी तो कहा है कि अब यहाँ कौन-से कवि सम्मेलन और मुशायरे होते हैं। वैसे भी तो यह यूँ ही ख़ाली पड़ा रहता है।

घर पहुँचते-पहुँचते आशियाना रेजिडेंट वेलफेयर एसोसिएशन के महासचिव और जाने-माने कवि रामप्रसाद सुमन के सुपुत्र जयप्रकाश सिन्हा का निश्चय मज़बूत चट्टान-सा दृढ़ बन गया।

घर पहुँचते ही रेजिडेंट वेलफेयर एसोसिएशन के महासचिव जयप्रकाश सिन्हा ने एसोसिएशन के सभी सदस्यों को फोन किया, और उन्हें शाम को खाना खाने के बाद सावरकर सदन में एक एमरजेंसी मीटिंग के लिए आने को कह दिया। एकाध सदस्य ने अचानक बुलायी गयी इस मीटिंग के बारे में जानने की कोशिश की, तो कह दिया कि वहीं पता चल जायेगा।

आरडब्ल्यूए के दूसरे सदस्यों अध्यक्ष नेमचन्द शर्मा, आरडब्ल्यूए उपाध्यक्ष श्यामलाल वर्मा और ट्रेज़रार अर्थात् आरडब्ल्यूए कोषाध्यक्ष डी.एन. भार्गव का तो पता नहीं, परन्तु उसके महासचिव यानी जयप्रकाश सिन्हा को शाम लेनी भारी हो गयी। अन्ततः शाम हुई और दिये गये समय पर एक-एक कर सारे सदस्य भी आ गये।

हल्की गर्मी होने के कारण राजू ने हाल के सारे पंखे चला दिये।

"हाँ जी, सिन्हा जी ऐसी क्या आफत आ गयी जो इतने शोर्ट नोटिस पर यह मीटिंग बुलायी है?" माथे पर चू आये पसीने को पोंछते हुए आरडब्ल्यूए अध्यक्ष नेमचन्द शर्मा ने पूछा।

"बात यह है शर्मा जी कि आज संघ के लोगों ने मुझे बहुत भला-बुरा कहा। इतना ही नहीं एक ने तो यहाँ तक कह दिया, कि हमें तो हिन्दू कहना भी धिक्कार है! पता नहीं ये कैसे सनातनी हैं!"

"ऐसा हमने क्या कर दिया जो आपके ये संघवाले हमें इस तरह कोस रहे हैं? उनके कहने पर हमने कितने धूमधाम से हिन्दू नववर्ष मना दिया... पूरी सोसाइटी में घर-घर भगवे झण्डे टँगवा दिये...और तो और सोसाइटी में शाखा भी शुरू करवा दी? इतना सब करने के बाद भी उन्हें हमारे हिन्दू होने पर शक हो रहा है?"

"इसकी तो वे सभी बड़ी प्रशंसा कर रहे हैं। बात दूसरी है और वह यह कि..." आरडब्ल्यूए महासचिव जयप्रकाश सिन्हा ने जान-बूझकर बात अधूरी छोड़ दी।

"वही तो मैं पूछ रहा हूँ कि ऐसी वह कौन-सी बात है, जिसकी वजह से हमारे हिन्दू होने पर ही सवाल उठ गया?" आरडब्ल्यूए अध्यक्ष शर्मा ने इस बार तल्ख़ी के साथ पूछा।

"बात यह है शर्मा जी कि हमारी सोसाइटी में अपना कोई मन्दिर नहीं है। इसलिए उन्होंने कहा कि तुम कैसे हिन्दू हो, जो बिना मन्दिर के जी रहे हो। हम हिन्दुओं के लिए एक मन्दिर ही तो है जो हमारी पहचान है। बिना मन्दिर कैसी आस्था और कैसी हिन्दू पहचान।"

आरडब्ल्यूए महासचिव जयप्रकाश सिन्हा ने जिस अपराध-बोध के साथ आशियाना अपार्टमेंट में मन्दिर न होने की पीड़ा व्यक्त की, उसे सुन एक पल

के लिए पूरी आरडब्ल्यूए के बीच ख़ामोशी छा गयी। तुरन्त किसी से कुछ भी कहते नहीं बना।

बमुश्किल आरडब्ल्यूए अध्यक्ष के मुँह से निकला, "बात तो उन्होंने सोलह आने सही कही है। इस कमी को तो मैं भी महसूस करता हूँ कि अपना कोई मन्दिर होना चाहिए।"

"होना तो चाहिए लेकिन जब नहीं है तो क्या किया जाये?" उपाध्यक्ष श्यामलाल वर्मा ने निराशा के साथ पूछा।

"मैं तो कहता हूँ कि हमें शीघ्र ही प्रस्ताव पास कर अपनी सोसाइटी में मन्दिर निर्माण की पहल शुरू कर देनी चाहिए।" ट्रेज़रार अर्थात् आरडब्ल्यूए कोषाध्यक्ष डी.एन. भार्गव ने एक तरह से अपना फ़ैसला सुना दिया।

"भार्गव जी, पहल तो शुरू हो जायेगी लेकिन उसे कहाँ बनना है...कब तक बनना है...और कहाँ से उसके लिए धन आयेगा, सवाल उसका है। खाली प्रस्ताव पास करने से बात नहीं बननेवाली। मन्दिर क्या बातों से बन जायेगा?" आरडब्ल्यूए महासचिव जयप्रकाश सिन्हा ने बड़ी चतुराई के साथ फन्दा कसते हुए कहा।

कोषाध्यक्ष डी.एन. भार्गव की जैसे बोलती बन्द हो गयी। एसोसिएशन का ट्रेज़रार होने के नाते तुरन्त उसका ध्यान आरडब्ल्यूए के खाते में पड़ी मात्र पाँच लाख की राशि पर गया। वह आगे इसलिए नहीं बोला कि जितनी राशि एसोसिएशन के कोष में पड़ी है, उससे मन्दिर थोड़े ही बन जायेगा।

"फिर इसका क्या इलाज हो सकता है?" अध्यक्ष नेमचन्द शर्मा ने अपने महासचिव की आँखों में झाँकते हुए पूछा।

"एक इलाज है पर वह कुछ टेढ़ा है। पता नहीं आप सब इस पर राजी होंगे या नहीं?"

"आप बताइए तो सही!" आरडब्ल्यूए अध्यक्ष ने उचकते हुए पूछा।

"आप इसे इलाज कहिए या उपाय और वह यह कि..." इसके बाद आरडब्ल्यूए महासचिव जयप्रकाश सिन्हा ने वही इलाज़, उपाय, तरीक़ा इत्यादि-इत्यादि जो उसे शाखा में बताया गया था, सबको बता दिया।

"सिन्हा जी, नेकी और पूछ-पूछ...इस पर तो हमने कभी ध्यान ही नहीं दिया। क्यों भार्गव जी?" अपने कोषाध्यक्ष की तरफ़ पलटते हुए उपाध्यक्ष श्यामलाल वर्मा ने मुस्कराते हुए कहा।

"मेरा मानना है हमें इसमें देर नहीं करनी चाहिए। जितनी जल्दी हो सके आरडब्ल्यूए को इसमें अपने देवी-देवताओं की मूर्तियों की प्राण-प्रतिष्ठा कर देनी चाहिए।" अध्यक्ष नेमचन्द शर्मा ने भी लगभग अपनी सहमति प्रदान कर दी।

"बिल्कुल! इसमें कवि सम्मेलन-मुशायरे जरूरी हैं या अपने देवी-देवता! और फिर इसमें कुछ मूर्तियाँ ही तो लाकर रखनी हैं। इधर रखी उधर पूजा शुरू।" कोषाध्यक्ष भार्गव ने एकदम आसान रास्ता सुझा दिया।

जाने-माने कवि रामप्रसाद सुमन के सुपुत्र और आशियाना रेजिडेंट वेलफेयर एसोसिएशन के महासचिव जयप्रकाश सिन्हा का तीर एकदम निशाने पर लगा। हालाँकि जैसे-जैसे सुझाव दिये जा रहे हैं, उन्हें देखते हुए यह काम दो-चार दिन में शुरू हो सकता है। लेकिन अपना आरडब्ल्यूए महासचिव इसे और पकाना चाहता है। इसी को ध्यान में रख वह बेहद गम्भीर मुद्रा अपनाते हुए बोला, "हमें इस कार्य में इतनी जल्दबाजी नहीं दिखानी चाहिए। पहले इस पर एक सार्वजनिक सहमति बनानी होगी। उसके बाद जहाँ संगमरमर की अच्छी और सुन्दर मूर्तियाँ बनती हों, वहाँ से इन्हें लाना होगा और एक अच्छा-सा मुहूर्त दिखवाकर उनकी प्राण-प्रतिष्ठा कर देनी चाहिए।"

"अजी साहब, सहमति गयी तेल लेने। यह जो पूरी आरडब्ल्यूए बैठी है, इसके आगे किसी से सहमति लेने की जरूरत है?" आरडब्ल्यूए अध्यक्ष शर्मा का धैर्य मानो अब चूकने लगा।

"फिर भी किसी को एतराज होने लगा तोऽऽऽ..."

"आप उस मुल्ले की बात कर रहे हो! सिन्हा जी, बुरा मत मानना...सच बात यह है कि इस अपार्टमेंट में मन्दिर न बनने के लिए उस मुल्ले का बाप और आपके पिताश्री ही नेहरू-गांधी की तरह असली जिम्मेदार हैं। उन्होंने और उनके सेकूलर गिरोह ने ही यहाँ मन्दिर नहीं बनने दिया। यह मुल्ला बोलकर तो दिखाये!" डॉ. मंसूर आलम का नाम लिए बिना ट्रेज़रार भार्गव तैश में आते हुए बोला।

आशियाना रेजिडेंट वेलफेयर एसोसिएशन के महासचिव के मुँह पर अपने ही पिता और ग़ज़लगो स्वर्गीय रामप्रसाद सुमन तथा मशहूर शायर

मख़दूम चिराग़ की, जिस भाषा और बेहूदगी के साथ आरडब्ल्यूए के ट्रेज़रार भार्गव ने अपमान करते हुए कहा, उसे सुन जयप्रकाश सिन्हा को ज़रा भी बुरा नहीं लगा। वैसे इसमें बुरा लगनेवाली बात भी क्या है? ठीक ही तो कहा है भार्गव ने कि जिस तरह गांधी-नेहरू आज इस देश में पैदा हुए माहौल के लिए ज़िम्मेदार हैं, उसी तरह रामप्रसाद सुमन, मख़दूम चिराग़ और मुंशीलाल रहबर सहित कुछ दूसरे लोग आशियाना अपार्टमेंट में मन्दिर न बनने के लिए ज़िम्मेदार हैं।

"अगर पूरी आरडब्ल्यूए राजी है तो किसी से पूछने की कोई आवश्यकता नहीं है।" उपाध्यक्ष श्यामलाल वर्मा ने भी अपरोक्ष रूप से प्रस्ताव को स्वीकृति दे दी।

"फिर आनेवाले शारदीय नवरात्रों में मूर्तियों की प्राण-प्रतिष्ठा की जा सकती है। अभी कई महीने पड़े हैं। कौन-कौन सी मूर्तियाँ लानी हैं, इस बीच उन पर भी विचार कर लिया जायेगा।" कोषाध्यक्ष भार्गव ने तो समय भी बता दिया।

"यह सही रहेगा। आखिर विधि-विधान नाम की भी कोई चीज होती है। वैसे पंचांग के अनुसार शारदीय नवरात्र इस बार अश्विन माह के शुक्ल पक्ष की प्रतिपदा यानी अंग्रेजी महीने अक्तूबर की तीन तारीख से शुरू होंगे। कहते हैं कि शारदीय नवरात्र सभी नवरात्रों में सबसे अधिक पवित्र होते हैं। नौ दिन तक चलनेवाले इन नवरात्रों में पण्डालों में देवी की प्रतिमा स्थापित की जाती है। गरबा, जगराता, दुर्गा-पूजा सहित कई धार्मिक अनुष्ठान होते हैं। देवी दुर्गा अपने भक्तों पर कृपा बरसाने धरती पर आती है, और दुर्गानवमी पर माता अपने लोक लौट जाती है। इन्हीं नौ दिनों में माता ने दुष्ट महिषासुर से युद्ध किया था, और विजयदशमी पर उसका वध कर भक्तों की रक्षा की थी। मेरा विचार है कि मूर्तियों की प्राण-प्रतिष्ठा का सबसे उत्तम नवमी का दिन रहेगा।" आरडब्ल्यूए अध्यक्ष नेमचन्द शर्मा ने एक तरह से प्राण-प्रतिष्ठा का दिन निश्चित कर दिया।

"शर्मा जी, रामलीलाएँ भी तो इन्हीं नवरात्रों में होती हैं न?" श्यामलाल वर्मा ने याद करते हुए पूछा।

"हाँ। पहले नवरात्र से शुरू होकर दशहरे तक चलती हैं। कुछ जगह

दशहरे से एक दिन पहले जब रावण का वध हो जाता है, वहीं समाप्त हो जाती हैं...और कुछ जगह दशहरेवाले दिन भरत-मिलाप का भी मंचन किया जाता है...वर्मा जी, आप ऐसा क्यों पूछ रहे हैं?" अध्यक्ष ने अपने उपाध्यक्ष से पूछा।

"मैं यह सोच रहा हूँ कि यदि मूर्तियों की प्राण-प्रतिष्ठा विजयदशमी के दिन सम्पन्न की जाये तो कैसा रहेगा?"

"उससे कोई फर्क नहीं पड़ता। नवरात्रों में होना चाहिए बस...फिर चाहे वह पहले दिन हो या दशहरेवाले दिन।"

"मैं इसलिए कह रहा हूँ शर्मा जी कि अगर इस बार अपनी सोसाइटी में रामलीलाओं का मंचन भी करवाया जाये तो कैसा रहेगा?"

"विचार तो आपका बहुत अच्छा है।" आरडब्ल्यूए कोषाध्यक्ष भार्गव ने बिना एक पल गँवाये उपाध्यक्ष श्यामलाल वर्मा के प्रस्ताव पर सहमति प्रकट करते कहा।

"विचार तो अच्छा है पर इनका मंचन करेगा कौन? हमारी सोसाइटी में कलाकार हैं?" श्यामलाल वर्मा ने सवाल किया।

"ऐसा करते हैं वर्मा जी कि इस बार मंचन बाहर के कलाकारों से करवा लेते हैं। उसके बाद अपनी सोसाइटी के लड़कों को तैयार कर लेंगे...और फिर हम सबने अपने-अपने गाँव-कस्बों की रामलीलाओं में थोड़ा-बहुत रोल तो किया ही होगा। हमारा यह अनुभव कब काम आयेगा? वैसे हमारे वृन्दावन में कई मण्डलियाँ हैं जो रामलीलाओं और रासलीलाओं का मंचन करती हैं।" कहते-कहते आरडब्ल्यूए अध्यक्ष नेमचन्द शर्मा वृन्दावन की गलियों में विचरण करने लगा।

"भार्गव जी, पहले यह बताइए कि आरडब्ल्यूए के खाते में इस समय कितना पैसा पड़ा है?" उपाध्यक्ष ने कोषाध्यक्ष की ओर पलटते हुए पूछा।

"पाँच लाख के आसपास हैं।"

"तो फिर क्या परेशानी है? बाकी पैसा सोसाइटी से इकट्ठा कर लेंगे... शर्मा जी, आप तो अभी से रामलीला भूमि-पूजन और धर्म-ध्वज स्थापना की तैयारी करिए!"

"लेकिन यह रामलीला होगी कहाँ?" अध्यक्ष ने अपने उपाध्यक्ष से अन्तिम प्रश्न किया जैसे।

"वहीं हाल के बाहर, जहाँ हिन्दू नववर्ष मनाया गया था और आजकल शाखा लगती है।" उपाध्यक्ष वर्मा ने एक बार फिर अध्यक्ष सहित पूरे आरडब्ल्यूए की आशंका का समाधान कर दिया।

"एक बात और...शाखा में आज एक सुझाव और आया कि हिन्दू नववर्ष के दिन जिन दो लोगों ने अपनी सोसाइटी में हिन्दुत्व का माहौल बनाया था, क्यों न अपने यहाँ लगनेवाली शाखा में एक दिन उनका भी अभिनन्दन कर दिया जाये।" जयप्रकाश सिन्हा ने अन्त में बताया।

"कहीं आप उनकी तो बात नहीं कर रहे हैं, जिन्होंने आप वाले ब्लॉक में आपके बराबरवाले मुल्ले के घर के बाहर जोर-जोर से जय श्रीराम के नारे लगाये थे...और इनमें से एक इन दिनों हाल के पीछे बने कमरे में रहता है?"

"हाँ वही हैं।"

"लेकिन इनका इस तरह आदर-सत्कार करने की क्या जरूरत आ पड़ी? आज इनका आदर-सत्कार करने के लिए कहा जा रहा है, कल इन्हें अपने ड्राइंग रूम में बैठने के लिए कहा जायेगा।" नेमचन्द शर्मा ने बड़ी हिक़ारत के साथ कहा।

"बात तो शर्मा जी की सही है।" इसके बाद उपाध्यक्ष श्यामलाल वर्मा आगे की ओर झुका, और आसपास का जायज़ा लेने के बाद फुसफुसाते हुए बोला, "... मैंने तो सुना है कि यह कोई हरिजन वगैरा है?"

"हरिजन नहीं होता तो क्या गऊ ग्रास के नाम पर जूठन इकट्ठा करता हुआ फिरता! देखो सिन्हा जी, हिन्दुत्व अपनी जगह और जात-पात अपनी जगह। समाज में जिसकी जहाँ जगह है, वह वहीं अच्छा लगता है। हिन्दू होने के नाते उस मुल्ले के घर के बाहर जय श्रीराम के नारे लगाना अलग बात है, और बदले में इनका आदर-सत्कार करना अलग बात है।" कोषाध्यक्ष डी. एन. भार्गव ने जैसे अपने मन की बात कह दी।

"फिर क्या किया जाये?" महासचिव होने के नाते जयप्रकाश सिन्हा ने दूसरे पदाधिकारियों के ऊपर बात डालते हुए पूछा।

"उनसे कहो कि वे अपनी शाखा में ही इनका अभिनन्दन-सभिनन्दन दे दें।" नेमचन्द शर्मा ने एक तरह से अपनी मंशा जता दी।

"ठीक है। मैं कल उनको बता देता हूँ कि सोसाइटी के पदाधिकारी मन्दिर

बनाने पर तो राजी हैं, लेकिन यह अभिनन्दन का सुझाव उन्हें स्वीकार्य नहीं है।"

आशियाना आरडब्ल्यूए महासचिव जयप्रकाश सिन्हा अपनी एसोसिएशन की भावना से, इस्माईलपुर नगर टोली के पदाधिकारियों को अवगत कराने के आश्वासन के साथ घर जाने के लिए खड़ा हो गया।

34

राजू अब पहले से अधिक सक्रिय हो गया। जब तक आशियाना अपार्टमेंट में *सावरकर सदन* के दाहिने तरफ़ लगनेवाली शाखा का शिक्षक कमल गुप्ता आता, उससे पहले वह *गुरुजी* को खड़ा कर देता। बल्कि शाखा लगने से पूर्व सीटी बजाते हुए वह पूरी सोसाइटी का एक चक्कर भी मार आता, ताकि सोसाइटीवासियों को पता चल जाये कि शाखा का समय हो गया है। सीटी बजाने का विचार राजू को किसी ने नहीं दिया, बल्कि इसकी खोज उसने स्वयं की है। सोसाइटी के बाल, शिशु और तरुण स्वयंसेवकों को शाखा में बुलाने का यह एक तरीक़ा कारगर साबित हुआ। अपना जेपी अर्थात् जयप्रकाश सिन्हा जब तक अपना गणवेश धारण कर आता, शाखा शुरू हो चुकी होती।

शाखा का शिक्षक कमल गुप्ता लगनेवाली साठ मिनट की शाखा में सोसाइटी के ताज़ा-ताज़ा बाल, शिशु और कुछ तरुण माँ भारती के सपूतों को सबसे पहले हल्के-फुल्के व्यायाम कराता। इसके बाद नित्य अनिवार्य कार्यकर्मों जैसे *सूर्यनमस्कार, अमृतवचन, सुभाषित* के साथ कौटिल्य द्वारा तैयार की गयी एक अवधारणा *विजीगीषु भाव* जगाने के लिए *दौड़ और मेंढ़क, हाथी का सूँड़, नमस्कार छू, तीन पैर की दौड़, भालू युद्ध, भस्मासुर* के अलावा *मैं शिवाजी, शेर बकरी, रस्सी खींचो* जैसे खेल खिलाता।

सुबह की सैर पर जाते सोसाइटी के बूढ़े-जवान जब-जब अपनी सन्ततियों को हिन्दू बनता देखते, तो उनका सीना मारे गर्व के चौड़ा होता चला जाता। यानी जिस आशियाना में सुबह-सुबह परिन्दों की चहचहाट चारों ओर कुलाचें भरती थीं, उनकी जगह अब संघ की प्रार्थना *नमस्ते सदा वत्सले मातृभूमे* और *भारत माता की जय* के जयकारों ने ले ली। सुबह की वेला में उगते सूरज

की जिस गुनगुनी धूप में *राम-राम, राधे-राधे, नमस्कार* और अन्य पारम्परिक अभिवादनों के स्वर कानों के परदों को गुदगुदाते थे; उनकी जगह अब रामानन्द सागर के सीरियल *रामायण* में गदाधारी हनुमान द्वारा बोले जानेवाले *जय श्रीराम* उद्घोष ने ले ली। जिस कल्पना और भावना के साथ आशियाना की नींव रखी गयी थी, धीरे-धीरे उसमें दरारें आनी शुरू हो गयीं। दीवारों पर चढ़ा भुरभुरा रेह लगा पलस्तर झड़ने लगा। जहाँ केवल डॉ. मंसूर आलम की बालकनी में लोहे की जालीदार ग्रिल दिखाई देती थी, अब अधिकतर बालकनी इनसे घिर चुकी हैं। आपसी भरोसा इस क़दर दरकने लगा कि अपने ही लोग सन्देह के घेरे में आने लगे। इसके संस्थापक सदस्यों रामप्रसाद सुमन, मख़दूम चिराग़ और मुंशीलाल रहबर ने कभी कल्पना भी नहीं की होगी, कि एक समय ऐसा भी आयेगा कि जिस विषबेल की लताएँ इस सोसाइटी की चारदीवारी को छू नहीं पायी थीं, वे उसकी चारदीवारी को फाँदकर उसके घरों की खिड़की-दरवाज़ों तक पहुँच जायेंगी। और आसपास की सोसाइटीज़ और उनके परिसरों में जलकुम्भी की तरह अपने पैर पसार लेंगी।

आशियाना आरडब्ल्यूए के महासचिव जयप्रकाश सिन्हा द्वारा अपनी एसोसिएशन की भावना को इस्माईलपुर नगर टोली के पदाधिकारियों तक पहुँचाने के कई दिनों बाद तक इस पर माथा-पच्ची होती रही, कि दलपत मीणा और राजू के अभिनन्दन का रूप क्या हो? इनका अभिनन्दन किया भी जाये अथवा नहीं?

अन्ततः इस दुविधा का पटाक्षेप मण्डल कार्यवाह विजयपाल सोलंकी ने ही किया, "पारस जी, इस अभिनन्दन-सभिनन्दन को मारो गोली और जैसा चल रहा है, वैसे ही चलने दो! शकुनि जी ने सही सुझाव दिया था कि इन्हें मुल्लों को टाइट करने के लिए कुछ और दायित्व सौंप दीजिए!"

"मैंने तो पहले ही कहा था कि इनमें यह भ्रम बनाये रखना जरूरी है कि वो भी हमारी तरह हिन्दू हैं। इसलिए इन्हें सवर्ण हिन्दुओं से बराबरी का सपना दिखाते रहो। लेकिन ध्यान रहे कि ये कभी संगठित नहीं हो पायें।" रुद्रपाल अपने पुराने कथनों को दोहराते हुए उनके एक-एक शब्द पर ज़ोर देते हुए बोला।

"आप कह तो सही रहे हैं रुद्रपाल जी...लेऽऽऽकिन अभिनन्दन करने से दूर तक सन्देश जाता। भले ही अपनी शाखा में भगवा गमछा और त्रिशूल से छोटा-सा सम्मान कर दिया जाता।"

"इन्दरजीत जी, सन्देश को गोली मारो! इन हरिजनों के लिए इतना ही बहुत है...जयप्रकाश जी ने अपनी आरडब्ल्यूए को मन्दिर के लिए तैयार कर लिया, यही क्या कम है?"

"रुद्रपाल जी, हमें इन्दरजीत जी की बात मान लेनी चाहिए। ये अगर कह रहे हैं तो कुछ सोच-समझकर ही कह रहे होंगे।" शाखा कार्यवाह शकुनि आर्य ज़िला कार्यवाह के तर्क से सहमत होते हुए बोला।

"तो फिर ठीक है इसी रविवार को शिवालय मण्डल की शाखा में इन दोनों को गमछा और त्रिशूल देकर इनका छोटा-सा सम्मान कर देते हैं...और वो क्या कह रहे थे शकुनि जी कि तुम्हारे नौकर राजू का नाम क्या कर दिया जाये...?" नगर कार्यवाह याद करने की कोशिश करने लगा।

"राजू बजरंगी।"

"हाँ-हाँ वही...वह भी उसी दिन कर देंगे।" इसके बाद नगर कार्यवाह रुद्रपाल ने आशियाना रेजिडेंट वेलफेयर एसोसिएशन के महासचिव जयप्रकाश सिन्हा से यह कहते हुए बात ख़त्म कर दी, "जयप्रकाश जी, आप अपने मन्दिर की तैयारियाँ क़रिए! जिस दिन प्राण-प्रतिष्ठा हो हमें बुला लेना! हम सब सहर्ष आयेंगे इस शुभ घड़ी में।"

तीन दिन बाद पड़नेवाले रविवार के लिए *दलित-पिछड़ा-आदिवासी हिन्दू विंग* के विंग कार्यवाह दलपत मीणा और गट्नायक राजकुमार उर्फ़ राजू को सन्देश भिजवा दिया गया कि वे दोनों उस दिन शाखा में अवश्य पहुँचें। सावरकर सदन के कमरे या कहिए शाखा कार्यालय में रहनेवाले राजू को तो जयप्रकाश सिन्हा ने सूचित कर दिया। जबकि मुख्य शिक्षक भरत प्रसाद ने मोबाइल से दलपत मीणा को रविवार के दिन शिवालय मण्डल की शाखा में आने को कह दिया। इतना ही नहीं इन्दरजीत ने दो-दो ज़िलों के प्रचारक त्रिभुवन को भी अतिथि के रूप में आमन्त्रित कर दिया। पूरी टोली ने इस बात का विशेष रूप से ख़याल रखा कि दलपत मीणा और राजू को कोई नहीं बतायेगा, कि इतने आग्रह के साथ उन्हें क्यों बुलाया जा रहा है।

रविवार।

पूर्व की तरह इस्माईलपुर शिवालय के पीछे भोले की मज़ार के बग़ल में लगनेवाली शाखा में समय पर सभी पदाधिकारियों और स्वयंसेवकों के पहुँचने के बाद, भरत प्रसाद ने शाखा प्रारम्भ कर दी। चूँकि आज पूरी नगर टोली उपस्थित है इसलिए सभी कार्यक्रमों को सम्पन्न किया गया। दौड़ के अलावा शारीरिक कार्यक्रम के अन्तर्गत *सूर्यनमस्कार, प्रहार, समता-संचलन* सहित बौद्धिक कार्यक्रम और *सुभाषित* सहित *अमृत-वचन, गीत* इत्यादि का विशेष ध्यान रखा गया।

एक-एक कर सभी कार्यक्रम सम्पन्न हो गये। शाखा विसर्जित होने के बाद जैसे ही स्वयंसेवक लौटने के बारे में सोचते, नगर कार्यवाह रुद्रपाल ने सभी से रुकने का आग्रह किया। मुख्य शिक्षक ने सीटी बजाते हुए सबको पुनः बैठने का निर्देश दिया। निर्देश पाते ही सारे स्वयंसेवक फिर से ज़मीन पर बैठ गये।

नगर कार्यवाह ने सामने बैठे माँ भारती के उपासकों पर पहले एक नज़र डाली, और फिर मुस्कराते हुए कहने लगा, "जैसाकि आप सब जानते हैं इस वर्ष संघ की इस्माईलपुर नगर टोली ने आशियाना सोसाइटी में बड़े धूमधाम से हिन्दू नववर्ष मनाया था। पहली बार किसी सोसाइटी में इस बात का पता चला कि संगठन की शक्ति क्या होती है, और संघ में कहा भी जाता है कि *संघे शक्ति कलौयुगे*। हम हिन्दू अगर बिना किसी भेदभाव, जात-पात और ऊँच-नीच से ऊपर उठकर संगठित रहेंगे, तो वो दिन दूर नहीं जब भारत एक हिन्दू राष्ट्र कहलायेगा। हमें प्रसन्नता है कि हिन्दू नववर्ष को हमने जिस तरह *भगवा दिवस* के रूप में मनाने का संकल्प लिया था, वह भी पूरी तरह सफल रहा है। इस अवसर पर हमने सोसाइटी के हर घर के मुखिया को भगवा गमछे और त्रिशूल से भी सम्मानित किया था। इतना ही नहीं, नगर टोली ने *हर घर भगवा* कार्यक्रम के अन्तर्गत सोसाइटी के हर घर के बाहर *मैं हिन्दू हूँ* का भगवा ध्वज भी टाँगा था। आपको बताते हुए प्रसन्नता हो रही है कि हमारे इस *हर घर भगवा* कार्यक्रम की चारों तरफ बड़ी चर्चा है। इस सफलता का सबसे अधिक किसी को श्रेय जाता है, तो वे हैं माँ भारती के दो सपूत, जिन्हें इस शुभ कार्य की जिम्मेदारी सौंपी गयी थी...और ये दो सपूत हैं दलपत मीणा और

राजकुमार जी। तो मैं चाहूँगा इन दोनों का तालियों से अभिनन्दन किया जाये!"

नगर कार्यवाह रुद्रपाल के इस आह्वान के बाद शिवालय का पिछला हिस्सा तालियों से गूँज उठा। तालियों की आवाज़ सुन, जो श्रद्धालु शिवालय में शिवलिंग और भोले पर जल चढ़ाने के बाद, लोटे में बचे जल को भोले की मज़ार पर चढ़ाने आये थे, वे इस दृश्य को कौतूहलता के साथ निहारने लगे। इतना ही नहीं शिवालय में आये अन्य श्रद्धालु भी इस दृश्य को देखने आ गये। एक तरह से अच्छा-ख़ासा जमघट लग गया।

"अब आप सब सोच रहे होंगे कि आख़िर इन दोनों माँ भारती के सपूतों को यहाँ क्यों बुलाया गया है, तो मैं बता दूँ कि इस्माईलपुर नगर टोली ने इन्हें *हिन्दू वीर* की उपाधि से नवाजने का निर्णय लिया है। तो इस शुभ कार्य को सम्पन्न करने के लिए मैं अपने जिला प्रचारक त्रिभुवन जी से निवेदन करता हूँ कि वे आगे आयें और इन दोनों को *हिन्दू वीर* की उपाधि से सम्मानित करें... साथ में दलपत मीणा और राजकुमार जी से आग्रह करता हूँ कि वे भी आगे आ जायें!"

नगर कार्यवाह के इतना कहते ही दो-दो ज़िलों का प्रचारक आगे आ गया। सबसे पहले मुख्य शिक्षक भरत प्रसाद ने अपने झोले से एक भगवा गमछा निकाला और उसे प्रचारक को दे दिया। प्रचारक ने उसे दलपत मीणा के गले में पहना दिया। इसके बाद भरत प्रसाद ने वैसा ही त्रिशूल, जो हिन्दू नववर्ष के दिन सोसाइटी के हर घर के मुखिया को प्रदान किया था, झोले से निकाल आगे बढ़ा दिया। प्रचारक त्रिभुवन ने भगवा गमछा और त्रिशूल देकर दलपत मीणा को सम्मानित कर दिया। इसके बाद *हर घर भगवा* कार्यक्रम के अन्तर्गत सोसाइटी के एक समुदाय विशेष के नागरिक डॉ. मंसूर आलम के घर के बाहर, अन्तड़ियों से निकले गले को चीरता हुआ जय श्रीराम के उद्घोष के साथ *मैं हिन्दू हूँ* का ध्वज टाँगनेवाले असली नायक राजकुमार अर्थात् राजू को बुलाया गया। राजू जैसे ही अपनी जगह से खड़ा हुआ पूरी टोली और उन्होंने ही उसका ज़ोरदार तालियों से स्वागत किया, जिन्होंने यह कहते हुए इस अभिनन्दन का विरोध किया था कि, इन्हें आसमान में इतना मत चढ़ाओ कि उतारना मुश्किल हो जाये। इनमें सवर्ण हिन्दुओं से बराबरी का सपना दिखाते हुए यह भ्रम बनाये रखना ज़रूरी है कि वो भी हमारी तरह हिन्दू हैं।

अपने फ़ेसबुक प्रोफ़ाइल पर *श्रीराम गऊ ग्रास सेवा* की सेल्फ़ी और गले में भगवा गमछेवाली प्रोफ़ाइल पिक्चर लगानेवाले गट्नायक राजकुमार को भी दलित-पिछड़ा-आदिवासी हिन्दू विंग के विंग कार्यवाह की तरह *हिन्दू वीर* की तथाकथित उपाधि से नवाज़ दिया गया। गले में पड़े भगवा गमछे और हाथ में थामे त्रिशूल को लेकर राजकुमार अपनी जगह पर आता, उससे पहले रुद्रपाल तेज़ी से आगे आया, और एक घुटी हुई मुस्कान छिड़कते हुए बोला, "इस्माईलपुर नगर टोली ने यह भी निर्णय लिया है, कि अपने गट्नायक राजू को इसके कार्यों को देखते हुए एक सार्थक-सा नाम दिया जाये...तो पूरी टोली ने शकुनि जी के आग्रह पर सर्वसम्मति से यह फैसला किया है, कि आज से हम सब राजकुमार जी को *राजू बजरंगी* के नाम से सम्बोधित करेंगे।"

इधर इस्माईलपुर के प्राचीन शिवालय के पीछे भोले की मज़ार के पास राजू के इस नये नाम का तालियों से स्वागत हो रहा था, उधर अपना राजकुमार, माफ़ करना राजू मन-ही-मन कह रहा था कि ऊपरवाले के घर देर है, अन्धेर नहीं। अपनी इन सारी उपलब्धियों के बारे में, वह जब रसूलपुर के लाला अमरचन्द आर्य के नोहरे में टहलुए के रूप में कार्य करनेवाले अपने बूढ़े पिता अर्थात् बुद्धन को बतायेगा, तब उसे यह जानकार कितनी ख़ुशी होगी कि उसका बेटा हिन्दू राष्ट्र के लिए किस तरह जी-जान से जुटा हुआ है।

जिस समय राजकुमार *हिन्दू वीर* की उपाधि और अपने नये नामकरण *राजू बजरंगी* के साथ सावरकर सदन लौट रहा था, उसकी चाल देखनेवाली थी। गले में पहना भगवा गमछा उसने जान-बूझकर नहीं उतारा। वह आशियाना पहुँचने पर उन लोगों को, जिन्हें गुड़ी पड़वा अर्थात् हिन्दू नववर्ष के दिन इसी गमछे और त्रिशूल के साथ पक्का हिन्दू होने का प्रमाण-पत्र दिया गया था, उन्हें यह दिखाना चाहता है कि उसका क़द किसी तरह तुम हिन्दुओं से छोटा नहीं है। ऐसा हुआ भी। आशियाना अपार्टमेंट में प्रवेश करते ही उसका ऐसे कई हिन्दू मुखियाओं से सामना हुआ। वे जब-जब राजू को विस्फित नेत्रों से देखते, तो उसका रोआँ-रोआँ मारे आह्लाद के झूम उठता। सावरकर सदन पहुँचने तक राजू की आँखों की चमक देखनेवाली थी। मज़ा तो तब आयेगा जब अपार्टमेंट के लोगों को जयप्रकाश सिन्हा के माध्यम से यह पता चलेगा कि वह अब राजू नहीं, *राजू बजरंगी* हो गया है।

जब से राजकुमार, राजू से राजू बजरंगी बना है, उसकी व्यस्तताएँ बढ़ गयी हैं। धीरे-धीरे पूरा अपार्टमेंट उसे इस नये नाम से सम्बोधित करने लगा है। जब-जब इधर-उधर से उसके कानों में राजू के साथ बजरंगी शब्द पड़ता, तो लगता जैसे शहद की ताज़ा-ताज़ा बूँदें टपक रही हैं। बल्कि जबसे उसने गेरुआ कुरता धारण किया है, उसकी पुरानी पहचान भी धुँधली पड़ने लगी है। जाति की जो कील उसे अपने सीने में रह-रहकर कसकती हुई महसूस होती थी, वह कसक काफ़ी हद तक कम हो गयी है। सिवाय उसके मालिक शकुनि आर्य के कोई उसे अब उस नज़र से नहीं देखता, जैसे पहले देखा जाता था। इस नये नामकरण का सबसे पहला असर यह हुआ कि *श्रीराम गऊ ग्रास सेवा* से उसका अब पीछा छूट गया। जबसे उसे यह पता चला है कि आनेवाले नवरात्रों में *सावरकर सदन* में देवी-देवताओं की मूर्तियों की प्राण-प्रतिष्ठा यानी मूर्तियाँ प्रतिष्ठापित होने जा रही हैं, उसका उत्साह देखते ही बन रहा है। हिन्दू नववर्ष के दिन उसके इस नये रूप में जिस बात की बड़ी भूमिका रही है, उसका पता चलने के बाद तो उसकी गतिविधियाँ और आक्रामक हो गयी हैं। किसी मुसलमान के घर के बाहर या उसे देखकर *जय श्रीराम* का नारा लगाने-भर से यदि वह सवर्णों की आँखों का तारा बन सकता है, तब इन भावों में क्या बुराई है? इसलिए उसकी कोशिश हर समय आशियाना रेसिडेंट वेलफेयर एसोसिएशन के महासचिव जयप्रकाश सिन्हा और दूसरे पदाधिकारियों के सामने यह दर्शाने की रहने लगी रहती है, कि अगर आप अपने हिन्दुत्वपने में बीस हैं, तो उन्नीस मैं भी नहीं हूँ। राजू बजरंगी ने अब अपने व्हाट्सएप ग्रुप, और उससे जुड़े अन्य ग्रुप्स के बीच सन्देशों की आवाजाही भी तेज़ कर दी है।

आशियाना आरडब्ल्यूए के पदाधिकारियों का तो पता नहीं, लेकिन राजू बजरंगी को अब लगने लगा है, कि उसके बिना यहाँ के हिन्दुओं का काम चलनेवाला नहीं। अब तो उसने चोटी रखने के साथ माथे पर तिलक लगाना, और हिन्दुओं के अनुष्ठानों में कैसे हिस्सा लेना शुरू कर दिया, किसी का इस पर ध्यान ही नहीं गया। यह तो ग़नीमत थी कि आशियाना के बाद छठी सोसाइटी सुखसागर अपार्टमेंट, जिसमें सर्वकल्याण परिषद का मुखिया विवेकानन्द सत्यार्थी रहता है, उसके साथ जाते हुए आरडब्ल्यूए अध्यक्ष नेमचन्द शर्मा ने उसे देख लिया। राजू के हाथ में पूजा और अनुष्ठान सम्बन्धी सामग्री देख नेमचन्द शर्मा का माथा ठनका। रही-सही उसके इस सन्देह की

पुष्टि तब हो गयी, जब शाम को उसने राजू के हाथ में कलावा धागा बँधा हुआ देख लिया। राजू के हाथ में कलावा धागा बँधा देख नेमचन्द शर्मा समझ गया, कि इस एनजीओवाले से ज़रूर कोई अनर्थ हो गया है। आरडब्ल्यूए अध्यक्ष कुछ नहीं बोला।

शाम को नेमचन्द शर्मा घूमते हुए सुखसागर अपार्टमेंट की ओर निकल गया। संयोगवश विवेकानन्द सत्यार्थी उसे अपने अपार्टमेंट के गेट पर ही मिल गया।

"सत्यार्थी जी नमस्कार! बड़ी जल्दी में हो कहीं जा रहे हो?" नेमचन्द शर्मा ने जान-बूझकर टोका।

"क्या है कि कल हमारे यहाँ सुन्दरकाण्ड का पाठ है, तो उसी सिलसिले में दिवाकर शास्त्री के पास जा रहा हूँ।"

"आज भी था क्या कुछ?" आरडब्ल्यूए अध्यक्ष ने सर्वकल्याण परिषद के मुखिया को टोहते हुए पूछा।

"हाँ था न। आज *सत्यनारायण* की कथा थी।"

"इसको किसने पढ़ा था?"

"दिवाकर शास्त्री जी ने ही।"

"लेकिन मैंने तो आपके साथ राजू बजरंगी को देखा था?"

"थोड़ी-सी मदद के लिए बुला लिया था उसे।"

"मदद! लेकिन शकुनि के इस नौकर से कौन-सी मदद की जरूरत पड़ गयी?" नेमचन्द शर्मा ने हैरानी जताते हुए कहा।

"नौकर? किस नौकर की बात कर रहे हैं आप?" सर्वकल्याण परिषद के विवेकानन्द सत्यार्थी ने पूछा।

"आप शकुनि के इस नौकर को नहीं जानते हो?" नेमचन्द शर्मा ने कुरेदते हुए पूछा।

"नहीं, मैं तो नहीं जानता।" विवेकानन्द सत्यार्थी ने बिना किसी लाग-लपेट के कहा।

आशियाना आरडब्ल्यूए के अध्यक्ष नेमचन्द शर्मा को जब लगा कि सचमुच इस एनजीओवाले को नहीं पता कि मैं किसकी बात कर रहा हूँ, तब उसने मुस्कराते हुए बताया, "वही राजू और कौन!"

"राजूऽऽऽ...कहीं आप राजू बजरंगी जी की बात तो नहीं कर रहे हैं?"

"हाँ वही।" आरडब्ल्यूए के अध्यक्ष नेमचन्द शर्मा ने बड़े ठण्डेपन के साथ अक्कल दाढ़ को ऐसे कुरेदा, जैसे कोई अवांछित किणका उसमें फँस गया है।

"तो क्या वह आर्य मसालेवाले शकुनि आर्य जी का नौकर है?"

"जी हाँ।"

"ले...लेकिन मैं तो उसे कुछ और समझ रहा था। क्योंकि वह आपकी सोसाइटी के कम्युनिटी हाल में रहता है इसलिए..."

"नौकर ही नहीं बल्कि जाति से भी...।" विवेकानन्द सत्यार्थी की बात बीच में काटते हुए आरडब्ल्यूए अध्यक्ष नेमचन्द शर्मा ने राजू बजरंगी का पूरा इतिहास बता दिया।

नेमचन्द शर्मा के श्रीमुख से इस रहस्य को जान, सर्वकल्याण परिषद का मुखिया विवेकानन्द सत्यार्थी जैसे औंधे मुँह ज़मीन पर आकर पड़ा।

"यह तो अनर्थ हो गया शर्मा जी। यह बात तो उसने बतायी नहीं!" विवेकानन्द सत्यार्थी की देह काँपने लगी।

"आपने उससे पूछा नहीं होगा और उसने बताया नहीं होगा। मैंने आज दिन में उसे आपके साथ देखा, तो मैं तभी समझ गया कि अपने सत्यार्थी जी तो नरक में जा रहे हैं।"

"यह क्या कह रहे हैं आप शर्मा जी। मैंने तो उसकी थोड़ी-सी इसलिए मदद ले ली कि वह आपके अपार्टमेंट में रहता ही नहीं है, बल्कि शाखा में भी सक्रिय रहता है।" इस बार विवेकानन्द सत्यार्थी की घिग्घी बँध गयी। लगा जैसे वह मूर्च्छित होकर गिर पड़ेगा।

"शाखा-संघ से तो थोड़ा-बहुत मैं भी जुड़ा हुआ हूँ, पर इसका यह मतलब नहीं है कि इनसे जुड़े किसी भी ऐरे-गैरे को बिना उसकी जात-बिरादरी जाने अपने चौके-बर्तन वाली जगह या पूजा-घर में घुस जाने दूँ। सत्यार्थी जी, संघी-शाखाई होना अलग बात है और हिन्दू होना अलग बात है। हालाँकि किसी से मदद लेने में कोई बुराई नहीं है, लेकिन यह तो पता कर लेना चाहिए कि मैं किससे और कैसी मदद ले रहा हूँ। मुझे तो लगता है कथा में आपके

बीच में बैठकर उसने अन्त में होनेवाले हवन में भी सामग्री-समिधा डाली होगी। चलिए, जो हो गया...सो हो गया किन्तु आगे से ध्यान रखना!"

जिस पुण्य कार्य के लिए आशियाना आरडब्ल्यूए अध्यक्ष नेमचन्द शर्मा आया था, उसे सकुशल सम्पन्न कर ख़िरामाँ-ख़िरामाँ अपने अपार्टमेंट लौट गया। सर्वकल्याण परिषद का मुखिया विवेकानन्द सत्यार्थी निर्निमेष नेत्रों से आशियाना आरडब्ल्यूए अध्यक्ष को अपनी सोसाइटी के गेट से दूर होते हुए, तब तक अपलक देखता रहा, जब तक वह आशियाना के गेट से होते हुए भीतर प्रवेश नहीं कर गया।

विवेकानन्द सत्यार्थी देर तक अकबकाया-सा अपने अपार्टमेंट के गेट पर खड़ा रहा। खड़े-खड़े लगा जैसे उसकी देह का पूरा रक्त निचुड़ गया है। वह भूल गया कि घर से वह किस काम के लिए निकला था। वह इसी सोच में डूबता-तिरता रहा कि इस हक़ीक़त को वह अपनी अर्धांगिनी को बताये या नहीं?

सुखसागर अपार्टमेंट से चल आशियाना निवासी कल्याण संघ अध्यक्ष नेमचन्द शर्मा अपने घर के बजाय आरडब्ल्यूए ट्रेज़रार अर्थात् कोषाध्यक्ष डी.एन. भार्गव की ओर चला आया। यह जगह ठीक रहेगी। ज़रूरत पड़ी तो उन्हीं के घर उपाध्यक्ष को भी बुला लेंगे।

दरवाज़ा भार्गव ने ही खोला।

"शर्मा जी अचानक कैसे? ऐसी क्या बात हो गयी जो बिना सूचना के चले आये? मुझे फोन कर देते मैं ही चला आता आपके पास!" दरवाज़े पर ही आरडब्ल्यूए ट्रेज़रार ने कई सवाल दाग दिये।

"बात ही कुछ ऐसी है भार्गव जी कि मुझे अचानक आना पड़ा। चलिए, भीतर चलकर बात करते हैं!"

श्रीमती भार्गव ने आरडब्ल्यूए अध्यक्ष को अन्दर आते हुए देख लिया था। इससे पहले कि उसका पति पानी इत्यादि के लिए कहता, श्रीमती भार्गव स्वयं एक ट्रे में पानी ले आयी और नमस्ते कर उसे मेज़ पर रख दिया।

"भार्गव जी, यह तो अनिष्ट हो गया!" नेमचन्द शर्मा ने पानी पीने के दौरान कहा।

"उस मुल्ले ने कोई काण्ड कर दिया क्या?" कोषाध्यक्ष ने छूटते ही पूछा।

"अरे नहीं भाई, उससे भी बड़ा काण्ड हो गया।"

"ऐसा हुआ क्या?" इस बार आरडब्ल्यूए ट्रेज़रार के भी हाथ-पाँव फूल गये।

"हुआ यह कि अपनी बगलवाली श्रीराम सोसाइटी है न, उसमें रहनेवाले शकुनि आर्य का नौकर है राजू..."

"लेकिन वह रहता तो अपने कम्युनिटी हाल के कमरे में है!"

"रहता भले यहीं है लेकिन काम शकुनि की दुकान पर करता है... फिलहाल इसे छोड़ो, उसे सुनो जो मैं बताने जा रहा हूँ!" इतना कह नेमचन्द शर्मा अपने कोषाध्यक्ष भार्गव की ओर झुकते हुए बोला, "पता है वह क्या कर रहा है...वह अपनी असली पहचान यानी जाति छिपाकर बनिया-बामनों के चौका-चूल्हों और पूजा-घरों में घुसने की कोशिश कर रहा है।" इसके बाद आरडब्ल्यूए अध्यक्ष ने पूरी कथा बता दी।

"भाई साब ऐसे कैसे हो जायेगा? नौकर है तो नौकर की तरह रहे!" पास में खड़ी श्रीमती भार्गव ने तीक्ष्ण प्रतिक्रिया जताते हुए कहा।

"बहन जी, बात नौकर की नहीं बात है...नौकर की जात-बिरादरी की है। आपको पता है उसकी जाति क्या है? नहीं पता है तो मैं बताता हूँ कि वह..."

"क्याऽऽऽ...! यह नासपीटा वह है?" सुनते ही श्रीमती भार्गव जैसे ग़श खाकर गिरते-गिरते बची।

"शर्मा जी क्या है कि यह सब किया-धरा श्रीराम अपार्टमेंटवाले शकुनि आर्य का है। खुद तो इसे अपने घर में घुसने नहीं देता है, और दूसरों का धर्म भ्रष्ट करने पर तुला हुआ है।"

"वैसे इसको हमारी सोसाइटी में घुसाया किसने है?" श्रीमती भार्गव ने असली सवाल पूछा।

"वही अपने जयप्रकाश सिन्हा जी ने। वही जाते हैं शाखा में। उसी में शकुनि आर्य भी जाता है।"

"इसका मतलब है सारी सेटिंग शाखा में हुई है?" ट्रेज़रार भार्गव ने अनुमान लगाया।

"पर क्या जरूरत थी इसको हमारी सोसाइटी में बसाने की? बसाना ही था तो वे अपनी सोसाइटी में बसाते।"

"शर्मा जी, इससे पहले कि यह हमारे घरों में घुस पाये, कुछ सोचना पड़ेगा। मुझे लगता है कि इस पर तुरन्त आरडब्ल्यूए की मीटिंग बुलानी चाहिए।" कोषाध्यक्ष ने जैसे अपने अध्यक्ष के मन की बात कह दी। इधर अध्यक्ष नेमचन्द शर्मा भी तो यही चाहता है।

"बुलानी क्या चाहिए! हम दो तो हैं ही वर्मा जी और सिन्हा जी को भी यहीं बुला लेते हैं। मैं अभी दोनों को फोन कर देता हूँ।" नेमचन्द शर्मा ने उसी समय महासचिव और उपाध्यक्ष को फोन कर, इसी समय दोनों को कोषाध्यक्ष भार्गव के घर आने के लिए बोल दिया।

लगभग आधे घण्टे के भीतर दोनों आ गये। पूरी आरडब्ल्यूए इस बात पर सहमत हो गयी कि राजू बजरंगी के भेस में छिपे इस शूद्र को इस सोसाइटी से बाहर किया जाये। मगर इससे पहले कि अन्तिम निर्णय लिया जाता, एक दुविधा खड़ी हो गयी और वह यह कि क्या बिना किसी उचित कारण के सोसाइटी से राजू को निष्कासित करना उचित होगा? अब तक तो इस सोसाइटी के इन चार लोगों को पता है। यदि इस तरह निकाला गया, तो पूरी सोसाइटी में हल्ला मच जायेगा। राजू बजरंगी के कारण जिस-जिसका धर्म भ्रष्ट हुआ होगा, सब शोर मचाना शुरू कर देंगे।

"मैं आप सबकी बात से पूरी तरह सहमत हूँ लेकिन मेरा सुझाव है कि हमें मूर्तियों की प्राण-प्रतिष्ठा तक इन्तजार करना चाहिए। एकाध महीने की बात है। मन्दिर बनने के बाद तो इसे वैसे भी जाना होगा। क्योंकि मन्दिर का पुजारी ब्राह्मण जो रखना होगा। वह पुजारी इसे क्यों रखेगा!"

"क्या पता सिन्हा जी यह हमारे मन्दिर का पुजारी बनने का भी सपना देख रहा हो। देख नहीं रहे हो अब तो इसने सिर पर शिखा भी रखनी शुरू कर दी है। माथे पर ब्राह्मणों जैसा तिलक लगाना शुरू कर दिया है...और जबसे इसे बजरंगी का पद मिला है, तबसे से यह चौबीस घण्टे भगवा कुरता पहनकर घूमता है। जिसे इसकी असलियत का पता नहीं होगा, वह तो इसे ब्राह्मण ही समझेगा न?"

"अब तो यह अपने श्रीराम गऊ ग्रास सेवा के रिक्शे को लेकर भी नहीं आता है।" उपाध्यक्ष श्यामलाल वर्मा, कोषाध्यक्ष के सन्देह को मज़बूती प्रदान करते हुए बोला।

"अजी ऐसे कैसे कोई भी हमारे मन्दिर का पुजारी बन जायेगा? सदियों से चली आ रही सनातनी परम्परा को हम ऐसे कैसे टूटने देंगे। मैं तो कहता हूँ इसे अपनी सोसाइटी के भीतर लगनेवाली शाखा में भी नहीं आने देना चाहिए वरना हमारे बच्चों का धर्म भ्रष्ट हो जायेगा। देखो जी, हिन्दू होना अलग बात है और उसके कायदे-कानूनों का पालन करना अलग बात है। हमारे शास्त्रों में जाति-व्यवस्था और वर्ण-व्यवस्था का ऐसे ही उल्लेख थोड़े किया गया है!" आरड़ब्ल्यूए अध्यक्ष नेमचन्द शर्मा ने रही-सही गुंजाइश भी समाप्त कर दी।

"सिन्हा जी, हम मूर्तियों की प्राण-प्रतिष्ठा तक इसका इन्तजार करेंगे। इसके बाद हमारी बला से शकुनि आर्य इसे कहीं ले जाये!" कोषाध्यक्ष भार्गव ने एक तरह से बहुमत के साथ आरडब्ल्यूए का प्रस्ताव पारित कर दिया।

"जैसी आप सबकी इच्छा।" अन्ततः आरडब्ल्यूए महासचिव जयप्रकाश सिन्हा ने भी अपनी सहमति प्रदान कर दी।

35

हिन्दू नववर्ष के दिन मनाये गये *भगवा दिवस* और संघ-पिता के जन्म-दिवस अर्थात् *गुरु पूर्णिमोत्सव* की अपार सफलता के बाद इस्माईलपुर नगर टोली का उत्साह मानो सातवें आसमान पर है। यह तो ग़नीमत है कि इस मुहावरे के अनुसार केवल सात ही आसमान बताये गये हैं, यदि इसके बाद एकाध और होते, तो माँ भारती के उपासकों के लिए वे भी कम पड़ जाते। इस क़दर इनका हौसला बुलन्द है। कहना चाहिए कि भगवा दिवस की कामयाबी का नश्शा इस तरह तारी है, कि उन्हें पता ही नहीं चला कि कब अप्रैल समाप्त हुआ और कब मई ने गर्म हवाओं के साथ, जिन्हें उत्तर भारत में लू कहा जाता है, धीरे-से दस्तक देनी शुरू कर दी। जिन स्वयंसेवकों की शिराओं में राष्ट्रवाद और हिन्दुत्व का रक्त पूस और माघ की देह गलाती ठण्ड के चलते, कोल्ड ब्लडेड यानी शीत रक्त प्राणियों की तरह जमा हुआ था, हिन्दू नववर्ष के बाद तेज़ी से बड़े होते दिनों और सुबह की रूई जैसी मुलायम शीतलता में वह अब जैसे ठहाठे मारने लगा। इसलिए इन दिनों एकाएक स्वयंसेवकों की उपस्थिति में अप्रत्याशित रूप से उछाल आ गया।

मई की धूप-सी निखरी चमकीली सुबह। हालाँकि जैसे-जैसे धूप बढ़ती जाती है, उसकी तुर्शी भी उसी तेज़ी से बढ़ती जाती है। शाखा विसर्जन के बाद इस्माईलपुर नगर टोली के पदाधिकारी आनेवाले संघ-उत्सवों और अन्य कार्यक्रमों की समीक्षा करने की मंशा से बैठ गये।

शुरुआत ज़िला कार्यवाह इन्दरजीत ने की।

"पारस जी, वर्ष-प्रतिपदा के बाद तो अब *हिन्दूसाम्राज्य दिनोत्सव* ही आयेगा?"

"आयेगा क्या, समझ लो आ ही गया। आज पन्द्रह मई है। पूरे तीन सप्ताह बचे हैं छह जून के।" सह नगर कार्यवाह पारस जैन ने पूरा हिसाब बताते हुए कहा।

"बिल्कुल तीन सप्ताह बचे हैं...जहाँ तक मुझे याद है नगर टोली द्वारा हिन्दू नववर्ष, संघ-पिता जन्मदिवस और भगवा दिवस तीनों को एक ही दिन मनाने का निर्णय लिया गया था...उसी दिन यह भी तय हो गया था कि इसके बाद पहले *हिन्दूसाम्राज्य दिनोत्सव* और फिर *रक्षाबन्धन महोत्सव* भी मनाया जायेगा। यह भी तय हुआ था कि हिन्दूसाम्राज्य दिनोत्सव और रक्षाबन्धन इसी शिवालय मण्डल की शाखा में मनाया जायेगा।" इन्दरजीत एक तरह से याद दिलाते हुए बोला।

"यही तय हुआ था।" रुद्रपाल ने इन्दरजीत के कहे की पुष्टि की।

"फिर बताइए अब क्या करना है...मेरा मतलब है हिन्दूसाम्राज्य दिनोत्सव की कैसे तैयारी की जाये? किसी की इस बारे में यदि कोई योजना है तो वह भी बताये!" इन्दरजीत ने उपस्थित सभी स्वयंसेवकों से पूछा।

इसी बीच इन्दरजीत ने देखा कि शकुनि आर्य कुछ कहना चाह रहा है।

"शकुनि जी, आप कुछ कहना चाहते हैं?" इन्दरजीत ने पूछा।

"इन्दरजीत जी, बात यह है कि उस दिन इस्माईलपुर नगर टोली की सभी शाखाओं के स्वयंसेवकों को भी आमन्त्रित किया जायेगा...और जब इन्हें आमन्त्रित किया जायेगा तो उनके जलपान की व्यवस्था भी करनी पड़ेगी। हिन्दू नववर्ष के अवसर पर तो मैंने, पारस जी और विक्रम जी ने खर्चा उठा लिया, पर इस बार कौन उठायेगा?" शकुनि आर्य ने अपनी असली चिन्ता प्रकट की।

इस बीच इन्दरजीत ने पूरी शाखा को खँगालते हुए कहा, "विक्रम जी, दिखाई नहीं दे रहे हैं?"

"आप जानते तो हैं कि वह कभी-कभार आता है।" मुख्य शिक्षक ने बताया।

मुख्य शिक्षक की इस सूचना पर इन्दरजीत ने गहरी साँस ली और फिर उसे बाहर छोड़ते हुए बोला, "आप कह तो सही रहे हैं शकुनि जी। तब तो आप तीनों ने मिलकर जलपान की व्यवस्था कर दी, इस बार कैसे होगा?"

जिस तरह इन्दरजीत ने कहते हुए शकुनि आर्य की ओर देखा, वह तुरन्त भाँप गया कि इस बार भी यह ज़िला कार्यवाह उसी की हजामत बनाने के चक्कर में है। लेकिन, इस ज़िला कार्यवाह को पता नहीं है कि जिस शकुनि का स्वर्गीय पिता अपने ब्याज़ियों से ब्याज़ लेने में किसी तरह का लिहाज़ नहीं बरतता था, उसके बेटे को रोज़-रोज़ राष्ट्रवाद और हिन्दुत्व के नाम पर लूटना इतना आसान नहीं है। इससे पहले कि इन्दरजीत की सूई पुनः शकुनि आर्य पर आकर ठिठकती, उसने बहुत सरल और आसान उपाय बताते हुए कहा, "ऐसा करते हैं कि कुछ पैसा हम आपस में मिलकर और कुछ आसपास की सोसाइटियों से चन्दा माँगकर इकट्ठा कर लेते हैं!"

"आइडिया तो बुरा नहीं है शकुनि जी, लेकिन घर-घर जाकर चन्दा माँगेगा कौन? वैसे एक बात कहूँ, बुरा मत मानना...जितने काइयाँ ये अघाये सोसाइटीवाले होते हैं, शायद ही कोई होता होगा।" परोक्ष रूप से नगर कार्यवाह रुद्रपाल ने शकुनि आर्य पर कटाक्ष किया।

"फिर एक काम किया जा सकता है, कि क्यों न सोसाइटियों से चन्दा उगाहने की जिम्मेदारी अपनी-अपनी सोसाइटी में रहनेवाले इन प्रबुद्धों को दे दें? जबकि मैं और पारस जी अपनी-अपनी सोसाइटी से चन्दा उगाह लेंगे!"

"शकुनि जी, यह काम इतना आसान लगता है? आपको लगता है कि ये लोग घर-घर चन्दा माँगने जायेंगे? मुझे नही लगता।" इन्दरजीत ने आशंका व्यक्त की।

"हिन्दुत्व और राष्ट्र के लिए इतना त्याग तो देना ही पड़ेगा। जब 1962 के युद्ध में इन्दिरा गांधी अपने आभूषण दान कर सकती हैं। मोतीलाल नेहरू और जवाहरलाल नेहरू इलाहाबाद के अपने *आनन्द भवन* के घर को स्वतन्त्रता आन्दोलन के लिए दान कर सकते हैं, तो ये इतना भी नहीं कर पायेंगे?"

"शकुनि जी, वह भारत और चीन के बीच युद्ध था। हमारा कोई हिन्दू नववर्ष या हिन्दूसाम्राज्य दिनोत्सव नहीं था। आज आप किसी से आभूषण दान करने के लिए कह कर तो देखो!"

शकुनि आर्य के चन्दा उगानेवाले प्रस्ताव को ज़िला कार्यवाह इन्दरजीत ने अस्वीकार कर दिया।

"फिर अपनी स्वेच्छा से जो बन पड़ेगा, कर देंगे।" शकुनि ने हिन्दुत्व और राष्ट्रवाद की थोड़ी-सी लाज रखते हुए कहा।

"लेकिन यह समस्या तो *विजयदशमी महोत्सव* में भी आयेगी!" इन्दरजीत ने चिन्ता व्यक्त करते हुए कहा।

"फिर एक उपाय है और वो यह कि जिस तरह इस्माईलपुर नगर टोली और आशियाना आरडब्ल्यूए ने मिलकर हिन्दू नववर्ष मनाया था, क्या विजयदशमी महोत्सव दशहरे के दिन, जब सावरकर सदन में मूर्तियों की प्राण-प्रतिष्ठा होगी, उनके साथ मिलकर नहीं मनाया जा सकता?" रुद्रपाल ने आज़माए जा चुके फ़ॉर्मूले को एक बार फिर से आज़माने का सुझाव दिया।

"इसके बारे में तो अपने जयप्रकाश सिन्हा जी से पूछना पड़ेगा?" इन्दरजीत ने सामने बैठे नये-नये स्वयंसेवक जयप्रकाश सिन्हा की ओर देख, उसे टटोलना चाहा।

"अभी कौन-सी जल्दी है। जब इन्हें अवसर मिलेगा अपनी आरडब्ल्यूए से आराम से बात कर लेंगे।" रुद्रपाल ने मुस्कराते हुए धीरे-से आशियाना आरडब्ल्यूए महासचिव की ओर पासा फेंका।

"यह तो बाद की बात है। अभी हिन्दूसाम्राज्य दिनोत्सव के बारे में सोचो!"

"इन्दरजीत जी, क्या जलपान को छोड़ा नहीं जा सकता?" पारस जैन ने सुझाव दिया।

"यही करना पड़ेगा।" निराश होते हुए इन्दरजीत ने जलपान को छोड़ने पर अपनी सहमति दी, और यह कहते हुए खड़ा हो गया, "कल से आप सब हिन्दूसाम्राज्य दिनोत्सव की तैयारियों में जुट जायें!"

शिवालय के पीछे फैला छोटा-सा जंगल, जिसका कुछ समय के दुश्चक्र के कारण और कुछ नये-नये देवी-देवताओं के मन्दिर बनाने के चलते तेज़ी-से रक़बा सिकुड़ता जा रहा है। वही जंगल जो कभी इस्माईलपुर ही नहीं, आसपास के गाँवों के लिए बनी कहलाती थी, और रात के घने अँधेरे में अक्सर क़ब्रा बिज्जू की चीख़ सुनाई देती थी। जिसके बारे में सालों तक यह धारणा बनी हुई थी कि यह श्मशान से आती आत्माओं की चीत्कार है।

दिन सोमवार और तारीख़ छह जून। चार दिन पहले ही नौतपा समाप्त हुआ है। बावजूद इसके धरती पर ज्येष्ठ माह की इन सीधी पड़ती किरनों की झुलसन और उनकी रौद्रता में कोई कमी नहीं आयी है। आग बरसाते इन गरम हवाओं के थपेड़ों से जब-जब आदमी का सामना होता, तो लगता जैसे गरम सलाखें देह में धँसी जा रही हैं। दिलचस्प यह है कि जो मज़ार माँ भारती के सपूतों को फूटी आँख नहीं सुहाता है, वही आज मज़ारवाला मैदान के नाम से जाना जाने लगा है। बल्कि अब तो स्वयंसेवक आपस में इसे आर्यावर्त शाखा नहीं, मज़ारवाली शाखा के नाम से पुकारते हैं।

जैसे-जैसे दिनोत्सव का दिन निकट आ रहा है, पूरी इस्माईलपुर नगर टोली और सक्रिय हो गयी। बाक़ी तो सब ठीक है असली दुविधा मंच को लेकर है, कि कैसे उस दिन माँ भारती के सपूतों को इस मज़ार से दूर रखा जाये। इसलिए बहुत चिन्तन-मनन के बाद ज़िला प्रचारक त्रिभुवन ने सुझाव दिया, कि क्यों न मंच की पीठ मज़ार की तरफ़ कर दी जाये। यानी उसे इस तरह बनाया जाये कि उसके पीछे बनी मज़ार दिखाई न दे। इसी सुझाव पर अमल करते हुए मंच की पीठ की तरफ़ कनात की ऊँची दीवार खड़ी कर, मज़ार को उसकी ओट छिपा दिया गया, ताकि और कोई मज़ार को देख न सके।

आज सुबह से चहल-पहल है। शाखा विकिर के बाद तो इसमें और तेज़ी आ गयी। सारे स्वयंसेवक अपने-अपने तरीक़ों से तैयारियों में जुटे हुए हैं। इस नगर टोली की जितनी भी शाखाएँ हैं, सबको सुबह नौ बजे यहाँ आने के निर्देश दिये जा चुके हैं। अधिकतर पदाधिकारी शाखा विकिर होते-होते पहुँच गये। दो-दो ज़िलों का प्रचारक त्रिभुवन, *दलित-पिछड़ा-आदिवासी हिन्दू विंग*

का विंग कार्यवाह दलपत मीणा, ज़िला कार्यवाह यानी एलआईसी एजेंट और द्वितीय वर्ष शिक्षित इन्दरजीत, बारहवीं फेल नगर कार्यवाह रुद्रपाल, शाखा कार्यवाह शकुनि आर्य, सह नगर कार्यवाह पारस जैन, मुख्य शिक्षक भरत प्रसाद, मण्डल कार्यवाह विजयपाल सोलंकी, इन्दिरा कॉलोनी झुग्गी-झोपड़ी की अम्बेडकर शाखा का शिक्षक ब्रजभूषण व गीत-प्रमुख शील, *धर्म जागरण और सामाजिक समरसता ज़िला टोली* के सदस्य मनोज भारती व राजन गौतम, गट्नायक राजू बजरंगी पूरे मनोयोग के साथ अपने-अपने दायित्व निर्वहन में व्यस्त हैं। *हिन्दूसाम्राज्य दिनोत्सव* के इस संघ उत्सव में उन प्रबुद्धों, जो अपनी अन्तरात्मा की आवाज़ पर हाल ही में संघ से जुड़े हैं, उन्हें विशेष रूप से आमन्त्रित किया गया है। ताकि ये भी हिन्दूसाम्राज्य के संस्थापक शिवाजी महाराज को जान और समझ सकें। इसलिए सभी समय से पहुँच गये।

लगभग दस बजे *हिन्दूसाम्राज्य दिनोत्सव* की कार्यवाही शुरू हो गयी। मंच संचालन का दायित्व पूर्व के आयोजनों की तरह रुद्रपाल को दिया गया। मंच के सामने बिछी दरियों पर पूरा गणवेश धारण किये स्वयंसेवकों को सम्बोधित करते हुए, रुद्रपाल ने दिनोत्सव की शुरुआत करते हुए बोलना शुरू किया, "जैसाकि हम सब जानते हैं कि हमलोग आज यहाँ एक विशेष कार्यक्रम के लिए उपस्थित हुए हैं। अपने कार्य के सम्बन्ध में प्रेरणा प्राप्त करने हेतु विशेष पर्व मानकर जिन उत्सवों का संघ आयोजन करता है, उनमें आज के दिन अर्थात् ज्येष्ठ शुक्ल त्रयोदशी का बड़ा महत्त्व है। क्योंकि जबसे परकीय लोगों ने अपने इस पवित्र देश हिन्दुस्थान में अपने साम्राज्य की स्थापना करते हुए, इस भूमि के पुत्रों को दासता का जीवन बिताने के लिए बाध्य किया, उस समय से लेकर फिर ऐसा महत्त्वपूर्ण दिन सम्भवत: कभी आया हो, मुझे याद नहीं। इसलिए इस बारे में और प्रकाश डालेंगे अपने नये-नये शोध के माध्यम से इन तथ्यों को उजागर करनेवाले प्रोफ़ेसर शंकर पुरोहित कि इस देश में जितनी भी मस्जिदें, गुम्बद और मकबरे हैं, वे सब हमारे मन्दिरों को तोड़कर बनाये गये हैं। प्रोफ़ेसर साहब की मान्यता है कि आगरा का मकबरा जिसे ताजमहल कहा जाता है, और जिसे मुमताज की याद में बनवाने का भ्रामक प्रचार किया जाता है, वास्तव में वह *तेजोमहालय* नाम का एक आदिकालीन शिव मन्दिर था...तो मैं ऐसे ही खोजी इतिहासकार को आमन्त्रित करता हूँ, जो

इस दिनोत्सव पर विस्तार से प्रकाश डालेंगे...आइए, प्रोफ़ेसर शंकर पुरोहित!" एक निबन्धात्मक भूमिका तैयार कर रुद्रपाल माइक से अलग हट गया।

अपना नाम सुन जवाहरलाल नेहरू विश्वविद्यालय का पूर्व प्रोफ़ेसर लचकते हुए माइक पर आया। आते ही उसने धीरे-से अपने नेत्रों को बन्द किया, और होंठों ही होंठों में किसी मन्त्र का जाप करने लगा। मन्त्र समाप्त कर उसने नेत्रों को उसी तरह खोला जैसे बन्द किया था, और फिर बोलने लगा, "मैं हिन्दूसाम्राज्य दिनोत्सव से पूर्व उस ऐतिहासिक तथ्य पर दो शब्द पहले कहना चाहूँगा, जिसके बारे में अभी हमारे नगर कार्यवाह रुद्रपाल जी ने अपनी संक्षिप्त-सी टिप्पणी की थी। मित्रो, यह शत-प्रतिशत सही है कि जिसे आज *ताजमहल* कहा जाता है, उसे कभी *नागनाथेश्वर* के नाम से जाना जाता था। क्योंकि उसके जलहरी को नाग के द्वारा लपेटा हुआ जैसा बनाया गया था। यह मन्दिर एक विशालकाय महल क्षेत्र में था। जैसाकि हम सब जानते हैं कि आगरा को प्राचीनकाल में अंगिरा कहते थे, क्योंकि यह ऋषि *अंगिरा* की तपोभूमि थी और अंगिरा ऋषि भगवान शिव के उपासक थे। मैंने अपने शोध में यह सिद्ध किया है, कि इस ताजमहल के गर्भ में बाईस कमरे हैं जिनमें हमारे हिन्दू देवी-देवताओं की मूर्तियाँ स्थापित हैं। इलाहाबाद हाईकोर्ट में भी इसको लेकर मैंने एक याचिका दायर की हुई है। इस याचिका में मैंने लिखा है, कि अंग्रेज़ों के समय से बन्द इन कमरों में हिन्दू देवी-देवताओं की मूर्तियाँ, प्राचीन शिवलिंग और शिलालेख मौजूद हैं। कोर्ट में दायर इस याचिका में मैंने यह भी कहा है कि आगरा में जिस जगह आज ताजमहल है, वहाँ साल 1212 में राजा परमर्दिदेव ने भगवान शिव का मन्दिर बनवाया था, जिसे तेजोमहल का नाम दिया गया था...लेकिन दुष्ट शाहजहाँ ने तेजोमहालय को तुड़वाकर इसे अपनी पत्नी का स्मारक बना दिया।"

जिस समय जवाहरलाल नेहरू विश्वविद्यालय में इतिहास का पूर्व प्रोफ़ेसर इस तथ्य से माँ भारती के सोये हुए सपूतों को परिचित करा रहा था, उसे सुन इस्माईलपुर नगर टोली की सभी शाखाओं, इन्दिरा कॉलोनी की अम्बेडकर शाखा तथा इस्माईलपुर एक्सटेंशन की शाखाओं के दलित, पिछड़े और आदिवासी सहित सवर्ण गणों व गटों का मुँह खुला हुआ और आँखें पथराई

हुई थीं। उन्हें अपने कानों पर विश्वास नहीं हो रहा था, कि जिस इमारत को पाठ्यक्रम के माध्यम से मोहब्बत की निशानी बताया जाता रहा है, वह तो हमारे मन्दिर को तोड़कर बनाया गया है। जिसे यह कहकर प्रचारित किया जाता है कि *इक शहंशाह ने बनवा के हसीं ताज-महल /सारी दुनिया को मोहब्बत की निशानी दी है,* वह तो हिन्दुओं के ज़ख़्मों पर नमक छिड़कना जैसा है। यह जानकर हिन्दूसाम्राज्य दिनोत्सव के अवसर पर एकत्रित हुए हिन्दुओं का रक्त जैसे उबाल मारने लगा।

इससे पहले कि यह रक्त उनकी धमनियों और शिराओं को फोड़कर बाहर आता, अपने नये-नये शोध के माध्यम से नये-नये तथ्यों को उजागर करनेवाला, और खोजी इतिहासकार प्रोफ़ेसर शंकर पुरोहित विषय को आगे बढ़ाते हुए बोलने लगा, "इसलिए मैं कहता हूँ कि हमें इतिहास को बहुत डूबकर और गहराई के साथ पढ़ना चाहिए तथा सत्य को स्वीकार करना चाहिए। मेरा मानना है कि मातृभूमि के लिए नि:स्वार्थ सेवा के ध्येय को लेकर चलनेवाले राष्ट्रीय स्वयंसेवक का उद्‌देश्य भारतीय राष्ट्रवाद है। जैसे बीज से वृक्ष बनता है और इसके लिए बीज को मिट्‌टी में मिल जाना पड़ता है। वास्तव में यह बीज का मिट्‌टी में मिल जाना, अर्थात् उसका यह समर्पण ही बीज की ताकत है। उसी प्रकार संघ भी ऐसे ही लोगों से चलता है, जो होते तो हैं परन्तु दिखाई नहीं देते। यदि हम जाग जायें और सदा के लिए एक हो जायें अर्थात् हम बँटें नहीं, तो अपने देश को संकट से मुक्त कर लेंगे। इसलिए हम हिन्दुओं को ये छह *संघ उत्सव* अवश्य मनाने चाहिए।

"जहाँ तक आज मनाये जानेवाले इस हिन्दूसाम्राज्य दिनोत्सव का प्रश्न है, तो इसकी कथा जितनी मार्मिक है, उतनी ही प्रेणादायक भी है। कहानी यह है कि..." इसके बाद इतिहास के पूर्व प्रोफ़ेसर शंकर पुरोहित ने वह पूरा ऐतिहासिक प्रसंग सुना दिया, जिसमें कपटी अफ़ज़ल खाँ का शिवाजी ने बड़ी चतुराई से वध किया था। कुछ पल रुकने के बाद पूर्व प्रोफ़ेसर अपना उद्‌बोधन जारी रखते हुए बोला, "किन्तु बात यहीं समाप्त नहीं होती है। आगे चलकर अफ़जल का वध अन्तरराष्ट्रीय महत्त्व की घटना सिद्ध हुई क्योंकि शिवाजी का नाम इस घटना के बाद पूरी दुनिया में फैल गया। बाद में राजा जयसिंह के

नेतृत्व में औरंगज़ेब की विशाल सेना ने शिवाजी के राज्य को चारों ओर से घेर लिया था। शिवाजी यहाँ साहस का परिचय देते हुए औरंगज़ेब के गढ़ आगरा में जा पहुँचा। परन्तु दुर्भाग्यवश इस धूर्त, चतुर और कपटी मुग़ल बादशाह ने शिवाजी को नज़रबन्द कर लिया। शिवाजी यहाँ भी अपनी चतुराई और योग्यता से शत्रु के बन्दीगृह से भाग निकला। औरंगज़ेब की सेना ने शिवाजी को बहुत खोजा, किन्तु उसका कहीं पता नहीं चला। बाद में जब शिवाजी ने एक के बाद एक किले जीतने आरम्भ कर दिये, तो पता चला वह दक्षिण में है। दक्षिण में रहते हुए शिवाजी को एहसास हुआ कि सत्ता का असली केन्द्र तो दिल्ली है... और पण्डित राज जगन्नाथ ने कहा भी है कि *दिल्लीश्वरो वा जगदीश्वरो वा मनोरथान् पूरयितुं समर्थः।* यानी जो दिल्ली का मालिक है वही जगदीश्वर है। इसे दूसरे शब्दों में इस तरह कहा जा सकता है कि *जिसने दिल्ली पर विजय पा ली, वह अपने सारे मनोरथ पूर्ण करने में समर्थ है।*

"वैसे इस *दिल्लीश्वरो वा जगदीश्वरो वा* की भी रोचक कहानी है। हुआ यह कि कुछ कश्मीरी ब्राह्मण खुशामद के लिए अकबर के दर्शन करने के बाद ही व्रत का पारण करते थे। अकबर को अपनी इतनी खुशामद पर बड़ा आश्चर्य हुआ। इसलिए एक दिन उसने एक ब्राह्मण को बुलाकर उससे जब इसका कारण पूछा, तब उसने बताया कि राजा भगवान का रूप होता है और यह भगवान दिल्ली में रहता है। इसलिए पूरी प्रजा राजा के दर्शन करने के उपरान्त ही भोजन लेती है। इसके बाद अकबर प्रजा को दर्शन देने के लिए झरोखे पर बैठने लगा। बाद में अकबर ने इन कश्मीरी ब्राह्मणों का नाम *दर्शनीय ब्राह्मण* रख दिया, क्योंकि वे उसके दर्शन करने के बाद ही भोजन लेते थे। किन्तु खुशामदी ब्राह्मणों को यह नाम पसन्द नहीं आया। क्योंकि इससे ऐसा लगा जैसे यह कोई संस्कृत का नाम है इसलिए उन्होंने फ़ारसी नाम देने की प्रार्थना की। तब कहते हैं कि अकबर ने उनका नाम *नीहारू* रख दिया। यह शब्द नीहारिका से निकला है जिसका अर्थ है किसी को निहारना या उसके दर्शन करना। आपको पता नहीं होगा कि नेहरू शब्द इसी नीहारू से निकला है। नेहरू का सम्बन्ध किसी नहर-वहर से नहीं है, जैसाकि प्रचार किया जाता है। वास्तविकता यह है, कि इस नेहरू के पूर्वज वही निहारू थे जो मुग़लों के

दर्शन के बाद खाना खाते थे। यही नहीं, इन्हीं के पूर्वज राज कौल ने गुरु तेग बहादुर को औरंगज़ेब के दरबार में पहुँचाकर उसकी क्रूरतापूर्वक हत्या करवाई थी...और इसी राज कौल के पुत्र ने मुखबिरी कर गुरु गोविन्द सिंह जी के दो छोटे-छोटे बच्चों को पकड़वाया था, जिनको जीवित ही सरहिन्द के किले की दीवार में दफ़ना दिया गया था।"

इस तरह सामने ऊँघते इस्माईलपुर नगर टोली के स्वयंसेवकों की रगों में हिन्दुत्व के खौलते रक्त का संचार करने के बाद, खोजी इतिहासकार ने इन शब्दों के साथ अपनी बात समाप्त कर दी, "तो मित्रो, हिन्दूसाम्राज्य दिनोत्सव एक ऐसा उत्सव है, जो हिन्दू समाज की सोयी अस्मिता को झकझोर कर उसे जाग्रत करने की प्रेरणा देता है। इसलिए इस उत्सव को अपने परम्परागत उत्सवों की शृंखला में समाहित कर, देश की वर्तमान निराशा और चतुर्दिक संकटपूर्ण स्थिति से पार पाने के लिए, हमें अपने अद्भुत् प्रतिभा के धनी और नीतिज्ञ वीर शिवाजी महाराज के पवित्रनाम का हृदय से पुण्य स्मरण करना चाहिए...और उनके परम स्फूर्तिप्रद आदर्श जीवन-कार्य से प्रेरणा प्राप्त करनी चाहिए... जय शिवाजी, जय भवानी...भारत माता की जय!"

भोले की मज़ार से सटाकर बनाये गये मंच और सामने बैठे स्वयंसेवकों के मुँह से निकला *भारत माता की जय* का जयकारा, चारों तरफ़ फैले छोटे-से जंगल की नीरवता में गूँज उठा। लेकिन इससे अधिक माँ भारती के सपूतों के कानों में रह-रहकर, हिन्दूसाम्राज्य दिनोत्सव के इस अवसर पर, जेएनयू में इतिहास के पूर्व प्रोफ़ेसर शंकर पुरोहित द्वारा किये गये नये रहस्य के शब्द क़ब्रा बिज्जू की चीख़ की मानिन्द खदबदाते रहे, जो उसने नीहारुओं के पूर्वज राज कौल के बारे में उद्घाटित किये थे।

हिन्दूसाम्राज्य दिनोत्सव के अवसर पर प्रोफ़ेसर शंकर पुरोहित द्वारा उद्घाटित इन रहस्यों को जान सबकी आँखें फटी की फटी रह गयीं। तेजोमहालय, जो कभी नागनाथेश्वर के नाम से जाना जाता था और जहाँ राजा परमर्दिदेव ने भगवान शिव का मन्दिर बनवाया था, कैसे आततायी मुग़ल बादशाह शाहजहाँ ने तुड़वाकर, उसके ऊपर ताजमहल नाम का मक़बरा खड़ा कर दिया? और जिस नेहरू को पूरा देश अपना नायक मानता है, उसके पूर्वज मुग़लों के दर्शन के बाद खाना खाते थे? इतना ही नहीं इसके एक

पूर्वज राज कौल ने गुरु तेग बहादुर को औरंगज़ेब के दरबार में पहुँचाकर, न केवल उसकी हत्या करवाई थी, बल्कि उसके एक पुत्र ने मुख़बिरी कर गुरु गोविन्द सिंह जी के दो छोटे बच्चों को पकड़वाने का जघन्य पाप किया था, जिसके बाद उन्हें ज़िन्दा ही सरहिन्द के क़िले की दीवार में चुनवा दिया गया था?

जिस जवाहरलाल नेहरू विश्वविद्यालय का नाम सुनते ही माँ भारती के उपासकों को उबकाइयाँ आनी शुरू हो जाती थीं, इन रहस्योद्घाटनों के बाद एशिया की प्राचीनतम पर्वत श्रृंखला अरावली की चट्टानों पर नेहरू के नाम पर बने शिक्षा के मन्दिर के प्रति मारे सम्मान के, वे नत-मस्तक होते चले गये कि उसने प्रोफ़ेसर शंकर पुरोहित जैसा राष्ट्रवादी इतिहास का उद्भट विद्वान दिया है।

इसके बाद *हिन्दूसाम्राज्य दिनोत्सव* मनाने की जो प्रक्रिया बच गयी थी, उसे पूरा किया गया। इस तरह दूसरे महोत्सवों और दिनोत्सवों में से एक हिन्दूसाम्राज्य दिनोत्सव भी सफलतापूर्वक सम्पन्न हो गया।

अगले कई दिनों तक शिवालय मण्डल की शाखा के बौद्धिक मण्डल में इसकी चर्चा होती रही। चर्चा ही नहीं, बल्कि नगर टोली के पदाधिकरियों द्वारा तुरन्त दो महत्त्वपूर्ण निर्णय भी लिए गये। इन दोनों निर्णयों का प्रस्ताव रखा बारहवीं फेल नगर कार्यवाह रुद्रपाल ने।

"अगर यहाँ उपस्थित स्वयंसेवकों को आपत्ति नहीं है, तो मैं आपके समक्ष दो प्रस्ताव रखना चाहता हूँ?"

नगर कार्यवाह द्वारा अचानक रखे जानेवाले इन प्रस्तावों को सुन आधे से अधिक स्वयंसेवक बेचैन हो उठे, कि अभी तो दिनोत्सव को निपटे हुए कुछ दिन भी नहीं हुए हैं, और यह दो प्रस्ताव लेकर फिर से हाज़िर है। लेकिन बोला कोई कुछ नहीं।

नगर कार्यवाह ने सामने से किसी तरह की प्रतिक्रिया का इन्तज़ार नहीं किया, और अपने प्रस्तावों को रखते हुए बोला, "पहला प्रस्ताव मेरा यह है कि क्यों न अपने प्रोफ़ेसर साहब को अपनी नगर टोली के प्रबुद्ध प्रकोष्ठ का संयोजक बना दिया जाये?"

"रुद्रपाल जी, आपका प्रस्ताव तो बहुत सुन्दर है। मुझे नहीं लगता कोई

इसका विरोध करेगा!" पारस जैन ने एक तरह से नगर कार्यवाह के प्रस्तावक की भूमिका निभाते हुए कहा।

"पारस जी, विरोध तो वह करेगा जिसने इतिहास पढ़ा हुआ हो। कोई है यहाँ जिसने इतिहास पढ़ा है?" मुख्य शिक्षक भरत प्रसाद ने खींसे निपोरते हुए पूरे बौद्धिक मण्डल को सुनाते हुए कहा।

"और दूसरा प्रस्ताव क्या है?" आशियाना रेसिडेंट वेलफेयर एसोसिएशन के महासचिव, और अपनी सोसाइटी में हिन्दू नववर्ष को बड़े धूमधाम से मनवानेवाले अपने जयप्रकाश सिन्हा ने अपनी भूमिका दर्शाते हुए पूछा।

"दूसरा प्रस्ताव बहुत महत्त्वपूर्ण है और वह यह कि अपने प्रोफ़ेसर साहब ने जो दो रहस्य उद्घाटित किये थे, उन्हें हमें अपने-अपने व्हाट्सएप ग्रुप के माध्यम से दूसरे ग्रुपों में भी डालने चाहिए!"

"आपने तो मेरे मन की बात कह दी रुद्रपाल जी।" दलित-पिछड़ा-आदिवासी हिन्दू विंग का उत्साही विंग कार्यवाह दलपत मीणा चहकते हुए बोला।

"बिल्कुल डालना चाहिए ताकि हमारे हिन्दुओं को यह पता तो चले, कि इन खाँग्रेसियों और कम्युनिस्टों ने किस तरह भारत के गौरवशाली इतिहास को विकृत करने का काम किया है, और हमारे आराध्य भगवान शिव के तेजोमहल मन्दिर को तोड़कर ताजमहल बना दिया था!" शकुनि आर्य ने फुँफकारते हुए नगर कार्यवाह के दूसरे प्रस्ताव का भी अनुमोदन कर दिया।

"बल्कि दूसरे को तो प्रमुखता से डालना चाहिए, ताकि उस मुसलमान परस्त नेहरू की असलियत का पता चल सके, जिसके पूर्वज मुगलों के दर्शन के बाद खाना खाते थे...और जिन्होंने गुरु गोविन्द सिंह जी के बच्चों को किले की दीवार में चुनवाने का पाप किया था।" मुख्य शिक्षक भरत प्रसाद ने भी नगर कार्यवाह के प्रस्ताव का पुरज़ोर समर्थन कर दिया।

"तो फिर ठीक है अभी से सब इस मिशन में लग जायें, और अपनी-अपनी शाखाओं के सभी माँ भारती के सपूतों के व्हाट्सएप ग्रुप पर इन दोनों जानकरियों को साझा कर दें!" नगर कार्यवाह रुद्रपाल ने पूरे जोश के साथ कहा।

शाखा विकिर तक कई हिन्दू-वीर तो इस अभियान में जुट भी गये। इसका प्रमाण है तेज़ी से उनके मोबाइल्स पर थिरकते अँगुलियों के पोर, और आते-जाते सन्देशों के रिंगटोंस का रह-रहकर किलकना।

"एक मिनट...अभी इतनी जल्दबाजी मत करिए!"

इन्दरजीत के इतना कहते ही मोबाइल्स पर थिरकते अँगुलियों के पोर जहाँ थे, वहीं रुक गये।

"यह आप क्या कह रहे हैं इन्दरजीत जी? इतनी महत्त्वपूर्ण सूचना के बारे में आप यह कह रहे हैं कि अभी इतनी जल्दबाजी मत करिए...पर क्यों?" तमकते हुए नगर कार्यवाह ने अपने ज़िला कार्यवाह से पूछा।

"ताजमहल के बारे में तो ठीक है लेकिन उस दिल्लीश्वरी नाम की कहानी का प्रचार करना ठीक रहेगा अथवा नहीं, इस पर हमें ठण्डे मन से विचार करना पड़ेगा है।"

"यह आप कैसी बात कर रहे हैं इन्दरजीत जी? इस हिन्दू विरोधी और मुसलमान परस्त नेहरू के बारे में मिले इतने विस्फोटक रहस्य को आप व्हाट्सएप ग्रुप पर डालने से रोक रहे हैं? इस रहस्य के बारे में तो अधिक-से-अधिक हिन्दुओं को बताने की आवश्यकता है, कि किस तरह इस नेहरू के पूर्वज निहारू मुगलों के दर्शन करने के बाद ही खाना खाते थे!"

"यह बात आपकी ठीक है रुद्रपाल जी, लेकिन अपने प्रोफ़ेसर साहब ने इस किस्से में एक और रहस्य के बारे में भी बताया है...और वो यह कि नेहरू के पूर्वज राज कौल ने गुरु तेग बहादुर को औरंगजेब के दरबार में पहुँचाकर उसकी क्रूरतापूर्वक हत्या करवाई थी। बल्कि इसी राज कौल के पुत्र ने मुखबिरी कर गुरु गोविन्द सिंह जी के दो छोटे-छोटे बच्चों को पकड़वाया था, जिनको बाद में जीवित ही सरहिन्द के किले की दीवार में दफना दिया गया था।"

"तो फिर, इससे क्या हुआ? इतिहास में जो लिखा है उसे कैसे झुठलाया जा सकता है?"

"थोड़ा समझने की कोशिश करिए रुद्रपाल जी...मैं आपको कैसे समझाऊँ...नेहरू के पूर्वजों द्वारा मुगलों के दर्शन करने के बाद खाना खानेवाली बात तो ठीक है, लेकिन जहाँ तक राज कौल द्वारा गुरु तेग बहादुर को औरंगजेब के दरबार में पहुँचाकर उसकी हत्या...और उसके पुत्र द्वारा गुरु गोविन्द सिंह जी के बच्चों को सरहिन्द के किले की दीवार में जिन्दा दफनाने की बात है, उससे हिन्दू और सिखों के बीच एक नया विवाद खड़ा हो सकता

है। भले ही यह इतिहास की दृष्टि से ठीक है, किन्तु ऐसा करने से इन दोनों समुदायों के बीच वैमनस्य भी तो पैदा होने का भय है। एक तरफ संघ सारे हिन्दुओं को सनातनी छतरी के नीचे लाने के प्रयास में जुटी है, दूसरी ओर हम यह बताने जा रहे हैं कि देखो, कश्मीरी ब्राह्मणों ने वे भी उन कौल ब्राह्मणों ने, जिनकी संख्या कभी कश्मीर में सबसे अधिक थी, किस तरह सिखों के साथ विश्वासघात किया था?"

इन्दरजीत के इस तर्क को सुन रुद्रपाल ही नहीं, पूरी टोली में ख़ामोशी छा गयी। इस ख़ामोशी को तोड़ा भी तो जवाहरलाल नेहरू विश्वविद्यालय के पूर्व प्रोफ़ेसर, अपने नित-नये शोधों के माध्यम से खोजे गये मौलिक तथ्यों और रहस्यों को उजागर करनेवाले शंकर पुरोहित ने, "इन्दरजीत जी का कहना बिल्कुल सही है। कई बार शास्त्रसम्मत और इतिहासपरक होने के बावजूद कुछ कटु प्रसंगों व घटनाओं को अनदेखा कर, उनसे आँखें मूँद लेने में ही समझदारी होती है। हाँ, जो बात आपके अनुकूल हो उसका जमकर प्रचार करो और जिससे आपका नुकसान होने का भय हो, उसे त्याग देना चाहिए।"

"जिन स्वयंसेवकों ने अपने-अपने व्हाट्सएप ग्रुप्स पर कुछ भेजा है, उसे तुरन्त डिलीट कर दें!"

इन्दरजीत के इस निर्देश के बाद एक बार फिर से सबके मोबाइल्स पर अँगुलियों के पोर थिरकने लगे, और कुछ ही देर बाद वे सब शान्त हो गये।

हिन्दूसाम्राज्य दिनोत्सव के बाद पूरी नगर टोली अब जी-जान से *रक्षाबन्धन महोत्सव* की तैयारियों में जुट गयी।

36

नौतपा बीते हुए एक महीने से ऊपर हो गया है।

यह तो ग़नीमत है कि बीच में कुछ दौंगड़ों ने, और इसके बाद आषाढ़ के शुरू की बूँदाबाँदी ने गरम हवाओं के थपेड़ों के तीखेपन को मार दिया। वरना हिन्दूसाम्राज्य दिनोत्सव के बाद कई दिनों तक जैसी प्रचण्ड गरमी पड़ रही थी, उसकी कल्पना-भर से पूरी नगर टोली की देह सिहर-सिहर जाती। हालाँकि अन्य उत्सवों की अपेक्षा रक्षाबन्धन राष्ट्रीय कम धार्मिक पर्व अधिक है, इसलिए इसके प्रति स्वयंसेवकों में उस तरह का उत्साह नहीं है, जैसा अन्य

महोत्सवों पर होता है। बावजूद इसके संघ के जिन छह महोत्सवों को मनाने की परम्परा चली आ रही है, वह परम्परा तो निभानी ही है। वैसे भी रक्षाबन्धन महोत्सव में सिवाय स्वयंसेवकों द्वारा एक-दूसरे को *रक्षा-सूत्र* बाँधने के कुछ ख़ास करना भी नहीं होता है।

रक्षाबन्धन तक मानसून पूरे उठान पर आ गया। मानसूनी बारिश ने इस बार छोटे-बड़े तालाबों को जैसे गले तक भर दिया। शिवालय का तालाब जिसे इस्माईलपुरवासी जोहड़ी कहते हैं, उसका पानी जब-जब इठलाता हुआ चिलकता, तो लगता जैसे किसी रजत-कुण्ड की लहरें आपस में मसखरी कर रही हैं। जिन पेड़ों की कोमल पत्तियाँ नौतपे के आसपास जून की आग बरसाती धूप, और लू से मुरझाकर अपना दम तोड़ने लगतीं, उनकी शाखाओं पर भी हरियाली मचलने लगी है। भिन्न प्रकार की लताओं ने अपनी मर्ज़ी से जिसे चाहा अपने आलिंगन में समेट लिया। मज़ार के इर्द-गिर्द खड़े छोटे-छोटे पेड़ों पर छायी तरह-तरह की लताएँ तो उसकी देह का स्पर्श करने लगी हैं। इस्माईलपुर के इस छोटे-से जंगल में जहाँ भी निगाह जाती, लगता जैसे प्रकृति ने कोई विशाल धानी चूनर फैलाई हुई है। लेकिन वहीं जब उमस-भरी धूप से सामना होता, तब लगता जैसे तर देह से पसीना नहीं, छोटे-छोटे सोते फूट रहे हैं। लेकिन जैसे ही पुरवाई का कोई आवारा झोंका शरीर से आकर टकराता, तो लगता जैसे जान में जान आयी है।

माँ भारती के उपासक और किसी उत्सव-महोत्सव में हिस्सा लें न लें, लेकिन परम पूजनीय श्री गुरुजी बाला साहब देवरस के बौद्धिक वर्गों पर आधारित संघ-उत्सवों में पूरे उत्साह के साथ हिस्सा लेते हैं। इसलिए जानलेवा उमस-भरी इस गरमी में टोली के सभी पदाधिकारियों सहित अधिकतर प्रौढ़ और तरुण स्वयंसेवकों की अच्छी-ख़ासी उपस्थिति देखी जा सकती है। हालाँकि मध्यमा में घोड़े की नाल से बने छल्ले के माध्यम से सारे ग्रहों को अपने वश में करनेवाले श्रीराम प्रॉपर्टी डीलर के मालिक विक्रम सहित कुछ ऐसे भी माँ भारती के कपूत हैं, जो यह सोचकर नहीं आये कि एक दिन में कौन-सा उनका हिन्दुत्व कुम्हला जायेगा? जान है तो हिन्दुत्व है। हालाँकि इस देह-निचोड़ गरमी को ध्यान में रख, नगर टोली ने पहले ही यह निर्णय ले लिया था कि दोपहर बारह बजे तक महोत्सव सम्पन्न कर लिया जायेगा।

सबसे पहले मज़ार के पीछे बने मंच से एक-एक कर नगर टोली के पदाधिकारियों द्वारा इस पर्व के महत्त्व पर प्रकाश डाला गया। जिसकी शुरुआत स्थानीय कॉलेज में हिन्दी पढ़ानेवाले और राष्ट्रवादी कवि समदर्शी सोमरस ने इस प्रकार की, "मित्रो, जैसाकि आप जानते हैं प्राचीन काल से ही अपने देश के उत्सव-पर्व, सामाजिक समरसता एवं सांस्कृतिक मूल्यों को बढ़ानेवाले रहे हैं। रक्षाबन्धन इसी परम्परा और हमारी संस्कृति की एक सशक्त कड़ी है। इसे *श्रावणी-पर्व* भी कहा जाता है। जहाँ तक मेरा ज्ञान है यह पर्व प्राचीन काल शिक्षा से सम्बन्धित पर्व माना जाता था। उस समय अपने देश में वर्षाकाल में यातायात के सुलभ साधन उपलब्ध न होने के कारण गुरुकुल, जो आबादी से दूर जंगलों में होते थे, वर्षा के दिनों में बन्द कर दिये जाते थे। ऐसे समय आचार्यवृन्द श्रावणी-पूर्णिमा से स्वाध्याय-रत होकर अधिक ज्ञान के लिए एक बहुत बड़े यज्ञ का आयोजन किया करते थे, जो श्रावणी से शुरू होकर मार्गशीर्ष, जिसे अगहन अथवा अग्रहायण के नाम से भी जाना जाता है, तक चलता था।

"जैसाकि लगभग सभी पर्वों के साथ होता है, इस पर्व के साथ भी अनेक प्रसंग जुड़े हुए हैं जिनमें पितृ-भक्त श्रवण कुमार का भी उल्लेख आता है। लेकिन, इनमें सबसे महत्त्वपूर्ण घटना है देवासुर संग्राम की। जिससे रक्षा-सूत्र बन्धन के महत्त्व का ज्ञान होता है। हम सब जानते हैं और इसके पौराणिक प्रमाण भी उपलब्ध हैं कि देव-दानव युद्ध बारह साल तक चला था। इस युद्ध में एक समय ऐसा भी आया, जब लगा कि देवताओं की हार निश्चित है। बल्कि देवराज इन्द्र के युद्ध स्थल से भागने की नौबत तक आ गयी थी। इस पर उनकी पत्नी शची ने देवगुरु बृहस्पति से जाकर गुहार की। देवगुरु के सुझाव पर शची ने रक्षा-व्रत का आयोजन कर, अपने सतीत्व बल के आधार पर इन्द्र के दाहिने हाथ पर शक्ति-सम्पन्न रक्षासूत्र बाँधते हुए यह गुहार लगायी–

येन बद्धो बली राजा दानवेन्द्रो महाबलः।
तेन त्वामनुबध्नामि रक्षे मा चल मा चल।।

इसका अर्थ यह है कि जिस पतले धागे ने महाशक्तिशाली असुर-राज बलि तक को बाँध दिया, उससे मैं आपको बाँधती हूँ। आप अपने धर्म पर सदा

अचल रहें। इस तरह शची ने अपने सतीत्व के बल पर आधारित रक्षा-कवच से इन्द्र ने युद्ध में विजय पायी। मित्रो, इस पर्व का इससे बड़ा महत्त्व और क्या हो सकता है। इसी के साथ मैं अपने शब्दों को विराम देता हूँ...भारत माता की जय!" अपने शब्दों को विराम देते हुए राष्ट्रवादी कवि डॉ. समदर्शी सोमरस ने भारत माता की जय का जयकारा इतनी ज़ोर से लगाया, कि आसपास गदराये पौधों की कोमल शाखाएँ और पत्तियाँ भी सहम गयीं।

अपना स्थान ग्रहण करने से पहले समदर्शी सोमरस ने, इस्माईलपुर नगर टोली के पदाधिकारियों पर इस तरह याचना-भरी और निरीह दृष्टि डाली जैसे उनसे कह रहा है कि कमबख़्तो, भारत माता का जयकारा लगाते-लगाते मेरा गला सूख गया है...अब तो मेरी परमानेंट नियुक्ति करवा दो!

समदर्शी सोमरस के उद्गार के बाद सर्वकल्याण परिषद के विवेकानन्द सत्यार्थी को पहले से इसका आभास था कि, इस अवसर पर उससे भी दो शब्द बोलने के लिए कहा जा सकता है। इसलिए वह पूरी तैयारी करके आया है। यदि उसकी एफ़सीआरए वाली विवशता नहीं होती, तो वह शाखा में आना तो दूर रहा, झाँकता भी नहीं। किसी तरह एक बार एफ़सीआरए के अन्तर्गत उसकी एनजीओ का रजिस्ट्रेशन हो जाये, फिर देखता हूँ ये कैसे मुझसे रक्षाबन्धन पर निबन्ध बुलवायेंगे। जब संघ की एनजीओ के बारे में यह धारणा है कि कल्याण के नाम पर पैसा लो विदेशों से, और उसे ख़र्च करो हिन्दुओं के धर्मान्तरण व देश-विरोधी कार्यों पर, तब ऐसे राष्ट्रवादियों से दूर रहना ही अच्छा है।

इससे पहले कि विवेकानन्द सत्यार्थी मन-ही-मन भविष्य की रूपरेखा को विस्तार देता, उसके कानों में रुद्रपाल के शब्द पड़े, "अब मैं आमन्त्रित करता हूँ सर्वकल्याण परिषद के विवेकानन्द सत्यार्थी जी को। कृपया वे मंच पर आयें और वे भी इस पावन पर्व के महत्त्व पर दो शब्द कहें!"

विवेकानन्द सत्यार्थी का अनुमान एकदम सोलह आने सही निकला।

आते ही उसने जेब से काग़ज़ का एक पुर्ज़ा निकाला, और बिना किसी भूमिका के रक्षाबन्धन के महत्त्व पर लिखा अपना निबन्ध पढ़ने लगा, "मित्रो, रक्षाबन्धन मात्र भाई-बहन के प्रेम का पर्व ही नहीं है बल्कि इतिहास ऐसे उदाहरणों से भरा पड़ा है, जब संकट आने पर इस सूत्र ने एक-दूसरे की मदद

की। मैं प्रोफ़ेसर शंकर पुरोहित और डॉक्टर समदर्शी सोमरस की तरह तो ज्ञानी नहीं हूँ, परन्तु इतना कहना चाहता हूँ कि राष्ट्रीय स्वयंसेवक संघ, जैसाकि इसका नाम है और इसका लक्ष्य है, उसी के अनुकूल उसने इन उत्सवों को मनाने की व्यवस्था की है। इन उत्सवों को हिन्दू समाज अनन्तकाल से मनाता आ रहा है। भगवान इन्द्र और शची की कथा आपने अभी सुनी है। ऐसी ही एक कथा भगवान कृष्ण और द्रौपदी से भी जुड़ी हुई है। हुआ यह कि एक बार भगवान कृष्ण की अँगुली से जब रक्त बह रहा था, तब पाण्डवों की पत्नी द्रौपदी ने अपनी साड़ी का किनारा फाड़कर उनकी अँगुली पर बाँध दिया। उसी समय भगवान कृष्ण ने द्रौपदी की रक्षा का संकल्प लिया, जिसे उन्होंने आजीवन निभाया। ऐसा ही भारतीय इतिहास का एक और उदाहरण बहुत प्रसिद्ध है जिसे हमारे पाठ्यक्रमों में भी पढ़ाया जाता है। यह घटना इस प्रकार है जब चित्तौड़ की रानी..."

"मुझे इसी का डर था इन्दरजीत जी कि इन प्रबुद्धों में से कहीं कोई उन आततायी मुगलों की घिसी-पिटी और कांग्रेस के पाले कम्युनिस्टों की लिखी झूठी कहानी को सुनाना न शुरू कर दे!" रुद्रपाल ने दाँत पीसते हुए कहा।

"लेकिन इसे बीच में रोक भी तो नहीं सकते। जब इतनी बार इस कहानी को सुन चुके हैं, तो एक बार और सही।" इन्दरजीत नगर कार्यवाह को समझाते हुए बोला।

"हद है! हम इन मुसलमानों के इतिहास को मिटाना चाहते हैं और ये हैं कि..."

इससे पहले कि रुद्रपाल अपनी बात पूरी करता, विवेकानन्द सत्यार्थी दाद लेने के स्वार्थ में उसकी तरफ़ देखते हुए अपना निबन्ध जारी रखते हुए बोला, "...हुमायूँ रानी कर्मावती की रक्षा की पूरी कोशिश करता है, परन्तु दुश्मनों के बढ़ते कदमों को वह रोक नहीं पाता और हारकर रानी कर्मावती जौहर व्रत धारण कर लेती है। अन्त में, मैं अपनी बात इस सन्देश के साथ समाप्त करता हूँ, कि वास्तव में यह पर्व सामाजिक समता और समरसता का पर्व है। इसमें स्त्री-पुरुष बिना किसी वर्ण, वर्ग और भेदभाव के, एक-दूसरे को राखी बाँधते हुए यह संकल्प लेते हैं कि हम अपनी शक्ति व बल के आधार पर एक-दूसरे की रक्षा करेंगे...भारत माता की जय!"

विवेकानन्द सत्यार्थी ने भी अपने उद्बोधन के अन्त में जिस जोश और उत्साह के साथ भारत माता की जय का उद्घोष किया, और जिस तरह सामने बैठे स्वयंसेवकों ने पूरे जोश के साथ उसका साथ दिया, उससे उसे जँच गया कि एफ़सीआरए यानी फ़ॉरेन कंट्रीब्यूशन रेगुलेशन एक्ट और राजभाषा में बोलें तो, विदेशी अंशदान विनियमन अधिनियम के अन्तर्गत उसकी एनजीओ का रजिस्ट्रेशन होने से अब कोई नहीं रोक सकता।

"अब मैं अन्त में आमन्त्रित करता हूँ इस्माईलपुर नगर टोली प्रबुद्ध प्रकोष्ठ के संयोजक, प्रसिद्ध इतिहासकार और जेएनयू के पूर्व प्रोफ़ेसर शंकर पुरोहित जी को, जो हमें इससे पूर्व तेजोमहालय और नेहरू के पूर्वज निहारू सम्बन्धी खोजों से परिचित करा चुके हैं। आप सभी से अनुरोध है कि ऐसे ज्ञानी और हिन्दू हितैषी इतिहासवेत्ता का करतल ध्वनियों से जोरदार स्वागत करें!"

और सचमुच हिन्दू हितैषी इतिहासवेत्ता प्रोफ़ेसर शंकर पुरोहित का करतल ध्वनियों के साथ ऐसा स्वागत हुआ कि, जब तक अपनी जगह से उठकर वह मंच पर नहीं आ गया, पूरे वातावरण में तालियों की गड़गड़ाहट गूँजती रही। प्रोफ़ेसर शंकर पुरोहित पहली बार जीवन में इस क़दर भावुक हुआ, कि एक बार मन में आया मारे ख़ुशी के वह मंच पर फफक कर रो पड़े। बड़ी मुश्किल से अपने भीतर उछाल मारती भावुकता की लहरों को थाम पाया वह।

मंच पर आने के बाद कुछ पल लगे प्रोफ़ेसर साहब को भावुकता की गहरी खाई से बाहर निकलने में। पहले उसने सामने बैठी सफ़ेद शर्ट्स पर प्लास्टिक और कुछ चमड़े की बैल्ट से कसी ग्रे रंग की फुल पैंट, और कुछ ख़ाकी निकरों के साथ सिर पर पहनी काली टोपियों पर नज़र डाली। उसके बाद उसने हल्के से आँखें बन्द कीं और एक मन्त्र पढ़ने लगा।

प्रोफ़ेसर शंकर पुरोहित अभी मन्त्र के पहले श्लोक को पूरा करता, सामने बैठी नगर टोली में फुसफुसाहट शुरू हो गयी। किसी को अपने कानों पर विश्वास नहीं हो रहा कि जिस मन्त्र को वे सुन रहे हैं, उसका श्लोक जवाहरलाल नेहरू विश्वविद्यालय जैसे कम्युनिस्टों के गढ़ कहे जानेवाले इतिहास के एक प्रोफ़ेसर के श्रीमुख से निकल रहा है।

"इन्दरजीत जी, मैं तो प्रोफ़ेसर साहब को केवल इतिहासकार समझे बैठा था लेकिन ये तो प्रकाण्ड पण्डित निकले!" रुद्रपाल ने आह्लादित होते हुए अपने पास बैठे इन्दरजीत से कहा।

"आप सही कह रहे हैं रुद्रपाल जी। यह एकात्मता-मन्त्र हर किसी को नहीं आता। सच कहूँ मुझे भी नहीं आता।" ज़िला कार्यवाह इन्दरजीत ने अपनी ईमानदारी का परिचय दिया।

"आपको क्या, मुझे भी नहीं आता है।" रुद्रपाल भी सच्चाई स्वीकारते हुए बोला।

इसी बीच उन दोनों ने देखा कि प्रोफ़ेसर शंकर पुरोहित *एकात्मता-मन्त्र* समाप्त कर चुका है।

"मित्रो, सबसे पहले मैं अपनी नगर टोली द्वारा मनाये जा रहे इस *रक्षा-सूत्र* पर्व जिसे हम रक्षाबन्धन भी कहते हैं, की बहुत शुभकामनाएँ देता हूँ। रक्षाबन्धन अर्थात् श्रावण माह की पूर्णिमा के दिन मनाया जानेवाला पर्व... यानी *ओइम सहनाववतु* अर्थात् परस्पर एक-दूसरे की मिलकर रक्षा करने का सन्देश देनेवाले या कहिए, प्रतीक के रूप में धागे के पवित्र सूत्र में एक-दूसरे को बाँधनेवाले और समाज के सभी वर्ग, गुरु व शिष्य, मार्ग-दर्शक व साधक, पुजारी व भक्त, राजा व प्रजा, नारी व पुरुष, यजमान व पुरोहित, सवर्ण व अवर्ण, नेता व अनुयायी के बीच भेद-भाव को भुलाकर धागे के पवित्र सूत्र में आपस में रक्षा कर, समतायुक्त समरस समाज के विकास में भूमिका निभानेवाले इस पर्व में भी देख रहा हूँ कि सभी वर्ग, समुदाय और जातियों के स्वयंसेवक शामिल हैं। जैसाकि हम जानते हैं कि हमारे पूर्वजों ने हिन्दू समाज को अनेक गुणों से युक्त करने के लिए अनेक उत्सवों व पर्वों की योजना बनायी है। हम इससे भी भली-भाँति परिचित हैं कि लम्बे परतन्त्रता के काल में हिन्दू समाज का एक बड़ा वर्ग तो बहुत ही पिछड़ गया था। एक वर्ग विशेष के उपेक्षा के कारण कहीं वह अस्पृश्यों के रूप में, कहीं वनवासियों, कहीं गिरिवासियों व अन्य पिछड़े वर्गों के रूप में...और बड़े-बड़े नगरों-महानगरों की झुग्गी-झोपड़ी बस्तियों में वह नारकीय जीवन बिताता हुआ दिखाई देता है। सच कहूँ, ऐसा वर्ग हिन्दू समाज के माथे पर कलंक है। राष्ट्रीय स्वयंसेवक संघ का उदय सम्पूर्ण हिन्दू समाज को संगठित

करके उसे एकरूप बनाने के लिए हुआ था। इसलिए आइए, आज रक्षाबन्धन के दिन अपने इन बहन-भाइयों को हम राखी बाँधकर, तथा उनके हाथों से अपने हाथों में राखी बँधवाकर, एक-दूसरे की रक्षा करने का संकल्प लें। उनके सुख-दुःख में भागीदार बनें, उनके साथ उठे-बैठें, खेलें-कूदें, खायें और..." प्रोफ़ेसर शंकर पुरोहित बीच में कुछ पलों के लिए जैसे साँस लेने के लिए रुका।

सामने बैठे शकुनि आर्य ने बाक़ी का वाक्य मन-ही-मन पूरा करते हुए, प्रोफ़ेसर शंकर पुरोहित को धन्यवाद दिया, कि अच्छा हुआ जो उसने यह वाक्य पूरा नहीं बोला।

प्रोफ़ेसर साहब ने तुरन्त अपने को सँभाला और यह कहकर अपना अमृत-वचन समाप्त कर दिया, "हमें व्यक्ति-व्यक्ति को स्नेह के पवित्र धागे में बाँधकर, परम पवित्र भगवे धागे के रूप में अपनी त्यागमयी, शौर्यमयी संस्कृति की पूजा करनी है...और साथ में संकल्प भी लें, कि संघ के इस पवित्र सन्देश को हर हिन्दू तक पहुँचायेंगे...भारत माता कीऽऽऽ..."

बाक़ी का जय सामने बैठे माँ भारती के उपासकों ने पूरा कर दिया।

प्रोफ़ेसर शंकर पुरोहित के मंच से उतरने के बाद रुद्रपाल एक बार फिर मंच पर आ गया। उसने कलाई पर बँधी घड़ी में समय देखा और बोलने लगा, "तो अब वह घड़ी आ गयी है जिसकी हम सबको प्रतीक्षा है। मेरा ज़िला कार्यवाह इन्दरजीत जी से अनुरोध है कि सर्व प्रथम वे *गुरुजी* को रक्षा-सूत्र बाँधकर रक्षाबन्धन पर्व की विधिवत् शुरुआत करें। इसके बाद सभी स्वयंसेवक मंच पर रखे जानेवाले थाल से राखियाँ लेकर एक-दूसरे के दाहिने हाथ में बाँधेंगे!"

नगर कार्यवाह की इस घोषणा के बाद मुख्य शिक्षक भरत प्रसाद ने स्वस्तिक बनी एक थाली, जिसमें चन्दन, रोली, अक्षत की छोटी-छोटी कटोरियों के साथ बहुत सारी राखियाँ रखी हुई हैं, मंच पर लाकर रख दी।

इन्दरजीत अपनी जगह से उठा और मंच के अगले हिस्से के एक तरफ़ ज़मीन में गड़े गुरुजी अर्थात् संघ-ध्वज के सामने आकर विधिवत् और विशेष मुद्रा में उसे प्रणाम किया। उसके बाद थाली से राखी के रूप में रखा रक्षा-सूत्र उठाया और उसे ध्वज-दण्ड पर बाँध दिया। राखी बाँधने के बाद फिर थाली

में रखी कटोरियों से रोली, चन्दन, अक्षत का तिलक लगा पुनः प्रणाम किया और अलग हट गया।

ज़िला कार्यवाह द्वारा रक्षाबन्धन पर्व की विधिवत् शुरुआत करने के बाद, स्वयंसेवक एक-एक कर थाली से रक्षा-सूत्र उठा एक-दूसरे की कलाई पर बाँधने लगे। थाली से राखियाँ दलपत मीणा, राजू बजरंगी, मनोज भारती और राजन गौतम ने भी उठायीं। लेकिन देर तक राजू दुविधा में फँसा यह सोचता रहा, कि वह किसकी कलाई पर इस रक्षा-सूत्र को बाँधे? कुछ पल सोचने के बाद अचानक उसकी नज़र पास में खड़े संस्कृत के शिक्षक तथा सत्यनारायण की कथा पढ़ने के अलावा, शादी-विवाह और दूसरे सनातनी अनुष्ठानों के अवसर पर पूजा-पाठ करानेवाले दिवाकर शास्त्री पर पड़ी। वह तेज़ी से शास्त्री की तरफ़ लपका और जैसे ही उसने मुस्कराते हुए राखी अर्थात् रक्षा-सूत्र बाँधने के लिए अपना हाथ उसकी कलाई की ओर बढ़ाया, शास्त्री ने धीमे स्वर में यह कहते हुए राजू का हाथ छिटक दिया, "तू अपने लोगों को राखी बाँध!" शास्त्री का इशारा दलपत मीणा, मनोज भारती, राजन गौतम की तरफ़ था।

राजू बजरंगी की अँगुलियों में फँसा रक्षा-सूत्र हवा में झूलकर रह गया। कुछ नहीं कहा उसने और चुपचाप कुछ दूर खड़े दलपत मीणा, मनोज भारती, राजन गौतम की तरफ़ बढ़ गया। एक-एक कर उसने उनकी कलाइयों में राखी बाँध दी।

देर तक राखी बाँधने का सिलसिला चलता रहा। मुख्य शिक्षक भरत प्रसाद ने गुरुजी को विधान के अनुसार ज़मीन से उखाड़ा। विधान के अनुसार ध्वज की तह बनायी और उसे एक थैले के हवाले कर दिया। इसके बाद एक-एक कर सारे स्वयंसेवक लौटने लगे, तो शकुनि आर्य ने राजू बजरंगी को आदेश देते हुए कहा, "राजू, इन दरियों को सिमटवाकर आर्य समाज मन्दिर में रखवा देना!"

राजू बजरंगी चुपचाप इन्दिरा कॉलोनी झुग्गी-झोपड़ी के कुछ माँ भारती के सपूतों के साथ मिलकर दरी समेटने लगा। जबकि अन्य स्वयंसेवक एक-एक कर अपने-अपने घरों की ओर जाने लगे।

रक्षाबन्धन महोत्सव के सम्पन्न होते-होते दोपहर के बारह बज गये।

रक्षाबन्धन महोत्सव मनाकर जब सारे स्वयंसेवक शिवालय की तरफ़ आये, तो शिवालय परिसर में खड़े एक पुराने नीम के मज़बूत तने पर पड़े झूले पर झूला झूलती, और मल्हार गाती स्त्रियों के स्वर शकुनि आर्य के कानों में पड़े। वह समझ गया कि इस पर्व पर बहन-बेटियाँ भाइयों की कलाइयों पर राखी बाँधने अपने मायके आती हैं। एकाएक उसे अपने बचपन के दिन याद आ गये, जब सावन के महीने में तीज के आसपास रसूलपुर में जगह-जगह मल्हार गाती स्त्रियों के झुण्ड दिखाई देते थे। शकुनि आर्य नीम से कुछ दूर आकर खड़ा हो गया, और इस जानी-पहचानी मल्हार के मीठे शब्दों को सुनने लगा–

मीठी तो कर दे हे माँ कोथळी
हाँ री जाँगे बाहण के देस, पपीहा बोल्या पीपळी

सखियाँ तो सारी री मौसी जा लई
हे मौसी जायेगी बाहण मेरे साथ पपीहा बोल्या पीपळी।

शिवालय से बाहर आने तक कानों में रह-रहकर टपकते मल्हार के गीले शब्दों को सुन उसे लगता रहा, जैसे कभी वह माँ से अपनी छोटी बहन बिन्नू के ससुराल कोथली लेकर जाने की यह मनुहार कर रहा है–*मीठी तो कर दे हे माँ कोथळी* और, कभी माँ उससे कह रही है–*ओ रे ल्याइए बाहण ने गैल, पपीहा बोल्या पीपळी!*

सावन की उमस-भरी गरमी के बीच जब-जब हवा के झोंकों के साथ, शकुनि के कानों में नीम के पेड़ पर पड़े झूले से मल्हार के पसीजे स्वर घुलते, तब-तब उसकी आँखें भर आतीं। भरी आँखों के सामने लगता, मानो बिन्नू उससे अपने साथ ले जाने की गुहार लगा रही है।

37

जैसे-जैसे आश्विन, आसोज अर्थात् क्वार या कहिए अक्तूबर का महीना निकट आने लगा आशियाना आरडब्ल्यूए की गतिविधियों में तेज़ी आने लगी। इस बीच आरडब्ल्यूए अध्यक्ष और महासचिव वास्तु-शास्त्र और उनके

आध्यात्मिक रूप को देखते हुए संगमरमर की मूर्तियों का ऑर्डर कर आये।

आशियाना हाउसिंग सोसाइटी को तो इस दिन का बेसब्री इन्तज़ार है ही, बल्कि आसपास की दूसरी सोसाइटीज़ का उल्लास और उत्साह भी देखते बन रहा है। यह पहला अवसर है जब किसी सोसाइटी के कम्युनिटी हाल में मूर्तियों की प्राण-प्रतिष्ठा होने जा रही है। अभी तक यहाँ के निवासियों ने प्राण-प्रतिष्ठा का नाम-भर सुना था। इधर जैसे ही राजू बजरंगी को इस बात की भनक लगी कि सावरकर सदन में मूर्तियाँ स्थापित होने जा रही हैं, उसने अपनी सक्रियता बढ़ा दी। वह अब इसी कल्पना में डूबता-तिरता रहता कि जिस दिन यहाँ मन्दिर बन जायेगा, उसके बाद का दृश्य कैसा होगा? जब राजू बजरंगी होने पर उसकी माँग और सम्मान इतना बढ़ गया है, तो यहाँ मन्दिर बनने और उसमें रहने के कारण उसकी मान-प्रतिष्ठा में और वृद्धि हो जायेगी। इसलिए आशियाना में लगनेवाली शाखा में वह पहले से अधिक निष्ठा और लगन से भाग लेने लगा। बल्कि उसने एक चौथाई प्रार्थना भी याद कर ली है। कई सुभाषित, अमृतवचन और एकाध शाखा-गीत भी रट लिए हैं। *भारत माता की जय, वन्दे मातरम् सहित हर-हर, बम-बम... रुद्र देवता, जय-जय काली... जय शिवाजी, जय प्रताप... भारत के शहीदों की जय... जयकारा वीर बजरंगी, हर-हर महादेव* जैसे जयकारे तो उसको पहले से ही याद हैं।

इधर भले ही आशियाना आरडब्ल्यूए के पदाधिकारियों की श्रीमतियों को राजू बजरंगी की असलियत का पता चल चुका है, बावजूद इसके वे यदा-कदा राजू की मदद लेना नहीं भूलती हैं। बल्कि, जबसे आशियाना में मन्दिर निर्माण की ख़बर मन्थरा आंटी और उसकी मित्र मण्डली मंजू सिंगला, मिसेज़ मेहता, मिसेज़ गुप्ता, मिसेज़ शर्मा को लगी है, वे भी सक्रिय हो गयीं। इतना ही नहीं राष्ट्रवादी कवि समदर्शी सोमरस, विवेकानन्द सत्यार्थी, पूर्व प्रोफ़ेसर शंकर पुरोहित, दिवाकर शास्त्री, वकील कुलभूषण वर्मा और दैनिक राष्ट्रवाद का विशेष संवाददाता संगीत त्यागी भी अपनी उपस्थिति दर्ज कराने से नहीं चूक रहे हैं। संगीत त्यागी तो अपने दैनिक राष्ट्रवाद में इस समारोह को लेकर एक ख़बर भी छाप चुका है। इसलिए आसपास की सोसाइटीज़ में जिन्हें नहीं पता था, इस समाचार को पढ़कर उन्हें भी पता चल गया, कि आशियाना हाउसिंग सोसाइटी में उनके देवी-देवताओं की प्राण-प्रतिष्ठा होने जा रही है।

ख़बर डॉ. मंसूर आलम के कानों में भी पड़ी।

ऐसी ख़बरों को सुनकर उसे अब कोई हैरानी नहीं होती है। हाँ, कुछ पल के लिए थोड़ी-सी बेचैनी ज़रूर होती है। उसने फ़ातिमा को बुलाया और अपनी बेचैनी को बाँटते हुए बोला, "सुना कुछ?"

"क्या?" डॉ. मंसूर की तरफ़ से उछले इस औचक सवाल पर फ़ातिमा ने चौंकते हुए पूछा।

"यही कि प्रेमचन्द सदन को अब मन्दिर बनाया जा रहा है। यह भी सुना है कि उसके लिए मूर्तियों का ऑर्डर भी कर दिया गया है!" डॉ. मंसूर आलम आज भी आशियाना के कम्युनिटी हाल को *प्रेमचन्द सदन* ही कहता है।

"इसमें हैरानीवाली बात क्या है? यह तो उसी दिन तय हो गया था, जब इसका नाम बदलकर पहले तुलसी सदन और फिर सावरकर सदन कर दिया गया था। ईमानदारी से आपको एक बात बताऊँ, मैंने तो उस दिन के बाद इसमें झाँकना छोड़ दिया, जब प्रेमचन्द सदन से इसका नाम तुलसी सदन किया गया था...मन्दिर बनने के बाद तो वहाँ जाने का वैसे भी सवाल नहीं उठता। और ग़लती से या जाने-अनजाने चले गये, तो उसके बाद क्या होगा, कहना मुश्किल है।" डॉ. मंसूर के बिना पूछे फ़ातिमा ने कई सवालों का जवाब दे दिया।

डॉ. मंसूर आलम कुछ नहीं बोला।

"देखिए, इसमें कोई अचम्भेवाली बात नहीं है।" इसके बाद फ़ातिमा एक फ़ीकी हँसी हँसते हुए बोली, "मंसूर, यह सोसाइटी भी इनकी और हाल भी इन्हीं का। हमारा क्या है इसमें। इनकी मर्ज़ी अपनी ज़ायदाद का यह किस तरह इस्तेमाल करते हैं। हमने कुछ कह दिया तो टका-सा जवाब मिलेगा कि तुम्हें दे तो दिया है पाकिस्तान...और अगर ग़लती से इनसे बहस शुरू कर दी, तो कह दिया जायेगा कि चले जाओ अपने पाकिस्तान!"

मन-ही-मन डॉ. मंसूर आलम ने ख़ुद से कहा कि फ़ातिमा सही कह रही है। इस पाकिस्तान-पुराण को सुन-सुनकर अब तो उसके भी कान पकने लगे हैं।

"मैं तो अब भी कह रही हूँ कि मूर्ति बैठानेवाले दिन सोसाइटी में कोई बलवा-बवेला हो, उससे पहले किसी से फ़्लैट का सस्ता-मन्दा सौदा कर निकल लो यहाँ से!"

लेकिन डॉ. मंसूर आलम ने फ़ातिमा को कोई उत्तर नहीं दिया। वह तो मन-ही-मन यह उपाय खोजने लगा कि किसी तरह यह दिन टल जाये। वह सोचता है कि कई बार वैसा नहीं होता, जैसा आदमी सोचता है। उसे याद आता है जब इस देश में एक रथयात्रा निकली थी, तब भी इसी तरह की अफ़वाहें इधर से उधर फ़िज़ा में तैरती रहती थीं। लेकिन जैसे ही अगले पल उसे इसके दो साल बाद अयोध्या में घटी घटना याद आयी, वह भीतर तक सिहरता चला गया। उसके बाद जिस तेज़ी के साथ मुल्क के हालात बदलते गये, उन पर डॉ. मंसूर ठहर कर सोचता है, तो उसे फ़ातिमा की सलाह ठीक ही लगती है। इससे पहले उस दिन कोई बलवा-फ़साद हो, उन्हें यह फ़्लैट बेचकर कहीं सुरक्षित जगह पर चले जाना चाहिए। वैसे भी हिन्दू नववर्ष के दिन वह देख चुका है, कि उस दिन उसके घर के बाहर क्या हुआ था। बल्कि अब तो जिस तरह आये दिन मॉब लिंचिंग की वारदातें सुनने और देखने को मिल रही हैं, वह और भी ख़तरनाक है। हालत यह हो गयी है कि शाम को जब तक आरिफ़ घर नहीं आ जाता, दोनों पति-पत्नी अनिष्टताओं के बीहड़ में चहल-क़दमी करते रहते हैं।

सितम्बर का महीना।

हिन्दू पंचांग के अनुसार भाद्रपद माह के शुक्ल पक्ष की आठवीं तिथि। दूसरे शब्दों में कहें तो अष्टमी से ठीक एक महीना बाद आश्विन माह के शुक्ल पक्ष की नवीं तिथि अर्थात् विजयदशमी का पर्व। आश्विन शुक्ल का दसवाँ अर्थात् दशमी का दिन। सुबह से पूरे आशियाना में उल्लास का वातावरण है। सावरकर सदन के बाहर दाहिने ओर जहाँ हिन्दू नववर्ष का पर्व बड़े धूमधाम से मनाया गया था, और उसके बाद नियमित रूप से जहाँ शाखा लगती है, उस जगह को अच्छी तरह साफ़ कराया जा रहा है। लोहे की ग्रिल से डॉ. मंसूर आलम ने ध्यान से देखा, तो पाया आरडब्ल्यूए अध्यक्ष नेमचन्द शर्मा और उपाध्यक्ष श्यामलाल वर्मा शाखावाली जगह का बड़ी बारीकी से मुआयना कर

रहे हैं। मुआयना करते हुए वे मैन गेट से थोड़ी दूर आकर रुक गये। जहाँ तक डॉ. मंसूर को जानकारी है मूर्तियों की प्राण-प्रतिष्ठा तो प्रेमचन्द सदन में होनी हैं, फिर इस जगह को इतने ध्यान से क्यों देखा जा रहा है? कहीं ऐसा तो नहीं है कि मन्दिर की जगह बदल दी गयी है? डॉ. मंसूर को यह भी पता है कि मूर्तियों की प्राण-प्रतिष्ठा नवरात्रों में होनी है, तब क्या उसका भी समय बदल दिया गया है? कुछ समझ में नहीं आ रहा है उसके।

शाखा की जगह पड़ोस की मार्केट के टेंट हाउस से छह-सात दरियाँ लाकर बिछा दी गयी हैं, जिनके बीचो-बीच एक चौकी बिछा, उस पर पूजा का सामान रख दिया गया है। इस दृश्य को देख डॉ. मंसूर को पक्का यक़ीन हो गया, कि यह तैयारी मन्दिर के भूमि-पूजन के लिए हो रही है। दस बजते-बजते एक-एक कर आशियाना रेसिडेंट वेलफेयर एसोसिएशन के सारे पदाधिकारी शाखावाली जगह पर एकत्रित हो गये। धीरे-धीरे सोसाइटी के दूसरे लोग भी आ गये। देखते-देखते ज़मीन पर बिछी दरियों पर अच्छी-ख़ासी भीड़ जमा हो गयी। एकाएक ग्यारह बजे सोसाइटी के मैन गेट के पास हलचल शुरू हो गयी। डॉ. मंसूर आलम ने देखा कि जहाँ रोज़ाना शाखा लगती है, वहाँ बिछी दरियों के बीच रखी चौकी के चारों ओर आरडब्ल्यूए के सारे पदाधिकारी बैठ गये। एक बार तो उसके मन में आया कि वह भी जाकर देखे कि यह क्या हो रहा है, किन्तु इस डर से नहीं गया कि उसे आया देख पता नहीं कौन क्या कह दे? सबसे अधिक भय उसे इस प्रेमचन्द सदन यानी सावरकर सदन में रहनेवाले राजू बजरंगी से लगता है। जबसे उसे यह पता चला है कि हिन्दू नववर्ष के दिन मनाये गये *भगवा दिवस* के अवसर पर उसके घर के बाहर, *मैं हिन्दू हूँ* का ध्वज *जय श्रीराम* के नारे के साथ उपद्रव मचाते राजू बजरंगी ने टाँगा था, तबसे उसे इससे और ज़्यादा डर लगने लगा है। इसी डर के चलते डॉ. मंसूर आलम वहाँ नहीं गया।

इसी बीच डॉ. मंसूर ने देखा कि आरडब्ल्यूए अध्यक्ष नेमचन्द शर्मा ने पूजा शुरू कर दी, जो देर तक चली। पूजा के बाद सारे पदाधिकारी पूजा की थाली के साथ मैन गेट और सावरकर सदन के बीच में आ गये। वहाँ पहले से पड़ी बल्ली के पतले सिरे पर केसरिया पताका टाँग दी गयी। इस बीच अध्यक्ष नेमचन्द शर्मा ने वहाँ खड़े राजू बजरंगी की तरफ़ देखा और उसे कुछ इशारा

किया। इशारा पाते ही राजू वहाँ रखे फावड़े से गड्ढा खोदने लगा। गड्ढा खुदने के बाद यहाँ भी पूजा शुरू हो गयी। पूजा सम्पन्न होने के बाद पताका लगी बल्ली को सीधा खड़ा कर जय श्रीराम के उद्घोष के साथ, उसके चारों तरफ़ मिट्टी डाल गड्ढे को मज़बूत कर दिया गया। डॉ. मंसूर के कुछ पल्ले नहीं पड़ रहा है। मन्दिर निर्माण के लिए भूमि पूजन तो समझ में आता है, लेकिन केसरिया पताका के साथ खड़ी की गयी इस बल्ली का प्रयोजन क्या हो सकता है? बीच-बीच में डॉ. मंसूर की नज़र एक फोटोग्राफ़र पर पड़ती रही, जो खचाखच इस पूरे दृश्य को अपने कैमरे में क़ैद करने में जुटा हुआ है। पूरी डेढ़ घण्टे चली इस पूरी प्रक्रिया को देख डॉ. मंसूर को पक्का यक़ीन हो गया कि पिछले कुछ दिनों, बल्कि महीनों से आशियाना अपार्टमेंट में मन्दिर निर्माण की जो चर्चा चल रही थी, वह एकदम सही है।

डॉ. मंसूर आलम और फ़ातिमा की जब-जब ग्रिल से बाहर नज़र जाती, तो सामने पूरे धज के साथ खड़ा धर्म-ध्वज फहराता दिखाई देता। हवा के झोंकों के साथ अलग-अलग मुद्राओं में वह जितना फहराता, डॉ. मंसूर की आशंकाएँ उतनी ही बलवती होती जातीं। तरह-तरह की जानी-अनजानी आशंकाओं के बीच डॉ. मंसूर आलम की वह रात कटी।

सुबह-सुबह फ़ातिमा ने चाय बनाने के लिए गैस स्टोव पर पानी की भगोनी चढ़ा दी। उसने जैसे ही भगोनी में डालने के लिए चाय की पत्ती का जार खोला, तो पाया चाय की पत्ती ख़त्म हो चुकी है। फ़ातिमा ने अख़बार पढ़ते मंसूर को बताया, तो वह सोसाइटी के बग़ल की दुकान से चाय की पत्ती लेने चला आया। सुबह की दुआ-सलाम के आदान-प्रदान के बाद दुकान मालिक ने मुस्कराते हुए कहा, "तो इस बार अपनी सोसाइटी में रामलीला करा रहे हो डॉक्टर साब!"

"गुप्ता जी, आपको कैसे पता?" डॉ. मंसूर आलम ने हैरानी जताते हुए पूछा।

"लो, अखबारों में खबर छपी हुई है और आप पूछ रहे हो कि मुझे कैसे पता!" दुकान मालिक हँसते हुए बोला।

"कौन-से अख़बार में?"

"इसी में जो आपके सामने पड़ा है।"

डॉ. मंसूर ने सामने पड़े हिन्दी के अख़बार के शीर्षक को देखा—दैनिक राष्ट्रवाद।

"मैं दरअसल अंग्रेज़ी का लेता हूँ।" इतना कह डॉ. मंसूर अख़बार के पन्ने पलटते हुए बोला, "कहाँ छपी है?"

दुकानदार ने वह पृष्ठ जिस पर समाचार छपा हुआ है, उसे खोलकर मंसूर के सामने रखते हुए कहा, "यह देखिए!"

डॉ. मंसूर की जैसे ही राष्ट्र व हिन्दुत्व को समर्पित दैनिक राष्ट्रवाद के दूसरे पृष्ठ पर दो कॉलम के चित्र के साथ छपी ख़बर के शीर्षक पर पड़ी, उसने मन-ही-मन अपने आपको ढेर सारी मलामतें दे डालीं। ख़बर पढ़ने से पहले उसने उसके साथ छपे चित्र को ध्यान से देखा, तो उसकी आँखों के सामने एक दिन पहले के सारे दृश्य ताज़ा हो उठे। वह खड़े-खड़े *श्रीरामलीला कमेटी आशियाना सोसाइटी ने विधि-विधान से किया भूमि-पूजन* शीर्षक से छपी ख़बर को होंठों-ही-होंठों में पढ़ने लगा।

"गुप्ताजी, इस अख़बार को थोड़ी देर के लिए मैं ले जा रहा हूँ!" ख़बर पढ़ने के बाद डॉ. मंसूर आलम ने दुकानदार को चाय पत्ती के पैसे देते हुए कहा।

"कोई बात नहीं...ले जाइए।"

डॉ. मंसूर ने अख़बार लिया और घर की ओर चल दिया।

दुकान से लेकर घर तक पूरे रास्ते डॉ. मंसूर मन-ही-मन सोचता रहा कि इस बार अपने आशियाना अपार्टमेंट में पूरे दस दिन तक रौनक लगी रहेगी। घर पहुँचने से पहले अपने शहर रामपुर की *श्री सनातन रामलीला कमेटी* द्वारा श्री रामचन्द्र की लीलाओं के मंचन के धुँधले पड़ चुके दृश्य यकायक ताज़ा होते चले गये। उसे याद है कि उसके अब्बू मख़दूम चिराग़ बताया करते थे कि उनके शहर में 1847 से लगातार रामलीलाओं का मंचन होता रहा है। अब्बू बताते थे कि रामपुर में रामलीलाओं की शुरुआत यहाँ के आख़िरी नवाब रज़ा अली खाँ ने की थी। नवाब साहब ने कोसी मन्दिर मार्ग पर अपनी जो अस्सी बीघा ज़मीन इसके लिए दान में दी थी, आज भी उसी

कोसी रामलीला मैदान पर *श्री सनातन रामलीला कमेटी* द्वारा रामलीलाओं का मंचन होता है।

अपने रामपुर की रामलीलाओं में डूबा डॉ. मंसूर आलम कब अपने ब्लॉक की सीढ़ियाँ चढ़ पहली मंज़िल पहुँच गया, उसे पता ही नहीं चला। ऊपर जाते ही उसने दरवाज़े के बाहर लगी डोर बेल बजायी, तथा जैसे ही दरवाज़ा खुला, सामने खड़े व्यक्ति को देख वह सकपका गया। चेहरा सफ़ेद पड़ता चला गया उसका।

"अरे डॉक्टर साहब आऽऽऽप! आइए...आइए!"

इससे पहले कि सामने खड़ा व्यक्ति आगे कुछ कहता, डॉ. मंसूर तेज़ी से पलटा और बग़लवाले दरवाज़े की डोर बेल दबा दी। जब तक दरवाज़ा खुलता डॉ. मंसूर अकबकाया-सा खड़ा रहा। दरवाज़ा खुलते ही एक झटके के साथ अन्दर दाख़िल हुआ और दरवाज़ा बन्द कर दिया।

"क्या हुआ? इस तरह कैसे हड़बड़ा रहे हो? सब ठीक तो है?" फ़ातिमा ने घबराते हुए पूछा।

"कुछ नहीं बस ऐसे ही। ग़लती से मैं..." मंसूर कहते-कहते रुक गया।

"ग़लती से क्या...और यह कौन-सा अख़बार ले आये?" फ़ातिमा ने बात पकड़ते हुए कहा।

"एक मिनट, सब बताता हूँ...हुआ यह कि न जाने किस बे-ख़याली के चलते मैंने अपने डोर बेल के बजाय जेपी के घर की घण्टी बजा दी।"

"क्याऽऽऽ...जेपी भाईजान की घंटी बजा दी? ऐसा कहाँ खोये हुए थे जो उनकी घण्टी बजा आये?" फ़ातिमा मुस्कराते हुए बोली।

"बात यह है कि गुप्ता जी की दुकान से मुझे पता चला कि इस बार हमारी सोसाइटी में रामलीलाएँ होने जा रही हैं। पता है, कल जो सामने पूजा हो रही थी, वह क्या था?"

"क्या था...हो रही होगी मन्दिर की तामीर के लिए पूजा!" फ़ातिमा ने अनुमान लगाया।

"जी नहीं!" इसके बाद मंसूर ने हाथ में लिए अख़बार को खोला, और पहले से मुड़े दूसरे पृष्ठ पर छपे उसी समाचार को पढ़कर सुनाने लगा, जिसे वह गुप्ता की दुकान पर पहले भी पढ़ चुका है–

श्रीधार्मिक रामलीला कमेटी आशियाना हाउसिंग सोसाइटी के तत्वावधान में पहली बार होने जा रही श्रीरामलीला के आयोजन से पूर्व कमेटी के पदाधिकारियों ने सोसाइटी के परिसर में भूमि-पूजन किया। वैदिक मन्त्रोच्चार के मध्य हुए भूमि-पूजन में आशियाना रेसिडेंट वेलफेयर एसोसिएशन के सभी पदाधिकारियों ने भगवान श्रीराम से आयोजन के सफलतापूर्वक सम्पन्न करने की प्रार्थना की। एसोसिएशन के अध्यक्ष पण्डित नेमचन्द शर्मा ने पूजन-अर्चन में सबसे पहले गणपति गणेश का आह्वान कर पूजा की। इसके बाद नवग्रह, बोडश आदि का पूजन किया गया। तत्पश्चात भगवान श्रीराम, जानकी और पवन पुत्र हनुमान का पूजन किया गया। पूजन के अन्त में पण्डाल के लिए बल्ली का भी पूजन किया गया।

आधी ख़बर सुनाने के बाद वह बोला, "वैसे लग तो मुझे भी रहा था कि यह मन्दिर के लिए पूजा नहीं हो रही है। पता है, जब मैं अब्बू के साथ अपने रामपुर में कोसी मन्दिर मार्ग पर होनेवाली रामलीला देखने जाता था, तो ऐसा ही झण्डा वहाँ भी लगा होता था...इसलिए अपने रामपुर की रामलीलाओं में खोया मैं जेपी की तरफ़ चला गया था।"

"अच्छा यह तो बताइए कि जेपी भाईजान का दरवाज़ा किसने खोला था?" फ़ातिमा ने शरारतन पूछा।

"ख़ुद जेपी ने। दरवाज़ा खुलने के बाद जैसे ही मैंने देखा कि सामने जेपी खड़ा है, मेरे चेहरे पर हवाइयाँ उड़ने लगीं। मुझे देखते ही वह बोला कि अरे डॉक्टर साहब आप! आइए...आइए! उसे अपनी आँखों पर जैसे यक़ीन नहीं हुआ। उसे लगा होगा शायद मैं उसी के पास आया हूँ। मैं उसी वक़्त उलटे पाँव तेज़ी से अपने दरवाज़े की ओर लपका। उसकी समझ में कुछ नहीं आया कि मैंने क्यों तो उसके दरवाज़े की घण्टी बजायी और क्यों वापस लौट आया।" कुछ पल ख़ामोश रहने के बाद मंसूर ने फ़ातिमा की तरफ़ देखते हुए कहा, "पता है दशहरे के दिन प्रेमचन्द सदन में बाक़ायदा मन्दिर भी बन जायेगा।"

"आपको कैसे पता?" फ़ातिमा ने पास आते हुए पूछा।

"यह भी इस अख़बार में छपा हुआ है कि विजयदशमी को सोसाइटी के

सावरकर सदन में मूर्तियों की प्राण-प्रतिष्ठा की जायेगी।" इतना कह डॉ. मंसूर बाक़ी बची ख़बर पढ़कर सुनाने लगा–

एसोसिएशन के महासचिव जयप्रकाश सिन्हा ने बताया कि शारदीय नवरात्र के अन्तिम दिन विजयदशमी को सोसाइटी के सावरकर सदन में भगवान श्रीराम, हनुमान और माँ लक्ष्मी की मूर्तियों की प्राण-प्रतिष्ठा भी की जायेगी। आशियाना आरडब्ल्यूए श्रीरामलीला कमेटी द्वारा की गयी भूमि-पूजन के समय आरडब्ल्यूए उपाध्यक्ष श्यामलाल वर्मा, कोषाध्यक्ष डी.एन. भार्गव, महासचिव जयप्रकाश सिन्हा सहित सोसाइटी के अन्य गणयमान्य भी उपस्थित थे।

"प्राण प्रतिष्ठाऽऽऽ... मतलब?"

"यह एक रस्म है जिसके ज़रिये किसी देवता या देवी की मूर्ति को भजन और मन्त्रों के बीच मन्दिर में रखा जाता है। यह भी कहा जाता है कि मूर्ति की आँख पहली बार खोली जाती है। इसके बाद ही उनकी पूजा-पाठ शुरू होती है।"

फ़ातिमा कुछ नहीं बोली और चाय पत्ती का पैकेट ले किचन में चली गयी।

ऐसा हो ही नहीं सकता कि राष्ट्र व हिन्दुत्व को समर्पित दैनिक राष्ट्रवाद में इस्माईलपुर के आसपास का कोई समाचार छपे और उसे कोई ना पढ़े। जिन प्रबुद्धों को संघ से जोड़ने की मुहिम चलायी गयी थी, उनमें से कई प्रबुद्ध-जन जैसे समदर्शी सोमरस, विवेकानन्द सत्यार्थी, और पूर्व प्रोफ़ेसर शंकर पुरोहित तो अब निरन्तर शाखा में भी आने लगे हैं।

जयप्रकाश सिन्हा अन्य दिनों की तरह अगले दिन शाखा गया। *गुरुजी* को प्रणाम कर वह हटा ही था कि पूरे शिवालय मण्डल की उपस्थिति में मुख्य शिक्षक भरत प्रसाद ने चहकते हुए कहा, "जयप्रकाश जी, सुना है आपकी सोसाइटी में इस बार रामलीला होने जा रही है?"

"आपने सही सुना है। दरअसल, हुआ क्या कि आरडब्ल्यूए ने सावरकर सदन में जिस दिन प्राण-प्रतिष्ठा का निर्णय लिया था, उसी दिन यह भी तय हो गया था कि क्यों न इस बार अपनी सोसाइटी में रामलीलाओं का मंचन भी

कराया जाये। उसी रामलीला का परसों भूमि-पूजन और धर्म ध्वज की स्थापना की गयी थी।"

"एक बात कहूँ जयप्रकाश जी, सांस्कृतिक राष्ट्रवाद को सबसे अच्छी तरह अपने गौरव के प्रतीकों के माध्यम से ही पहचाना जाता है, और इस पहचान में राष्ट्रीय पहचान भी छिपी हुई है। संघ इसी को *सांस्कृतिक राष्ट्रवाद* कहता है। हमारे देश की एकता का मुख्य आधार हमारी संस्कृति है। यही कारण है कि हमारे देश के राष्ट्रवाद को सांस्कृतिक राष्ट्रवाद की संज्ञा दी गयी है। जिस तरह भारत को *भारत माता* कहना हमारे *सांस्कृतिक राष्ट्रवाद* के संस्कार को दर्शाता है, उसी तरह हमारी उदारता, संवेदनशीलता, मानवता के साथ-साथ सहिष्णुता का मूल कारण हमारी सांस्कृतिक विरासत है। पण्डित दीनदयाल उपाध्याय पश्चिमी सभ्यता द्वारा पोषित संकीर्ण राष्ट्रवाद के बहुत खिलाफ थे। इसलिए उन्होंने *राष्ट्रीय पहचान* और *राष्ट्रीय जागरण* की आवश्यकता पर जोर दिया। राष्ट्रवाद का उनका विचार सांस्कृतिक था, जो धर्म के सिद्धान्त पर आधारित था।"

बात चली थी आशियाना हाउसिंग सोसाइटी में रामलीलाओं की और रुद्रपाल ने भाषण दे दिया सांस्कृतिक राष्ट्रवाद पर। एक ऐसा भाषण जो अधिकतर माँ भारती के सपूतों के सिर से गुज़र गया।

"आज इसी सांस्कृतिक राष्ट्रवाद की आवश्यकता है। यह धर्म-निरपेक्ष जिसे पता नहीं वह मुस्लिम परस्त कांग्रेसी नेहरू कहाँ से उठा लाया, उसका इस देश से कोई मतलब ही नहीं है। जिस दिन पूरे देश में सांस्कृतिक राष्ट्रवाद लागू हो गया, समझ लेना उस दिन भारत हिन्दू राष्ट्र बन जायेगा...भरत जी, आप अपनी शाखा शुरू करिए!" नगर कार्यवाह रुद्रपाल ने मुख्य शिक्षक से कहा।

इसके बाद शाखा की समय सारिणी के अनुसार मुख्य शिक्षक ने शाखा की कार्यवाही शुरू कर दी। पहले कुछ योगासन फिर सन्धि व्यायाम और दण्ड के प्राथमिक प्रयोग के साथ-साथ अन्य शारीरिक कार्यक्रम के बाद सूर्यनमस्कार कराया गया। खेलों के अन्तर्गत जैसे ही खेलने की बारी आयी, शाखा कार्यवाह शकुनि आर्य ने मुख्य शिक्षक से कहा, "भरत जी, आज कोई प्रौढ़ोंवाला खेल खिलाइए!"

मुख्य शिक्षक सोचने लगा कि क्या खिलाया जाये? इसलिए इसका उसने एक आसान-सा उपाय ढूँढ़ते हुए स्वयंसेवकों से ही पूछा, "*कठघरा, घर बदलो, दण्ड दौड़, अन्धा आदमी* और *रुमाल तह करना* में से कौन-सा खेल खिलाया जाये?"

"आज आप रुमाल तह करना खेल खिलाइए!" शकुनि ने सुझाव दिया।

"ठीक है। किसी गण के पास रुमाल हो तो मुझे दीजिए!"

सह नगर कार्यवाह पारस जैन ने तुरन्त अपनी जेब से रुमाल निकालकर दे दिया।

रुमाल लेने के बाद मुख्य शिक्षक बोला, "जो-जो गण इस खेल को खेलना चाहते हैं, वे मण्डल में बैठ जायें!"

मुख्य शिक्षक के इतना कहते ही तरुण और अधेड़ क़िस्म के बहुत सारे स्वयंसेवक मण्डल में बैठ गये।

"खेल के बारे में तो आपको पता है कि इसे कैसे खेला जाता है। फिर भी एक बार और बता देता हूँ। इस खेल में एक गण मण्डल उठकर कुछ दूर तक जायेगा। उसके जाने के बाद कोई एक गण उस रुमाल की पाँच तह करेगा। जब इस रुमाल की तह हो रही होगी, तो सभी उसे ध्यान से देखेंगे कि उसकी किस तरह तह की जा रही है। इसके बाद वह उस रुमाल को खोलकर दूर खड़े गण को बुलाकर देगा, और उससे उसी क्रम में रुमाल की तह बनाने के लिए कहेगा। यदि वह गण उस रुमाल की तह उसी क्रम में बनायेगा जैसे मण्डल के गण ने बनाया है, तो इस दौरान मण्डल में बैठे बाकी गण शान्त रहेंगे...और गलत होने पर बाकी सब ताली बजायेंगे। जो गण सबसे कम समय में रुमाल की तह बनायेगा उसे संघ-वीर की उपाधि प्रदान की जायेगी... तो मैं अब खेल शुरू करता हूँ और सबसे पहले जिसका रुमाल है, यानी पारस जी से कहता हूँ कि वे दूर जाकर खड़े हो जायें।"

मुख्य शिक्षक का आदेश सुन पारस जैन मण्डल से दूर जाकर खड़ा हो गया।

इस तरह *रुमाल तह करना* खेल देर तक चलता रहा परन्तु कोई गण तह बनानेवाले गण की तरह तह बनाने में सफल नहीं हुआ। इस प्रकार न कोई

गण सही तह बना पाया, और न किसी को विजयी घोषित कर उसे संघ-वीर की उपाधि से नवाज़ा गया।

38

जैसे-जैसे शारदीय नवरात्र नज़दीक आने लगे, वैसे-वैसे आशियाना अपार्टमेंट के परिसर में मचनेवाली चिल्ल-पों, गहमा-गहमी और चहल-पहल में तेज़ी आ गयी। सावरकर सदन के दाहिने ओर ख़ाली पड़ी जगह, जहाँ पहले हिन्दू नववर्ष मनाया गया था और अब शाखा लगने लगी है, उस जगह पर नवरात्र से दो दिन पूर्व बड़े-बड़े तख़्तों को मिलाकर मंच बनना शुरू हो गया। इस तरह पहले नवरात्र से ठीक एक दिन पहले वैसा मंच तैयार हो गया, जैसा हिन्दू नववर्ष के अवसर पर आयोजित होनेवाले *भगवा दिवस* के दिन बनाया गया था। इसमें और उसमें अन्तर है तो केवल इतना कि इसके मध्य और अगले हिस्से में एक-एक परदा लगाया गया है। जिस समय *श्रीधार्मिक रामलीला कमेटी* के पदाधिकारियों की उपस्थिति में कारीगर परदों को ऊपर-नीचे खींचनेवाली रस्सियों से गिराकर और उठाकर जाँच रहे थे, उस समय बच्चे ही नहीं, बड़ों की भी अच्छी-ख़ासी भीड़ जमा हो गयी, और कौतूहलता के साथ ऊपर-नीचे गिरते परदों को देखने लगे। मंच के पिछले हिस्से में स्थायी रूप से टँगे परदे पर राजा दशरथ के महल और उसके आसपास का मन-मोहक दृश्य चित्रित है। इस चित्र को डूबकर देखने से लगता, जैसे आप सचमुच राजा दशरथ की नगरी में उसके महल के समक्ष खड़े हैं। जबकि मंच का अगला यानी मुख्य परदा, जिसकी मुख्य भूमिका दृश्य बदलने में होगी, उस पर भगवान श्रीराम दरबार का बहुत सुन्दर चित्र छपा हुआ है। दोनों परदों के विहंगम दृश्यों को देख, कुछ पलों के लिए ऐसा लगता मानो इन्हें देखनेवाला त्रेता युग में प्रवेश कर गया है।

इस मंच की अच्छी बात यह है कि डॉ. मंसूर आलम के घर से यह एकदम साफ़ दिखाई दे रहा है। वे चाहे तो दर्शकों के बीच न जाकर, अपने रामपुर की रामलीलाओं की तरह आसपास की छतों और छज्जों पर बैठे दर्शकों की तरह, अपनी बालकनी में बैठकर ग्रिल से ही देख सकते हैं। लेकिन

डॉ. मंसूर की सबसे बड़ी जिज्ञासा यह है कि इन रामलीलाओं में सोसाइटी में से कौन राजा दशरथ की भूमिका निभायेगा, कौन राम का चरित्र निभायेगा? कौन मन्थरा-कैकेयी बनेगा, कौन माता सीता बनेगा? कौन रावण का पात्र निभायेगा, कौन कुम्भकर्ण बनेगा? कौन हनुमान की गदा उठायेगा और कौन सुग्रीव बनेगा? डॉ. मंसूर मन-ही-मन अपनी सोसाइटी में इन पात्रों और चरित्रों की छवियाँ तलाशने लगा। अभी उसने यह तलाश शुरू की ही थी कि तभी फ़ातिमा भी आ गयी।

"अकेले में क्या सोच रहे हो?" फ़ातिमा ने चिन्तामग्न अपने शौहर से पूछा।

"फ़ातिमा, काफ़ी देर से मैं यह सोच रहा हूँ कि इन रामलीलाओं में अपनी सोसाइटी के कौन-कौन लोग होंगे जो दशरथ, राम, सीता, हनुमान, मन्थरा, कैकेयी, रावण, कुम्भकर्ण वग़ैरा-वग़ैरा के किरदार निभाएँगे?" डॉ. मंसूर ने मुस्कराते हुए जिज्ञासा प्रकट की।

डॉ. मंसूर की चिन्ता और जिज्ञासा एकदम जायज़ थी। उसने भी कभी यह सोचा नहीं कि उसके पड़ोस में रामलीला हो रही है, और उसे अन्दाज़ा नहीं है कि कौन किसका किरदार अदा कर सकता है।

"यह तो आप सही कह रहे हैं!"

"बल्कि किसी से यह भी नहीं सुना कि रामलीलाओं की रिहर्सल हो रही है...वरना अब तक तो प्रेमचन्द सदन में ढोलक-हारमोनियम के साथ डायलाग्स की धमा-चौकड़ी मची रहती।"

"हो सकता है कहीं और चल रही हो!"

"वैसे अपना जेपी इसमें कौन-सा किरदार निभा रहा होगा?" डॉ. मंसूर फ़ातिमा से मज़े लेते हुए बोला।

"जेपी भाई साब के जैसे रंग-ढंग हैं उससे तो ये राम ही बने होंगे!" फ़ातिमा ने चुटकी ली।

"मुझे नहीं लगता। यह तो विभीषण के लायक है।"

डॉ. मंसूर ने जिस अन्दाज़ में कहा, फ़ातिमा अपने पति को देखती रह गयी। एक पल के लिए वह समझ नहीं पायी कि मंसूर के मुँह से विभीषण शब्द अनायास निकला, या उसने जान-बूझकर कहा है?

"...औऽऽऽर सुमन भाभी को क्या रोल मिलना चाहिए?" मंसूर ने पत्नी को कोंचते हुए पूछा।

"ये तो मन्थरा के लायक हैं। जिस दिन से अपनी सोसाइटी में हिन्दू दिवस मना है न, इनके पैर ज़मीन पर नहीं पड़ रहे हैं। पता नहीं हम लोगों के बारे में लोगों से क्या-क्या कहती फिरती हैं। एक बात कहूँ, अल्लाह न करे कोई बलवा-सलवा हो गया तो अपनी सुमन भाभी को आप सबसे आगे देखना। इन मर्दों से तो फिर भी निपट लिया जाये, पर इस औरत ज़ात से पार पाना मुश्किल है।" इतना कह फ़ातिमा वहाँ से चली गयी।

डॉ. मंसूर आलम जाती हुई बीवी को पीछे से देखता रह गया। वह देर तक सोचता रहा कि फ़ातिमा ने यह सब क्या सोचकर कहा होगा? फ़ातिमा के जाने के बाद रामलीलाओं के लिए तैयार हो चुके मंच, और उसके अगले हिस्से पर लटके परदे पर छपे भगवान श्रीराम के दरबार में हनुमान द्वारा श्रीराम के पाँवों को पखारने के दृश्य को वह देर तक निरखता रहा। जब तक वह अपनी बालकनी में बैठा रहा, हवा के हल्के-हल्के झोंकों के साथ थिरकते उन परदों को निहारता रहा, जिन पर छपे चित्रों को देख उसकी आँखों के सामने अपने रामपुर की रामलीलाओं के धुँधले पड़ चुके दृश्य तिरमिराने लगे।

दोपहर बाद फ़ातिमा बालकनी में किसी काम से आयी तो उसने एक मिनी बस, जिसकी छत सामान से लदी हुई है, उसको सोसाइटी में प्रवेश करते हुए देखा। बस कम्युनिटी हाल के ठीक सामने आकर रुक गयी। बस के रुकते ही एक के बाद एक उससे कुछ अनजाने चेहरे उतरने लगे जिनमें कुछ महिलाएँ भी हैं। बस के ख़ाली होने पर उनमें से तीन पुरुष बस की छत पर चढ़ उससे सामान उतारने लगे। एक-एक कर लोहे के दो बड़े-बड़े सन्दूकों के साथ दूसरा सामान उतारा जाने लगा। फ़ातिमा सोचने लगी कि इन बड़े-बड़े सन्दूकों में क्या हो सकता है? उसके जब कुछ पल्ले नहीं पड़ा, तब अन्दर गयी और इस बारे में मंसूर को बताया।

डॉ. मंसूर आलम तुरन्त बाहर आया और वह भी बालकनी से कुछ उतरे हुए, तथा कुछ उतरनेवाले सामान को देख अन्दाज़ा लगाने की कोशिश करने लगा कि यह माजरा क्या है? लेकिन जैसे ही उसकी नज़र बस से उतरते साज़

जैसे हारमोनियम, ढोलक, नक्काड़ा-नक्काड़ी और इसी तरह के सामान पर पड़ी, तब जाकर माजरा उसकी समझ में आया।

वह अन्दर आया और पत्नी से बोला, "लो, आ गये रामलीला के सारे किरदार!"

"मैं कुछ समझी नहीं?"

"ऐसा है कि इस मिनी बस से जो लोग और सामान उतर रहा है, यह बाहर से आयी कोई रामलीला मण्डली है। लगता है कि सोसाइटी की रामलीला कमेटी ने रामलीलाओं के लिए बाहर से मण्डली बुलायी है।"

"इसका मतलब है अपनी सोसाइटी का कोई आदमी किसी तरह का किरदार नहीं निभायेगा...उफ़! सारा मज़ा ख़राब हो गया। मैं तो समझ रही थी कि देखते हैं अपनी सोसाइटी के कौन-कौन लोग कौन-सा रोल अदा करते हैं!" फ़ातिमा ने निराशा के साथ कहा।

"मैंने तो पहले ही कहा था कि अगर अपनी सोसाइटी के लोग पार्ट अदा कर रहे होते, तो इनका रिहर्सल हो रहा होता...और हाल में ढोलक-हारमोनियम के साथ डायलाग्स की धमा-चौकड़ी मची हुई होती।" डॉ. मंसूर आलम हँसते हुए बोला।

रात को इशा की नमाज़ के ठीक बाद शुरू हुई रामलीला के दौरान साज़ों की आवाज़ और कलाकारों के संवाद जब अपनी बालकनी में बैठे डॉ. मंसूर आलम के कानों में घुलते, तो वह अपने रामपुर की रामलीलाओं में खो जाता। अंग्रेज़ी शासन से मुक्ति मिलते ही उसी साल भगवान श्रीराम में आस्था रखनेवाले रामपुर के नवाब रज़ा अली खाँ द्वारा पनवड़िया के पास नुमाइश मैदान में रामलीला के मंचन की शुरुआत करनेवाले, और दो साल बाद उसी नवाब द्वारा कोसी मन्दिर मार्ग पर उपलब्ध करायी गयी ज़मीन पर होनेवाली रामलीलाओं के दृश्यों के साथ, दूर तक फैला नरमुण्डों का सैलाब उसकी आँखों के सामने तैरने लगा। उसके अब्बू मख़दूम चिराग़ बताते थे कि नवाब रज़ा अली खाँ के पुरखों को नवाब की गद्दी पर बैठानेवाले मुसलमान नहीं, ब्राह्मण होते थे। एक बार अब्बू ने एक मज़ेदार वाक़या सुनाया कि रामपुर रियासत के आख़िरी राजपुरोहित संघ विचारधारा के पोषक और उसके अनुयायी मुरली मनोहर जोशी के ससुर थे। उसने ही अन्तिम शासक रज़ा अली

खाँ को गद्दी पर बैठाया था। बालकनी में बैठे डॉ. मंसूर को लगता है कि वह आशियाना अपार्टमेंट में *श्री रंगनाथ रामलीला मण्डल* की नहीं, रामपुर के कोसी मन्दिर मार्ग पर किसी वृन्दावन की मण्डली द्वारा मंचित रामलीलाएँ देख रहा है। जिस ख़ाली रंगमंच पर दिन में बच्चे धमा-चौकड़ी मचाते, शाम होते ही वह अपनी छत पर लटके बल्बों की रोशनी में नहा जाता, और रामलीला शुरू होते ही कलाकारों की भिन्न मुद्राएँ उस रोशनी की छाया में थिरकनी शुरू हो जातीं।

रामलीलाओं के आगे बढ़ते मंचन के साथ दशहरे के दिन होनेवाली मूर्तियों की प्राण-प्रतिष्ठा की तैयारियों ने भी ज़ोर पकड़ लिया। रात में रामलीलाओं का मंचन होता और दिन में जयप्रकाश सिन्हा की धर्मपत्नी सुमन, पारस जैन की सहधर्मिणी मन्थरा, शकुनि आर्य की श्रीमती मंजू सिंगला और आसपास की हाउसिंग सोसाइटीज़ की उनकी महिला मण्डली द्वारा प्राण-प्रतिष्ठा के उपलक्ष्य में छपवाये गये निमन्त्रण-पत्र के साथ भगवा झण्डा और अक्षत बाँटा जाता।

इस्माईलपुर नगर टोली के पदाधिकारियों को भी पता चला कि विजयदशमी के दिन सावरकर सदन में होनेवाली प्राण-प्रतिष्ठा की ज़ोर-शोर से तैयारी चल रही है। नगर कार्यवाह रुद्रपाल को याद है कि जिस दिन हिन्दूसाम्राज्य महोत्सव मनाने का निर्णय लिया गया था, उसी दिन इस पर भी विचार किया गया था, कि जिस तरह नगर टोली और आशियाना आरडब्ल्यूए ने मिलकर हिन्दू नववर्ष मनाया था, क्या उसी तरह दशहरे के दिन वहाँ होनेवाले प्राण-प्रतिष्ठा के अवसर पर संघ का *विजयदशमी महोत्सव* साथ मिलकर नहीं मनाया जा सकता?

नगर कार्यवाह ने तुरन्त अपने ज़िला कार्यवाह को इसकी याद दिलायी।

"लेकिन इसकी जिम्मेदारी तो अपने जयप्रकाश जी को दी गयी थी, कि इस बारे में वह अपनी सोसाइटी के लोगों से बात करेगा! उससे पूछना पड़ेगा कि उसने अपनी आरडब्ल्यूए से बात की या नहीं?" ज़िला कार्यवाह इन्दरजीत ने रुद्रपाल से कहा।

"केवल छह-सात दिन बचे हैं। ऐसा करते हैं आज पूछते हैं। कहीं ऐसा न हो कि देर हो जाये और हम इसे अपने स्तर पर मनाने लायक भी ना रहें। अगर बात बन जाती है तो ठीक है...वरना हम अपनी तैयारी करते हैं!"

नगर कार्यवाह ने आशियाना आरडब्ल्यूए महासचिव जयप्रकाश सिन्हा के आने से पहले ज़िला कार्यवाह को मानसिक रूप से तैयार कर लिया।

शाखा शुरू हुए काफ़ी देर हो चुकी है परन्तु आशियाना आरडब्ल्यूए महासचिव का कहीं अता-पता नहीं है। जैसे-जैसे शाखा विकिर का समय निकट आने लगा, नगर कार्यवाह और ज़िला कार्यवाह की यह सोचते हुए बेचैनी बढ़ने लगी है, कि पता नहीं आज जयप्रकाश सिन्हा आयेगा भी या नहीं।

मुख्य शिक्षक ने प्रार्थना के लिए अभी सीटी बजायी ही थी कि देखा सामने से जयप्रकाश सिन्हा चला आ रहा है। उसे देखते ही नगर कार्यवाह और ज़िला कार्यवाह दोनों ने राहत की साँस ली। आरडब्ल्यूए महासचिव ने *गुरुजी* को संघ की मुद्रा विशेष के साथ प्रणाम किया, और दूसरे स्वयंसेवकों के साथ खड़ा हो गया।

शाखा विकिर के बाद जब सभी स्वयंसेवक लौटने लगे, तो रुद्रपाल ने उसे रोक लिया। पता नहीं क्या बात है यही सोचकर जयप्रकाश सिन्हा रुक गया।

"जयप्रकाश जी, कैसी तैयारी चल रही है आपके प्राण-प्रतिष्ठा की?" रुद्रपाल ने छोटी-सी भूमिका बनाते हुए पूछा।

"अच्छी चल रही है। अधिकतर सोसाइटियों में निमन्त्रण-पत्र और पूजित अक्षत वितरित किया जा चुका है। आपको भी निमन्त्रण देना है एक दिन।" जयप्रकाश सिन्हा ने बताया।

"आपको याद है कि जिस दिन हिन्दूसाम्राज्य महोत्सव मनाने का निर्णय लिया गया था, उसी दिन यह भी योजना बनी थी कि इस बार आपकी सोसाइटी में दशहरे के दिन होनेवाली प्राण-प्रतिष्ठा के अवसर पर अपना विजयदशमी महोत्सव भी मना लिया जाये? आपने अपनी सोसाइटी के लोगों से इस बारे में बात की?" रुद्रपाल ने सीधे-सीधे जयप्रकाश सिन्हा से पूछ लिया।

"मैंने तो कोई बात नहीं की। वैसे मुझे याद भी नहीं रहा। आज बात करता हूँ अपने आरडब्ल्यूए से।" फिर कुछ पल सोचने के बाद जयप्रकाश बोला, "ऐसा करिए न, आप सब दिन में हमारी सोसाइटी आ जाइए। जो भी बात होगी सबके सामने हो जायेगी।"

"इन्दरजीत जी, यह सही रहेगा। हम चले ही जाते हैं।" रुद्रपाल ने सहमत होते हुए कहा।

"ठीक है। आप सबको बता देना कि हम ग्यारह बजे आपकी सोसाइटी में आ रहे हैं।" इन्दरजीत ने सबकी तरफ़ से कहा।

ठीक ग्यारह बजे पूरी नगर टोली आशियाना पहुँच गयी। आशियाना रेसिडेंट वेलफेयर एसोसिएशन भी जैसे उन्हीं का इन्तज़ार कर रही थी। *सावरकर सदन* में नगर टोली ने जैसे ही प्रवेश किया, सबकी आँखें यह देखकर खुली की खुली रह गयीं कि पिछली बार जब ये इस सदन में आये थे, तब दीवारों पर जगह-जगह कहीं हेडगेवार की फ्रेम जड़ी तस्वीर लगी हुई है, तो कहीं गोलवलकर की। कहीं देवरस का चित्र टँगा हुआ है, तो कहीं रज्जू भैया का। यानी आशियाना अपार्टमेंट के जिस हाल की दीवारों पर आरएसएस के नायकों की तस्वीरें टँगी हुई थीं, या उनके सुभाषितों से दीवारें पुती हुई थीं, उनकी जगह फिर से तुलसी के दोहों और चौपाइयों ने ले ली। इतना ही नहीं, आरएसएस के नायकों की जगह कहीं पेंटर से बनवाया गया शिवाजी का विशाल चित्र बना हुआ है, तो कहीं गणेश का। दीवार के एक हिस्से पर ब्रह्मा-विष्णु विराजे हुए हैं, तो उसी चित्र के साथ माता लक्ष्मी मुस्करा रही है। कहीं गीता के उपदेश लिखे हुए हैं, तो कहीं हनुमान चालीसा के पद लिखे हुए हैं। एक चित्र में तो संजीवनी बूटी के पहाड़ द्रोणागिरि पर्वत को उठाये हनुमान जी उड़ते हुए दिखाई दे रहे हैं। कहने का तात्पर्य यह है कि तैंतीस करोड़ देवी-देवताओं के प्रतिनिधि आराध्यों से सदन की दीवारें इस क़दर पटी हुई हैं कि उन पर तिल-भर की जगह नहीं बची है।

और तो और मंच के पिछले हिस्से पर टँगी भारत माता की तस्वीर भी नहीं है। यह देख दो-दो ज़िलों के प्रचारक त्रिभुवन को बहुत ग़ुस्सा आया। यदि परम पूजनीय श्रीगुरुजी के बौद्धिक वर्गों पर आधारित छह संघ-उत्सवों में से बच गये इस अन्तिम महोत्सव विजयदशमी का वास्ता नहीं होता, तो वह इस सोसाइटी के वेलफेयर एसोसिएशन के इन पदाधिकारियों को बता देता कि असली हिन्दू क्या होता है। कुल मिलाकर सावरकर सदन को देखकर कोई नहीं कह सकता कि यहाँ कभी मन्दिर नहीं था। बस, मूर्तियों की कमी रह गयी

है। उनकी भी इसी दशहरे पर प्रतिष्ठा हो जायेगी।

ज़िला प्रचारक और अधिक समय बरबाद किये बिना सीधे मुद्दे पर आ गया, "जयप्रकाश जी, आपने अपने पदाधिकारियों से बात की?"

"हाँ, मैंने इनसे चर्चा की थी लेकिन विस्तार से आप बता दीजिए!" आरडब्ल्यूए महासचिव जयप्रकाश सिन्हा ने बड़ी चालाकी से गेंद ज़िला प्रचारक के पाले में सरका दी।

"ऐसा है संघ की इस्माईलपुर नगर टोली ने यह निर्णय लिया है, कि क्यों न विजयदशमी महोत्सव इस बार आशियाना सोसाइटी के साथ मिलकर मनाया जाये।" ज़िला प्रचारक ने अपना मन्तव्य स्पष्ट करते हुए कहा।

"वो बात तो आपकी ठीक है किन्तु उस दिन प्राण-प्रतिष्ठा समारोह भी है इसलिए..."

आरडब्ल्यूए अध्यक्ष नेमचन्द शर्मा ने अपनी बात पूरी भी नहीं की थी कि ज़िला प्रचारक उसकी बात काटते हुए बोला, "प्राण-प्रतिष्ठा का समय कब है?"

"मुहूर्त तो सुबह दस बजे का निकला है।" आरडब्ल्यूए अध्यक्ष ने बताया।

"कितना समय लग जायेगा इसमें?"

"देखिए, पूजा-अर्चना से लेकर प्राण-प्रतिष्ठा में दो घण्टे तो लग ही जायेंगे।"

"इसमें तो कोई परेशानी नहीं है। आप यहाँ अपनी प्रतिष्ठा कराइए और बाहर जो रामलीला मंच है, वहाँ हम विजयदशमी महोत्सव मना लेते हैं। बल्कि हमें तो मंच भी नहीं बनवाना पड़ेगा। वैसे उस समय सबका होना जरूरी भी नहीं है...हमें तो अपने स्वयंसेवकों से मतलब है। आप अपना काम यहाँ करिए, उधर हमारा काम चलता रहेगा।" ज़िला प्रचारक त्रिभुवन ने आशियाना रेसिडेंट वेलफेयर एसोसिएशन के अध्यक्ष नेमचन्द शर्मा की चारों तरफ़ से घेराबन्दी करते हुए कहा।

"वर्मा जी, बताइए न?" इस बार आरडब्ल्यूए अध्यक्ष ने शब्दों की ड्रिब्लिंग करते हुए बात अपने उपाध्यक्ष की ओर धकेल दी।

उपाध्यक्ष श्यामलाल वर्मा को इसकी बिल्कुल उम्मीद नहीं थी कि उसका अध्यक्ष इस बला को उसके गले में डाल देगा। यह बात अलग है कि उपाध्यक्ष ने भी कोई कच्ची गोलियाँ नहीं खेली हैं...और इससे पहले कि वह ट्रेज़रार अर्थात् आरडब्ल्यूए कोषाध्यक्ष डी.एन. भार्गव की ओर पलटता, पहले से तैयार ट्रेज़रार ने अपने बग़ल में इत्मिनान से बैठे जयप्रकाश सिन्हा की तरफ़ इशारा करते हुए कहा, "यह तो अपने महासचिव जी से पूछो, कि उसने किस बिना पर यहाँ विजयदशमी मनाने के लिए हाँ कर दी?"

"मैंने हाँ नहीं की थी भार्गव जी, मैंने तो इनसे यह कहा था कि आप खुद ही चलकर सोसाइटीवालों से बात कर लो। अब जो भी हो इन्हें बता दो..." इसके बाद छोटी-सी चुप्पी के बाद जयप्रकाश बोला, "वैसे इसमें कोई बुराई तो है नहीं। अन्दर प्राण-प्रतिष्ठा का कार्यक्रम चलता रहेगा, बाहर ये अपना महोत्सव मानते रहेंगे...मंच वैसे भी तो खाली ही पड़ा है।" महासचिव जयप्रकाश सिन्हा ने अपनी तरफ़ से लगभग सहमति देते हुए कहा।

"अगर महासचिव जी कह रहे हैं तो ठीक है। आप आ जाइए!" अध्यक्ष नेमचन्द शर्मा ने भी अपनी सहमति प्रदान कर दी।

इधर आरडब्ल्यूए अध्यक्ष ने अपनी सहमति दी, उधर नगर कार्यवाह ने मुट्ठी तानते हुए पूरे जोश के साथ *जयकारा वीर बजरंगी* ऽऽऽ...कहा, बाक़ी का *हर-हर महादेव* दूसरे स्वयंसेवकों ने पूरा कर दिया।

"आप सबका बहुत-बहुत धन्यवाद! अब हमें आज्ञा दीजिए!"

दो-दो ज़िलों के प्रचारक त्रिभुवन ने इसके बाद एक पल के लिए भी यहाँ रुकना उचित नहीं समझा। आदमी को पलटने में एक पल नहीं लगता है। इसलिए यहाँ से निकलने में ही भलाई है। वैसे अब रुकने का कोई औचित्य है भी नहीं। क्योंकि जिस मक़सद के लिए पूरी इस्माईलपुर नगर टोली यहाँ उठकर आयी थी, वह कार्य तो अब हो चुका है। हाँ, यह बात इतनी शीघ्रता और आसानी से बन जायेगी, इसकी पूरी टोली को उम्मीद नहीं थी।

जब तक *श्रीधार्मिक रामलीला कमेटी* की रामलीलाएँ चलती रहीं, डॉ. मंसूर आलम और फ़ातिमा देर तक उन्हें देखते रहते। बीच-बीच में आरिफ़ कभी-कभार आता, और थोड़ी देर देखकर अपने कमरे में चला जाता।

इस तरह पता ही नहीं चला कि शारदीय नवरात्रों में शुरू हुई रामलीलाएँ कब शुरू हुईं, और कब आख़िरी रामलीला यानी जिस दिन भगवान श्रीराम के हाथों रावण का वध होना था, आ गयी। अन्य दिनों की अपेक्षा सबसे अधिक दर्शकों की संख्या भी इसी दिन थी। हालत यह हो गयी कि सावरकर सदन के आसपास का पूरा परिसर दर्शकों से भर गया। उस दिन डॉ. मंसूर ही नहीं फ़ातिमा और आरिफ़ ने भी अन्त तक रामलीला देखी। जब-जब रावण की सेना के महारथियों का राम की सेना द्वारा वध होता और बीच-बीच में जय श्रीराम का उद्घोष गूँजता, उसे देख डॉ. मंसूर की आँखों के आगे अपने रामपुर की रामलीलाओं के दृश्य जीवन्त हो उठते। आधी रात तक चली अन्तिम दिन की रामलीला राम द्वारा रावण के वध के साथ ही समाप्त हो गयी। इधर रामलीला समाप्त हुई, उधर अगले दिन यानी विजयदशमी के दिन सावरकर सदन में होनेवाली प्राण-प्रतिष्ठा की उद्घोषणा कर दी गयी।

सवेरे आठ बजे के क़रीब डॉ. मंसूर की नज़र ऐसे ही रामलीला के मंच पर पड़ी। सफ़ेद क़मीज़ों पर कुछ ग्रे रंग की फुल पैंट और कुछ ख़ाकी निकर के साथ ग्रे मोजों पर काले जूतों तथा सिर पर पहनी काली टोपियों को देख, उसकी कुछ समझ में नहीं आया। समझ में इसलिए नहीं आया कि मूर्तियों की प्राण-प्रतिष्ठा होनी है प्रेमचन्द सदन में और साफ़-सफ़ाई हो रही है, उस मंच की जिसे क़ायदे से आज हट जाना चाहिए। हो सकता है यह भी प्राण-प्रतिष्ठा का कोई हिस्सा हो! यही सोचकर मंसूर अन्दर चला गया।

एक तरफ़ जहाँ लोगों का *सावरकर सदन* में जाने का ताँता लगा हुआ है, तो दूसरी ओर रामलीला मंच पर लकड़ी के एक स्टूल पर रखी गेंदे के फूलों की माला पहने भारत माता और श्रीराम की तस्वीरों के सामने कुछ ग्रे रंग की फुल पैंट और ख़ाकी निकरों द्वारा अस्त्र-शस्त्रों को सजाना शुरू कर दिया। थोड़ी देर बाद जिज्ञासावश डॉ. मंसूर ने ग्रिल से देखा, तो उसे यह देखकर और भी अधिक हैरानी हुई कि भारत माता और भगवान श्रीराम की तस्वीरों के सामने फूल-पत्तियों के बीच ढेर सारा असलाह रखा हुआ है। इनमें अत्याधुनिक हथियार राइफ़ल, बन्दूक़, पिस्टल, तमंचा के अलावा तरह-तरह की आकारवाली तलवारों के साथ पिन, सूई, चाकू, कैंची, हथौड़ा, लाठी अर्थात् दण्ड भी नज़र आ रहे हैं।

इसी बीच मंसूर ने देखा कि एक वरिष्ठ काली टोपी मंच पर आयी, और सामने बैठे लोगों को सम्बोधित करते हुए उसने बोलना शुरू कर दिया, "जैसाकि आप सभी को ज्ञात है कि आज ही के दिन 1925 में आद्य सरसंघचालक परम पूज्य डॉ. केशवराव बलिराम हेडगेवार द्वारा नागपुर में संघ की स्थापना की गयी थी। आपको यह भी ज्ञात होगा कि विजयदशमी के दिन ही शिवाजी महाराज ने अपने अस्त्र-शस्त्रों की पूजा कर औरंगजेब के विरुद्ध युद्ध का उद्‌घोष किया था...और राजा विक्रमादित्य भी इसी दिन अपने अस्त्र-शस्त्रों की पूजा किया करते थे। उत्तर भारत में यदि हम इसे *शस्त्र पूजा* कहते हैं, तो तमिलनाडु, तेलंगाना और आन्ध्र प्रदेश में इसे *आयुध पूजा* के नाम से जाना जाता है। अस्त्र-शस्त्रों के अतिरिक्त इस दिन उन चीजों की भी पूजा होती है, जिनसे मनुष्य बुद्धि और समृद्धि प्राप्त करता है। एक समय ऐसा भी था जब अहिंसा भारत की विदेश और रक्षा-नीति का हिस्सा हो गयी थी, जिसका परिणाम हमें नेहरू के प्रधानमन्त्री काल में 1962 में चीन से हुए युद्ध में पराजय के रूप में देखने को मिला। इसलिए शस्त्र पूजन की इस सनातन परम्परा को सनातन समाज के सभी पक्षों में मजबूती से प्रचलित करने, और आत्मरक्षा में उसे व्यावहारिक रूप से अपनाने की आवश्यकता है। इसी के साथ मैं अपनी वाणी को विराम देता हूँ!"

इस तरह जहाँ एक ओर सावरकर सदन से मन्त्रोच्चार सुनाई दे रहे हैं, तो दूसरी ओर कुछ काली टोपियाँ अस्त्र-शस्त्रों पर जल छिड़क रही हैं। डॉ. मंसूर की ललक और बढ़ गयी कि यह सब हो क्या रहा है? इसी दौरान उसके कानों में एक मन्त्र के शब्द सुनाई देने लगे। उसने ध्यान से सुनने की कोशिश की, तो उसे साफ़-साफ़ सुनाई देने लगा।

किसी देवी-देवता की स्तुति में पढ़े जानेवाले इस मन्त्र के साथ उसने देखा कि एक-एक कर काली टोपियाँ आ रही हैं, तथा भारत माता व श्रीराम की तस्वीरों के सामने रखे अस्त्र-शस्त्रों पर कुमकुम और हल्दी का तिलक लगाने के बाद, उन पर फूल चढ़ाकर धूप-दीप और मिष्ठान का भोग लगाकर मंच से नीचे आ रही हैं। यह सिलसिला लगभग एक घण्टा चलने के बाद थमा। अन्त में दल का नेता लगनेवाली काली टोपी आयी, और उसने असलाह में

से एक अत्यानुधिक बन्दूक़ उठा ली। बन्दूक़ उठाते ही बारहवीं फेल नगर कार्यवाह रुद्रपाल ने दल के नेता को बन्दूक़ चलाने का तरीक़ा बताया। जैसा नगर कार्यवाह ने बताया दल के नेता ने वैसे ही बन्दूक़ आसमान में तान दी। इधर दल के नेता ने बन्दूक़ थोड़ा तिरछी कर तानी, उधर डॉ. मंसूर घबराकर नीचे बैठ गया। इसके बाद उसे अपने कानों में बन्दूक़ चलने की आवाज़ के साथ *संघे शक्ति कलौयुगे* का ज़ोरदार उद्‌घोष सुनाई दिया। डॉ. मंसूर आलम की अब हिम्मत नहीं हुई बालकनी में बैठने की। क्या पता जान-बूझकर या जाने-अनजाने बन्दूक़ से निकली कोई गोली उसे ही छलनी कर जाये! इसके बाद इस डरावने और वीभत्स दृश्य को उसकी देखने की हिम्मत नहीं हुई। वह अन्दर गया और चादर तानकर कर सो गया।

बीच-बीच में सावरकर सदन में प्राण-प्रतिष्ठा के दौरान गूँजते मन्त्रों के स्वर डॉ. मंसूर आलम के कानों में पड़ते रहे, जो कुछ समय बाद अपने आप बन्द हो गये। इसके बाद उसे नहीं पता कि कब रामलीला के मंच से असलाह उठ गया, और कब सावरकर सदन में मूर्तियों की प्राण-प्रतिष्ठा हो गयी। उसकी आँखें शाम को पटाखों और आतिशबाज़ियों की आवाज़ सुनकर खुलीं। वह समझ गया कि हर साल की तरह इस बार भी एक बार फिर से, पटाखों और आतिशबाज़ियों के साथ बाँस व पतंगी काग़ज़ों में लिपटे बुराई के नक़ली पुतले फूँके जा रहे हैं। इस तरह बुराई पर अच्छाई की जीत का शुरू हुआ यह बेमानी जश्न कुछ ही देर बाद, किसी सुनसान श्मशान में अकेली सुलगती अस्थियों में तब्दील होते हुए, अन्ततः एक ऐसी ठण्डी राख में बदल जायेगा जिसमें सिर्फ़ और सिर्फ़ बाँस और पतंगी काग़ज़ों के जले हुए अवशेष नज़र आयेंगे।

39

डॉ. मंसूर आलम ने ग़लत नहीं सोचा था कि बुराई पर अच्छाई की जीत का शुरू हुआ जश्न, थोड़ी देर बाद सुलगती अस्थियों में तब्दील होते हुए अन्ततः एक ठण्डी राख में बदल जायेगा।

प्राण-प्रतिष्ठा के बाद आशियाना अपार्टमेंट का जो प्रेमचन्द सदन, जिसका नाम पहले तुलसी सदन और फिर सावरकर सदन कर दिया गया था, कब *सावरकर मन्दिर* हो गया उसके बारे में पता चलना तो दूर रहा, किसी को मानो इसका आभास भी नहीं हुआ। जो प्रेमचन्द सदन तुलसी सदन में अवतरण के बाद पूरे-पूरे दिन अपने अकेलेपन से जूझता रहता था, अब सुबह-शाम आरतियों और घण्टी-घड़ियालों की आवाज़ से गूँजने लगा है। मन्दिर में स्थायी सेवायत यानी पुजारी की व्यवस्था न होने के कारण यह ज़िम्मेदारी फ़िलहाल आरडब्ल्यूए अध्यक्ष पण्डित नेमचन्द शर्मा ने ओट ली। सोसाइटी में कुछ कृष्ण प्रेमियों के चलते और कुछ वृन्दावन के होने के नाते नेमचन्द शर्मा ने श्रीकृष्ण की मूर्ति की भी प्रतिष्ठा करवा दी थी। इसलिए उसको पता है कि किस समय *मंगला आरती* होती है, तो कब *प्रात:काल की धूप आरती* होती है। कौन-सा समय *शृंगार आरती* का होता है, तो किस समय *राजभोग आरती* होती है। कब *संध्या आरती* होती है, तो *तीसरे पहर की धूप आरती* के बाद कब *शयन आरती* होती है। इसलिए जब तक किसी स्थायी सेवायत-पुरोहित की नियुक्ति नहीं हो जाती, तब तक आरडब्ल्यूए ने शिवालय मण्डल के शाखा कार्यालय और राजू बजरंगी को भी मन्दिर में रहने की मोहलत दे दी। इस प्रकार बेकार चीज़ों की तरह सोसाइटी के बुज़ुर्गों को जैसे दिन गुज़ारने का ठीहा और साधन दोनों मिल गये। लगभग पूरे दिन छोटे-छोटे समूहों में आध्यात्मिक वार्तालाप चलता रहता।

इस तरह सब कुछ ठीक-ठाक चलने लगा।

हिन्दू नववर्ष के बाद सोसाइटी में शुरू हुई सावरकर शाखा में बाल और तरुण गणों की संख्या पहले से अधिक बढ़ गयी है। नवम्बर के शुरू होते-होते धूप का गुनगुनापन अब देह को सुहाने लगा है। जैसे-जैसे आशियाना अपार्टमेंट की दिनचर्या सामान्य होने लगी, डॉ. मंसूर आलम और फ़ातिमा का डर भी एक हद तक कम होता चला गया।

रात की अन्तिम यानी *शयन आरती* से निवृत्त हो पण्डित नेमचन्द शर्मा घर आ गये। वृन्दावन के शाहजी मन्दिर का निर्माण करवानेवाले शाह कुन्दनलाल

अर्थात् श्रीललितकिशोरी जी विरचित *अभिलाषा माधुरी* के *राग विहार* पर आधारित शयन आरती की, और इन पंक्तियों को गुनगुनाते हुए टीवी खोल दिया–

अरसाने खंजन से नैना कढत तोतरे मुख रसवैना,
दम्पति छवि कछु कहत वनैना अली आरती वारैं।
तानि तानि पग...।

अभी पण्डित नेमचन्द शर्मा आरती का दूसरा पद उठाने ही वाला था कि अचानक बिना किसी पूर्व सूचना देश का प्रधानमन्त्री टीवी स्क्रीन पर अवतरित हुआ। इस तरह एकाएक प्रधानमन्त्री का टीवी पर आना कई बार अच्छा संकेत नहीं होता। पता नहीं देश पर ऐसा कौन-सा संकट आ पड़ा, जो प्रधानमन्त्री को स्वयं राष्ट्र के सम्बोधन के लिए आना पड़ा। आरडब्ल्यूए नेमचन्द शर्मा टीवी के और निकट आ गया और सुनने लगा राष्ट्र के नाम प्रधानमन्त्री के ज़रूरी सम्बोधन को।

लगभग एक घण्टे से अधिक के इस सम्बोधन में अपने आरडब्ल्यूए अध्यक्ष को या तो मेरे प्यारे देशवासियो, प्यारे देशवासियो, बहनो-भाइयो सुनाई देता रहा, या अन्त में *भारत माता की जय* सुनाई दिया। वही भारत माता की जय जो आजकल लगभग रोज़ाना अपनी सोसाइटी में लगनेवाली शाखा में बार-बार सुनाई देता है। या फिर यह समझ में आया कि आज रात बारह बजे के बाद अब तक चल रहे पाँच सौ और हज़ार रुपये के पुराने नोटों के ज़रिये होनेवाला लेन-देन समाप्त हो जायेगा। आज आधी रात के बाद ये पुराने नोट केवल काग़ज़ के एक टुकड़ों के समान रह जायेंगे। अगले महीने दिसम्बर के अन्त तक आप अपने बैंक या पोस्ट ऑफ़िस के काउंटर से अपना पहचान-पत्र जैसे आधार कार्ड, वोटर कार्ड, राशन कार्ड, पासपोर्ट, पैन कार्ड इत्यादि में से सबूत के रूप में एक दस्तावेज़ प्रस्तुत कर, इन पुराने नोटों को अपने खाते में बिना किसी सीमा के जमा करवा सकते हैं। आपके पास इन पुराने नोटों को बदलवाने का पचास दिनों का समय है। अगर इन पचास दिनों में ये नोट जमा नहीं कराये गये, तो उसके बाद ये रद्दी हो जायेंगे। किसी काम के नहीं रहेंगे।

अपने आरडब्ल्यूए अध्यक्ष नेमचन्द शर्मा ने एक लम्बी साँस ली, और स्वयं से यह कहते हुए टीवी बन्द दिया कि प्रधानमन्त्री जी ने अपने सम्बोधन में ग़लत थोड़े ही कहा है कि *ऐसे क्षण हर किसी की ज़िन्दगी में गिने-चुने ही आते हैं। इसलिए हर सामान्य नागरिक भ्रष्टाचार, काला धन, जाली नोट के ख़िलाफ़, राष्ट्र हित में, राष्ट्र निर्माण के इस महायज्ञ में अपनी पूर्णाहुति डालकर, इसे सफल बनाये जिससे भ्रष्टाचार पर लगाम लग सके।*

टीवी बन्द कर नेमचन्द शर्मा हाथ धोने के बाद खाना खाने बैठा ही था, कि बाहर से सबसे छोटा बेटा लगभग दौड़ता हुए आया, और हाँफते हुए पास में खड़ी अपनी माँ से बोला, "माँ पता है आज से सारे नोट बन्द हो गये हैं!"

"क्याऽऽऽ...नोट बन्द हो गये हैं?" माँ ने चौंकते हुए पूछा।

"निरंजन सही कह रहा है। मैंने भी अभी टीवी पर सुना है कि आज आधी रात से पाँच सौ और हजार रुपये के पुराने नोट बन्द हो जायेंगे।" आरडब्ल्यूए अध्यक्ष पण्डित नेमचन्द शर्मा ने पत्नी सावित्री के चौंकने को प्रामाणिक बनाते हुए कहा।

"बन्द हो जायेंगे? ऐसे कैसे हो जायेंगे? वो क्या करेंगे जिनके पास ये पहले से पड़े हुए हैं?"

पण्डित नेमचन्द शर्मा का कोर मुँह की ओर जाते-जाते रुक गया। पत्नी को लगभग घूरते हुए बोला, "तेरे पास भी पड़े हुए हैं कुछ?"

"मे...मेरे पास तो ना हैं पर..." सावित्री जैसे कुछ कहते-कहते रुक गयी।

"फिर क्यों पूछ रही है कि वो क्या करेंगे जिनके पास ये पहले से पड़े हुए हैं?"

"जिनके पास होंगे...मैं तो उनकी बात कर रही हूँ।"

"कहा तो है अपने प्रधानमन्त्री ने कि वे पचास दिन के भीतर बैंक या डाक घर में जाकर अपने खाते में जमा करवा सकते हैं।"

"अपने खाऽऽऽते में!" सावित्री की आवाज़ डूबती चली गयी इस बार। बड़ी मुश्किल से उसने अपने आप को सँभाला और हिम्मत करते हुए बोली, "और जिन बेचारों का कोई खाता-वाता नहीं है, वे कहाँ जाके मरेंगे?"

"मरेंगे क्या, बन जायेंगे रद्दी। वैसे तो प्रधानमन्त्री ने यह भी ऐलान किया है, कि शुरू में पहले पन्द्रह दिन यानी परसों से चौबीस नवम्बर तक चार हजार

रुपये तक के पुराने नोट बदले जा सकते हैं। उसके बाद पच्चीस नवम्बर से इससे ज्यादा जमा कर सकेंगे।"

"हाय राम!" सावित्री का जैसे हलक़ सूख गया। वह अपनी दुविधा कैसे पति को बताये। उसके कुछ समझ में नहीं आ रहा है।

सावित्री ने जैसे-तैसे खाना खाया और रोज़ाना की तरह अपने समय पर सोने चली गयी। रात-भर उसे यह सोच-सोचकर नींद नहीं आयी कि पति को उसे यह बात बतानी चाहिए या नहीं? इसी सोच और द्वन्द्व में सावित्री पूरी रात करवटें बदलती रही।

पूरे देश में जैसे ज़लज़ला आ गया।

जिधर देखो बस यही चर्चा कि सरकार ने पाँच सौ और हज़ार रुपये के पुराने नोट बन्द कर दिये हैं। सवाल यह नहीं है कि पुराने नोट बन्द कर दिये हैं, सवाल यह है कि जिनका किसी बैंक या पोस्ट ऑफिस में कोई खाता नहीं है, वे उन्हें कैसे बदलवायेंगे? यह तो समझ में आता है कि भ्रष्टाचार, काले धन और जाली नोट के कारोबार में लिप्त देश-विरोधी और समाज-विरोधी तत्त्वों के पास मौजूद पाँच सौ और एक हज़ार रुपये के पुराने नोट अब केवल काग़ज़ के टुकड़ों के समान रह जायेंगे, लेकिन उन असंख्य नागरिकों का क्या होगा जिन्होंने अपनी मेहनत-मजूरी और ईमानदारी से थोड़ी-सी बचत की है, वे किसके खाते में जाकर बदलवायेंगे?

इस्माईलपुर नगर टोली के शिवालय मण्डल की शाखा का समय सुबह छह से सात बजे तक का है। लेकिन साढ़े छह बजे तक मुश्किल से एक दर्ज़न स्वयंसेवक ही आ पाये हैं। न कहीं शाखा कार्यवाह शकुनि आर्य दिखाई दे रहा है, न मुख्य शिक्षक भरत प्रसाद। न कहीं नगर कार्यवाह रुद्रपाल का अता-पता है, न सह नगर कार्यवाह पारस जैन का। और तो और जिस जगह पर संघ का ध्वज अपनी उदासी का कोरस गुनगुनाता रहता है, वह जगह भी ख़ाली है।

तभी अपने चिर-परिचित अन्दाज़ में *गुरुजी* के साथ भरत प्रसाद हड़बड़ाते हुए संघ स्थल पर नमूदार हुआ। उसने गुरुजी को उसके तय स्थान पर खड़ा किया, और संघ की मुद्रा में प्रणाम कर पीछे हट गया। इसके

बाद उसने बाक़ी के स्वयंसेवकों को भी निर्देश दिया, "चलिए, आप भी प्रणाम करिए!"

गुरुजी अर्थात् ध्वज को प्रणाम के बाद मुख्य शिक्षक अपने देर से आने की सफ़ाई देने लगा।

"वो क्या है कि मेरे पड़ोस में विश्व शान्ति के लिए सर्व कल्याण पूजा समिति द्वारा बनारस से बुलाये गये प्रकाण्ड पण्डितों से महारुद्र यज्ञ करवाया जा रहा है। देर रात तक वहाँ रहने के कारण मैं डेढ़ बजे घर पहुँचा। चलिए, आज कुछ नहीं करते हैं।" इतना कह मुख्य शिक्षक सीधा प्रार्थना पर आ गया। फटाफट प्रार्थना निपटाई, और भारत माता की जय के साथ शाखा विसर्जित कर लौट गया। पीछे-पीछे निराश स्वयंसेवक भी लौट गये।

आरडब्ल्यूए अध्यक्ष पण्डित नेमचन्द शर्मा ने हज़ार-हज़ार और पाँच-पाँच सौ के कुछ नोट कुरते की जेब में डाले और चल दिया अपने बैंक की ओर। उसने जल्दी तो बहुत की, कि इससे पहले बैंक में लोगों की लाइन लगे, उससे पहले वह वहाँ पहुँचकर चार हज़ार के पुराने नोट बदल आये।

लेकिन यह क्या! बैंक के सामने दूर तक लगी लम्बी लाइन को देख उसकी कुछ समझ में नहीं आया। उसने कलाई पर बँधी घड़ी में समय देखा तो पाया अभी साढ़े नौ ही बजे हैं। जबकि बैंक के खुलने का समय दस बजे का है। नेमचन्द शर्मा को अनुमान तो हो गया था, फिर भी वह दरयाफ़्त करने की ग़रज़ से लाइन के बीच में खड़े युवक के पास गया और उससे पूछा, "बेटा यह लाइन किस बात के लिए लगी हुई है?"

"आपको पता नहीं है अंकल, कल रात से सरकार ने हजार और पाँच सौ के नोट बन्द कर दिये हैं? यह लाइन उन्हीं नोटों को बदलने के लिए लगी हुई है।"

युवक ने जिस अन्दाज़ में लाइन लगने की वजह बतायी, उसे सुन नेमचन्द शर्मा ने मन-ही-मन ख़ुद से कहा, कि बेटा, पता तो मुझे है पर मन को तसल्ली देने के लिए पूछ रहा हूँ। नेमचन्द शर्मा युवक से नज़र बचाकर उससे दूर जाकर खड़ा हो गया। और देर तक निहारता रहा बैंक के सामने दूर

तक लगी लम्बी लाइन को। उसने देखा लाइन और लम्बी हो गयी है। इसके बाद उसकी हिम्मत नहीं पड़ी। जेब में पड़े नोटों को पोरों ने धीरे-से सहलाया और जैसा आया था, वैसा ही थके क़दमों से बैरंग लौट गया।

घर आकर नेमचन्द शर्मा ने हारे हुए शब्दों के साथ जब बताया, कि वह क्या दृश्य बैंक के सामने देखकर आ रहा है, उसे सुन पत्नी सावित्री का जैसे दिल बैठने लगा। इस बीच वह पति से नज़र बचाकर अन्दर गयी, और दीवार पर टँगी लक्ष्मी की फ्रेम जड़ी तस्वीर के पीछे रखी एक छोटी-सी पोटली को उतार लिया। हालाँकि इससे पहले वह कई बार इस पोटली में रखे नोटों को गिन चुकी है, परन्तु आज इन्हें गिनते हुए न जाने क्यों रह-रहकर उसकी अँगुलियाँ काँप रही हैं। असली डर तो उसे इस बात का है कि जिस दिन उसका यह झूठ सामने आयेगा, उस दिन उस पर क्या बीतेगी? इसी की कल्पना कर सावित्री ने इस बार पोटली की जगह बदल दी, और उसे अपने कमरे में बने निजी मन्दिर क़ी तस्वीर के पीछे छिपाकर रख दिया।

अगले दिन नेमचन्द शर्मा ने सोचा कि घर के ख़र्चे के लिए सुबह-सुबह निरंजन को भेज एटीएम से ही कुछ पैसे निकलवा ले। इसलिए मन्दिर से *मंगला आरती* से लौटने के बाद कच्ची नींद से बेटे को जगाते हुए कहा, "निरंजन, बेटे एटीएम से कुछ पैसे ही निकाल ला!"

निरंजन कुनमुनाते हुए बेमन से खड़ा हुआ। मुँह धोया और नज़दीक के एटीएम पर चला गया।

बल्ब की रोशनी में भीतर तक नहाये एटीएम के शीशे के दरवाज़े से निरंजन ने अन्दर झाँका देखा, तो पाया एक युवक पहले से एटीएम से जूझ रहा है। वह बार-बार अपना एटीएम कार्ड उसमें डालता और निकालता। बहुत प्रयास करने के बाद भी उसे सफलता हाथ नहीं मिली। हारकर एक ज़ोरदार मुक्का उसने एटीएम के स्क्रीन पर मारा और झल्लाते हुए बाहर आ गया।

"क्या हुआ?" निरंजन ने झल्लाये युवक से पूछा।

उस युवक ने पहले एक विशुद्ध भारतीय गाली दी और फिर ग़ुस्से में बोला, "पूरे आठ एटीएम पर हो आया हूँ, पर कहीं कुछ नहीं मिला...स्साले सब खाली पड़े हैं!"

युवक का उत्तर सुन निरंजन के हाथ-पाँव फूल गये कि वह अब किस एटीएम पर जाये? परन्तु अगले ही पल उसे उम्मीद की एक छोटी-सी लौ जलती दिखाई दी, कि क्यों न वह भी कुछ एटीएम पर जाकर अपनी क़िस्मत आज़मा आये। क्या पता किस एटीएम के पेट से कुछ माल निकल आये। इसी आशा के साथ वह दूसरे एटीएम की ओर बढ़ गया।

लगभग एक घण्टे बाद निरंजन घर लौटा, तो बाप ने चहकते हुए पूछा, "कितने निकलवा कर लाया है?"

"एक भी नहीं।" निरंजन ने हताश होते हुए उत्तर दिया।

"मतलब?"

इसके बाद निरंजन ने पूरी व्यथा-कथा अपने पिता को सुना दी। निरंजन के इस रहस्योद्घाटन पर नेमचन्द शर्मा ने कुछ नहीं कहा। उसने घड़ी में समय देखा तो पाया *शृंगार आरती* का समय हो गया है। उसने ज़ल्दी-ज़ल्दी हाथ-पाँव धोये और तुरन्त सावरकर मन्दिर के लिए रवाना हो गया।

और दिन सावरकर मन्दिर जाते हुए पूरे रास्ते पण्डित नेमचन्द शर्मा *राग विलावल* पर आधारित आरती के आरम्भिक पदों को गुनगुनाते हुए जाता था। लेकिन रात से अचानक हुई इस नोटबन्दी ने आज पण्डित नेमचन्द शर्मा का सुर और लय दोनों बिगाड़ दिया। परिणाम यह हुआ कि मन्दिर पहुँचने तक उसके कानों में प्रधानमन्त्री के सम्बोधन में बोला गया *भारत माता की जय* रह-रहकर गूँजता रहा।

कहते हैं कि ज़रूरत के वक़्त गधे को भी बाप बनाने में कोई हर्ज़ नहीं है। शृंगार आरती के बाद पण्डित नेमचन्द टहलते हुए पीछे बने शिवालय मण्डल शाखा के कार्यालय में चला आया। अधखुले दरवाज़े से उसने धीरे-से बड़ी मीठी आवाज़ में आवाज़ दी, "राजूऽऽऽ...!"

मोबाइल में लिपटा राजू बजरंगी अपने नाम की अचानक लगी गुहार सुन लपककर बाहर आया। देखा तो पाया, सामने निवासी कल्याण संघ अध्यक्ष और इसी मन्दिर का सेवायत पण्डित नेमचन्द शर्मा खड़ा है। सोसाइटी के अध्यक्ष को देख राजू एक पल के लिए घबरा गया। क्योंकि इससे पहले अध्यक्ष ने इतने प्यार से उसे कभी नहीं बुलाया। इस घबराहट में वह अध्यक्ष और मन्दिर के पुजारी को दुआ-सलाम करना भी भूल गया।

"जी पंड्डजी!" इस गुस्ताख़ी की भरपाई राजू ने पण्डित जी के आगे-पीछे *जी* लगाकर कर दी।

वक़्त और ज़रूरत की नज़ाकत को भाँपते हुए पण्डित नेमचन्द शर्मा ने प्रत्युत्तर में, चढ़ावे में आये प्रसाद के एक दोने को राजू की ओर बढ़ाते हुए कहा, "ले, प्रसाद ले!"

प्रसाद के दोने को अपनी ओर बढ़ता देख राजू बजरंगी को और भी हैरानी हुई। क्योंकि इससे पहले तो कभी पण्डित जी ने उसके पास आकर प्रसाद तो दूर रहा, ख़ाली दोना भी नहीं दिया!

"और क्या चल रहा है? शाखा में तो मैं देखता हूँ कि तू रोजाना जाता ही है।"

पण्डित नेमचन्द शर्मा छोटा-सा आधार बनाने के बाद बाहर मन्दिर के दाहिने ओर आ गया। राजू भी पीछे-पीछे चला आया।

"तेरा मालिक तो बन्द हुए नोटों को बदलवा लाया होगा?" धीरे-से मुद्दे पर आते हुए पूछा पण्डित नेमचन्द शर्मा ने।

"वो कहाँ जाते हैं। मैं ही जाकर लगता हूँ लेन में। कई घण्टे में नम्बर आता है। लालाजी तो कह रहे थे कि दुकान पर आने से पहले मैं रोजाना लेन में जाकर लग जाया करूँ।" राजू ने बताया।

"अच्छा सुन, तेरी निगाह में कोई ऐसा लड़का है जो मेरे नोटों को भी बदलवा लाये? मेरा मतलब है झुग्गी-झोपड़ी में तू किसी को जानता ही होगा? दो सप्ताह की बात है फिर तो सीमा बढ़ ही जायेगी। अगर कहीं से इन्तजाम हो जाये तो देख ले!" इसके बाद वह कुछ पल रुककर बोला, "ऐसा है मैं उसे पचास रुपये दे दूँगा।"

पण्डित नेमचन्द शर्मा ने राजू को लालच देने के साथ-साथ उससे जैसे आग्रह किया। उसी राजू से जिसे वह सावरकर सदन से खदेड़ने की सोच रहा है। इसीलिए कहा गया है कि *पुरुष बली नहीं होत है, समय होत बलवान। भिल्लन लूटी गोपिका, वही अर्जुन वही बान।* दूसरे शब्दों में कहें तो लालच, स्वार्थ और ज़रूरत अच्छे-अच्छे धर्म, नैतिकताओं और सिद्धान्तों की दुहाई देनेवाले बलवानों को भी घुटनों पर ला देती है।

राजू बजरंगी की अब समझ में आया कि चढ़ावे में आया प्रसाद का यह दोना उस तक यूँ ही चलकर नहीं आया है। इतने सालों से सवर्णों के बीच रहते हुए वह यह तो समझ ही चुका है, कि कैसे इन्हीं के औज़ारों का इन्हीं के विरुद्ध उपयोग किया जाता है।

"पंड्डजी, मुझे तो अपने लालाजी के लिए लेन में लगना है। इन्दिरा कॉलोनी में जाकर देखता हूँ कि पचास-सौ रुपये में कोई यह काम करने को तैयार होता है या नहीं!" राजू बजरंगी ने इसकी तो कल्पना भी नहीं की थी कि आपदा भी अवसर में बदली जा सकती है। इसलिए उसने पचास के साथ सौ रुपये अपनी तरफ़ से जोड़ दिये।

"चल, सौ ही दे दूँगा...पर किसी को लाइन में लगने के लिए तैयार कर ला!" फँस गया पण्डित नेमचन्द शर्मा राजू बजरंगी के फेंके गये पासे में।

'ठीक है मैं अभी जाता हूँ।"

इतना कह राजू बजरंगी जाने लगा, तो पीछे से नेमचन्द शर्मा उसे टोकते हुए बोला, "ऐसा कर मैं राजभोग आरती के समय आता हूँ तेरे पास। जब तक तू कोई लड़का तैयार कर ला!"

दोपहर को *राजभोग आरती* से पण्डित नेमचन्द शर्मा अभी निवृत्त ही हुआ था, कि अपने सामने खड़े राजू बजरंगी की मुस्कान से वह भाँप गया कि काम बन गया है, "हाँ राजू , कुछ बात बनी?" बिना समय गँवाये उसने पूछा।

"दो लड़के मिल गये हैं।"

"ऐसा है शाम को संध्या आरती के समय दोनों को ले आना। तब तक मैं किसी और से भी पूछ लेता हूँ।"

सुबह श्रृंगार आरती के समय पण्डित नेमचन्द शर्मा की जो लय बिगड़ गयी थी, और जिसके कारण उसके कान के परदे *भारत माता की जय* से फटने को हो रहे थे, उस लय को राजू बजरंगी की इस ख़ुश ख़बरी ने फिर से लौटा दिया। यदि आपको विश्वास नहीं है, तो स्वयं पण्डित नेमचन्द शर्मा के मुँह से निकलनेवाली *राग सारंग* पर आधारित राजभोग आरती के इस पद की इन पंक्तियों से अनुमान लगा सकते है–

आज प्यारी प्रीतम पर तृण टूटत हैं री
जेंय जूठि अठिलात परस्पर रासुक रूपरस घूँटत हैं री।

लेत उसास कंचुकी के वन्द तनी तनि चटचट टूटत गोरी।
आज प्यारी प्रीतम पर तृण टूटत हैं री...।

शाम को संध्या आरती के बाद राजू बजरंगी इन्दिरा कॉलोनी झुग्गी-झोपड़ी के दोनों लड़कों को लेकर आरडब्ल्यूए अध्यक्ष पण्डित नेमचन्द शर्मा के घर पहुँच गया। दरवाज़े की घण्टी बजी तो दरवाज़ा पत्नी सावित्री ने खोला।

"कौन है?" पण्डित नेमचन्द शर्मा ने भीतर से ही पूछा।

"वो मन्दिरवाला लड़का है।" सावित्री ने दरवाज़े से जवाब दिया।

"और कोई भी है साथ में?"

"हाँ, दो छोकरे और हैं।"

"ठीक है उनको वहीं रोक, मैं अभी आता हूँ।"

राजू और उन दो छोकरों से सावित्री को यह कहने की ज़रूरत नहीं पड़ी कि तुम यहीं रहो, क्योंकि पण्डित नेमचन्द शर्मा ने उन्हें रोकने का आदेश इतनी ऊँची आवाज़ में दिया था, कि वह पत्नी के साथ उन्हें भी सुनाई दे गया।

दरवाज़े पर आने के बाद पण्डित नेमचन्द शर्मा ने राजू के साथ खड़े दोनों छोकरों को ऊपर से नीचे तक बड़ी बारीकी के साथ मुआयना किया। दोनों ने एक जैसी सँकरे पाँयचे की सस्ती-सी जींस पर शॉर्ट शर्ट पहनी हुई है। जबकि बालों की कटिंग को देख, यह अनुमान लगाना मुश्किल हो रहा है कि इनकी यह कौन-से कटिंग *बज़ कट* है या *सीज़र कट? फ़ेड कट* है या *अंडरकट?*

"राजू, तू इन्हें अच्छी तरह जानता तो है न?" नेमचन्द शर्मा ने वही प्रश्न किया, जो ऐसे अवसरों पर किया जाना चाहिए।

"हाँ-हाँ अच्छी तरह जानता हूँ। ये दोनों इन्दिरा कॉलोनी की अम्बेडकर शाखा के लड़के हैं। इन्हें तो अपने सिन्हा साहब भी जानते हैं।"

राजू बजरंगी ने जैसे ही सिन्हा साहब यानी आशियाना आरडब्ल्यूए महासचिव जयप्रकाश सिन्हा का नाम लिया, वह पूरी तरह से आश्वस्त हो गया।

"वैसे ये उस काम को कर भी देंगे?"

नेमचन्द शर्मा ने जिस रहस्यमयी अन्दाज़ में राजू बजरंगी से पूछा, पास में खड़ी पत्नी सावित्री के कान खड़े हो गये और पूछा, "यह आप क्या करवा रहे हो इनसे?"

"कुछ नहीं। तुझे तो पता ही है कि नोटबन्दी नाम की एक नयी बीमारी आ खड़ी हुई है। बैंकों के आगे लम्बी लाइनें लगी हुई हैं...क्या है कि राजू से मैंने बैंक से पुराने नोट बदलवाने की बात की थी। उसी काम के लिए बुलाया है।"

"इनको बुलाने की क्या जरूरत थी? अपने इस मन्दिरवाले लड़के से बदलवा लेते?" सावित्री ने सहज भाव से कहा।

"यह तो खुद अपने मालिक के लिए सुबह जाकर लाइन में लगता है।"

"इस नोटबन्दी ने भली आफत खड़ी कर दी।" सावित्री झल्लाते हुए बोली।

"अभी क्या है कि पन्द्रह दिन तक केवल चार हजार रुपये तक के पुराने नोट बदले जा सकते हैं, उसके बाद जब सीमा बढ़ जायेगी फिर कोई दिक्कत नहीं होगी।"

"क्यों नहीं होगी? वो बेचारे क्या करेंगे जिन्हे ब्याह-शादी के लिए पैसा जमा कर रक्खा है? वे कहाँ जाकर बदलवाएँगे?"

"उनकी छोड़ पहले अपनी सोच!" नेमचन्द शर्मा ने पत्नी को हल्के-से डाँटते हुए कहा। इसी बीच उसने जेब से चार हज़ार के पुराने नोट निकाले और अपने बैंक अकाउंट की कॉपी व आधार कार्ड राजू को दे दिया।

"कौन से बैंक में है आपका खाता?" राजू ने पूछा।

"वो मार्केट में सिंडिकेट बैंक है न, उसमें है।"

"उसमें है फिर तो कोई बात नहीं। हमारे लालाजी का खाता भी उसी में है। हम दोनों एकसाथ लाइन में लग जायेंगे।" लेकिन तभी राजू को याद आया, "पर आप तो कह कह रहे थे कि मैं किसी और से भी पूछ लेता हूँ।"

"खाता तो इसका भी है, पर इसके पास कहाँ होंगे पुराने नोट? खाता तो इसलिए खुलवा लिया कि पता नहीं कब उसकी जरूरत पड़ जाये।" नेमचन्द शर्मा ने पत्नी सावित्री की ओर देखते हुए कहा।

"भइया एक मिनट!" पति की बात सुन सावित्री अन्दर गयी और कुछ ही देर में लौट आयी।

"ऐसा करना मेरे भी कुछ पुराने नोट बदलवा लाना!" राजू को अपने बैंक अकाउंट की कॉपी व आधार कार्ड के साथ चार हज़ार के पुराने नोट देते हुए सावित्री बोली।

इधर सावित्री ने राजू को पुराने नोट दिये, उधर आरडब्ल्यूए अध्यक्ष पण्डित नेमचन्द शर्मा अचानक हत्थे से उखड़ गया, और पत्नी पर बिगड़ते हुए बोला, "तेरे पास कहाँ से आयी इतनी रकम?"

"कहाँ से आयी का मतलब? एक-एक पैसा जोड़कर इकट्ठे किये हैं... मनोरमा जब किसी तीज-त्योहार पर आवे है तो उसके बच्चों के लिए किसी के आगे हाथ तो पसारने ना पड़े हैं।" सावित्री ने मनोरमा यानी अपनी बेटी का हवाला देते हुए उत्तर दिया।

कुछ नहीं बोला नेमचन्द शर्मा। बस टकटकी लगाये पत्नी और उसकी समझ पर मन्द-मन्द मुस्कराता रहा।

अगले दिन राजू जिन दो लड़कों को साथ लाया था, उन्होंने नेमचन्द शर्मा और सावित्री के चार-चार हज़ार के पुराने नोट बदलवाकर दे दिये। मेहनताने के रूप में उनके जो सौ-सौ रुपये बनते थे, उन्हें थमा दिये। जाते-जाते वे दोनों यह भी कह गये कि जब तक उन्हें ज़रूरत हो, वे हमारी सेवाएँ ले सकते हैं।

40

नोटबन्दी अर्थात् विमुद्रीकरण का छठा दिन।

यह शायद नोटबन्दी का ही असर है कि सुबह के पौने सात बज चुके हैं, लेकिन आठ-दस स्वयंसेवकों के सिवाय संघ-स्थल पर कोई नहीं पहुँचा है। तभी आधे गणवेश में मुख्य शिक्षक भरत प्रसाद आता हुआ दिखा। आते ही उसने *गुरुजी* को लगाया और आनेवाले गणों के साथ मिलकर ध्वज को प्रणाम किया। फिर बिना किसी से पूछे वह बोला, "मैं कल इन्दिरा कॉलोनी झुग्गी-झोपड़ी की अम्बेडकर शाखा में लग रहे बौद्धिक शिविर में चला गया था। अगर किसी को उस शिविर से जुड़ना है तो बता देना! वहाँ के बौद्धिक अंक के लिए मुझे चार स्वयंसेवक तैयार करने हैं। इनमें एक गीत के लिए, एक सुभाषित के लिए, एक अमृत-वचन के लिए और एक बोध-कथा के लिए होगा। वैसे मैंने सुभाषित में दो लोगों को डाल दिया है। अपनी शाखा के लिए भी मैं उसकी दो टीम बना रहा हूँ।"

"आप मुझे डाल दीजिए इसमें!" एक तरुण गण ने मुख्य शिक्षक से कहा।

"किसमें डाल दूँ?" मुख्य शिक्षक ने पूछा।

"सुभाषित में डाल दीजिए!"

"इसमें क्यों?"

"सुभाषित आसान होती है इसलिए।"

"पर इसमें तो मैंने पहले ही डाल दिया है। यहाँ तो वैकेंसी फुल हो गयी है। मैं ऐसा करता हूँ बोध-कथा में एक वैकेंसी है, तुझे उसमें फिट कर देता हूँ।"

"लेकिन बोध-कथा तो पढ़नी पड़ेगी!"

"कोई मुश्किल नहीं है। ऐसा करना एक छोटी-सी बोध-कथा याद कर लेना, जैसे अंगद रावण के पास गया और रावण को कहा...तो इस टाइप की कोई छोटी-सी कहानी हो जिससे कोई उपदेश मिले।"

इतना सुन स्वयंसेवक चुप हो गया। उसने न हाँ में जवाब दिया, न ना में। बल्कि विषय बदलते हुए बोला, "मुझे तो लगा था आप भी बैंक की लाइन में लगने के लिए गये हुए हैं!"

"क्या करना है लाइन में लगकर। पाँच-सात दिन में सब ठीक हो जायेगा।" मुख्य शिक्षक ने बड़े आत्मविश्वास के साथ कहा।

"मुझे नहीं लगता है कि सब इतनी जल्दी ठीक हो जायेगा।"

"तुम्हें नहीं पता, दरअसल नोटबन्दी से इन मुल्लों को लूटा गया है।"

"नोटबन्दी का इन मुल्लों से क्या लेना-देना? यह तो सबके लिए है!" स्वयंसेवक ने प्रतिवाद किया।

इसी बीच नगर कार्यवाह रुद्रपाल भी पहुँच गया।

"रुद्रपाल जी, आप बहुत लेट हो गये। अब तो शाखा विकिर का समय हो गया है।" मुख्य शिक्षक ने शाखायी अनुशासन का हवाला देते हुए कहा।

"मुझे पता है। मैं तो बस एक आवश्यक सूचना देने आया हूँ, और वो यह कि आनेवाली पच्चीस तारीख को इन्दिरा कॉलोनी झुग्गी-झोपड़ी में नेत्र चिकित्सा शिविर लग रहा है। यह भी बता दूँ कि यह कॉलोनी *आदर्श सेवा*

बस्ती के रूप में चिह्नित हुई है। यह ऐसी बस्ती है जहाँ मूलभूत सुविधाएँ नहीं हैं। इस बस्ती में आठ सौ घर हैं जिसकी जनसंख्या लगभग सोलह हजार है। इसलिए प्रत्येक घर में जाकर एक फॉर्म में सर्वे करना है कि किस-किसको आँख की क्या बीमारी है? जिन्हें चश्मे की जरूरत है, उनके लिए चश्मे बनवा लिए जायेंगे। है क्या कि *सेवा भारती* के माध्यम से हमने दिल्ली को अगले दो साल तक अन्धतामुक्त करने का लक्ष्य रखा है। यह कार्य प्रतिदिन रात को आठ से नौ बजे तक करना है।"

इसके बाद न जाने नगर कार्यवाह को क्या सूझा, कि उसने पूरी शाखा से नोटबन्दी के बारे में उसकी राय जाननी शुरू कर दी।

"नोटबन्दी से आप क्या समझते हैं? मेरा मतलब है कि ये जो लोग पुराने नोट बदलवा रहे हैं, उसका क्या करना चाहिए?" नगर कार्यवाह रुद्रपाल ने एक स्वयंसेवक से पूछा।

"यह जो ब्लैकमनी है जिसे लोग बाहर फेंक रहे हैं...और जिससे पैसे की बरबादी हो रही है, उससे अच्छा है सेना के नाम एक अकाउंट बना, बिना आईडी के उसमें उसे जमा कर देना चाहिए, ताकि जिसने पुराने नोटों को बैंक में जमा किया है, उसकी पहचान न हो सके।"

"मेरे हिसाब से ब्लैकमनी को रोकने के लिए सरकार ने यह उचित कदम उठाया है। इसका सबसे बड़ा असर जम्मू-कश्मीर पर पड़ेगा, जहाँ ब्लैकमनी नेपाल और बंगलादेश से आ रही है।" दूसरे गण ने अपनी राय प्रकट करते हुए कहा।

"रेड्डप्पा अन्ना आपका क्या कहना है?" आन्ध्र का एक पुराना स्वयंसेवक, जो सपरिवार दो दशक पहले इस इलाक़े में स्थायी रूप से आकर बस गया था, उससे पूछा।

"मेरे कू लगता इससे आम आदमी को कुच-न-कुच तो दिक्कत ओगा। मैं तीन दिनाँ से लाइन में जाके लगता, किन्तु बहुत बीड़ के चलते मेरा नम्बर आने तक कैश खतम हो जाता...पर हमें ये भी सोचना माँगता कि जब हमारा सैनिक तीन सौ पैंसठ दिन बार्डेर पर खड़ा रह सकता, तो क्या हम कुच घंटा भी नहीं रह सकता। अब देश के लिए कुच तो त्याग करना पड़ेगा जी।"

रेड्डप्पा के इस सद्विचार को सुन रुद्रपाल का चेहरा खिलता चला गया। माँ भारती के किसी उपासक या कहिए सच्चे राष्ट्रवादी के मुँह से वह इसी अमृत-वंचन को सुनना चाहता था। इसलिए उसने रेड्डप्पा का समर्थन करते हुए कहा, "अन्ना, आपने एकदम सही कहा। देश के लिए इतना तो हमें त्याग करना ही पड़ेगा...और फिर प्रधानमन्त्री जी यह सब अपने लिए थोड़े ही कर रहे हैं, देश के लिए कर रहे हैं।"

"बिल्कुल जी।" रेड्डप्पा ने भी मुस्कराते हुए नगर कार्यवाह के तर्क को स्वीकारते हुए कहा।

"आपको पता है अन्ना, ये जो हिन्दू विरोधी पार्टियाँ हैं न, इन्होंने सारी ब्लैकमनी इकट्ठा किया हुआ है। कहते हैं कि अपनी वो बहनजी अपनी पार्टी का एक टिकट के लिए पाँच से तीस करोड़ रुपये लेती है। उसके पास इतना पैसा है कि उसकी समझ में नहीं आ रहा है कि वह क्या करे। ब्लैकमनी का यही पैसा तो प्रचार में लगनेवाला था। इसी तरह एक फैक करेंसी जिसे *दरभंगा मॉड्यूल* कहते हैं, वो नेपाल और बंगलादेश के रास्ते भारत में आती है...और इसमें हमारे अपने नेता शामिल हैं...*आप पार्टी* का एक मुख्यमन्त्री भी उनमें से एक है...औ...और बंगाल की मुख्यमन्त्री, जो इतना चिल्ला रही है, उसने जो शारदा स्कैम किया है न, उसका सारा पैसा उसके रिश्तेदारों के पास है, इसलिए सबसे ज्यादा वही चिल्ला रही है। यही कारण है कि अपने प्रधानमन्त्री के सारे विरोधी सबसे अधिक परेशान हैं।"

"अमको सब मालूम जी।" रेड्डप्पा ने बड़ी मासूमियत से कहा।

"रुद्रपाल जी, इसलिए ये सब अफवाह फैला रहे हैं कि नोटबन्दी से अराजकता फैल जायेगी। सब कह रहे हैं कि दंगे फैल जायेंगे। बताइए पाँच-छह दिन हो गये, कुछ हुआ? इसलिए ऐसी अफवाह फैलानेवाले आदमियों को तो जेल में बन्द कर देना चाहिए। मेरा बस चले तो इन सारे राष्ट्र विरोधियों को आज ही जेल में डाल दूँ।" मुख्य शिक्षक भरत प्रसाद नोटबन्दी नामक यज्ञ में अपनी ओर से राष्ट्रवाद की समिधा डालते हुए बोला। यह सब कहते हुए साँस फूलने लगी उसकी।

"भरत जी, अगर ये हिन्दू-विरोधी ऐसा नहीं कहेंगे तो इनका करियर ही समाप्त हो जायेगा। पहले अपने प्रधानमन्त्री जी के लिए ये हिन्दू-विरोधी छप्पन इंच की बात किया करते थे, लेकिन जब सर्जिकल स्ट्राइक किया तो सबका मुँह बन्द हो गया। आपको पता है जम्मू-कश्मीर में बारह हजार करोड़ रुपया ब्लैकमनी का जमा हुआ है। इसके चलते कोई काम नहीं है वहाँ। दुकानें-वुकानें सब बन्द हैं...ट्यूरिज्म सब खतम हो गया। यहाँ का वो सारा ब्लैकमनी आईएसआई द्वारा दंगा भड़काने और पत्थर फेंकने के लिए इस्तेमाल किया जाता था, सब अब बैंक में आ रहा है। इससे साफ है कि जब वहाँ कोई काम ही नहीं है, तो इतना पैसा कहाँ से आ रहा है। ब्लैकमनी से दरअसल यहाँ पैरेलल इकोनॉमी चलती है। इसलिए आतंकवाद की कमर तोड़ने के लिए यह नोटबन्दी आवश्यक थी।"

नगर टोली के इस बारहवीं फेल नगर कार्यवाह रुद्रपाल ने जिस रोचक अन्दाज़ में एक-एक शब्द को दूध की तरह बिलोते हुए, ब्लैकमनी और नोटबन्दी पर एक छोटा-सा सारगर्भित व्याख्यान दिया, उसे सुन युवा राष्ट्रवादियों के रोंगटे खड़े होते चले गये। राष्ट्रवाद में लिथड़ा ऐसा विशद् ज्ञान तो उन्हें अपनी कक्षा में भी प्राप्त नहीं होता, जैसा यहाँ आकर हो रहा है।

"एक बात बताऊँ भरत जी, अगर इस देश से ब्लैकमनी समाप्त हो जाती है, तो इससे रोटी, कपड़ा और मकान ही सस्ता नहीं होगा बल्कि नोटबन्दी से नक्सलवाद और जम्मू-कश्मीर में आतंकवाद भी समाप्त हो जायेगा। अगर इस पर राजनीति होती है, तो इससे बड़ी शर्म की बात नहीं हो सकती।"

"आप सही कहता रुद्रपाल अन्ना। इसलिए हम सारे हिन्दुओं को नोटबन्दी को सपोर्ट करना चाहिए।" रेड्डप्पा ने एक तरह से रुद्रपाल और नोटबन्दी के समर्थन में बिगुल बजाते हुए कहा।

"भरत जी, अब शाखा विकिर की प्रक्रिया शुरू कर दें!" नगर कार्यवाह नोटबन्दी पर विराम लगाते हुए मुख्य शिक्षक को शाखा विसर्जन का निर्देश देते हुए बोला।

"आज ऐसा करते हैं सुभाषित और अमृत-वचन छोड़ देते हैं क्योंकि समय बहुत हो गया है।" भरत प्रसाद ने सुझाव दिया।

"अभी जो चल रहा था, वह क्या किसी सुभाषित या अमृत-वचन से कम था!" रुद्रपाल पहले हँसा और फिर कहने लगा, "अच्छा ऐसा करिए, इनको छोड़ आज उस गीत को सुना दीजिए, जो आपने इन्दिरा कालोनी झुग्गी-झोपड़ी की अम्बेडकर शाखा में सुनाया था।"

कुछ नहीं बोला मुख्य शिक्षक और अपनी लगभग बेसुरी आवाज़ में उस गीत को सुनाने लगा, जिसकी फ़रमाइश नगर कार्यवाह की तरफ़ से गयी थी।

जिस समय मुख्य शिक्षक द्वारा गीत को सुना रहा था, नगर कार्यवाह रुद्रपाल के चेहरे पर उभरते भावों को देखकर ऐसा लग रहा था, जैसे भारती माँ का यह उपासक सचमुच संकटों के बादलों से घिरा हुआ है।

नोटबन्दी में मानो पूरा देश क़तारबद्ध है। आज एक महीना हो गया। बैंकों और एटीएम के सामने लम्बी-लम्बी क़तारें बदस्तूर लगी हुई हैं। जहाँ लाइन न दिखे, समझ लीजिए कि वहाँ नक़दी नहीं है! लगातार जिस तरह कलेजा चीर देनेवाली सचित्र ख़बरें आ रही हैं, उन्हें देखकर सभी का दिल बैठा जा रहा है। जैसाकि राष्ट्र के नाम सम्बोधन में कहा गया था कि इससे भ्रष्टाचार मिटेगा, काला धन ख़त्म होगा, फ़र्ज़ी करेंसी समाप्त हो जायेगी और चरमपन्थ को मदद बन्द हो जायेगी, बस पचास दिन की तकलीफ़ है, इन पचास दिनों में से तीस दिन तो निकल गये। बस, बीस दिन और बचे हैं। किसी तरह ये और निकल जायें। यह अलग बात है कि हर कोई आशियाना रेसिडेंट वेलफेयर एसोसिएशन के अध्यक्ष पण्डित नेमचन्द शर्मा और एल.ए.सी.ए. मार्ट व आर्य मसाले के मालिक अर्थात् शाखा कार्यवाह शकुनि आर्य की तरह भाग्यशाली नहीं है, कि वे सौ-पचास रुपये देकर किसी को भी कई-कई घण्टे लाइन में लगवाकर पुराने नोट बदलवा ले।

शिवालय मण्डल शाखा की लगातार गिरती उपस्थिति को देख, ज़िला कार्यवाह इन्दरजीत की समझ में नहीं आ रहा है कि इस उपस्थिति में कैसे वृद्धि की जाये? जहाँ तक नोटबन्दी का प्रश्न है उसका शाखा से क्या सम्बन्ध? तरुण स्वयंसेवकों की तो बात दूर रही प्रौढ़ स्वयंसेवकों का भी जैसे जोश ख़त्म-सा हो गया है। प्रॉपर्टी डीलर विक्रम, जो शाखा में तो कम आता है परन्तु हफ़्ता-दस दिन में नज़र आ जाता था, वह भी अब दिखाई नहीं देता है।

शाखा विसर्जन के बाद घर लौटने के दौरान अपनी इस चिन्ता से ज़िला कार्यवाह ने जब रुद्रपाल को अवगत कराया, तो रुद्रपाल भी उससे सहमत होते हुए बोला, "आप कह तो सही रहे हैं इन्दरजीत जी। मैं भी पिछले कुछ दिनों से देख रहा हूँ कि हमारे स्वयंसेवकों का जैसे जोश और जज्बा ही समाप्त हो गया है। व्यायाम से लेकर बौद्धिक कार्यक्रम और सुभाषित से लेकर अमृत-वचन में जैसे सब बे-मन से शामिल होते हैं। और तो और शाखा विकिर से पहले *प्रार्थना* में भी वह बात नहीं रही, जैसी होनी चाहिए। *भारत माता की जय* का जयकारा भी ऐसे लगाते हैं जैसे उनके मुँह में भारत माता को जबरदस्ती ठूँस दिया गया है।"

"इस बारे में विचार करना पड़ेगा रुद्रपाल जी...ऐसा करते हैं आप सारे पदाधिकारियों को सूचित कर दें, कि कल सबका शाखा में पहुँचना अनिवार्य है...और हाँ विक्रम जी को अवश्य सूचित करना। एक वही तो है जो समय-समय पर हमारी शाखा को सबसे अधिक आर्थिक मदद देता है।"

"ठीक है मैं सबको सूचना दे देता हूँ।"

इसके बाद दोनों अपनी-अपनी दिशाओं की ओर बढ़ गये।

सभी पदाधिकारियों को सूचित करने के बावजूद अगले दिन कई लोग फिर भी नहीं आये। बस, एक बात अच्छी हुई कि विक्रम ज़रूर आ गया।

अन्य दिन जहाँ मुख्य शिक्षक तय समय सारिणी के अनुसार शाखा का संचालन करता था, आज यह दायित्व रुद्रपाल ने अपने कन्धों पर उठा लिया और शारीरिक कार्यक्रम के तहत सूर्यनमस्कार, व्यायाम आदि शुरू कर दिया। बल्कि व्यायाम के दौरान उसने पूरे मण्डल को लम्बी-लम्बी साँस लेकर योगासन करने को कहा। योगासन कराते हुए इससे होनेवाले फ़ायदे के बारे में बताया। इसके बाद जैसे ही *बौद्धिक कार्यक्रम* की बारी आयी, रुद्रपाल नोटबन्दी को लेकर पूरे देश में चल रही चर्चा-कुचर्चाओं पर आ गया।

रुद्रपाल पूरी मज़बूती के साथ नोटबन्दी का समर्थन करते हुए बोला, "हमें प्रधानमन्त्री के इस निर्णय के बारे में लोगों को समझाने का प्रयास करना चाहिए। वैसे तो लोगों को समझाने में मीडिया का बहुत बड़ा रोल है लेकिन लोग भी कम समझदार नहीं हैं। इंग्लैंड में जब सेकण्ड वर्ल्ड वार हुआ, तो वहाँ के प्रधानमन्त्री ने राष्ट्र के नाम अपने सम्बोधन में नागरिकों से अनुरोध

किया था कि वे कुछ दिनों के लिए अंडे ना खायें। ये सेना के लिए हैं। आप सबको सुनकर आश्चर्य होगा कि अपने प्रधानमन्त्री का जैसे ही वहाँ के लोगों ने सम्बोधन सुना, तो सुनते ही जिन लोगों ने जो अंडे खरीदे थे उन्हें वापस करने के लिए दुकानों पर उनकी लाइन लग गयी...ऐसी ही अपील अगर हमारे माननीय प्रधानमन्त्री करते तो पता है क्या होता...हमारे यहाँ दुकानों पर लाइन तो लगती, परन्तु वापस करने के लिए नहीं, खरीदने के लिए लगती।"

इतना कह रुद्रपाल ने मण्डल में बैठे भारती माँ के सपूतों के चेहरों को यह जानने के लिए देखा कि, इन पर उसकी बात का कुछ प्रभाव पड़ा है, या नहीं। लेकिन किसी ने इस पर कोई प्रतिक्रिया व्यक्त नहीं की। सब निश्चेष्ट और गुमसुम बैठे रहे। समझ गया बारहवीं फेल नगर कार्यवाह कि इन्हें अभी राष्ट्रवाद की हैवी डोज़ की ज़रूरत है। इसलिए उसने अपना प्रवचन जारी रखते हुए कहा, "अपने देश को लेकर, जैसे पहले टाइम में हमारे अन्दर राष्ट्र के प्रति प्रेम होता था, अब नहीं है। इसलिए आज कोई अच्छा काम हमारे राष्ट्र में होता है, तो लोगों में उसको लेकर बड़ा आलस और झिझक होती है। सब अपने स्वार्थ के बारे में सोचते हैं। अब देखिए, दुर्गा की महिषासुर से कोई व्यक्तिगत दुश्मनी थोड़े ही थी। वो तो लोगों के आह्वान पर दुर्गा ने उसे मारा था...क्योंकि महिषासुर ने लोगों का जीना हराम कर रखा था। इसलिए जो सज्जन शक्ति है उसकी जिम्मेदारी होती है समाज को समझाने की।"

पूरे बौद्धिक मण्डल में से किसी के कुछ पल्ले नहीं पड़ रहा है कि उनका यह नगर कार्यवाह कहना क्या चाहता है? आख़िर इस नोटबन्दी का दुर्गा और महिषासुर से क्या वास्ता?

लेकिन नगर कार्यवाह यहीं नहीं रुका। उसने अपनी बात जारी रखी, "विचार क्या है? मैं बताता हूँ विचार की परिभाषा...मान लीजिए आप किसी बैंक के आगे नोट बदलने की लाइन में लगे हुए हैं, और इसी बीच कोई मीडियावाला आकर पूछता है कि यहाँ लाइन में लगने से आपको क्या तकलीफ़ है? इस पर आपने अपनी तकलीफ उसे बता दी। इसके बाद दूसरा आता है और आपसे पूछता है कि राष्ट्रहित में प्रधानमन्त्री द्वारा लिए गये इस निर्णय के बारे में आपकी क्या राय है, तो आपको यह कहना चाहिए कि भले ही हम लाइन में लगे हुए हैं लेकिन यह बहुत बढ़िया निर्णय है...मेरा कहने

का अर्थ यह है कि हमें नोटबन्दी के पक्ष में ऐसे ही उत्तर देकर माहौल बनाना है।" इसी बीच अचानक रुद्रपाल की नज़र मण्डल में बैठे स्वयंसेवकों पर पड़ी, तो उसने शकुनि आर्य से पूछा, "शकुनि जी, राजू बजरंगी दिखाई नहीं दे रहा है?"

"वह बैंक गया है।" अन्यमनस्कता के साथ उत्तर दिया शकुनि ने।

इसके बाद राजू को लेकर आगे कोई प्रश्न नहीं किया नगर कार्यवाह ने क्योंकि बैंक जाने का एक ही अर्थ है, जिसे यहाँ बताने की आवश्यकता नहीं है।

काफ़ी देर से कसमसा रहे भरत प्रसाद से जब नहीं रुका गया, तो वह बोल ही पड़ा, "वो क्या है कि मीडिया जो दिखा रहा है गलत दिखा रहा है। हनुमनथप्पा जहाँ छह घण्टे बाद पच्चीस फुट बरफ के नीचे से जिन्दा निकल गया, तो वह देश के लिए निकला था न? हम तो आराम से लाइन में खड़े हैं...चाय पीकर आये हैं और जाकर डकारेंगे भी। कहने का मतलब यह है कि आम आदमी ऐसा नहीं है...यह तो मीडिया मुँह में उँगली डालकर सवाल ही ऐसा करता है। मैं कल एक बैंक में गया था तो देखा एक मुल्ला को छोड़कर, लाइन में लगे सारे के सारे लोगों ने इसका समर्थन किया। मैं उस मुल्ले से बोला तुम जिहादी दाऊद के समर्थक हो। एक बोल रहा था मैं नौकरी छोड़कर आया हूँ...।" अपनी बात पूरी करते-करते मुख्य शिक्षक की भुजाएँ फड़कने लगीं।

"भरत जी, यह भी कहने की जरूरत नहीं है। जब सर्वसम्मति से कोई निर्णय लिया जाता है, तो वह सबके लिए होता है।" इन्दरजीत ने हस्तक्षेप करते हुए मुख्य शिक्षक को शान्त करने की कोशिश की।

मगर अपना राष्ट्रवादी मुख्य शिक्षक कहाँ माननेवाला था, "...पर टीवी पर कोई मौलाना-मुल्ला विरोध नहीं कर रहा है, क्योंकि उनके यहाँ अधिक गरीबी है। इससे उन्हें ही फायदा है।"

"लेकिन पीएम ने साफ कह दिया है कि कोई रोता है तो रोए। वह तो पिछले एक साल से बार-बार अपने *मन की बात* में कह रहा था कि तीस सितम्बर तक अपनी आय को घोषित कर दीजिए...सरकार कुछ नहीं पूछेगी। एक बात और अगर खाते नहीं खुले होते, तो लोगबाग अब तक पागल हो गये होते कि मैं क्या जमा कराऊँ और क्या बदलूँ। पता है जीरो बैलेंसवाले खातों

में पैंतालिस हजार करोड़ रुपये आ चुके हैं। यह कम नहीं होता, तीन राज्यों का बजट होता है। पता है पिछले दिनों मालदा में क्या हुआ था, दो लाख लोग पश्चिम बंगाल की सड़कों पर आ गये थे कत्लेआम के लिए। तब इन्हें समझ में नहीं आया था कि जनता को परेशानी हो रही है? भई मुझे तो कहीं नहीं दिख रहा है कि जनता परेशान हो रही है।"

अपने नगर कार्यवाह के सुर में सुर मिलाते हुए भरत प्रसाद लपकते हुए बोला, "दो हजार ग्यारह में जो अन्ना हूँ-अन्ना हूँ की उपज है, वो कहाँ गयी?"

"सही मायने में चाहे संघी लगा लो, या जो राष्ट्रवादी हैं उनको इस नोटबन्दी से कोई परेशानी नहीं है कि यह क्या हो रहा है, या क्या चल रहा है...परेशानी यह है कि क्या यह यूँ ही चलता रहेगा? असली चिन्ता यही है। अपने पीएम पर इल्जाम तो कोई भी कुछ लगा दे कि उसकी भतीजी इंग्लैंड में पढ़ती है या केम्ब्रिज में पढ़ती है। जबकि सब सरकारी स्कूल में पढ़ती हैं।" नगर कार्यवाह रुद्रपाल ने पहली बार थोड़े पते की बात की।

बहुत देर से चुपचाप सुन रहे अच्छी-ख़ासी बाहर निकली तोंद, अनियन्त्रित नितम्बों और सीधे हाथ की आधी से अधिक अँगुलियों में क़ीमती पत्थर व रत्न-जड़ित अँगूठियाँ, और बायें हाथ की बीच की अँगुली में घोड़े की नाल का छल्ले को पहननेवाले श्रीराम प्रॉपर्टी के मालिक विक्रम से नहीं रुका गया, "अपने पीएम की मम्मी भी तो बैंक गयी थी!"

"विक्रम जी, वे इस पर नहीं बोलेंगे। वो...वो...क्या नाम है उसका उमर अब्दुल्ला, उसका ट्वीट तो था कि राहुल जी लाइन में लगे तो नौटंकी और पीएम की माँ लाइन में लगे तो राष्ट्रसेवा या देशसेवा या राष्ट्रभक्ति। पता है वो इक्यानवे साल की है, बड़ी जीवट है...एकदम लोहा। माँ ने तो कह दिया कि बेटा तू मेरी चिन्ता मत कर। मैं तो जैसे-तैसे गिर-पड़कर बैंक से पैसे ले आऊँगी। पर तेरे लिए बहुत काम पड़े हैं तू वो जाकर कर। जिसकी जितनी सोच...अरे भइया, उसका क्या! उसके तो न कोई आगे, न पीछे...वह तो क्या कहते हैं कि आयी मौज फकीर की, दिया झोपड़ा फूँककर चल देगा।" भरत प्रसाद ने जिस प्रामाणिकता के साथ अपनी बात कही, सामने बैठे सारे राष्ट्रभक्त उसके प्रति श्रद्धाभाव से भरते चले गये।

"वो क्या है भरत जी कि इसमें और उसमें अन्तर है। वो राज परिवार से है और अपनेवाला फकीर है।" ज़िला कार्यवाह ने बड़ी शालीनता के साथ तर्क दिया।

"इसलिए जहाँ तक हो सके लोगों को समझाओ कि नोटबन्दी के क्या फायदे हैं...कोई पूछे तो उससे कहो कि अगर लोग परेशान होते, तो सब लोग बैंकों के सामने लाइन में लगे नहीं होते...जन्तर मन्तर पर होते।" रुद्रपाल माँ भारती के उपासकों को समझाते हुए बोला।

"बिल्कुल सही कहा। अरे सब्जीवाले से पूछो तो वो खुश...रिक्शेवाले-ठेलेवाले सब खुश हैं। सब कष्ट झेलने को तैयार हैं।" मुख्य शिक्षक ने भी अपने नगर कार्यवाह का समर्थन किया।

"कष्ट ही तो नहीं है। और फिर काहे का कष्ट, लाइन में लगे हो तो नोट के बदले नोट मिल रहे हैं न!" *दलित-पिछड़ा-आदिवासी हिन्दू विंग* के विंग कार्यवाह दलपत मीणा मुख्य शिक्षक भरत प्रसाद के तर्क को मज़बूती प्रदान करते हुए बोला।

"मैंने तो एक मुल्ले से कह भी दिया था कि यहाँ जितना लोग है, तुझे छोड़कर निन्यानवे परसेंट इसके समर्थन में है।"

"ऐसी बात नहीं है भरत जी। आपको सभी लोगों को समझाना होगा, ऐसे मुल्ला-मौलवी नहीं करना है। अगर तुम उनका नाम लोगे तो इसके विरोध में वे अपने बीस और लोग इकट्ठा कर देंगे।" विजयपाल सोलंकी ने पहली बार हल्का-सा प्रतिरोध जताया।

"मेरा कहने का मतलब है कि वे नोटबन्दी के विरोधी नहीं हैं, अपने प्रधानमन्त्री के विरोध से ग्रसित हैं।" मुख्य शिक्षक मुस्लिम-घृणा का कोई मौक़ा नहीं छोड़ना चाहता।

"नहीं...नहीं, विजयपाल जी का कहना सही है। भड़काने के बजाय उन्हें समझाओ!" ज़िला कार्यवाह इन्दरजीत ने अपने मुख्य शिक्षक को समझाया।

"किसको समझाओ! उस दाढ़ीवाले को?" तमतमाते हुए भरत प्रसाद ने ज़िला कार्यवाह से प्रतिप्रश्न किया।

"अरे दाढ़ीवाले को नहीं, सबको समझाओ!" विजयपाल सोलंकी ने अपने कहे को स्पष्ट किया।

"ये दाढ़ीवाले नहीं समझेंगे...काला धनवाला फिर भी समझ जायेगा।" भरत प्रसाद की सूई जैसे दाढ़ी पर आकर अटक गयी।

"ऐसा है, जो ना समझे उससे उलझो मत। बहस में मत पड़ो। इसे ऐसे समझने का प्रयास करें कि जैसे हम दाल लाते हैं, तो उसे छाँटते हैं न? उसमें जो कंकर-पत्थर होते हैं उन्हें अलग कर देते हैं न?" ज़िला कार्यवाह ने संयम बरतते हुए कहा।

बौद्धिक मण्डल में नोटबन्दी पर होनेवाली इस गरमागरम सार्थक बहस और विमर्श को चुपचाप बड़े धैर्य के साथ देख और सुन रहा दो-दो ज़िलों का प्रचारक त्रिभुवन मन-ही-मन बड़ा प्रसन्न है, कि कम-से-कम भारत माता के ये सपूत राष्ट्रहित और राष्ट्रप्रेम को जानते-समझते तो हैं। आनन्द तो उसे इस बहस में भरपूर आ रहा था लेकिन समय अधिक हो जाने के कारण उसने यह कहते हुए इस राष्ट्रीय विमर्श पर विराम लगा दिया, "मुझे लगता है आप सब समझ गये होंगे कि आज के इस बौद्धिक कार्यक्रम से हमें क्या सीख मिली है।" इसके बाद वह मुख्य शिक्षक की तरफ़ मुड़ते हुए बोला, "भरत जी, अब शाखा विकिर की प्रक्रिया शुरू कर दें!"

ज़िला प्रचारक के इस निर्देश के बाद मुख्य शिक्षक विकिर की प्रक्रिया में जुट गया और *संघ दक्ष, संघ सम्पत, संख्या* आदि का अनुपालन करने के साथ स्वयं ही *सुभाषित* सुनाने लगा। जिसका अर्थ है–*जिस तरह चन्दन घिसने के बाद सुगन्धित प्रदान करता है, शीतलता प्रदान करता है, उसी तरह साधु पुरुष अपने को राष्ट्र को समर्पित करता* है। बल्कि चलते-चलते वह अपनी शाखा के इस अति प्रिय सुभाषित को दोहराना नहीं भूला–

हिन्दव: सोदरा: सर्वे, न हिन्दू: पतितो भवेत्।
मम दीक्षा हिन्दू: रक्षा, मम मन्त्र: समानता।।

इस सुभाषित के बाद पहले संघ की प्रार्थना और अन्त में *भारत माता की जय* के उद्घोष के साथ शाखा विसर्जित हो गयी। आज प्रार्थना से पहले लगभग प्रतिदिन होनेवाला सस्वर *शाखा-गान* नहीं हुआ। कैसे होता? न सुनानेवाले मुख्य शिक्षक से किसी ने सुनाने का आग्रह किया, न उसने अपनी मर्ज़ी से सुनाया। यही तो राष्ट्रवाद है कि जब तक कोई जगाये नहीं, उसे स्वयं जागने की क्या ज़रूरत पड़ी?

41

एक-एक कर सारे स्वयंसेवकों के जाने के बाद ज़िला प्रचारक त्रिभुवन ने भी अपनी साइकिल उठायी और चला गया। उसके जाते ही रुद्रपाल ने इन्दरजीत को धीरे-से इशारा किया। इशारा पाते ही इन्दरजीत ने अपनी चाल थोड़ी धीमी कर दी। रह गये अब केवल पाँच यानी इन्दरजीत, रुद्रपाल, शकुनि आर्य, पारस जैन और विक्रम।

रुद्रपाल ने पहले इधर-उधर देखा और फिर शकुनि आर्य को टोकते हुए बोला, "शकुनि जी, आजकल आप कुछ बुझे-बुझे से रहते हो? आप न व्यायाम मन लगाकर करते हो, न सूर्यनमस्कार। मैं देख रहा हूँ कि पिछले कुछ दिनों से आप बौद्धिक कार्यक्रम में भी उस तरह जोश के साथ हिस्सा नहीं लेते हो जैसे पहले लेते थे?"

"रुद्रपाल जी, बात ही बुझे होने की है। जिसके करोड़ों के पुराने नोट रद्दी बनने को पड़े हों आप ही बताइए, उसका कैसे शाखा में मन लगेगा?" शकुनि आर्य की जगह उत्तर पारस जैन ने दिया।

"करोड़ों के पुराने नोट...मैं कुछ समझा नहीं पारस जी?"

"समझना क्या, हम व्यापारी कितनी मेहनत करके कमाते हैं, और अपने पीएम ने एक झटके में हमारी गाढ़ी कमाई को रद्दी में बदल दिया!"

"तो क्या हुआ, बैंक से अपने आदमी भेजकर बदलवा लो!" रुद्रपाल ने आसान-सा उपाय बताते हुए कहा।

"आपको क्या लगता है कि हम बदलवा नहीं रहे हैं...और फिर कितना और कहाँ तक बदलवाएँ? कल सरकार और इनकम टैक्सवाले उसका जवाब माँगेंगे कि इतना धन कहाँ से आया, तो क्या जवाब देंगे?" शकुनि आर्य सबसे अपनी चिन्ता साझा करते हुए बोला।

रुद्रपाल ही नहीं इन्दरजीत के अब समझ में आया शकुनि आर्य की उदासी का कारण। शकुनि आर्य ही नहीं जिस तरह पारस जैन ने हम शब्द का उपयोग करते हुए शकुनि की पैरवी की, उससे एक समझदार को समझने में देर नहीं लगनी चाहिए।

"यह तो बड़ा गम्भीर मामला है। अगर सरकार को पता चल गया तो वह तुरन्त काले धन के मामले में इन्हें धर लेगी।" रुद्रपाल ने चिन्ता व्यक्त करते हुए कहा।

"कोई उपाय भी तो नहीं है कि इतनी मोटी रकम को किस तरह इधर-उधर ठिकाने लगाया जाये। मैंने अपने बैंक मैनेजर से भी बात की थी कि कुछ ले-देकर इसे ठिकाने लगवा दो...लेकिन उसने भी दो टूक मना कर दिया।"

"मैं भी बहुत प्रयास कर चुका हूँ। अपने विक्रम जी का पता नहीं कि इसने क्या किया?" पारस जैन पहली बार खुलकर कह पाया अपनी बात।

"पारस जी, मैं भी बहुत परेशान हूँ कि कहीं ले-देकर उसे इधर-उधर कर दूँ, पर कोई रास्ता नहीं दिखाई नहीं दे रहा है। मुझे तो लगता है हमारी मेहनत की सारी कमाई रद्दी हो जायेगी। ऐसा हो गया तो हम जैसे बिजनेस मेन कंगाल हो जायेंगे!"

श्रीराम प्रॉपर्टी डीलर विक्रम की चिन्ता सचमुच दिल दहलानेवाली है।

"रुद्रपाल जी, चिन्ता तो इनकी एकदम सही है। अभी तक तो हम समझ रहे थे कि इससे केवल जाली नोटों पर लगाम लगेगी...भ्रष्टाचारियों से काला धन बाहर आयेगा...बे-नामी सम्पत्ति, जाली नोट और आतंकवाद का खात्मा होगा, पर इसने तो हमारे हिन्दुओं को भी लपेटे में ले लिया।"

"आपका कहना एकदम सही है इन्दरजीत जी।" फिर कुछ पल सोचने के बाद बेहद धीमी आवाज़ में कहा, "वैसे मैंने सुना है कि सरकार में बैठे कुछ लोग पार्टी फंड में कुछ हिस्सा लेकर अपने लोगों की चुपचाप मदद कर रहे हैं।"

नगर कार्यवाह के इतना कहते ही शकुनि आर्य भागते भूत की लँगोटी ही सही वाले सिद्धान्त को अपनाते हुए बोला, "रुद्रपाल जी, किसी से बात करिए! पार्टी फंड में जितना हिस्सा देना होगा, उसके लिए मैं तैयार हूँ।"

"मैं भी तैयार हूँ!" पारस जैन रिरियाते हुए बोला।

"मुझे मत भूल जाना रुद्रपाल जी। बल्कि पार्टी के अलावा आपका जो हिस्सा होगा, वह भी देने को तैयार हैं।" विक्रम भी अपने आप को शामिल करते हुए बोला।

"मुझे त्रिभुवन जी से बात करनी पड़ेगी। उन्हीं के सम्पर्क में हैं पार्टी के कुछ बड़े नेता जो इस काम को करवा रहे हैं।" इसके बाद रुद्रपाल ने चेहरे

पर संजीदगी का झीना-सा नक़ाब ओढ़ा और बड़े शातिराना अन्दाज़ में पूछा, "तीनों की मिलाकर कुल कितनी नकदी हो जायेगी?"

"मेरे पास तीन करोड़ हैं..." शकुनि ने बताया।

"मेरे पास भी इतने ही हैं।" पारस जैन ने तुरन्त बताया।

"तीन और तीन छह...और विक्रम जी आपका कितना हो जायेगा?" रुद्रपाल ने विक्रम को टटोला।

"मेरे पास अधिक नहीं हैं। बस दो के करीब हैं। यह तो अच्छा हुआ जो नोटबन्दी से चार दिन पहले एक पार्टी को चार करोड़ की पेमेंट कर दी वरना मैं तो कंगाल ही हो जाता।"

"आपके कहने का मतलब है कुल मिलाकर आठ करोड़ का मामला है...ठीक है मैं त्रिभुवन जी से बात करता हूँ कि इसमें से पार्टी को कितना हिस्सा देना होगा।"

"रुद्रपाल जी, आप अपना भी हिस्सा इसी में जोड़ लेना...क्यों शकुनि जी?" विक्रम ने शकुनि आर्य के साथ पारस जैन को भी जोड़ते हुए कहा।

"बिल्कुल।" शकुनि की जगह इस बार पारस जैन अपनी तरफ़ से सहमति और स्वीकृति प्रदान करते हुए बोला।

"मैं त्रिभुवन जी से बात करके एकाध दिन में आपको बताता हूँ। अब चलते हैं...जय श्रीराम!" नगर कार्यवाह रुद्रपाल ने इस उद्घोष के बाद तीनों से विदा ली, और ज़िला कार्यवाह इन्दरजीत के साथ अपनी दिशा में बढ़ गया।

पूरे रास्ते नगर कार्यवाह रुद्रपाल मन-ही-मन रह-रहकर संघ के सबसे प्रिय सुभाषित के अर्थ को गुनगुनाता रहा–सभी हिन्दू सहोदर भाई हैं कोई भी हिन्दू पतित नहीं हो सकता। मेरी दीक्षा ही हिन्दू रक्षा है, और मेरा मन्त्र समानता का मन्त्र है।

आज संघ-स्थल पर एक तरफ़ मौन साधे खड़े *गुरुजी* के सामने पिछले दिनों की अपेक्षा स्वयंसेवकों की संख्या काफ़ी ज़्यादा है। लगता है कुछ दिन पहले नोटबन्दी का जो ज्ञान का प्रसाद माँ भारती के सपूतों को बाँटा गया था, यह उसी का असर है। और तो और शकुनि आर्य, पारस जैन और विक्रम की देहभाषा भी पूरी तरह बदली हुई है।

सारे स्वयंसेवकों को पंक्ति में खड़ा कर मुख्य शिक्षक भरत प्रसाद ने नित्य कार्यक्रमों की शुरुआत करते हुए शाखा आरम्भ कर दी। शारीरिक कार्यक्रम के तहत व्यायाम और हल्का-सा लाम पर तैनात सैनिकों की भाँति *एक-दो-एक...बायाँ-दायाँ...बायाँ-दायाँ* के साथ *पथ संचलन* का अभ्यास कराया गया। व्यायाम समाप्त होने के बाद जैसे ही मुख्य शिक्षक ने सभी स्वयंसेवकों को मण्डल में बैठने का निर्देश दिया, तथा जैसे ही स्वयंसेवक बैठने लगे, रुद्रपाल आगे आकर बोला, "ध्वज को मण्डल के बीचो-बीच होना चाहिए!"

सारे गणों के निर्देशानुसार बैठने के बाद नगर कार्यवाह ने मुख्य शिक्षक से *शाखा-गीत* सुनाने का आग्रह किया। नगर कार्यवाह के आग्रह पर मुख्य शिक्षक भरत प्रसाद राष्ट्रगान की पैरोडी यानी शाखा के सबसे प्रिय गीत *भारती माँ के उपासक, मातृ मन्दिर के पुजारी/कर रहे माँ को समर्पित, संगठन की शक्ति सारी* सुनाने लगा। इधर मुख्य शिक्षक गीत गाता हुआ आगे बढ़ता रहा, उधर मण्डल में बैठे स्वयंसेवक उसकी गायी पंक्तियों को दोहराते रहे।

गीत समाप्त होने के उपरान्त नगर कार्यवाह अपनी जगह से खड़ा हुआ और पूरे मण्डल को सम्बोधित करते हुए बोलने लगा, "आज हमारे मध्य ब्रजेश जी पधारे हुए हैं। ब्रजेश जी इन दिनों इस्माईलपुर *गौसेवा जिला टोली प्रमुख* का दायित्व सँभाल रहे हैं। मेरा शकुनि आर्य जी से अनुरोध है कि वे एक-एक कर सभी गणों का इनसे परिचय करायें!"

शाखा कार्यवाह शकुनि आर्य इसके बाद सबका परिचय कराने लगा। परिचय के बाद गौसेवा ज़िला टोली प्रमुख ब्रजेश लचकते हुए आगे आया और बिना किसी भूमिका के अपनी बात शुरू कर दी, "मित्रो, मैंने जब संघ में प्रवेश किया था, तब मेरा दायित्व स्वयंसेवकों को प्रात:काल जगाने का था। एक तरह से मैं संघ में पर्यवेक्षक के पद पर था, जिसे प्रात:काल साढ़े तीन बजे जागना होता था।" इसके बाद वह भरत प्रसाद की तरफ़ पलटते हुए बोला, "आपके यहाँ कितने स्वयंसेवक हैं?"

"सूची तो हमारे पास सौ से ऊपर की है जिनमें *गुरुदक्षिणा* तक के स्वयंसेवक भी शामिल हैं।"

"गणवेश कितना है यहाँ की शाखा के पास?"

"चालीस प्लस है।"

"ठीक है। मैं आज आपको शाखा की आन्तरिक संरचना के बारे में कुछ बातें बताऊँगा। क्या है कि संघ में दो तरह की शाखाएँ होती हैं–एक *व्यवस्थित शाखा* और दूसरी *प्रभावी शाखा*। इन दो तरह की शाखाओं से क्या अभिप्राय है, आपमें से कोई बता सकता है?"

गौसेवा ज़िला टोली प्रमुख के इस जवाब का किसी ने उत्तर नहीं दिया।

"मैं बताता हूँ–व्यवस्थित शाखा से आशय है हमारी यह शाखा टोली। यानी यह पता करना कि टोली बनी या नहीं...शाखा समय से लगती है या नहीं...शाखा में कोई आता है या नहीं? वहीं *गण शिक्षक* का काम संघ-स्थल पर होता है और *गट्नायक* का काम पूरी बस्ती में यह देखना होता है कि वहाँ सब काम हो रहा है या नहीं? इसके अलावा *गीत प्रमुख, प्रार्थना प्रमुख, रेखांकन प्रमुख, ध्वज प्रमुख* जैसे इसके अन्य अंग होते हैं। इसे ही *व्यवस्थित शाखा* कहते हैं। व्यवस्थित शाखा का काम घर से संघ-स्थल तक होता है। जबकि प्रभावी शाखा का काम बस्तियों को देखने का होता है। इसलिए कहा जाता है कि शाखा का काम व्यक्ति निर्माण का, और संघ का काम समाज निर्माण का होता है।" शाखा और संघ की भूमिका बताने के बाद गौसेवा ज़िला टोली प्रमुख अब असली मुद्दे पर आ गया, जिसकी पिछले एक महीने से नगर टोली की इस शाखा में प्रतिदिन चर्चा होती है।

इसके बाद उसने एक लम्बी साँस ली और फिर उसे धीरे-धीरे बाहर छोड़ते हुए बोला, "कभी आपने सोचा है कि देश के जो आम नागरिक नोट बदलने के लिए लम्बी-लम्बी कतारों में लगे हुए हैं, उनकी सेवा का हमारी ओर से कोई कार्य हो रहा है? हम स्वयंसेवकों की तरफ से वहाँ चाय-पानी की कोई व्यवस्था होनी चाहिए या नहीं? हमें इस बात पर बड़ी बारीकी से सोचने की आवश्यकता है, कि हमारा काम केवल संघ-स्थल तक सीमित नहीं है बल्कि समाज में भी है।"

गौसेवा ज़िला टोली प्रमुख की इस चिन्ता पर सबको आश्चर्य हुआ, कि बैंकों के आगे नोट बदलने के लिए लाइन में लगे लोगों को स्वयंसेवकों की

तरफ़ से चाय-पानी की व्यवस्था क्यों की जाये? यह बात किसी को हजम नहीं हुई।

इसके बाद मोर्चा रुद्रपाल ने सँभाल लिया, "आप सभी को एक और आवश्यक सूचना देनी है और वो यह कि आगामी रविवार को सेवा भारती के *सक्षम* द्वारा नेत्र शिविर लगाया जाना है। अपने इस्माईलपुर की इन्दिरा कॉलोनी झुग्गी-झोपड़ी, जिसका *आदर्श सेवा बस्ती* के रूप में चयन हुआ है, यह शिविर वहाँ लगना है। इसलिए हम सबको इस शिविर को सफल बनाना है।"

इधर नगर रुद्रपाल ने सूचना समाप्त की, उधर मुख्य शिक्षक ने एक स्वयंसेवक को सुभाषित के लिए बुला लिया। लेकिन स्वयंसेवक की यह सुभाषित नेत्र शिविर को सफल बनाने की चिल्ल-पों में दम तोड़कर रह गयी।

इससे पहले कि अन्य दिनों की तरह *भुजंग प्रयात* व *मेघ निर्घोष* से मुक्त जटिल और विशुद्ध संस्कृत में विरचित *प्रार्थना* से बचने के लिए कुछ तरुण स्वयंसेवक जाने के लिए उठते, मुख्य शिक्षक ने उन्हें वहीं दबोच लिया। मजबूरन उन्हें मुख्य शिक्षक के सुर में अपना सुर भी मिलाना पड़ गया। *प्रार्थना* के बाद हर बार की तरह अन्त में *भारत माता की जय* का उद्घोष हुआ और शाखा विसर्जित हो गयी।

पाँच दिन बाद अचानक शाखा कार्यवाह, आर्य मसाले और एल.ए.सी.ए. मार्ट अर्थात् लाला अमरचन्द आर्य मार्ट के मालिक शकुनि आर्य के पास नगर कार्यवाह रुद्रपाल का फोन आया। फोन पर उसने यह ख़ुशख़बरी दी कि उसके अलावा पारस जैन और विक्रम से उसने जो वायदा किया था, वह काम हो गया है। सुनते ही शकुनि आर्य मारे ख़ुशी के बल्लियों उछलने लगा। इस ख़ुशी में उसने नगर कार्यवाह से यह भी नहीं पूछा कि काले धन के रूप में जमा, माफ़ करना अपनी मेहनत से कमाये तीन करोड़ में से कितना प्रतिशत उसे पार्टी फंड के लिए देना होगा। वैसे इसमें पूछने की ज़रूरत है भी नहीं। वह कौन-सा पार्टी को घूस या रिश्वत दे रहा है, वह तो देश को भ्रष्टाचार और काले धन रूपी दीमक से मुक्त कराने में अपना छोटा-सा योगदान दे रहा है, ताकि आनेवाली पीढ़ी गर्व से अपना जीवन जी सके और देश का धन ग़रीबों के काम आ सके। हर ईमानदार नागरिक को देश की सम्पन्नता में उसकी उचित हिस्सेदारी मिल सके। वह तो भ्रष्टाचार, काला धन एवं जाली नोट

के ख़िलाफ़ लड़ी जानेवाली लड़ाई, हिन्दुत्व, राष्ट्रहित व राष्ट्रनिर्माण रूपी महायज्ञ में अपनी तरफ़ से रद्दी होनेवाले पुराने नोटों की आहुति डालकर, नोटबन्दी जैसे राष्ट्रवादी महायज्ञ अर्थात् अभियान को सफल बनाने में मदद कर रहा है।

आशियाना आरडब्ल्यूए अध्यक्ष नेमचन्द शर्मा को सावरकर मन्दिर की पुरोहिताई में अब आनन्द आने लगा है। एक समय जहाँ इसी अध्यक्ष ने पूरी सोसाइटी और उसके बच्चों का धर्म भ्रष्ट होने की दुहाई देकर, राजू बजरंगी के भेस में छिपे इस शूद्र को सोसाइटी से बाहर करने के लिए पूरी आरडब्ल्यूए को तैयार कर लिया था, उसने अब इसके बारे में सोचना ही छोड़ दिया। उसी राजू बजरंगी के बारे में जिसको लेकर अपने पण्डित नेमचन्द शर्मा ने एक बार कहा था, कि यह अपनी असली पहचान यानी जाति छिपाकर हम बनिया-बामनों में, उनके चौका-बर्तनों और पूजा-घरों में घुसने की कोशिश कर रहा है। उसी राजू बजरंगी के बारे में यह सोचकर उसको मन्दिर से बाहर करने का ख़याल छोड़ दिया कि यह किसी का क्या बिगाड़ रहा है, मन्दिर के ख़ाली पड़े कमरे में रह ही तो रहा है। जिस राजू को इस तर्क के साथ कि मन्दिर का पुजारी तो ब्राह्मण ही रखना होगा, सावरकर सदन में मूर्तियों की प्राण-प्रतिष्ठा तक रहने की मोहलत दी गयी थी, उसी राजू बजरंगी के बारे में नेमचन्द शर्मा ने यह सोचकर सोचना बन्द कर दिया, कि यदि इसे बाहर कर दिया गया और मन्दिर में नया महन्त, पुजारी या सेवायत आ गया, तब उसका क्या होगा? जिस आरडब्ल्यूए से उसने यह कहा था कि हिन्दू होना अलग बात है, और उसके क़ायदे-क़ानूनों का पालन करना अलग बात है, उसी नेमचन्द शर्मा को इस विषय पर चुप्पी साधना बेहतर लगा। कम-से-कम पुरोहिताई के सहारे पूरे परिवार के लिए खाने-पीने का सामान मिलने के साथ दक्षिणास्वरूप अच्छी-ख़ासी आमदनी तो हो रही है। वैसे भी अच्छे-बुरे वक़्त में यह काम आ ही जाता है। यदि राजू बजरंगी नहीं होता, तो वह नोटबन्दी के दौरान किससे नोट बदलवाने के लिए कहता। बल्कि एक सोची-समझी नीति के तहत उसने राजू बजरंगी से नज़दीकी बढ़ानी शुरू कर दी। वह अब उसके साथ ख़ुलेआम उठने-बैठने लगा। थोड़ा-बहुत मन्दिर के कामों में भी उसकी मदद लेने लगा।

यह ज़रूरी भी है क्योंकि पण्डित नेमचन्द शर्मा की पुरोहिताई का अस्तित्व बिना राजू के सम्भव नहीं है। वैसे भी नोटबन्दी के वक़्त इस राजू नाम के गधे को बाप बना, वह उसकी उपयोगिता और महत्त्व को परख चुका है।

42

एक बार फिर शाखा में स्वयंसेवकों की संख्या बढ़ गयी। टोली के सारे पदाधिकारी जिनमें ज़िला कार्यवाह इन्दरजीत, नगर कार्यवाह रुद्रपाल, शाखा कार्यवाह शकुनि आर्य, सह नगर कार्यवाह पारस जैन, मण्डल कार्यवाह विजयपाल सोलंकी, दलित-पिछड़ा-आदिवासी हिन्दू विंग का विंग कार्यवाह दलपत मीणा और मुख्य शिक्षक भरत प्रसाद तो आ ही रहे हैं; बल्कि प्रौढ़ नगर कार्यवाह, विद्यार्थी नगर कार्यवाह, विद्यार्थी मण्डल कार्यवाह, कॉलेज विद्यार्थी प्रमुख और यूथ प्रोफ़ेशनल भी आने लगे हैं। जबकि सेवा, सम्पर्क, व्यवस्था, बाल गोकुलम, कुटुम्भ प्रबोधन ज़िला टोली सदस्य भी सप्ताह में एकाध बार आ ही जाते हैं। जहाँ तक राष्ट्रवादी कवि समदर्शी सोमरस, सर्वकल्याण परिषद नाम की एनजीओ का मुखिया विवेकानन्द सत्यार्थी, जवाहरलाल नेहरू विश्वविद्यालय में इतिहास का पूर्व प्रोफ़ेसर शंकर पुरोहित, इन्दिरा कॉलोनी उच्चतर माध्यमिक विद्यालय में संस्कृत का शिक्षक दिवाकर शास्त्री का सवाल है, वे भी अपना अमूल्य समय निकालकर आने लगे हैं। बीच-बीच में किसी प्रतिनिधि मण्डल की तरह इनमें से कुछ पदाधिकारी आशियाना परिसर में चलनेवाली सावरकर शाखा, और उसके माध्यम से संचालित अन्य राष्ट्रवादी व हिन्दूवादी गतिविधियों का भी दौरा कर आते। इन दौरों का विशेष प्रयोजन यही होता कि इस सोसाइटी में कोई राष्ट्र विरोधी गतिविधि अथवा हरकत तो नहीं हो रही है। इसलिए आते-जाते सबकी नज़र आशियाना आरडब्ल्यूए के महासचिव और नये-नये राष्ट्रवादी जयप्रकाश सिन्हा के बग़लवाले मज़बूत ग्रिल से ढकी बालकनी पर टिकी रहती। क्योंकि इसी बालकनी से इन्हें सबसे अधिक बग़ावत और राष्ट्रद्रोह की बू आती है। उसी घर की बालकनी से जिसके बाहर हिन्दू नववर्ष पर आयोजित भगवा दिवस के दिन, जय श्रीराम के जयकारों के साथ दो उन्मादी और नये-नये हिन्दू माँ भारती के उपासकों द्वारा भगवा ध्वज टाँगा गया था।

सबकुछ द्रुत गति से चल रहा था कि तभी एक दिन पता चला पंजाब, हरियाणा और उत्तर प्रदेश के किसानों ने कोई विरोध-प्रदर्शन शुरू कर दिया है। शाखा में इस पर किसी ने बात चलाई, तो पहले किसी के कुछ पल्ले नहीं पड़ा कि किस बात पर यह प्रदर्शन शुरू किया गया है। किन्तु बाद में मालूम हुआ कि यह प्रदर्शन सरकार द्वारा लाये गये किन्हीं काले क़ानूनों के ख़िलाफ़ है। इसलिए इन्हीं क़ानूनों के ख़िलाफ़ और अपनी माँगों के समर्थन में जब किसान सैकड़ों ट्रेक्टरों पर सवार होकर देश की राजधानी दिल्ली की ओर कूच करने के लिए आगे बढ़ रहे थे, तब सरकार ने इन्हें हरियाणा-दिल्ली के सिंघू, टीकरी और उत्तर प्रदेश के गाजीपुर बॉर्डर पर रोक दिया। बैरीकेड, तारों की बाड़, सीमेंट के ब्लॉक और बालू से लदे ट्रकों से इन रास्तों को बन्द कर, सैकड़ों की संख्या में पुलिस बल तैनात कर दिये गये। जिन रास्तों से रोज़ाना असंख्य वाहन गुज़रते थे, देखते-देखते वे पुलिस छावनी में तब्दील हो गये। ऐसा लगता मानो दिल्ली की सीमाओं पर तैनात ट्रकों, पुलिसवालों और बैरिकेडिंग के दस्ते नहीं, दुश्मन के सामने पॉजिशन लिए सैनिक खड़े हैं।

जैसे-जैसे प्रदर्शन रूपी आन्दोलन उग्र होने लगा, इस्माईलपुर नगर टोली में बेचैनी फैलने लगी। शाखा के अन्तिम चरण यानी *बौद्धिक कार्यक्रम* का किसान आन्दोलन अब प्रमुख विषय हो गया। कोई दिन ऐसा नहीं जाता, जब इस पर चर्चा नहीं होती। पूरा बौद्धिक कार्यक्रम जैसे किसान आन्दोलन पर आकर ठिठक जाता। सबसे अधिक उद्वेलित हैं विक्रम, शकुनि आर्य, पारस जैन और भरत प्रसाद।

"भाई साऽऽऽब, आप मानो या मत मानो पर यह सच है कि किसानों के नाम पर ये जो लोग आन्दोलन कर रहे हैं न, ये उसी टुकड़े-टुकड़े गैंग के लोग हैं, जिन्होंने जेएनयू में नारा लगाया था *भारत तेरे टुकड़े होंगे, इंशाअल्लाह इंशाअल्लाह!*" बाहर निकली तोंद, अनियन्त्रित नितम्बों और हमेशा मध्यमा में घोड़े की नाल का छल्ला डाले रहनेवाला श्रीराम प्रॉपर्टी डीलर के मालिक विक्रम ने जो नोटबन्दी में कंगाल होते-होते बचा था, अपने विश्वस्त सूत्रों के हवाले से बड़ी प्रामाणिकता के साथ रहस्योद्घाटन किया।

"विक्रम जी एकदम सही कह रहे हैं। एबीवीपी के कई छात्र-छात्राओं ने मुझे बताया था, कि ये नारे मेरे विश्वविद्यालय में वामपन्थी छात्र संगठनों से जुड़े

छात्रों ने ही लगाये थे।" प्रोफ़ेसर शंकर पुरोहित ने, विक्रम के रहस्योद्घाटन की पुष्टि करते हुए कहा।

"टुकड़े-टुकड़े गैंग के साथ-साथ इनमें बहुत सारे खालिस्तानी और आतंकवादी भी हैं। आपको इनकी पगड़ी और झण्डे देखकर नहीं लगता है कि ये कोई किसान-विसान नहीं बल्कि आतंकवादी हैं?" एल.ए.सी.ए. मार्ट और आर्य मसाले के मालिक अर्थात् शाखा कार्यवाह शकुनि आर्य ने इसमें नयी जानकारी जोड़ी। उसी शकुनि आर्य ने जिसका कभी किसी सरदार से आमना-सामना नहीं हुआ होगा।

"आपने परसों उस नकली किसान नेता डकैत का बयान देखा था, जो कह रहा था कि जब तक सरकार इन काले कानूनों को वापिस नहीं लेती है, हम बोडर से नहीं हटेंगे।" भरत प्रसाद ने जैसे ही *डकैत* शब्द का इस्तेमाल किया, पूरे बौद्धिक मण्डल नें उसकी तरफ़ हैरानी के साथ देखा। हालाँकि कई राष्ट्रवादी इस नाम को सुनते ही समझ गये, कि यह शब्द किस किसान नेता के लिए इस्तेमाल किया गया है।

"अजी, क्या लूट मची हुई है जो सरकार इन कानूनों को वापिस ले लेगी। कल को यह, यह भी कहेगा कि जम्मू-कश्मीर से अनुच्छेद 370 वापस ले लो।" संस्कृत का शिक्षक व सत्यनारायण की कथा पढ़ने के अलावा, शादी-विवाह और दूसरे सनातनी अनुष्ठानों के अवसर पर पूजा-पाठ करनेवाला दिवाकर शास्त्री भी कहाँ पीछे रहनेवाला था।

"देखो जी, मैं भी एक किसान का बेटा हूँ...मैंने और मेरे बाप-दादाओं ने भी किसानी की है, इसलिए मैं कहता हूँ कि ये किसान हैं ही नहीं। असली किसान तो खेतों में काम कर रहे हैं। उन्हें ऐसे फालतू के कामों के लिए टाइम ही नहीं है।" एक समय इस्माईलपुर के लगभग पचास एकड़ के जोतदार चौधरी निहाल सिंह सोलंकी, जिसे लाला अमरचन्द आर्य ने कुछ पुराने जाट नेताओं का हवाला देकर आर्य समाजी बनाया था, और जिसकी उस ज़मीन का सबसे अधिक अधिग्रहण हुआ जिस पर आज दर्ज़न-भर हाउसिंग सोसाइटीज़ सीना तानकर खड़ी हैं, उसके पोते और मण्डल कार्यवाह विजयपाल सोलंकी ने अपने किसान होने का प्रमाण देते हुए कहा।

"विजयपाल जी, मैं आपकी बात से पूरी तरह सहमत हूँ। है क्या कि टुकड़े-टुकड़े गैंग की हिन्दुओं के विरुद्ध खाँग्रेस और कम्युनिस्टों का यह बहुत बड़ा षड्यन्त्र है। ऐसे हिन्दुओं के दुश्मनों से हम क्या उम्मीद कर सकते हैं... ये दोनों कभी भी हिन्दू और देश हित की बात नहीं करेंगे।" रुद्रपाल भी इस भभकती आग में थोड़ी फूँक मारते बोला।

"है क्या कि यह सब उन मुस्लिम परस्त नेहरू और हिन्दूद्रोही गांधी का कराधरा है। सरदार पटेल को छोड़कर पूरी कांग्रेस शुरू से हिन्दूद्रोही रही है।" मुख्य शिक्षक भरत प्रसाद ने इतिहास की ऐसी-तैसी करते हुए कहा।

"*तुम कितने अफजल मारोगे, हर घर से अफजल निकलेगा* जैसे देशद्रोहियों को जेएनयू के बाहर तभी गोली से उड़ा देना चाहिए था, जब उन्होंने यह नारा दिया था!" संस्कृत के अध्यापक दिवाकर शास्त्री जिसे यह तक नहीं पता कि जेएनयू का मुख्य द्वार किस दिशा में है, उसे अपने ऊपर नियन्त्रण करना मुश्किल हो गया।

"मैं तो एक बात कहता हूँ कि हमारी सरकार को यह बिल किसी भी हालत में वापस नहीं लेना चाहिए। अगर ले लिया तो हम हिन्दुओं का इस सरकार से भरोसा उठ जायेगा।" पारस जैन ने अपने पूरे जैन समुदाय के साथ इस्माईलपुर नगर टोली की भावना प्रकट करते हुए कहा।

इस तरह जब तक किसान आन्दोलन चलता रहा, तब तक शाखा और उसके स्वयंसेवकों का समर्थन इन तीन कृषि क़ानून बिल जिन्हें काला क़ानून भी कहा जाता है, उनके पक्ष में रहा। भले ही किसी को न इन क़ानूनों का पता है, न इनको पास करनेवाले बिल का। मगर जैसे ही *गुरु पर्व* के दिन सरकार ने तीनों क़ानूनों को निरस्त कर उन्हें वापस लिए जाने का ऐलान किया, उसे सुन नगर टोली की शिवालय मण्डल की आर्यावर्त शाखा में मायूसी छा गयी। एक बार तो माँ भारती के सभी उपासकों का सरकार से सचमुच भरोसा-सा ही उठ गया। मगर जैसे-जैसे समय बीतने लगा, वैसे-वैसे यह भरोसा फिर से पटरी पर लौट आया। बल्कि इस तरह लौटा जैसे समन्दर की उफ़ान मारती लहरें किनारे से लौटकर फिर से उछाल मारने लगती हैं। ठीक एक अलक्षित राष्ट्रवादी कवि की इन पंक्तियों की तरह कि–

टूटे हुए सपने की सुने कौन सिसकी
अन्तर को चीर
व्यथा पलकों पर ठिठकी
हार नहीं मानूँगा, रार नहीं ठानूँगा
काल के कपाल पर लिखता मिटाता हूँ
गीत नया गाता हूँ।

शिवालय के पीछे स्थानीय देवी-देवताओं के मन्दिरों के निर्माण और भोले की मज़ार के चारों तरफ़ लोहे की रेलिंग लगवाने के बाद, मज़ार पर श्रद्धालुओं की संख्या में जिस गति से वृद्धि होने लगी है, इस्माईलपुर नगर टोली की चिन्ताएँ भी उतनी ही तेज़ी से बढ़नी शुरू हो गयीं। शाखा कार्यवाह और शिवालय प्रबन्धक समिति के सचिव व ख़ज़ांची शकुनि आर्य ने मज़ार के आसपास इन मन्दिरों का निर्माण कराया तो था इसलिए, कि दूसरे बड़े-बड़े आराध्यों की तरह स्थानीय देवी-देवताओं के सिर पर भी छत हो जायेगी, और यह मज़ार एक दिन अपने आसपास के झाड़-झंखाड़ों की आड़ में गुम हो जायेगी। मगर हो गया बिल्कुल उलटा। स्थानीय देवी-देवताओं के साथ-साथ इस मज़ार के भी जैसे दिन फिर गये। बल्कि जिस तरह भोले की मज़ार पर अब दूर-दूर से श्रद्धालु आने लगे हैं, उसने शकुनि आर्य की चिन्ता और बढ़ा दी। अगर इस मज़ार जिहाद पर लगाम नहीं लगायी गयी, तो वो दिन दूर नहीं, जब यहाँ पहले मस्जिद बनेगी और फिर मदरसा बनेगा।

शकुनि आर्य ने सबसे पहले अपने पुराने साथी पारस जैन को अपनी इस चिन्ता से अवगत कराया। सुनते ही पारस जैन बिना एक पल गँवाये बोला, "शकुनि जी, मुझे लगता है अब इस पर फैसला लेने की घड़ी आ गयी है।"

"मैं भी यही कह रहा हूँ...इससे पहले कि कोई मुल्ला मोरछल लेकर यहाँ आकर बैठे, और चिलम में आँच भर उस पर लोबान डाल उसके धुएँ की आड़ में भूत-प्रेत के नाम पर हमारी हिन्दू बहन-बेटियों के शरीर को टटोलना शुरू करे, हमें कुछ कार्यवाई करनी पड़ेगी।" शकुनि आर्य के माथे की सिलवटें गहरी होती चली गयीं।

“पर इस मजार का इलाज होगा कैसे?” पारस जैन ने असली सवाल किया।

“मेरे पास एक प्लान है। अगर यह प्लान कामयाब हो गया, तो देखना यह यहाँ से चुटकियों में साफ हो जायेगी।”

“और अगर गाँववालों ने इसका विरोध किया तो...?”

“ऐसा है विरोध करनेवाले रिसाल सिंह और धनीराम जैसे जो दो-चार आदमी थे वे तो गोलोक चले गये...अब बचीं उनकी नयी सन्तानें, उन्हें अपना मण्डल कार्यवाह विजयपाल सोलंकी सँभाल लेगा। मेरे हिसाब से यही सही मौका है पारस जी।”

“पर आपका प्लान है क्या?” पारस जैन की उत्सुकता बढ़ गयी कि इस शकुनि के पास आख़िर ऐसी कौन-सी गीदड़ सिंघी है, जिससे यह मज़ार को चुटकियों में साफ़ करवा देगा?

“इसका खुलासा किसी दिन पूरी टोली के सामने होगा।” एक कुटिल मुस्कान उछालते हुए शकुनि आर्य ने पूछा, “अब यह बता कि कब बुलायें नगर टोली की मीटिंग?”

“मेरे हिसाब से परसों रविवार का दिन ठीक रहेगा...और हाँ, इस मीटिंग को शिवालय में शाखा विकिर के बाद रखना उचित होगा। सावरकर मन्दिर में तो कोई-न-कोई आता रहता है।”

“यह सुझाव आपका अच्छा है...लेकिन यह बात कुछ ही लोगों के बीच रहनी चाहिए। मेरा मतलब है मेरे और आपके अलावा इन्दरजीत जी, रुद्रपाल जी, जयप्रकाश सिन्हा जी, विजयपाल जी, भरत प्रसाद जी होंगे...हाँ, विक्रम जी को अवश्य बुलाना है इस गुप्त मीटिंग में!”

“विक्रम जीऽऽऽ...?”

“वह इसलिए पारस जी कि मेरे इस प्लान में कुछ खर्चा आयेगा...”

“खर्चा!” ख़र्चे का नाम सुनते ही पारस जैन का उत्साह एकाएक ठण्डा पड़ता चला गया।

“इसीलिए तो विक्रम जी को बुलाने की बात कह रहा हूँ ताकि हिन्दुत्व के नाम पर उसे कुछ और निचोड़ा जा सके। फोन पर यह भी बता देना कि शाखा

के बाद एक जरूरी मीटिंग के कारण सबको शिवालय में ही रुकना है।"

"ठीक है। सब बता दूँगा।" पारस जैन बोला।

अगले दिन शाखा समाप्त होने के बाद योजनानुसार जिनको रुकने के लिए कहा था, सब रुक गये। शकुनि आर्य और पारस जैन को छोड़ सब एक-दूसरे की आँखों में ऐसे देखने लगे, जैसे आपस में पूछ रहे हैं कि उन्हें इस तरह क्यों रोका गया है?

शाखा विसर्जित होने के बावजूद एक बार फिर से वे सब मण्डल में घेरा बनाकर बैठ गये।

शुरुआत रुद्रपाल ने की, "पारस जी, ऐसी क्या बात है जिसके लिए यह एमरजेंसी मीटिंग बुलायी है?"

"क्या है कि अपने शकुनि जी के पास एक प्लान है। हालाँकि मैंने इनसे इस प्लान के बारे में पूछने की कोशिश की थी किन्तु इन्होंने नहीं बताया। इसलिए अच्छा होगा कि शकुनि जी इसके बारे में स्वयं बतायें!"

अपनी बात शुरू करने से पहले शकुनि ने चारों तरफ़ फैले झाड़-झंखाड़ को टोहते हुए ऐसे देखा, जैसे कोई देशद्रोही उसकी इस योजना को सुन तो नहीं रहा है। जब उसे तसल्ली हो गयी, तब उसने बोलना शुरू किया, "आपको याद होगा कि इस मजार को लेकर पहले भी हमारे बीच बात हो चुकी है। रुद्रपाल जी, जब इन मन्दिरों को बनवाया गया था, मैंने तुलसी सदन में तब भी अपनी चिन्ता जाहिर करते हुए कहा था, कि मुझे इन मन्दिरों को बनवाने की पहल नहीं करनी चाहिए थी...कहा था कि नहीं?"

"मुझे थोड़ा-थोड़ा याद है कि आपने ऐसा कुछ कहा था।"

"आपको यह भी याद होगा कि जब गाँववालों ने इस मजार के चारों तरफ लोहे की रेलिंग लगवायी था, तब भी कहा था कि आज रेलिंग लगी है, कल इसके चारों ओर दीवार भी बनेगी! बल्कि विजयपाल जी ने मेरी बात से सहमत होते हुए कहा था कि बात रेलिंग या दीवार पर ही आकर नहीं रुकेगी, सीधे दरगाह पर जाकर रुकेगी...और आज वह बात सच साबित हो रही है।"

"मुझे सब याद आ रहा है कि पूरी इस्माईलपुर नगर टोली ने इस पर अपनी यह चिन्ता जतायी थी, कि दरगाह की आड़ में जब यहाँ मस्जिद बनेगी, तब क्या होगा।

"विजयपाल जी, दरगाह बन जाये कोई बात नहीं...लेकिन जब यहाँ मस्जिद बनेगी, तब क्या होगा?"

शकुनि ने रुद्रपाल की बात को आगे बढ़ाते हुए कहा, "जब मस्जिद बनेगी तो मदरसा भी बनेगा और जब मदरसा बनेगा तो उसमें आतंकवादी, तालिबानी भी पैदा होंगे...और फिर शुरू हो जायेगा हिन्दू बहन-बेटियों के साथ लव जिहाद!"

"ये सब बातें हुई थीं लेकिन इतने सालों बाद आपको यह बात कैसे याद आ गयी?" रुद्रपाल ने हैरानी जताते हुए शकुनि से पूछा।

"मुझे इसलिए याद आ गयी कि इस बारे में नगर टोली ने आगे कुछ विचार किया या नहीं, कि कैसे इस मजार को हिन्दू देवी-देवताओं के बीच से हटाया जाये?"

"मैंने भी गाँववालों से बात की थी पर बात बनी नहीं।" विजयपाल ने अपना पक्ष रखते हुए कहा।

"मैं भी तो यही सोच रहा हूँ कि जब गाँववाले पहले नहीं माने, तो अब कैसे मान जायेंगे?" रुद्रपाल ने तर्क दिया।

"पर जो नहीं मान रहे थे अब उनमें से कोई नहीं बचा। सब ऊपर चले गये हैं। मुझे लगता है यह मुहिम हमें फिर से शुरू करनी चाहिए। मेरे पास इसी को लेकर एक प्लान है और वो यह कि इस्माईलपुर नगर टोली की तरफ से हमें काँवड़ यात्रा के लिए एक दल भेजना चाहिए!"

"लेकिन काँवड़ यात्रा का इस मजार से क्या सम्बन्ध है?" इन्दरजीत ने पूछा।

"अभी नहीं है लेकिन आगे जाकर हो जायेगा।" शकुनि ने रहस्य बनाते हुए आगे कहा, "और इस यात्रा का नाम होगा *अम्बेडकर काँवड़ यात्रा।*"

"यानी यह यात्रा अम्बेडकर के नाम पर होगी?" बीच में शकुनि को टोकते हुए पूछा रुद्रपाल ने। वह समझ गया कि शकुनि इस काँवड़ यात्रा के नाम पर क्या खेल खेलना चाह रहा है।

"पहले मेरा पूरा प्लान तो सुन लीजिए!" मुस्कराते हुए शकुनि बोला।

"चलिए, आप पहले अपना प्लान बताइए?" रुद्रपाल शान्त हो गया।

"यह सही है कि यह यात्रा अम्बेडकर के नाम पर होगी और..."

"...और इसमें हरिजनों के काँवड़ियों के साथ हमारे बच्चे भी जायेंगे? क्या बात कर रहे हो शकुनि जी! कुछ तो सोच-समझ कर बोला करो!"

शकुनि आर्य मुस्करा दिया, "रुद्रपाल जी, नाराज मत होइए। थोड़ा समझने का प्रयास कीजिए! जब इसका नाम *अम्बेडकर काँवड़ यात्रा* होगा तो जाहिर सी बात है इसमें जायेंगे भी उन्हीं के बच्चे।"

"चलो, आपकी बात थोड़ी देर के लिए मान लेते हैं...लेकिन इसमें भेजेगो किसको और इससे इस मजार को क्या फायदा होगा?"

"ऐसा है जानेवालों की कमी नहीं है, एक बार आप तैयार तो होइए। रही बात फायदे की तो रुद्रपाल जी, इन हरिजनों को काँवड़िया बनाने में ही हमारा फायदा है। देखना, आगे जाकर हमारी मुहिम में जाटों से अधिक यही लोग हमारे काम आयेंगे!"

"शकुनि जी की बात में दम तो है रुद्रपाल जी।" पहली बार विक्रम शकुनि आर्य की बात से सहमत होते हुए बोला।

"एक बात और, आज आप चार भेजोगे कल चालीस तैयार हो जायेंगे। और फिर दो तो हमारे पास हैं ही...कुछ लड़के इन्दिरा कॉलोनी झुग्गी-झोपड़ी से ले लेंगे।"

रुद्रपाल ही नहीं धीरे-धीरे अब पारस जैन, इन्दरजीत, विजयपाल सोलंकी, विक्रम, जयप्रकाश सिन्हा और भरत प्रसाद के समझ में आने लगा शकुनि आर्य का यह प्लान। इसे पारस जैन और स्पष्ट करते हुए मुस्कराया, "तभी आपने दलपत मीणा को फोन करने के लिए मना किया था।"

"शकुनि जी ने एकदम सही किया। ऐसी बातों में इनको शामिल करने का कोई मतलब नहीं है। गोलवलकर जी ने ऐसे ही नहीं कहा था। बल्कि कुछ सोच-समझकर ही कहा होगा कि *मैं सारा जीवन अंग्रेज़ों की ग़ुलामी करने के लिए तैयार हूँ लेकिन जो दलितों, पिछड़ों और मुसलमानों को बराबरी का अधिकार देती हो, ऐसी आज़ादी मुझे नहीं चाहिए।"* रुद्रपाल ने एक वक्र मुस्कान के साथ शकुनि आर्य के मन्तव्य पर जमी सारी धूल साफ़ कर दी।

शकुनि आर्य कुछ नहीं बोला। बस, एक महीन किन्तु कुटिल मुस्कान के साथ बोला, "पारस जी, अब समझ में आया कि मैंने आपसे दलपत मीणा को फोन करने के लिए क्यों मना किया था?"

पारस जैन ही नहीं उपस्थित इस्माईलपुर नगर टोली का शिवालय मण्डल समझ गया कि, शकुनि आर्य ने कितने सलीक़े से इस योजना को तैयार किया है।

"वैसे क्या हम में से भी किसी को इनके साथ जाना पड़ेगा?" विक्रम ने सहज भाव से पूछा।

"बस, इन्हें एक बार हरिद्वार तक छुड़वाना पड़ेगा। उसके बाद हमें कुछ करने की जरूरत नहीं है। हाँ, जब ये काँवड़ लेकर आ जायेंगे, तो हमें इनके भरपूर स्वागत का दिखावा करना होगा।"

"यानी इन पर फूल बरसाने पड़ेंगे?" विजयपाल सोलंकी थोड़ा असहज होते हुए बोला।

"यह जरूरी है विजयपाल जी। जब इतना कर रहे हैं तो फूल बरसाने में क्या जाता है। फूलों की कोमल पत्तियों की यह मार ही तो इनमें सवर्ण हिन्दुओं से बराबरी का सपना दिखाये रखने का भ्रम बनाये रखेगी, कि वे भी हमारी तरह हिन्दू हैं। यह भ्रम ही तो इनके अन्दर हमारे लिए मरने-मारने की भावना पैदा करेगा।"

"बिल्कुल। इनमें यह भ्रम बनाये रखना जरूरी है कि वो भी हमारी तरह हिन्दू हैं। लेकिन ध्यान रहे कि ये कभी संगठित नहीं हो पायें।" रुद्रपाल ने एक बार फिर से अपने संगठन की मूल भावना को दोहराया।

"फिर ऐसा है मेरा ड्राइवर इन्हें इनोवा से हरिद्वार छोड़ आयेगा।"

"विक्रम जी, बस आप इतना कर दीजिए! वापस आने पर बाकी हम सब सँभाल लेंगे। बल्कि इनके रास्ते का जो सुलफा-गाँजे का हजार-पाँच सौ का खर्चा-पानी होगा, उसे मैं उठा लूँगा।"

शकुनि आर्य की इस कल्पना पर इन्दरजीत ज़ोर से हँसते हुए बोला, "बिना सुलफ़ा-भाँग के अपने भोलों की कैसी काँवड़! चलिए, अभी सावन आने में बहुत समय है। रही बात दलपत मीणा और राजू बजरंगी के साथ इन्दिरा कॉलोनी झुग्गी-झोपड़ी से दूसरे हरिजन काँवड़ियों को ले जाने की, तो इसे इन्हीं पर छोड़ देते हैं ये किसको साथ लेकर जाते हैं।"

"इसके लिए एक बैनर भी छपवाना पड़ेगा जिस पर सबसे ऊपर मोटे-मोटे शब्दों में लिखा होगा *अम्बेडकर काँवड़ यात्रा*। उसके नीचे छोटे शब्दों में लिखा होगा *हरिद्वार से इस्माईलपुर* और सबसे नीचे मोटे शब्दों में लिखा होगा *दलित-पिछड़ा-आदिवासी काँवड़ सेवा संघ, इस्माईलपुर*। मैं तो यह भी सोच रहा हूँ कि जैसे मैंने हिन्दू नववर्ष पर भगवे झण्डों और गमछों पर

सौजन्य : श्रीराम प्रॉपर्टी डीलर छपवाया था, उसी तरह इस बैनर पर भी छपवा दें *निवेदक : फलाँ-फलाँ*। क्योंकि इसको जो भी पढ़ेगा वह यही सोचेगा कि देखो हम हिन्दुओं में कितनी एकता है। आप इसकी चिन्ता न करें, इस बैनर को भी मैं छपवा दूँगा।"

"शकुनि जी, इसको कहते हैं अवसर तलाशना। यह सब एक छँटा हुआ बिजनेस मेन ही सोच सकता है।" रुद्रपाल मुस्कराते हुए बोला।

"फिर एक काम करना विक्रम जी, बैनर पर निवेदक के रूप में *आर्य मसाले* और *अरिहन्त कोल्डड्रिंक्स डिस्ट्रीब्यूटर* का नाम भी छपवा देना! क्यों पारस जी?" शकुनि ने हींग लगे न फिटकरीवाले सिद्धान्त का सहारा लेते हुए पारस जैन से पूछा।

इससे पहले कि पारस जैन कोई उत्तर देता, विक्रम ने एक और सुझाव दे डाला, "बल्कि मेरा तो यह भी विचार है, कि जितने लोग जायेंगे उनके लिए भगवा रंग की टी शर्ट छपवाकर उन्हें दे देंगे, जिन पर आगे-पीछे यही सब लिखा होगा।"

"मुझे लगता है कि हमें यह सब करवा लेना चाहिए। बैनर और टी शर्ट पर कोई अधिक खर्चा भी नहीं आयेगा। अपने विक्रम जी इन कामों में सिद्धहस्त हैं, आसानी से सब मैनेज कर लेंगे।" ज़िला कार्यवाह इन्दरजीत ने विक्रम की प्रशंसा करते हुए कहा।

इसके बाद तय हो गया कि दो महीने बाद सावन के महीने के पहले दिन *अम्बेडकर काँवड़ यात्रा* के *हरिजन भोलों* को हरिद्वार भेज दिया जायेगा।

पता आशियाना आरडब्ल्यूए अध्यक्ष नेमचन्द शर्मा को भी चला कि उसका राजू बजरंगी सावन में काँवड़ लेने जा रहा है। उसी नेमचन्द शर्मा को जो सावरकर मन्दिर की पुरोहिताई करते-करते अब पूरी तरह पण्डित नेमचन्द शर्मा में तब्दील हो चुका है। आरडब्ल्यूए महासचिव जयप्रकाश सिन्हा ने ही उसे यह जानकारी दी, कि संघ की इस्माईलपुर नगर टोली का शिवालय मण्डल इस बार *अम्बेडकर काँवड़ यात्रा* के नाम से काँवड़ यात्रा के लिए कुछ एससी-एसटी के भोलों को भेज रहा है।

पता चलते ही पण्डित नेमचन्द शर्मा *प्रात:काल की धूप आरती* से निवृत्त हो पहुँच गया राजू के पास और शिकायत भरे लहजे में कहा, "राजू, तूने बताया नहीं कि तूने कोई संकल्प लिया हुआ है?"

"क्याऽऽऽ...कैसा संकलप?" चौंकते हुए राजू ने उलटा उसी से पूछा।

"कमाल है, काँवड़ लेने तू जा रहा है और पूछ मुझसे रहा है कैसा संकल्प!"

"पंड्डजी, मेरे को भी तीन-चार दिन पहले पता चला है कि मैं काँवड़ लेने जा रहा हूँ।"

"तीन-चार दिन पहले...मैं कुछ समझा नहीं। तूने कोई संकल्प नहीं लिया हुआ है?" विस्मय से पण्डित नेमचन्द शर्मा ने पूछा।

"नहीं तो!"

"फिर तू किसलिए जा रहा है काँवड़ लेने?"

राजू बजरंगी के कुछ समझ में नहीं आया, कि सावरकर मन्दिर का यह पुरोहित किस संकल्प की बात कर रहा है, और इसका क्या मतलब होता है?

समझ गया आरडब्ल्यूए अध्यक्ष और सावरकर मन्दिर का पुरोहित पण्डित नेमचन्द शर्मा कि सचमुच इस बेचारे को यूँ ही भेजा जा रहा है काँवड़ लेने। इसलिए वह राजू से मज़ा लेते हुए बोला, "वैसे कौन-सी काँवड़ लेने जा रहा है...मेरा मतलब है *डाक काँवड़, खड़ी काँवड़* या फिर *दांडी काँवड़?*"

काँवड़ों के प्रकार सुन राजू अकबका गया।

"देख, काँवड़ के कुछ नियम होते हैं जैसे हरिद्वार जाकर कलशों में गंगाजल भरकर, उसको अपनी काँवड़ पर बाँधकर कन्धों पर लटकाकर लाना होता है। उसे उठाने के बाद रास्ते में कहीं भी जमीन पर नहीं रखा जाता है, क्योंकि ऐसा करने से काँवड़ यात्रा अधूरी मानी जाती है, और ऐसे में काँवड़िए को फिर से काँवड़ में गंगाजल भरकर लाना होता है।...और सुन, सबसे बड़ी बात यह है कि अगर किसी ने कोई मन्नत माँगी हो, और वह पूरी हो जाये, तभी सावन में वह काँवड़ लेने जाता है। मैंने इसलिए पूछा था कि तूने कोई मन्नत माँगी है, या यूँ ही सुलफा फूँकने जा रहा है?"

"मैं तो पंड्डजी यूँ ही मजे लेने जा रहा हूँ।" राजू बजरंगी ने एक बे-परवाह हँसी उड़ाते हुए उत्तर दिया।

“फिर तो कोई बात नहीं।” पण्डित नेमचन्द शर्मा ने बात समाप्त करते हुए कहा।

“पंड्डजी, अपने मन्दिर के लिए भी ले आऊँ गंगाजल?” राजू ने शिष्टाचार निभाते हुए पूछा।

“ना...ना! मैंने पहले से ही इन्तजाम कर रखा है...और सुन, ऐसा करना, जब हरिद्वार से काँवड़ लाये न, तो वहीं जाटों के शिवालय में ही महादेव पर जल चढ़ा देना!” आशियाना आरडब्ल्यूए अध्यक्ष और सावरकर मन्दिर के पुरोहित पण्डित नेमचन्द शर्मा ने बड़ी सफ़ाई से बला टालते हुए कहा।

राजकुमार यानी राजू उर्फ़ राजू बजरंगी इसके बाद कुछ नहीं बोला।

43

आषाढ़ बीत चुका है। बीच में हुई हल्की-सी बौछार को छोड़ दिया जाये, तो पूरा महीना लगभग सूखा ही बीत गया है। इसलिए सावन शुरू होने के बाद जिस तरह पुरवाई उमस देह झुलसानेवाली धूप के साथ मिलकर अपना प्रकोप बरसा रही है, उसे देख अनुमान लगाना मुश्किल है कि यह सावन चल रहा है? सूर्य की किरनें हालाँकि काफ़ी तिरछी हो चुकी हैं परन्तु उनकी तुर्शी और तीखेपन में कोई कमी नहीं आयी है। कई बार लगता है जैसे पानी में भीगी गरम सलाखें जिस्म में चुभ रही हैं। मौसम विभाग के साथ-साथ किसी ने कल्पना नहीं की थी कि इस बार सावन की ऐसी शुरुआत होगी।

इधर सावन शुरू हुआ उधर *श्रीराम प्रॉपर्टी* के मालिक विक्रम ने वायदेनुसार अपनी इनोवा से इस्माईलपुर नगर टोली के *दलित-पिछड़ा-आदिवासी काँवड़ सेवा संघ* द्वारा *अम्बेडकर काँवड़ यात्रा* पर जानेवाले आधा दर्ज़न भोलों को रास्ते में नशा-पानी और दूसरे ख़र्चे के लिए पाँच हज़ार रुपये के साथ हरिद्वार छुड़वा दिया। हालाँकि जिस तरह प्रचण्ड गर्मी पड़ रही है और जिन घरों के सदस्य काँवड़ लेने गये हैं, वे इसी चिन्ता में डूबे हुए हैं कि उनके भोले कैसे इस गर्मी में सैकड़ों मील की दूरी तय कर काँवड़ लायेंगे?

जैसे-जैसे सावन बीतने लगा, वैसे-वैसे हरिद्वार-मुज़फ़्फ़रनगर-दिल्ली मार्ग पर काँवड़ियों के छोटे-बड़े जत्थे दिखाई देने लगे। मीडिया द्वारा दिखाये

जानेवाले *बोल बम* के उद्घोष के साथ काँधों पर काँवड़ लिए कुछ अनुशासित सुर्ख जत्थों को देखकर लगता, मानो पलाश के फूलों से लदे ढाक के झुण्ड चले आ रहे हैं। पिछले कई दिनों से अपने-अपने पसन्दीदा टीवी चैनल्स पर इस्माईलपुर नगर टोली के पदाधिकारी, और उसके स्वयंसेवक आनेवाले इन जत्थों में अपनी काँवड़ यात्रा को देखने की कोशिश कर रहे हैं, परन्तु उन्हें अपना जत्था कहीं दिखाई नहीं दिया।

एक दिन तो शाखा विकिर के बाद रुद्रपाल ने कटाक्ष करते हुए कह भी दिया, "शकुनि जी, कहीं आपका आइडिया फेल तो नहीं हो गया है, क्योंकि आधा सावन बीत गया है लेकिन अपने भोलों का कोई अता-पता नहीं है? ऐसा तो नहीं है खर्चे-पानी के रूप में दिये गये पैसे से पट्ठे कहीं बैठकर मजे से सुल्फा उड़ा रहे हों?"

"ऐसा नहीं है। मेरी कल ही राजू से बात हुई है। बता रहा था कि मुजफ्फरनगर पहुँचनेवाले हैं।" शकुनि आर्य ने अपने नौकर राजू बजरंगी पर भरोसा जताते हुए कहा।

रुद्रपाल सहित दूसरे स्वयंसेवकों को अपने शाखा कार्यवाह शकुनि आर्य पर विश्वास करना पड़ा। राजू आख़िर उसका नौकर है। उससे अच्छा राजू को और कौन जान सकता है।

"अच्छा, एक बात तो बताओ, इनसे जलाभिषेक कहाँ कराओगे?" विक्रम ने सहज भाव से पूछ लिया।

"कहाँ कराएँगे...यहीं शिवालय में कराएँगे।" रुद्रपाल ने जान-बूझकर शिवालय का नाम लिया।

"रुद्रपाल जी, अगर हमारे जाटों को पता चल गया कि ये काँवड़िए किस जात के हैं, तो यहाँ बवाल कट जायेगा। कहीं ऐसा न हो कि ये हमारे *गुरुजी* को ही शिवालय से उठाकर फेंक दें!" विजयपाल सोलंकी ने आशंका प्रकट करते हुए कहा।

"फिर बताओ कहाँ होगा? क्योंकि ऐसा ना हो कि इन्हें हिन्दू बनाने के चक्कर में कहीं हमारी ही भद्द पिट जाये?" इतना कह रुद्रपाल ने एक नज़र आसपास बैठे अपने दूसरे साथियों पर डाली और फिर जयप्रकाश सिन्हा पर रुकते हुए बोला, "सिन्हा जी, फिर तो आपका सावरकर मन्दिर ठीक रहेगा।

राजू के डील-डौल और पहनावे से वैसे भी किसी को पता नहीं चलेगा कि यह किस जाति का है।"

"वहाँ तो बिल्कुल भी नहीं होगा। क्योंकि हमारे आरडब्ल्यूए अध्यक्ष और मन्दिर के पुरोहित राजू की सारी असलियत जानते हैं। यह तो गनीमत समझो कि राजू को उसने अभी तक मन्दिर में रहने की अनुमति दी हुई है...वरना आरडब्ल्यूए ने तो बहुत पहले उसे मन्दिर से बाहर करने का फ़ैसला लिया हुआ है।" आशियाना रेसिडेंट वेलफेयर एसोसिएशन के महासचिव जयप्रकाश सिन्हा ने भी पूरी शाखा को, आरडब्ल्यूए अध्यक्ष और मन्दिर के पुरोहित पण्डित नेमचन्द शर्मा का भय दिखाते हुए साफ़ मना कर दिया।

"फिर अब क्या होगा? क्योंकि जलाभिषेक तो जरूरी है।" रुद्रपाल के माथे पर चिन्ता की सिलवटें उभर आयीं।

"रुद्रपाल जी, मेरी मानो तो जलाभिषेक को मारो गोली। ऐसा करते हैं कहीं रास्ते में करा देंगे। अपना जो काम होना था, वह हो गया।" विक्रम ने सबसे आसान रास्ता बताया।

"अब तो यही करना पड़ेगा।" नगर कार्यवाह रुद्रपाल ने पहले बुझे मन से विक्रम का सुझाव स्वीकार किया, और फिर कुछ सोचने के बाद वह संस्कृत के शिक्षक दिवाकर शास्त्री की तरफ़ मुड़ा, "शास्त्री जी, क्या इन्दिरा कॉलोनी या उसके आसपास की झुग्गी-झोपड़ी में इनका कोई मन्दिर-वन्दिर नहीं है?"

"मेरे इस्कूल के पीछे है न एक वाल्मीकि मन्दिर।"

"लो, फिर तो हो गया काम! यह तो वो बात हो गयी कि बगल में छोरा, गाँव में ढिंढोरा!" रुद्रपाल चहकते हुए आगे बोला, "सारा झंझट छोड़ो...ऐसा करते हैं हम सब वहीं चल देंगे और उसी वाल्मीकि मन्दिर में इन काँवड़ियों का जलाभिषेक करवा देंगे।"

"बल्कि यह तो और भी अच्छा हो जायेगा। इन्दिरा कालोनी झुग्गी-झोपड़ी के हरिजनों को जब पता चलेगा कि हम लोग उनके काँवड़ियों का जलाभिषेक कराने उनके मन्दिर में आ रहे हैं, तो वे फूले नहीं समायेंगे।"

"शकुनि जी, लगता है आपका आइडिया सही दिशा में जा रहा है।" इन्दरजीत ने हँसते हुए कहा।

"इन्दरजीत जी, इस बनिया बुद्धि में बड़े-बड़े आइडिया छिपे हुए हैं। बस, आप मेरा खेल देखते रहिए!" शकुनि आर्य ने भी हँसते हुए उत्तर दिया।

उसी दिन रात को आठ बजे अचानक शकुनि आर्य का मोबाइल घनघनाया। अपने मार्ट में पूरे दिन के गल्ले का हिसाब बना रहे शकुनि आर्य ने बग़ल में रखे मोबाइल की स्क्रीन पर तिरमिराते नाम को देख, उसे कान से लगाते हुए बोला, "हाँ रुद्रपाल जी, कहिए?...दुकान पर ही हूँ...नहीं तो... कौन-सा?...ठीक है अभी देखता हूँ!" इतना कह शकुनि ने बिखरे हुए गल्ले को वहीं छोड़ दिया। रिमोट से सामने दीवार पर टँगे टीवी को ऑन कर जैसे ही उसने रुद्रपाल द्वारा बताये गये ख़बरिया चैनल पर अपनी अँगुली के पोर को रोका, उसने पाया रुद्रपाल ने सही कहा है। ब्रेकिंग न्यूज़ के नाम पर रुद्रपाल द्वारा बतायी गयी ख़बर अब भी चल रही है।

शकुनि ने पूरे गल्ले को समेटते हुए एक तरफ़ किया और आँखें टीवी स्क्रीन पर टिका दीं।

मुज़फ़्फ़रनगर के ग्रामीण इलाक़े में मुज़फ़्फ़रनगर-दिल्ली मार्ग पर अम्बेडकर काँवड़ यात्रा के दलित काँवड़ियों ने मस्जिद पर बरसाये पत्थर ...विरोध करने पर काँवड़ियों ने मस्जिद में पढ़ रहे नमाज़ियों के साथ की मारपीट...दोनों तरफ़ से हुई हिंसा में कई दलित काँवड़िए भी हुए घायल... घायलों को ज़िला अस्पताल में कराया गया भर्ती...सभी काँवड़िए गंगाजल लेकर हरिद्वार से इस्माईलपुर जा रहे थे...

ब्रेकिंग न्यूज़ के रूप में चलाई जा रही इस ख़बर में इस्माईलपुर का नाम सुनते ही शकुनि आर्य की एक पल के लिए जैसे साँसें रुक गयीं। आँखें रह-रहकर इस ख़बर के दौरान दिखाये जानेवाले वीडियो फुटेज में अपने चेहरों को देखने के लिए आतुर हो उठीं। और जैसे ही संवाददाता ने *बम बम भोले...हर हर महादेव* जयकारों के बीच यह कहा कि *आइए सुनते हैं घायल शिवभक्तों की कहानी, उन्हीं की ज़ुबानी* शकुनि अपनी गद्दी से उठकर टीवी के और निकट आ गया।

"भोले जी, आपका नाम क्या है और यह पूरा मामला क्या है?"

जैसे ही संवाददाता ने सिर पर बँधी पट्टीवाले एक घायल भोले के मुँह में

अपने न्यूज़ चैनल का माइक आईडी ठूँसते हुए पूछा, शकुनि ने उसे पहचानने में एक क्षण भी नहीं लगाया। साँस थामे मामले को जानने के लिए उसने टीवी की आवाज़ बढ़ा दी।

"मेरा नाम राजू बजरंगी है और हम इस्माईलपुर के रहनेवाले हैं। हम अपनी काँवड़ लेकर मस्जिद के सामने आये ही थे कि भीतर नमाज पढ़ रहे मुल्लों ने हमारे ऊपर पत्थर फेंकने शुरू कर दिये।"

"लेकिन नमाज़ियों का तो कहना है कि मस्जिद के सामने पहुँचकर आपने उत्पात मचाकर, उनकी नमाज़ में बाधा डालने की कोशिश की थी... वे तो आपसे शोर न मचाने का अनुरोध करने आये थे?"

"हाँ आये थे पर उनके हाथों में बड़े-बड़े पत्थर भी थे।"

"आपके कहने का मतलब है कि वे अपने साथ पत्थर लेकर नमाज़ पढ़ रहे थे?"

"हाँ।"

राजू बजरंगी के *हाँ* कहते ही संवाददाता का जैसे काम हो गया, और तुरन्त अपने कैमरे की ओर पलटते हुए बोली, "तो आपने सुना...इस शिवभक्त के अनुसार नमाज़ी मस्जिद में अपने साथ बड़े-बड़े पत्थर लेकर आये थे, और इन्हें देखते ही इन पर उन्हें बरसाने लगे...मैं नन्दिता पाण्डे आपको स्टूडियो वापस लिए चलती हूँ।"

इधर नन्दिता पाण्डे टीवी स्क्रीन से ग़ायब हुई, उधर शकुनि आर्य वापस अपनी गद्दी पर आया तथा मसनदनुमा गाव-तकिये से पीठ लगा, आँख मूँदकर इस कल्पना में खो गया, कि अब इस मज़ार के ध्वस्तीकरण को कोई ताक़त नहीं रोक सकती। इन्हीं कल्पनाओं में खोया शकुनि आर्य कभी दलपत मीणा और राजू बजरंगी द्वारा इन्दिरा कॉलोनी झुग्गी-झोपड़ी के आवारा झुण्ड की अगुवाई करते दोनों का साहस बढ़ाते हुए, उन्हें मज़ार तोड़ने के लिए प्रेरित कर रहा है; तो कभी वह आशियाना अपार्टमेंट के उस घर में आग लगाने को कह रहा है, जिस घर के बाहर दरवाज़े पर इन दोनों ने हिन्दू नववर्ष के दिन जय श्रीराम के उद्घोष के साथ भगवा झण्डा टाँगा था। इससे पहले कि उस घर के लोगों को बाहर निकालकर सावरकर मन्दिर के सामने, जहाँ अब प्रतिदिन शाखा लगती है, खुले परिसर में ज़िन्दा जलाया जाता, एक बार फिर से बज उठे मोबाइल ने सारी कल्पना पर पानी फेर दिया। मोबाइल उठाते हुए

शकुनि ने उसका स्पीकर ऑन कर दिया।

"शकुनि जी देख लिया?" दूसरी तरफ़ से किलकती आवाज़ ने पूछा।

"हाँ, देख लिया रुद्रपाल जी। आज ही आप कह रहे थे न कि कहीं अपने शकुनि जी का आइडिया फेल तो नहीं हो गया है...कहीं ऐसा तो नहीं है खर्चे-पानी के रूप में दिये गये पैसे से पट्ठे सुल्फा-भाँग उड़ा रहे हों...और आज ही आपने अपनी आँखों से सब देख लिया। रुद्रपाल जी, इस शकुनि आर्य का आइडिया कभी फेल नहीं होता।"

"आप सही कह रहे हैं। अगर फेल हो जाता तो कैसे एक ही कुनबे के कौरव-पाण्डवों में महाभारत होता!" ज़ोर का ठहाका लगाया बारहवीं फेल रुद्रपाल ने।

"यह तो अभी शुरुआत है, आगे-आगे देखना। चलो ठीक है, मैं घर जाकर बात करता हूँ। अभी मैं गल्ला सँभालने में लगा हुआ हूँ।"

इतना कह शकुनि आर्य ने मोबाइल बन्द कर दिया। लेकिन इससे पहले वह गल्ले पर ध्यान देता, मोबाइल पर लगी *जय हनुमान ज्ञान गुण सागर। जय कपीश तिहुँ लोक उजागर* रिंग टोन बज उठती। आज पहली बार ऐसा हो रहा है जब शकुनि आर्य को अन्त्यानुप्रास अलंकार वाले इस रिंग टोन को सुनते हुए झल्लाहट हो रही है। क्योंकि इधर वह गल्ले पर ध्यान लगाता, उधर हनुमान जी पुनः बोल पड़ते।

सुबह तक इस्माईलपुर नगर टोली के स्वयंसेवकों में ही नहीं, पूरी आशियाना सोसाइटी में यह ख़बर काँस की फुनगी में लगी आग की तरह फैल गयी, कि काँवड़ लेने गये उनके शिवभक्तों पर लौटते समय एक मस्जिद में नमाज़ पढ़ रहे मुसलमानों ने पथराव किया है। इस पथराव में सावरकर मन्दिर में रहनेवाले और *सावरकर शाखा* के गट्नायक राजू बजरंगी को अच्छी-ख़ासी चोट आयी है। अब यह चोट कितनी गहरी है, इसका तो उसके लौटने पर ही पता चलेगा।

ऐसा बहुत कम होता है जब शाखा में इतनी अधिक संख्या में स्वयंसेवक उपस्थित होते हैं। इस घटना के अगले दिन ऐसा ही हुआ। नगर टोली के अधिकतर पदाधिकारी शिवालय में मौजूद हैं। संघ-स्थल पर उल्लास का सा

माहौल है। जो भी आ रहा है वही शकुनि आर्य को बधाई दे रहा है। इस्माईलपुर नगर टोली के माँ भारती के उपासकों के भीतर राष्ट्रवाद की सुनामी मानो बाहर आने को मचल रही है। सभी का जोश देखनेवाला है।

आज शाखा संचालन की ज़िम्मेदारी नगर कार्यवाह रुद्रपाल ने ले ली। इस महत्त्वपूर्ण अवसर पर अपनी भूमिका नगर कार्यवाह के हाथों में जाता देख, मुख्य शिक्षक भरत प्रसाद मन मसोस कर रह गया। नगर कार्यवाह ने अन्य दिनों की तरह शाखा की समय सारिणी का पालन करते हुए शाखा प्रारम्भ कर सभी आबाल वृद्ध स्वयंसेवकों की शारीरिक क्षमता को ध्यान में रखते हुए दौड़ लगवायी। शारीरिक कार्यक्रम के बाद खेल की बारी आयी, तो नगर कार्यवाह ने शाखा में उपस्थित सभी आयु के स्वयंसेवकों को ध्यान में रखते हुए बैठकर खेला जानेवाला *जल-स्थल-नभ-अग्नि* नाम का खेल चुना।

खेल के उपरान्त नगर कार्यवाह ने सभी स्वयंसेवकों को मण्डल में आने का निर्देश दिया, तो सब आधा घेरा बनाकर बैठ गये। यानी अब शुरू होगा शाखा का सबसे आकर्षक और विशिष्ट कार्यक्रम *बौद्धिक कार्यक्रम*। इस कार्यक्रम की शुरुआत भी नगर कार्यवाह रुद्रपाल ने की।

"मित्रो, जैसाकि आप सब जानते हैं कि हमारी इस्माईलपुर नगर टोली ने इस बार *दलित-पिछड़ा-आदिवासी काँवड़ सेवा संघ* के बैनर तले *अम्बेडकर काँवड़ यात्रा* भेजी है। इस काँवड़ यात्रा का मुख्य उद्देश्य अपने हरिजन-पिछड़े और आदिवासी भाइयों को अपने साथ मुख्यधारा में शामिल करना है, ताकि वे अपने आप को हिन्दू समाज में उपेक्षित ना समझें। इस काँवड़ यात्रा में हिन्दू राष्ट्र के लिए समर्पित स्वयंसेवक और दलित-पिछड़ा-आदिवासी हिन्दू विंग के युवा विंग कार्यवाह दलपत मीणा और हमारे बेहद उत्साही तथा हिन्दुत्व के लिए मर-मिटनेवाले हिन्दू गौरव राजू बजरंगी के साथ हरिजनों के कुछ उत्साही युवक भी गये हैं।" इसके बाद नगर कार्यवाह एकाएक गम्भीर हो गया। चेहरे को इस तरह बना लिया मानो उस पर सन्ताप का एक गहरा लेप पुता हुआ हो। कुछ क्षण की चुप्पी के बाद उसने फिर से अपनी बात जारी रखी, "मेरी हिम्मत नहीं पड़ रही है कि इस सूचना को मैं आपसे कैसे साझा करूँ। हालाँकि आप में से बहुतों ने यह समाचार एक न्यूज़ चैनल के माध्यम

से देख भी लिया होगा, कि कल मुजफ्फरनगर के पास मस्जिद के सामने से गुजर रही हमारी काँवड़ यात्रा पर भीतर नमाज पढ़ रहे कुछ राष्ट्र-विरोधी पाकिस्तानी समर्थक जिहादी मुल्लों ने पत्थरों से आक्रमण कर दिया था। इस आक्रमण में हमारी अम्बेडकर काँवड़ यात्रा के हरिजन हिन्दू भाई घायल हो गये हैं।"

जिस समय नगर कार्यवाह रुद्रपाल न्यूज़ चैनल के आधार पर इस घटना का आँखों हाल सुना रहा था, उसे सुनते हुए शाखा कार्यवाह शकुनि आर्य को बड़ी हैरानी हो रही थी कि वह जिस तरह नमाज़ियों के लिए पाकिस्तानी समर्थक, जिहादी और मुल्लों जैसे विशेषणों का इस्तेमाल कर रहा था, वैसे तो उस नन्दिता पाण्डे नाम की संवाददाता, या ख़ुद उसके नौकर राजू बजरंगी ने भी नहीं किया था।

इतना कह रुद्रपाल ने सामने बौद्धिक मण्डल में बैठे चेहरों पर सरसरी निगाह से देखा, तो पाया सभी के चेहरे मारे ग़ुस्से से तमतमाये हुए हैं। रुद्रपाल ने जिस प्रयोजन के लिए इन चेहरों पर आते-जाते भावों को देखा, उसे यह एक अच्छा अवसर दिखाई दिया। उसने अपनी सूरत को ऐसा बनाया जैसे काँवड़ यात्रा में गये अपने इन हिन्दू भाइयों के घायल होने पर वह बहुत ग़मगीन है। जैसे ही थोड़ी-सी खुसर-फुसर शुरू हुई, उसे शान्त करते हुए उसने फिर से बोलना शुरू किया, "मित्रो, हम हिन्दुओं के सब्र का जो अधूरा प्याला छलकने को आतुर है, इससे पहले कि वह पूरा भरे हमें *परमवैभवं नेतु मेतत स्वराष्ट्रम* अर्थात् भारत को परम वैभवशाली राष्ट्र बनाने में अपनी भूमिका निभाने के लिए तैयार रहना चाहिए। अब समय आ गया है इस राष्ट्र को पूर्णतया हिन्दू राष्ट्र बनाने का।"

"मैं रुद्रपाल जी से पूरी तरह सहमत हूँ कि वह समय अब आ गया है। आज हमारे शिवभक्तों पर मस्जिदों से आक्रमण हो रहा है, कल हम पर भी होगा। इसलिए आवश्यक है कि इन आतताइयों और जिहादियों के उन प्रतीकों और चिह्नों को मिटाया जाये, जो हमारे पूजा-स्थलों और उनके आसपास जबरन बनाये गये हैं। लैंड जिहाद के नाम पर बनी उन मजारों का ध्वस्तीकरण अति आवश्यक है, जो हमारे देवी-देवताओं को अपवित्र कर रहे हैं।" आर्य मसाले के मालिक और शाखा कार्यवाह शकुनि आर्य शायद इससे

अधिक स्पष्ट शब्दों में नहीं कह सकता, कि उसका इशारा किस मज़ार के ध्वस्तीकरण की ओर है।

"इसलिए अम्बेडकर काँवड़ यात्रा पर गये अपने इन हरिजन माँ भारती के सपूतों का न केवल स्वागत करना चाहिए, बल्कि इन्हें सम्मानित भी किया जाना चाहिए।" इन्दरजीत ने काँवड़ यात्रा के लौटने के बाद एक और कार्यक्रम की घोषणा कर दी।

"भरत जी, अब आगे की कार्यवाही आप शुरू करें!" इसके बाद नगर कार्यवाह मुख्य शिक्षक भरत प्रसाद को आमन्त्रित करते हुए बोला।

मुख्य शिक्षक नगर कार्यवाह के आदेश का पालन कर, वह तत्परता के साथ गुरुजी के निकट रखे अपने झोले के पास आया, और उसमें से एक छोटी-सी पुस्तिका निकाल, उसका एक पृष्ठ खोलने के बाद बोलने लगा, "मैं आज सबके समक्ष पण्डित दीनदयाल जी उपाध्याय का एक अमृत-वचन सुनाने जा रहा हूँ, जो इस प्रकार है–

हमने सम्पूर्ण राष्ट्र की सेवा का व्रत लिया है। सभी देशवासी हमारे बन्धु हैं। जब तक इन सभी बन्धुओं को भारतमाता के सपूत होने का सच्चा गौरव प्रदान नहीं करा देंगे, हम चुप नहीं बैठेंगे। हम भारतमाता को सही अर्थों में सुजलां-सुफलां बनाकर रहेंगे। यह दश प्रहरण-धारिणी दुर्गा बनकर असुरों का संहार करेगी। लक्ष्मी बनकर जन-जन को समृद्ध करेगी और सरस्वती बनकर अज्ञान-अन्धकार को दूर कर ज्ञान का प्रकाश फैलायेगी। हिन्द महासागर और हिमालय से परिवेष्टित इस भारत खण्ड में सच्ची संक्रान्ति लायेंगे अर्थात् जब तक इस भरत खण्ड में एकरसता, कर्मठता, समानता, सम्पन्नता, सुख और शान्ति की जाह्नवी का पुण्य प्रवाह नहीं ला पाते, हमारा भागीरथ तप पूरा नहीं होगा।"

मुख्य शिक्षक ने जैसे ही अमृत-वचन समाप्त किया, नगर कार्यवाह उससे पुनः आग्रह करते हुए बोला , "भरत जी, लगे हाथ एक *शाखा-गीत* भी गा दीजिए!"

मुख्य शिक्षक अपने नगर कार्यवाह का आग्रह नहीं टाल पाया और सुनाने लगा वही शाखा गीत, जो इससे पहले भी न जाने कितनी बार शाखा में गाया जा चुका है।

शाखा अब अपने अन्तिम पड़ाव पर आ गयी यानी शाखा विकिर से पूर्व नागपुर के *नरहरि नारायण भिड़े* द्वारा संस्कृत में रचित प्रार्थना का समय आ गया। मण्डल में बैठे सारे स्वयंसेवक अपनी जगह से खड़े होकर एक-दूसरे के पीछे पंक्ति में लग गये। मुख्य शिक्षक अपना दायाँ हाथ सीने के सामने लाया और प्रार्थना बोलने लगा।

मुख्य शिक्षक की मुद्रा का पालन करते हुए अन्य स्वयंसेवक भी प्रार्थना की पंक्तियों को दोहराने लगे। इधर प्रार्थना समाप्त हुई, उधर *भारत माता की जय* का नाद सुबह की नीरवता में गूँज उठा।

जैसे-जैसे अम्बेडकर काँवड़ यात्रा और इस्माईलपुर के बीच की दूरी कम होने लगी, इस्माईलपुर नगर टोली ही नहीं पूरे आशियाना अपार्टमेंट की बेसब्री और व्यग्रता भी बढ़ने लगी। दरअसल, इस बेसब्री का सबब यह नहीं है कि किसी *दलित-पिछड़ा-आदिवासी काँवड़ सेवा संघ* द्वारा भेजी गयी कोई *अम्बेडकर काँवड़ यात्रा* हरिद्वार से काँवड़ लेकर लौट रही है। काँवड़ यात्राएँ तो हर साल आती-जाती रहती हैं। बल्कि इस व्यग्रता का असली कारण है मुज़फ़्फ़रनगर के पास मस्जिद के सामने से गुज़रनेवाली इस काँवड़ यात्रा पर गये हरिजन हिन्दुओं की घायल देह को टटोलना, कि उन पर सिर के अलावा कहाँ-कहाँ पत्थरों ने घाव किये हैं?

ठीक श्रावणी अमावस्या से दो दिन पूर्व जैसे ही पता चला कि *अम्बेडकर काँवड़ यात्रा* इस्माईलपुर के पास पहुँचनेवाली है, पूरी टोली के पदाधिकारी पूर्व योजना के तहत की गयी तैयारियों के साथ इस्माईलपुर की फिरनी पर पहुँच गये। जैसे ही काँवड़ यात्रा इस्माईलपुर के बाहरी हिस्से पर पहुँची, उसे वहीं लपक लिया गया और फूल बरसाते हुए उसे इन्दिरा कॉलोनी झुग्गी-झोपड़ी की ओर मोड़ दिया गया। *बम-बम* के जयकारे के साथ अपने ऊपर बरसती गेंदे की कोमल पंखुड़ियों के स्पर्श से तथाकथित दलित शिवभक्त जैसे अपनी सारी थकान भूल गये।

ढोल-ताशों की कर्कश आवाज़ और जयकारों के बीच कन्धों पर लदे गंगाजल से भरे कलशों के साथ, काँवड़ियों के संग चल रहा हिन्दुओं का जत्था जैसे-जैसे इन्दिरा कॉलोनी झुग्गी-झोपड़ी वाल्मीकि मन्दिर के निकट आने

लगा, पूरी कॉलोनी अपने-अपने घरों से बाहर निकल आयी और विस्फित नेत्रों से इस विहंगम दृश्य को निहारने लगी। अपने लोगों, वह भी काँवड़ यात्रियों का इस तरह फूलों से स्वागत होता हुआ देख, इन्दिरा कॉलोनी को जैसे अपनी आँखों पर विश्वास नहीं हो रहा है। झुग्गी-झोपड़ी के स्त्री-पुरुष से लेकर बच्चे-जवानों का हुजूम काँवड़ यात्रियों के पीछे-पीछे हो लिया। कुछ पलों के लिए लगा जैसे धूल उड़ाता यह रेला किसी विजय-पथ पर बढ़ा जा रहा है।

वाल्मीकि मन्दिर पर पहुँच काँवड़ियों का एक बार फिर से भव्य अभिनन्दन किया गया, और जलाभिषेक के बाद भीड़ धीरे-धीरे अपने-अपने घरों की ओर लौट पड़ी। इस्माईलपुर नगर टोली के सभी पदाधिकारी भी एक-एक कर अपने घरों को लौट आये। इधर राजू बजरंगी भी आशियाना रेसिडेंट वेलफेयर एसोसिएशन के महासचिव जयप्रकाश सिन्हा के साथ सावरकर मन्दिर लौट आया।

माथे पर बँधी पट्टी के साथ जैसे ही राजू बजरंगी आशियाना में दाख़िल हुआ, सब उसे हैरानी के साथ देखने लगे। इधर राजू मन्दिर के पास पहुँचा, उधर *श्रृंगार आरती* से निवृत्त हो आरडब्ल्यूए अध्यक्ष पण्डित नेमचन्द शर्मा बाहर निकला। दोनों का आमना-सामना हुआ, तो राजू के सिर पर बँधी पट्टी को देख आरडब्ल्यूए अध्यक्ष ने मुस्कराते हुए जान-बूझकर कोंचा, "राजू, यह सिर कहाँ से फुड़वा लाया?"

राजू ने काँवड़ यात्रा के दौरान घटा पूरा वाक़या सुना दिया। सुनते ही आरडब्ल्यूए अध्यक्ष का जैसे सचमुच ख़ून खौल उठा और तमतमाते हुए बोला, "राजू अब समय आ गया है कि इन मुसलमानों को इस देश से पाकिस्तान भगा ही देना चाहिए!"

राजू बजरंगी कुछ नहीं बोला। चुपचाप मन्दिर के पीछे गया और माथे पर बँधी पट्टी को खोलकर देखा तो पाया, छोटा-सा घाव जिसे खरोंच कहना बेहतर होगा, अब पूरी तरह सूख चुका है। वह चाहता तो पट्टी को खोल सकता था किन्तु उसने ऐसा नहीं किया, बल्कि उसे फिर से बाँध लिया। वह जानता है कि जब तक यह पट्टी उसके माथे पर बँधी रहेगी, तब तक उसकी काँवड़ बची रहेगी।

44

जब से डॉ. मंसूर आलम और फ़ातिमा को पता चला है कि मुज़फ़्फ़रनगर के पास रास्ते में नमाज़ियों के साथ हुई किसी वारदात में राजू बजरंगी ज़ख़्मी होकर लौटा है, उनका वह डर जो हिन्दू नववर्ष के बाद काफ़ी कम हो गया था, एक बार फिर से बढ़ गया। उन्हें रातों में ठीक से नींद तक नहीं आती है। आसपास बाहर होनेवाली थोड़ी-सी खटपट को सुन उनकी आँखें खुल जातीं। लगता जैसे कोई उनके दरवाज़े को धीरे-धीरे थपथपा रहा है। पूरी रात चलनेवाला यह सिलसिला तब जाकर थमता, जब सावरकर मन्दिर के बाहर टँगे लाउडस्पीकर से अलसुबह बजनेवाले भजनों का स्वर सुनाई देता। वरना वे एक अनजाने भय के चलते सिमटे रहते। अब तो आते-जाते आरडब्ल्यूए अध्यक्ष, उपाध्यक्ष, कोषाध्यक्ष ही नहीं बल्कि आशियाना आरडब्ल्यूए महासचिव जयप्रकाश सिन्हा अर्थात् अपना जेपी भी अब उससे बचकर निकलने लगा है। हालाँकि जेपी की पत्नी सुमन ने तो डॉ. मंसूर और फ़ातिमा से बहुत पहले से बात करना छोड़ दिया है। उन्हें जिन पर कभी सबसे अधिक भरोसा था, आज उन्हीं से सबसे ज़्यादा डर लगने लगा है।

शाखा विकिर के बाद ज़िला प्रचारक त्रिभुवन सहित पूरी नगर टोली किसी गहरे चिन्तन में डूबी हुई है।

एक बार फिर से शुरुआत नगर कार्यवाह ने ही की, "शकुनि जी, अम्बेडकर काँवड़ यात्रा वाला आइडिया तो आपका हिट रहा। किन्तु उस मिशन को आगे अब कैसे बढ़ाया जाये, जिसके लिए इसका आयोजन किया था?"

"मैं यही सोच रहा हूँ रुद्रपाल जी।" फिर कुछ पल सोचने के बाद शकुनि बोला, "मेरा मानना है कि हमें यहाँ किसी सन्त या कथा-वाचक से एक सप्ताह की *श्रीराम कथा* करानी चाहिए। कथा के बाद *कलश-यात्रा* और उसके बाद *हिन्दू जागरण* जैसा कोई आयोजन कराना चाहिए। इससे होगा यह कि लैंड जिहाद के विरुद्ध एक माहौल बनेगा। कोशिश यह होनी चाहिए कि यह माहौल उस सन्त या कथा-वाचक के द्वारा ही बनवाया जाये।"

"आइडिया तो अच्छा है परन्तु बहुत खर्चीला है!" ज़िला कार्यवाह इन्दरजीत ने व्यावहारिक पक्ष की ओर संकेत किया।

"अब जब भारत को हिन्दू राष्ट्र बनाना है, तब इतना कष्ट तो उठाना ही पड़ेगा...क्यों विक्रम जी?" रुद्रपाल ने श्रीराम प्रॉपर्टी डीलर के मालिक से पूछा।

लेकिन विक्रम ने कोई उत्तर नहीं दिया। वह मन-ही-मन सोचने लगा कि अगर उसे पता होता कि यह राष्ट्रवाद आगे जाकर इतना महँगा पड़ेगा, तो वह पहले हिन्दू नववर्ष पर भगवे झण्डे-गमछों पर *सौजन्य*, और बाद में काँवड़ यात्रा के लिए बनवाये गये बैनर के ऊपर *निवेदक* लिखवाने का सुझाव ही नहीं देता। लेकिन अब जब उसकी राय ली गयी है तो कुछ-न-कुछ बोलना ही पड़ेगा। इसलिए उसे बस यही सूझा, "क्या इनके बिना यह माहौल नहीं बन सकता?"

"होने को तो बहुत कुछ हो सकता है परन्तु योजनाबद्ध कदम उठाने से किसी को सन्देह नहीं होगा। अगर हमारी नीयत पर इन हरिजनों को शक हो गया, तो सारी मेहनत पर पानी फिर जायेगा।" शकुनि आर्य ने अपने आइडिया का थोड़ा-सा ख़ुलासा किया।

"शकुनि जी एकदम ठीक कह रहे हैं। संघ का काम करने का तरीका भी यही है। वह किसी कार्य में कोई जल्दबाजी नहीं करता है। जल्दबाजी की होती तो आज भी संघ राजनीतिक रूप से हाशिए पर होता। कोई नहीं पूछता उसे। सरकार और राजनीति में इसकी कोई भूमिका नहीं होती।" दो-दो ज़िलों के प्रचारक त्रिभुवन ने पहली बार आंशिक रूप से शकुनि आर्य के आइडिया से सहमति जताते हुए कहा।

ज़िला प्रचारक से मिले समर्थन से उत्साहित हो शकुनि आर्य अपने पत्तों को खोलने लगा, "इस कलश-यात्रा और हिन्दू जागरण का जितनी जल्दी आयोजन हो, उतना ही अच्छा है। मुझे आशा है कि हमें अपने मिशन में अवश्य सफलता मिलेगी...क्यों दलपत जी?"

"बिल्कुल। यह सही मौका है लोगों के भीतर राष्ट्रवाद और हिन्दुत्व की भावना जगाने का। हाउसिंग सोसाइटियों को मैं और राजू बजरंगी सँभाल लेंगे और..."

"हाउसिंग सोसाइटी ही नहीं, इस मजार को भी आप जैसे शूरवीरों को

सँभालना है!" शकुनि ने बड़ी चतुराई से *दलित-पिछड़ा-आदिवासी हिन्दू विंग* के विंग कार्यवाह दलपत मीणा की बात काटते हुए, उसमें पराक्रम रूपी हवा भरते हुए कहा।

"हमें शकुनि जी के इस आइडिया पर तसल्ली से विचार करना चाहिए।"

"वो बात तो ठीक है रुद्रपाल जी, लेकिन एक सप्ताह श्रीराम कथा, उसके बाद कलश-यात्रा और साथ में जो हिन्दू जागरण होगा, उस पर होनेवाला खर्चा कहाँ से आयेगा। आप तो जानते ही हैं कि नोटबन्दी ने किस तरह हमारा धन्धा चौपट कर दिया है। एक-एक पैसे के लिए मोहताज हो गये हैं।" श्रीराम प्रॉपर्टी के मालिक विक्रम ने एक तरह से अपना इरादा स्पष्ट कर दिया।

विक्रम के इस टके से जवाब को सुन सब चुप्पी साध गये। किसी के पास कहने को जैसे कुछ नहीं बचा। निराश-हताश रुद्रपाल ने पहले एक लम्बी साँस ली, और फिर उसे बाहर छोड़ते हुए उम्मीद की आख़िरी किरन का सिरा पकड़ते हुए बोला, "शकुनि जी, आपको शिवालय प्रबन्धक समिति का सचिव और इसका खजांची बने कितने साल हो गये हैं?"

"हो गये होंगे यही सात-आठ साल।"

"तो इन सात-आठ सालों में आपकी कुछ चलती भी है, या फोकट में इन जाटों की चाकरी करते आ रहे हो?" रुद्रपाल ने शकुनि आर्य को छेड़ते हुए पूछा।

"मजार के पास इनके देवी-देवताओं के मन्दिर मेरे कहने पर ही तो बने हैं।"

"जब आपकी इतनी ही चलती है तो शिवालय में अपनी प्रबन्धक समिति से क्या एक कथा, कलश-यात्रा और यह माता का जागरण नहीं करा सकते?"

"माता का जागरण नहीं, हिन्दू जागरण।" ज़िला कार्यवाह अपने नगर कार्यवाह की ग़लती को सुधारते हुए बोला।

"हाँ-हाँ वही...वैसे एक बात बताऊँ, इन तीनों का आधा खर्चा तो कथा में आये नकद चढ़ावे और कलश-यात्रा में शामिल होनेवाली महिलाओं से वसूले जानेवाले शुल्क से निकल जायेगा।"

"चढ़ावा तो ठीक है किन्तु महिलाओं से वसूला जानेवाला यह कौन-सा शुल्क है?"

"इसके लिए आपको प्रबन्धक समिति के सामने एक प्रस्ताव रखना पड़ेगा। इसमें आप कहेंगे कि इस कलश-यात्रा में पाँच सौ एक महिलाएँ कलश धारण करेंगी। जिसमें आप चाहें तो आसपास की सोसाइटियों की महिलाओं को भी निमन्त्रण दे सकते हैं। इस यात्रा में शामिल होनेवाली महिलाओं को अलग-अलग समूहों में बाँटना होगा। प्रत्येक समूह के लिए प्राथमिकता के आधार पर इक्कीस सौ, पन्द्रह सौ, ग्यारह सौ तथा पाँच सौ एक आदि का शुल्क तय कर सकते हैं। इस यात्रा को आप अपने सिन्हा साहब की आशियाना सोसाइटी के सावरकर मन्दिर से शुरू कर, शिवालय तक निकाल सकते हैं।"

नगर कार्यवाह के इस सुझाव को सुन शिवालय प्रबन्धक समिति के सचिव और कोषाध्यक्ष शकुनि आर्य की आँखें चमक उठीं।

"रुद्रपाल जी, यह तो वह बात हो गयी कि हींग लगी, न फिटकरी और रंग आ गया चोखा।" शिवालय प्रबन्धक समिति का सचिव और ख़ज़ांची शकुनि आर्य अपनी ख़ुशी नहीं छिपा पाया।

"शकुनि जी, ऐसा है कि धर्म एक ऐसी चीज है जिसके सहारे आदमी को आसानी से मूर्ख बनाने के साथ-साथ, उसकी भावनाओं का भी दोहन किया जा सकता है। बस, आपके पास दिमाग होना चाहिए। एक बात बताइए, ये जितने भी कथा-वाचक और साधु-सन्त भगवत कथा या श्रीराम कथा के नाम पर जो किस्से-कहानियाँ सुनाते हैं, उन्हें तो हम रोजाना रामलीलाओं और टीवी सीरियल में देखते ही रहते हैं, फिर नया क्या होता है इनमें?"

"रुद्रपाल जी, आपने आज मेरी आँखें खोल दीं। मैं आज ही प्रबन्धक समिति को सुझाव देता हूँ।"

"शकुनि जी, अगर इस कार्य में आपको सफलता मिल गयी, तो हमारा मिशन और आसान हो जायेगा। बस, किसी तरह प्रबन्धक समिति के सदस्यों को इसके लिए तैयार कर लीजिए!"

इसके बाद सब अपने-अपने घरों की ओर चल दिये। पूरे रास्ते शकुनि आर्य के कानों में रुद्रपाल के शब्द, शहद की छोटी-छोटी बूँदों की मानिन्द टपकते रहे। रास्ते-भर नगर कार्यवाह के सुझाव उसके कानों में हल्की-हल्की

सरगोशियाँ करती रहे। वह सबसे पहले इस सुझाव के बारे में अपनी धर्मपत्नी मंजू सिंगला को बतायेगा। ताकि वह मन्थरा जैन से कहकर उसके व्हाट्सएप ग्रुप पर सूचना देकर आसपास की सोसाइटीज़ की सभी श्रीमतियों को कलश-यात्रा के लिए तैयार कर सके। इन्हीं ख़यालों में डूबा शकुनि आर्य कब श्रीराम अपार्टमेंट पहुँच गया, कब लिफ़्ट से चौथी मंज़िल पर आ गया, और कब उसकी अँगुली का पोर अपने *सनातन कुटीर* के बाहर लगे डोर बेल के स्विच पर जा टिका, उसे पता ही नहीं चला।

प्राचीन शिवालय मन्दिर प्रबन्धक समिति अपने सचिव और ख़ज़ांची के प्रस्ताव पर इतनी आसानी से सहमत हो जायेगी, इसकी स्वयं शकुनि आर्य को उम्मीद नहीं थी। शायद इसका एक कारण पिछले वर्ष इस्माईलपुर नगर टोली के मण्डल कार्यवाह विजयपाल सोलंकी का अपनी प्रबन्धक समिति का उपाध्यक्ष चुना जाना रहा है। लोहे को लोहा ही काट सकता है, इस सिद्धान्त पर अमल करते हुए शकुनि ने समिति के दूसरे सदस्यों को समझाने की ज़िम्मेदारी विजयपाल सोलंकी को दी थी। शकुनि की यह चाल कामयाब रही और नगर कार्यवाह के सुझाव को वे दोनों मन्दिर प्रबन्धक समिति के सदस्यों से मनवाने में सफल हो गये। यह बात अलग है कि इस कामयाबी का असली श्रेय कलश-यात्रा में शामिल होनेवाली महिलाओं से वसूले जानेवाले शुल्क और श्रीराम कथा के अवसर पर आनेवाले चढ़ावे को जाता है।

मन्दिर प्रबन्धक समिति के नये-नवेले उपाध्यक्ष विजयपाल सोलंकी और उसके सचिव व ख़ज़ांची शकुनि आर्य ने जब यह शुभ समाचार शाखा के पदाधिकारियों को सुनाया, तब किलकते हुए सबने इसका भरपूर स्वागत किया। सबकी आँखों के सामने बब्बर शेर की पीठ से टेक लगाये, सिर पर मुकुट पहने और बायें हाथ में भगवा ध्वज थामे भारत माता की मूरत सजीव हो उठी। उसी भारत माता की मूरत जिसके उत्तर में बर्फ़ से आच्छादित हिमालय पर्वत सीना तानें खड़ा हुआ है, तो चरणों और पार्श्व में दक्षिण एशियाई देश पाकिस्तान, श्रीलंका, बांग्लादेश, नेपाल, भूटान, अफ़ग़ानिस्तान के साथ

मालद्वीप समुद्र की सतह पर बिछी गहरी काई के रूप में बिछे हुए हैं। पुराने आर्य समाजी और स्वयंसेवक शकुनि आर्य का यह बचपन से सपना रहा है, कि एक दिन *कृण्वन्तो विश्वमार्यम्* की तर्ज़ पर यह देश एक ऐसा हिन्दू राष्ट्र बनेगा जिसके अधीन ये देश ही नहीं, बल्कि आधा एशिया होगा।

इस शुभ समाचार के बाद अब यह तय करना है कि श्रीराम कथा, कलश-यात्रा और हिन्दू जागरण का आयोजन कब करना है। किसी ने सुझाव दिया कि इनका आयोजन चैत्र माह में *अरणिमन्थन* की पूजा से शुरू होनी चाहिए, तो किसी ने *चैत्र नवरात्रों* में करने का सुझाव दिया। एकाध ने *शारदीय नवरात्रों* के दौरान करने को कहा, लेकिन शकुनि आर्य किसी पर सहमत नहीं हुआ।

हारकर नगर टोली ने इसका फ़ैसला शकुनि आर्य पर ही छोड़ दिया।

"इस बार मुसलमानों की बकरा ईद कब पड़ रही है?" शकुनि ने गम्भीरता के साथ पूछा।

"मैं बताता हूँ।" इतना कह विंग कार्यवाह दलपत मीणा ने अपनी जेब से मोबाइल निकाला, और उसमें केलेंडर एप्प को खोल तर्जनी के पोर से उसे स्क्रॉल करने लगा। कुछ क्षणों के बाद उसका पोर रुका तो उसने बताया, "इस बार हमारे नवरात्र और उनकी बकरा ईद साथ-साथ पड़ रहे हैं।"

"कौन से नवरात्रों के साथ पड़ रही है–चैत्र, माघ, आषाढ़ या शारदीय नवरात्रों के?"

"जो अक्तूबर के महीने में पड़ रहे हैं।" दलपत ने मोबाइल के केलेंडर में देखकर बताया।

"यानी हमारे शारदीय नवरात्रों के साथ इनकी बकरा ईद पड़ रही है!" शकुनि ने गहरी साँस लेते हुए सबको सुनाते हुए कहा। इसके बाद उसने दलपत मीणा से उसका मोबाइल लिया और स्वयं दोनों के दिन देखने लगा।

"अब आप क्या देखने लगे इसमें?" पारस जैन ने मुस्कराते हुए शकुनि आर्य को टोका।

"मैं इसमें यह देख रहा हूँ इनकी बकरा ईद हमारे किस नवरात्र को पड़ रही है...लो, पता चल गया!" मोबाइल को वापस दलपत को देते हुए शकुनि बोला, "इनकी ईद पड़ रही है हमारे नवरात्रों के ठीक बीच में।"

शाखा में उपस्थित किसी भी माँ भारती के उपासक के शकुनि आर्य की यह उलटबाँसी समझ में नहीं आयी।

"शकुनि जी, हमारे नवरात्रों, श्रीराम कथा, कलश-यात्रा और हिन्दू जागरण का मुसलमानों की इस बकरा ईद से क्या सम्बन्ध है?" रुद्रपाल का इस बार धैर्य जवाब दे गया।

शकुनि आर्य को जैसे पता था कि ऐसी ही नौबत आनी है। वह पहले धीरे-से मुस्कराया और फिर एक गहरी कुटिल मुस्कान बिखेरते हुए बोला, "रुद्रपाल जी, सम्बन्ध है...बिना सम्बन्ध के माहौल कैसे बनेगा? मेरे पास दो प्लान हैं। अगर ये सफल हो गये तो मजा आ जायेगा।" फिर वह प्रबन्धक समिति के उपाध्यक्ष की ओर पलटा, "ऐसा करते हैं विजयपाल जी, प्रबन्धक समिति को बता देते हैं कि ये आयोजन शारदीय नवरात्रों में करने हैं।"

"वो तो ठीक है शकुनि जी मगर आपके ये दो प्लान हैं क्या? थोड़ा-सा इनका खुलासा तो करिए?" नगर कार्यवाह रुद्रपाल इस बार थोड़ा झल्ला गया।

"ऐसा है कि मेरा पहला प्लान यह है कि..."

इसके बाद शकुनि आर्य एक-एक कर अपने दोनों प्लान के बारे में विस्तार से बताने लगा। जैसे-जैसे शकुनि आर्य अपनी दोनों योजनाओं की परतों का ख़ुलासा कर रहा था, उन्हें सुन पूरे नगर टोली की आँखें रह-रहकर मारे आश्चर्य के फैल और सिकुड़ रही थीं, कि ऐसी बीहड़ और ख़तरनाक कल्पना रसूलपुर जैसे छोटे-से गाँव से पलायन करके आनेवाला सच्चा राष्ट्रवादी रणछोड़ सूदखोर वणिक हिन्दू ही कर सकता है।

लेकिन पहले प्लान को लेकर इन्दरजीत के मन में एक संशय अब भी बना हुआ है। इसलिए उसने पूछ ही लिया, "शकुनि जी, जैसा आप कह रहे हैं अगर आपके इस प्लान के अनुसार वैसा नहीं हुआ, तब क्या होगा?"

"इन्दरजीत जी, जैसा आप सोच रहे हैं वैसा कुछ नहीं होगा। आप भूल रहे हैं कि मुसलमान अपने मजहब को लेकर हमसे अधिक कट्टर होते हैं। कुछ भी हो जाये ये वैसा करेंगे ही, जैसा मैं कह रहा हूँ। अगर मुझ पर भरोसा नहीं है, तो आप अपने सिन्हा जी से इसकी पुष्टि कर लें!"

"सिन्हा जी, शकुनि जी सही कह रहे हैं?" ज़िला कार्यवाह ने आशियाना आरडब्ल्यूए महासचिव जयप्रकाश सिन्हा से ताईद करते हुए पूछा।

"ये सही कह रहे हैं। मैं तो तब से देख रहा हूँ जब से यह सोसाइटी बनी है। आज तक तो ऐसा हुआ नहीं है।" जयप्रकाश सिन्हा ने भी शकुनि के कहे की संपुष्टि कर दी।

"सचमुच, अगर ऐसा हो गया तो मजा आ जायेगा। वैसे इस प्लान की सफलता की असली चाबी दलपत मीणा, राजू बजरंगी और इस सोसाइटी की महिलाओं के हाथ में है।"

"आप चिन्ता न करें। मैंने अपने दिमाग में पूरी प्लानिंग सोच रखी है। मुझे पता है कि राजू और दलपत को किस तरह की भूमिका का निर्वाह करना है।" यह तो दलपत मीणा मौजूद है वरना शकुनि आर्य यह कहना चाह रहा था कि इन हरिजन, पिछड़ों और आदिवासियों का हिन्दुत्व की रक्षा के नाम पर मुसलमानों के ख़िलाफ़ किस तरह इस्तेमाल करना चाहिए।

इसके बाद सभी माँ भारती के उपासक अपनी-अपनी कल्पना और कार्ययोजना के साथ शारदीय नवरात्रों में होनेवाले हिन्दू जागरण की तैयारियों में जुट गये।

बक़रीद यानी ईद-उल्-अज़हा अर्थात् बलिदान का त्योहार। इस्लाम धर्म का दूसरा सबसे बड़ा और इस्लामिक केलेंडर के अनुसार बारहवें महीने *धू अल-हिज्जा* की दसवीं तारीख़ को मनाया जानेवाला प्रमुख त्योहार। उसी बारहवें महीने में मनाया जानेवाला त्योहार, जब दुनिया-भर के मुस्लिम श्रद्धालु अपने सबसे बड़े तीर्थ-स्थल मक्का के काबा में हज करने जाते हैं। यानी इसी महीने के दसवें दिन से शुरू होकर बारहवें दिन समाप्त होनेवाला त्योहार।

हर बार की तरह इस बार भी फ़ातिमा और आरिफ़ ने हर्षोल्लास के साथ बक़रीद मनाने की पूरी योजना बनायी हुई है। लेकिन डॉ. मंसूर बक़रीद को लेकर कुछ उदासीन-सा है। अपने इस त्योहार को लेकर जो उत्साह, उल्लास और उमंग उसमें पहले होता था, इस बार नहीं है।

फ़ातिमा ने डॉ. मंसूर की थाह लेते हुए उसके मन को एक दिन ऐसे ही टटोल लिया, "इस बार बड़ा बकरा नहीं लाना है। पिछली बार मुश्किल

हो गया था बाँटना। ग़रीबों में भी कितना बाँट लेंगे। रही बात हमारी, हम भी कितना खा लेंगे? वरना एक वक़्त ऐसा था जब घर-परिवार, नाते-रिश्तेदारों और दोस्तों के लिए क़ुरबानी के तीन हिस्सों में से बनाया गया पहला हिस्सा कम पड़ जाया करता था। आज हालत यह है कि आसपास न घर-परिवार के लोग रहे, न नाते-रिश्तेदार। रही बात अपनी सोसाइटी की तो उसका हाल आपको पता ही है। जब तक अब्बा और रामप्रसाद अंकल थे सोसाइटी के लोग बक़रीद का इन्तज़ार करते थे। मगर इनके जाने के बाद सारी रौनक ही ख़त्म हो गयी। जेपी भाई साहब और सुमन भाभी की भी नज़र ही पलट गयी।"

फ़ातिमा क्या बोले जा रही है, डॉ. मंसूर को नहीं पता।

"आप कुछ बोल क्यों नहीं रहे हैं?" फ़ातिमा थोड़ी तेज़ आवाज़ में बोली।

"मैं सब सुन रहा हूँ...सवाल यह है कि बकरा चाहे छोटा आये या बड़ा...क़ुरबानी के तीन हिस्से तो करने ही पड़ेंगे। चलिए, दो हिस्से तो ग़रीबों और हमारे बीच बँट जायेंगे मगर तीसरे हिस्से को किसमें बाँटा जायेगा? अब तो नज़दीक के लोगों और दोस्तों में भी बाँटने में डर लगता है। पता नहीं कौन शोर मचा दे यह बीफ़ है और कब मॉब लिंचिंग के शिकार हो जायें, क्या पता!"

"ऐसे तो कोई अपने तीज-त्योहार मना ही नहीं पायेगा। ख़ुदा जाने कैसा वक़्त आ गया है कि अपने ही रस्मो-रिवाज़ पूरा करने में डर लगने लगा है।" कुछ पल चुप रहने के बाद फ़ातिमा ने सुझाव दिया, "एक काम नहीं हो सकता कि हम क़ुरबानी का बकरा यहाँ लाकर बाँध दें! बक़रीद वाले दिन कहीं बाहर जाकर उसकी क़ुरबानी दे आते हैं। ग़रीब-गुरबों को भी वहीं बाँट आयेंगे। रही बात नज़दीक के लोगों और दोस्तों में बाँटने की, तो जब उनके नसीब में है ही नहीं तो कोई क्या करे!" फ़ातिमा हँसते हुए बोली।

"यह ठीक रहेगा। मैं कल से ही बकरा ढूँढ़ना शुरू कर देता हूँ।" डॉ. मंसूर ने तुरन्त अपनी स्वीकृति दे दी।

"एक बात कहूँ तीज-त्योहार तो अपने लोगों में ही मनते हुए अच्छे लगते हैं। शहरों में तो बस रवायतें-सी निभती हैं, वो भी अब मुश्किल हो गयी हैं। पता नहीं कब कौन किस बात पर नाराज़ हो जाये। वरना अब्बा के दिनों में इसी आशियाना में बक़रीद के दिन उनके ख़ैर-ख़्वाह और चाहनेवालों का ताँता

लगा रहता था। पता नहीं किसकी हमारे अपार्टमेंट को नज़र लग गयी है?" फ़ातिमा अपने पुराने दिनों में लौटते हुए बोली।

"उन दिनों को क्या याद करना। वह कुछ और ही वक़्त था।" डॉ. मंसूर ने लम्बी आह भरते हुए कहा।

जैसे-जैसे शारदीय नवरात्र निकट आते जा रहे हैं, हर बरस की तरह सावरकर मन्दिर में पूरे ज़ोर-शोर के साथ तैयारियाँ शुरू हो गयी हैं। आशियाना आरडब्ल्यूए महासचिव जयप्रकाश सिन्हा ने जब अपने अध्यक्ष और सावरकर मन्दिर के सेवायत पण्डित नेमचन्द शर्मा को बताया, कि इस बार इस्माईलपुर नगर टोली ने आशियाना अपार्टमेंट से प्राचीन शिवालय तक कलश-यात्रा निकालने की योजना बनायी है, सुनते ही पण्डित नेमचन्द शर्मा का चेहरा खिल उठा।

"शर्मा जी, इस पर आपको कोई आपत्ति तो नहीं है?" आरडब्ल्यूए महासचिव ने पूछा।

"सिन्हा जी, इससे बड़ा सौभाग्य अपनी सोसाइटी के लिए क्या होगा कि कलश-यात्रा हमारे यहाँ से निकाली जायेगी।" अध्यक्ष ने बिना एक पल गँवाये अपनी स्वीकृति दे दी।

"हमने इस यात्रा में कलश ग्रहण करनेवाली महिलाओं के लिए एक राशि भी तय की है। आपको सुनकर अच्छा लगेगा कि अपनी और अपने आसपास की सोसाइटियों की कई सौ हिन्दू महिलाएँ इसके लिए तैयार भी हो गयी हैं।"

"आप तो बड़े छुपे रुस्तम निकले सिन्हा जी! इतना बड़ा कार्य कर रहे हो...और अपने अध्यक्ष को ही पता नहीं है।" हँसते हुए शिकायत-सी की पण्डित नेमचन्द शर्मा ने।

"मैंने इसलिए नहीं बताया क्योंकि इसका आयोजन इस्माईलपुर शिवालय मन्दिर की प्रबन्ध समिति और श्रीराम अपार्टमेंट व अहिंसा अपार्टमेंट आरडब्ल्यूए मिलकर कर रहे हैं। बल्कि कलश-यात्रा के साथ शिवालय में श्रीराम कथा और हिन्दू जागरण का आयोजन भी किया जा रहा है। कथा के लिए अयोध्या से एक कथावाचक को भी बुलाया जा रहा है।"

"महाराज, यह मौका हमें दिया जाता तो उससे अच्छी कथा हमईं बाँच देते।" नेमचन्द शर्मा ने खिसियाते हुए कहा।

"कोई बात नहीं। आगे कभी होगा तो मैं आपका नाम प्रस्तावित कर दूँगा। है क्या शर्मा जी कि हिन्दू नववर्ष की तरह हमें हर हाल में इसको भी सफल बनाना है।" जयप्रकाश सिन्हा जान-बूझकर शकुनि आर्य के प्लान को छिपा गया।

शकुनि आर्य को इसकी उम्मीद बिल्कुल नहीं थी कि उसकी पत्नी मंजू सिंगला और मन्थरा अपनी सहेलियों के साथ मिलकर अपनी सोसाइटी सहित आसपास की सोसाइटीज़ की इतनी बड़ी संख्या में महिलाओं को कलश-यात्रा के लिए तैयार कर लेंगी। इतना ही नहीं आशियाना आरडब्ल्यूए महासचिव जयप्रकाश सिन्हा की पत्नी ने भी अपनी सोसाइटी की बहुत सारी महिलाओं को इस यात्रा के लिए तैयार कर लिया। यात्रा को अलग-अलग समूहों में बाँटकर विशेष कलश ग्रहण करनेवाली महिलाओं के लिए इक्कीस सौ रुपये का जो अधिकतम शुल्क तय करने का विचार था, सोसाइटीज़ की महिलाओं की संख्या और उनके आग्रह को ध्यान में रख, शकुनि ने उसे निम्नतम शुल्क में बदल दिया गया। अन्त में प्राचीन शिवालय मन्दिर प्रबन्धक समिति के सचिव व कोषाध्यक्ष शकुनि आर्य ने जब कलश-यात्रा में शामिल होनेवाली महिलाओं की गिनती की, तो उसे जैसे यक़ीन नहीं हुआ। कहाँ इस यात्रा में कलश धारण करनेवाली महिलाओं की संख्या पाँच सौ निश्चित की गयी थी, कहाँ यह संख्या पहुँच गयी सात सौ के ऊपर। सबसे बड़ी हैरानी तो शकुनि को यह देखकर हुई, कि कलश धारण करनेवाली महिलाओं की जितनी संख्या आसपास की सोसाइटीज़ की है, लगभग उतनी ही इस्माईलपुर गाँव की है।

नवरात्रों और कलश-यात्रा की तैयारियाँ अपने चरम पर हैं। इस्माईलपुर नगर टोली के शिवालय मण्डल की शाखा में तैयारियों और पहले प्लान को कामयाब बनाने के लिए जिन स्वयंसेवकों को ज़िम्मेदारी दी गयी है, प्रतिदिन उस पर मन्थन होता।

कलश-यात्रा से पूर्व का अन्तिम रविवार होने के नाते पूरी नगर टोली के पदाधिकारी और स्वयंसेवकों को पहले ही निर्देश दे दिया गया कि आज सभी का उपस्थित होना अनिवार्य है। इसलिए शिवालय मण्डल का संघ-स्थल छोटे-बड़े स्वयंसेवकों से भरा हुआ है। चूँकि इस आयोजन का प्रस्ताव शाखा

कार्यवाह शकुनि आर्य ने रखा था, इसलिए सारी तैयारियों और गतिविधियों का मुख्य कर्ताधर्ता होने के कारण सबसे पहले उसी से जानकारी ली गयी।

"शकुनि जी, कैसी तैयारी चल रही है?" दो-दो ज़िलों के प्रचारक त्रिभुवन ने शुरुआत करते हुए पूछा।

"सच कहूँ त्रिभुवन जी, प्रस्ताव भले ही इसका मैंने रखा था किन्तु मुझे आशा नहीं थी कि हमारे हिन्दू, विशेषकर हिन्दू बहनें अपनी संस्कृति के प्रति इतनी जागरूक निकलेंगी। कहाँ तो हमने कलश-यात्रा में शामिल होनेवाली बहनों की संख्या पाँच सौ निश्चित की थी और कहाँ यह साढ़े सात सौ हो गयी। यह तो तब है जब हमने इसका शुल्क बढ़ा दिया।"

"और अयोध्या से आनेवाले कथावाचक जी समय पर आ जायेंगे न?" ज़िला प्रचारक ने पूछा।

"वे ही नहीं बल्कि यात्रा के आगे-आगे चलनेवाले डीजे और बैंड बाजे का भी पुख्ता इन्तजाम कर दिया है। आशियाना में लगनेवाली शाखा के शाखा शिक्षक कमल गुप्ता और गट्नायक राजू बजरंगी से कह दिया है, कि वे यात्रा में शामिल बहनों की सुरक्षा के लिए उनके दोनों तरफ अपने स्वयंसेवकों की साथ-साथ चलनेवाली एक हिन्दू सेना भी तैयार रखें।"

"देखा आप सबने संघ की दीक्षा कितनी काम आती है। यह शाखा में सिखाये गये अनुशासन और व्यक्ति निर्माण का ही परिणाम है, कि अपने शाखा कार्यवाह शकुनि आर्य ने सबकुछ अपने आप व्यवस्थित कर दिया।" ज़िला प्रचारक त्रिभुवन ने गर्व से कहा।

"वैसेऽऽऽ...अपने दलपत मीणा और राजू बजरंगी को बता तो दिया है न कि बकरा ईद वाले दिन इन्हें क्या करना है?" रुद्रपाल ने एक कुटिल, मगर ख़तरनाक मुस्कान बिखेरते हुए कहा।

"दोनों को इनकी भूमिका के बारे में सब समझा दिया है कि इन्हें क्या करना है। मेरे ऊपर भरोसा नहीं है तो आप इन दोनों से ही पूछ सकते हैं!"

इससे पहले कि *दलित-पिछड़ा-आदिवासी हिन्दू विंग* का विंग कार्यवाह दलपत मीणा और गट्नायक राजू बजरंगी अपनी भूमिकाओं के बारे में बताते, नगर कार्यवाह हँसते हुए बोला, "शकुनि जी, आप पर हमें पूरा भरोसा है... और इन दोनों का शौर्य भी हम देख चुके हैं। हमें आशा है कि इस बार भी

हमारे ये हिन्दू वीर अपनी कसौटी पर खरा उतरेंगे।"

"आप तो बस नवरात्रों की प्रतीक्षा करिए रुद्रपाल जी!"

45

शारदीय नवरात्र के पावन दिन और इन नौ दिनों के दौरान देवी दुर्गा के नौ अवतारों की पूजा का चौथा दिन यानी ब्रह्माण्ड की रचयिता *माँ कूष्माण्डा* का दिन। उसी ब्रह्माण्ड की रचयिता का दिन जिसके बारे में मान्यता है कि माँ कूष्माण्डा अपने भक्तों को ऊर्जा, स्वास्थ्य और शक्ति का वरदान देती है। इसलिए सुबह से व्रतधारी श्रद्धालु देवी का *पंचामृत स्नान* कर मन्दिरों में कुमकुम, कलावा, अक्षत, पीले वस्त्र, पीली चूड़ियाँ, घी, धूप, चन्दन चढ़ाकर माँ से ऊर्जा, स्वास्थ्य और शक्ति की कामना कर रहे हैं।

सावरकर मन्दिर में भी सुबह से भक्तों का ताँता लगा हुआ है। मन्दिर के मुख्य द्वार पर टँगे लाउडस्पीकर से पण्डित नेमचन्द शर्मा द्वारा उच्चारित रह-रहकर देवी कूष्माण्डा की उपासना में पढ़ा जा रहा मन्त्र गूँज रहा है। पूरे आशियाना में उत्सव का सा वातावरण है। सब अपने-अपने तरह से अपनी-अपनी भक्ति में लीन हैं।

आरडब्ल्यूए अध्यक्ष और मन्दिर का सेवायत पण्डित नेमचन्द शर्मा दोपहर की *राजभोग आरती* से निवृत्त हुआ ही था, कि बाहर मचे शोर को सुनकर वह बाहर आया। बाहर लगभग पच्चीस-तीस लोगों की भीड़ देखकर उसकी समझ में नहीं आया कि माजरा क्या है?

उसने थोड़ा ध्यान से देखा तो पाया आरडब्ल्यूए महासचिव जयप्रकाश सिन्हा की पत्नी अपने ब्लॉक की कुछ महिलाओं के साथ खड़ी है। इसी बीच उसने देखा कि अपने घर के नीचे खड़ी ग्रिल से ढकी बालकनी की ओर हाथों से इशारा करते हुए वह ऊँची-ऊँची आवाज़ में कुछ बोले जा रही हैं। जब तक पण्डित नेमचन्द शर्मा भीड़ के पास आता, शोर को सुन और लोग जमा हो गये।

अभी वह भीड़ के पास जाकर खड़ा ही हुआ था, कि रामप्रसाद सुमन की पुत्रवधू तेज़ी से उसके पास आयी और लगभग हाँफते हुए बोली, "शर्मा जी, हमारी सोसाइटी में यह सब क्या हो रहा है, वह भी नवरात्रों में?"

"ऐसा क्या हो गया देवी, जो इतना उत्तेजित हो रही हो?" आरडब्ल्यूए अध्यक्ष के साथ-साथ मन्दिर का सेवायत होने के नाते पण्डित नेमचन्द शर्मा ने बड़े शान्त भाव से पूछा।

"उत्तेजित ना हों तो क्या करें...आप ही चलकर देखो कि यह सब क्या चल रहा है!" इतना कह रामप्रसाद सुमन की पुत्रवधू अपने ब्लॉक की तरफ़ बढ़ गयी।

अब तक अच्छी-ख़ासी जमा हो चुकी भीड़ भी पीछे-पीछे चल दी।

अपने ब्लॉक की महिलाओं को लेकर रामप्रसाद सुमन की पुत्रवधू सीढ़ियों से होती हुई अपने घर की तरफ़ मुड़ी, और अपने मकान से पहले के मकान के दरवाज़े की ओर दिखाते हुए बोली, "क्या है यह सब?"

इसके बाद आरडब्ल्यूए अध्यक्ष पण्डित नेमचन्द शर्मा और उसके पीछे-पीछे आती भीड़ ने जो दृश्य देखा, उसे देख सबका ख़ून खौल उठा। साथ खड़ी उस ब्लॉक की महिलाओं का शोर तेज़ हो उठा।

"राम...राम...राम नवरात्रों में यह सब क्या हो रहा है?" भीड़ को सुनाते हुए नेमचन्द शर्मा ख़ुद से बोला। आरडब्ल्यूए अध्यक्ष होने के नाते उसने तुरन्त स्थिति को भाँपा और भीड़ को वहीं रोकते हुए बोला, "एक मिनट, आप सब यहीं रहें! पहले मुझे जाकर बात करने दीजिए!"

अपनी सोसाइटी का अध्यक्ष होने के साथ मन्दिर का सेवायत यानी पुजारी की बात सुन भीड़ जहाँ थी, वहीं रुक गयी। इसके बाद नेमचन्द शर्मा जैसे ही आगे बढ़ा, वह कुछ याद करते हुए बोला, "अपने महासचिव जी कहाँ हैं?"

"वे तो मार्केट गये हुए हैं।" महासचिव जयप्रकाश सिन्हा की पत्नी ने बताया।

"ठीक है।" इतना कह आरडब्ल्यूए अध्यक्ष उस दरवाज़े के सामने जाकर रुका, और बाहर लगे डोर बेल का स्विच दबा दिया।

डोर बेल बजने के कुछ क्षणों बाद दरवाज़ा खुला। लेकिन सामने भीड़ को देख दरवाज़ा एक झटके के बाद फिर से बन्द हो गया। आरडब्ल्यूए अध्यक्ष नेमचन्द शर्मा पुनः डोर बेल का स्विच दबाता, उससे पहले दरवाज़ा खुल गया और दरवाज़े से एक काँपती हुई बदहवास आवाज़ आयी, "श... शर्मा जी क्या हुआ?"

"यह क्या है?" नेमचन्द शर्मा ने आरडब्ल्यूए अध्यक्ष होने के नाते थोड़े

सख़्त लहजे में दरवाज़े के बाहर बँधे बकरे की ओर इशारा किया।

"ये...ये...हमारी बक़रीद आ रही है न...उ...उसकी क़ुरबानी के लिए ख़रीदा है।" काँपती हुई आवाज़ ने बमुश्किल उत्तर दिया।

"बकरा ईद आ रही है तो इसे कहीं और जाकर मनाओ! यह सब हमारी सोसाइटी में नहीं चलेगा। आपको जब पता है कि हम हिन्दुओं के नवरात्र चल रहे हैं, तो आपकी हिम्मत कैसे हुई इस बकरे को सोसाइटी में लाने की?"

"ले...लेकिन...शर्मा जी हम तो यहाँ पहले भी मनाते आ रहे हैं अपनी ईद।"

"लेकिन-वेकिन कुछ नहीं भाई साब! जब अपने शर्मा जी ने कह दिया तो कह दिया...और हाँ, जब मनती थी, तब मनती थी पर अब नहीं चलेगा यह सब।" इस बार लगभग चेतावनी भरे स्वर में रामप्रसाद सुमन की पुत्रवधू यानी आरडब्ल्यूए महासचिव जयप्रकाश सिन्हा की पत्नी ने प्रतिवाद करते हुए कहा।

इससे पहले कि आरडब्ल्यूए अध्यक्ष या आशियाना सोसाइटी का कोई निवासी कुछ कहता, भीड़ को चीरती हुई एक अनजानी आवाज़ ने बकरे के पास आते हुए कहा, "क्या हुआ...क्या हुआ?"

"देखिए बहन जी, इन मुसलमानों ने हमारा जीना हराम किया हुआ है!" जयप्रकाश सिन्हा की पत्नी भीड़ को चीरकर आगे आ चुकी अनजानी आवाज़ से गुहार करते हुए बोली।

"ऐसे कैसे हो जायेगा? यह हिन्दुओं का देश है कोई पाकिस्तान थोड़ेई है...और फिर यह सब करने के लिए तुम्हें दे तो दिया है पाकिस्तान!" अनजानी आवाज़ अर्थात् पारस जैन की पत्नी मन्थरा जैन ने डॉ. मंसूर आलम की आँखों में आँखें धँसाते हुए कहा।

"बिल्कुल! जो कुछ करना है अपने पाकिस्तान में जाकर करो!" तमतमाते हुए जयप्रकाश सिन्हा की पत्नी बोली।

डॉ. मंसूर आलम को पारस जैन की पत्नी मन्थरा जैन का कहा बिल्कुल बुरा नहीं लगा। लेकिन जैसे ही उसके वालिद मख़दूम चिराग़ के मित्र रामप्रसाद सुमन की पुत्रवधू और आरडब्ल्यूए महासचिव जयप्रकाश सिन्हा यानी उसके बचपन के साथी जेपी की पत्नी ने यह कहा कि, जो कुछ करना है अपने

पाकिस्तान में जाकर करो, उसे सुन डॉ. मंसूर आलम गिरते-गिरते बचा। जबकि उसके पीछे खड़ी फ़ातिमा के कलेजे में तो जैसे कोई धारदार ख़ंजर धँसता चला गया। फ़ातिमा को अपनी आँखों और कानों दोनों पर यक़ीन नहीं हुआ कि यह सब वह औरत कह रही है, जो लगभग उसके साथ-साथ इस सोसाइटी में ब्याहता बनकर आयी थी।

बड़ी हिम्मत कर फ़ातिमा ने जवाब देना चाहा, "दीदी, ख़ुदा के वास्ते तुम तो ऐसा न कहो!"

"देख फातिमा, यह सब यहाँ नहीं चलेगा। हमारी सोसाइटी में रहना है तो रहो वरना यहाँ से कहीं और चले जाओ!"

"देखो भई, सोसाइटी के भी अपने कायदे-कानून होते हैं।" नेमचन्द शर्मा ने अपने महासचिव की पत्नी का समर्थन करते हुए कहा।

"लेकिन शर्मा जी, हमने तो बकरे को सिर्फ़ लाकर बाँधा है। हम यहाँ कौन-सा इसकी क़ुरबानी देने जा रहे हैं। क़ुरबानी तो हम..."

"ऐ भइया, बात तुम्हारी कुरबानी-सुरबानी की नहीं है। पहली बात तो यह है कि यह बकरा इस सोसाइटी में आया ही क्यों? किससे पूछकर लाकर बाँधा है इसे? इसको आप यहाँ से ले जाते हो, या मैं इसे खुलवाकर ले जाऊँ?" पारस जैन की पत्नी मन्थरा जैन अर्थात् व्हाट्सएपवाली मन्थरा आंटी ने तमतमाते हुए कहा।

"ऐसे कैसे खोलकर ले जाओगी?"

डॉ. मंसूर का इतना कहना था कि मन्थरा जैन अपने पास खड़े राजू बजरंगी और दलपत मीणा की तरफ़ मुड़ी और आदेश देते हुए बोली, "राजू, ये ऐसे नहीं मानेंगे। मैं देखती हूँ यह मुल्ला हमारा क्या कर लेगा...तू इसे खोल और यहाँ से ले जाकर कहीं बेच दे!"

गले में भगवा गमछा डाले राजू बजरंगी और दलपत मीणा जैसे इसी पल का इन्तज़ार कर रहे थे। पहले से पूरी तैयारी करके आया राजू तेज़ी से बकरे की ओर बढ़ा। जब तक डॉ. मंसूर और फ़ातिमा की कुछ समझ में आता, राजू ने दरवाज़े के बाहर लगे हैंडल से बँधे बकरे की रस्सी को खोल दिया। इधर राजू ने बकरे को खोला, उधर *भारत माता की जय* और *जय श्रीराम* के विजयी उद्घोषों से पूरा ब्लॉक गूँज उठा।

जिस समय यह सब चल रहा था, उसी बीच आशियाना आरडब्ल्यूए महासचिव भी आ गया।

"यह सब क्या हो रहा है?" जयप्रकाश सिन्हा ने अनजान बनते हुए पूछा।

"भाई साब, आपके घर के सामने हिन्दुओं के रक्तपात की तैयारी हो रही है...और आप पूछ रहे हैं कि यह क्या चल रहा है! वाह, आप भले हिन्दू हुए!"

जिस अन्दाज़ में जयप्रकाश सिन्हा को ललकारते हुए मन्थरा जैन ने कहा, उसे सुन जयप्रकाश बिना उत्तेजित हुए लीपा-पोती करते हुए बोला, "यह तो इनको स्वयं सोचना चाहिए था कि जब किसी का पावन समय चल रहा है, तब हम क्यों बकरे को यहाँ लाकर बाँधें?"

अभी डॉ. मंसूर आलम और फ़ातिमा दोनों पति-पत्नी कुछ सोच पाते डॉ. मंसूर ने देखा कि उन लोगों का एक समूह, जिन्हें वे इस सोसाइटी में पिछले कई सालों से बराबर और उनकी गतिविधियों को देखते आ रहे हैं, तेज़ी से उनके दरवाज़े पर आकर रुक गया। पूरा ब्लॉक *जय श्रीराम, वन्दे मातरम* और *जयकारा वीर बजरंगी, हर-हर-महादेव* जैसे नारों से गूँज उठा। उन्हीं लोगों के नारों से जिन्होंने कम्युनिटी हाल यानी प्रेमचन्द सदन को पहले शाखा का कार्यालय बनाया, और बाद में उसे सावरकर मन्दिर बनवा दिया। इन नारों को सुन डॉ. मंसूर आलम और फ़ातिमा के पीछे डरे-सहमे खड़े आरिफ़ की घिग्घी बँध गयी। मुँह से निकली चीख़ मारे भय के गले में ही घुटकर रह गयी। फ़ातिमा ने अपने पीछे से आती घुटी-घुटी आवाज़ को सुना, तो वह दौड़कर बेटे से लिपट गयी। डॉ. मंसूर ने एक झटके से दरवाज़ा बन्द किया और अन्दर चला आया। इसके बाद उसे नहीं पता बाहर क्या होता रहा। बीच-बीच में बाहर *हिन्दुस्तान में रहना होगा, तो जय श्रीराम कहना होगा* और *जब मुल्ले काटे जायेंगे, वो राम राम चिल्लायेंगे* जैसे नारे गूँजते रहे।

डॉ. मंसूर आलम और फ़ातिमा को पूरा माजरा समझने में देर नहीं लगी कि यह सब पूर्व नियोजित है। कोई फ़ायदा नहीं था किसी से बहस करने का। जब मंसूर के *ऐसे कैसे खोलकर ले जाओगी* कहने-भर से उनका बकरा खुलवाकर भेज दिया गया, तो कुछ और कहने से यह भीड़ क्या करने पर उतर आती, किसे पता!

रात काटनी मुश्किल हो गयी डॉ. मंसूर और उसके परिवार को। पूरे परिवार के भीतर बैठ गये डर ने उनकी नींद उड़ा दी। वे यही सोच-सोचकर अपने आपमें सिमटते रहे कि पता नहीं गले में भगवा गमछे डाल कब कोई भीड़ उन पर टूट पड़े। रह-रहकर पूरी रात जैसे क़ुरबानी के लिए लाये गये बकरे का कातर स्वर बाहर फैले बल्बों की मद्धिम रोशनी में गूँजता रहा।

अगली सुबह पूरी सोसाइटी में यह ख़बर आग की तरह फैल गयी, कि न जाने कब रात के अँधेरे में मशहूर शायर मख़दूम चिराग़ का बेटा डॉ. मंसूर आलम अपने परिवार के साथ चुपचाप आशियाना छोड़कर चला गया है। उसी मख़दूम चिराग़ का बेटा जिस चिराग़ साहब ने अपने मित्र रामप्रसाद सुमन, मुंशीलाल रहबर और कुछ हमख़याल लोगों के साथ मिलकर इस सोसाइटी को आबाद किया था। जब-जब रामप्रसाद सुमन की पुत्रवधू यानी आरडब्ल्यूए महासचिव जयप्रकाश सिन्हा अर्थात् डॉ. मंसूर के हमउम्र जेपी की पत्नी की आते-जाते अपने बग़लवाले घर के दरवाज़े पर लटके मोटे ताले पर नज़र पड़ती, तो अपने पीछे एक गहरी मुस्कान छोड़ विजयी भाव के साथ आगे बढ़ जाती।

प्राचीन शिवालय मन्दिर के पीछे भोले की मज़ार के नज़दीक लगनेवाली शाखा के संघ-स्थल पर आज मानो उत्सव जैसा माहौल है। जो भी स्वयंसेवक आता, आते ही वह इस प्लान के मास्टर माइंड या कहिए सूत्रधार, बल्कि इसे अंजाम तक पहुँचानेवाले माँ भारती के सपूत, और शाखा कार्यवाह शकुनि आर्य को इसकी सफलता पर बधाई पहले देता, और अपने निश्चित स्थान पर खड़े *शाखा-ध्वज* यानी *गुरुजी* को प्रणाम बाद में करता। शाखा में बने छोटे-छोटे समूहों में आशियाना हाउसिंग सोसाइटी में रहनेवाले एक मुसलमान को खदेड़ने की ही चर्चा है।

लेकिन सबसे आश्चर्यजनक यह है कि इस विजय का असली नायक राजू बजरंगी कहीं दिखाई नहीं दे रहा है। उसे अनुपस्थित देख, सब अपनी-अपनी तरह से अनुमान लगाने लगे। कोई सोचता कहीं जाते-जाते डॉ. मंसूर आलम ने इसके विरुद्ध पुलिस में शिकायत तो दर्ज नहीं करा दी है, तो कोई सोचता मारे डर के यह कहीं भूमिगत तो नहीं हो गया है। शकुनि ने भी कई बार राजू

के मोबाइल पर सम्पर्क किया, परन्तु हर बार उसे उसके स्विच ऑफ़ होने की सूचना मिलती।

सबसे पहले नगर कार्यवाह रुद्रपाल ने इसकी आशंका प्राथमिक शिक्षित, पुराने स्वयंसेवक और हाई कोर्ट के वकील कौशल के सामने प्रकट की। उसी हाई कोर्ट के वकील के सामने, जो न जाने कितनी बार नगर टोली के शिवालय मण्डल की इस आर्यावर्त शाखा में कह चुका है कि, जब भी संघ से जुड़ा कोई गण चोरी-चकारी, जेबतराशी, किसी लड़की-वड़की को छेड़ने से लेकर किसी मुल्ले को टाइट करने के मामले में फँस जाये, तो उसके लिए वह मुफ़्त में क़ानूनी लड़ाई लड़ने को तैयार है।

"कौशल जी, वह मुल्ला हमारे इस हिन्दू वीर के विरुद्ध थाने में किन धाराओं में रिपोर्ट करवा सकता है?"

"मेरे हिसाब से वह किसी को डराने-धमकाने से लेकर, सार्वजनिक स्थान पर लड़ाई-झगड़ा करने, दंगा करने-कराने या फिर किसी को धमकी देने और शान्ति भंग करने के मामले में रिपोर्ट दर्ज करवा सकता है। वैसे करने को तो वह और भी बहुत कुछ करवा सकता है।"

"अगर उसने ऐसा कर दिया तो आप इसे बचा तो लोगे?" रुद्रपाल ने अपने वकील को कुरेदते हुए पूछा।

"आप निश्चिन्त रहें मैं कुछ नहीं होने दूँगा।" प्राथमिक शिक्षित, पुराने स्वयंसेवक और पेशे से वकील कौशल ने आश्वासन देते हुए कहा।

इससे पहले कि मुख्य शिक्षक सीटी बजाकर स्वयंसेवकों को शाखा प्रारम्भ करने के लिए बुलाता, देखा सामने से राजू बजरंगी अपने आरडब्ल्यूए महासचिव जयप्रकाश सिन्हा के साथ तेज़-तेज़ क़दमों से चला आ रहा है। राजू को देखते ही सबके चेहरे खिल उठे। संघ-स्थल पर आते ही बधाई और शुभकामनाओं की मानो उस पर झड़ी लग गयी।

"अरे आओ राजकुमार जी! हम तो घबरा गये थे कि कहीं उस जिहादी ने हमारे हिन्दू शेर के खिलाफ पुलिस में कोई रिपोर्ट-सिपोर्ट तो दर्ज नहीं करा दी?" आते ही रुद्रपाल ने लाड़ से कहा।

"मैं भी तुझे बार-बार फोन कर रहा था!" शकुनि आर्य ने अपने नौकर

को थोड़ा-सा डाँटने के अन्दाज़ में कहा।

"बाउजी, बैटरी खतम हो गयी थी इसलिए बन्द हो गया था।" राजू ने मोबाइल न उठाने का कारण बताया।

"वैसे कोई रिपोर्ट-सिपोर्ट तो नहीं हुई है?" रुद्रपाल ने पुष्टि करते हुए पूछा।

"रिपोर्ट तो वह तब कराये जब वह होए।" राजू बजरंगी ने मुस्कराते हुए उत्तर दिया।

"मतलब?" चौंकते हुए पूछा रुद्रपाल ने।

इस बीच पूरी शाखा राजू के पास आ गयी। थोड़ी देर के लिए सब शाखा को भूल गये।

"वह तो दरवाजे पर ताला लगाकर रात को पता नहीं कब सोसाइटी छोड़कर भाग गया। इसी चक्कर में हम लेट हो गये।" डॉ. मंसूर आलम के पड़ोसी और आरडब्ल्यूए महासचिव जयप्रकाश सिन्हा ने पुलकित भाव से बताया।

इस ख़बर को सुन पूरी शाखा में ख़ुशी की लहर दौड़ गयी।

"ऐसे ही अपनी-अपनी सोसाइटियों और अपने मोहल्लों से हम हिन्दुओं को इन मुल्लों को खदेड़ना चाहिए।" श्रीराम प्रॉपर्टी डीलर के मालिक विक्रम ने सुझाव दिया।

"आप सही कह रहे हैं विक्रम जी। आज इनसे अपने मोहल्ले-सोसाइटी खाली कराने हैं, कल पूरा देश खाली कराना होगा...तभी भारत मुसलमान-मुक्त हिन्दू राष्ट्र बन पायेगा।" सह नगर कार्यवाह पारस जैन ने अपना सपना बताते हुए कहा।

"सिन्हा साब, इस बात का ध्यान रखना कभी यह मुल्ला अपना फ़्लैट बेचे तो मुझे बताना!" श्रीराम प्रॉपर्टी डीलर के मालिक और हमेशा बायें हाथ की मध्यमा में घोड़े की नाल से बना छल्ला पहनने वाले विक्रम ने आशियाना आरडब्ल्यूए महासचिव को पहले ही सूचित कर दिया।

"अगर वह बेचेगा, तो सबसे पहले अपने जयप्रकाश सिन्हा जी ही क्यों न लेंगे। वैसे भी इनके फ़्लैट से सटा हुआ है। इनके लिए तो बहुत अच्छा हो जायेगा। दोनों को मिलाकर ये एक कर लेंगे।" शकुनि ने विक्रम की सम्भावना को समाप्त करते हुए कहा।

"वैसे आपके आशियाना में आजकल रेट क्या चल रहा है?" अपनी तरफ़ से डील पक्की समझ विक्रम ने आरडब्ल्यूए महासचिव को कुरेदा।

मगर आशियाना आरडब्ल्यूए महासचिव जयप्रकाश सिन्हा ने इसका कोई जवाब नहीं दिया।

समझ गया नगर कार्यवाह रुद्रपाल कि इस समय आरडब्ल्यूए महासचिव इस विषय पर बात करने के मूड में नहीं है, इसलिए वह मुख्य शिक्षक से बोला, "भरत जी, शाखा शुरू कीजिए!"

इस तरह गाँव रसूलपुर से पलायन करके आनेवाले एक सच्चे राष्ट्रवादी रणछोड़ हिन्दू यानी एल.ए.सी.ए. मार्ट अर्थात् लाला अमरचन्द आर्य मार्ट और आर्य मसाले के मालिक तथा शाखा कार्यवाह शकुनि आर्य के पहले प्लान की सफलता के बाद अब दूसरे प्लान को सफल करने में पूरी इस्माईलपुर नगर टोली जी-जान से लग गयी। जी-जान से इसलिए कि यह प्लान न केवल दुष्कर है बल्कि काफ़ी ख़तरनाक भी है। कायर शृगालों द्वारा एक अकेले और निरीह व्यक्ति तथा उसके छोटे-से परिवार को भयभीत करना बहुत आसान है, लेकिन असली परीक्षा तो अब होगी जब इस दूसरे प्लान को सम्पन्न कराया जायेगा?

46

कलश-यात्रा को लेकर श्रीराधा अपार्टमेंट, अक्षरधाम अपार्टमेंट, सुखसागर अपार्टमेंट, अहिंसा अपार्टमेंट, आशियाना अपार्टमेंट, श्रीराम अपार्टमेंट से लेकर इस्माईलपुर की महिलाओं का उत्साह देखते ही बन रहा है। जिनको पहली बार सिर पर कलश धारण करने का अवसर मिल रहा है, उनके तो मानो पैर ही ज़मीन पर नहीं पड़ रहे हैं। यात्रा के लिए विशेष परिधान के रूप में मोटे लाल रंग के गोटेवाली पीली साड़ी-लाल ब्लाउज़, ओधना,

बंधेज, पीलिया पोमचा की राजस्थानी चुनरी तथा जिनकी शादी को अधिक दिन नहीं हुए हैं, उन्होंने चूड़ों और इस अवसर के लिए अपने क़ीमती गहने तक निकाल लिए। मिट्टी के कलश के अलावा पीतल और स्टील के बंटों, गंगाजल, सुपारी, इलायची, नारियल, मिट्टी का दीया, हल्दी-अक्षत और कलश के मुख पर रखने के लिए पाँच अशोक या इनके न मिलने पर आम के पत्तों की विशेष रूप से व्यवस्था की गयी।

व्रतधारी पंचामृत-स्नान के बाद मन्दिरों में देवी माँ की पूजा कर अपनी कामना पूरी होने की मन्नत माँगती, और पूजा के बाद पहुँच जातीं सीधे प्राचीन शिवालय में चलनेवाली *श्रीराम कथा* सुनने। जब-जब अयोध्या से आये कथावाचक श्रीश्री 1008 स्वामी भूतानन्द महाराज भगवान श्रीराम की जीवन-गाथा को मार्मिक शैली में सुनाता, तब-तब भाव-विभोर भक्तों को लगता, जैसे वे सचमुच त्रेता युग में प्रवेश कर गये हैं। कई बार तो ऐसा होता कि जब स्वामी जी अपनी वाणी में मार्मिकता का घोल मिलाकर कुछ प्रसंगों को सुनाते, तब भक्तों के नयनों से झर-झर आँसू बहने लगते। वह दृश्य तो देखनेवाला होता जब पुत्र वियोग में राजा दशरथ रूपी स्वामी भूतानन्द बिलख-बिलखकर रोता, तो शिवालय परिसर में दूर तक कथा सुन रहे श्रद्धालु भी अपने आपको नहीं रोक पाते, और हिलकियाँ मारते हुए राजा दशरथ के वियोग में शामिल हो जाते।

कथावाचक स्वामी भूतानन्द महाराज को जैसे इसी पल का इन्तज़ार रहता। जब उसे लगता कि भक्तों के भीतर भक्ति और भावुकता का गरम लोहा पिघलकर आँखों से होता हुआ गालों पर लुढ़क रहा है, तब बड़ी सफ़ाई से वह कथा को उस दिशा में मोड़ देता, जिसके लिए उसे विशेष रूप से आमन्त्रित किया गया है।

"...लेकिन दुष्ट बाबर ने मेरे प्रभु राम की जन्मभूमि को ध्वस्त कर, उसकी जगह अपनी मस्जिद बना ली, जिसके कारण मे...मेरे प्रभु को भयानक सर्दी, गरमी और बरसात में रहना पड़ रहा हैऽऽऽ..."

इतना कहते ही स्वामी भूतानन्द फिर से बिलख उठता। बिलख ही नहीं उठता अपितु फूट-फूटकर रोने लगता। ऐसे में जब अपने प्रभु को भयानक सर्दी, गरमी और बरसात में रहने के चलते स्वामी भूतानन्द रो रहे हों, तब कथा

सुन रहे भक्तों की रुलाई न फूटे, ऐसा कैसे हो सकता है। शिवालय के प्रांगण में चहुँ ओर पसरे सन्नाटे के बीच से रह-रहकर सिसकियाँ सुनाई देने लगतीं। कुछ पलों के बाद जैसे ही ये सिसकियाँ थमतीं, स्वामी भूतानन्द एकाएक अपने रौद्र रूप में प्रकट होता और इस्माईलपुर नगर टोली के शाखा कार्यवाह शकुनि आर्य के आगामी प्लान के लिए माहौल बनाते हुए कहता, "इसलिए आज हम समस्त हिन्दुओं को जाग्रत होने की आवश्यकता है। हमारे मन्दिरों को ध्वस्त कर बाबर की सन्तानों ने जहाँ-जहाँ मस्जिदें बनायी हैं, उनको फिर से मन्दिरों में परिवर्तित करना है। इन म्लेच्छों ने मजारों के नाम पर जो लैंड जिहाद चला रखा है, उसे समाप्त करना है। इसलिए मेरा आप सबका प्रभु राम के नाम पर आह्वान है कि अपने देवी-देवताओं के विग्रहों, मेरा मतलब है मन्दिरों के आसपास आपको कोई भी मजार या कब्र दिखाई दे, उसे तुरन्त ध्वस्त कर दें। एक मजार या मस्जिद को ध्वस्त करने का अर्थ है *कैवल्य मोक्ष* प्राप्त करना।"

श्रीश्री 1008 स्वामी भूतानन्द महाराज द्वारा बार-बार *बाबर* का नाम लेते ही हिन्दुओं की शिराओं में ठिठका ठण्डा रक्त एकाएक दौड़ पड़ता। यह क्रम कथा के पहले दिन से शुरू होकर विजयदशमी से एक दिन पूर्व अपने अन्तिम पड़ाव पर आ गया। इस तरह स्वामी भूतानन्द ने श्रीराम कथा होने तक हिन्दुओं की शिराओं में बहते रक्त को अन्तिम दिन तक ठण्डा नहीं पड़ने दिया। इधर वह थोड़ा ठण्डा पड़ता, अगले दिन स्वामी जी *कैवल्य मोक्ष* की रोशनी दिखा, उसे फिर से गरम कर देता।

लेकिन इस *कैवल्य मोक्ष* ने श्रद्धालुओं के मन में एक नये तरह का द्वन्द्व पैदा कर दिया कि आख़िर यह कैसा मोक्ष है, जो किसी मज़ार या मस्जिद को ध्वस्त करने पर ही मिलता है? बड़े मन्थन और चिन्तन-मनन के बाद भी किसी को स्वामी भूतानन्द द्वारा बताये गये, इस नये क़िस्म के मोक्ष के बारे में कोई ठोस जानकारी नहीं मिली। हारकर सभी ने मोक्ष की इस नयी प्रजाति को यह सोचकर उसी के हाल पर छोड़ दिया, कि जब इसे किसी मस्जिद या मज़ार के ध्वस्त करने पर ही प्राप्त होना है, तब अपने भोले की मज़ार कौन-सी बुरी है। दूर जाने की क्या ज़रूरत है? वैसे भी यह मज़ार उनकी हद में है।

एक सप्ताह की श्रीराम कथा सम्पन्न होने के बाद महा नवमी के दिन आशियाना अपार्टमेंट से शुरू होकर प्राचीन शिवालय तक जानेवाली कलश-यात्रा की पूरी तैयारी हो गयी। आशियाना रेसिडेंट वेलफेयर एसोसिएशन द्वारा अपने परिसर से शुरू होनेवाली इस यात्रा के लिए विशेष तैयारियाँ की गयी हैं। पूरे परिसर को दुल्हन की तरह सजाया गया है। मंगला आरती से ही आरडब्ल्यूए अध्यक्ष और सावरकर मन्दिर के पुरोहित पण्डित नेमचन्द शर्मा ने लाउडस्पीकर पर *रामचरितमानस* और रवीन्द्र जैन द्वारा *रामायण* सीरियल में गाये गये गानों को लगाया हुआ है। एक तरह से पूरा आशियाना राममयी हुआ पड़ा है। राजू बजरंगी की तो व्यस्तता देखने लायक है। अपने मालिक शकुनि आर्य, आरडब्ल्यूए अध्यक्ष और महासचिव के निर्देशों का पालन करते हुए उसकी हालत अपनी धुरी पर चकरघिन्नी बने उस लट्टू की तरह बनी हुई है, कि जैसे ही वह थोड़ा धीमा पड़ता, उनकी अँगुलियों में लिपटी आदेशों की डोर उसे फिर से तेज़ कर देती।

कलश-यात्रा के आगे-आगे बजनेवाले शहर के मशहूर *नागिन डीजे*, और ऐसे धार्मिक आयोजनों पर विशेष रूप से बुलाये जानेवाले *हनीफ़ ब्रास बैंड* का जत्था पूरी तरह तैयार है। शकुनि आर्य के निर्देशन में सिर पर कलश धारण करनेवाली महिलाओं को चार समान्तर पंक्तियों में खड़ा करने के बाद, संघ के गणवेश में शिवालय मण्डल की शाखा, और सावरकर शाखा के स्वयंसेवकों को दोनों तरफ़ एक निश्चित फ़ासले के बाद तैनात कर दिया गया। इस बात का भी विशेष रूप से ध्यान रखा गया कि कलश यात्रियों का समूह जैसे-जैसे सोसाइटी से बाहर निकलेगा, वैसे-वैसे उसके पीछे कलश यात्री जुड़ती चली जायेंगी।

और, जैसे ही शकुनि आर्य को लगा कि सबकुछ एकदम व्यवस्थित हो गया है, उसने हनीफ़ ब्रास बैंड के उस्ताद मोहम्मद हनीफ़ को इशारा कर दिया कि वह अपना काम चालू कर दे। इशारा पाते ही *हनीफ़ ब्रास बैंड* ने जगजीत सिंह की गायी सबसे लोकप्रिय धुन *हे राम हे राम, जग में साचो तेरो नाम हे राम / तू ही माता, तू ही पिता है, तू ही तो है राधा का श्याम हे राम, हे राम...* बजानी शुरू कर दी। इधर यह लोकप्रिय रामधुन बजती रही, उधर आशियाना

अपार्टमेंट से भागीरथी व अलकनन्दा नदी की तरह बाहर निकलनेवाला हुजूम धीरे-धीरे जैसे विशाल गंगा में तब्दील होता चला गया। सिर पर कलश थामे मोटे लाल रंग के गोटेवाली पीली साड़ी व लाल ब्लाउज़ के साथ ओधना, बंधेज़, पीलिया पोमचा की राजस्थानी चुनरियों के इस विहंगम दृश्य को देख एक पल के लिए लगता, जैसे टेसू के लाल और ज़र्द फूलों की बल खाती कोई विशाल नदी मन्थर गति से बही जा रही है। शकुनि आर्य सहित इस्माईलपुर नगर टोली के पदाधिकारियों की नज़र जब-जब आगे बढ़ती टेसू की इस बल खाती नदी पर पड़ती, उनके फेफड़ों में ताज़ा हवा भरती चली जाती।

नागिन डीजे पर टँगे बड़े-बड़े लाउडस्पीकर्स से गूँजते भजनों और हनीफ़ ब्रास बैंड की राममयी धुनों के साथ निकलती कलश-यात्रा का जगह-जगह पुष्प वर्षा कर भव्य स्वागत किया जा रहा है। इस तरह स्वामी भूतानन्द महाराज के नेतृत्व में निकलनेवाली तीनों देव ब्रह्मा, विष्णु एवं महेश के साथ पाँच पत्तों वाले कलशों में विराजित तैंतीस कोटि देवी-देवताओं की कलश-यात्रा इस्माईलपुर के प्रमुख मार्गों से होती हुई प्राचीन शिवालय पहुँच गयी।

इस यात्रा का मार्ग जानबूझ कर ऐसा तय किया ताकि रास्ते में मज़ार पड़े और भक्तों की किसी-न-किसी तरह उस पर नज़र पड़ जाये। नज़र पड़वाने का सीधा अर्थ है भक्तों को आततायी बाबर की याद दिलाना। और ऐसा हुआ भी कि जिन श्रद्धालुओं का शीश श्रीराम कथा से पहले इस भोले की मज़ार के सामने स्वत: झुकता चला जाता था, अधिकतर ने आज उसे देखकर अनदेखा कर दिया।

शिवालय के बग़ल से यात्रा भोले की मज़ार के सामने से होती हुई, पास में बने स्थानीय देवी-देवताओं के विग्रहों की प्रदक्षिणा करते हुए जब आगे बढ़ रही थी, शकुनि आर्य निर्देश के बहाने कलश धारण करनेवाली महिलाओं को बीच-बीच में याद दिलाते हुए कह रहा है, "मजार से जरा बचके चलना!"

जो महिलाएँ नवरात्रों में व्रत खोलने के बाद श्रीराम कथा सुनने आती थीं, और जो स्वामी भूतानन्द के श्रीमुख से आततायी बाबर के कृत्य सुन चुकी हैं, जैसे ही उनके कानों में मज़ार शब्द पड़ता, वे छिटककर उससे दूर हो जातीं।

इस चक्कर में कइयों के सिर से कलश गिरते-गिरते बचा। मज़ार के आसपास तैनात स्वयंसेवकों और ख़ुद नगर कार्यवाह, सह नगर कार्यवाह और शाखा कार्यवाह शकुनि आर्य ने इस दृश्य को देखा भी। मज़ार से दूर होने तक एक बार उसे ध्यान से ज़रूर देखा जाता, यानी शकुनि आर्य के दूसरे प्लान को सफल बनाने के लिए माहौल लगभग तैयार हो चुका है। दूसरे शब्दों में कहें तो मज़ार को ध्वस्त कर *कैवल्य मोक्ष* प्राप्त करने के पूरे संजोग बन रहे हैं।

इस बीच रुद्रपाल ने कुछ हाथ दूर खड़े शकुनि की आँखों में उतरकर इस तरह देखा, मानो वह उससे कह रहा है कि श्रीश्री1008 स्वामी भूतानन्द महाराज को जिस उद्‌देश्य के लिए बुलाया गया था, वह धीरे-धीरे अपनी परिणति पर पहुँच रहा है। विग्रहों की प्रदक्षिणा करते हुए अन्त में कलश-यात्रा वापस श्रीराम कथा पण्डाल में आकर रुक गयी।

इस तरह कलश-यात्रा पूरे विधि-विधान के साथ सम्पन्न हो गयी।

प्राचीन शिवालय प्रबन्धक समिति का सचिव और ख़ज़ांची होने के नाते समिति के अन्य सदस्यों के साथ मिल-बैठकर श्रीश्री1008 स्वामी भूतानन्द महाराज, नागिन डीजे, हनीफ़ ब्रास बैंड और अन्य पार्टियों को निपटाने में ही शकुनि आर्य को कई दिन लग गये। कलश-यात्रा, श्रीराम कथा और हिन्दू जागरण की अपार सफलता तथा इनसे हुई भारी कलेक्शन को देख, लगे हाथ प्रबन्धक समिति ने यह प्रस्ताव भी पास कर दिया कि ऐसे आयोजन अब साल में दो-तीन बार होने चाहिए। बल्कि श्रीराम कथा ही नहीं कभी श्रीमद्‌भागवत कथा, तो कभी जगराता; कभी माता की चौकी बिठायी जानी चाहिए, तो कभी कुछ सत्संग जैसा होना चाहिए। हाँ, इस बीच अगर कोई ऐसी मोटी पार्टी फँस जाये जो हमारे कोलैब्रेशन यानी सहयोग से कभी-कभार भण्डारा करवा दे, तो कहना ही क्या। शकुनि आर्य चुपचाप बड़ी विनम्रता के साथ प्रबन्धक समिति के सारे प्रस्तावों और सुझावों को शिरोधार्य कर सबकी बात सुनता रहा।

शाखा कार्यवाह शकुनि आर्य की दोनों योजनाओं के सफल होने के बाद अब आगे मन्थन शुरू हो गया। इसके लिए जिस तरह के माहौल की ज़रूरत थी, उसे भूतानन्द महाराज बनाकर चला गया है। अब यह

ज़िम्मेदारी इस नगर टोली की है कि उसे कैसे भुनाया जाये? शाखा विकिर के बाद प्रतिदिन इस पर विचार होता लेकिन कोई रास्ता दिखाई नहीं देता। इसे सरअंजाम देने की कोई सूरत नज़र नहीं आ रही है।

"शकुनि जी, ऐसे हाथ पर हाथ रखकर बैठने से काम नहीं चलेगा। अगर शीघ्र ही स्वामी जी द्वारा बनाये गये इस माहौल को नहीं भुनाया गया, तो लोगों के दिमाग से सब उतर जायेगा।" इन्दरजीत ने सारे पदाधिकारियों के सामने चिन्ता व्यक्त करते हुए कहा।

"इन्दरजीत जी, मुझे जो करना था वो मैं कर चुका। इस पर अमल करना और कराना आप लोगों का भी तो कुछ दायित्व बनता है।"

"शकुनि जी, यदि हमारे हाथ में होता तो अब तक गैंती-हथौड़ों से हम इसका काम कर चुके होते। लोकल मामला है। बिना गाँववालों के सहयोग के इस कार्य को अंजाम देना बड़ा मुश्किल है।" रुद्रपाल ने झल्लाते हुए उत्तर दिया।

"विजयपाल जी, मन्दिर आपका...देवी-देवता आपके! भाई जी, हम तो आपका मार्ग दर्शन और आपकी मदद ही कर सकते हैं। अगर आपको ही चिन्ता नहीं है तो जाने दो! रहने दो अपने देवी-देवताओं को इन मुसलमानों के पीर-फकीरों की कब्र-मजारों के बीच। कल को मत कहना कुछ जब यहाँ कोई मस्जिद और मदरसा बन जायेगा।" ज़िला कार्यवाह इन्दरजीत अपने तरकश से एकदम नया तीर खींचते हुए बोला।

"अगर कुछ करना ही नहीं था तो क्यों मुझे इतना परेशान किया? क्यों कलश-यात्रा, श्रीराम कथा और हिन्दू जागरण का सांग रचवाया? मुश्किल से इस मिशन के लिए राजू और दलपत को तैयार किया...लेकिन क्या लाभ हुआ?"

"ऐसा है शकुनि जी, हम हिन्दू हैं ही इसी लायक। हमारी इसी दुर्बलता के कारण हम हिन्दुओं पर हजार साल तक इन मुसलमानों ने राज किया... हमारे मन्दिरों को तोड़-तोड़कर उनकी जगह अपनी मस्जिदें बनवा लीं। कोई लाभ नहीं है इन हिन्दू जागरणों का।" दो-दो ज़िलों के प्रचारक त्रिभुवन ने विजयपाल सोलंकी की शिराओं में ठहरे रक्त में जोश भरने की कोशिश की।

"मैं फिर से बात करता हूँ अपने गाँववालों से।" पहली बार विजयपाल सोलंकी ने थोड़ी-सी उम्मीद बँधायी।

"बात तो करनी पड़ेगी वरना जैसे हज़ार साल तक इन मुसलमानों के गुलाम रहे, आगे भी रहो...कौन रोकता है!"

"आप चिन्ता न करें, मैं आजकल में ही बात करता हूँ।"

"विजयपाल जी, आपके जाटों को इसमें कुछ नहीं करना है। जो करना है हमारे राजू और दलपत हिन्दू शूरवीरों को करना है। आपने देख लिया न कि पहले हिन्दू नववर्ष और अभी हाल में इन्होंने कैसे अपनी वीरता का परिचय दिया था। यह इन्हीं की बहादुरी का परिणाम है कि वो मुल्ला अभी तक सिन्हा जी की सोसाइटी में दिखाई नहीं दिया है।" जिस समय रुद्रपाल अपने इन तथाकथित हिन्दू शूरवीरों राजू बजरंगी और *दलित-पिछड़ा-आदिवासी हिन्दू विंग* के विंग कार्यवाह दलपत मीणा की तारीफ़ों के पुल बाँध रहा था, उन दोनों के चेहरे से टपकता हिन्दुत्व का नूर देखते ही बन रहा था।

"देख लीजिए, यदि आपके गाँव के लोग कुछ करने के मूड में हैं तो ठीक है वरना ये अपने घर और हम अपने घर। हमारा क्या है हम तो जैसे अब शाखा में आ रहे हैं, आगे भी आते रहेंगे। चलो जी अपने-अपने घर!" बौद्धिक मण्डल को बर्ख़ास्त करते हुए ज़िला कार्यवाह इन्दरजीत अपनी जगह से उठकर खड़ा हो गया।

एक सप्ताह और निकल गया परन्तु विजयपाल सोलंकी की ओर से कोई उत्तर नहीं आया।

स्वामी भूतानन्द द्वारा शकुनि आर्य के दूसरे प्लान के पक्ष में बनायी गयी हवा को, हाथ से फिसलता देख पूरी नगर टोली चिन्ता में डूबी हुई ही थी, किइसी बीच जयप्रकाश सिन्हा ने सुबह-सुबह शाखा में आकर जो सूचना दी, उसे सुन पूरी नगर टोली को मानो साँप सूँघ गया। सबकी नसों में दौड़ता रक्त बर्फ़ की डलियों में बदलता चला गया। थोड़ी देर के लिए किसी भी माँ भारती के उपासक को अपने कानों पर विश्वास नहीं हुआ।

"ले...लेकिन सिन्हा जी, आप तो बता रहे थे कि वह सोसाइटी छोड़कर भा...भाग गया है?" नगर कार्यवाह रुद्रपाल की ज़बान लड़खड़ाने लगी।

"हम तो यही समझ रहे थे कि बकरा ईद की घटी घटना से डरकर वे सोसाइटी छोड़कर भाग गये हैं।" जयप्रकाश सिन्हा सफ़ाई देते हुए बोला।

"वैसे एक बात कहूँ यह कौम बड़ी लड़ाकू होती है। इतनी आसानी से हार नहीं मानती है। अगर हार माननेवाली होती तो बाबर केवल पन्द्रह हजार की सेना से पानीपत का युद्ध नहीं जीत पाता। आपको क्या लगा था कि उनका बकरा खुलवाकर ले जाने, और जय श्रीराम के नारे लगाने से वह डर जायेगा, बिल्कुल नहीं। इनके साथ जब तक गुजरातवाला हाल नहीं किया जायेगा, ये माननेवाले नहीं हैं।"

"लेकिन बाबर की जीत का कारण उस युद्ध में उसके द्वारा इस्तेमाल किया गया तोपखाना था।" जवाहरलाल नेहरू विश्वविद्यालय में इतिहास के पूर्व प्रोफ़ेसर शंकर पुरोहित ने नगर कार्यवाह का इतिहासबोध दुरुस्त करते हुए कहा।

"प्रोफ़ेसर साहब, भले ही बाबर ने तोपों का इस्तेमाल किया हो परन्तु बिना लड़ाकूपन, हिम्मत और जीवटता के यह जीत सम्भव नहीं थी। ऐसी ही हिम्मत और जीवटता हम हिन्दुओं को चाहिए। अगर ईदवाले दिन राजू बजरंगी और दलपत मीणा अपनी हिन्दू शक्ति दिखाते हुए उस मुल्ले की औकात दिखा देते, तो आज वह सोसाइटी में नहीं लौटता।" इन्दरजीत ने परोक्ष रूप से पूरी शाखा को धिक्कारते हुए कहा।

"जितना इनसे कहा गया था, इन्होंने उतना कर दिया। इनसे उसका बकरा खोलकर ले जाने के लिए बोला था, तो ये ले गये। इसमें इनका क्या दोष है?" शकुनि आर्य अपने नौकर राजू का बचाव करते हुए बोला।

"देखते हैं वह कितने दिन सोसाइटी में रह पाता है।" दलित-पिछड़ा-आदिवासी हिन्दू विंग के विंग कार्यवाह दलपत मीणा ने साहस बटोरते हुए कहा।

"मीणा जी, आप किसी भ्रम में ना रहें! जब यह शकुनि जी के दो-दो प्लान से नहीं भागा, तो आपको क्या लगता है यह इतनी आसानी से भाग जायेगा? बिल्कुल नहीं। बल्कि थाने में अवश्य वह अपनी सुरक्षा की अर्ज़ी लगाकर आया होगा। हो सकता है कि उसमें राजू और आपका नाम हो। इसलिए फिलहाल उसे छेड़ने में कोई समझदारी नहीं है। मेरे पास एक प्लान

है। अगर, यह सफल हो गया, तो देखना वह इस बार हमेशा के लिए भाग जायेगा...मेरी यह बात आप आज लिखकर रख लीजिए! इसलिए कह रहा हूँ कि उसे छुए बिना फिलहाल उसके भीतर भय पैदा करने की कोशिश करो!" ज़िला प्रचारक त्रिभुवन ने अपने अनुभव का इस्तेमाल करते हुए नसीहत दी।

"त्रिभुवन जी, राजू बजरंगी और मीणा को कुछ नहीं होगा...और ऐसा कुछ हुआ तो फिर मैं और अपने कुलभूषण वर्मा जी कब काम आयेंगे। देखना हाथो-हाथ इनकी जमानत नहीं कर करवा लाया तो कौशल मेरा नाम नहीं।" प्राथमिक शिक्षित और अपने आप को हाई कोर्ट का वकील बतानेवाले कौशल ने आश्वासन देते हुए कहा।

"बात जमानत की नहीं है कौशल जी, बात इनके साहस और लड़ाकूपन की है।"

"आप सही कह रहे हैं त्रिभुवन जी। इसी साहस और लड़ाकूपन के चलते बाबर पानीपत, दिल्ली, आगरा होता हुआ गंगा और सरयू को पारकर अपने तीसरे ही युद्ध में बंगाल तक पहुँच गया था। पानीपत और खानवा की ज़मीनी जंग के बाद यह उसकी तीसरी जंग थी, जो ज़मीन के साथ-साथ पानी में भी लड़ी गयी थी। बाबर की इन्हीं तोपों के आगे इस युद्ध में भी अफ़गान और बंगाली टिक नहीं पाये थे।" प्रोफ़ेसर शंकर पुरोहित उदाहरण के साथ बाबर की जीवटता और साहस का बखान करते हुए बोला।

"मैं यही कह रहा हूँ प्रोफ़ेसर साहब कि इन्हें इतना कमजोर भी नहीं समझना चाहिए। पता नहीं ये कब पलटकर वार कर दें!" ज़िला प्रचारक त्रिभुवन ने एक तरह से पूरी नगर टोली के माँ भारती के सपूतों को सावधान करते हुए कहा।

इसके बाद दलपत मीणा की नसों में राष्ट्रवाद और हिन्दुत्व का ठहाठा मारता ख़ून एकाएक बर्फ़ की तरह ठण्डा पड़ता चला गया। बाबर के बहाने मुसलमानों की बहादुरी और साहस के बारे में जान, राजू बजरंगी ने तो मन-ही-मन ठान लिया कि वह आज के बाद सावरकर मन्दिर के बायें तरफ़ के ब्लॉक की ओर देखेगा भी नहीं। यह अलग बात है कि जैसी योजना बन रही है, यदि यह सफल हो गयी, तो वह अपने आप सोसाइटी छोड़कर भाग जायेगा। इसलिए राजू ने लोहे की ग्रिल पर ध्यान देना छोड़ दिया। उस ग्रिल पर जिसकी वजह से आज जमानत की नौबत आ गयी थी। जमानत जब होगी,

तब होगी लेकिन ऐसी नौबत आने ही क्यों दी जाये? जान है तो वह है...और वह है तो हिन्दुत्व है।

47

लगता है इस बार यह योजना सफल होकर ही रहेगी!

इधर तीसरा सप्ताह शुरू हुआ, उधर विजयपाल सोलंकी ने सुबह-सुबह शाखा में आते ही जो ख़बर सुनायी, उसे सुन पूरी नगर टोली मारे ख़ुशी के जैसे बौरा उठी। रह-रहकर *जय श्रीराम* और बाबरी विध्वंस के दौरान लगनेवाला हिन्दूप्रिय नारा *रोटी खाई शक्कर से, बाबर मारा टक्कर से* लगने लगा।

"लेकिन जिनसे मैंने बात की है, उनकी यह शर्त है कि वे इसमें शामिल नहीं होंगे। उनका कहना है कि हम इसको हाथ भी नहीं लगायेंगे। जो कुछ करना है आपको ही करना होगा।" विजयपाल सोलंकी ने बताया।

"विजयपाल जी, यह किसने कहा कि उनको कुछ करना है...और फिर मैंने तो पहले ही कहा था कि आपके जाटों को इसमें कुछ नहीं करना है, जो करना है हमारे राजू और दलपत हिन्दू शूरवीरों को करना है...परऽऽऽ..." कहते-कहते रुक गया रुद्रपाल।

"क्या हुआ?" रुद्रपाल के माथे की चढ़ी त्योरियों को देख शकुनि ने पूछा।

"पर गाँववालों की भागीदारी के बिना यह यज्ञ पूर्ण कैसे होगा?" रुद्रपाल ने बड़ी चालाकी से विजयपाल की तरफ़ पासा फेंका।

"वैसे बात तो सही है। उस मौके पर अगर पाँच-सात गाँववाले भी आ गये तो एक इतिहास बन जायेगा।" शकुनि ने छोटा-सा सुझाव दिया।

"एक काम करते हैं जिस दिन यह कार्य सम्पन्न होना है, उस दिन एक शान्ति मार्च जैसा जुलूस निकालते हैं। क्योंकि उन्हें शामिल करने के लिए कोई-न-कोई बहाना तो चाहिए। ऐसा न करें शकुनि जी, इस जुलूस में मन्थरा और मंजू भाभी के साथ दो-चार इधर-उधर की सोसाइटी की महिलाओं को भी शामिल कर लें?" पारस जैन ने सुझाव दिया।

"मन्थरा और मंजू जी शामिल हो जायेंगी तो मजा ही आ जायेगा...और यदि आठ-दस महिलाएँ और शामिल हो गयीं तो कहना ही क्या।" रुद्रपाल ने पारस जैन के सुझाव का स्वागत करते हुए कहा।

"इसके लिए मैं मंजू और मन्थरा से कह देता हूँ कि कलश-यात्रा में हमारी सोसाइटियों से जो महिलाएँ आयी थीं, उन्हें भी ले आयें। वैसे उन सबने स्वामी भूतानन्द के प्रवचन सुने भी हैं।" पारस जैन ने अन्ततः अपनी तरफ़ से स्वीकृति दे दी।

"ठीक है मैं भी अपने गाँव के कुछ लड़कों और औरतों को तैयार करता हूँ।" विजयपाल सोलंकी ने कहा।

इधर जैसे ही इस्माईलपुर में यह ख़बर फैली, कि गाँव की फिरनी से प्राचीन शिवालय तक एक शान्ति मार्च निकलेगा, उसे सुनकर कुछ समझदारों को आश्चर्य हुआ कि जब सबकुछ ठीक चल रहा, तब शान्ति के नाम पर इस जुलूस को निकालने की क्या आवश्यकता पड़ गयी? दो-तीन चली सुगबुगाहटों के बीच यह जिज्ञासा अपने आप शान्त हो गयी क्योंकि कुछ घटनाएँ इस्माईलपुर में ऐसी हो रही हैं, जिनके बारे में किसी ने सोचा नहीं था। भला यह किसने सोचा था कि एक दिन यहाँ इतनी बड़ी कलश-यात्रा, श्रीराम कथा का पाठ और हिन्दू जागरण का आयोजन होगा। हो सकता है यह शान्ति मार्च भी ऐसे ही निकल रहा है। यही सोचकर गाँववालों ने भी मन बना लिया कि चलो देखते हैं। देखने में भला क्या हर्ज़ है। कम-से-कम यह तो पता चल जायेगा कि ये शान्ति मार्च आख़िर होते कैसे हैं?

निश्चित किये गये दिन के सुबह नौ बजते ही इस्माईलपुर की फिरनी पर कुछ ग्रे रंग की फुल पैंट तो कुछ ख़ाकी निकर के साथ सफ़ेद शर्ट्स, काले जूते और सिर पर काली टोपी पहने शान्ति दूतों अर्थात् इस्माईलपुर नगर टोली के शिवालय मण्डल और सावरकर शाखा के स्वयंसेवकों के जत्थों का अनुशासन देखते ही बन रहा है। कुछ शान्ति दूतों के हाथों में दण्ड, तो कुछ के हाथों में लाठी की तरह लोहे के सब्बल दिखाई दे रहे हैं। दण्ड और सब्बल में अन्तर करना मुश्किल हो रहा है। जबकि शान्ति दूतों के बीच में चलनेवाले राजू बजरंगी और दलपत मीणा जैसे शान्ति के अग्रेसरों ने गैंती, तो कुछ ने हथौड़े थामे हुए हैं। मार्च के सबसे आगे महिलाओं को इस तरह पंक्ति

में लगा दिया, ताकि राजू बजरंगी और दलपत मीणा आसानी से दिखाई न दें। मगर इसी बीच अचानक एक समस्या आ खड़ी हुई, और वह यह कि यह मार्च आगे बढ़ेगा किन नारों, जयकारों या उद्घोषों के साथ?

इस समस्या का भी रुद्रपाल ने यह कहते हुए जैसे चुटकियों में हल निकाल दिया, "ऐसा है भारत माता की जय, वन्दे मातरम् और हर-हर महादेव इन दिनों बहुत प्रचलन में हैं, इसलिए क्यों न इन्हीं नारों का उपयोग किया जाये?"

"बीच-बीच में *वैष्णव जन तो तेने कहिये जे पीड़ परायी जाणे रे* को भी गाया जा सकता है!" पारस जैन ने सुझाव दिया।

"पारस जी, उस टकलासुर की तो बात ही मत करिए! जिसने जिन्दगी-भर हिन्दू-मुस्लिम एकता के नाम पर केवल मुसलमानों को बढ़ावा दिया, उसका गीत-भजन तो मार्च में बिल्कुल नहीं चलेगा।"

"लेकिन यह उसका गीत नहीं है रुद्रपाल जी। यह तो पन्द्रहवीं शताब्दी के गुजराती सन्त नरसिंह मेहता का लिखा भजन है। गांधी तो इसे प्रतिदिन अपनी प्रार्थना में गाता था। है क्या कि आपकी तरह बहुत से लोगों को लगता है इस भजन को गांधी ने लिखा है।" मुस्कराते हुए पारस जैन ने बारहवीं फेल नगर कार्यवाह रुद्रपाल की जानकारी को ठीक किया।

"अगर ऐसा है तो फिर शामिल कर लेते हैं।" रुद्रपाल ने पारस जैन की बात मानते हुए अपनी अनुमति दे दी।

इधर जैसे ही मण्डल कार्यवाह विजयपाल सोलंकी की तरफ़ से संकेत मिला, शान्ति मार्च क़दमताल करता हुआ इस्माईलपुर की फिरनी से शुरू होकर शिवालय की ओर बढ़ने लगा। रास्ते में विजयपाल द्वारा किये गये वायदे के अनुसार डेढ़ दर्ज़न के आसपास इस्माईलपुर के युवा भी शामिल हो गये। महिलाएँ तो कुछ पहले ही आ चुकी हैं।

इससे पहले कि इस जुलूस को देखकर इस्माईलपुर वासियों के कुछ पल्ले पड़ता, उससे पहले भारत माता की जय के साथ शान्ति मार्च मन्दिर परिसर में दाख़िल हो गया। मन्दिर परिसर में भी किसी ने इस पर इसलिए ध्यान नहीं दिया, क्योंकि मन्दिर के लिए यह कोई नयी बात नहीं है। ग्रे रंग की इन फुल पैंट और ख़ाकी निकरों को प्राय: मज़ार के पास ख़ाली मैदान में लाठी भाँजते हुए देखा जाता है। हो सकता है आज भी वे इन्हें भाँजने आये हों।

मार्च अब शिवालय के बग़ल से होता हुआ, पीछे की तरफ़ बने स्थानीय देवी-देवताओं के विग्रहों की ओर बढ़ गया। जैसे ही मार्च बल्कि अब इसे जुलूस कहना उचित होगा, भोले की मज़ार के पास पहुँचा, विजयपाल सोलंकी तेज़ी से राजू बजरंगी और दलपत मीणा के पास पहुँच गया। साथ में मंजू सिंगला, मन्थरा जैन और उसकी पूरी टोली जिनमें उनकी सोसाइटी की मिसेज़ मेहता, मिसेज़ गुप्ता, मिसेज़ शर्मा सहित तथा एकाध मिसेज़ और भी शामिल हैं, मज़ार के पास आकर जम गयीं।

सोमवार होने के कारण मज़ार पर चढ़े जल के गीलेपन के साथ चढ़ी फूल-पत्तियों और जली-अधजली धूप-अगरबत्तियों की राख, तथा उनके डंठलों को देख मन्थरा जैन का ख़ून खौल उठा। अचानक वह तेज़ी से अपने पीछे खड़ी भीड़ की ओर पलटी तथा संघ के गणवेश धारण करनेवाले स्वयंसेवकों के अलावा इस्माईलपुर के युवाओं को सम्बोधित करते हुए बोली, "आप लोग कैसे हिन्दू हैं? यहाँ हमारे देवी-देवताओं का अपमान हो रहा है और इस गाँव के लोग इस कब्र पर फूल और जल चढ़ा रहे हैं!"

मन्थरा जैन की इस धमाकेदार शुरुआत से प्रोत्साहित हो मंजू सिंगला इस बार गाँव की कुछ महिलाओं से बोली, "बहन जी, लगता है आप भी मुसलमानों के इस पीर को मानती हैं?"

मंजू सिंगला के इस प्रश्न का इस्माईलपुर की किसी महिला से उत्तर देते नहीं बना। उत्तर तो वे तब दें जब कुछ ग़लत कहा गया हो। सच तो है यह कि वे इस भोले की मज़ार के इस पीर को मानती हैं।

"हमारे साधू-सन्त कह-कहकर थक गये हैं कि उस दुष्ट बाबर की सन्तानों ने हमारे पवित्र मन्दिरों को तोड़-तोड़कर उनकी जगह मस्जिदें बनायी हैं...इस देश में मस्जिदों और मजारों के नाम पर मदरसों की आड़ में लैंड जिहाद चला रखा है, किन्तु आपको कुछ दिखाई ही नहीं देता है!" मन्थरा जैन ने शान्ति दूतों की गैरत को ललकारते हुए कहा।

भोले की मज़ार के चारों ओर शिवालय मण्डल के स्वयंसेवकों के बीच खड़ी इस्माईलपुर की महिलाएँ चुपचाप मन्थरा जैन और मंजू सिंगला को सुनती रहीं। वही महिलाएँ जिन्होंने श्रीश्री1008 स्वामी भूतानन्द महाराज के श्रीमुख से बाबर के अत्याचारों की दास्तान सुन रखी है।

"मन्थरा भाभी मेरा बस चले तो मैं इस कबर को अभी ढहा दूँ!"

मन्थरा के लिए मंजू सिंगला का इतना ही इशारा काफ़ी था। वह पहले से लिखी पटकथा के अनुसार तेज़ी-से राजू बजरंगी की तरफ़ बढ़ी, और उसके हाथ से गैंती छीनने का अभिनय करते हुए बोली, "राजू , इसे तू मुझे दे...मैं तोड़ती हूँ इस बाबर की औलाद की कबर को! इन इस्माईलपुरवालों का तो खून पानी हो चुका है!"

मन्थरा जैन की इस ललकार को सुन भीड़ में खुसर-पुसर के साथ थोड़ी हरकत हुई, जो अचानक एक शोर में बदल गयी। इस्माईलपुर के युवाओं का जो ख़ून मन्थरा जैन के अनुसार पानी हो चुका था, वह पहले गर्म लहू में तब्दील हुआ और फिर मानो सख़्त लोहे में बदल गया। वे जैसे ही मज़ार की ओर बढ़े विजयपाल सोलंकी ने राजू को आदेश देते हुए कहा, "राजू-दलपत, क्या देख रहे हो!"

विजयपाल सोलंकी के इतना कहते ही, यह समवेत उद्घोष वातावरण में गूँज उठा–

जागे थे वीर शिवाजी, मार भगाये मुल्ला काजी!

इसके बाद *भारत माता की जय* और *वन्दे मातरम्* के जयकारों के बीच सबसे पहले मज़ार के चारों तरफ़ लगी लोहे की रेलिंग को उखाड़कर झाड़ियों में फेंका गया। इसके उपरान्त बारी आयी लखौरी ईंटों से बनी मज़ार की, जिसे देखते-देखते गैंती और सब्बलों ने मिलकर ज़मीं-दोज़ कर दिया। बल्कि मज़ार के मलबे और लखौरी ईंटों को वहाँ से दूर फेंक दिया गया, ताकि फिर से मज़ार तामीर न हो सके। इस पूरे घटनाक्रम में पन्द्रह मिनट से ज़्यादा नहीं लगे। मज़ार को ज़मीं-दोज़ करने के बाद विजयपाल के कहने पर गाँव के कुछ युवक दौड़कर पीपल और बरगद की जड़ों में रखी कुछ मूर्तियों को लाये, तथा मलबे को समतल कर उन्हें वहाँ रख दिया गया। जिन्होंने इस कृत्य को अंजाम दिया था, उन्हीं को अपनी आँखों पर विश्वास नहीं हुआ कि जहाँ मूर्तियाँ रखी हुई हैं, वहाँ कुछ देर पहले कोई मज़ार भी थी?

अपने मिशन को अंजाम देने के बाद जो भीड़ शान्ति मार्च की शक्ल में शिवालय में आयी थी, देखते-देखते वह वहाँ से ग़ायब हो गयी। प्राचीन

शिवालय के पीछे फैले खड़े पुराने पीपल, शीशम, नीम, बरगद, बेरी और कुछ दूसरे पेड़-पौधों से घिरे इस छोटे-से जंगल में परिन्दों के कलरव को छोड़, ऐसा लग ही नहीं रहा है कि यहाँ कुछ हुआ भी है। वैसे भी एक मज़ार को ढहाने में कितना समय लगता है? जब बाबरी मस्जिद को ज़मीं-दोज़ करने में समय नहीं लगा, तब उसके आगे इस छोटी-सी मज़ार की क्या बिसात।

शान्ति मार्च के बाद शिवालय के पीछे ऐसा सन्नाटा छा गया कि राजू बजरंगी की उधर जाने की हिम्मत नहीं हुई। हर समय उसे लगता जैसे शिवालय के पीछे खड़े पेड़-पौधों और आवारा लताओं में छिपी कुछ आँखें उसे टकटकी लगाये देख रही हैं। शकुनि आर्य ने उसी दिन राजू बजरंगी को यह कहकर रसूलपुर भेज दिया कि जब तक वह उसे नहीं बुलाये, वह इस्माईलपुर नहीं आयेगा। जाते-जाते शकुनि ने यह सख़्त हिदायत भी दे डाली, कि हफ़्ते-दस दिन वह अपना मोबाइल बन्द रखेगा। हो सके तो कुछ दिनों के लिए उसकी सिम निकाल दे।

शाम होते-होते पूरे इस्माईलपुर और आसपास की सोसाइटीज़ में ख़बर फैल गयी।

शाम को डॉ. मंसूर आलम जैसे ही में घर में घुसा, फ़ातिमा घबराती हुई बोली, “मंसूर, हमें अब नहीं रुकना है इस सोसाइटी में!”

“क्या हुआ? कैसे इतना घबरायी हुई हो? आज फिर किसी ने कुछ कह दिया क्या?” मंसूर ने सोफ़े पर बैठते हुए पूछा।

“आपने कुछ सुना नहीं?” फ़ातिमा ने उलटे मंसूर से पूछा।

“कहीं कोई दंगा-फ़साद हो गया क्या?”

“अरे नहींऽऽऽ... दंगा-फ़साद की तैयारी हो चुकी है!” फिर एक क्षण साँस लेते हुए बोली, “इस्माईलपुर के शिवालय में एक मज़ार है...”

“हाँ है न भोले की मज़ार...सुना है बहुत पुरानी है और जितना यहाँ के हिन्दू अपने महादेव को मानते हैं, उतना ही इस मज़ार को मानते हैं...क्यों, क्या हुआ?” डॉ. मंसूर ने जितना मज़ार के बारे में सुना अथवा उसे पता था, बता दिया।

"एक मिनट, पहले आपके लिए पानी लाती हूँ।" इतना कह फ़ातिमा अन्दर किचन में गयी और पानी का गिलास लाकर मंसूर को दे दिया।

"हाँ अब बताओ!" पत्नी से पानी का गिलास लेते हुए डॉ. मंसूर ने पूछा।

"सुना है उसे आज शहीद कर दिया गया है।"

"क्याऽऽऽ...श...शहीद कर दिया गया है...किसने कर दिया?" डॉ. मंसूर के हाथों से पानी का गिलास गिरते-गिरते बचा।

"उन्हीं लोगों ने जो सुबह-सुबह रोज़ाना अपनी सोसाइटी में भारत माता की जय और वन्दे मातरम् के नारे लगवाते हैं...सुनने में तो यह भी आ रहा है कि उनमें सबसे आगे राजू बजरंगी था।"

"राजू बजरंगी! यह कौन है?" डॉ. मंसूर ने अकबकाते हुए पूछा।

"वही जिसने एक बार हमारे घर के बाहर भगवा झण्डा टाँगा था, और जो बक़रीद के दिन बराबर वाली सोसाइटी की एक औरत के कहने पर हमारे बकरे को खोलकर ले गया था।"

"राजूऽऽऽ...यह कब से बजरंगी हो गया?"

समझ गया डॉ. मंसूर आलम कि फ़ातिमा किसकी बात कर रही है। उसने बिना एक घूँट पानी पिये गिलास एक तरफ़ रख, दोनों हाथों से अपना सिर पकड़ लिया।

"मैं अब भी कह रही हूँ कि इससे पहले इनके हाथ हमारी गर्दन तक पहुँचें, हमें यह सोसाइटी छोड़ देनी चाहिए।"

"अब तो मुझे जेपी से बात करनी ही पड़ेगी।" डॉ. मंसूर थोड़ा उत्तेजित होते हुए बोला।

"कोई फ़ायदा नहीं है जेपी भाईजान से बात करने की। आपको पता तो है कि इस सबमें वह भी शामिल है।"

डॉ. मंसूर आलम के दिमाग़ ने जैसे काम करना बन्द कर दिया। उसकी समझ में नहीं आ रहा है कि ऐसे में क्या किया जाये?

"अपनी छोड़ो, आरिफ़ की सोचो! कहीं ऐसा न हो आते-जाते रास्ते में मॉब लिंचिंग के नाम पर हमारे बच्चे के साथ कोई उलटा-सीधा हादसा हो जाये!" इस बार फ़ातिमा का सब्र टूट गया।

"इस तरह घबराने की ज़रूरत नहीं है। मैं पुलिस स्टेशन में इसकी पहले ही इत्तला दे चुका हूँ।"

"जैसी आपकी मर्ज़ी!" पाँव पटकते हुए फ़ातिमा किचिन में चली गयी।

शाखा शुरू होने से पहले और बाद में अगले दिन कई दिन तक इस घटना की चर्चा होती रही।

राजू बजरंगी को रसूलपुर भेजने के बावजूद एक डर और संशय रह-रहकर शकुनि आर्य के मन में खदबदाता रहता। शकुनि ने बहुत कोशिश की कि इस भय को वह जज़्ब कर जाये, किसी को नहीं बताये। परन्तु उसका मन नहीं माना और बौद्धिक मण्डल में अन्ततः उसने अपने इस संशय को प्राथमिक शिक्षित, और अपने आप को हाई कोर्ट का वकील बतानेवाले कौशल के सामने प्रकट कर ही दिया।

"कौशल जी, अपने राजू के विरुद्ध कोई कानूनी कार्यवाई तो नहीं की होगी?"

"कुछ नहीं होगा शकुनि जी...निश्चिन्त रहो!" एक बे-परवाह मुस्कान के साथ कौशल बोला।

"वैसे मैंने उसे कुछ दिनों के लिए गाँव भेज दिया है।"

"यह आपने बहुत अच्छा किया। आप तो शायद प्राचीन शिवालय मन्दिर प्रबन्धक समिति के महासचिव और ट्रेज़रार भी हैं न?"

"शायद नहीं वकील साब, सचमुच का महासचिव और खजांची हूँ।" शकुनि ने गर्व के साथ कहा।

"तो फिर मेरी सलाह पर आप एक काम अपनी प्रबन्धक समिति से तुरन्त करवा दो!"

"क्या?"

"यह कि जहाँ मजार थी, उस जगह एक चबूतरा बनवाकर उस पर सती माता, या फिर किसी शनि टाइप के देवता की मूर्ति रखवाकर पक्का काम करवा दो! साथ में धूप-अगरबत्ती और चढ़ावे के रूप में इधर-उधर प्रसाद जैसा कुछ बिखरवा दो। और हाँ, मजार पर चढ़ी पुरानी चादरें जो इधर-उधर झाड़ियों में अटकी हुई हों, उन्हें भी वहाँ से इसी समय हटवा दो। मेरा कहने

का मतलब यह है कि कोई देखे तो उसे ऐसा लगना चाहिए, जैसे यहाँ कोई मजार-वजार थी ही नहीं।"

"वकील साहब ने कहा तो एकदम सही है। मेरा तो कहना है कि उस चबूतरे की लगे हाथ सफेदी और करा देना! यानी वहाँ मजार का कोई सबूत दिखाई नहीं देना चाहिए!" वकील कौशल की सलाह को थोड़ा और मज़बूत बनाते हुए रुद्रपाल बोला।

"इसलिए पूछ रहा था कि किसी तरह का कोई लफड़ा तो नहीं हो जायेगा?"

"शकुनि जी, मैं कह रहा हूँ न कि कुछ नहीं होगा। रोजाना हमारे हिन्दू इन मस्जिदों और मजारों को तोड़ रहे हैं, आज तक किसी का कुछ हुआ? फिर आप इस मामूली-सी मजार की बात कर रहे हैं। इस देश में तो सैकड़ों साल पुरानी बाबरी मस्जिद ढहा दी गयी, जब उसके तोड़नेवालों का कुछ नहीं हुआ, तो इस छोटे-से चबूतरे को मिट्टी में मिलानेवालों का कोई क्या उखाड़ लेगा? घबराओ नहीं, मैंने पता कर लिया है कि इस एरिया का डीसीपी अपने संघ से ही है, उसके रहते हुए कुछ नहीं होगा...सबसे बड़ी बात यह कि नीचे से ऊपर तक बैठे सारे जज-मजिस्ट्रेट अपने ही तो हैं।"

"यह बात तो आपने सोलह आने सही कही है कौशल जी कि सारे जज-मजिस्ट्रेट अपने ही हैं।" रुद्रपाल ने चहकते हुए कहा।

"बस, आप चबूतरा बनवाने का काम करा दीजिए और चादर तानकर मस्ती से सो जाइए!" प्राथमिक शिक्षित और अपने आपको हाई कोर्ट का वकील बतानेवाले कौशल ने बड़े आत्मविश्वास के साथ कहा।

48

इस्माईलपुर पूरे दो सप्ताह बाद लौटा है राजू बजरंगी। यहाँ आने के बाद वह सावरकर मन्दिर नहीं, सबसे पहले शिवालय गया। शिवालय में वह जैसे ही मज़ार की तरफ़ गया और यहाँ उसने जो कुछ देखा, एक पल के लिए उसे अपनी ही आँखों पर यक़ीन नहीं हुआ। जहाँ मज़ार टूटने के बाद उसके मलबे को समतल कर वहाँ कुछ मूर्तियों को छोड़कर गया था, अब एक अच्छा-ख़ासा स्थायी चबूतरा, जिसे *मढ़ी* कहना उचित होगा, बनी हुई है।

मढ़ी पर की गयी ताज़ा-ताज़ा सफ़ेदी और उस पर रखी सती माता की मूर्ति को देख, कोई नहीं कह सकता कि इस चबूतरे के नीचे किसी पीर, मुरशिद, सूफ़ी, फ़क़ीर अथवा दरवेश की अस्थियाँ भी दफ़न होंगी। उसने मज़ार के अवशेषों को आसपास झाड़ियों में तलाशने की बहुत कोशिश की, परन्तु उसे दूर-दूर तक कोई अवशेष नहीं मिला। उसी मज़ार के अवशेष, जिसके बारे में जब वह इस मज़ार पर झाड़ू लगाने आता था, तब उसे देख उसके मालिक शकुनि आर्य ने डाँटते हुए उससे कहा था कि हम तुझे उधर शाखा में खोज रहे हैं, और तू यहाँ मुसलमानों की इस क़ब्र की साफ़-सफ़ाई कर रहा है। सचमुच तब वह कितना बेवकूफ़ और इस बात से अनजान था, कि एक *हिन्दू* कैसे किसी सूफ़ी-पीर की मज़ार की साफ़-सफ़ाई कर सकता है?

वह भोले की मज़ार, माफ़ करना सती माता की मढ़ी को देर तक निहारता रहा। निहारने के दौरान अनायास उसकी आँखों के सामने वे दृश्य ताज़ा हो उठे, जब इस मज़ार की देह पर गैंती के नुकीले हिस्से से उसको ध्वस्त करने में अपनी महत्त्वपूर्ण भूमिका निभाते हुए, उसने अपने *असली हिन्दू* होने का प्रमाण दिया था।

सती माता की मढ़ी से राजू अब आशियाना अपार्टमेंट चला आया। यहाँ आने के लिए उसने जानबूझ कर दोपहर का समय चुना। जून शुरू होते-होते प्रचण्ड गरमी ने लोगों को अपने घरों में क़ैद रहने पर मजबूर किया हुआ है। वह जानता है कि आरडब्ल्यूए अध्यक्ष और मन्दिर का पुजारी पण्डित नेमचन्द शर्मा *राजभोग आरती* के बाद घर जा चुका होगा। इसलिए इससे पहले कि किसी की उस पर नज़र पड़े, वह तेज़ी से मन्दिर के पिछले हिस्से से उसमें प्रवेश कर गया। ग़नीमत है उसे किसी ने न तो आशियाना में घुसते हुए देखा और न ही मन्दिर में।

शाम का मटमैलापन चारों तरफ़ फैल चुका है। सोसाइटी के परिसर के बल्बों ने एक-एक कर अपनी आँखें खोलनी शुरू कर दीं। फ़्लैट्स के भीतर जलते बल्बों और ट्यूब लाइट्स का उजाला बालकनी और खिड़कियों से होता हुआ जगह-जगह चकत्तों में बिखरा हुआ है। मन्दिर आने के बाद राजू बजरंगी बाहर नहीं आया। सोचा किसी तरह एक रात और बीत जाये। इसलिए उसने बल्ब भी नहीं जलाया।

गरमी के कारण वह कमरे में ही कसमसाता रहा। पहले *संध्या आरती* और बाद में कब *शयन आरती* समाप्त हो गयी, उसे पता नहीं चला।

सुबह शाखा के बाद जब सारे स्वयंसेवक अपने-अपने घरों को लौटने लगे, तो रुद्रपाल ने शकुनि आर्य से यूँ ही कह दिया, "शकुनि जी, अब तो राजू को गाँव से बुलवा लो! अब कोई खतरा नहीं है।"

"बुलवा क्या लूँ वह तो कल ही आ गया।" शकुनि ने सूचना दी।

"अच्छा!" इतना कह रुद्रपाल ने पहले आसपास देखा कि दलपत मीणा है या वह जा चुका है। जब उसने देखा कि दलपत वहाँ नहीं है, वह रुकते हुए बोला, "शकुनि जी, मैं सोच रहा हूँ कि अब राजू बजरंगी और दलपत मीणा की *बजरंग दल* में एंट्री करा दी जाये। अब तक इन्हें *बजरंग दल* के लिए जैसा अनुभव होना चाहिए, वह हो चुका है।"

"आइडिया तो आपका बहुत सोलिड है रुद्रपाल जी। बल्कि इन्हें *गोरक्षक दल* का सदस्य भी बनवा देना चाहिए।" इन्दरजीत ने राजू बजरंगी और दलपत मीणा में भविष्य की सम्भावना तलाशते हुए कहा।

"अगर आप सब सहमत हैं तो मैं इनके मण्डल अध्यक्षों से बात करूँ?"

"हमें इसमें क्या आपत्ति हो सकती है। बल्कि यह तो हमारे लिए और भी अच्छा रहेगा।" शकुनि आर्य ने अपनी सहमति जताते हुए कहा।

इन दलों को भी ऐसे ही *हिन्दुओं* की तलाश रहती है। इसलिए दोनों को बिना किसी हुज्जत तुरन्त इन दलों में शामिल कर लिया गया।

इस्माईलपुर बजरंग दल और गोरक्षक दल का सदस्य बनते ही राजू बजरंगी और दलपत मीणा के पाँव जैसे ज़मीन पर नहीं पड़ रहे हैं। दोनों ने कभी सोचा भी नहीं था कि उन्हें *बजरंग दल* के साथ *गोरक्षक दल* का सदस्य बनते ही इतनी महत्त्वपूर्ण ज़िम्मेदारी भी मिल जायेगी।

"राजू, तूने एक बात पर ध्यान दिया कि इन दलों में तो कमाई-समाई के भी अच्छे चांस हैं।" एक दिन दलपत मीणा ने राजू बजरंगी से कहा।

"वो कैसे?" राजू ने चौंकते हुए पूछा।

"वो ऐसे कि जैसे पुलिसवाले बीच सड़क पर टम्पू-ट्रक ड्राइवरों को डरा-धमाकर उनसे जबरन वसूली करते हैं, वैसे ही जब चाहे रात-बिरात आते-जाते किसी भी टेम्पू-ट्रक को रुकवा लो, और डरा-धमकाकर उसकी

तलाशी शुरू कर दो। कोई चूँ-चपड़ करे तो उस पर दो-चार हाथ सेंक लो। अगर इन टेम्पू-ट्रक का ड्राइवर कोई मुसलमान निकल आया तो कहना ही क्या!"

"इसका मतलब पुलिसवालों की तरह इन मुल्लों से वसूली का यह बहुत बढ़िया धन्धा है...यानी आम के आम और गुठलियों के दाम।" इस बार राजू की बाँछें खिलती चली गयीं।

इस तरह *इस्माईलपुर बजरंग दल* और *गोरक्षक दल* के इन दोनों सदस्यों का अधिकतर समय अपने बजरंग दल और गोरक्षक दल के सदस्यों के बीच गुज़रने लगा। राजू बजरंगी का सावरकर मन्दिर आने का अब कोई निश्चित समय नहीं रहा। इस बीच वे दोनों गोरक्षक दल के दूसरे सदस्यों के साथ मिलकर कई छोटे-मोटे मिशन बीफ़ को अंजाम दे चुके हैं। इस तरह उन्हें पता ही नहीं चला कि कब एक के बाद एक कई महीने बीत गये।

अपनी बालकनी में बैठा डॉ. मंसूर आलम जब-जब ग्रिल के पार कभी-कभार राजू बजरंगी को आते-जाते देखता, तो उसकी देह-भाषा में अचानक आये बदलाव को देख, वह भीतर तक विचलित हो जाता। हालाँकि फ़ातिमा के दबाव पर वह कई रियल एस्टेट और प्रॉपर्टी डीलर से अपने फ़्लैट की बात कर चुका है। लेकिन इस धन्धे के अपने कुछ नियम हैं जो ख़रीदते वक़्त कुछ और होते हैं, और बेचते समय दूसरे होते हैं। ख़रीदने जाओ तो बताया जाता है कि रियल एस्टेट में आयी क़ीमतों ने आसमान छुआ हुआ है, और बेचने जाओ तो कहा जाता है कि साहब क्या बतायें, प्रॉपर्टी का धन्धा इन दिनों पूरी तरह चौपट हुआ पड़ा है।

"किसी डीलर से कोई बात बनी?" हफ़्ते-दस दिन में एक बार पूछने के क्रम में फ़ातिमा ने यूँ ही पूछ लिया।

"बात क्या बनी, जिससे भी बात करो वही अजीब-सा जवाब देता है।" डॉ. मंसूर आलम ने मायूसी के साथ जवाब दिया।

"जितनी जल्दी हो इसे बेच-बाचकर यहाँ से निकल लो...अब तो आरिफ़ भी शाम को कई बार घबराया हुआ-सा आता है। पूछती हूँ तो कुछ नहीं बताता। बस, चुपचाप अपने कमरे में जाकर लेट जाता है।"

"मैं पूछता हूँ क्या किसी ने कुछ कहा है?"

"मैंने पूछा था, तो बोला अपने अपार्टमेंट के मन्दिर में जो लड़का रहता है, वह आते-जाते आरिफ़ को अजीब-सी नज़रों से घूरता रहता है।"

माथा ठनका डॉ. मंसूर आलम का, "कहीं तुम इस राजू बजरंगी की बात तो नहीं कर रही हो?"

"शायद वही है।"

"इसके तो हौसले ही बुलन्द होते जा रहे हैं!"

"सच कहूँ, मुझे तो यह अजरंगी-बजरंगी जो भी है, इससे बहुत डर लगने लगा है।"

"असल बात यह है फ़ातिमा कि मैं भी अब इस सोसाइटी में नहीं रहना चाहता। लेकिन क्या करूँ अब्बा की इतनी मेहनत से बनाये गये इस आशियाने को यूँ भी तो औने-पौने दामों में नहीं लुटाया जा सकता। हालाँकि कुछ डीलर्स से मैंने बात की है लेकिन वे जो क़ीमत दे रहे हैं वह मार्किट रेट से बहुत कम है। ठीक-ठाक क़ीमत मिल जाये, तो इसे बेचकर कहीं अपने लोगों के बीच जाकर सुकून से रहा जाये।" आज पहली बार डॉ. मंसूर आलम ने *अपने लोगों* के बीच जाने की बात स्वीकारी।

"मैं एक बात कहना चाहती हूँ कि आजकल सबकुछ ठीक नहीं चल रहा है, इसलिए सोच रही हूँ कि अपने घर में एक दिन क़ुरआन-ख़्वानी रखवा दी जाये। किसी मदरसे के हाफ़िज़-ए-क़ुरआन से कह देते हैं कि वह अपने साथ पन्द्रह-बीस ऐसे बच्चे ले आये, जो क़ुरआन का एक-एक सिपारा पढ़कर पूरी ख़्वानी फटाफट पूरा कर दें। इस बहाने हमारे हाथों से थोड़ी-सी ज़कात भी हो जायेगी।"

"क्या इस माहौल में क़ुरआन-ख़्वानी कराना ठीक रहेगा? बक़रीद पर एक बकरा लाने पर तो सोसाइटी के लोगों ने इतना हंगामा खड़ा कर दिया... क़ुरआन-ख़्वानी पर तो बवेला खड़ा हो जायेगा।" डॉ. मंसूर ने फ़ातिमा को समझाने की कोशिश की।

"इसमें बवेले की क्या बात है? क़ुरआन का पाठ ही तो करा रहे हैं...और फिर अपनी सोसाइटी में भी तो लोग अपने-अपने घरों में कभी सुन्दर काण्ड का पाठ, तो कभी सत्यनारायण की कथा कराते ही हैं। क्या पता क़ुरआन-

ख़्वानी करवाने से घर में सुकून आ जाये।"

"यह बात तो ठीक है फ़ातिमा लेकिन जब एक हाफ़िज़ अपने साथ इतने सारे बच्चों को लेकर आयेगा, तो पता नहीं लोग क्या-क्या सोचेंगे? कोई कहेगा हम अपने घर में मदरसा खोल रहे हैं, तो कोई कहेगा घर में मस्जिद बना रहे हैं। हो सकता है सोसाइटी के लोग पुलिस भी बुला लें। वैसे भी पुलिस का रवैया तो तुम जानती ही हो! बिना मतलब एक नया बखेड़ा खड़ा हो जायेगा। क्यों उन बेक़सूर बच्चों को बुलाकर उनके लिए परेशानी खड़ी करवाती हो? ज़कात ही देनी है तो जुम्मे की नमाज़ के वक़्त किसी मस्जिद पर चले चलते हैं। बहुत ग़रीब-गुरबे मिल जायेंगे वहाँ।"

"या मेरे ख़ुदा, क्या ज़माना आ गया है! कोई अपने ही घर में धरम-करम भी नहीं कर सकता।" इतना कह फ़ातिमा किसी काम के लिए अन्दर चली गयी।

"शकुनि जी, आपके दोनों प्लान की सफलता के बाद लगता है, अब ज़िला प्रचारक जी के प्लान का समय आ गया। बताइए, छह महीने से ऊपर हो गये हैं और सिन्हा साहब का पड़ोसी अब भी मोर्चे पर डटा हुआ है। सही कहा गया है इस कौम के बारे में कि यह बड़ी लड़ाकू होती है। इतनी आसानी से हार माननेवाले नहीं होती है। लगता है अब खाली जय श्रीराम के नारे लगाने से काम नहीं चलनेवाला।"

"ऐसा है रुद्रपाल जी, आप एक बार *इस्माईलपुर बजरंग दल* के मण्डल अध्यक्ष से बात करिए, और उससे कहिए कि वह अपने *गोरक्षक दल* के सदस्यों से बात कर, इस ऑपरेशन पर काम करना शुरू कर दे! अब बहुत हो चुका है।" ज़िला कार्यवाह इन्दरजीत ग़ुस्से में बोला।

"उसके लिए मण्डल अध्यक्ष से बात करने की क्या जरूरत है। यह काम तो अपने राजू बजरंगी और दलपत मीणा भी कर देंगे।" पारस जैन ने बेहद आसान रास्ता बताते हुए कहा।

"पारस जी, हर काम का एक तरीका होता है। इसके लिए बजरंग दल के मण्डल अध्यक्ष को भरोसे में लेना पड़ेगा, क्योंकि इन कामों का उसे बड़ा अनुभव है। वही योजना बनायेगा कि इस काम को कैसे अंजाम देना

है। दरअसल, मैं नहीं चाहता कि इसमें अपने राजू और दलपत का सीधा नाम आये। इनका नाम आने का मतलब है इसकी आँच का हमारे तक पहुँचना। हालाँकि काम सारा ये दोनों ही करेंगे लेकिन इसमें *इस्माईलपुर गोरक्षक दल* का नाम आना जरूरी है।" रुद्रपाल ने होशियारी का परिचय देते हुए समझाया।

"यह बहुत जरूरी है रुद्रपाल जी। इनकी प्रॉपर्टी पर कब्जा कर इन मुल्लों को टाइट करने के अलावा दूसरा उपाय नहीं है।" श्रीराम प्रॉपर्टी डीलर के मालिक विक्रम ने अपनी असली मंशा और इरादा जताते हुए कहा।

"आप सही कह रहे हैं विक्रम जी। जब तक इनकी आर्थिक रूपी रीढ़ नहीं टूटेगी, ये माननेवाले नहीं हैं। इसलिए इन्हें आर्थिक रूप से तोड़ना बहुत जरूरी है।" शकुनि आर्य विक्रम से सहमत होते हुए बोला।

"लेकिन जिला प्रचारक जी का यह प्लान है क्या?" आशियाना आरडब्ल्यूए महासचिव और हाल में इस्माईलपुर नगर टोली के सह मण्डल कार्यवाह का दायित्व सँभालनेवाले जयप्रकाश सिन्हा ने पूछा।

"लगता है अब आपको बताना ही पड़ेगा सिन्हा जी। बात यह है कि इस प्लान के अनुसार हमें..." इसके बाद रुद्रपाल ने विस्तार से ज़िला प्रचारक त्रिभुवन का पूरा प्लान बता दिया।

"लेकिन ये तो गौवंश का मांस इस्तेमाल ही नहीं करते हैं। मेरी जानकारी के अनुसार ये बकरा और मुर्गा अवश्य खाते हैं...और जब ये उसे इस्तेमाल ही नहीं करते हैं, तो यह कैसे सिद्ध होगा कि वह किस का मांस है?" जयप्रकाश सिन्हा ने पूरी बात सुनने के बाद ज़िला प्रचारक के प्लान में रह गये छोटे-से छेद की ओर संकेत करते हुए कहा।

"यह तो आप जानते हैं न। आपकी सोसाइटी को क्या पता कि ये गोमांस खाते हैं या नहीं, और अगर नहीं भी खाते होंगे तो कौन विश्वास करेगा कि एक मुसलमान गौवंश का मांस नहीं खाता होगा। वैसे गोरक्षकों को इससे क्या लेना-देना...उन्हें तो मांस बरामद करने से मतलब है, फिर चाहे वह बकरे का हो या मुर्गे का। रही बात सिद्ध करने की तो यह फोरेंसिक लेब का काम है...और यदि लेब में यह साबित हो जाता है कि बरामद मांस गोवंश का नहीं था, तो कह देंगे कि गोमांस के शक में गोरक्षकों ने यह कदम उठाया था।"

नगर कार्यवाह के इस तर्क ने जयप्रकाश सिन्हा को आश्वस्त-सा कर दिया। किन्तु एक संशय उसके मन में अब भी है। इसलिए उसने इस संशय को सबके सामने प्रकट करते हुए पूछा, "लेकिन गोरक्षकों को यह बात बतायेगा कौन कि उनके घर मांस पक रहा है?"

"आप बताओगे और कौन बतायेगा!" रुद्रपाल ने सीधे-सीधे कह दिया।

"हम बतायेंगे...मैं कुछ समझा नहीं?" जयप्रकाश अकबकाते हुए बोला।

"मैंने सुना है कि आप भी मांसाहारी हो!"

नगर कार्यवाह ने जिस तरह पलटकर देखा, उसे सुन जयप्रकाश सिन्हा अचकचा गया, "प...पहले सेवन करते थे ले...लेकिन जबसे हमने गुरु लिया है, सब छोड़ दिया है।"

"कौन-सा गुरु लिया हुआ है?" नगर कार्यवाह रुद्रपाल ने जान-बूझकर कोंचते हुए पूछा।

"वही जिसे बलात्कार के झूठे मामले में जेल भेजा हुआ है?" दलपत मीणा ने बिना एक पल गँवाये अनुमान लगाया।

"सिन्हा जी, मैं आपसे कोई सफाई नहीं माँग रहा हूँ कि आप शाकाहारी हैं या मांसाहारी। यह बात मैं आपसे उनका पड़ोसी होने के कारण कह रहा हूँ। अच्छा एक बात बताइए, जिस दिन वे मीट बनाते हैं, आपको पता तो चल जाता होगा?"

"हमें क्या, उस दिन पूरे ब्लॉक को पता चल जाता है कि उनके घर में आज क्या बन रहा है। है क्या कि उसमें पड़नेवाले एमडीएच मीट मसाले और उसकी गन्ध ही ऐसी होती है कि अगल-बगल को ही नहीं, वहाँ से आते-जाते लोगों तक को पता चल जाता है।"

जयप्रकाश सिन्हा ने जैसे ही एमडीएच मीट मसाले का नाम लिया शकुनि आर्य को विक्रम का सालों पुराना कहा वाक्य याद आ गया। वही वाक्य कि क्यों न वह भी एमडीएच की तरह मीट मसाला, बिरयानी मसाला, चिकन मसाला, फ़िश मसाला बनाना शुरू कर दे! फिर देखना उसके आर्य मसाले कैसे दौड़ते हैं। और इस पर शकुनि ने कहा था कि वह शुरू तो कर दे, पर उनके अपने आर्य समाजी और हिन्दू क्या कहेंगे! शकुनि के इस तर्क पर विक्रम ने किस तरह उसे डाँटते हुए कहा था, कि जब दूसरे हिन्दू और आर्य समाजी यह मसाले बनाकर बेच सकते हैं, तो शकुनि क्यों नहीं बेच सकता?

धन्धा करना है तो उसके लिए धर्म के चोले को उतारना पड़ेगा! जब बँटवारे में पाकिस्तान से आकर दिल्ली में ताँगा चलानेवाला धर्मपाल गुलाटी आर्यसमाजी होकर, न जाने कौन-कौन से मसाले बेचता है और आजतक जिसके न तो हिन्दुत्व का बाल बाँका हुआ, और न ही उसके आर्यसमाजी होने पर कोई कलंक लगा, तो वह क्यों घबरा रहा है? सबसे अधिक आश्चर्य तो शकुनि आर्य को यह जानकार हुआ कि जयप्रकाश सिन्हा द्वारा *गुरु* लेने के बावजूद उसे एमडीएच मीट मसाले की गन्ध का पता है। इसका अर्थ यह है कि कुछ तो बात है इन मसालों में। सही कहा था विक्रम ने कि जब उस कटारदार मूँछोंवाले आर्य समाजी के हिन्दुत्व का कुछ नहीं बिगड़ा, तो उसका क्या बिगड़ जायेगा? एमडीएच मीट मसाले की याद दिलाकर जयप्रकाश सिन्हा ने शकुनि आर्य को जैसे एक द्वन्द्व से मुक्त कर दिया। अभी वह इन मसालों को बनाने की योजना बना ही रहा था, कि उसके कानों से रुद्रपाल के ये शब्द टकराये जिन्हें वह जयप्रकाश सिन्हा से कह रहा है।

"सिन्हा जी, इसमें आपकी पत्नी की बहुत बड़ी भूमिका होगी। उसे करना यह होगा कि उस दिन सबसे अधिक उसी को शोर मचाना है...उसी को सोसाइटी के लोगों को यह कहते हुए इकट्ठा करना है कि उस मुल्ले के घर में..."

"मैं समझ गया।" हाल में सह मण्डल कार्यवाह का दायित्व सँभालनेवाले जयप्रकाश सिन्हा ने हिन्दुत्व की ओर एक और क़दम बढ़ाते हुए कहा।

"ठीक है हम लोग कल ही जाकर इस्माईलपुर बजरंग दल के मण्डल अध्यक्ष से बात करके आते हैं।"

इसके बाद सब अपनी दिशाओं में बढ़ गये।

डॉ. मंसूर आलम शाम को एक पेशेंट देखने अक्षरधाम अपार्टमेंट चला गया। पेशेंट को देखने के बाद वह जैसे ही अपार्टमेंट से बाहर आया, बाउंड्री वाल पर टँगे एक बोर्ड को देख उसने गाड़ी सर्विस रोड से ही वापस ली, और उसे एक तरफ़ खड़ी कर सामने काले शीशेवाले दरवाज़े में घुस गया।

"आइए!" किसी ग्राहक को अन्दर आया देख एक बड़ी-सी रिवॉल्विंग चेयर में धँसे आदमी ने डॉ. मंसूर आलम का स्वागत किया।

“सेल के अलावा आप परचेज़ भी करते हैं?” डॉ. मंसूर ने बिना किसी भूमिका के रिवॉल्विंग चेयर के सामने बिछी कुर्सी पर बैठते हुए पूछा।

“बिल्कुल करते हैं जी। तभी तो बाहर सेल एंड परचेज लिखा हुआ है।” रिवॉल्विंग चेयर में धँसे आदमी ने जवाब देने के बाद तुरन्त आवाज़ लगायी, “रोहन, बेटे जल्दी से साहब के लिए एक कोल्डड्रिंक लेकर आ!”

रोहन नाम का युवा जैसे पहले से तैयार था। इधर आवाज़ पड़ी, उधर मंसूर के सामने ठण्डे की बोतल हाज़िर हो गयी।

“हाँ सर, अब बताइए?” रिवॉल्विंग चेयर ने अपनी पोजीशन ठीक करते हुए बड़ी विनम्रता से पूछा।

“मेरा नाम डॉक्टर मंसूर आलम है। मुझे अपना एक फ़्लैट निकालना है।”

“कहाँ है?”

“वो आशियाना अपार्टमेंट है न, उसमें है।”

आशियाना का नाम सुनते ही रिवॉल्विंग चेयर थोड़ी सतर्क हो गयी। क्योंकि इस सोसाइटी का नाम वह अक्सर सुनता रहता है।

“कोई खास कारण है बेचने का?”

“जनाब कारण क्या, कुछ माहौल रास नहीं आ रहा है वहाँ का।”

“आप भी डॉक्टर साहब कहाँ फँस गये! शरीफ लोगों के रहने लायक नहीं है वो सोसाइटी।” रिवॉल्विंग चेयर ने अपने शक की पुष्टि करते हुए अपनी ओर से जोड़ा।

“ऐसा नहीं है। पहले बहुत अच्छी थी मगर कुछ सालों से वहाँ जीना दुश्वार हो गया है। ख़ैर छोड़िए...”

“वैसे डिमांड क्या है आपकी...मेरा मतलब है कितने में बेचना चाहते हैं?” रिवॉल्विंग चेयर ने चरमराते हुए पूछा।

“मैं क्या बताऊँ, मुझसे बेहतर आप जानते हैं कि आजकल वहाँ का क्या रेट चल रहा है?” डॉ. मंसूर ने उलटा रिवॉल्विंग चेयर से पूछा।

“देखो साब, रेट का जहाँ तक सवाल है आप तो जानते ही हैं कि इन दिनों प्रॉपर्टी कितनी डाउन चल रही है। कोरोना के बाद से तो धन्धा पूरी तरह चौपट हुआ पड़ा है। खरीदने के बाद सालों लग जाते हैं उसे निकालने में। आसानी से पार्टी ही नहीं मिलती है...।”

डॉ. मंसूर आलम रियल एस्टेट और प्रॉपर्टी डीलर के इन घिसे-पिटे जुमलों से अब आजिज़ आ चुका है। अगर उसकी मजबूरी नहीं होती तो वह अब तक यहाँ से उठकर चल चुका होता। इसलिए उसने जैसे अन्तिम बार कहा, "आप बताइए तो सही कितना देना चाहते हैं?"

कुछ पल चिन्तन करने के बाद रिवॉल्विंग चेयर ने पहले कमर सीधी की और उसके बाद उसने जो क़ीमत बतायी, उसे सुन डॉ. मंसूर सचमुच कुर्सी से उठकर खड़ा हो गया।

"आप बैठिए तो सही।" इतना कह रिवॉल्विंग चेयर ने फिर से आवाज़ लगायी, "रोहन, बेटे साहब के लिए एक कोल्डड्रिंक और ला!"

"जब आपको सौदा करना ही नहीं है, तो आप क्यों बार-बार कोल्डड्रिंक मँगाने की ज़हमत उठा रहे हैं!" डॉ. मंसूर इस बार झल्ला उठा।

"अरे साब, बैठिए तो सही! दस-बीस रुपये का माल होता तो अब तक सौदा हो चुका होता। मैं जानता हूँ कि मेरे पास आने से पहले आप मार्किट में चक्कर काट चुके होंगे, और इससे अधिक आपको किसी ने रेट बताया भी नहीं होगा...पर क्या है कि मुझे आप भले आदमी दिखाई देते हैं और इतनी दूर से मेरे पास चलकर आये हैं, इसलिए मैं आपको निराश करके नहीं भेजना चाहता।" रिवॉल्विंग चेयर ने अपने बायें हाथ की मध्यमा में पहने घोड़े की नाल से बने छल्ले को दायें हाथ के पोरों से दो-तीन बार घुमाते हुए अपने फन्दे को कसते हुए कहा।

"देखिए, अगर सचमुच आपको यह सौदा मंज़ूर है तो इससे कम...।"

डॉ. मंसूर आलम ने जो राशि बतायी, उसे सुन इस बार रिवॉल्विंग चेयर अपनी धुरी पर कई बार चरमराते हुए दायें-बायें घूम गयी। इसी चरमराहट के बीच हाई बेक लेदरवाली पीठ को छोड़, उसमें धँसा व्यक्ति अपनी जगह से उठकर खड़ा हो गया।

"लीजिए, पहले आप ठण्डा पीजिए!" इतना कह वह व्यक्ति पुनः रिवॉल्विंग चेयर पर बैठ गया, "देखिए डॉक्टर साब, आपका यह सौदा मुझे मंजूर तो है लेकिन मेरी एक शर्त है, कि इसका किसी को पता नहीं चलना चाहिए कि आपके फ़्लैट का मेरे साथ सौदा हुआ है?"

"आप बेफ़िक्र रहिए! जब तक पूरा पेपर वर्क नहीं हो जायेगा, मैं किसी

को कुछ नहीं बताऊँगा...मेरी तरफ़ से आप मुतमइन रहें, किसी को कुछ पता नहीं चलेगा।"

"अच्छा पेमेंट का क्या रहेगा? कितना एडवांस होगा और कितना पेपर वर्क के बाद लोगे?"

"देखिए, मुझे तुरन्त दूसरा फ़्लैट देखना है...इसलिए मुझे कम-से-कम आधी पेमेंट तो चाहिए ही। क्योंकि जैसे ही उधर डील होगी, मुझे वहाँ पेमेंट करनी पड़ेगी।"

"मैं इस मामले में आपकी इतनी मदद कर सकता हूँ कि आप अपना फ़्लैट देख लीजिए। मैं आपको इसकी आधी पेमेंट कर देता हूँ। जिस दिन आपका नये फ़्लैट का सौदा हो जाये, उससे अगले दिन आप मुझसे पूरी पेमेंट ले जाना। इस बीच मेरी तरफ से पपेर वर्क भी हो जायेगा।"

"ठीक है। फिर मैं आधी पेमेंट लेने कब आऊँ?" डॉ. मंसूर ने चलते-चलते पूछा।

"ऐसा है आज मंगलवार है आप शुक्रवार को आ जाइए!" इस बीच रिवॉल्विंग चेयर ने अपनी मेज़ की दराज से अपना विज़िटिंग कार्ड निकाला, और उसे डॉ. मंसूर की तरफ़ बढ़ाते हुए बोला, "यह मेरा कार्ड है। कोई भी बात हो मुझे फोन कर लेना!"

डॉ. मंसूर आलम ने रिवॉल्विंग चेयर से उसका विज़िटिंग कार्ड लिया और वहाँ से चला आया।

49

आशियाना के फ़्लैट का सौदा होते ही डॉ. मंसूर आलम अपने नये आशियाने की तलाश में जुट गया। उसने और फ़ातिमा ने तय कर लिया कि इस बार वे *अपने लोगों* के बीच ही अपना ठिकाना तलाशेंगे, ताकि उनके बीच वे सुकून से रह सकें। इसे अब उनकी क़िस्मत कहिए या कुछ और, कि उनकी यह भाग-दौड़ और मेहनत तुरन्त रंग ले आयी। जैसी जगह वे चाहते थे, वहाँ उनकी पहुँच का फ़्लैट मिल गया। यह फ़्लैट उतना बड़ा तो नहीं है, जितना आशियाना में था लेकिन इतना भी छोटा नहीं है जिसमें चैन की ज़िन्दगी न बितायी जा सके। जो पैसा डॉ. मंसूर को आशियानेवाले फ़्लैट के

क़रार के बाद मिला था, बिना देरी किये उन्होंने, उसी में से बयाना दिया और बकाया पेपर वर्क पूरा होने के बाद देने के वायदे के साथ, सौदा पक्का कर लिया। उस रात मुद्दत बाद फ़ातिमा और डॉ. मंसूर आलम को इतनी गहरी नींद आयी कि सुबह जब आँखें खुलीं, तो पाया फ़ज्र की नमाज़ का वक़्त हो गया है। फ़ातिमा ने रोज़ाना की तरह ग़ुस्ल किया और नमाज़ अदा करने के बाद घर के काम में जुट गयी। जबकि डॉ. मंसूर आलम अपने अब्बा मरहूम मख़दूम चिराग़ साहब की तरह इन रोज़ा-नमाज़ों से दूर ही रहता है। कई बार मज़ाक़ में फ़ातिमा उसे काफ़िर तक कह देती है, जिसका मंसूर बिल्कुल बुरा नहीं मानता है। और फिर क्यों बुरा माने क्योंकि डॉ. मंसूर ख़ुद इस बात को क़बूलता है कि हाँ, वह काफ़िर है...नास्तिक है। अपना सबसे बड़ा ख़ुदा या रब वह अपने कर्म को मानता है।

जिस मकान में लगभग पूरी ज़िन्दगी गुज़ारी हो, जिसकी दरो-दीवार से बेपनाह मोहब्बत हो चुकी हो, जिसके कोने-अन्तरों में मासूम स्मृतियों की किलकारियाँ आपस में अठखेलियाँ करती हों, जिसकी चौखट पाँवों की आहट को पहचानने लगी हो, जिसकी दीवारें उनका स्पर्श पाते ही निहाल हो उठती हों, उनसे बिछुड़ने की कसक क्या होती है, डॉ. मंसूर और फ़ातिमा को इसका एहसास अब होने लगा है। न तो उस दिन जिस दिन डॉ. मंसूर अपने आशियानावाले फ़्लैट का सौदा करके आया था, और न तब जब उसने नये फ़्लैट का सौदा किया था, इसका एहसास हुआ कि जब वे सदा के लिए यहाँ से चले जायेंगे, तो इसे वे कैसे भूल पायेंगे? डॉ. मंसूर के क्लिनिक और आरिफ़ के कॉलेज जाने के बाद फ़ातिमा घर में अकेली रह जाती। घर के काम से निपट जब उसका थोड़ा आराम करने का समय होता, तब अकेले में पुरानी स्मृतियों से वह न जाने कितनी बार लिपट-लिपट कर रोती। जब पुरानी यादों से जी भर जाता, तो बालकनी पर आ जाती और ग्रिल से दिखाई देते मैन गेट पर उसकी नज़र ठिठक जाती। उस मैन गेट पर शाम के बाद जिसके माथे पर लगी ट्यूब लाइट की रोशनी में भीगे हर आने-जानेवाले साये में उसे कभी मंसूर नज़र आता है, तो कभी आरिफ़। वह इस नये फ़्लैट, जो सोसाइटी के एकदम आख़िर में है, अपने अकेलेपन को उसकी चुप्पी के बीच नये अजनबियों के साथ कैसे काटेगी? इसी चिन्ता में फ़ातिमा खोयी-खोयी सी रहने लगी। अब

तो वैसे भी कुछ नहीं हो सकता, क्योंकि दोनों जगह सौदा पक्का हो चुका है। सुबह की जो चाय डॉ. मंसूर और फ़ातिमा बालकनी में साथ बैठकर पिया करते थे, वह भी अब छूट गयी। कभी याद आ जाता तो पी लेते वरना फ़ातिमा कहीं और तथा मंसूर कहीं और बैठकर पीने लगे हैं।

जैसे-जैसे नये घर में जाने और पुराने घर को छोड़ने के दिन नज़दीक आने लगे हैं, दोनों की बेचैनी बढ़ने लगी है। पता नहीं नये फ़्लैट के ब्रोकर की तरफ़ से कब सन्देश आ जाये कि पेपर वर्क पूरा हो गया है, आप आकर अपना पज़ेशन ले लें। आशियाना को छोड़ने के बिछोह में दोनों को पूरी-पूरी रात नींद नहीं आती। अपनी इस ख़लीश को वे आपस में साझा भी तो नहीं कर सकते। साझा तो तब करें जब दोनों का सन्ताप अलग-अलग हो। एक जैसी मनोव्यथा को आपस में भला क्या साझा करना।

रविवार के चलते दोनों थोड़ी-सी फ़ुरसत निकाल बालकनी में आ बैठे। अपने आपमें खोयी फ़ातिमा को डॉ. मंसूर ने कनखियों से देखा। समझ गया वह कि फ़ातिमा के भीतर इस समय क्या चल रहा होगा।

"आज इतवार है सोच रहा हूँ दोपहर को मटन बना लें! पता नहीं इसके बाद यहाँ बनाने का कभी मौक़ा मिलेगा या नहीं।"

फ़ातिमा ने कोई उत्तर नहीं दिया। मंसूर ने भी उसके जवाब का इन्तज़ार नहीं किया और थैला लेकर मार्किट चला आया। कुरैशी हलाल शॉप के बाहर उसने एक्टिवा खड़ी की और अन्दर चला गया। छुट्टी के कारण कुरैशी हलाल शॉप में अच्छी-ख़ासी भीड़ रहती है। मंसूर के आने तक फ़ातिमा प्याज़-लहसुन सहित अदरक-टमाटर जो भी इसमें डलता है, तैयार करने में लग गयी।

जिस समय डॉ. मंसूर कुरैशी हलाल शॉप से बाहर निकल एक्टिवा की डिक्की खोल उसमें गहरे धूसर रंग के पोलिथीन को रख रहा था, उसी समय वहाँ से गुज़र रहे आरडब्ल्यूए महासचिव और मंसूर के पड़ोसी जेपी की उस पर नज़र पड़ गयी। एक पल रुक जेपी ने यह जानने के लिए ध्यान से देखा कि मंसूर डिक्की में क्या रख रहा है? लेकिन उसके कुछ पल्ले नहीं पड़ा और जैसे ही उसकी नज़र दुकान के काले शीशेवाले दरवाज़े पर मोटे-मोटे हिन्दी में लिखी इबारत पर पड़ी, सारा माजरा उसकी समझ में आ गया।

डॉ. मंसूर आलम के जाते ही जेपी ने रुद्रपाल को फोन मिलाया और उसे

सारा क़िस्सा बता दिया। नगर कार्यवाह रुद्रपाल को जैसे इसी अवसर की तलाश थी। उसने एक-एक कर पहले इस्माईलपुर नगर टोली के पदाधिकारियों को सूचित किया। उसके बाद इस्माईलपुर गोरक्षक दल के मण्डल अध्यक्ष को फोन मिला दिया, "जयऽऽऽ श्रीराम चिरंजीलाल जी, कैसे हैं?...अच्छा यह बताओ हमारी नगर टोली ने आपको जो दो गोरक्षक दिये थे...हाँ-हाँ वही, उनकी परीक्षा की घड़ी आ गयी है...क्या है कि हमारे स्वयंसेवकों को एक मुल्ले के यहाँ बीफ़ होने की सूचना मिली है...वहीं जहाँ इस समय राजू बजरंगी रहता है...बिल्कुल जानता है...बकरा ईद पर भी इन दोनों ने अपना पराक्रम दिखाते हुए हम हिन्दुओं का सिर ऊँचा किया था...इधर मैंने अपनी नगर टोली के अधिकतर स्वयंसेवकों को भी बता दिया है ताकि सब मौके पर पहुँच जायें...जय श्रीराऽऽऽम!" इस्माईलपुर गोरक्षक दल के मण्डल अध्यक्ष से बात समाप्त कर रुद्रपाल ने आरडब्ल्यूए महासचिव जयप्रकाश सिन्हा को फोन मिलाया।

"सिन्हा साहब, मैंने गोरक्षक दल के मण्डल अध्यक्ष को सब बता दिया है...आप भी अपने आरडब्ल्यूए को इस बारे में सूचित कर दें! इस अवसर को आज हाथ से नहीं जाने देना है। इससे अच्छा अवसर नहीं मिलनेवाला... कोई कोताही या ढील नहीं बरतनी है इस बार...बिल्कुल, आपके लिए तो अच्छा हो जायेगा। दोनों फ़्लैटों के बीच की दीवार डहाकर एक बड़ा फ़्लैट बना सकते हैं...ठीक है। आपको गोरक्षक दल के मण्डल अध्यक्ष चिरंजीलाल जी के सम्पर्क में रहना है। जैसे ही आपको उसकी गन्ध आये, आप तुरन्त उन्हें सूचित कर देना वे तुरन्त आ जायेंगे...और हाँ, अपनी श्रीमती जी को अवश्य कह देना कि वह सोसाइटी की दूसरी महिलाओं को भी तैयार रखे... जय श्रीराऽऽऽम!"

फ़ातिमा ने एक बर्नर पर प्रेशर कुकर चढ़ा दिया और दूसरे पर चावल चढ़ा दिये। आरिफ़ को मटन-चावल अधिक पसन्द हैं। सरसों के तेल में धीरे-धीरे भुनती प्याज़, लहसुन, अदरक की गन्ध से पूरा घर भर गया। इसके बाद जैसे ही एमडीएच मीट मसाले के साथ मटन भुनने लगा, उसकी गन्ध सारे बन्धनों को तोड़ती हुई फिज़ा में घुलने लगी। रह-रहकर भापवाले इंजन की तरह प्रेशर कुकर के सीटी मारते नोजल से उसके अन्दर की मादक भाप किचन की

खिड़की से निकल आसपास फैलने लगी। किचन की खिड़की से बाहर आती इस भाप ने सबको जता दिया कि आर्य समाजी, और मसालों की दुनिया के बादशाह कहे जानेवाले एक राष्ट्रवादी द्वारा मुग़लों के ईजाद किये गये मसालों से चुरायी गयी गन्ध कहाँ से आ रही है। लगभग सात सीटियाँ लगने के बाद फ़ातिमा ने चूल्हा बन्द कर दिया। इस बीच उसने आटा गूँध लिया।

फ़ातिमा ने ज़रूरत के हिसाब से फुल्के सेंकने के बाद दस्तर-ख़ान बिछाया और प्रेशर कुकर का ढक्कन खोल दिया। दस्तर-ख़ान बिछाने के दौरान फ़ातिमा एक बार फिर से पुरानी स्मृतियों में उलझ गयी। लगा जैसे सामने बिछे दस्तर-ख़ान पर उसके मरहूम ससुर मख़दूम चिराग़ अपने दोस्त और पड़ोसी रामप्रसाद सुमन के साथ बैठे हैं। इस बीच कब उसकी आँखों से ढुलकते आँसू गालों को भिगो गये, उसे पता ही नहीं चला। पता नहीं इसके बाद कभी यह गंगा-जमुनी दस्तर-ख़ान बिछेगी भी या नहीं?

"फ़ातिमाऽऽऽ, दस्तर-ख़ान लग गया क्या?" डॉ. मंसूर ने अन्दर से पूछा।

डॉ. मंसूर की इस आवाज़ को सुन फ़ातिमा वर्तमान में लौटी और अपने गालों को पोंछते हुए बोली, "हाँ, लग गया!"

इतना सुन दोनों बाप-बेटे दस्तर-ख़ान पार आकर बैठ गये। फ़ातिमा ने प्रेशर कुकर की तरफ़ अभी हाथ बढ़ाया ही था कि लगा किसी ने डोर बेल बजायी है! उसके हाथ प्रेशर कुकर की तरफ़ जाते-जाते रुक गये।

"भला इस समय कौन हो सकता है?" फ़ातिमा ने सबको सुनाते हुए कहा।

"एक मिनट मैं देखता हूँ!" इतना कह डॉ. मसूर दरवाज़ा खोलने के लिए उठ गया।

यह सोचकर कि कोई शाकाहारी पड़ोसी न हो, उसे दरवाज़े पर ही निपटाने की ग़रज़ से सावधानी बरतते हुए डॉ. मंसूर ने जैसे ही हल्का-सा दरवाज़ा खोला, बाहर खड़ी जानी-पहचानी भीड़ उसे धकियाते हुए अन्दर घुस आयी।

धक्का-मुक्की के बीच मंसूर को चीरता हुआ यह वाक्य सुनाई दिया, "साले कटुए...मुल्ले बीफ़ खा रहे हो!"

जब तक डॉ. मंसूर आलम और फ़ातिमा के कुछ समझ में आता, *मुल्ले कटवे नहीं चलेंगे... जय श्रीराम... भारत माता की जय* के जाने-पहचाने उद्घोषों से पूरा घर गूँज उठा। उन्हीं उद्घोषों से, जो एक बार हिन्दू नववर्ष के दिन मकान के बाहर ज़बरन भगवा झण्डा टाँगने के दौरान, और दूसरी बार बक़रीद के दिन तब सुनायी दिये थे, जब उनकी आँखों के सामने इन्हीं नारों के बीच उनका बकरा खोलकर ले जाया गया था।

इसके बाद डॉ. मंसूर, फ़ातिमा और आरिफ़ को पता नहीं चला कि दस्तर-ख़ान पर कब भीड़ टूट पड़ी।

तीनों को जब होश आया तो देखा, सारा घर पूरी तरह तहस-नहस हो चुका है। जिस दस्तर-ख़ान पर फ़ातिमा ने क़रीने से एक तबाक़ में पसे हुए चावल, दूसरे में तवे पर सिंकी ग़रमा-गरम रोटियाँ, एक प्लेट में सलाद और तीन थालियों में ख़ाली कटोरियाँ रखी थीं, वे किसी उजड़े जज़ीरे की तरह दस्तर-ख़ान पर छितरे पड़े हैं। पूरे कमरे में चावल-सलाद बिखरा हुआ है। जिन रोटियों के लिए इन्सान दुनिया-जहान से जंग करता हुआ, न जाने कहाँ-कहाँ मारा-मारा फिरता है, उन्हीं रोटियों को इधर-उधर लावारिस पड़ा देख, फ़ातिमा की रुलाई फूट पड़ी और रोते हुए दस्तर-ख़ान पर पड़े सामान को समेटने लगी।

सारा सामान समेटने के बाद अचानक उसे किसी चीज़ की कमी महसूस हुई। उसने दिमाग़ पर ज़ोर दिया तो पता चला, प्रेशर कुकर कहीं दिखाई नहीं दे रहा है। इधर-उधर उसने उसे ढूँढ़ा भी मगर वह उसे कहीं नहीं मिला। समझ गयी फ़ातिमा कि उसे यहाँ से ग़ायब कर दिया गया है। इस पूरी वारदात को अंजाम देने में भीड़ को मुश्किल से आठ-दस मिनट लगे होंगे। जितनी तेज़ी के साथ भीड़ आयी थी, उससे कहीं अधिक चपलता के साथ अपना काम कर, वह लौट गयी। डॉ. मंसूर को याद आया कि इस भीड़ में अधिकतर वही लोग थे, जो पहले हिन्दू नववर्ष के अवसर पर उनके घर के बाहर भगवा ध्वज टाँगकर गये थे, और बाद में बक़रीद के दिन भी आये थे।

इस बीच डॉ. मंसूर आलम ने कई बार पुलिस को फोन मिलाया लेकिन किसी ने फोन नहीं उठाया।

राजू बजरंगी ने बड़ी सफ़ाई से प्रेशर कुकर को भगवा गमछे में इस तरह

छिपाया कि किसी का उस पर ध्यान ही नहीं गया। अपना काम कर वह और दलपत मीणा आशियाना से बाहर आया और पहुँच गये एक ढाबे पर। प्रेशर कुकर से रह-रहकर एमडीएच मीट मसाले में लिपटे शोरबे की बाहर निकलती भाप ने दोनों को पागल कर दिया। राजू ने ढाबेवाले से फटाफट गरमागरम तन्दूरी रोटियाँ और तीन-चार ख़ाली प्लेट्स लाने को कहा। सारी चीज़ें आने के बाद प्रेशर कुकर के भीतर सुर्ख़ शोरबे से आती गन्ध को राजू और दलपत ने पहले ज़ोर से साँस लेते हुए फेफड़ों में भरा, और फिर अपनी-अपनी प्लेट्स को लज़ीज़ मटन से भर लिया। पूरा ढाबा बँटवारे में आये एक आर्यसमाजी के बनाये मीट मसाले से पके मटन और उसके शोरबे की गन्ध में लिपट गया जैसे।

नहीं रुका गया ढाबे के मालिक से। वह अपने गल्ले से उठकर आया और मुस्कराते हुए बोला, "भाई जी, यह तो किसी मुसलमान का बनाया हुआ लगता है?"

शोरबे में डूबा गरमागरम तन्दूरी रोटी का निवाला मुँह की तरफ़ जाते-जाते रुक गया। राजू और दलपत को हैरानी हुई कि ढाबे के मालिक को कैसे पता चला कि वे इस प्रेशर कुकर को...?

"इसलिए कह रहा हूँ कि ऐसा मटन मुसलमान ही बना सकते हैं।" इतना कह ढाबे का मालिक वापस अपने गल्ले पर आ बैठा।

न तो राजू बजरंगी को और न ही दलपत मीणा को याद आता है, कि दोनों में से किसी ने आज तक कभी ऐसा लज़ीज़ मटन खाया हो। इतना ही नहीं कुकर में बाक़ी बचे मटन को राजू अपने साथ ले आया।

आशियाना समेत आसपास की जितनी भी सोसाइटीज़ और अपार्टमेंट हैं, सब में इस घटना की ख़बर उसी दिन फैल गयी। इस हादसे से आरिफ़ तो सदमे में आ गया। उसने कॉलेज जाना तो छोड़ दिया ही बल्कि अगले दो दिन मारे डर के घर से ही नहीं निकला। यही हाल लगभग डॉ. मंसूर आलम का था।

एक हौल नाक ज़लज़ला जैसे दबे पाँव आया था, वैसे ही लौट गया।

"एक बार डीलर से पता तो करिए कि अभी कितने दिन और लगेंगे काग़ज़ात बनने में?" फ़ातिमा ने मंसूर को याद दिलाते हुए पूछा।

"कल ही तो पूछा था। कह रहा है एक-दो दिन में काम हो जायेगा।"

"उससे कहिए कि ख़ुदा के वास्ते ज़रा जल्दी कर दे! आरिफ़ जिस तरह डिप्रेशन में चला गया है, उसे देख मुझे बेहद डर लग रहा है कि कहीं हम अपने बच्चे को ही ना खो बैठें।" फ़ातिमा कातरता के साथ बोली।

"कहा तो है। अब काम तो काम की तरह होगा।" डॉ. मंसूर ने पत्नी को समझाना चाहा।

"या मेरे ख़ुदा...पता नहीं इस दोज़ख़ से कब निजात मिलेगी?"

आज पहली बार हारी हुई फ़ातिमा ने आशियाना रूपी इस नरक से मुक्ति की कामना की है। इतनी तो वह तब भी नहीं टूटी थी जब भगवाधारी गमछों और ग्रे रंग की फुल पैंट व ख़ाकी निकरों की भीड़ ने हिन्दू नववर्ष, तथा बाद में बक़रीद के दिन उसके घर पर धावा बोला था, जितनी आज टूटी और हारी हुई है। कैसी विडम्बना है कि कुछ रोज़ पहले फ़ातिमा जिस घर से बिछुड़ने के बिछोह में पुरानी स्मृतियों से लिपट-लिपट कर रोती थी, वही घर आज उसे दोज़ख़ नज़र आ रहा है?

टेलीविज़न देखे भी कई दिन हो गये हैं। देखें तो तब जब उसे बलवाइयों ने किसी लायक छोड़ा हो। बस, किसी तरह जितना जल्दी हो नये फ़्लैट के पेपर हो जायें। इसी सोच में दिन कब निकल जाता, पता नहीं चलता।

शायद आजकल में पेपर हो जायेंगे, यही सोचते हुए डॉ. मंसूर ने ब्रोकर से पूछने के लिए मोबाइल उठाया था, कि दरवाज़े पर हुई दस्तक को सुन दोनों चौंक उठे।

मंसूर ने दरवाज़ा खोला तो सामने कुछ पुलिसकर्मियों के देख वह अकबका गया। इससे पहले कि वह कुछ कहता, एक पुलिसकर्मी ने पूछ लिया, "डॉक्टर मंसूर आलम यहीं रहते हैं?"

"जी कहिए मैं ही डॉक्टर मंसूर हूँ।" बमुश्किल अपने भीतर के साहस को बटोरते हुए जवाब दिया डॉ. मंसूर ने।

"हम थोड़ा अन्दर आ सकते हैं?" बड़ी विनम्रता के साथ पूछा पुलिसकर्मी ने।

"आइए...आइए प्लीज़!" इतना कह डॉ. मंसूर उन्हें अन्दर ले आया।

"क्या हुआ था उस दिन जिस दिन कुछ लोग आपके घर में घुस आये

थे?" इस बीच फ़ातिमा द्वारा लायी गयी कुर्सी पर बैठते हुए पुलिसकर्मी ने पूछा।

"मगर मैंने तो ऐसी कोई कम्प्लेंट की नहीं है।"

"आपने नहीं की लेकिन पूरे मीडिया में तो यह खबर छायी हुई है कि आशियाना अपार्टमेंट में कुछ लोग बीफ़ के शक में एक मुसलमान डॉक्टर के घर में घुस गये...यह देखिए!" इतना कह पुलिसकर्मी अपने मोबाइल में सेव की हुई वीडियो, जिसमें उनके साथ धक्का-मुक्की हो रही है, वह चलायी और उसे दिखाते हुए बोला, "यह आप ही हैं न।"

डॉ. मंसूर आलम चुप। इससे पहले कि वह कोई जवाब दे पाता, पास में रखा उसका मोबाइल बज उठा।

डॉ. मंसूर ने मोबाइल का स्पीकर ऑन करते हुए कहा, "एक मिनट सर!"

"डॉक्टर साब, आपके पेपर पूरे हो गये हैं...अब आप जब चाहे आकर पज़ेशन ले लें!"

"...ठीक है। मैं आपकी सारी पेमेंट लेकर शाम को ही आता हूँ...बहुत शुक्रिया आपका!" इसके बाद डॉ. मंसूर ने मोबाइल एक तरफ़ रख दिया।

"देखिए डॉक्टर साब, हमने इस सोसाइटी की आरडब्ल्यूए से भी बात की है। वे भी इस बात की तस्दीक कर रहे हैं कि आपके साथ कुछ बाहरी लोगों ने यहाँ आकर बदसलूकी की है।" पुलिसकर्मी अपनी बात फिर से शुरू करते हुए बोला।

"सर, छोड़िए उस बात को। आपके सामने ही अभी ब्रोकर का फोन आया था। क्या फ़ायदा बात बढ़ाने से। हमें तो एकाध दिन में अब यहाँ से चले ही जाना है।"

"डॉक्टर साब, जब आप ही केस को बन्द करना चाहते हैं तो इसमें हम क्या कर सकते हैं...ठीक है, अब हम चलते हैं।" पुलिसकर्मी ने ऐसे गहरी साँस भरी मानो उसके सिर से कोई बला टल गयी हो।

डॉ. मंसूर आलम पुलिसकर्मियों को दरवाज़े तक छोड़ने के बाद जैसे ही वापस आया, फ़ातिमा फट पड़ी, "जब पुलिस ख़ुद चलकर आयी है, तब आपने क्यों मामला ख़त्म कर दिया?"

"कोई फ़ायदा नहीं है फ़ातिमा। सुना नहीं मीडिया के हवाले से वह क्या कह रहा था कि कुछ लोग बीफ़ के शक में एक मुसलमान डॉक्टर के घर में घुस गये! वीडियो में साफ़ नज़र आ रहा था कि वे लोग हमारे घर में घुसकर हमारे ऊपर हमला कर रहे हैं...और मीडिया कह रहा है कि बीफ़ के शक में वे एक मुसलमान के घर में घुस गये। दूसरी बात, वह कह रहा था कि हमने सोसाइटी की आरडब्ल्यूए से भी बात की है। वे भी इस बात की तस्दीक कर रहे हैं कि आपके साथ कुछ बाहरी लोगों ने यहाँ आकर मारपीट की है...सुना तुमने, आरडब्ल्यूए ने यह नहीं बताया कि ज़िन बाहरी लोगों ने यहाँ आकर मारपीट की थी, वे उन सबको जानते हैं...इन्हें यह नहीं बताया कि उनमें यहाँ के कितने लोग शामिल थे? फ़ातिमा, यह पुलिस भी इसलिए आ गयी कि किसी ने मज़े लेने के लिए उस दिन का वीडियो सोशल मीडिया पर डाल दिया और यह मामला हाई लाइट हो गया वरना पुलिस यहाँ आती? तुमने एक बात और नोटिस की, कि जब मैंने यह कहा कि क्या फ़ायदा बात बढ़ाने से, उसने एक बार भी नहीं कहा कि आप ऐसी बात क्यों कर रहे हैं। बल्कि बिना देरी किये वह जाने के लिए खड़ा हो गया।"

फ़ातिमा को हैरानी हुई कि डॉ. मंसूर आलम ने कितनी गहराई और बारीकी के साथ एक-एक शब्द को पकड़ लिया।

"इस देश का मुसलमान एक बात भूल रहा है कि इस मुल्क में उसका कोई सगा नहीं है।" इतना कह डॉ. मंसूर एक फ़ीकी हँसी हँसते हुए बोला, "जिस जेपी के साथ मेरा बचपन गुज़रा है, वही जेपी जब हमारा नहीं हुआ तो और किसी से क्या उम्मीद करें!" कहते-कहते मंसूर की आँखें भर आयीं। इसके बाद एक लम्बी साँस लेते हुए डॉ. मंसूर बोला, "चल छोड़, शाम को ब्रोकर को पूरी पेमेंट कर आते हैं और जितनी ज़ल्दी आशियाना छोड़कर वहाँ शिफ्ट हो जायें, उतना ही अच्छा है। कम-से-कम अपने लोगों के बीच थोड़ी आज़ादी, सुकून और खुलेपन का एहसास तो होगा।"

लेकिन फ़ातिमा को डॉ. मंसूर की जैसे कोई बात सुनायी नहीं दे रही है। वह भी तो आज़ादी, सुकून और उस खुलेपन की कल्पना में डूबी हुई है, जो उन्हें जल्दी ही अपने लोगों के बीच जाकर मिलनेवाली है!

पूरे आशियाना में किसी को अपने कानों पर यक़ीन नहीं हुआ। कम-से-कम उन लोगों को तो बिल्कुल भी नहीं, जिन्होंने इस अपार्टमेंट के इतिहास की थोड़ी-बहुत कहानी सुनी हुई है। उन लोगों को विश्वास करना मुश्किल हो रहा, जो यह जानते थे कि अफ़साना निगार मुंशीलाल रहबर ने दो मशहूर शायरों रामप्रसाद सुमन, जिनका असली नाम रामप्रसाद सिन्हा है, मख़दूम चिराग़ और कुछ हम-ख़याल सरकारी मुलाज़िमान के साथ मिलकर बड़ी जद्दो-जहद के बाद इस सोसाइटी की नींव रखी थी। और एक ऐसी अदबी दुनिया की कल्पना की थी, जिसमें वक़्त-बेवक़्त सब एक-दूसरे की सुन और सुना सकें। एकाध बचे हुए कुछ पुराने गवाहों की यादों में वह दृश्य आज भी किसी पुरानी टहनी पर झूलते ज़र्द पत्ते-सा अटका हुआ है, जब इसके कम्युनिटी हाल के नामकरण के लिए इन लोगों ने कितनी माथापच्ची की थी। कितने नामों में से सोसाइटी का नाम *आशियाना* और इसके उस हाल का नाम *प्रेमचन्द सदन* रखा गया था, जो बाद में पहले *तुलसी सदन* और आख़िर में *सावरकर सदन* से होता हुआ अन्ततः *सावरकर मन्दिर* हो गया। किसी का इस ओर ध्यान ही नहीं गया कि कैसे आशियाना दूसरे अपार्टमेंट्स और सोसाइटीज़ की तरह एक ऐसी अग्निशलाका में तब्दील हो गया, जिसके भीतर भरी हुई तीलियों के बारूदी सिरों में नफ़रत की आग भरी हुई है।

मगर यह एक कड़वा सच है कि इस सोसाइटी के संस्थापकों में से एक मख़दूम चिराग़ साहब का वह *आशियाना* जिसे बड़े जतन और अपने रक्त से सींचकर बनाया था, वह उजड़ चुका है। उसी आशियाना की वही बालकनी जो कभी हवाओं के छोटे-बड़े आवारा झोंकों के साथ पूरे-पूरे दिन मिसरों, मतला, मक़्तों, काफ़िया, रदीफ़ में उलझी रहती, एकाएक सूनी हो गयी। जिस बालकनी पर सप्तपर्णी के दरख़्तों की मज़बूत और घनी शाखाओं पर चहचहाते परिन्दों का मंगल गान गूँजता था, उसकी जगह जैसे किसी शोकगीत ने ले ली। जिस समय पूरा आशियाना गहरी नींद के आग़ोश में लिपटा हुआ था, उस समय आशियाना का एक मुर्दा मकान दो बड़े-बड़े ट्रकों में लादा जा रहा था। हो सकता है किसी ने इस मुर्दा मकान को सोसाइटी के गेट से बाहर जाते हुए देखा भी हो, लेकिन किसी ने यह जानने की कोशिश नहीं कि आख़िर इस मुर्दे में थोड़ी-बहुत साँसें चल भी रही हैं, या नहीं? दूसरे शब्दों में कहें तो

रातो-रात मख़दूम चिराग़ का बेटा डॉ. मंसूर आलम आशियाने को छोड़कर हमेशा के लिए अपने लोगों के बीच दूसरी सोसाइटी में चला गया।

डॉ. मंसूर आलम के आशियाना छोड़ने के बाद उसी दिन शाम को पण्डित नेमचन्द शर्मा ने बिना किसी पूर्व सूचना के आरडब्ल्यूए की एमरजेंसी बैठक बुला ली। किसी की समझ में नहीं आया कि जब मख़दूम चिराग़ का बेटा आशियाना छोड़कर जा चुका है, ऐसे में फिर क्या आवश्यकता आ पड़ी एमरजेंसी बैठक बुलाने की?

आरडब्ल्यूए के सदस्यों के मन में रह-रहकर इस एमरजेंसी बैठक को लेकर तरह-तरह के प्रश्न आ-जा रहे हैं। सभी के आने के बाद शुरुआत अध्यक्ष नेमचन्द शर्मा ने ही की।

"जैसाकि अब तक सभी को पता चल गया होगा कि डॉक्टर मंसूर आलम सदा के लिए यह सोसाइटी छोड़कर जा चुका है। मैंने यह मीटिंग इसलिए नहीं बुलायी है कि वह क्यों गया है? बल्कि आप सबसे अनुरोध है कि उस विषय पर अब कोई बात ना करे, तो अच्छा है। जो आदमी चला गया, सो चला गया।"

"तो फिर शर्मा जी, किसलिए बुलायी है?" ट्रेज़रार अर्थात् आरडब्ल्यूए कोषाध्यक्ष डी.एन. भार्गव ने कौतुकतावश पूछा।

"मैं वही बताने जा रहा हूँ कि हमें बिना देरी किये इस राजू बजरंगी को यहाँ से भगाना पड़ेगा। मैं नहीं चाहता कि इस आदमी के चक्कर में हमारी सोसाइटी में रोजाना पुलिस आये और हमसे उलटे-सीधे सवाल करे।"

"यह बात तो आपकी सही है। इससे सोसाइटी की बदनामी और छवि ही खराब होगी।" डी.एन. भार्गव ने अपने अध्यक्ष से सहमति जताते हुए कहा।

"लेकिन यह फैसला तो बहुत पहले हो गया था। अब तक यह यहाँ क्यों रुका हुआ है, समझ में नहीं आ रहा।" उपाध्यक्ष श्यामलाल वर्मा सबको याद दिलाते हुए बोला।

"चलो कोई बात नहीं। गरीब आदमी था रुक गया, किन्तु अब इसका रुकना खतरे से खाली नहीं है। और हाँ, एक बात और...यहाँ जो यह शाखा-वाखा लगती है न इसको भी बन्द करिए!" आरडब्ल्यूए अध्यक्ष नेमचन्द शर्मा ने सुझाव से अधिक अपना निर्णय सुनाते हुए कहा।

"फिर कहाँ लगेगी?" पहली बार महासचिव जयप्रकाश सिन्हा ने हस्तक्षेप किया।

"आप इसे कहीं और जाकर लगाइए! जबसे हमारी सोसाइटी में यह सब होने लगा है, परेशानियों पर परेशानियाँ आनी शुरू हो गयी हैं। जहाँ कभी पुलिस के पाँव नहीं पड़े, आज उसके ही पदाधिकारियों से तरह-तरह के सवाल किये जा रहे हैं। सोसाइटी में हिन्दू नववर्ष मनाने और मन्दिर बनाने तक तो बात ठीक थी, लेकिन इस शाखा-वाखा के लिए यहाँ कोई जगह नहीं है। अगर किसी को मेरी बात गलत लग रही है तो बता दो...पर मेरा यही विचार है कि इस राजू बजरंगी नाम की आफत से जितनी जल्दी पीछा छुड़ाया जाये, उतना ही अच्छा है...वैसे भी किसी हरिजन-अछूत का हमारे मन्दिर में क्या काम?" आरडब्ल्यूए अध्यक्ष बड़ी सफ़ाई से इस बात को छिपा गया कि राजू को यहाँ रहने देने की इजाज़त देना किस तरह उसकी एक योजना का हिस्सा था।

"मुझे याद है शर्मा जी, मैंने ही कहा था कि हम मूर्तियों की प्राण-प्रतिष्ठा तक इसका इन्तजार करेंगे। इसके बाद हमारी बला से यह कहीं जाये।" उपाध्यक्ष श्यामलाल वर्मा को भी सब याद आ गया।

"अब आप बतायें कि मैं कुछ गलत कह रहा हूँ?" अध्यक्ष होने के नाते नेमचन्द शर्मा ने पूरे आरडब्ल्यूए से पूछा।

"आप एकदम सही कह रहे हैं। उससे तुरन्त यह सोसाइटी छोड़ने को कहा जाये।" कोषाध्यक्ष ने भी अपनी सहमति दे दी।

"वैसे भी सुना है गोरक्षकों के नाम पर वह आजकल गिरोह बनाकर वसूली करता घूम रहा है। यहाँ तो वह रात-बिरात छिपने के लिए आता है।"

"शर्मा जी, फिर तो जितनी जल्दी हो सके, उसे यहाँ से भगाओ! मैंने तो यहाँ तक सुना है कि उस डॉक्टर को भगाने में इसका बहुत बड़ा हाथ है। चलो, वह तो मुसलमान था भाग गया...कल यह हमारे ही ऊपर हाथ डालने लगा, तब क्या होगा?" उपाध्यक्ष ने भी दो टूक कह दिया।

"सुन लिया जयप्रकाश जी! अब आप ऐसा करिए कि मन्दिर के कमरे में आपके संघ का जो कबाड़ पड़ा हुआ है, कल उसे यहाँ से उठा लें ताकि उस कमरे में मैं ताला लगा दूँ। अगर आपने कल ये झण्डे-लाठी और दूसरा सामान

नहीं उठाया तो मैं उन्हें कूड़ेदान में फेंक दूँगा। राजू बजरंगी को भी कह दो कि वह अपना कहीं और ठिकाना ढूँढ़ ले। अपना जो सामान उठाना है, उठाकर ले जाये वरना उसे भी किसी कबाड़ी को दे दूँगा...मैं ठीक कह रहा हूँ न?" आरडब्ल्यूए अध्यक्ष और सावरकर मन्दिर के पुजारी नेमचन्द शर्मा ने सबकी सहमति लेने की ग़रज़ से कहा।

आशियाना रेसिडेंट वेलफेयर एसोसिएशन के सारे सदस्यों ने एकमत से अपने अध्यक्ष के समर्थन में *हाँ बिल्कुल सही कह रहे हो शर्मा जी* कहते हुए अपनी-अपनी मुंडी हिला दी।

"बस, इसी के लिए मैंने यह अर्जेंट मीटिंग बुलायी थी।" इतना कह नेमचन्द शर्मा ने सभा विसर्जित कर दी। उसने अपने महासचिव को बोलने का बिल्कुल मौक़ा नहीं दिया।

आरडब्ल्यूए महासचिव जयप्रकाश सिन्हा ने भी कोई प्रतिक्रिया व्यक्त नहीं की। बल्कि आशियाना एसोसिएशन के फ़ैसले को स्वीकार कर चुपचाप, थके हुए क़दमों से घर चला आया।

50

आशियाना रेसिडेंट वेलफेयर एसोसिएशन के महासचिव जयप्रकाश सिन्हा ने अपनी एसोसिएशन के निर्णय को गम्भीरता से नहीं लिया। यदि गम्भीरता से लेता तो सबसे पहले वह *सावरकर शाखा* के शिक्षक कमल गुप्ता को सूचित करता, कि भविष्य में अब आशियाना में शाखा नहीं लगेगी। इसलिए पहले की तरह आज भी सावरकर मन्दिर के दाहिने तरफ़ न केवल *गुरुजी* खड़ा हुआ है, बल्कि शिक्षक कमल गुप्ता अन्य दिनों की तरह उपस्थित अपने स्वयंसेवकों को *सूर्यनमस्कार* करा रहा है।

सुबह-सुबह प्रतिदिन की तरह आरडब्ल्यूए अध्यक्ष और मन्दिर का पुजारी पण्डित नेमचन्द शर्मा *मंगला आरती* के लिए जैसे ही सावरकर मन्दिर पहुँचा, और जैसे ही उसने पूर्व की तरह शाखा लगते हुए देखी, उसके तन-बदन में आग लगती चली गयी। यह आग इसलिए नहीं लगी थी कि क्यों यह शाखा लगी हुई है, बल्कि वह इसलिए तिलमिला गया कि जयप्रकाश सिन्हा अब अपने आप को आरडब्ल्यूए से बड़ा मानने लगा है? उसने चलती हुई

शाखा के बीच कुछ नहीं कहा।

शाखा समाप्त होने के बाद ध्वज अर्थात् *गुरुजी* को रोज़ाना की तरह मन्दिर के कमरे में रख दिया गया। इधर जैसे ही मंगला आरती समाप्त हुई, आरडब्ल्यूए अध्यक्ष ने अपने महासचिव को मोबाइल से उसी समय मन्दिर में आने को कहा। लेकिन महासचिव ने बताया कि इस समय वह कहीं बाहर आया हुआ है। आधे घण्टे बाद जैसे ही वह घर लौटेगा मन्दिर पहुँच जायेगा। आधे घण्टे की ही तो बात है, यही सोचकर आरडब्ल्यूए अध्यक्ष नेमचन्द शर्मा घर जाने के बजाय मन्दिर में ही अपने महासचिव की प्रतीक्षा करने लगा।

आरडब्ल्यूए महासचिव ठीक आधे घण्टे के बाद सावरकर मन्दिर पहुँच गया।

"शर्मा जी, आपने याद किया?" आते ही महासचिव ने पूछा।

"हाँ जयप्रकाश जी।"

"ऐसा क्या अर्जेंट काम आ गया जो सवेरे याद कर लिया?" मुस्कराते हुए आरडब्ल्यूए महासचिव जयप्रकाश सिन्हा ने पूछा।

"मुझे मन्दिर के स्टोर पर ताला लगाना है। इसलिए आप इसी समय वहाँ से अपना सामान उठाकर कहीं और ले जायें!"

"उठा लूँगा ऐसी क्या जल्दी है शर्मा जी?"

"...और आपने राजू बजरंगी को फोन करके बताया कि वह भी अपना सामान उठाकर ले जाये?"

"इसका तो मुझे याद नहीं रहा। वैसे भी वह कई दिनों से यहाँ आ नहीं रहा है।" जयप्रकाश सिन्हा ने ज़बरन मुस्कराते हुए उत्तर दिया।

"वो तो मुझे पता है कि वो कई दिनों से नहीं आ रहा है। आप अपना सामान उठाइए, राजू को मैं फोन कर देता हूँ।"

समझ गया जयप्रकाश सिन्हा कि मन्दिर के कमरे से अब शाखा का सामान उठाना ही पड़ेगा। वह उसी समय कमरे में गया और एक-एक कर कमरे में रखे लगभग डेढ़ दर्जन लाठियों के गट्ठर, *पाञ्चजन्य पत्रिका* के कुछ पुराने अंकों की रद्दी, संघ सम्बन्धी पुस्तक-पुस्तिकाएँ, भगवा ध्वजों की छोटी-सी गठरी, कुछ अस्त्र जैसे तलवार, त्रिशूल, भाला, चाकू; संघ की फ़्रेम जड़ी भारत माता की छोटे-बड़े आकार की दो तस्वीरें, गणवेश

के कुछ जोड़ों, *घोष यात्रा* में उपयोग होनेवाले वाद्य-यन्त्रों जैसे एक बिगुल, दो बाँसुरी और छोटे आकार के *आनक* को लाकर बाहर रख दिया। नेमचन्द शर्मा ने एक-एक कर निकलते सामान, जिसे वह कबाड़ कह रहा था और जिसके न ले जाने पर उसे कूड़ेदान में फेंकने की बात कर रहा था, देखकर हैरानी हुई कि आरडब्ल्यूए को पता ही नहीं है कि मन्दिर के इस कमरे, जिसे कुछ देर पहले वह स्टोर कह रहा था, उसमें कुछ असलाह भी भरा हुआ है।

"यह जो राजू का सामान है उसे भी साथ ले जाऊँ या आप उसे फोन कर देंगे?" जयप्रकाश सिन्हा ने पूछा।

"ऐसा है उसका तो कुछ अता-पता नहीं है कि गोरक्षा के नाम पर कहाँ-कहाँ और किस-किस से वसूली करता घूम रहा है। आजकल बहुत किस्से सुनने को मिल रहे हैं उसके। अब तो सुना है उसने अपना ही कोई वसूली गिरोह भी बना लिया है। जो रात-बिरात कहीं किसी भी टेम्पू-ट्रक को रोक लेता है, और गोमांस के नाम पर उनकी ऐसे तलाशी लेता है जैसे सरकार ने उसे यह काम सौंपा हुआ है। एक बात कहूँ बिना पुलिस की मिली-भगत के यह काम मुश्किल है।"

अपने आरडब्ल्यूए अध्यक्ष की बात सुन जयप्रकाश कुछ नहीं बोला। बोले तो तब जब अध्यक्ष झूठ बोल रहा हो। उसने तो सुनी-सुनायी बातों के आधार पर आधी बात भी नहीं कही है, जबकि सच्चाई कुछ और है। बल्कि अब तो अपने फ़ेसबुक पेज पर राजू बजरंगी यह अपील भी करने लगा है, कि *अगर आपको गोरक्षक दल में शामिल होकर देश सेवा करनी है तो नीचे दिये नम्बर पर सम्पर्क करें।*

"जयप्रकाश जी, अच्छा रहेगा आप उसका भी सामान उठाकर ले जायें। जब आपका जी चाहे उसे दे देना!"

"ठीक है।" इतना कह जयप्रकाश सिन्हा ने राजू बजरंगी का सामान, जिसमें एकाध जोड़े कपड़े और दो-चार बर्तनों के अलावा कुछ नहीं है, उन्हें भी लाकर बाहर रख दिया।

इसके बाद आरडब्ल्यूए अध्यक्ष और मन्दिर के सेवायत पण्डित नेमचन्द शर्मा बिना देर किये एक ताला लाया, और उसे कमरे के दरवाज़े पर लगा

दिया। ताला लगाने के बाद घर जाते हुए आरडब्ल्यूए अध्यक्ष ने पीछे मुड़कर भी नहीं देखा।

आशियाना रेसिडेंट वेलफेयर एसोसिएशन के महासचिव, इस्माईलपुर नगर टोली के सह मण्डल कार्यवाह, राष्ट्र को एक समर्पित स्वयंसेवक और मशहूर शायर रामप्रसाद सुमन के सुपुत्र जयप्रकाश सिन्हा ने सबसे पहले लाठियों के गट्ठर और ध्वजों की गठरी को उठाया और उन्हें घर ले आया।

जयप्रकाश सिन्हा उर्फ़ जेपी की आँखें कहीं धोखा तो नहीं खा रही हैं! शाखा जाने के लिए दरवाज़े से जैसे ही वह बाहर आया कि जाते-जाते ठिठक गया। वह सोचने लगा कि कहीं ऐसा तो नहीं है उससे पढ़ने में कोई चूक हो गयी है, या जल्दबाज़ी में वह कुछ और ही पढ़ गया है? लेकिन कुछ क्षण बाद जैसे ख़ुद से कहने लगा कि उसकी आँखें अभी इतनी कमज़ोर नहीं हुई हैं, जो उसे मोटे-मोटे अक्षर न दिखाई दें। यही सोचकर वह दरवाज़े के बाहर चिपके ए फ़ोर साइज़ के इश्तहारनुमा काग़ज़ के और निकट आया, तथा एकाएक बढ़ गयी धड़कन पर क़ाबू पाने की कोशिश कर, उस पर लिखे मोटे-मोटे अक्षरों, शब्दों, हिज्जों और मोबाइल नम्बर को ध्यान से देखने लगा। जैसे ही इश्तहार पर सबसे मोटे अक्षरों को ध्यान से पढ़ा, पढ़ते ही जयप्रकाश के मानो पैर लड़खड़ा गये। रात में या सुबह-सुबह इसे कौन चिपकाकर गया होगा? क्या वह ख़ुद इसे चिपकाने के लिए यहाँ आया होगा? या फिर किसी और से इसे चिपकवाया होगा? हड़बड़ाहट में वह सबसे छोटे शब्दों में लिखे मोबाइल नम्बर को पढ़ना भी भूल गया।

वह उलटे पाँव मुड़ा और तेज़ी से अधखुले दरवाज़े को ठेल अन्दर आ गया। पति को इस तरह बदहवास हुआ देख पत्नी ने घबराते हुए पूछा, "क्या हुआ...कैसे वापस आ गये आज शाखा में नहीं जाना है?"

"बाहर जाकर देख, बराबरवाले फ़्लैट के बाहर क्या लिखा हुआ है!"

"उसने कोई धमकी भिजवायी है क्या?" पत्नी की बाहर जाने की हिम्मत नहीं हुई।

"नहीं, लिखा हुआ है यह फ्लैट बिकाऊ है।"

"कि...किसका फ़्लैट बिकाऊ है?"

"मख़दूम अंकल का और किसका...।" इतना कह जयप्रकाश भच्च से सोफ़े में धँस गया।

"ये तो बड़े खराब आदमी निकले। इसे चिपकाने से पहले कम-से-कम हमसे तो पूछ लेते।" इसके बाद बेटी को आदेश देते हुए बोली, "पिंकी, जरा बगलवाले घर के बाहर चिपके कागज को देखकर आना...और अगर उस पर किसी का नम्बर लिखा हो तो उसे भी लिख लाना! देखें तो सही उस पर किसका नम्बर है।"

माँ का आदेश सुन पिंकी तुरन्त बाहर गयी और मोटे-मोटे शब्दों में इश्तहार पर *यह फ़्लैट बिकाऊ है* के नीचे लिखे मोबाइल नम्बर को लिखकर ले आयी।

"क्या लिखा है इस पर?" सुमन ने बेटी से पूछा।

पिंकी ने जो पढ़ा उसे अक्षरशः सुनाने के बाद नम्बर लिखे काग़ज़ के टुकड़े को अपने पिता को दे दिया। जयप्रकाश ने काग़ज़ पर लिखे हुए नम्बर को नहीं पढ़ा। उसने समय देखा तो पाया अभी साढ़े छह ही बजे हैं। हालाँकि शाखा न जाने का मन उसने तभी बना लिया था, जब उसने बाहर इस इश्तहार को देखा था। क्या अभी फोन करना ठीक रहेगा या उसे घण्टा-डेढ़ घण्टा और इन्तज़ार करना चाहिए? जेपी तय नहीं कर पा रहा है कि वह क्या करे? आठ बजे तक रुकना उसके लिए मुश्किल हो गया। इसी बीच पत्नी एक कप चाय लायी और उसे सामने रखी तिपाही पर रख दिया।

इधर आठ बजे और उधर काग़ज़ पर लिखा नम्बर कब डायल हो गया, जयप्रकाश को मानो इसका पता ही नहीं चला। एक जानी-पहचानी रिंग टोन बजने के दौरान जेपी को आश्चर्य हुआ, कि स्क्रीन पर जो नम्बर नाम के साथ तिरमिरा रहा है, वह तो पहले से उसके फोन में सेव है। फिर ऐसे कैसे हो सकता है?

इससे पहले कि वह पूरे माजरे को समझ पाता, दूसरी ओर से हेलो की आवाज़ आयी।

"हेलो कौन बोल रहे हो?" जेपी ने लरज़ती आवाज़ में पूछा।

"मैं श्रीराम प्रॉपर्टी डीलर से विक्रम बोल रहा हूँ...कहिए जयप्रकाश जी?" दूसरी तरफ़ से उत्तर मिला।

"विक्रम जी, यह आपका नम्बर है?" जेपी अर्थात् जयप्रकाश सिन्हा ने हैरानी के साथ पूछा।

"हाँ मेरा ही है। कहिए, सवेरे-सवेरे कैसे याद किया?"

"बस, ऐसे ही याद आ गयी।" जेपी की हिम्मत नहीं हुई सीधे-सीधे पूछने की।

"कोई विशेष बात?" विक्रम ने दूसरी तरफ़ से कुरेदते हुए पूछा।

"मैं यह पूछ रहा था कि आपने हाल ही में कोई प्रॉपर्टी, मेरा मतलब है किसी मुसलमान का कोई फ़्लैट खरीदा है?"

"अपना तो धन्धा ही बेचने-खरीदने का है जयप्रकाश भाई...आप किस फ़्लैट की बात कर रहे हैं? नाम और जगह बताओ, तो मैं कुछ बताऊँ!"

"आशियाना सोसाइटी में किसी डॉक्टर मंसूर आलम का फ़्लैट है?"

"डाक्टर्रर्ऽऽऽ मंसूर आलऽऽऽम...हाँ याद आया, खरीदा है...क्यों क्या हुआ?"

"वो क्या है कि यह हमारी ही सोसाइटी में रहता था...बल्कि यह हमारे बगलवाला फ़्लैट है।"

"ये कहींऽऽऽ वही मुल्ला तो नहीं है जिसका एक बार बकरा ईद पर आपकी सोसाइटीवालों ने राजू बजरंगी से बकरा खुलवा दिया था?" श्रीराम प्रॉपर्टी डीलर के मालिक विक्रम ने इस बार हैरानी जताते हुए पूछा।

"हाँ-हाँ वही है।" जेपी ने विक्रम की हैरानी को पुष्ट करते हुए कहा।

"लेकिन उसने तो यह नहीं बताया कि वह आपका पड़ोसी है। अगर बताता, तो हो सकता है मैं इसे खरीदता ही नहीं।"

पता नहीं क्यों, इस्माईलपुर नगर टोली के शिवालय मण्डल की शाखा में कभी-कभार दिखाई देनेवाले इस श्रीराम प्रॉपर्टी डीलर की बातों पर जयप्रकाश सिन्हा को विश्वास नहीं हो रहा है।

"मेरे पास आया था वह और उसने बताया भी था कि वह आशियाना में रहता है लेकिन मुझे लगा यह कोई और है। मैंने भी उससे अधिक पूछताछ नहीं की...वैसे भी मुझे क्या करना था पूछ कर। हमें तो अपने धन्धे से मतलब है।" विक्रम जयप्रकाश सिन्हा को उसके द्वन्द्व से उबारते हुए बोला।

"वैसे कितने में बेचकर गया है?" जयप्रकाश सिन्हा मुद्दे पर आते हुए बोला।

"बहुत महँगा पड़ा है जयप्रकाश भाई।" विक्रम ने एक घुटे हुए प्रॉपर्टी डीलर की तरह महँगे शब्द पर ज़ोर देते हुए कहा।

इसके बाद जयप्रकाश सिन्हा की हिम्मत नहीं हुई जो वह यह पूछ ले कि महँगे से उसकी क्या मुराद है।

"हेलो...हेलोऽऽऽ...क्या हुआ जयप्रकाश जी?" विक्रम ने ज़ोर-ज़ोर से कई बार हेलो किया।

"कु...कुछ नहीं। बस ऐसे ही पूछ रहा था।" बमुश्किल जयप्रकाश के मुँह से निकला। ऐसा लगा जैसे शब्द उसके हलक़ में फँस गये हों।

"आपको लेना है? वैसे आपके लिए बहुत अच्छा रहेगा। दोनों को मिलाकर एक बड़ा अपार्टमेंट बना सकते हो। अगर इच्छा है तो बताओ! आप हमारे संघ के मित्र हैं...राष्ट्रवादी हैं और सबसे बड़ी बात यह है कि एक हिन्दू हैं...इसलिए मैं आपके लिए इतना कर सकता हूँ कि इसे नो लोस, नो प्रॉफ़िट में दे दूँगा।" विक्रम ने जयप्रकाश सिन्हा को घेरते हुए कहा।

"इसीलिए तो पूछ रहा था कि वह कितने में बेचकर गया है?"

"आपसे क्या झूठ बोलना जयप्रकाश भाई...भारत माता की सौगन्ध, उस मुल्ले से मैंने इसे..."

श्रीराम प्रॉपर्टी डीलर के मालिक विक्रम ने इसके बाद जो रकम बतायी, उसे सुन जयप्रकाश सिन्हा का माथा एकाएक पसीने से चू गया। बड़ी मुश्किल से बोला, "कल तो आप शाखा में आ रहे हैं न?"

"आप कहो तो मैं आ जाता हूँ। बल्कि मैं तो आज भी आया हुआ हूँ।" सफ़ेद झूठ बोल गया विक्रम।

"आज तो बहुत देर हो चुकी है। ऐसा करते हैं कल बात करते हैं।" इसके बाद जयप्रकाश सिन्हा को फोन काटने की ज़रूरत नहीं पड़ी। दूसरी तरफ़ से अपने आप कट गया।

अगले दिन जयप्रकाश सिन्हा शिवालय के पीछे लगनेवाली शाखा में सबसे पहले पहुँच गया। बल्कि मुख्य शिक्षक भरत प्रसाद भी *गुरुजी* अर्थात् ध्वज लेकर उसके बाद आया। गुरुजी को पहले से तय स्थान पर खड़ा करने के बाद पहले मुख्य शिक्षक ने संघ की मुद्रा विशेष में ध्वजप्रणाम किया

और पीछे हट गया। इसके बाद जयप्रकाश ने भी ध्वज के सम्मुख खड़े होकर दोनों पैरों को मिलाकर प्रणाम किया और पीछे हट गया।

रविवार होने के कारण संघ-स्थल शाखा शुरू होते-होते स्वयंसेवकों से भर गया। लेकिन जयप्रकाश सिन्हा की आँखें जिस माँ भारती के उपासक और अपने हिन्दू सहोदर भाई को तलाश रही हैं, वह कहीं दिखाई नहीं दे रहा है। इस बीच मुख्य शिक्षक ने हल्की दौड़ से शाखा प्रारम्भ करते हुए शरीरिक व्यायाम कराना शुरू कर दिया। लगभग पन्द्रह मिनट बाद सूर्यनमस्कार भी शुरू हो गया। साठ मिनट की शाखा का लगभग आधा समय बीत गया परन्तु जयप्रकाश को जिसका इन्तज़ार है, उसका दूर-दूर तक पता नहीं है। इस कारण न उसका मन व्यायाम में लग रहा है, न सूर्यनमस्कार करते हुए सूरज की ऊष्मा उसे भा रही है। तभी अचानक दूर से एक बेडौल आकृति को तेज़ी से शाखा की ओर आता देख, जयप्रकाश की मानो साँसें लौट आयीं। जिस सूर्यनमस्कार में उसका मन नहीं रम रहा था और इसके अन्तर्गत आनेवाले सात आसनों के चौथे *चार अंगवाला डण्डासन* यानी *चतुरंग दण्डासन* को करते हुए कई बार वह मुँह के बल गिरते-गिरते बचा, उसे आता देख उसके अंगों में बिजली की सी तेज़ी आ गयी। इसके बाद तो जयप्रकाश सिन्हा की चपलता देखते ही बन रही है।

विलम्ब से आने के कारण विक्रम ने पहले ध्वज के सम्मुख आकर प्रणाम किया। इसके बाद नगर कार्यवाह को प्रणाम कर उसकी अनुमति लेने के बाद उसने गणशिक्षक की अनुमति ली, और फिर सूर्यनमस्कार करते स्वयंसेवकों में शामिल होने के बजाय एक ओर जाकर बैठ गया।

भले ही शाखा अब अपने अन्तिम चरण यानी बौद्धिक कार्यक्रम के निकट पहुँच चुकी है, किन्तु जयप्रकाश की नज़र एक तरफ़ बैठे विक्रम पर ही टिकी हुई है। कहीं ऐसा न हो कि वह चुपचाप इधर-उधर हो जाये।

"मैं आज बौद्धिक कार्यक्रम को आप स्वयंसेवकों पर छोड़ता हूँ कि जिसे जो सुभाषित, अमृत-वचन या कोई शाखा-गीत सुनाना हो, वह स्वयं आगे आ जाये!" मुख्य शिक्षक ने एक प्रयोग करते हुए कहा।

इतना सुनना था कि सह मण्डल कार्यवाह जयप्रकाश सिन्हा अपनी जगह से खड़ा हुआ और आगे आ गया।

"मैं आज डॉ. केशवराव बलिराम हेडगेवार का एक अमृत-वचन सुनाना चाहता हूँ जो इस प्रकार है–*संसार में शान्ति और सुव्यवस्था के लिए सन्तुलन की आवश्यकता होती है, जहाँ बलहीन और बलवान एकत्र रहते हैं, वहाँ अशान्ति अवश्यम्भावी है। दो शेर एक-दूसरे को नहीं छेड़ते। किन्तु शेर और बकरी यदि एक स्थान पर आ जाते हैं तो वहाँ क्या होता है, यह बताने की आवश्यकता नहीं है। यहाँ बलवालों में ही शान्ति तथा प्रेम होता है।*"

"बहुत अच्छा जयप्रकाश जी। कोई और गण जो गीत अथवा कोई सुभाषित सुनाना चाहता हो?"

मुख्य शिक्षक के इस आह्वान पर इस बीच बौद्धिक मण्डल में आकर बैठ गया विक्रम बोला, "आज मैं भी एक सुभाषित सुना ही देता हूँ, जो इस तरह है विद्या ददम विनया विनन्ति..."

श्रीराम प्रॉपर्टी डीलर विक्रम अभी आगे कुछ कह पाता, कि रुद्रपाल ने हँसते हुए उसे बीच में टोक दिया, "विक्रम जी, यह आपसे नहीं हो पायेगा। आप तो प्रॉपर्टी डीलर ही ठीक हैं। दरअसल, यह सुभाषित इस तरह है *विद्या ददाति विनयं विनयात याति पात्रताम*। इसका अर्थ यह है कि ज्ञान, विनय, और पात्रता के बिना समृद्धि नहीं हो सकती। इस सुभाषित में ज्ञान का महत्त्व छिपा हुआ है।"

"रुद्रपाल जी, अभी क्या गीत की भी आवश्यकता है?" मुख्य शिक्षक ने नगर कार्यवाह से पूछा।

"जब सबकुछ हो रहा है तो गीत भी हो जाये! मैं चाहता हूँ कि आज शकुनि जी अपने सुरीले कण्ठ से कोई गीत सुनायें...आइए शकुनि जी!" नगर कार्यवाह ने मुस्कराते हुए शकुनि आर्य को बुलाया।

शकुनि के लिए गीत गाना कोई मुश्किल नहीं है। अपने स्वर्गीय पिताश्री लाला अमरचन्द आर्य के साथ बचपन में रसूलपुर आर्य समाज मन्दिर में उसने न जाने कितने गीत गाये हैं। उनमें से न जाने कितने तो उसे कण्ठस्थ हैं। बिना संकोच के वह आगे आया और अपनी फटे बाँस जैसी बेसुरी मधुर आवाज़ में गीत सुनाने लगा–

करवट बदल रहा है देखो, भारत का इतिहास

जाग उठा है हिन्दू-हृदय में विश्व विजय विश्वास।

गीत समाप्त होने के बाद शाखा विकिर से पूर्व *प्रार्थना* के लिए सभी स्वयंसेवक अपनी-अपनी जगह पर खड़े हो गये। प्रार्थना हुई और अन्त में *भारत माता की जय* के साथ शाखा विसर्जित हो गयी।

एक-एक कर सारे स्वयंसेवकों के चले जाने के बाद विक्रम ने ही पहल करते हुए जयप्रकाश सिन्हा से पूछा, "जयप्रकाश भाई, अब बताइए कल क्या कह रहे थे?"

"मैं यह कह रहा था कि हमारी सोसाइटी के उस आदमी ने अपना फ़्लैट कितने में बेचा था?" जयप्रकाश ने सीधे ही पूछ लिया।

"यदि आप इसे लेने के इच्छुक हैं तो बताइए! रही बात कीमत की तो मैंने कल ही आपको बता दिया था कि मैं इसे आपको नो लोस, नो प्रोफ़िट में दे दूँगा!"

जयप्रकाश सिन्हा और विक्रम के बीच चल रही वार्ता को सुन, रुद्रपाल ने पलटते हुए पूछा, "ऐसा कौन-सा फ़्लैट है जिसे आप नो लोस, नो प्रोफ़िट में दे रहे हैं?"

"वही जो सिन्हा जी के बगल में है।"

"कहीं उस मुल्ले के फ़्लैट की बात तो नहीं हो रही है, जो आपकी सोसाइटी छोड़कर भाग गया है? वह क्या बिक गया है?" रुद्रपाल ने चौंकते हुए पूछा।

"हाँ! उसे अपने विक्रम जी ने ही खरीदा है। लेकिन ये जो रकम माँग रहे हैं, वह बहुत अधिक है।"

"रुद्रपाल जी, जयप्रकाश जी हमारे संघ के मित्र हैं...और सबसे बड़ी बात यह है कि ये भी एक हिन्दू हैं...इसलिए अधिक-से-अधिक मैं यही कर सकता हूँ कि इन्हें नो लोस, नो प्रोफ़िट में दे सकता हूँ। माँ भारती की सौगन्ध रुद्रपाल जी, सुबह-सुबह रोजी की कसम खाकर कह रहा हूँ कि मैं कुछ नहीं कमा रहा हूँ इसमें। अगर ये राजी हों तो ठीक है वरना बहुत ग्राहक हैं।" विक्रम ने जयप्रकाश सिन्हा को लगभग चित करते हुए इस बार अन्तिम तीर चलाया, "एक बात और इसके लिए आपके पास केवल एक महीने का समय है। बाकी आप सोच लीजिए!"

लेकिन विक्रम जितना पैसा माँग रहा है जयप्रकाश सिन्हा ने एक तरह से यह कहते हुए मना कर दिया, "विक्रम जी, मेरी इतनी गुंजाइश नहीं है।"

इतना कह जयप्रकाश सिन्हा थके क़दमों से अपने घर चला आया।

"विक्रम जी, सचमुच आप उसे नो लोस, नो प्रोफ़िट में दे रहे हो?" जयप्रकाश सिन्हा के जाते ही रुद्रपाल ने कुटिलता के साथ विक्रम को टटोला।

"ऐसे नो लोस-नो प्रोफ़िट में देने लगे तो कर लिया धन्धा। अगर घोड़ा घास से यारी करना शुरू कर दे, तो वह भूखा ना मर जाये।" विक्रम ने भी उसी कुटिलता के साथ उत्तर दिया, जिस कुटिलता के साथ रुद्रपाल ने सवाल किया था।

"फिर यह माँ भारती की सौगन्ध...रोजी की कसम और यह कहना कि आप हमारे संघ के मित्र हैं...एक हिन्दू हैं...यह सब क्या था?"

"यह सब ड्रामा करना पड़ता है। धन्धे में भावुकता की कोई जगह नहीं होती रुद्रपाल जी। रही बात इन सौगन्ध और कसमों की, तो ये ग्राहक देखकर खायी जाती हैं...और फिर ये सौगन्ध और कसमें कौन-सी खरीद कर लायी जाती हैं? अगर भारत माता की कसम, संघ का मित्र या फिर हिन्दू कहने से दो पैसा बच रहा है तो इसमें बुराई क्या है? रुद्रपाल जी, धन्धे में आदमी को पूरा धन्धेबाज और प्रपंची होना पड़ता है। मेरी तो मान्यता यह है कि धन्धे का राष्ट्रवाद, हिन्दुत्व और धर्म से कोई लेना-देना नहीं होना चाहिए।"

रुद्रपाल अच्छी-ख़ासी बाहर निकली तोंद, अनियन्त्रित नितम्बों और भरे हुए गालोंवाले, सीधे हाथ की आधी से अधिक अँगुलियों में तरह-तरह की रत्न-जड़ित अँगूठियाँ पहननेवाले और हमेशा बायें हाथ की मध्यमा में घोड़े की नाल से बना छल्ला पहननेवाले विक्रम की इन अर्थशास्त्रीय मान्यताओं, सिद्धान्तों और उसकी स्पष्टवादिता को देख उसका क़ायल होकर रह गया।

"यह देश सेवा अथवा राष्ट्र सेवा भी तभी सम्भव है रुद्रपाल जी, जब आपके पास सेवा करने के पर्याप्त साधन हों। राष्ट्रवाद और धर्म को इससे कोई मतलब नहीं है कि आप माँ भारती के चरणों में जो अर्पित कर रहे हैं, उसे कैसे और कहाँ से अर्जित करके ला रहे हो। धन्धे में नैतिक-अनैतिक का कोई मोल नहीं होता। आप ईमानदारी से कमाकर ला रहे हैं या बेईमानी से...मेहनत से कमाकर ला रहे हैं अथवा कहीं से चोरी करके ला रहे हैं, इस सबका कोई

अर्थ नहीं है! चलिए छोड़िए, अगर सिन्हा जी को जरूरत होगी तो मैं जितना माँग रहा हूँ, उसे देना पड़ेगा वरना वह अपने घर और मैं अपने घर।"

51

बजरंग दल में शामिल होने के बाद राजू बजरंगी और दलपत मीणा देखते-देखते हिन्दू अस्मिता की नयी पहचान बन गये। बल्कि अब तो इन दोनों ने इस्माईलपुर गोरक्षक दल से अलग होकर अपना *बजरंगी गोरक्षक दल* नाम से दल ही बना लिया। मजाल है इस्माईलपुर और उसके आसपास के इलाक़े से कोई टेम्पू-ट्रक या कोई सन्दिग्ध वाहन रात-बिरात इनकी नज़रों से बचकर निकल तो जाये। *बजरंगी गोरक्षक दल* एक तरह से आरटीओ के समान्तर एक ऐसा तन्त्र या कहिए संगठन बन गया, जिसके गोरक्षक जगह-जगह गले में भगवा गमछा डाल नाकों पर मुस्तैदी के साथ तैनात रहते। जब से आशियाना आरडब्ल्यूए के महासचिव जयप्रकाश सिन्हा ने सावरकर मन्दिर में रखे राजू के सामान को लौटाया है, तब से उसने आशियाना भी आना छोड़ दिया। उसे तो अब यह भी याद नहीं कि अन्तिम बार वह यहाँ कब आया था?

पिछले छह महीने में तो *बजरंगी गोरक्षक दल* इतना चर्चा में आ गया, कि जिस पुलिस प्रशासन के अधिकारी उसके साथ बड़े गर्व के साथ तस्वीर खिंचवाते थे, वे ही सवालों के घेरे में आ गये। इसका परिणाम यह हुआ कि पुराने डीसीपी का तबादला कर, उसकी जगह नये डीसीपी को तैनात कर दिया गया।

नये डीसीपी ने आते ही हिन्दुत्व व गोरक्षा के नाम पर हो रही अवैध वसूली, अराजकता और इस गुण्डागर्दी के चलते *बजरंगी गोरक्षक* दल को सर्विलांस पर ले लिया। सर्विलांस पर लेने और डीसीपी द्वारा की गयी गहन छानबीन और तहक़ीक़ात के बाद जो चौंकानेवाले तथ्य सामने आये, उन्हें देख पुलिस प्रशासन के कान खड़े हो गये। सबसे बड़ी चौंकानेवाली बात यह है कि गोरक्षा के नाम पर पिछले साल-भर में जितनी भी वारदातें हुईं, उन सबके केन्द्र में राजू बजरंगी ही निकला। डीसीपी ने चोर नहीं, चोर की माँ को दबोचा जाये वाले सिद्धान्त पर अमल करते हुए, सबसे पहले बजरंगी गोरक्षक दल के सरगना राजू बजरंगी और दलपत मीणा को उठवाया। इसके बाद जो

रहस्य और तथ्य सामने आये, उसने डीसीपी की सारी आशंकाओं की पुष्टि कर दी। पुष्टि होते ही राजू बजरंगी और दलपत मीणा को गिरफ़्तार कर उनके ख़िलाफ़ एक नहीं, दो नहीं बल्कि दर्ज़न से अधिक संगीन धाराओं के तहत एफ़आईआर दर्ज करवायी गयी।

जैसे-जैसे यह ख़बर फैलने लगी कि राजू बजरंगी और दलपत मीणा को गिरफ़्तार कर लिया गया है, एक-एक कर हाई कोर्ट का वकील कौशल, वकील कुलभूषण वर्मा और दूसरे राष्ट्रवादी पीछे हटते चले गये। यहाँ तक कि इस्माईलपुर नगर टोली भी उससे पीछा छुड़ाने के बहाने खोजने लगी।

एक दिन तो पारस जैन ने *बौद्धिक कार्यक्रम* के दौरान कह भी दिया, "शकुनि जी, मेरा विचार है कि अब हमें इस राजू से पीछा छुड़ा लेना चाहिए। कहीं ऐसा न हो कि उसके चक्कर में हमें भी धर लिया जाये!"

"पारस जी का कहना एकदम सही है शकुनि जी। पिछले दिनों पहले उसने एक टेम्पू में बीफ़ ले जाने के नाम पर एक बुजुर्ग मुल्ले को बुरी तरह मारा...उसके बाद इस दल के लौंडों ने हाकिम खान नाम के लड़के के हाथ-पाँव तोड़ दिये...यहाँ तक तो ठीक था क्योंकि इन मुल्लों को टाइट करना जरूरी था। लेकिन हद तो तब हो गयी जब राजू और दलपत ने मुसलमान समझकर एक हिन्दू लड़के को ही जलाकर मार दिया।" नगर कार्यवाह रुद्रपाल पहली बार थोड़ा विचलित होते हुए बोला।

"मैंने तो इसीलिए उसका नम्बर ब्लॉक कर दिया है। मुझे भी अब उससे डर लगने लगा है।" अपने गाँव रसूलपुर से साथ लाये अपने टहलुए राजू बजरंगी नाम के गोरक्षक से शकुनि ने भी दूरी बनाने की घोषणा कर दी।

"यह तो पहलेवाला डीसीपी अपने संघ का था इसलिए वह बचा हुआ था, लेकिन यह जो नया डीसीपी आया है, सुना है वह बहुत ईमानदार और सख़्त है। न किसी संघ के आदमी की सुनता है, न किसी नेता की। पुराने से तो कहकर मैंने राजू के खिलाफ बकरा ईद और बीफ़ के नाम पर जयप्रकाश जी के पड़ोसी के साथ की गयी लिंचिंग में उसे बचवा दिया था, किन्तु अब मुश्किल है।" प्राथमिक शिक्षित स्वयंसेवक और अपने आपको हाई कोर्ट का व़कील बतानेवाले कौशल ने कहा।

"देखिए शकुनि जी, आपके जो प्लान सफल होने थे, वे हो गये...

उस मुल्ले को भगाना था, भगा दिया। राजू और दलपत का जितना इस्तेमाल होना था हो गया, अब इनकी हमें कोई आवश्यकता नहीं हैं। बल्कि अब इस कम्बल को जितना शीघ्र उतारकर फेंक सकते हो, फेंक दो!" ज़िला कार्यवाह इन्दरजीत पूरी तरह इन दोनों से पीछा छुड़ाने की सलाह देता हुआ बोला।

"बल्कि इधर-उधर से कोई इन्क्वारी करने आये तो साफ मन कर दो, कि हम किसी राजू-फाजू बजरंगी को नहीं जानते हैं। इस बला से अब दूर रहना ही अच्छा है।" रुद्रपाल ने ऐसे मामलों में आज़माया जानेवाला सबसे प्राचीन और पारम्परिक तरीक़ा बताते हुए कहा।

इस तरह इस सामूहिक निर्णय के साथ कि हम किसी राजू बजरंगी या दलपत मीणा को नहीं जानते, सब अपने-अपने घर चले आये।

घर आते ही जयप्रकाश सिन्हा ने सबसे पहला काम यह किया कि राजू बजरंगी का जो सामान उसके पास पड़ा था, उसे कूड़ेदान के हवाले कर दिया। हालाँकि सामान के नाम पर उसके पास कुछ विशेष था भी नहीं। पूरे आशियाना को भी इसकी ख़बर लग गयी कि सावरकर मन्दिर में रहनेवाले राजू बजरंगी को पुलिस ने गिरफ़्तार कर लिया है। जैसे ही आशियाना आरडब्ल्यूए अध्यक्ष और मन्दिर के पुरोहित पण्डित नेमचन्द शर्मा को राजू बजरंगी की गिरफ़्तारी की सूचना मिली, वह बेचैन हो उठा। बेचैन इसलिए कि एक तो राजू कई साल से सावरकर मन्दिर के कमरे में रहा, वह भी उसकी सहमति और अनुमति से। दूसरा, हिन्दू नववर्ष मनाने और उसके बाद डॉ. मंसूर आलम के ख़िलाफ़ जिस तरह से इस राजू का इस्तेमाल कर उसे सोसाइटी से भगाया गया, उसके बारे में आरडब्ल्यूए और उसके अध्यक्ष को पता ना हो, यह सम्भव नहीं है। यदि पुरानी कड़ियों को जोड़ते हुए पुलिस उस तक पहुँच गयी, तो उसकी एकाध महीने की सज़ा होने से कोई नहीं रोक सकता। ऐसे में क्या किया जाये? इसी सोच-विचार में आरडब्ल्यूए अध्यक्ष का पूरा दिन निकल गया। यदि इस राजू को उसी समय मन्दिर से बाहर का रास्ता दिखा दिया होता, तो आज यह नौबत नहीं आती। पण्डित नेमचन्द शर्मा ने बहुत सोचा और अन्त में जो रास्ता सुझाई दिया, उसको अमल में लाने के लिए वह सक्रिय हो गया।

इस गुप्त मीटिंग को आरडब्ल्यूए अध्यक्ष ने अपने घर पर बुलाया। इस बात का उसने विशेष ध्यान रखा कि वर्तमान आरडब्ल्यूए महासचिव जयप्रकाश

सिन्हा को इसमें आमन्त्रित नहीं किया जाये। ऐसा हुआ भी। आरडब्ल्यूए के दोनों पदाधिकारी उपाध्यक्ष श्यामलाल वर्मा और कोषाध्यक्ष डी. एन. भार्गव के आने के बाद अध्यक्ष नेमचन्द शर्मा ने जब उन्हें अपनी चिन्ता से अवगत कराया, तो सुनते ही दोनों का ललाट पसीज गया। लेकिन अगले पल जैसे ही अध्यक्ष ने सबके बचने का रास्ता सुझाया, उसे सुन सबके चेहरे खिल उठे।

"शर्मा जी, आपके इस सुझाव से मैं सौ फीसद सहमत हूँ। इससे पहले कि खुदा-न-खास्ता पुलिस हमारी सोसाइटी तक पहुँचे, हमें अर्जेंट मीटिंग बुलाकर यह काम तुरन्त कर देना चाहिए।" कोषाध्यक्ष ने बिना एक पल गँवाये अपने अध्यक्ष द्वारा सुझाये रास्ते को हरी झण्डी दिखा दी।

"अगर उसने इसकी वजह पूछ ली, तब उसे क्या जवाब दोगे?"

"वर्मा जी, अब भी उसे जवाब देने की जरूरत पड़ेगी? अरे भई, कह देंगे कि तेरी वजह से अच्छी-खासी अमन-चैन से रह रही सोसाइटी का माहौल खराब हो रहा है। और फिर इस राजू बजरंगी और इन संघवालों को भी तूने ही सोसाइटी में घुसाया था। तेरी ही वजह से एक भले आदमी को सोसाइटी छोड़कर जाना पड़ा।" आरडब्ल्यूए अध्यक्ष नेमचन्द शर्मा ने अपने उपाध्यक्ष श्यामलाल वर्मा के सशंय से धूल पोंछते हुए कहा।

"ऐसा है फिर इसका प्रस्ताव मैं रखूँगा, आप उस पर बस अपनी सहमति की मोहर लगा देना!" कोषाध्यक्ष डी. एन. भार्गव बोला।

"अगर आप सब सहमत हैं तो मैं भी आपके साथ हूँ। लेकिन इस काम को जितनी जल्दी किया जाये, उतना ही अच्छा रहेगा।" नेमचन्द शर्मा ने भी तुरन्त अपनी सहमति प्रदान कर दी।

"वैसे एसोसिएशन के चुनावों में अभी डेढ़ साल के आसपास का समय बचा है। क्या इस तरह उसे बिना किसी कारण के अलग करना उचित होगा?" उपाध्यक्ष श्यामलाल वर्मा ने पूछा।

"फिर तो एक ही उपाय है कि क्यों न हम सब..."

"यह ठीक रहेगा।" श्यामलाल वर्मा ने डी. एन. भार्गव से सहमति जताते हुए कहा।

"तो फिर आज शाम को ही यह काम किया जा सकता है। अगर वह ख़ुद त्यागपत्र दे देता है, तो बहुत अच्छा वरना फिर यही उपाय अपनाना पड़ेगा जो

भार्गव जी ने बताया है। आप कहें तो मैं अभी उसको फोन पर बता देता हूँ।" इसके बाद आरडब्ल्यूए अध्यक्ष ने उपाध्यक्ष और कोषाध्यक्ष की स्वीकृति की भी प्रतीक्षा नहीं की और उसे फोन मिला दिया।

"हेलोऽऽऽ...हाँ सिन्हा साहब...मैं शर्मा बोल रहा हूँ...नमस्कार-नमस्कार...ऐसा है कि शाम को छह बजे एसोसिएशन की एक छोटी-सी मीटिंग बुलायी है...मुद्दा तो कोई खास नहीं है...आ जाइये, आपको वहीं पता चल जायेगा...नहीं-नहीं, ऐसा कोई खास मामला नहीं है...ठीक है मिलते हैं छह बजे...मेरे ही घर पे रखी है...!" फोन कटते ही अध्यक्ष बोला, "ठीक किया न? सु...सु क्या, सीधा सुसरी कहो न!"

"आपने सही किया। फालतू बात करने की जरूरत ही क्या थी। ठीक है छह बजे मिलते हैं।" इसके बाद उपाध्यक्ष श्यामलाल वर्मा घर जाने के लिए उठ गया।

आशियाना निवासी कल्याण संघ महासचिव जयप्रकाश सिन्हा ठीक छह बजे अध्यक्ष नेमचन्द शर्मा के घर पहुँच गया। जिस समय वह वहाँ पहुँचा तो देखा उपाध्यक्ष श्यामलाल वर्मा और कोषाध्यक्ष डी. एन. भार्गव पहले से बैठे हुए हैं। अपने महासचिव के आते ही अध्यक्ष उठकर अन्दर गया और कुछ ही देर में बिस्कुट-नमकीन लाकर मेज़ पर यह कहते हुए रख दिया कि जब तक चाय आये, तब तक इन्हीं में लगे रहो। चाय आने तक अध्यक्ष, उपाध्यक्ष और कोषाध्यक्ष इसी उधेड़-बुन में उलझे रहे कि बात कैसे और कहाँ से शुरू की जाये?

आख़िर उपाध्यक्ष श्यामलाल वर्मा ने मठारते हुए पहले गले का जैसे सुर ठीक किया, और फिर बड़े ही नपे-तुले शब्दों में बोला, "जयप्रकाश जी, यह तो आपको पता ही चल गया होगा कि आपके राजू बजरंगी को पुलिस ने गिरफ्तार कर उसे जेल में डाल दिया है!"

"हाँ, मैंने भी सुना है!" आरडब्ल्यूए महासचिव ने बताया।

"एसोसिएशन के लोगों का कहना है कि इससे पहले पुलिस पूछताछ करते हुए यहाँ तक पहुँचे, क्यों न हम सब एसोसिएशन से इस्तीफा दे दें। पुलिस आयी तो कह देंगे कि यहाँ कोई आरडब्ल्यूए नहीं है। वैसे सबका कहना यह है कि राजू बजरंगी को इस सोसाइटी में घुसानेवाले आप हैं, और

आप इस समय महासचिव हैं। इसलिए इसका एक तरीका तो यह है कि आप स्वयं एसोसिएशन से इस्तीफा दे दें याऽऽऽ..."

"वर्मा जी, ऐसे कैसे इस्तीफ़ा दे दूँ?" जयप्रकाश सिन्हा तमतमाते हुए बोला।

"आप नहीं दे सकते, तो हम दे देते हैं...चला लेना एसोसिएशन को अकेले ही...और देते रहना पुलिसवालों को जवाब! हमारा क्या, हम तो साफ कह देंगे कि उसे इस सोसाइटी में लानेवाले आप हैं। आप ही जानते हैं उसके बारे में।" उपाध्यक्ष श्यामलाल वर्मा ने भी उसी तुर्शी के साथ उत्तर दिया, जिस तुर्शी के साथ जयप्रकाश सिन्हा ने प्रश्न उठाया था।

"जयप्रकाश जी, यही ठीक रहेगा कि सम्मानजनक तरीके से आप इस्तीफ़ा दे दें! वरना क्या होगा कि हमारे इस्तीफा देते ही नये सिरे से चुनाव होंगे... और जब चुनाव होंगे तो इसकी क्या गारंटी है कि आप फिर से महासचिव चुन लिए जायेंगे। वैसे भी आपकी वजह से यह सोसाइटी पहले ही बहुत बदनाम हो चुकी है।"

नेमचन्द शर्मा के इतना कहने के बाद जयप्रकाश सिन्हा से कुछ जवाब देते नहीं बना। निरुत्तर हो गया वह।

"अब बताइए, आप इस्तीफा दे रहे हैं या हम अपना लिखकर आपको दे जायें!" श्यामलाल वर्मा ने साफ़ शब्दों में चेतावनी देते हुए कहा।

"वैसे एकमत से आरडब्ल्यूए अध्यक्ष, उपाध्यक्ष और कोषाध्यक्ष आपको निष्कासित भी कर सकते हैं, परन्तु हम ऐसा नहीं करना चाहते हैं। अच्छा है आप ही इस्तीफा दे दें और सम्मान के साथ एसोसिएशन से अपने आप को अलग कर लें!" डी. एन. भार्गव ने जयप्रकाश सिन्हा के मानो सारे रास्ते बन्द कर दिये।

"शर्मा जी, आपके घर में कोरा कागज-पैन हो तो लाना जरा!" उपाध्यक्ष श्यामलाल वर्मा ने जयप्रकाश सिन्हा के इस्तीफ़े पर जैसे आख़िरी कील ठोंक दी। उसने अपने महासचिव को सोचने का भी अवसर नहीं दिया।

नेमचन्द शर्मा तुरन्त उठा और एक कोरा काग़ज़ व पैन लाकर जयप्रकाश सिन्हा के सामने रख दिया। जयप्रकाश ने चुपचाप इस्तीफ़ा लिखा और उसे आरडब्ल्यूए को सौंपकर चला आया। इस दौरान उसने ध्यान भी नहीं दिया कि

कब चाय आयी, और कब बिना एक घूँट पिये उस पर पतली परत तिरमिराने लगी।

अगले दिन सावरकर मन्दिर के बाहर लगे नोटिस ने पूरे आशियाना अपार्टमेंट को बता दिया, कि कुछ निजी कारणों के चलते जयप्रकाश सिन्हा ने आरडब्ल्यूए महासचिव के पद से इस्तीफ़ा दे दिया है। दूसरे शब्दों में कहा जाये तो रामप्रसाद सुमन के पुत्र जयप्रकाश सिन्हा आशियाना रेज़ीडेंट वेलफेयर एसोसिएशन के अब महासचिव नहीं रहे।

ज़िला जेल की बैरक।

बैरक के नाम पर तीन तरफ़ दीवार से घिरा लगभग बीस क़ैदियों की क्षमतावाला बाड़ा। न कोई रोशनदान, न कोई खिड़की। बस एक मज़बूत सलाख़ोंवाला बड़ा दरवाज़ा, जिसके दूसरी ओर तीन गुना क़ैदी रखे गये हैं। शुरू में लगभग डेढ़ महीना निरीक्षण के लिए मुलाहज़ा बैरक में रखने के बाद, *बजरंग गोरक्षक दल* के दोनों मुखियाओं राजू बजरंगी और दलपत मीणा को एक-एक चटाई देकर इसी बैरक में भेज दिया गया है।

शुरू में जब दोनों गोरक्षकों को मुलाहज़ा बैरक में रखा गया था, तब ऐसा कोई दिन नहीं जाता था, जब राजू सुबह होते ही सलाख़ों के पास आकर खड़ा होता और शाम होने के बाद भी अपने मालिक शकुनि आर्य का इन्तज़ार करता था। सुबह से शुरू होनेवाला यह इन्तज़ार तभी ख़त्म होता जब शाम का झुटपुटा धीरे-धीरे रात में बदलने लगता। अपने मालिक की प्रतीक्षा में पूरे दिन दोनों हाथों से सलाख़ों को पकड़े रहने और खड़े रहने के कारण अब राजू यानी राजकुमार अर्थात् राजू बजरंगी की टाँगें और आँखें थकने लगी हैं। दलपत मीणा से तो फिर भी उसके परिवारवाले और एकाध रिश्तेदार मिलने आ जाते, लेकिन राजू बजरंगी का पूरा दिन इसी आस में बीत जाता, कि कोई तो उससे मिलने आये।

इन दोनों को पूरा भरोसा और उम्मीद थी कि और कोई आये या ना आये, प्राथमिक शिक्षित और हाई कोर्ट में वकील कौशल या फिर कुलभूषण वर्मा नगर टोली के पदाधिकारियों के साथ अवश्य आयेंगे। क्योंकि इन दोनों ने स्वयं अपने कानों से सुना और आँखों से देखा था, कि कौशल कई बार भरी शाखा में कह चुका है कि जब कभी आप स्वयंसेवकों में से कोई स्वयंसेवक चोरी-

चकारी, जेबतराशी या किसी अन्य जुर्म में फँस जाये, तो यह कौशल उसकी पूरी मदद करेगा। इसी तरह दूसरे वकील और स्वयंसेवक कुलभूषण वर्मा भी यही बात कह चुका है, कि अगर कभी माँ भारती के सपूतों पर संकट आये तो मुझे याद कर लेना!

मगर आज तक न तो राजू का मालिक शकुनि आर्य उसकी मदद के लिए आया, न इस्माईलपुर नगर टोली का कोई पदाधिकारी। न प्राथमिक शिक्षित और हाई कोर्ट का वकील कौशल आया, न ही कुलभूषण वर्मा। अब तो सलाख़ों से पूरे-पूरे दिन माथा टिकने के कारण इन दोनों के माथे पर ना-उम्मीदी के गहरे और लम्बे निशान पड़ गये हैं। उन्हें तो यह भी नहीं पता कि कितने दिनों की सज़ा मिली है? इस तरह कब सुबह होती और दिन ढलते हुए क़ब शाम हो जाती, दोनों में से किसी को पता नहीं चलता। धीरे-धीरे भरोसे और उम्मीदों की कोमल हरी पत्तियाँ ज़र्द होते हुए अन्ततः कुम्हलाकर सूख गयीं। राजू बजरंगी और दलपत मीणा की दुनिया ज़िला जेल की बैरक में सिमटकर रह गयी। राजू को तो यह भी नहीं मालूम कि इस बारे में उसके मालिक शकुनि आर्य ने रसूलपुर में अपने पुराने टहलुओं यानी उसके माँ-बाप को बताया भी है या नहीं?

इधर बहुत तेज़ी से घटनाक्रम बदले। भोले की मज़ार को ध्वस्त करने के बाद प्राचीन शिवालय और आर्य समाज मन्दिर प्रबन्धक समिति के लिए सर्वसम्मति से महासचिव और ख़ज़ांची के पद पर इस बार जाटों ने अपने विजयपाल सोलंकी को चुन लिया। इस्माईलपुर की स्थानीय खाप ने यह कहते हुए शकुनि आर्य को प्रबन्धक समिति से बाहर का रास्ता दिखा दिया कि वह कौन-सा उनका सगा है। अपना विजयपाल मारेगा भी, तो कम-से-कम छाँह में तो डालेगा। जबकि सच्चाई यह है कि शकुनि आर्य को इन पदों से हटवाने में इस्माईलपुर नगर टोली के मण्डल कार्यवाह विजयपाल सोलंकी की ही प्रमुख भूमिका रही है। प्रबन्धक समिति का महासचिव और ख़ज़ांची बनने के बाद विजयपाल सोलंकी ने सबसे पहला निर्णय यह लिया, कि शिवालय में लगनेवाली शाखा को लगने से मना कर दिया। इतना ही नहीं शाखा को त्याग उसने अपना अधिकतर समय अब प्रबन्धक समिति को देना शुरू कर दिया। आरम्भ में शकुनि आर्य को विश्वास नहीं हुआ कि विजयपाल ऐसा भी

कर सकता है। कम-से-कम उसे इसकी तो क़तई उम्मीद नहीं थी, कि वह शिवालय मण्डल की शाखा को भंग करवा देगा। इसलिए वह कई दिनों तक पूरे *गणवेश* में शिवालय आता रहा, और भोले की मज़ार के पास लगनेवाली शाखा की जगह को टकटकी लगाये देखता रहता। बीच-बीच में कभी वह सूने संघ-स्थल को निहारता, तो कभी मज़ार को तोड़कर उसकी जगह बना दी गयी मढ़ी पर विराजी सती की मूर्ति को निरखता रहता। एक सप्ताह बाद जब उसे पूरा यक़ीन हो गया कि सचमुच यहाँ अब कभी शाखा नहीं लगेगी, तब जाकर उसने यहाँ आना बन्द किया। शुरू में तो वह आशियाना आरडब्ल्यूए के पूर्व महासचिव जयप्रकाश सिन्हा से भी मोबाइल पर बात करता रहा, और कई बार उसने सोचा कि एक बार वह जयप्रकाश सिन्हा से जाकर मिल आये, परन्तु उसने उससे मिलने का इरादा भी त्याग दिया। धीरे-धीरे जयप्रकाश से मोबाइल पर होनेवाली बात का फ़ासला बढ़ता गया, और अन्ततः एक दिन यह सिलसिला भी बन्द हो गया।

52

जिस दिन से इस्माईलपुर नगर टोली को यह पता चला है कि राजू बजरंगी और दलपत मीणा को लम्बी सज़ा हो गयी है, और एक सच्चे राष्ट्रवादी हिन्दू जयप्रकाश सिन्हा की दिमाग़ी हालत ठीक नहीं है, उस दिन के बाद मजाल है किसी हिन्दू ने उनका झूठे से जाकर हाल तो पूछा हो। जबकि इधर जबसे *लाला अमरचन्द आर्य मार्ट* अर्थात् *एल.ए.सी.ए. मार्ट* और *आर्य मसाले* के मालिक शकुनि आर्य को एक राष्ट्रवादी पार्टी में ज़िला अध्यक्ष पद की ज़िम्मेदारी मिली है, वह अपने टहलुए के बेटे राजकुमार अर्थात् राजू यानी मौजूदा राजू बजरंगी को भूल गया। बल्कि विक्रम ने उसे एक बार जो सलाह दी थी, कि जब बँटवारे में पाकिस्तान से आकर दिल्ली में ताँगा चलानेवाले खाँटी आर्यसमाजी, जो न जाने कौन-कौन से मसाले बेचता है और जिसके न तो हिन्दुत्व का बाल बाँका हुआ, और न ही उसका आर्यसमाज कलंकित हुआ है, तो वह क्यों घबरा रहा है, उसका पालन कर मसालों के इस बादशाह से प्रेरणा लेकर शकुनि ने भी *आर्य मीट मसाला, आर्य बिरयानी मसाला, आर्य चिकन मसाला, आर्य फ़िश मसाला* नाम के मसाले बनाने शुरू कर दिये। इधर

जैसे ही इस्माईलपुर नगर टोली के शिवालय मण्डल की आर्यावर्त शाखा के पूर्व शाखा कार्यवाह शकुनि आर्य ने अपने धन्धे में इन नये मसालों को शामिल किया, उसके इस धन्धे में आश्चर्यजनक रूप से उछाल आ गया।

ज़िला अध्यक्ष बनने के कुछ महीने बाद ही इन्दिरा कॉलोनी और इस्माईलपुर एक्सटेंशन के साथ-साथ आसपास तेज़ी से उगनेवाली झुग्गी-झोपड़ी कॉलोनी के लिए शकुनि आर्य ने स्वयं शराब के दो ठेके और एक ठेका पारस जैन को दिलवा दिया। शराब के ठेकों का लाइसेंस मिलने के बाद एक तरह से गुरु गोलवलकर का यह सपना पूरा हो गया कि *हरिजन मोहल्लों और बस्तियों के आसपास दारू के ठेके खोलने चाहिए, ताकि वे ज़्यादा-से-ज़्यादा नशे की लत में पड़े रहें।* वैसे बकौल अपने शकुनि आर्य दारू के धन्धे में सचमुच बड़ी बरकत है। और फिर धन्धा वही, जिसमें बरकत हो, चाहे वह धन्धा शराब का हो या इन मीट, बिरयानी, फ़िश, चिकन मसालों का। आख़िर धर्म, राष्ट्रवाद और हिन्दुत्व का धन्धे से क्या लेना-देना? धन्धा अपनी जगह और ये तीनों अपनी जगह।

शुबहा तो आशियाना रेसिडेंट वेलफेयर एसोसिएशन के पदाधिकारियों को तभी हो गया था, जब मशहूर शायर रामप्रसाद सुमन का बेटा और पूर्व महासचिव जयप्रकाश सिन्हा अकेले में न जाने क्या-क्या बड़बड़ाता हुआ, पूरे आशियाना का चक्कर लगाता हुआ घूमता था। परन्तु कहनेवालों का कहना है कि उसका मानसिक सन्तुलन तबसे और ज़्यादा बिगड़ गया है, जबसे मशहूर शायर मख़दूम चिराग़ का बेटा डॉ. मंसूर आलम अपना घर पहले श्रीराम प्रॉपर्टी डीलर विक्रम को, और विक्रम ने जयप्रकाश को दिये गये समय की मियाद ख़त्म होने के बाद किसी अन्य को बेच दिया।

एसोसिएशन का अध्यक्ष और सावरकर मन्दिर का पुजारी पण्डित नेमचन्द शर्मा जब भी सुबह-सुबह *मंगला आरती* के लिए आता, वह जयप्रकाश सिन्हा को संघ के पूरे *गणवेश* में पूरी धज और ठसक के साथ, आशियाना अपार्टमेंट स्थित पुराने संघ-स्थल पर अकेले खड़े *गुरुजी* के सामने अलग-अलग मुद्राओं में पाता। जैसे-जैसे सुबह का सूरज आसमान में चढ़ता उसकी गतिविधियाँ और तेज़ हो जातीं, जिन्हें देखने के लिए स्कूल जाते बच्चों से लेकर आते-जाते वयस्क भी रुक जाते। कभी वह *पथ संचलन* का अभ्यास करने लगता, कभी

सूर्यनमस्कार करता। कई बार तो मेंढ़क की तरह उछल-कूद करते हुए संघ के ऐसे खेलों को खेलने लगता, जिन्हें देखकर आने-जानेवालों के लिए अपनी हँसी रोक पाना मुश्किल हो जाता।

मगर सबसे डरावना दृश्य वह होता जब *दण्ड प्रहार* का अभ्यास करते-करते वह, तलवार की भाँति हवा में दण्ड यानी लाठी को पूरी गति से भाँजने लगता। पसीने से तर कभी वह *भारत माता की जय,* तो कभी *इस देश में रहना है तो हिन्दू बनकर रहना होगा* जैसे उद्घोषों के साथ, *गुरुजी* के दण्ड से टिकाकर रखी गयी भारत माता की तस्वीर के सामने लाठी को ज़मीन पर पूरी ताक़त के साथ ऐसे मारता, मानो वह अपने किसी अदृश्य शत्रु पर प्रहार कर रहा है। कई बार तो वह इतनी तीव्रता के साथ तब तक ज़मीन पर दण्ड प्रहार करता रहता, जब तक राजस्थान के करौली शहर के हटवारा बाज़ार की मशहूर बाँस की लाठी के अगले हिस्से के परखच्चे नहीं उड़ जाते। जिस समय मशहूर शायर रामप्रसाद सुमन का बेटा जयप्रकाश सिन्हा ज़मीन पर ज़ोर-ज़ोर से लाठी मार रहा होता, उसे देख बच्चे तो बच्चे अच्छी-ख़ासी उम्र के लोग भी मारे डर के दूर चले जाते। बहुत-सी माताएँ तो दौड़कर यह कहते हुए अपने तमाशबीन बच्चों को खींचकर ले जातीं, "इस पागल से दूर रहो!"

जयप्रकाश जब लाठी भाँजते-भाँजते थक जाता, तब उसे एक ओर फेंक हाँफते हुए वह भगवा ध्वज अर्थात् *गुरुजी* के सामने आता, और विशेष मुद्रा में प्रणाम करते हुए अकेला ही संघ की *प्रार्थना* बोलना शुरू कर देता।

प्रार्थना की पहली पंक्ति के बाद वह क्या बोलता इसका न तो उसे पता होता, न ही उधर से गुज़रनेवालों के कुछ पल्ले पड़ता। हाँ, प्रार्थना के उपरान्त जैसे ही *भारत माता की जय* बोलने का समय आता, वह इसे गला फाड़कर इतनी ज़ोर से बोलता कि सावरकर मन्दिर में आनेवाले श्रद्धालुओं की एकाग्रता भंग होने लगती। पूरा आशियाना जयप्रकाश के इस व्यवहार से अब परेशान हो चुका है। पण्डित नेमचन्द शर्मा के साथ-साथ आरडब्ल्यूए के दूसरे पदाधिकारियों के पास उसकी शिकायतें आने लगीं।

आशियाना आरडब्ल्यूए ने हर तरह के प्रयास कर लिए, कि कैसे सोसाइटी के रहवासियों को जयप्रकाश की इन हरकतों और उसके डर से मुक्ति दिलायी जाये। दिन पर दिन जयप्रकाश की हालत सुधरने के बजाय और

बिगड़ने लगी और अन्ततः वह पूरी तरह विक्षिप्त हो गया। *भारत माता की जय* बोलते-बोलते वह अब मूर्च्छित होने लगा है। लोग जब उसकी पत्नी को पूरा दृष्टान्त जाकर बताते, तब पत्नी बेटी पिंकी के साथ घर के सारे काम छोड़कर एक सच्ची पतिव्रता और पत्नीधर्म का पालन करनेवाली स्त्री की तरह दौड़ते हुए आती, तथा गुरुजी व भारत माता की तस्वीर के सामने लगभग नीम बेहोशी की हालत में पड़े जयप्रकाश को दोनों माँ-बेटी किसी तरह उठाकर एक ज़िन्दा लाश की तरह घर ले आतीं। जब तक जयप्रकाश घर में नहीं जाता, तब तक उसके मुँह से रह-रहकर *भारत माता की जय* ही सुनाई देता।

पता नहीं किसकी सलाह पर रामप्रसाद सुमन की पुत्रवधू ने अपने पति जयप्रकाश सिन्हा की सलामती के लिए एक काम यह किया, कि उसने सावरकर मन्दिर से लायी गयी लाठियों का गट्ठर, एक पत्रिका के पुराने अंकों व संघ सम्बन्धी पुस्तक-पुस्तिकाओं की रद्दी, भगवा ध्वजों की छोटी-सी गठरी, तलवार, त्रिशूल, भाला, चाकू, संघ की फ्रेम जड़ी भारत माता की तस्वीरों और बिगुल-बाँसुरी, आनक जैसे सामान को ठिकाने लगवा दिया। लेकिन जैसे ही जयप्रकाश को होश आता, वह उस सामान को पागलों की तरह तलाशने लगता। मारे लोक-लाज के पत्नी ने अब घर से बाहर ही निकलना बन्द कर दिया। किन्तु आते-जाते लोगों को रह-रहकर उसकी बालकनी से अब भी *भारत माता की जय* का उद्घोष सुनाई देता है।

न जाने कैसे एक दिन जयप्रकाश ने दरवाज़ा खोला और सोसाइटी के बाहर फैले अँधेरे को पार कर, सावरकर मन्दिर के बग़लवाले पुराने संघ-स्थल पर आ गया। लोगों ने जब उसे देखा तो उनकी हैरानी का ठिकाना नहीं रहा कि यह पागल अपने घर से निकल कैसे आया? उसके कुछ देर बाद लोगों ने देखा कि उसी ख़ाली जगह पर, जहाँ कभी *सावरकर शाखा* लगती थी, बीचो-बीच गुरुजी और भारत माता की जगह आशियाना के मशहूर शायर मख़दूम चिराग़ के जिगरी दोस्त, और शायर स्वर्गीय रामप्रसाद सुमन की तस्वीर रखी हुई है। तस्वीर के सामने जयप्रकाश बिना किसी हरकत के चुपचाप बैठा हुआ है। इस बीच न जाने किसने उसकी पत्नी को जाकर बता दिया कि जयप्रकाश पुरानी शाखा की जगह पर बैठा हुआ है। किचन को छोड़ पत्नी बदहवास दौड़ी हुई

बाहर आयी, तो अपार्टमेंट के परिसर में जलते बल्बों की रोशनी में भीगी उसे एक गुमसुम आकृति दिखाई दी। डरते-डरते वह इस आकृति यानी अपने पति के पास गयी और उसे जैसे ही छुआ, गठरी बने जयप्रकाश ने पहले अपने होंठों पर तर्जनी रख, धीरे-से उसे चुप रहने का संकेत किया, और फिर कुछ पल के बाद फुसफुसाते हुए बोला–

वे शायरों की क़लम बेज़ुबान कर देंगे
जो मुँह से बोलेगा उसका निदान कर देंगे।

इन पंक्तियों को सुन पत्नी के हाथ जहाँ थे, वहीं रुक गये। उसे याद आया कि ये पंक्तियाँ तो उसके ससुर रामप्रसाद सुमन की हैं, जिन्हें वह अपने शुरुआती दिनों में अक्सर उसके मुँह से सुनती थी। उसी रामप्रसाद सुमन की जिसकी तस्वीर लगा, उसका विक्षिप्त बेटा उसकी पंक्तियों को कह रहा है। भले ही पत्नी को इनका मर्म न पहले समझ में आता था और न आज आ रहा है, किन्तु इन्हें सुनते हुए उसे बहुत अच्छा लगता था। कुछ नहीं कहा उसने। सावधानी बरतते हुए अपने पति के एकदम पास आ गयी। पहले उसने अपने ससुर की तस्वीर उठाई, और उसके बाद अपने पति को सहारा दे, उसे घर लाने के लिए लौट पड़ी।

शयन आरती से लौटते हुए अचानक पण्डित नेमचन्द शर्मा की दोनों पर नज़र पड़ी। पहले तो इन्हें देखकर हैरानी हुई और फिर लपककर वह उनके पास आ गया। उसने पास जाकर जैसे ही जयप्रकाश की हालत देखी, देखते ही जैसे उसका कलेजा मुँह को आ गया। एकदम सूखकर काँटा हो गया है जयप्रकाश सिन्हा। अपने ही पैरों पर उससे खड़ा होना मुश्किल हो रहा है। इसी बीच जयप्रकाश ने पथरायी आँखों से नेमचन्द शर्मा की तरफ़ देखा। जयप्रकाश ने जिस निरीहता और निर्लिप्तता के साथ उसकी तरफ़ देखा, नेमचन्द शर्मा से पूछे बिना नहीं रहा गया, "और कैसे हो महाराज, सब ठीक है न?"

"बस, भारत माता की जय है मालिक!"

नेमचन्द शर्मा को आशियाना परिसर में जलते बल्बों की रोशनी में सुनायी दिये इस छोटे-से वाक्य में जैसे उसका उत्तर मिल गया। इसके बाद उसकी हिम्मत नहीं हुई कुछ पूछने की। हाँ, जाते-जाते यह ज़रूर कहा, "इसे कहीं दिखाती क्यों नहीं?"

"भाई साब, सब जगह दिखा लिया...किस डॉक्टर-हकीम को नहीं दिखाया, किस ओझा-फकीर के पास नहीं ले गयी, कोई पीर-दरवेश नहीं छोड़ा लेकिन इनका कुछ नहीं हुआ। किसी की समझ में नहीं आया कि आखिर इन्हें बीमारी है क्या? बल्कि ठीक होने के बजाय दिन पर दिन और हालत खराब होती जा रही है। अब तो रात को भी अच्छी तरह नहीं सो पाते हैं। जब भी आँख खुलती है यही कहते हैं कि उसे बराबर वाले मकान से किसी के जोर-जोर से चीखने की आवाज आ रही है। मैंने कई बार समझा लिया कि यह आपका कोरा भरम है, मगर ये मानने को राजी ही नहीं हैं। अब तो अपनी दीवार से कान सटा पता नहीं दूसरी तरफ से क्या सुनने की कोशिश करते हैं?" जयप्रकाश की पत्नी ने थकी हुई आवाज़ में कहा।

इस बीच आशियाना रेसिडेंट वेलफेयर एसोसिएशन के अध्यक्ष नेमचन्द शर्मा ने कनखियों से देखा, तो पाया कि पास के खम्बे पर जल रही ट्यूब की रोशनी में भीगा जयप्रकाश सिन्हा टकटकी लगाये उसे ही देखे जा रहा है। जयप्रकाश के चेहरे पर एक अबोली रिक्तता और सूनेपन को देख नेमचन्द शर्मा से वहाँ नहीं रुका गया।

"जरा सँभालकर ले जाना...कहीं गिर न जाये!" आरडब्ल्यू अध्यक्ष नेमचन्द शर्मा ने जाते-जाते मशहूर शायर रामप्रसाद सुमन की पुत्रवधू द्वारा अपने कन्धे का सहारा देते हुए ले जाती ज़िन्दा लाश की तरफ़ देखा, और अपनी दिशा में बढ़ गया।

सावरकर मन्दिर के सामने रह-रहकर लड़खड़ाते अपने पति को सँभालने का प्रयास करती वह निर्निमेष नेत्रों से दूर जाते आरडब्ल्यूए अध्यक्ष को पीछे से देखती रही। बल्बों और ट्यूब्स के मिले-जुले उजाले में नहाया नेमचन्द शर्मा धीरे-धीरे एक मटमैले साये में बदल गया, जो आगे जाकर दाहिने ओर मुड़ने के बाद ओझल हो गया।

किसी निर्जन द्वीप पर रामप्रसाद सुमन की पुत्रवधू अपने पति जयप्रकाश सिन्हा के साथ एकदम अकेली रह गयी। आते-जाते लोगों में से किसी ने उन पर कोई ध्यान नहीं दिया।

□□